Mia Löw
Das Geheimnis der Villa di Rossi

PIPER

Zu diesem Buch

Seit Jahren verspürt Lilly eine tiefe Sehnsucht nach Italien. Die Erfüllung ihres Traumes hat sie aber bislang aus Rücksicht zu ihrer Mutter Bella aufgeschoben. Denn Bella verbindet mit dem Land am Mittelmeer nur herbe Enttäuschung. Sie möchte nicht an Lillys angeblich unbekannten Vater erinnert werden und behauptet, nicht einmal seinen Namen zu kennen. Doch als Bella stirbt und sich Lilly um die Auflösung ihrer Wohnung kümmert, findet sie – versteckt zwischen Büchern, CDs und Flohmarktkäufen – eine Kiste voller alter Fotos und Kontoauszüge, die beweisen, wer ihr Vater ist und dass er all die Jahre Unterhalt für sie gezahlt hat. Lilly packt ihre Koffer und reist an den Comer See, um diesen Mann zu finden. Dabei erfährt sie nach und nach Dinge über ihre Herkunft, die ihr Leben grundlegend verändern ...

Mia Löw hat Germanistik und Journalistik studiert, als Redakteurin bei einer Frauenzeitschrift und als Pressesprecherin gearbeitet. Heute schreibt sie erfolgreich Drehbücher und lebt mit ihren Kindern sowie einem Hund in Hamburg.

Mia Löw

Das Geheimnis der Villa di Rossi

Roman

PIPER

Mehr über unsere Autoren und Bücher:
www.piper.de
Aktuelle Neuigkeiten finden Sie auch auf Facebook, Twitter und YouTube.

Von Mia Löw liegen im Piper Verlag vor:
Das Haus der verlorenen Wünsche
Das Haus des vergessenen Glücks
Das Haus der geheimen Träume
Das Geheimnis der Villa di Rossi

Originalausgabe
1. Auflage März 2017
2. Auflage Mai 2017
© Piper Verlag GmbH, München/Berlin 2017
Umschlaggestaltung: Johannes Wiebel/punchdesign
Umschlagabbildung: Alexander Chaikin/shutterstock
Satz: Satz für Satz, Wangen im Allgäu
Gesetzt aus der Minion
Druck und Bindung: CPI books GmbH, Leck
Printed in Germany   ISBN 978-3-492-30975-2

Erster Teil

1.

Eine Wohnung, in der man selbst nicht gelebt hat, aufzulösen, ist schon eine ziemliche Herausforderung, die Wohnung eines Messies auszuräumen, ein Albtraum, dachte Lilly Haas, während sie auf dem Boden der Zweizimmerwohnung hockte und ihren Blick verzweifelt umherschweifen ließ. Nicht dass Mutter wirklich ein Messie gewesen wäre, fügte sie in Gedanken beinahe entschuldigend hinzu, aber verglichen mit ihrem eigenen Ordnungssinn … Bella, wie Lilly ihre Mutter Isabell genannt hatte, pflegte es als »kreatives Chaos« zu bezeichnen, wenn sich in ihrem Wohnzimmer esoterische Lektüre, selbst gemalte Bilder, in der einen Ecke CDs und in der anderen die dazugehörigen leeren Hüllen stapelten. Sie hatte überdies alles gesammelt, was sich bei ihren Flohmarkt-Streifzügen finden ließ. Ob Engelfiguren, Gläser, Kristallleuchter, Jugendstillampen, Omas Geschirr, ja sogar Marmoreier umfassten ihre Sammelleidenschaft. Nicht nur in Regalen, Vitrinen und auf Schränken hortete sie den Nippes, nein, auch in den Schubladen. Und dann gab es noch ihr Atelier. Dort standen die nicht verkauften Statuen in Reih und Glied. Bella war Bildhauerin gewesen und hatte vorwiegend nackte Figuren geformt, am liebsten Männer mit perfekt proportionierten Phalli.

In das Atelier hatte Lilly allerdings bislang nur einen flüchtigen Blick geworfen. Der Gedanke, sie müsste auch das noch besenrein übergeben, trieb ihr Schweißperlen auf die Stirn. Sie hatte keinen Schimmer, wo und wie sie diese schweren Jungs, wie Bella ihre Kerle aus Stein bezeichnet hatte, entsorgen konnte. Doch das interessierte den Vermieter herzlich wenig. Er verlangte, dass sie bis Sonntag die Wohnung zu räumen hatte, wenn sie nicht drei weitere Monate Miete zahlen wollte.

Bei diesem Stress kam sie gar nicht richtig zum Trauern. Ihre Mutter war in dem rasanten Tempo gestorben, in dem sie gelebt hatte. Lilly wusste ja nicht einmal genau, an welchem Krebs sie gelitten hatte. Irgendwas mit Knochen hatte Bella ihr auf ihre vehemente Nachfrage hin ausweichend mitgeteilt. Ihre Mutter hasste es nämlich, wenn man über Krankheiten sprach. Selbst die Diagnose hatte sie ihrer Tochter verschwiegen, und wenn ihr behandelnder Arzt nicht Lillys Kunde in der Bank gewesen wäre ... sie hätte wahrscheinlich erst nach Bellas Tod von deren Krankheit erfahren.

Es war eine absurde Situation gewesen, in der Lilly vom Zustand ihrer Mutter Kenntnis erlangt hatte. Während sie mit dem Hausarzt ihrer Mutter über seinen Kreditantrag gesprochen hatte, hatte Doktor Klemens plötzlich innegehalten und bewundernd gesagt: »Sie sind wirklich tapfer, aber kein Wunder, bei dem Vorbild.« Lilly musste ihn wohl ziemlich irritiert angesehen haben, denn er hatte rasch hinzugefügt: »Entschuldigen Sie, ich wollte Ihnen nicht zu nahetreten, aber ich bewundere die Haltung Ihrer Mutter. Ich habe selten jemanden erlebt, der mit so einer niederschmetternden Diagnose derart gefasst umgeht.«

Lilly hatte es viel Selbstbeherrschung abverlangt, zu verbergen, wie sehr seine Worte sie geschockt hatten. Sie konnte ihm ja schlecht offenbaren, dass sie völlig ahnungslos war und sich nicht einmal darüber gewundert hatte, dass ihre Mutter seit Wochen keine Zeit für sie hatte, denn das kannte sie schon von ihr. Wenn Bella einen bezahlten Auftrag oder eine neue Liebe hatte, bekam Lilly sie manchmal monatelang nicht zu Gesicht, obwohl die beiden nicht einmal fünfzehn Minuten voneinander entfernt lebten, und das war für eine Stadt wie Hamburg nicht gerade weit.

»Ja, sie ist großartig«, hatte Lilly gemurmelt, bevor sie dem Arzt in sachlichem Ton den Zinssatz erläutert hatte. Natürlich war sie noch an demselben Abend ohne Ankündigung bei Bella aufgekreuzt und hatte sie zur Rede gestellt. Allerdings konnte sie ihr nicht wirklich böse sein, denn ihre Mutter befand sich bereits in einem erbarmungswürdigen Zustand. Sie hatte binnen vier Wochen so viel an Gewicht verloren, dass sie nur noch ein Schatten ihrer selbst war. Der Tod hatte bereits im Zimmer auf der Lauer gelegen. Lilly hatte ihr das Herz nicht unnötig mit ihren Vorwürfen schwer machen wollen, denn sie glaubte ihr von Herzen, als sie behauptete, das aus Rücksicht auf ihre Tochter getan zu haben und nicht, um sie zu ärgern. Wie sollte Bella in dieser traurigen Lage verstehen, was sie vorher schon nicht begriffen hatte? Dass Lilly und sie wie Feuer und Wasser waren. Dass Lilly solche »Überraschungen« hasste und dass sie stets ihre Zeit brauchte, um sich auf Veränderungen einzustellen. Größere charakterliche Gegensätze als uns beide konnte es kaum geben, dachte Lilly und stieß einen tiefen Seufzer aus. Ja, Bella war immer schon spontan, kreativ und sprunghaft gewesen. Eine ihrer Künstlerfreundinnen hatte einmal gesagt, sie wäre ein Mensch, der das Leben aus Eimern saufen würde. Besser hätte man nach Lillys Meinung ihr Wesen gar nicht beschreiben können. Dagegen war sie eine Frau, die stets mit einem Fuß auf der Bremse stand. Sie hatte sich jedenfalls schwer vorstellen können, dass ihre Mutter, dieses Energiebündel, einmal für immer schweigen würde.

Lilly hatte sich sofort ihren Resturlaub genommen und Bella bis zum letzten Atemzug betreut. Zum Schluss hatte ihre Mutter nicht mehr richtig sprechen können. Eine Tragödie, denn Lilly wurde den Eindruck nicht los, dass Bella ihr unbedingt noch etwas hatte sagen wollen. Sie hatte in ihren letzten Stunden mehrfach wild mit den Armen gestikuliert, bevor das Morphium sie schachmatt gesetzt hatte. Bella war nie wieder aufgewacht.

Lilly spürte, wie ihr bei der Erinnerung an Bellas zuletzt knochiges Gesicht die Augen feucht wurden. Sie ließ ihren Tränen freien Lauf. Bislang hatte sie unter einer Art Schock gestanden und sich mit dem Ausräumen der Wohnung betäubt. In diesem Augenblick empfand sie zum ersten Mal den schmerzhaften Verlust in aller Härte. Vielleicht begriff sie erst jetzt, dass sie nie wieder Bellas ansteckendes Lachen hören, mit ihr nie mehr ein Glas Wein zu viel trinken und nie mehr nächtelang mit ihr über ihren obligatorischen Liebeskummer reden würde.

Ihr Blick fiel auf ein Foto, das Bella in einem knallroten Wallegewand zeigte, mit einem dazu passenden Hut, den sie auf ihre blonde Lockenpracht gestülpt hatte.

Mit einem Mal kam sie sich sehr verloren ohne sie vor. In gewisser Weise hatte sie ihr Leben komplett bestimmt, obgleich Bella der größte Freigeist war, den Lilly jemals kennengelernt hatte. Aber ihre Männergeschichten, ihr Hang zum feuchtfröhlichen Feiern, ihre Kreativität und notorische Geldnot hatten ihre Tochter geprägt. In ihrer Kindheit und Jugend waren kleine Katastrophen stets an der Tagesordnung gewesen. Lilly hatte manches davon unendlich peinlich gefunden. Nein, es war beileibe nicht schön gewesen, als Kind dem Gerichtsvollzieher die Tür zu öffnen. Oder der Polizei, wenn die Nachbarn sie nachts wegen ruhestörenden Lärms gerufen hatten.

Wahrscheinlich war sie deshalb das genaue Gegenteil von ihrer Mutter geworden. Lilly war ordentlich, bei ihr musste alles penibel geplant sein und sie wäre im Traum nicht darauf gekommen, ihr künstlerisches Talent freiberuflich zu nutzen, gern aber als Kunstlehrerin. Das war ihr eigentlicher Berufswunsch gewesen. Doch als sie ihr Abitur gemacht hatte, war gerade einmal wieder völlige Ebbe in der Kasse ihrer Mutter gewesen. Geld für ihre Ausbildung hatte Bella keines zurückgelegt. Und als sie Bafög beantragen wollte, redete ihre Mutter ihr den Antrag aus mit dem Argument, dazu würde sie zu viel verdienen. Während

Lilly noch versuchte, zu einer vernünftigen Entscheidung zu gelangen, ob sie trotzdem studieren sollte, fing ihre beste Freundin Merle eine Banklehre an. Sie hatte ein leichtes Spiel, Lilly in dieser Lage zu überreden, es ihr gleichzutun. Da ihr Notendurchschnitt hervorragend war, wurde sie sofort genommen. Eine Entscheidung, die sie insgeheim bald bereute, denn damit hatte sie ihre künstlerische Ader quasi begraben. Außer dass sie die Bilder aussuchen durfte, die ihre Filiale schmückten, gab es in der Sparkasse, in der sie arbeitete, keinerlei Bedarf, ihr Talent als Malerin zu fördern. Anfangs hatte sie sich damit mehr schlecht als recht abgefunden und sah ihr geordnetes Leben als wohltuendes Kontrastprogramm zu dem Chaos, in dem sie aufgewachsen war. Die Unzufriedenheit war dann mit den Jahren gewachsen. Sie hatte zunehmend das Gefühl gehabt, es würde ihr etwas im Leben fehlen, einmal abgesehen davon, dass sie in einer halbgaren Beziehung lebte, denn ihr Freund Alex konnte sich nicht einmal zu einer gemeinsamen Wohnung durchringen. Nach drei Jahren hätte sie sich durchaus ein bisschen mehr Verbindlichkeit gewünscht.

Ja, sie begehrte innerlich gegen den Trott auf, in dem alles nach einem Schema F ablief. Lilly hatte sich in den letzten Monaten regelrecht in dieses Gefühl hineingesteigert, dass sie am Leben vorbei existierte. Natürlich hatte sie auch Bella von ihren Anwandlungen berichtet. Für ihre Mutter war das Wasser auf ihre Mühlen, gab es in ihren Augen nichts Langweiligeres, als in einer Bank zu arbeiten. Und nichts Öderes, als mit einem Banker wie Alexander Lehmann zusammen zu sein. So extrem konnte Lilly das zwar nicht bestätigen, aber es fühlte sich irgendwann einfach nicht mehr richtig an. Doch sie war nicht der Typ, der alles hinwarf, um ins Ungewisse zu starten. Dennoch verspürte sie in regelmäßigen Abständen eine unbändige Lust, ins Ausland zu gehen, und zwar nach Italien. Das war schon seit der Kindheit ein Sehnsuchtsland für sie gewesen, aber so locker Bella in vielen Dingen war, in ihrer Abneigung gegen alles Italienische war sie regelrecht stur gewesen. Das verstanden weder ihre Freunde noch Lilly, weil la Dolce Vita, der italienische Lebensstil, sehr gut zu Bellas Temperament gepasst hätte. Bella aber behauptete steif und fest, dass Lillys Erzeuger ihr das Land vermiest hätte. Viel wusste Lilly nicht über ihn, nur dass er lediglich ein One-Night-Stand gewesen wäre, der nicht wusste, dass er Bella damals geschwängert hätte. Bella behauptete sogar, sie könne sich nicht einmal mehr an seinen Vornamen erinnern. Obwohl Bella ansonsten eine offenherzige Person war, bei Fragen zu Lillys Erzeuger wurde sie stets sehr schmallippig. Auch wenn Lilly manchmal provozierend bemerkte, es wäre kein Wunder, dass sie eine Affinität zu Italien besäße, da ihr Vater wohl Italiener wäre, wollte Bella partout nichts davon wissen. Sie hatte sämtliche Wünsche ihrer Tochter, mit ihr in Italien Urlaub zu machen, ignoriert. Sie waren gemeinsam auf Kreta gewesen, auf La Gomera und in Torremolinos, aber um Italien hatte Bella stets einen großen Bogen gemacht. Nur ein einziges Mal in ihrem Leben wäre sie fast wirklich nach Italien gereist, und zwar mit Alexander, wenn er nicht kurzfristig einen Rückzieher gemacht hätte.

Lilly holte seufzend mehrere Kisten aus dem Schrank. Obenauf lag ein Foto. Es zeigte ihre Mutter im Valle Gran Rey auf La Gomera, umgeben von vielen jungen Leuten, die ihre Mutter und sie dort kennengelernt hatten. Alle hatten Bella cool gefunden, auch weil sie ihrer Tochter nie Vorschriften gemacht hatte, wie lange sie nachts feiern durfte. Manchmal hatte sich Lilly insgeheim darüber gewundert, dass ihre Mutter nicht ein wenig strenger war bei den schlechten Erfahrungen, die sie angeblich einst mit Urlaubsbekanntschaften gemacht hatte.

In der Theorie hatte sich Lilly mit Italien so intensiv beschäftigt wie mit keinem anderen Land auf der Welt. Ja, sie hatte sämtliche Bücher über italienische Kultur und Kunstgeschichte regelrecht verschlungen. Sogar einen Sprachkurs im Istituto di Cultura hatte sie erfolgreich absolviert. Sie liebte die Klangmelodie der Sprache und hatte ihr Wissen auch nicht verlernt, weil sie bei ihrem Lieblingsitaliener stets italienisch sprach, obwohl es keinen vom Personal gab, der nicht perfekt Deutsch konnte. Der Wirt Lorenzo nannte sie gern: *Mia ragazza italiana affascinante.*

Lilly hockte sich nun neben die Kisten auf den Boden und ließ ihren Blick ratlos von einer zur anderen schweifen. Ihre beste Freundin Merle verstand überhaupt nicht, warum sie das Auflösen der Wohnung keinem Entrümpelungsprofi überließ. »Den Typen gibst du den Schlüssel und dann hinterlassen Sie dir die Bude besenrein«, hatte sie ihrer Freundin mitleidslos geraten. Das brachte Lilly nicht übers Herz. Alles, was sie in diesem Raum sah, waren wichtige Bestandteile von Bellas Leben gewesen. Die konnte sie doch nicht einfach lieblos fremden Leuten überlassen und ihnen erlauben, sie notfalls wegzuwerfen. Nein, Lilly wollte selbst entscheiden, was sie als Erinnerung an ihre Mutter behielt. Ihre Möbel und Kleider sollten an ein Sozialkaufhaus gehen, sobald sich Bellas Freundinnen ausgesucht hatten, was sie davon haben wollten. Zum Glück teilten die meisten Bellas Sammelleidenschaft, sodass die vielen Engel und ausgefallenen Gläser mit Sicherheit neue Liebhaberinnen finden würden. Das hoffte Lilly jedenfalls.

Eine Hundeschnauze, die sich vor ihr Gesicht schob, riss Lilly aus ihren Gedanken. Emma schien zu ahnen, dass es ihrem Frauchen nicht gut ging. Ansonsten würde sie nicht versuchen, ihr das Gesicht abzuschlecken. Sie wusste, dass Lilly das nicht mochte.

»Emma, nicht!«, ermahnte sie ihre Retrieverhündin halbherzig, während sie ihr den Kopf kraulte. Emma war ihr eines Tages zugelaufen. Niemals hätte sie sich freiwillig einen Hund in eine

Stadtwohnung geholt. Allein der viele Dreck und das Haaren hätten sie mit Sicherheit davon abgehalten. Doch dann starb die alte Dame aus der Parterrewohnung, das Frauchen von der noch jungen Hündin. Lilly war an dem schicksalshaften Tag vor drei Jahren zufällig an der Wohnung vorbeigegangen, gerade als der Mitarbeiter des Tierheims das hübsche Tier mitnehmen wollte. Als der Hund sie sah, flitzte er aus der Wohnung und lief ihr hinterher bis in den vierten Stock. Erst hatte sie Emma in sanftem Ton aufgefordert, zurückzugehen, dann etwas strenger, aber die Hundedame hockte sich schließlich demonstrativ vor ihre Wohnungstür und schmachtete sie einfach an. Wer einmal schutzlos in flehende Hundeaugen gesehen hatte, wusste, man musste schon hartgesotten sein, um bei diesem Anblick nicht butterweich zu werden. Lilly jedenfalls brachte es nicht übers Herz, sich an der Hündin vorbeizudrücken und ihr die Tür vor der Nase zuzuschlagen. Seufzend war sie alle vier Stockwerke zu der Parterrewohnung zurückgegangen, aber Emma dachte nicht daran, ihr zu folgen. Sie war stur vor Lillys Wohnungstür sitzen geblieben.

Der Mitarbeiter des Tierheims begleitete sie daraufhin samt Halsband und Leine nach oben, doch kaum waren sie auf dem Treppenabsatz aufgetaucht, hatte sich der Hund hinter Lilly versteckt und sich eng an ihre Beine geschmiegt. Das war Lillys Verderben gewesen, zumal der Mitarbeiter dann das Geschehen ganz pragmatisch mit »Ich denke, der Hund hat sich bereits für ein neues Frauchen entschieden« kommentiert hatte. Er hatte ihr das Tier dann ohne bürokratische Umwege überlassen und ihr alles, was dem Hund gehörte – Körbchen, Futter, Spielzeug –, gleich mitgegeben. Der Sohn der alten Dame hatte nämlich den Auftrag erteilt, den Köter, wie er sich wörtlich ausgedrückt hatte, ins Tierheim zu bringen und dort war man heilfroh gewesen, dass der Hund bei Lilly in gute Hände gekommen war. Jedenfalls glaubten sie das, denn Lilly war mit diesem Familienzuwachs anfangs natürlich komplett überfordert gewesen. Nachdem Emma ihre besten Schuhe zernagt und den Inhalt der Mülleimer über ihre ganze Wohnung verteilt hatte, war sie mit ihr zur Hundeschule gegangen. Doch trotz Emmas Zerstörungswut hätte Lilly sie nicht mehr weggeben können. Sie erinnerte noch genau, wie Alex sie mit Engelszungen hatte überreden wollen, das »Vieh«, wie er Emma nannte, ins Heim abzuschieben. Ja, er empfand es geradezu als Frechheit, dass man ihr den Hund aufs Auge gedrückt hatte. Lilly war sich bis heute nicht ganz sicher: Entweder war Alex gegen bettelnde Hundeblicke völlig immun, oder aber Emma hatte ihn nie wirklich so angesehen wie sie.

Der Hund hatte sich nun genüsslich auf die Seite gelegt und ließ sich von Lilly den Bauch kraulen. Alex hatte sich nie wirklich mit ihrem Familienzuwachs angefreundet, aber Emma war ihm ein willkommenes Argument, warum er nun erst recht nicht mit Lilly zusammenziehen konnte. Ihre Freundin Merle fragte sie in regelmäßigen Abständen, was sie an diesem Schnösel bloß fände. Ihre ungefilterte Abneigung gegen ihren Freund beflügelte Lilly allerdings, ihn wie eine Löwenmutter zu verteidigen. Alexander wäre der zuverlässigste Partner, den sie sich vorstellen konnte, sagte sie dann und fügte stereotyp hinzu: »Er hält jede Vereinbarung ein, er ist immer pünktlich und korrekt. Außerdem sieht er wirklich blendend aus.«

Merle reagierte auf diese Lobeshymnen jedes Mal so, dass sie Lillys Worte in spöttischem Ton und mit einem kleinen Zusatz wiederholte. »Ja, ich weiß, er hält jede Vereinbarung ein, ist immer pünktlich und korrekt. Außerdem sieht er wirklich blendend aus. Amen.« Die Tatsache, dass Alexander Lehmann ihrer beider Chef war, hielt Merle nicht davon ab, kräftig über ihn zu lästern. Sie war die Einzige in der Bank, die offiziell von ihrer intimen Beziehung wusste. Auf der Arbeit hielten Lilly und Alex professionellen Abstand zueinander.

Das Klingeln an der Haustür ließ Lilly hochschrecken, Emma

fing sofort an zu bellen. Das konnte Lilly ihr einfach nicht abgewöhnen. Mit dem Läuten einer Haustürglocke begann sie zu kläffen. Sie warf einen Blick auf ihre teure Armbanduhr, ein Geschenk Alexanders. Es war achtzehn Uhr an einem Freitagabend. Wer konnte das sein? Wahrscheinlich eine Freundin meiner Mutter, die gerade von einer Reise zurückkehrt und noch gar nichts von Bellas Tod weiß, vermutete sie. Oder eine von Bellas Freundinnen, die sich eines der Kleider aussuchen wollte, obwohl Lilly die Damen erst für morgen eingeladen hatte. Aber bei Bellas Freundinnen zählte so eine feste Vereinbarung nicht viel. Sie kamen und gingen, wie es gerade passte.

Lilly war äußerst überrascht, ihre Freundin Merle vor der Tür zu sehen. »Kommst du zum Helfen?«, fragte sie erstaunt, denn ihre Freundin hatte ihr erst kürzlich versichert, dass sie ihr immer gern helfen würde, aber Bellas Wohnung zu entrümpeln wäre eine Sisyphusarbeit, bei der sie nur unnütz im Weg rumsitzen würde.

»Ich werde jedenfalls versuchen, mich nützlich zu machen.« Sie hielt Lilly lachend eine Rolle mit blauen Müllsäcken entgegen. »Wo soll ich anfangen?«

»Wenn du magst, kannst du die Küchenschränke übernehmen. Alles, was weit über das Haltbarkeitsdatum hinaus ist, kannst du in den Säcken entsorgen. Sie hat doch immer so gern kleine Spezialitäten aus dem Urlaub mitgebracht und dann vergessen, sie zu Hause zu servieren.«

»Oje, ich denke da nur an ihren hochgelobten Retsina, der in Hamburg nur gammelig geschmeckt hat und im Ausguss gelandet ist.«

»Sie fehlt mir!«, seufzte Lilly.

»Und ich erwarte, dass sie gleich um die Ecke kommt und sich kaputtlacht über ihre unsinnigen Mitbringsel aus aller Welt.« Merle umarmte ihre Freundin. »Ich kann mir einfach nicht vorstellen, dass sie tot ist.«

Gemeinsam heulten die beiden eine Weile um die Wette.

»Gut, dann mache ich den Küchenjob, aber erst mal ein kleines Päuschen.« Merle holte aus einer mitgebrachten Kühltasche eine Flasche Crémant. »Ich dachte, Gläser brauche ich nicht. Die hat Bella ja gehortet wie die Kerle mit Hackenschuss!«

Sie deutete auf eine der vielen Vitrinen. Wenn Lilly nicht wüsste, wie zugewandt Bella und Merle einander gewesen waren, sie hätte ihre Freundin in die Schranken gewiesen. »So eine Mutter hätte ich gern«, hatte Merle stets verkündet. Obwohl Lilly ihre Schwierigkeiten mit Bella gehabt hatte, konnte sie das gut verstehen. Merles Mutter war nämlich eine der Frauen, die zum Lachen in den Keller gingen. Frau Färber war immerzu am Jammern. Und wenn es bei Lilly zu Hause etwas im Überfluss gegeben hatte, dann feuchtfröhliche Feiern und Gelächter, das durch den halben Stadtteil tönte. Gut, am Morgen danach war selbst Bella so manches Mal ihr Lachen vergangen, wenn sie ein böser Kater gequält und der Lover der vergangenen Nacht klammheimlich entschwunden war.

Lilly schob die Kleidung, die sie auf dem Sofa für die Mitarbeiter des Sozialkaufhauses zurechtgelegt hatte, zur Seite, sodass Merle und sie nebeneinander Platz fanden.

»Auf dich, Bella«, seufzte Merle, als sie einander zuprosteten. Dann kreischte sie plötzlich begeistert auf. »Schau mal, das ist doch eine entzückende Tunika!« Sie zog ein bunt besticktes Teil aus dem Kleiderberg. Eines von jenen folkloristischen Kleidungsstücken, mit denen man Lilly jagen konnte.

»Nimm sie mit«, seufzte sie.

»Willst du denn gar nichts davon?«, fragte Merle, während sie in den Sachen wühlte, als wäre es ein Grabbeltisch. Triumphierend zog sie ein geblümtes Sommerkleid hervor. »Das ist voll in«, stieß sie begeistert hervor.

Das Kleid war schwarz und besaß ein Muster aus großen roten Rosen. Lilly rümpfte die Nase. »Super, das passt zu beige und grau«, bemerkte sie selbstironisch.

»Lilly, jetzt sei doch nicht so. Anziehen!«

Lilly weigerte sich, doch Merle ließ nicht locker. Schließlich zog Lilly das Kleid an, das im Nacken von einem Band gehalten wurde und ein sehr vorteilhaftes Dekolleté zauberte. Sie stand vom Sofa auf und drehte sich einmal um die eigene Achse.

»Traum!«, kreischte Merle. »Traum! Du darfst nie wieder beige hochgeschlossene Teile tragen. Du musst das mal im Spiegel sehen. Was für ein geiler Ausschnitt!«

Ehe sich Lilly versah, hatte Merle sie an der Hand gepackt und vor den Flurspiegel gezerrt. Was Lilly dort erblickte, war in der Tat sehr hübsch, wenngleich auch etwas ungewohnt. Sie kannte das Kleid gar nicht. Bella hatte es niemals getragen, jedenfalls nicht, dass sich Lilly daran erinnern könnte. Es war auch sehr schmal geschnitten, sodass es ihrer Mutter sicher schon lange zu eng geworden war. Warum sie das wohl aufbewahrt hatte? Sie hatte eigentlich alle Kleider, die sie an schlanke Jahre erinnert hatten, weggegeben. Lilly erinnerte das so genau, weil Bella in einer kleinen Zeremonie wehmütig von ihnen Abschied genommen hatte. Unter anderem mit den Worten: *Noch eine Diät halte ich nicht durch. Lieber eine glückliche 44er als eine hungernde 40er!*

»Du musst mir versprechen, dass du es im Sommer trägst«, sagte Merle.

»Okay, okay, aber jetzt sollten wir mal an die Arbeit gehen. Sonst schaffe ich das nie bis Sonntagabend.«

Lilly war immer noch ein wenig skeptisch, ob ihre Freundin tatsächlich zum Helfen gekommen war. Sie hatte eher den Eindruck, dass noch etwas ganz anderes hinter Merles Überraschungsbesuch steckte.

»Na, was hast du wirklich auf dem Herzen?«, fragte sie geradeheraus.

»Ich, äh, wie kommst du, nein, ist …«, stammelte Merle.

»Raus mit der Sprache! Was es auch immer ist, mich kann nichts mehr schrecken. Nichts kann schlimmer werden als der Albtraum der letzten Tage«, stöhnte Lilly.

Merle wand sich, dann räusperte sie sich ein paar Mal, bevor sie Lilly fragte, ob ihr der Name Christine Mertens etwas sagte.

Lilly stutzte. Wer kannte sie nicht, die Tochter des Vorstandsvorsitzenden? Jedenfalls vom Sehen. Sie war seit Jahren *der* Hingucker auf den alljährlichen Weihnachtsfeiern und wurde hinter vorgehaltener Hand von den Kolleginnen »Barbie« genannt.

»Klar, und was ist mit ihr?«

Merle stieß einen tiefen Seufzer aus.

»Lilly, du musst jetzt ganz stark sein. Ich habe Alex und sie zusammen gesehen.«

Lilly zuckte die Schultern. »Das kann gut sein, ich glaube, ihre und seine Eltern kennen sich.«

Aus Merles Blick war unschwer zu erkennen, dass das nicht alles war. »Was hast du denn genau gesehen?«, hakte Lilly unwirsch nach.

»Sie haben sich geküsst …, und zwar nicht auf die Wange, weil sich ihre Eltern kennen«, stöhnte Merle.

Schlagartig wich Lilly das Blut aus dem Kopf in die Beine und sie war froh, dass sie saß. Merle rückte dicht an sie heran und nahm sie erneut in den Arm. »Ich weiß, du willst den Boten töten, aber was wäre ich für eine Freundin, wenn ich es dir verheimlichen würde?«

»Schon gut, und du bist sicher, du hast dich nicht geirrt?«

»Nein, du kannst ihn ja mal fragen, was er gestern Abend gemacht hat. Und ist er heute hier, um dich zu unterstützen?«

Lilly atmete tief durch. »Nein, er meinte, er hätte mir liebend gern geholfen, aber er hätte eine Fortbildung, die über das ganze Wochenende gehen würde … und ich sollte ihn lieber nicht anrufen, weil sie bis in die Nacht hinein arbeiten würden.«

Merle tippte sich an die Stirn. »Und das glaubst du ihm?«

»Jetzt nicht mehr«, entgegnete sie und griff nach ihrem Handy.

»Dann nämlich hätte er einen Doppelgänger, der gestern nach der Vorstellung von La Traviata vor der Oper mit der Tochter vom Boss rumgeknutscht hat«, fügte Merle hinzu.

»Ach, deshalb war er so sicher, dass er befördert wird«, sinnierte Lilly, nachdem das Blut wieder normal durch ihren Körper zirkulierte und sie nicht mehr befürchten musste, in Ohnmacht zu fallen. Energisch tippte sie seine Nummer ein. Wie nicht anders erwartet, war nur seine Mailbox dran. Lilly wiederholte das Ganze noch einmal, wieder vergebens. Beim dritten Versuch hatte sie Erfolg. Alexander Lehmann meldete sich und statt seine Freundin zu begrüßen, fauchte er sie gleich an, warum sie ihn denn mitten in der Fortbildung stören würde.

Lilly atmete ein paar Mal tief durch, weil sie nicht so recht wusste, wie sie auf diese dreiste Lüge reagieren sollte. Da half es auch nichts, dass Merle aufgeregt gestikulierte und Zeichen machte, aus denen unmissverständlich zu lesen war, dass sie ihm die Meinung geigen solle.

Doch das entsprach partout nicht ihrer Art. Sie verabscheute laute Pöbeleien und unkontrollierte Eifersuchtsszenen. Davon hatte sie in ihrer Jugend einige erleben müssen. Bella hatte bei dem geringsten Verdachtsmoment auf einen potenziellen Fremdgang ihrer Männer sämtliche Contenance verloren und ihre Lover lautstark zur Schnecke gemacht. Lilly aber neigte dazu, immer erst alles in Ruhe abzuwägen, bevor sie reagierte. Entsprach der Eindruck, der sich ihr zwangsläufig aufdrängte, wirklich den Tatsachen? Betrog Alex sie tatsächlich mit Christine Mertens? Und wenn, nützte es etwas, ihn deswegen jetzt zur Sau zu machen?

»Tut mir leid, hatte ich vergessen«, murmelte sie und drückte das Gespräch weg.

Merle musterte sie entgeistert. »Das kann doch nicht wahr

sein! Glaubst du, dass er ein mieses Arschloch ist, wirklich erst, wenn du die beiden in flagranti erwischst?«

Natürlich nicht!, dachte Lilly. So blöd war sie auch nicht. Nach dem, was Merle ihr da eben offenbart hatte, war sie sich sogar ziemlich sicher, dass ihr Freund sie nach Strich und Faden belogen hatte, aber die Frage war doch: Wie sollte sie damit umgehen, ohne sich lächerlich zu machen?

»Ich muss noch eine Nacht drüber schlafen«, seufzte Lilly.

Merle rollte genervt mit den Augen. »Du schon wieder! Kannst du nicht einfach mal richtig ausrasten wie eine rasend eifersüchtige Furie und dich total unvernünftig verhalten?«

Lilly stieß einen tiefen Seufzer aus. »Möchtest du mir jetzt helfen oder nicht?«, fragte sie und drückte Merle einen blauen Müllsack in die Hand. Ihre Freundin fluchte in sich hinein.

»Der gehört mal richtig rundgemacht, der Arsch!«, war das Letzte, was Lilly hörte, bevor Merle in der Küche verschwand.

2.

Mit einem pelzigen Gefühl auf der Zunge wachte Lilly auf. Die Freundinnen hatten sich zu später Stunde noch über einen Lieferservice indisches Essen und zwei Flaschen Wein besorgt. Danach waren sie in einen komatösen Schlaf auf Bellas Himmelbett gefallen. Immerhin hatten sie eine Menge geschafft. Merle war wie ein Derwisch durch die Küche gefegt und hatte sie bereits fast völlig ausgeräumt.

Lilly spürte etwas Schweres auf ihrer Brust und dachte zunächst, das wäre der Arm ihrer Freundin, aber als sie eine feuchte Hundezunge fühlte, wusste sie, dass Emma die Gunst der Stunde genutzt hatte und in ihr Bett gesprungen war.

»Milchkaffee«, zwitscherte eine muntere Stimme. Merle stand frisch wie ein junger Morgen mit einer von Bellas heiß geliebten französischen Kaffeeschalen vor ihrem Bett.

»Wieso siehst du so gut aus? Hast du den Wein in Bellas Zimmerpalme gegossen, während ich meinen getrunken habe?«, brummte Lilly.

»Nein, ich habe genauso viel gesoffen wie du, aber ich habe mich durch Bellas Naturkosmetik gecremt.«

Lilly setzte sich auf und verpasste Emma einen Schubs, sodass die Hundedame aus dem Bett sprang und das Schlafzimmer beleidigt verließ. Merle reichte Lilly den Kaffee, bevor sie sich auch einen holte und sich damit neben ihre Freundin unter die Decke legte.

»Pass auf! Ich habe mir überlegt, dass ich das Atelier ausräume«, schlug sie vor.

»Viel Vergnügen! Und was hast du mit den schweren Jungs vor?«

»Ich drapiere sie um mein Bett herum und verweise jeden miesen Lover auf die Bestückung der Prachtkerle.«

Lillys Antwort war ein liebevoller Stoß in Merles Seite.

»Nein, die werden von einer Malschule abgeholt. Die Leiterin steht auf Skulpturen deiner Mutter. Ich habe ihr eben am Telefon versprochen, sie kann sie alle bekommen, wenn sie den Transport organisiert.«

»Du bist ein Schatz!«, seufzte Lilly erleichtert.

»Hat er schon reagiert?«, fragte Merle und beugte sich neugierig über ihre Freundin, um einen Blick auf das Handy zu erhaschen.

»Wer auf was?«

»Na, Alexander auf deine Nachricht.«

»Welche, äh …«

»Das weißt du gar nicht mehr? Die war ja für deine Begriffe richtig spontan«, lachte sie.

Hektisch griff Lilly nach dem Telefon und suchte die Nachricht, die sie ihm angeblich geschrieben haben sollte.

Schatzi, habe heute Abend Karten für La Traviata. Freue mich, mit dir in die Oper zu gehen. Küsschen

Lilly war beinahe erleichtert über den harmlosen Text. Sie hatte sich bereits das Schlimmste ausgemalt, da sie davon ausgehen musste, dass Merle ihr im Rausch *ihre* passenden Worte diktiert hatte.

»Nein, er hat nicht geantwortet«, sagte sie betont cool. »Wie soll er auch, wenn die Tussi neben ihm im Bett liegt?«

»Und nun?«

»Nun plane ich meinen furiosen Abgang«, stöhnte Lilly. »Ich kämpfe noch, ob ich zur Pistole oder dem Messer greife.«

»Haha. Hauptsache, du erteilst ihm eine Lektion, die das arrogante Arschloch nie mehr vergessen wird. Ich habe schon befürchtet, Madame Übervernünftig könnte trotzdem bei ihm bleiben, weil sie sich doch so an ihn gewöhnt hat.«

»Ich bin zwar vernünftig, aber das heißt ja nicht, dass ich doof bin. Natürlich schieße ich ihn in den Wind! Wieso sollte ich ihm das verzeihen?«

»Liebst du ihn?«

Diese Frage kam ziemlich plötzlich, ein bisschen zu plötzlich für Lillys angeschlagenen Zustand. Dabei ahnte sie, worauf Merle hinauswollte: Ob ihre Freundin die üblichen Symptome von Verliebtheit spürte, die Merle in der Liebe so wichtig waren – Herzrasen, Schmetterlinge im Bauch und Wackelknie. Sollte Lilly ihr verraten, dass es sie in ihren dreiunddreißig Lebensjahren noch nie in dieser extremen Form erwischt hatte? Stattdessen leierte sie den Spruch runter, den sie stets von sich gab, wenn ihre Freundin auf die große Liebe zu sprechen kam.

»Ich weiß nicht, ob diese Art von Verliebtheit, die du dir so vorstellst, für eine Partnerschaft wirklich notwendig ist. Kommt es nicht vielmehr darauf an, dass ich dem anderen vertrauen und mich auf ihn verlassen kann?«

»Bla, bla, bla. Ich glaube, du hast schlichtweg Angst vor der Liebe!«

Lilly spürte, wie ihr vor Zorn das Blut in die Wangen schoss.

»So ein Unsinn! Denk doch mal an alle deine Männer, in die du unsterblich verliebt warst! Keine dieser Beziehungen hat länger als ein Jahr gehalten, weil diese Kerle gar nicht zu dir gepasst haben. Was haben dir da die Schmetterlinge genützt?«

»Du willst doch bloß anders als Bella sein. Die hat geliebt und gelitten, aber sie hat gelebt.«

Lilly sprang mit einem Satz aus dem Bett. Dabei verschüttete sie vor lauter Wut den restlichen Kaffee über Bellas Lieblingsbettwäsche, dem mauvefarbenen Satin.

»Scheiße!«

»Lilly, warte, ich habe das nicht so gemeint«, rief Merle ihr hinterher, aber Lilly wollte nichts mehr hören und schloss sich im Bad ein. Was sie da im Spiegel sah, war nicht besonders erbaulich. Ihr Haar war völlig zerzaust und unter den Augen hatte sie unübersehbare Ringe, aber die schob sie auf ihr nächtliches Gelage und nicht auf möglichen Liebeskummer. Ist es nicht merkwürdig, dass ich um Alex noch keine Träne vergossen habe?, fragte sie sich. Müsste sie ihn nicht jetzt schon ganz schrecklich vermissen?

Lilly würde gern etwas fühlen, aber sie blieb innerlich völlig unberührt. Außer dass sie der Gedanke verletzte, einfach ausgetauscht zu werden, wollte keine tiefere Verzweiflung aufkommen. Lag es daran, dass sich in ihrer Beziehung seit Längerem ohnehin nichts mehr bewegt hatte, sie nur noch gelegentlichen und sehr routinierten Sex hatten und dass Alex so gar kein Herz für Emma hatte? Oder lag es womöglich daran, dass es zwischen ihnen von Anfang an nicht geprickelt hatte, wie es Bella genannt hatte? Ihre Mutter war nie besonders warm mit Alex geworden, sondern hatte lange Lillys allererstem Freund Ben, einem Musiker, nachgetrauert. Der hatte zwar auf jeder Tournee andere Frauen, aber Bella fand ihn einfach süß. Lilly selbst war der »Süße« etwas zu unzuverlässig gewesen, sodass sie, zugegebenermaßen schweren Herzens, mit ihm Schluss gemacht hatte. Wenn sie jetzt an ihn zurückdachte, musste sie ihre Erinnerung daran, niemals wirklich verliebt gewesen zu sein, etwas relativieren. In Ben war sie doch ziemlich verschossen gewesen und hatte wochenlang unter der Trennung gelitten. Bella, die, sobald sie nur Betrug witterte, bei ihren Lovern zur Furie geworden war, hatte damals die Meinung vertreten, diese Tour-Geschichten hätten doch nichts zu bedeuten. Lilly aber hatte sich seitdem strikt an etwas seriösere Männer gehalten. Jedenfalls Männer, die seriöser wirkten, fügte sie in Gedanken hinzu, denn auch ein geschniegelter Krawattenträger und Endreihenhausbewohner wie Alex konnte sich als äußerst unzuverlässig erweisen, wie sie jetzt am eigenen Leib erleben durfte.

Lilly griff nach einer Bürste und versuchte, ihr Haar zu entwirren. Es ziepte ganz fürchterlich, aber das Ergebnis ließ sich sehen. Von ihrem Kopf stand kein wildes Gestrüpp mehr nach allen Seiten ab, sondern ihr langes blondes Haar sah halbwegs nach einer Frisur aus. Nach dem Duschen bearbeitete sie ihre Augenringe so intensiv mit einem Concealer, dass sie fast wieder normal aussah. Sie wollte gerade wie gewohnt das Haar hochstecken, dann stutzte sie. Mit dem offenen Haar sah sie eigentlich viel jünger aus. Offenes Haar trug sie sonst nie. Das würde sich ab heute ändern! Lilly war gespannt, ob Merle es gleich bemerkte. Ihr tat es inzwischen leid, dass sie die Freundin so angeranzt hatte, aber die wahre Liebe war nun einmal ihr wunder Punkt. Und Merles Spruch, Lilly würde die Liebe fürchten, war ja auch nicht besonders nett gewesen.

Als Lilly aus dem Bad zurückkehrte, war weder etwas von Merle noch von Emma zu sehen oder zu hören. Sie rief nach ihrem Hund, aber er kam nicht wie gewohnt angeflitzt. Daraus schloss sie, dass Merle mit Emma Gassi gegangen war.

Mit einem Blick ins Wohnzimmer stellte sie erleichtert fest, dass sie gestern wirklich noch eine Menge Zeugs weggeschafft hatte. Die meisten Sachen hatte sie für die Leute vom Sozialkaufhaus hingestellt. Und das war viel. Lilly war eben frei von jeglicher Sammlerlust. In der Kiste, die sie mitnehmen wollte, waren bislang nur ihre liebste Engelsfigur, sechs sehr hübsche zusammenpassende Weingläser und eine Jugendstillampe gelandet.

Mit Grauen fiel ihr Blick auf das untere Fach von Bellas Wohnzimmerschrank, in dem sie, wie sie wusste, Hunderte ungeordneter Fotos aufbewahrte. Natürlich hätte sie die Erinnerungen einfach auf Nimmerwiedersehen in einem blauen Müllsack verschwinden lassen und nur das Foto von Bella im roten Wallegewand mitnehmen können, aber das hätte sie doch pietätlos gefunden. Zumindest ein paar Kinderfotos von sich und welche, auf denen sie mit Bella abgebildet war, wollte sie sich aus dem Chaos heraussuchen.

Lustlos zog sie diverse Kisten hervor. Immerhin hatte Bella die Fotos in Behältnisse und nicht einfach in die Schublade gestopft. Lilly überlegte, ob sie sich Kiste für Kiste durch das Leben ihrer Mutter arbeiten sollte, aber als sie gleich aus der ersten ein nagelneues Passfoto von ihr und ein Babyfoto von sich hervorzog, wusste sie, dass sie in den Kisten keine Vorsortierung nach Jahren zu erwarten hatte. Genervt schloss Lilly die Augen, weil ihr ein solches Durcheinander zuwider war. Kurz entschlossen kippte sie den Inhalt der Kisten auf dem Boden aus.

Nach einem Stoßseufzer ließ sie ihren Blick über den Fotoberg schweifen, doch dann griff sie beherzt zu. Bella in jungen Jahren. Eine blonde Schönheit mit wasserblauen Augen. Um diese hellen Augen hatte Lilly ihre Mutter stets beneidet, denn sie selbst besaß braune Augen, die ihrer Ansicht nach so gar nicht zu ihrem hellblonden Haar passten. Mit dieser Meinung stand sie allerdings ziemlich allein. Ob Freundinnen oder Männer, alle hatten sich nahezu entzückt über ihre wunderschönen Augen geäußert. Lilly hatte das irgendwann akzeptiert und sah darin einen Gruß ihres italienischen Vaters, der ja keinen Schimmer hatte, dass im hohen Norden eine Blondine mit seinen Augen herumlief. »Habe ich diese Bernsteinaugen von meinem Vater geerbt?«, hatte sie Bella manchmal gefragt. Wie immer, wenn es sich um ihren Erzeuger gehandelt hatte, war ihre eloquente Mama plötzlich sehr einsilbig geworden. »Möglich. Es ist lange her. Wie soll ich mich denn daran erinnern?« Nur ein einziges Mal hatte Lilly sie gefragt, ob sie vielleicht ein Foto von ihm hätte, denn Bella hatte schon seit jeher versucht, alles mit ihrer Kamera festzuhalten.

»Habe ich nicht!«, hatte sie unwirsch erwidert.

Lilly blickte noch einmal in das ausgeräumte Fach und sie stellte fest, dass sie etwas übersehen hatte. Verdrossen zog sie eine kleine Holzkiste mit Intarsien-Schnitzerei aus der hinteren Ecke hervor.

»Nicht noch mehr Fotos«, stöhnte sie genervt und wollte die Kiste öffnen, um den Inhalt auf den Haufen zu schütten, doch das funktionierte nicht. Lilly stutzte. Wieso hatte ihre Chaotenmutter eine Kiste verschlossen, obwohl sie manchmal selbst ihre Haustür nachts offen ließ, weil sie das Abschließen vergaß? Ein Schatz, dachte sie belustigt, nahm die kleine Holzkiste zur Hand und schüttelte sie, aber darin klapperte nichts, was auf Schmuck oder wertvolle Münzen hindeutete.

In diesem Augenblick flog die Haustür auf, Emma schoss auf sie zu, stoppte inmitten der Fotos und schüttelte sich kräftig. Offenbar waren die beiden an der Elbe gewesen, beziehungsweise der Hund auch in der Elbe. Jetzt waren die oberen Fotos nass und Lillys Lust, sie zu sortieren, schwand noch mehr.

»Willst du Brötchen?«, fragte Merle noch sichtlich verschnupft wegen ihres kleinen Streits am Morgen.

»Schau mal, was ist das?« Lilly hielt der Freundin die verschlossene Kiste hin.

Merle schüttelte den Kasten und zuckte die Achseln. »Eine Schatzkiste?«

»Tja, das habe ich auch zuerst gehofft, aber ich befürchte, da sind auch nur Fotos drin. Sehr ungewöhnlich für meine Mutter. Sie hat nie was abgeschlossen. Wahrscheinlich wird es keinen Schlüssel mehr geben, oder er wird zumindest unauffindbar sein«, seufzte Lilly.

»Ach, was weiß ich«, brummte Merle. »Magst du jetzt ein Brötchen oder nicht?«

»Schon, aber was soll ich mit der Kiste machen?«

Merle verdrehte die Augen, verschwand in der Küche und kehrte mit einem Messer in der Hand zurück.

Lilly verstand nicht sofort, was das sollte, doch als Merle sich die Kiste griff und mit dem Messer am Schloss herumstocherte, war ihr klar, was sie vorhatte.

»Danke und lass uns uns wieder vertragen«, schlug Lilly vor, als Merle ihr die geöffnete Kiste reichte.

»Tut mir leid«, entgegnete Merle. »Aber ich rege mich nun mal höllisch auf, wenn du die Liebe immer nur auf Verstandesebene abhandelst.«

Lilly antwortete nicht, sondern hob den Deckel der Kiste hoch. Wie erwartet befanden sich lediglich Fotos darin.

Lustlos nahm sie eines zur Hand. Es zeigte Bella offenbar mit einer Freundin auf einem Boot. Leider konnte man ihre Gesichter nicht wirklich erkennen, weil das Bild verwackelt war. Auf den weiteren Fotos war Bella nicht mehr mit ihrer Freundin abgebildet, sondern mit einem gut aussehenden jungen Mann. Er hatte dunkle Locken, ein kantiges Gesicht mit einem ausgeprägten Kinn und einer sehr großen Nase, und er war leicht gebräunt. Lilly brauchte nicht viel Fantasie, um zu schließen, dass es sich um einen Südeuropäer handelte. Ihr Herzschlag beschleunigte sich, als Merle ein weiteres Foto mit dem verliebten Paar hervorholte und ausrief: »Da war ich früher mit meinen Eltern ein paar Mal in den Sommerferien.« Sie deutete auf die imposante Kirche im Hintergrund.

»Und wo ist das?«, fragte Lilly, obgleich sie bereits ahnte, in welchem Land das Foto geschossen worden war.

»Das ist der Duomo von Como«, lachte sie. »Aber die beiden sind ja mächtig verknallt. Guck mal, wie sie ihn anhimmelt. Und er guckt so gierig, als würde er sie auf der Stelle vernaschen wollen.«

Lilly nahm ein weiteres Foto zur Hand. Wieder eines mit Bella und ihrem italienischen Begleiter. »Ob das mein Vater ist?«, sinnierte sie laut.

»Die Augen hast du jedenfalls von ihm. Guck doch mal, was

der für Glutaugen hat«, bemerkte Merle aufgeregt. »Du hast doch immer schon daran gezweifelt, ob Bella sich nicht absichtlich unwissend gestellt hat, was deinen Erzeuger angeht. Das ist der Beweis!«

»Aber sie scheint noch nicht schwanger zu sein«, stellte Lilly mit einem prüfenden Blick auf ein Bikinibild fest. Darauf war Bella gertenschlank. So hatte Lilly ihre Mutter nie kennengelernt. Bella hatte immer eine eher barocke Figur. Sie war wirklich hübsch und ziemlich frech, dachte Lilly beim Anblick eines Bildes, auf dem Bella sich lasziv im Arm des Italieners auf einem Bootssteg rekelte und lässig ihre Zunge herausstreckte.

»Das ist ja rattenscharf«, bemerkte Merle. »Da war ich übrigens auch schon mal. Das ist der hübsche Anleger von Lenno. Ob dein Vater vom Comer See kommt? Hat sie den See jemals erwähnt?«

»Natürlich nicht. Sie hat doch nie etwas über Italien gesagt, außer dass sie das Land nicht leiden kann«, entgegnete Lilly, während sie sich in ein weiteres Foto vertiefte. Auf dem Foto posierten ihre Mutter und der Dunkelgelockte vor einer imposanten Villa.

»Das ist bestimmt so eine Prachtvilla am Comer See«, erklärte Merle begeistert. »Lass uns da hinfahren und deinen Vater suchen.«

»Bist du verrückt? Erstens bekommen wir nicht so spontan Urlaub, zweitens wissen wir doch gar nicht, ob der Typ wirklich mein Vater ist und drittens wenn, dann haben die vielleicht nur Urlaub dort gemacht, und er kommt aus Sizilien oder sonst wo.«

»Spaßbremse!«, knurrte Merle. »Aber in einem hast du leider recht. Ich habe meinen Jahresurlaub schon im März genommen …« Sie betrachtete Lilly eingehend. »Steht dir übrigens super das offene Haar!«

Lilly hatte schon gedacht, Merle würde es gar nicht mehr bemerken. Zur Bekräftigung, dass sie sich mit dem offenen Haar sehr wohlfühlte, schüttelte sie ihre lange Mähne demonstrativ, bevor sie noch einen flüchtigen Blick auf die übrigen Fotos warf, auf denen immer wieder ihre Mutter zu sehen war – und meistens mit dem Italiener. In der Hoffnung, dass Bella hinten auf einem Bild notiert hatte, wer darauf abgebildet war und wo das Foto gemacht worden war, drehte Lilly die Fotos um. Leider stand auf keinem etwas. Das hätte auch gar nicht zu Bella gepasst, Fotos ordnungsgemäß zu beschriften, dachte Lilly und stieß einen tiefen Seufzer aus. »Die Fotos behalte ich, aber jetzt lass uns frühstücken und dann weitermachen. Sonst werden wir nie fertig.«

Während sie nach dem Frühstück Schublade für Schublade durchforstete, ging ihr der gut aussehende Italiener nicht aus dem Sinn. Immer wieder griff sie nach seinem Bild und betrachtete es versonnen. Je intensiver sie sich in sein Gesicht vertiefte, desto sicherer war sie, dass zwischen ihnen beiden eine unübersehbare Ähnlichkeit bestand. Bis auf die Nase, stellte sie fest.

Das meiste, was sie in den restlichen Schubladen fand, entsorgte Lilly. Was sollte sie auch mit Quittungen von alten Kretareisen, vergilbten Eintrittskarten aus aller Welt oder längst verfallenen Supermarktbonusbons? Nachdem der Schrank leer war, machte sie sich an den Schreibtisch, was auch nicht erbaulicher war. Das Einzige, was sie behielt, war ein Notizbuch, das sie Bella einmal zu Weihnachten geschenkt hatte, mit einem Engel vorne drauf. Sie hatte gehofft, dass das gegen die Zettelwirtschaft ihrer Mutter helfen könnte, und so hatte Bella auch brav angefangen, die Points ihrer Weight-Watcher-Kur zu notieren, jedenfalls die ersten drei Tage, dann folgten ihre Wünsche für das Jahr 2016. Die hatte sie wahrscheinlich zu Silvester hastig in das Büchlein gekritzelt. Als Lilly unter dem Punkt *Körper* las: *Ich bin rundherum gesund,* schossen ihr die Tränen in die Augen, die versiegten, als sie unter *Familie* las: *Ich sage Lilly die ganze Wahrheit.* Ihr

Herz klopfte bis zum Hals. Nun hatte sie den Beweis schwarz auf weiß. Bella hatte ein Geheimnis vor ihr bewahrt, das sie ihr auf ihrem Sterbebett hatte anvertrauen wollen. Hastig steckte sie das Büchlein in die Kiste, die sie mit in ihre Wohnung nehmen wollte. Sie war noch immer nicht einmal zur Hälfte gefüllt.

Schließlich zog Lilly unter Bellas Schreibtisch einen kleinen Schredder hervor, den sie noch nie zuvor bei ihr gesehen hatte und der ziemlich neu zu sein schien. Normalerweise pflegte Bella zu Lillys großer Empörung, Papierkram in Plastiktüten verpackt im Hausmüll zu entsorgen. Ihr kam dieses Gerät allerdings gerade recht, konnte sie sich doch auf diese Weise der vielen Notizzettel entledigen. Doch das Teil klemmte, sodass Lilly nachsehen musste, wo das Problem lag. Sie staunte nicht schlecht, als sie feststellte, dass der Behälter bis oben hin voll mit nicht zerschredderten Kontoauszügen war. Lilly musste grinsen, weil das wieder so typisch für ihre Mutter war. Sie kannte jedenfalls keinen außer ihr, der seine Kontoauszüge im Papierschredder aufbewahren würde. Während sie noch überlegte, ob sie sie ordnungsgemäß durch das Gerät schicken oder nicht nach Bellas Art in Plastiktüten in den Müll werfen sollte, blieb ihr Blick auf einem Zahlungseingang in Höhe von 1500 Euro hängen. Er stach ihr ins Auge zwischen den anderen Beträgen, bei denen es sich immer nur um Ausgaben handelte. Als sie feststellte, dass dieses Geld von einer Bank in Como überwiesen worden war, und zwar mit dem Stichwort »Unterhalt Lilly« stockte ihr der Atem. Was wollte sie noch für einen Beweis für die Tatsache, dass ihre Mutter sie in puncto Erzeuger ein Leben lang nach Strich und Faden belogen hatte? Der Überweisende war ein gewisser Notario Bruno. Hektisch blätterte Lilly die übrigen Kontoauszüge durch und stellte zu ihrem Entsetzen fest, dass in den vergangenen fünf Jahren, aus denen diese Auszüge stammten, an jedem Ersten des Monats eine Überweisung in dieser Höhe auf Bellas Konto eingegangen war. Und das schien mit wenigen Ausnahmen der einzige Eingang auf Bellas Konto zu sein. Wenn ihre Kunden sie nicht bar bezahlt hatten, dann musste Bella wohl allein von diesem Geld gelebt haben. Lilly wurde kotzübel bei dem Gedanken, dass ihre Mutter womöglich ein Leben lang Unterhalt für sie bekommen und sie davon keinen Cent gesehen hatte. Im Gegenteil, manchmal war Bella am Ende des Monats so klamm gewesen, dass Lilly ihr sogar noch etwas zugesteckt hatte. Auch die Beerdigung hatte sie von ihrem Ersparten bezahlt. Lilly saß eine ganze Zeit lang wie betäubt vor dem blöden Schredder und konnte nicht fassen, was sie da soeben entdeckt hatte.

»Lilly, was ist denn mit dir passiert?«, hörte sie Merle von ferne fragen. Lilly zuckte erschrocken zusammen. Wortlos reichte sie ihr die Kontoauszüge, die sie auf einen Stapel gelegt hatte.

»Das gibt es doch wohl nicht. Und das sind ja nicht nur Peanuts, was er da monatlich abgedrückt hat. Warum hat sie dir das bloß verschwiegen?«

Lilly zuckte die Achseln, denn sie wollte partout nicht glauben, dass ihre Mutter ihr alles nur verheimlicht hatte, um sich ihr Geld einzustecken.

In diesem Augenblick bekam Lilly eine Nachricht von Alex.

Habe eben erst mein Handy wieder angeschaltet. Ist sehr stressig. Ich schlafe morgen bei mir. Musst leider allein in die Oper gehen. Wir sehen uns Montag. Küsschen

Während sie auf den Text starrte, durchzuckte Lilly ein Gedanke, den sie zunächst als »verrückt« abtat, der sie dennoch nicht mehr losließ. Als sie am Sonntagabend die Wohnung an den Vermieter übergeben hatte, war aus der vagen Idee bereits ein handfester Plan geworden, den sie vorerst für sich behielt.

Sie lud Merle zum Dank für ihre großartige Unterstützung zu ihrem Lieblingsitaliener ein. Der Chef Lorenzo, der wusste, dass sie in einer Wochenendaktion die Wohnung ihrer Mutter ausgeräumt hatten, gab ihnen den Wein aus. Er mochte Lilly sehr, für ihren Geschmack zu sehr, denn er hätte ihr Vater sein können, ein Gedanke, den sie bei der veränderten Sachlage in einem völlig anderen Licht sah. Erst beim anschließenden Saltimbocca weihte Lilly ihre Freundin in ihren Plan ein. Sie hatte Merle selten so sprachlos erlebt. Ihre Freundin musterte sie mit einer Mischung aus grenzenlosem Erstaunen und Skepsis.

»Du willst also wirklich dorthin reisen? Ach, ich würde dich so gern begleiten«, seufzte sie mehrfach, nachdem sie aus ihrer Schockstarre erwacht war.

Lilly aber hatte das Gefühl, dass sie dieses Abenteuer allein wagen musste. Und ganz allein würde sie schließlich nicht reisen, denn für sie stand es außer Frage, dass sie Emma auf ihren Trip zum Comer See mitnehmen würde. Dummerweise hatte sie gerade ihren Wagen verschrotten lassen, sodass sie wohl das Flugzeug nehmen musste.

Sie konnte nicht leugnen, dass ihr der eigene Mut auch ein bisschen Angst machte. Schließlich wäre es mit Abstand das Verrückteste, was sie jemals in ihrem Leben getan hätte.

3.

Ein Beben ging durch Lillys Körper, als sie am Montagmorgen ihren Nocharbeitsplatz in Jeans und Pullover statt wie gewohnt im dunkelblauen Kostüm betrat. Die Köpfe der Kollegen flogen herum, einer nach dem anderen, dieses Outfit kannten sie nicht an ihr. Lilly Haas war stets äußerst damenhaft in der Sparkasse erschienen und nicht mit offener Mähne und sportlicher Kleidung.

Als sie ohne anzuklopfen in Alexanders Büro spazieren wollte, wurde sie von dessen Vorzimmerdrachen Vera ausgebremst. Es war in der Bank ein offenes Geheimnis, dass Vera für Alex schwärmte und Lilly nicht leiden konnte.

»Hast du einen Termin?«, fragte Vera lauernd.

»Brauche ich nicht«, erwiderte Lilly. »Wir vögeln seit über drei Jahren miteinander, und da fragt er auch nicht vorher, ob er einen Termin bei mir hat.«

Vera fiel förmlich der Unterkiefer herunter, aber Lilly hatte jetzt keine Zeit, sich an ihrem Schock zu ergötzen. Bevor Vera sich von ihrem Schreck erholen konnte und womöglich versuchen würde, sie am Betreten des Büros zu hindern, riss sie die Tür auf.

Alexander telefonierte gerade, als Lilly das Zimmer betrat. Sie hätte es nicht beschwören können, aber sie meinte, er hätte gerade so etwas wie »Schatzi« von sich gegeben. Seine entsetzte Miene, als er sie wahrnahm, deutete ebenfalls darauf hin, dass Lilly ihn bei einem Telefonat mit der Tochter des Vorstandsvorsitzenden gestört hatte. Er wurde hektisch und fuchtelte mit dem freien Arm in der Luft herum, als wollte er sie wie eine Fliege verscheuchen.

Provozierend laut sagte Lilly: »Kein Problem, Liebling, ich kann warten.« Erfreut stellte sie fest, dass ihre Botschaft offenbar bei der Dame angekommen war, denn Alex bekam einen hochroten Kopf und stammelte, er würde gleich zurückrufen.

Kaum hatte er aufgelegt, funkelte er Lilly zornig an. »Seit wann überfällst du mich einfach unangemeldet in meinem Büro? Ich dachte, wir waren uns einig, dass wir uns auf der Arbeit professionell begegnen und ...« Er stockte. »... und wie siehst du überhaupt aus?«

Mit gespieltem Erstaunen blickte sie an sich herunter. »Das ist doch die Jeans, die du so scharf findest. Und mein offenes Haar, das liebst du doch auch im Bett.«

»Lilly! Bist du betrunken?!«

»Nein, ich würde sagen, das Gegenteil. So was von ernüchtert.«

Sie setzte sich auf die Schreibtischkante und reichte ihm breit lächelnd einen Briefumschlag.

»Was ist das?«, fragte er.

»Ein Liebesbrief«, flötete sie.

»Was ist denn bloß in dich gefahren? Du bist doch sonst so vernünftig. Hast du irgendeine Droge genommen?«

»Lies, mein Schatz, damit sind alle deine Fragen beantwortet.«

Entnervt öffnete er den Umschlag. Während er den Brief las, wechselte seine knallrote Gesichtsfarbe ins Violette, als stünde er kurz vor dem Infarkt.

»Das ist nicht dein Ernst!«, brüllte er. »Das kannst du nicht machen!«

»Oh doch«, widersprach Lilly. »Und wie ich das kann.«

»Du wirst nie wieder so einen guten Job bekommen«, fügte er drohend hinzu.

»Man hat schon ein paar Mal versucht, mich für die Konkurrenz zu gewinnen, aber ich bin ja loyal und wollte auf keinen Fall meinen Chef verlassen, aber nun muss ich in erster Linie an mich denken.«

»Bitte mach keinen Unsinn und schon gar nicht zu diesem Zeitpunkt. Merle und du, ihr seid meine besten Pferde im Stall. Einige wichtige Kunden kommen nur euretwegen. Nein, das geht nicht! Nicht, bevor meine Beförderung ...« Er presste die Lippen zusammen.

Aha, daher weht der Wind, dachte Lilly verächtlich und schadenfroh zugleich. Wenn der Arme ahnen würde, was Merle ihr gestern Abend anvertraut hatte. Auch sie würde die Filiale umgehend verlassen. Man hatte ihr seitens der Zentrale angeboten, sofort als Abteilungsleiterin in eine der Hauptfilialen zu wechseln. Sie hatte nur Lillys wegen noch nicht zugesagt. Dazu liebte sie die gemeinsamen Mittagessen mit der Freundin viel zu sehr. Nun stand ihrem Karrieresprung nichts mehr im Weg.

»Das kommt gar nicht infrage. Du bleibst! Es gibt keinen Kündigungsgrund!«, verkündete er in strengem Ton, nachdem er gemerkt hatte, dass sein Betteln nicht nur erfolglos war, sondern Lilly sogar zu amüsieren schien.

»Das sehe ich anders. Ich denke, dass mein Chef ein Verhältnis mit mir hat und mich nun mit der Tochter des Vorstandsvorsitzenden betrügt, müsste ausreichen«, erklärte sie grinsend.

Die violette Farbe seines Gesichts wechselte in ein milchiges Weiß.

»Das ist doch Unsinn, du leidest ja unter Verfolgungswahn!«

»Das sagen Männer immer, wenn sie sich ertappt fühlen«, konterte sie.

»Bitte, Lilly, wir können über alles reden. Ich meine, wir waren doch immer ein Superteam. Überleg es dir doch mit der Kündigung, bis, bis ...«

»... bis du die Karriereleiter aufgestiegen bist, was aber nicht passieren wird, wenn du deine beiden besten Kräfte auf einmal verlierst und der Vater deiner Flamme erfährt, dass du bereits mit einer deiner Mitarbeiterinnen liiert warst, während du an seiner Tochter rumgebaggert hast.«

Mit diesen Worten drehte Lilly sich auf dem Absatz um und ging zur Tür. Sie fühlte seinen Blick in ihrem Rücken brennen. Ach, ist das ein erhebendes Gefühl, dass ich ihn verlasse und nicht umgekehrt, jubelte sie innerlich.

»Lilly, bitte geh nicht! Das mit Christine, das ist doch nur eine Freundschaft, weil, du weißt doch, dass sich unsere Eltern ...« Er stockte.

Die Tür war aufgeflogen und seine angeblich platonische Gespielin rauschte wie eine Rachegöttin in sein Büro.

»Wo kommst du ... aber, aber du warst doch gerade noch am Telefon«, stammelte Alex.

»Ich war nebenan in einer Boutique und lasse mich nicht so einfach abwimmeln. Hörst du? Ich bin ein anderes Kaliber als dein Bankmäuschen.« Sie musterte Lilly abfällig, dann stutzte sie. »Kommen Sie immer so zur Arbeit? Da muss ich wohl mal mit meinem Vater sprechen.«

»Ach, machen Sie sich keine Mühe. Ich arbeite nicht mehr hier. Mit besten Grüßen an Ihren Vater. Die Anweisung, auch noch 80-Jährigen eine lang laufende Kapitallebensversicherung aufzuschwatzen, finde ich übrigens, gelinde gesagt, menschenverachtend. Dann macht es Ihnen sicher nichts aus, wenn das Bankmäuschen Sie jetzt mit dem Herrn allein lässt, der eben gerade behauptet hat, Sie wären nur eine gute Freundin. Da gibt es doch bestimmt Gesprächsbedarf zwischen Ihnen beiden«, erwiderte Lilly und fragte sich allen Ernstes, was sie wohl je an diesem biederen Schluck Wasser im Anzug gefunden hatte. Nun war er nämlich grau im Gesicht und sah um zehn Jahre gealtert aus. Lilly hörte noch, wie das Vorstands-Töchterchen ihn anbrüllte. »Du Arschloch, das war's dann!«

Draußen im Großraumbüro waren alle Augen auf Lilly gerichtet. Sie baute sich vor ihren Kollegen auf und erklärte unmissverständlich, dass sie gekündigt hatte. Sowohl ihren Job als auch die Beziehung zum Chef. Einige ihrer liebsten Kolleginnen klatschten Beifall.

»Und hört auf, alte und gutgläubige Kunden über den Tisch zu ziehen. Das gibt schlechtes Karma«, fügte sie hinzu. Der Beifall verebbte auf der Stelle, aber das war Lilly herzlich gleichgültig. Dieses Kapitel war für sie abgeschlossen. Dass sie nicht wusste, wie es langfristig weitergehen sollte, war ihr zwar äußerst unangenehm, aber es brachte sie nicht aus der Fassung.

Vielleicht sollte ich doch noch Kunst studieren, dachte sie, während sie zu ihrem Schreibtisch ging und die wenigen privaten Gegenstände einsteckte. Im Grunde genommen war es nicht viel mehr als ein Starfoto von Emma.

Sie wunderte sich sehr darüber, dass sie weder Herzklopfen noch sonstige körperliche Symptome verspürte, als sie wenig später entschiedenen Schrittes ihren langjährigen Arbeitsplatz verließ. In der Tür begegnete ihr eine über beide Backen strahlende Merle, die ebenfalls nur gekommen war, um ihren Schreibtisch zu räumen, da sie am Montag schon in der Zentrale arbeitete.

Bei einem gemeinsamen Cappuccino berichtete Lilly Merle von Alexanders Panik, dass ihm nun wohl die Beförderung durch die Lappen gehen würde, weil er auf einen Schlag zwei seiner besten Mitarbeiterinnen verloren hatte. Und dass er wahrscheinlich auch keine Hilfe seitens des Vorstandsvorsitzenden zu erwarten hätte, weil seine Tochter ihren Lover gerade in die Wüste geschickt hatte. Merle musterte ihre Freundin bewundernd.

»Weißt du, dass dir dein Mut verdammt gut steht? Deine Augen leuchten, als hättest du gerade das große Los gezogen.«

»Ich fühle mich auch so stark wie lange nicht mehr. Wenn ich geahnt hätte, was das für ungeahnte Kräfte freisetzt, wenn man etwas wagt, ich hätte es schon früher getan. Andererseits hätte ich mir diesen Auftritt gar nicht leisten können, wenn ich nicht so eine Spießerin wäre, die ein bisschen Geld angespart hat.«

Merle nahm Lilly in den Arm. »Versprich mir. Du musst mir alles schreiben. Und Fotos schicken. Ach, ich beneide dich, die italienischen Männer sind einfach umwerfend.«

»Woher willst du das denn wissen?«

»Als ich das letzte Mal mit meinen Eltern dort Urlaub gemacht habe, war ich kein Kind mehr«, seufzte Merle und schien in eine schöne Erinnerung versponnen. »Luigi … Kellner in unserem Hotel, heimliche Treffen in seiner Dachkammer. Ich hatte selten einen besseren Lover …«

Lilly hielt sich übertrieben die Ohren zu. »Merle, ich suche meinen Vater und keinen Lover!«

Merle schwieg und grinste vielsagend.

»Nun spuck schon aus. Was liegt dir auf der Zunge?«, fragte Lilly, denn sie kannte ihre Freundin und besonders diesen Blick, den sie gerade aufgesetzt hatte.

»Aber nicht schlagen«, lachte Merle. »Blonde Bellas haben in Italien gar keine Chance, allein zu bleiben.«

Lilly verdrehte die Augen. »Dann werde ich Emma wohl darauf trainieren müssen, aufdringlichen Kerlen in den Arsch zu beißen.«

Merle lachte aus voller Kehle. »Emma und beißen? Die wird eher als Lockvogel fungieren. Hübsche Blondinen mit blondem Retriever, das ist wie eine Venusfalle.«

»Merle, jetzt ist aber gut. Ich habe gerade ziemlich die Nase voll von Kerlen. Und ich weiß doch gar nicht, was mich dort erwartet. Vielleicht ist alles ganz anders, als es scheint.«

»Ich verspreche dir jedenfalls, dass ich sofort nachkomme, sobald ich mit meinem neuen Chef den Urlaub ausgehandelt habe.«

»Merle, was denkst du denn? Ich bleibe allerhöchstens vierzehn Tage. Dann muss ich mich um einen neuen Job kümmern«, entgegnete Lilly empört. So verrückt, eine Reise ohne Wiederkehr zu planen, war sie dann doch nicht! In dem Augenblick fiel ihr ein, dass sie noch viel zu erledigen hatte. Sie musste einen Flug buchen und ein Hotel finden. Das teilte sie ihrer Freundin mit, die sofort ihr Handy hervorholte und nach Flügen für sie guckte. In Windeseile hatte sie etwas Passendes gefunden und verlangte nur noch nach Lillys Kreditkarte.

»In drei Tagen fliegst du, wenn dir das recht ist«, fügte sie hinzu und gab eifrig die Flugdaten ihrer Freundin ein.

»So schnell? Bist du wahnsinnig? Ich kann doch nicht alles stehen und liegen lassen. Ich muss das Konto meiner Mutter auflösen, ihre Versicherungen kündigen ...«

Merle lachte laut auf. »Bellas Versicherungen? Ich glaube, damit wirst du wenig Arbeit haben.«

»Trotzdem, ich kann nicht fahren, bevor ich nicht alles erledigt habe.«

»Reichen vierzehn Tage? Hier ist was Entsprechendes.« Sie deutete auf ein Angebot.

»Denk an den Hund.«

Merle sah Lilly fassungslos an. »Ich dachte eben, das sei ein Witz. Das mit dem Hund, der aufdringliche Männer beißen soll. Du willst Emma doch nicht etwa mitnehmen?«

»Na sicher. Was soll ich denn sonst mit ihr machen?«

»Ich nehme sie natürlich.«

Lilly überlegte einen Augenblick. Natürlich wäre es unvernünftig, Emma mitzunehmen. Diese Tortur, sie mit auf eine Flugreise zu nehmen, hatte sie schon einmal hinter sich gebracht. Emmas Blick, als sie sie in ihrem Käfig auf das Gepäckband gestellt hatte, würde Lilly im Leben nicht vergessen. Wäre Bella nicht dabei gewesen, sie wäre wahrscheinlich in Tränen ausgebrochen. Nach der Reise hatte sie sich vorgenommen, ihrer Hündin das nie wieder zuzumuten. Den Flugkäfig hatte sie schon längst verkaufen wollen. Sie war seitdem nicht mehr geflogen, sondern nur noch mit ihrem Wagen in den Urlaub gefahren, doch der war nun nicht mehr über den TÜV gekommen. Das sprach alles dafür, Emma bei Merle zu lassen, aber Lillys Bauch signalisierte ihr deutlich, dass sie bei diesem Unternehmen ihren Hund unbedingt bei sich haben sollte. Obwohl sie das eigentlich extrem egoistisch von sich fand, konnte sie in diesem Punkt nicht über ihren Schatten springen.

»Ich nehme sie mit«, erklärte sie entschieden.

»Wie du meinst. Dann schauen wir mal, ob das geht.« Merle vertiefte sich in die Flugdaten.

»Mit Hund könntest du Sonntag in einer Woche fliegen. Ach, vielleicht ist es auch besser, dann ist schon Anfang Mai und das Wetter ist schöner.«

»In einer Woche, aber, aber das ist ja, also sehr spontan ...«

»Das Konto ist schnell aufgelöst, wenn du alle Unterlagen beisammen hast. Soll ich?«

Merle musterte Lilly lauernd. Sie reichte der Freundin stöhnend die Kreditkarte.

Mit dem letzten Click gab es kein Zurück mehr. Merle hatte ihre Freundin samt Hund nach Mailand eingebucht. Lilly schwirrte allein bei der Vorstellung, die arme Emma müsste wieder in einem dunklen Frachtraum fliegen, der Kopf. Ihre Euphorie, endlich einmal etwas Aufregendes zu tun, wich einer Angst vor dem Chaos. Nun traute sie sich einmal im Leben, etwas Ungewöhnliches zu tun, und schon überforderte sie das Ganze.

»Und jetzt kommen wir zur Nobelherberge.« Und schon hatte Merle sich auf einer Buchungsseite eingewählt. »Nimm das Grandhotel Tremezzo. Da war ich auch mit meinen Eltern. Vielleicht ist Luigi noch da. Dann grüß ihn von mir.« Merle war regelrecht aufgekratzt. So, als würde sie sich in das Abenteuer ihres Lebens stürzen.

»Was kostet denn die Nacht?«, fragte Lilly zögernd.

»Die bieten gerade Rabatte an«, erwiderte Merle ausweichend.

»Wie viel?«

»Dreihundertneunzig Euro.«

»Die Woche.«

»Nein, die Nacht.«

»Dreihundert die Nacht?«, schrie Lilly entsetzt auf.

»Gönne dir doch mal was nach dem ganzen Stress! Es muss ja auch nur für eine Nacht sein und dann siehst du weiter. Weißt du, das passt einfach zum Comer See. Da ist alles so herrlich altmodisch. Mein Vater sagt immer, dort ist die Zeit stehen geblieben. Das ist noch wie das Italien, das er aus seiner Kindheit kennt. Soll ich?« Sie hielt Lilly demonstrativ ein Foto des Prachtbaus hin. Lilly schloss die Augen und schüttelte energisch den Kopf.

»Ach komm, nur eine Nacht.«

»Das ist doch Irrsinn, von dem Geld kann man anderswo einen ganzen Urlaub machen.«

»Mensch, Lilly, das ist doch keine gewöhnliche Reise und außerdem wirst du bald reich sein. Bei dem Unterhalt, den dir dein Vater gezahlt hat. Was meinst du, was du erst bekommst, wenn du ihn ausfindig gemacht hast? Der will dich doch bestimmt schnell wieder loswerden und sich deshalb spendabel zeigen.«

»Merle, mir geht's nicht um Kohle, ich muss wissen, warum mir Bella das verheimlicht hat!«

»Okay, aber es war doch eh gerade der Erste. Dann sind die tausendfünfhundert Euro sicher noch auf Bellas Konto, weil sie das Geld gar nicht mehr ausgeben konnte und du erbst es!«

»Na gut, damit du endlich Ruhe gibst, aber nur eine Nacht«, seufzte Lilly.

»Yes«, kommentierte Merle die erfolgreiche Buchung. »Und was willst du für ein Auto?«

»Wie Auto?«

»Na ja, das Hotel ist von Mailand schon mehr als eine Autostunde entfernt. Und wir brauchen natürlich einen größeren Wagen wegen Emmas Käfig. Also in einen Fiat 500 bekommst du den nicht rein.«

Lilly schwirrte der Kopf. Sie hatte das ungute Gefühl, dass das Leben sie wie eine Dampfwalze überrollte. Deshalb überließ sie ihrer Freundin auch diese Buchung und brach, statt sich zu freuen, unvermittelt in Tränen aus. Am liebsten würde sie alles rückgängig machen.

»Oh Gott, Süße, was ist los?«, fragte Merle erschrocken.

»Es ist alles zu viel«, schluchzte Lilly.

»Natürlich ist das alles zu viel auf einmal. Bellas Tod, die Erkenntnis, dass sie dich über deinen Vater belogen hat, Alex und seine Schnecke und überhaupt.« Sie umarmte ihre Freundin. »Wenn du willst, dann, dann storniere ich die Reise. Tut mir leid, falls ich dich irgendwie überfordert habe mit meiner Euphorie.«

Merle machte einen derart zerknirschten Eindruck, dass Lilly zu weinen aufhörte und sich zu einem Lächeln durchrang.

»Nein, nein, es bleibt jetzt so. Ich habe nur das Gefühl, ich schaffe es nicht. Ich weiß doch gar nicht, was mich erwartet. Ich habe Angst. Angst davor, meinen Vater nicht zu finden, Angst, ihn tatsächlich aufzuspüren … er ist doch ein fremder Mann, der ja offenbar nie Anstalten gemacht hat, Kontakt zu mir aufzunehmen.«

Merle zuckte mit den Schultern. »Wer weiß! Ich meine, vielleicht hat Bella ihm das verboten und wollte nicht, dass ihr beide euch kennenlernt.«

»Und wenn er einfach nur ein reicher Mistkerl ist, der sie sitzen gelassen und mit Kohle zum Schweigen verdonnert hat?«

»Möglich ist alles«, stöhnte Merle.

»Genau! Und das macht mir Angst. Dass ich nicht weiß, was auf mich zukommt.«

»So schlimm sich die Unsicherheit auch gerade anfühlen mag, ich glaube, du ersparst dir damit eine langwierige Therapie.«

Ihre Freundin hatte wie so oft recht. Vom Kopf war Lilly das völlig klar, nur ihr Herz konnte der rasanten Entwicklung der vergangenen Tage noch nicht folgen. Doch eines wusste Lilly ganz genau: Wenn sie es nicht wenigstens versuchte, dem Geheimnis ihrer Herkunft auf die Spur zu kommen, würde die Ungewissheit sie nie mehr ruhig schlafen lassen. Lilly hasste es, wenn Dinge unerledigt liegen blieben. Und dies hier war ein solcher Fall, der förmlich nach Erledigung schrie.

4.

Spätestens als der Pilot das Wetter in Mailand ansagte, war Lilly davon überzeugt, den größten Fehler ihres Lebens zu machen. Regen, 8 Grad. Beim Abflug in Hamburg waren 15 Grad und Sonne gewesen. Schon den ganzen Flug über hatte sie mit dem Gedanken gespielt, ob sie nicht einfach mit dem nächsten Flieger zurück nach Hause fliegen sollte, zumal ihr die Stewardess beim Anschnallen mit säuerlicher Miene gesteckt hatte, dass ihr Hund das Frachtpersonal angekläfft hätte. Daraufhin hatte sich Lillys Sitznachbarin ungefragt eingemischt und ihr Tierquälerei vorgeworfen. Aber jetzt einfach umzukehren, passte nicht zu Lilly. Wenn sie sich zu etwas entschieden hatte, dann stand sie auch dazu. Wankelmut war ihr fremd.

Ihre größte Hoffnung, dass ihr der Notar Bruno weiterhelfen würde, hatte sich bereits zerschlagen. Sie hatte zwar seine Büronummer herausbekommen und dort auch eine Vorzimmerdame ans Telefon bekommen, aber leider erfahren müssen, dass der ehrenwerte Notar kürzlich verstorben war. Lilly hatte daraufhin versucht, herauszubekommen, wer ihr außer ihm noch Auskunft über die Überweisungen an ihre Mutter geben könnte. Doch die Sekretärin hatte ihr keine Hoffnungen gemacht, weil sie nicht die Begünstigte dieses Geldes gewesen war. Das dürfte sie nur ihrer Mutter mitteilen. Erst als Lilly sie beschworen hatte, in den Unterlagen nachzusehen, wer hinter dieser Überweisung der monatlichen eintausendfünfhundert Euro steckte, da ihre Mutter dieses Geheimnis mit ins Grab genommen hätte, ließ sie sich erweichen. Was Lilly dann erfahren musste, brachte sie allerdings kein bisschen weiter. Im Gegenteil, es zeigte ihr in aller Deutlichkeit, dass ihr Vater seine Identität schützte, denn das Geld kam von einer Stiftung mit Sitz in Monaco. Weiteres wollte die Dame nicht verraten und beteuerte, dass sie schon mehr gesagt hatte, als sie eigentlich durfte.

Die Ankunft auf dem Flughafen Mailand Malpensa war das Grauen für Lilly. Nun hatte sie so viel über den guten Geschmack der Italiener gehört und landete auf einem ziemlich schrecklichen Airport, aber ihr war zunächst einmal wichtig, die arme Emma aus ihrem Gefängnis zu erlösen. Sie konnte es kaum erwarten, ihren Hund wiederzusehen. Doch das wurde eine herbe Enttäuschung, denn Emma schien schwer beleidigt, dass Lilly sie in einen Käfig gesperrt und man sie dann allein in einen dunklen Raum verfrachtet hatte. Sie nahm nicht mal das Leckerli an, das Lilly ihr als Wiedergutmachung hinhielt. Und das kam bei dem verfressenen Retriever einer Kriegserklärung gleich. Überdies weigerte sie sich, freiwillig die Box zu verlassen. Sie war gezwungen, Emma regelrecht aus ihrem Käfig zu hieven.

Es war eine ziemliche Plackerei, den Käfig zu dem Gepäck auf den Wagen zu hieven, während Emma widerspenstig an der Leine zerrte. Erneut schlichen sich bei Lilly erhebliche Zweifel ein, ob sie wirklich geeignet für ein solch spontanes Abenteuer war. Aber wer A sagt, muss auch B sagen, fügte sie gebetsmühlenartig in Gedanken hinzu.

Und das von ihr so heiß ersehnte Bella Italia entpuppte sich, kaum dass sie das Parkhaus des Flughafens verlassen hatte, als äußerst trostlos. Nein, so hatte sie sich ihr Sehnsuchtsland wirklich nicht vorgestellt. Graue Fabrikbauten im Dauerregen waren in ihren Träumen nicht vorgekommen.

Unterwegs zeigte ihr Handy an, dass sie eine Nachricht bekommen hatte. Lilly fuhr auf die nächste Tankstelle, um sie zu lesen und einen ersten echt italienischen Cappuccino zu genießen, aber das Bistro war so trist, dass sie gar nichts bestellte. Die

Nachricht war von Merle. Na, schon mitten im Dolce Vita?, lautete der Text. Nein, im Scheißwetter, antwortete sie.

Zu Lillys Bedauern waren in der Autovermietung gerade alle Navigationsgeräte im Umlauf gewesen, sodass sie ohne Ortskenntnisse kurz vor Como nicht wusste, in welche Richtung sie abbiegen musste. An der Mautstelle sagte ihr der Kassierer, sie solle immer den Schildern in Richtung Menaggio folgen. Sie wunderte sich zwar darüber, dass sie durch das Stadtzentrum von Como geführt wurde, aber dann tauchte plötzlich der See zu ihrer rechten Seite auf. Wie durch ein Wunder brachen in diesem Augenblick ein paar Sonnenstrahlen durch die Wolken und zauberten einen gigantischen Regenbogen über das Panorama. Lilly wusste nicht, warum, aber ihr kamen sofort die Tränen. So nah war sie sonst nicht am Wasser gebaut. Sie hielt an und stieg aus. Die Luft war frisch und rein, und es hatte abrupt aufgehört zu regnen. Lilly holte Emma aus dem Auto und machte mit ihr einen kleinen Gang zur Promenade. Der Blick auf die Traumhäuser, die am gegenüberliegenden Ufer lagen, versöhnte Lilly mit all den Widrigkeiten dieser Reise. Ja, dachte sie, allein um einmal im Leben diesen Blick zu genießen, lohnt sich der Aufwand. Sie wollte ein Foto mit ihrem Handy machen, doch sie konnte es in ihrer Handtasche nicht finden. Ihr fiel ein, dass sie es vorhin nach dem Halt an der Tankstelle auf den Beifahrersitz gelegt hatte. Sie hatte dieses teure Gerät von Alex bekommen, der ihr immer, sobald ein neues Smartphone auf den Markt kam, sein altes geschenkt hatte. Eilig kehrte Lilly zum Wagen zurück.

Erst als sie vor dem Auto stand, entdeckte sie die eingeschlagene Seitenscheibe. Scherben lagen auf dem Beifahrersitz. Jemand hatte ihren kleinen Gang zum See genutzt, um ihr Auto zu knacken und sich das Handy zu schnappen. »Das hat mir noch gefehlt!«, stöhnte Lilly laut auf. Es war schlimm genug, dass das Telefon weg und die Scheibe des Mietwagens eingeschlagen waren, aber mehr noch ärgerte sie sich über ihren Leichtsinn. Merle hatte sie eindringlich gewarnt, in Italien auf ihre Sachen zu achten und niemals im Wagen auch nur ein Bonbonpapier zurückzulassen. Sie aber hatte sogar ein begehrtes Smartphone im Auto liegen lassen. Bravo, Lilly! Es war wie verhext. Kaum hatte sie diesem Wahnsinnsunternehmen einen gewissen Reiz abgewonnen, bekam sie einen heftigen Dämpfer.

Sie stieß einen lauten Seufzer aus und überlegte, wie sie jetzt vorgehen könnte. Sollte sie mit dem kaputten Wagen bis zu ihrem Hotel fahren oder in Como zu der örtlichen Station ihrer Autovermietung? Letzteres sagte ihrem korrekten Wesen wesentlich mehr zu. Sie holte den Vertrag aus der Seitentasche und versuchte, herauszufinden, ob die Vollkaskoversicherung diesen Schaden deckte, aber sie wurde aus dem Vertragswerk nicht schlau. Dafür entdeckte sie, dass ihr der Mann bei der Autovermietung einen Plan der Lombardei mitgegeben hatte. Sie schüttelte den Kopf über sich selbst. Normalerweise wäre ihr das nicht entgangen, und sie hatte sich überdies auch mit einer eigenen Straßenkarte eingedeckt. Was ist bloß mit mir los?, fragte sie sich seufzend. Ihr schwirrte der Kopf und sie sehnte sich in ihre Hamburger Wohnung zurück. Jetzt ein gemütlicher Nachmittag mit Merle, dachte sie und ihr fiel erschrocken ein, dass sie die Freundin nun nicht einmal mehr telefonisch erreichen konnte. Doch die vorrangige Frage war, wo sich die Autovermietung befand. Sie hatte die Idee, einfach umzukehren und den Hinweisschildern zum Bahnhof zu folgen. Davon hatte sie bei ihrer Fahrt durch die Innenstadt von Como einige gesehen.

Dank der Beschilderung fand sie spielend den Bahnhof Como San Giovanni. Während sie noch zögerte, den Wagen zu verlassen, machte sich Emma lautstark bemerkbar, weil ein Passant zu dicht am Fahrzeug vorbeiging. Das hatte Lilly ihr beim besten Willen nicht austreiben können, das Gekläffe aus dem Wagen, wenn sich jemand näherte.

»Pass schön auf!«, befahl Lilly ihr und verließ das Auto mit seinem Bewacher, allerdings nicht, ohne ihre Handtasche mitzunehmen. Sie hatte Glück. Die Autovermietung war leicht zu finden. Dort stand ein Mann in ihrem Alter, der sie interessiert und sehr freundlich musterte. Ihr fielen sofort Merles Kommentare über Italiener und blonde Frauen ein, doch statt sein Lächeln zu ignorieren, lächelte sie zurück. Diesen Mann durfte sie nicht durch ihre kühle nordische Art verschrecken. Außerdem sah er sehr gut aus. Sie räusperte sich kräftig, bevor sie auf Italienisch zu erklären versuchte, was ihr widerfahren war. Schnell zeigten sich die Grenzen eines Anfängerkurses. Wörter wie Beifahrerseite oder Scherben lernte man dort nicht unbedingt. Der junge Mann aber hörte ihr geduldig zu, bis er freundlich fragte, ob sie Engländerin oder Deutsche wäre.

Nachdem Lilly ihm ihre Nationalität offenbart hatte, grinste er über das ganze Gesicht. »Sie sprechen ein erstklassiges Italienisch, aber vielleicht ist es für Sie einfacher, wenn wir unsere Unterhaltung auf Deutsch fortsetzen«, schlug er in fehlerfreiem Deutsch vor.

»Wieso sprechen Sie so gut deutsch?«, fragte Lilly verblüfft.

»Ich hatte eine Freundin in Berlin und habe jahrelang in der dortigen Firmenzentrale gearbeitet.«

Lilly schilderte ihm nun auf Deutsch ihren nicht einmal zehn Minuten dauernden Ausflug an den See und dessen Folgen.

Er kniff die Augen zusammen und verzog den Mund, als wollte er sagen, dass sie den dummen Anfängerfehler vieler Touristen gemacht hätte.

»Ich weiß, das hätte ich bedenken müssen, aber der See hat mich so fasziniert«, fügte Lilly hinzu.

Die Miene des jungen Mannes erhellte sich. Er tätschelte ihren Arm.

»Ich muss einen Bericht schreiben«, erklärte er und nahm einen Bogen und einen Stift zur Hand.

Lilly befürchtete das Schlimmste: Dass er sie jetzt zur Kasse bitten würde, weil der Einbruch in den Wagen allein ihrem Leichtsinn geschuldet war.

Er fragte zunächst nach ihren Personalien. Nachdem er ihren Namen notiert hatte, stellte er sich mit Alfredo vor. Als sie ihm nun für das Protokoll erneut den Hergang schildern wollte, unterbrach er sie hastig: »Sie haben also das Telefon in das Handschuhfach gelegt, bevor Sie ausgestiegen sind?«

Lilly sah ihn irritiert an, doch da notierte er bereits, was sie so nicht von sich gegeben hatte. Sie musste sich ein Grinsen verkneifen, vor allem, weil er keine Miene verzog.

»Sie können den Wagen selbstverständlich bei uns abgeben. Er wird dann nach Mailand zurückgebracht. Man kann wohl kaum von Ihnen erwarten, dass Sie mit einer kaputten Scheibe fahren. Natürlich greift unsere Versicherung, jedenfalls für die Scheibe. Das Gerät können wir Ihnen leider nicht ersetzen, aber ich buche Ihnen aus Kulanzgründen den Betrag für die Miete nicht ab. Jetzt wird es wesentlich preiswerter für Sie. Wir haben allerdings nur Kleinwagen vor Ort.«

So nett Alfredos Angebot auch gemeint war, ein Kleinwagen nützte Lilly herzlich wenig. Schließlich hatte sie dieses Monstrum von einer Flugbox für Hunde bei sich und einen nicht gerade winzigen Golden Retriever. Als sie das Alfredo bedauernd schilderte, dachte er kurz nach, dann ging ein Strahlen über sein Gesicht.

»Bene, dann werde ich Sie wohl zum Hotel fahren müssen. Wo wohnen Sie?«

Lilly holte die Buchungsbestätigung hervor. Nicht mal den Hotelnamen hatte sie sich gemerkt.

»Grandhotel Tremezzo.« Alfredo pfiff anerkennend durch die Zähne. »Wow, das ist quasi um die Ecke. Kommen Sie.«

»Aber Sie können doch nicht einfach zusperren, oder?«

Alfredo warf einen flüchtigen Blick auf seine Armbanduhr.

»Es ist kurz vor eins. Da beginnt die Siesta«, erwiderte er und zwinkerte ihr schelmisch zu.

»Bei dem Wetter?«, lachte Lilly.

»Bei jedem Wetter«, gab Alfredo zurück. »Außerdem ist heute Sonntag, und ich bin nur eingesprungen, weil mein Kollege kurzfristig ausgefallen ist.«

»Na dann.« Lilly hatte trotzdem gemischte Gefühle. Einerseits kam ihr diese unerwartete Hilfe sehr entgegen, andererseits wollte sie sich dem freundlichen Italiener nicht verpflichtet fühlen müssen. Er war sehr sympathisch, sah wirklich gut aus und besaß eine gewinnende Art, aber Lilly war weit davon entfernt, seinem Charme zu erliegen. Was, wenn er jetzt von ihr erwartete, dass sie sich erkenntlich zeigte? Alfredo schien nicht zu merken, dass Lilly noch mit sich kämpfte, ob sie das großzügige Angebot annehmen sollte oder nicht. Er schob seine Kundin aus der Tür und schloss sie schwungvoll ab. Lilly fühlte sich leicht überrumpelt, aber sie wollte keine Spielverderberin sein.

»Wo ist denn der Wagen?«, erkundigte sich Alfredo. In dem Augenblick entdeckte er das Auto auf dem Parkplatz und ging ziemlich forsch auf das Fahrzeug zu, was ihm einen kläffenden Empfang bescherte.

»Ist das ein Raubtier?«, lachte er.

»Sie kann es nicht leiden, wenn sich Fremde dem Wagen nähern«, erwiderte Lilly entschuldigend, bevor sie die Klappe öffnete und Emma herausspringen ließ. Sie bellte Alfredo kurz an, aber dann begrüßte sie ihn schwanzwedelnd. »Wow, zwei bella biondas. Eine schöner als die andere«, bemerkte Alfredo überschwänglich.

Das war Lilly etwas zu viel Schmeichelei. »Sie müssen mir nur noch sagen, was Ihr Taxidienst kostet. Nicht, dass ich Sie am Zielort nicht bezahlen kann. Dann würde ich nämlich noch mal zu einem Automaten gehen, um Geld zu ziehen«, erklärte sie in sachlichem Tonfall.

Seine Antwort war ein breites Lächeln. »Aber Signorina, das ist doch Dienst am Kunden. So etwas wird bei uns nicht in Rechnung gestellt.«

Lilly seufzte. Sollte sie entgegnen, dass sie an einem derart mildtätigen Kundendienst seitens der Autovermietung zweifelte und eher vermutete, dass Chauffeurdienste den Kunden normalerweise eine Stange Geld kosten würden? Sie musste an ihre Freundin Merle und ihre Prophezeiung denken, dass sie in Italien ganz schnell einen Verehrer haben würde. Sollte sie ihn nicht doch lieber gleich ausbremsen?

Da hatte Alfredo sich bereits die schwere Box geschnappt und war in Richtung eines Transporters gegangen. »Kommen Sie. Lassen Sie Ihren Koffer stehen. Ich verstaue den Käfig, dann hole ich ihn«, rief er.

Lilly griff sich ihren Rollkoffer und die Leine mit Emma und folgte ihm.

»Sie lassen sich wohl von einem Mann keine Taschen tragen«, scherzte Alfredo und nahm ihr den Koffer ab, den er im Inneren des Wagens neben die Box stellte.

»Jetzt noch der Hund.« Alfredo machte Anstalten, Emma zu packen und in den dunklen Laderaum zu stecken.

Lilly stoppte ihn. »Nein, Alfredo, Emma kommt zu mir nach vorn.«

Alfredo lachte aus voller Kehle. »Emma? Das hat immer die Mutter von meiner Freundin gelesen. Die *Emma*, so ein Emanzenblatt, und so war sie auch drauf. Jetzt weiß ich auch, an wen Sie mich erinnern. An die Exschwiegermama, aber sie war lange nicht so hübsch wie Sie.«

Lilly verdrehte leicht die Augen.

»Das hat sie auch immer gemacht, wenn ich ihr Komplimente gemacht habe.« Er lachte immer noch. Lilly aber fand die Vergleiche mit seiner Schwiegermutter nur bedingt witzig und fragte sich, ob dieser Service wohl problemlos über die Bühne gehen würde oder sie es nicht doch bitter bereuen würde, sein großzügiges Angebot angenommen zu haben.

Verunsichert stieg sie ein.

Alfredo war bester Laune. Er strahlte über das ganze Gesicht, als er recht zügig den Parkplatz verließ und dabei einem anderen Wagen dreist die Vorfahrt nahm. Lilly hatte schon einiges über die abenteuerlichen Fahrkünste der italienischen Männer gehört und schnappte nach Luft.

»Keine Sorge, ich habe noch keinen Unfall gebaut. Nicht mal eine Beule, und das ist selten auf italienischen Straßen«, verkündete er stolz. Dann schaltete er das Radio ein und sang aus voller Kehle mit. Er besaß eine wirklich schöne Stimme, wie Lilly zugeben musste, aber ihr wäre die Stille gerade lieber gewesen. Natürlich ließ sie ihn gewähren, schließlich war es sein Auto. Gerade tauchte der See zur rechten Seite auf. Jetzt lag er nur noch zur Hälfte unter einer Wolkendecke, weil sich die Sonne zunehmend durchgesetzt hatte. Trotzdem war das Wasser sehr dunkel und sah äußerst geheimnisvoll aus. Lilly nahm nun nicht mehr nur die Prachtvillen wahr, die das gegenüberliegende Ufer zierten, sondern auch die Berge, die dahinter steil hochragten, und die stilvollen Häuser an deren Hängen.

Sie konnte den Blick kaum abwenden von so viel Schönheit. Und plötzlich störte sie auch das Gedudel nicht mehr. Im Gegenteil: Die altmodisch klingenden italienischen Schlager, dazu die raue Stimme Alfredos, der offenbar jede Liedzeile auswendig kannte, unterstrichen den Zauber. Lilly spürte, wie die Anspannung der vergangenen Wochen von ihr abfiel und sie einfach nur diesen Augenblick genießen konnte. Sie war so in ihre Eindrücke versponnen, dass sie sogar vergaß, dass sie mit einem wildfremden Mann in diesem Wagen saß.

5.

Als Alfredo die Musik leiser drehte, wurde Lilly abrupt aus ihrer Versunkenheit gerissen.

»Pass auf, ich nehme den Weg direkt am See entlang, damit du alle wunderschönen Orte zumindest einmal gesehen hast. Hier wäre nämlich die Abzweigung zur Hauptstraße, über die wir natürlich viel schneller wären.« Sie war etwas befremdet, dass er sie jetzt übergangslos duzte.

Lilly wollte gerade widersprechen und ihn zumindest bitten, den direkten Weg zu nehmen, als er, ohne ihre Antwort abzuwarten, in das Zentrum eines malerischen Ortes am See fuhr und dort direkt in einen Stau hinein. Es wurde gehupt und aus den Wagen gebrüllt, doch der Blick aus dem Fenster über den See entschädigte für den Lärm. Lilly versuchte, sich nicht um das Chaos zu scheren, das an diesem Sonntag auf der Straße herrschte, sondern sich das anheimelnde Gefühl, das sie eben durchströmt hatte, zurückzuholen. Doch daran war nicht mehr zu denken, weil Alfredo nun den Reiseführer gab. Er berichtete ihr eifrig, dass in Cernobbio das beste Hotel der ganzen Welt wäre, die Villa d'Este. Die Erwähnung des Luxushotels verursachte Lilly unangenehme Erinnerungen. Alex hatte ihr zum zweiunddreißigsten Geburtstag ein Wochenende in dem Hotel geschenkt, weil er wusste, wie groß ihre Sehnsucht nach Italien war. Lilly hatte sich noch nie zuvor über ein Geschenk so sehr gefreut wie über diesen von ihm ausgestellten Gutschein, doch dann hatte er das Präsent nicht mehr erwähnt. Lilly war nicht der Typ Mensch, der dauernd fordernd nachfragte, ob er nicht endlich einmal den Geschenkgutschein einlösen wolle. Doch dann, als der Frühling nahte, hatte sie es angesprochen. Zunächst hatte er sich dumm gestellt, so nach dem Motto: »Was, das habe ich dir geschenkt? Bist du dir sicher?« Lilly hatte ihm daraufhin die Karte gezeigt, auf der es in epischer Breite und unter Benutzung von Superlativen geschrieben stand. Alex war das sichtlich peinlich gewesen, und er hatte sich damit herausgeredet, die Bank bekäme keine Rabatte mehr und den Normalpreis könne er beim besten Willen nicht zahlen. Selbst als Lilly ihm angeboten hatte, von ihrem Ersparten etwas dazuzugeben, hatte er sein Geschenk ersatzlos gestrichen. Das war definitiv ihr erster und letzter Versuch gewesen, nach Italien zu reisen. Im Nachhinein hatte Lilly allerdings den Verdacht, dass es bereits zu dem Zeitpunkt eine heimliche Affäre zwischen Alex und dem Töchterchen des Vorstandsvorsitzenden gegeben hatte. Lilly schüttelte sich bei der Vorstellung, dass sie sich so in Alexander getäuscht hatte, was die Zuverlässigkeit anging.

»Soll ich meinen Mund halten? Du hörst mir ja gar nicht zu«, fragte Alfredo beleidigt.

»Nein, nein, erzählen Sie ruhig weiter. Ich musste nur an meinen Exfreund denken, der mich mal in dieses Hotel einladen wollte.«

»Das ist Musik für meine Ohren. Exfreund«, erwiderte er sichtlich erfreut und sein Redefluss verstärkte sich. Er berichtete nun enthusiastisch, dass sich Brad Pit angeblich eine Villa in Cernobbio gekauft hätte und dass er ihr gleich die Villa Oleandro in Laglio zeigen würde, aber nur ganz aus der Ferne, weil der Bürgermeister ein Gesetz erlassen hatte, dass sich niemand mehr als einhundert Meter der Villa nähern dürfte.

Lilly hörte nur mit halbem Ohr zu. Es interessierte sie im Augenblick herzlich wenig, welcher Prominente am Comer See residierte, sondern nur, ob ihr Vater hier tatsächlich lebte. Bisher gab es zu dieser Annahme nicht mehr als ein paar mehr oder minder aussagekräftige Indizien. Aber wie sollte sie ihre Suche nach ihm überhaupt gestalten? Sie konnte ja schließlich schlecht durch Lenno rennen und jedem die Bilder zeigen. Oder doch? Zumindest hatte sie einige der Fotos aus der Kiste eingesteckt, aber sie konnte wohl kaum jedem braun gebrannten attraktiven Endfünfziger das Foto der jungen Bella unter die Nase halten und fragen, ob er sich vielleicht an sie erinnerte. Vielleicht sollte sie einfach damit anfangen, die Villa zu finden. Sie holte die Fotos aus ihrer Handtasche, um sie später Alfredo zu zeigen. Er aber warf sofort einen neugierigen Blick darauf.

»Ich will Sie nicht ablenken vom Fahren. Ich habe nachher mal eine Frage«, sagte Lilly hastig und wollte die Bilder schnell wieder in der Tasche verschwinden lassen, aber da hatte sich ihr Taxifahrer bereits die Fotos gegriffen, ohne auf den Verkehr zu achten.

»Vorsicht!«, rief Lilly entsetzt, als sie sah, wie die Wagen vor ihr bremsten, weil sich die Kolonne nun durch eine schmale Gasse quälte und ihnen ein Reisebus entgegenkam. Alfredo trat heftig in die Eisen und versicherte vollmundig, er wäre der beste Fahrer der ganzen Lombardei.

Lilly ärgerte sich, die Fotos hervorgeholt zu haben, die er jetzt betrachtete, statt auf den Verkehr zu achten und beide Hände am Steuer zu lassen. Doch die Wagenkolonne stoppte Gott sei Dank.

»Deine Mama?«, fragte er, als Bellas Bikinifoto auftauchte.

Lilly nickte. »Ja, aber mich interessiert mehr die Villa im Hintergrund. Wissen Sie vielleicht …«

»Waren wir nicht schon längst beim Du?«

»Meinetwegen«, sagte Lilly, nahm ihm die Fotos aus der Hand und suchte das heraus, das vor dem Palazzo gemacht worden war. Obwohl die Wagen vor ihm wieder anfuhren, betrachtete Alfredo das Foto intensiv, während er sich millimetergenau an einem Bus vorbeiquetschte.

»Leider kann ich dir nicht sagen, wo sich diese Prachthütte befindet. Ich meine, dass ich sie vom Boot aus schon mal gesehen habe, aber ich weiß beim besten Willen nicht genau, an welcher Stelle. Der See ist nicht gerade klein. Und ich lebe ja in Como.«

»Okay, aber vielleicht guckst du lieber nach vorne auf die Straße«, bat sie und nahm ihm das Bild wieder ab.

»Ich kann die Strecke mit geschlossenen Augen fahren«, verkündete er und riss im selben Augenblick einem Campingbus beinahe den Seitenspiegel ab. Lilly schrie auf. Alfredo lachte schallend und zeigte dem empörten Fahrer auch noch den Stinkefinger. Lilly ließ sich noch tiefer in ihren Sitz sinken und versuchte, sich auf die Landschaft zu konzentrieren, die dort an ihnen vorbeiglitt.

Die Strecke war wirklich malerisch, bis auf die Engpässe in Dorfgassen, die nur für einen Wagen gemacht waren, was immer wieder millimetergenaues Rangieren erforderte. Lilly war froh, dass sie die Schimpfwörter nicht verstand, die Alfredo bei diesen Manövern von sich gab. Sie bemühte sich, nicht mehr seine Fahrweise, sondern ausschließlich die romantischen Orte dort draußen wahrzunehmen. Sie hatte das Gefühl, als wäre die Zeit stehen geblieben. Besonders, als sie durch das mittelalterliche Zentrum des Ortes Argegno kamen und unter einer antiken Brücke hindurchfuhren.

»Das ist ja der Wahnsinn!«, rief Lilly begeistert aus.

»An der Westseite des Comer Sees entlang führte in der Römerzeit die Via Regina, eine Handels- und Militärroute, die über die Alpen bis nach Deutschland ging«, erläuterte der Chauffeur nicht ohne Stolz in der Stimme und dann erzählte er ihr, dass er manchmal als Wanderführer arbeitete und dass es in den Bergen paradiesische Touren gab.

»Wie lange bleibst du und was führt dich überhaupt in unsere schöne Lombardei?«, fragte er unvermittelt.

Mit dem zweiten Teil der Frage hatte Lilly nicht gerechnet, sie kam ins Stottern. »Ich, ich, äh, vierzehn Tage, denke ich und ja, ich …« Sie kämpfte mit sich, ob sie ihm den wahren Grund für ihre Reise offenbaren sollte. Eigentlich war ihr das zu persönlich, doch dann dachte sie daran, dass sie ja irgendwie mit ihrer Suche beginnen musste. Und je mehr Menschen wussten, dass sie nach ihrem Vater forschte, desto wahrscheinlicher wäre es, einen entscheidenden Tipp zu bekommen.

»Ich vermute, dass mein Vater aus der Gegend stammt«, fügte sie seufzend hinzu.

»Wieso vermuten? Weißt du das denn nicht?«

»Nein, ich habe erst nach dem Tod meiner Mutter erfahren, dass er am Comer See wohnen könnte.«

»Wie heißt er denn? Ich kenne ziemlich viele Leute in der Gegend.«

Lilly zuckte die Achseln. »Wenn ich das wüsste, hätte ich wohl erst einmal versucht, seine Telefonnummer herauszufinden.« Sie fühlte sich unwohl und sie bedauerte bereits, dass sie ihn in diesen Irrsinn involviert hatte. »Ach, schon gut. Ich glaube, ich weiß, an wen ich mich wenden muss«, schwindelte sie, um schnell das Thema wechseln zu können. »Ist das dort drüben auf der anderen Seite das berühmte Bellagio?«

»Ja, das ist Bellagio. Wir sind auch gleich da. Hier in Lenno treffen die beiden Seeseiten wieder zusammen. Der See ist ja wie ein Ypsilon geformt.«

»Wunderschön. Und dass sich jetzt die Sonne durchgesetzt hat«, flötete Lilly.

»Keine Sorge. Ich habe verstanden. Ich stelle keine persönlichen Fragen mehr außer der einen: Hättest du Lust, morgen Abend mit mir in einem zauberhaften Restaurant mit traumhaftem Blick zu speisen? Du kannst sogar deinen Hund auf die Terrasse mitbringen.«

Obwohl Lilly das Gefühl hatte, sie sollte schnellstens eine

Ausrede erfinden, weil ihr gar nicht der Sinn danach stand, sich mit diesem freundlichen und charmanten Mann zu einem romantischen Dinner zu treffen, sagte sie zu, allerdings unter der Bedingung, dass sie ihn als Dankeschön für seine Mühe einladen würde. Das wollte Alfredo unter gar keinen Umständen annehmen, aber Lilly erklärte höflich und bestimmt, sie bestände darauf. Schließlich gab Alfredo nach. Sie waren jetzt vor dem Grandhotel angekommen, dessen Fassade auf den ersten Blick mindestens so ansprechend war wie auf dem Foto. So schön es auch war, Lilly beschloss sofort, dass sie sich ganz schnell etwas suchen würde, das eine Nummer kleiner war als dieses Prachthotel.

Alfredo bestand darauf, sie noch zur Rezeption zu begleiten, weil der Portier ein Schulfreund von ihm war, den er kurz begrüßen wollte. Bevor sie protestieren konnte, hatte er sich bereits ihren Koffer geschnappt. Lilly nahm seufzend Emma an die Leine.

Die beiden Männer schienen sich wirklich gut zu kennen. Sie begrüßten einander überschwänglich, und als Alfredo den Portier »Luigi« nannte, fragte sich Lilly, ob das wohl der einstige Urlaubsflirt ihrer Freundin Merle sein könnte. Vom Aussehen lag das im Bereich des Möglichen, denn er war ein ausgesprochen attraktiver Mann. In dem Punkt hatte Merle nicht zu viel versprochen. Es gab erstaunlich viele gut aussehende junge Italiener.

»Er gibt dir ein besseres Zimmer«, raunte Alfredo Lilly triumphierend zu. Luigi überschlug sich fast vor Freundlichkeit und reservierte sogar für den folgenden Abend telefonisch einen Tisch für zwei Personen im Al Veluu. Er dachte offenbar, dass Lilly und Alfredo ein Paar waren, was ihr gar nicht behagte, obwohl sie aufgrund dieses Irrtums wie eine Königin behandelt wurde.

Als Alfredo anbot, sie noch aufs Zimmer zu begleiten, wehrte sie das entschieden ab. Er verabschiedete sich daraufhin so hastig, dass sie sich noch nicht einmal bei ihm bedanken konnte. Dann drehte er sich noch einmal um. Mit finsterer Miene rief er ihr zu, dass er sie morgen um 18 Uhr 30 abholen würde. Lilly atmete einmal tief durch, nachdem er verschwunden war.

Der Portier musterte sie wissend. »Mein Freund kann schnell beleidigt sein. Machen Sie sich nichts draus.« Lilly blickte ihn mit erhobenen Augenbrauen an, und er machte eine entschuldigende Geste. »Ich will Ihnen nicht zu nahetreten. Das geht mich natürlich gar nichts an.«

»Genau«, entgegnete sie schroff. »Aber, um Missverständnissen vorzubeugen, ich habe Ihren Freund vorhin erst bei der Autovermietung kennengelernt und er war so freundlich, mich herzufahren.«

»Ja, natürlich, mir steht es gar nicht zu, über unsere Gäste Spekulationen anzustellen.«

»Dann ist es ja gut«, brummte Lilly. Natürlich war sie Alfredo dankbar, aber offenbar erwartete er tatsächlich eine Gegenleistung der Art, die sie nicht erbringen würde. Auf keinen Fall würde sie mit ihm zum Dank ins Bett steigen. Unverbindliche Affären waren gar nicht ihre Sache. Wie oft hatte Merle sie angespornt, doch einfach mal das mitzunehmen, was sich anbot, und wenn es nur für eine spannende Nacht taugte. Lilly war der Gedanke an solche flüchtigen Bettgeschichten unangenehm, obwohl Alfredo wirklich eine Sünde wert war, wie Merle an dieser Stelle sicher seufzen würde.

Lilly hob den Blick. Der Portier reichte ihr verunsichert einen altmodischen Schlüssel. Er schien ein wenig verschnupft über ihre schroffe Art. »Sie können schon auf Ihr Zimmer. Die Koffer werden Ihnen gleich gebracht und auch etwas Wasser für den Hund«, sagte er.

»Ich soll Sie übrigens von meiner Freundin Merle aus Hamburg grüßen«, erwiderte Lilly versöhnlich und schenkte ihm ein

Lächeln. Sie konnte nur hoffen, dass es sich bei ihm wirklich um den von Merle hoch gelobten Luigi handelte. Sonst wäre ihr Vorstoß peinlich.

Sein Blick verriet das Gegenteil. Sie konnte förmlich die Sternchen in seinen Augen funkeln sehen. Er beugte sich vertraulich über den Tresen. »Was macht sie? Wie geht es ihr?«

»Hervorragend. Und der Tipp, eine Nacht in diesem Haus zu wohnen, kam natürlich von ihr.« Lilly zwinkerte ihm zu. Das Eis zwischen ihnen war gebrochen. Luigi winkte eifrig den Pagen herbei und ordnete an, dass er das Gepäck der Signorina nach oben bringen solle.

Lilly folgte ihm zum Fahrstuhl. Emma benahm sich tadellos, obwohl sie ziemlich aufgeregt schien angesichts dieser fremden Örtlichkeit. Kaum hatte der Page das Zimmer verlassen, sah Lilly sich staunend um. Als Erstes zog sie die Vorhänge auf. Sie jauchzte vor Begeisterung über den traumhaften Blick. Sie konnte über den ganzen See bis Bellagio sehen. Und sie entdeckte unten am Anleger einen Pool, der in den See gebaut war. Weit und breit war dort kein Mensch zu sehen, was Lilly nicht sonderlich wunderte, denn es war noch recht kühl an diesem Frühlingstag, doch das störte sie kein bisschen. Lilly liebte es zu schwimmen und sprang bei Temperaturen ins Wasser, bei denen andere schon bei dem Gedanken Frostbeulen bekamen. Sicher würde man sie für verrückt erklären, aber sie konnte nicht anders. Hastig schälte sie sich aus der Reisekleidung und schlüpfte in ihren Badeanzug, zog ein Kleid darüber und schnappte sich ein Handtuch. In diesem Augenblick klopfte es und ein Zimmermädchen brachte einen Trinknapf voll Wasser für Emma. Begierig stürzte sich der Hund auf den Napf. Lilly bedauerte es natürlich, dass sie Emma nicht mitnehmen konnte zum Schwimmen, weil das gemeinsame Baden zu den schönsten Dingen gehörte, die Hund und Frauchen teilten, aber das galt für das Meer und nicht für Hotelpools. Zum Trost legte sie

Emma ein paar Leckerlis auf den Boden und hoffte, dass sie nicht bellte, weil sie sich in fremden Räumen zunächst immer recht verlassen fühlte. Lilly nahm sich vor, es kurz zu machen, aber nach allem, was sie an diesem Tag hinter sich hatte, würden ein paar Runden im Pool helfen, ihren Kopf wieder ganz klar werden zu lassen.

Am Pool angekommen, zog sie ihr Kleid sofort aus und ließ sich ins Wasser gleiten. Dass es nicht besonders anheimelnd sein würde, wusste sie, aber die Kälte gab ihr für einen Augenblick das Gefühl, als wären alle ihre Extremitäten betäubt. Sie atmete einmal tief durch, bevor sie loskraulte, und zwar in einem Tempo, als wollte sie, wie früher beim Wettschwimmen in der Schule, unbedingt den ersten Platz machen. Sie pflügte regelrecht durch das eiskalte Wasser und nahm nichts wahr, außer dass alles Belastende von ihr abfiel und ihr langsam wärmer wurde.

6.

Nach ihrem erfrischenden Bad am gestrigen Nachmittag hatte Lilly noch einen Spaziergang mit Emma gemacht und dann auf der Terrasse des Hotels zu Abend gegessen. Sie war sich ein wenig wie eine Urlauberin vorgekommen, doch immer wenn sie sich den wahren Grund ihrer Reise in Erinnerung gerufen hatte, war ihre Laune gesunken. Sie hatte sich früh auf ihr Zimmer zurückgezogen, weil sie müde war. Doch dann hatte sie partout nicht schlafen können. Ihre Gedanken hatten sich wie in einem Karussell gedreht. Sie hatte sich von einer Seite zur anderen gewälzt, war aufgestanden, im Zimmer herumgegeistert, hatte den Fernseher angestellt, aber nichts half. Immerhin hatte sie einen klaren Gedanken fassen können: noch eine Nacht in dem Hotel zu bleiben. Sie wollte keine Zeit verlieren und gleich am nächsten Vormittag im Notariat Bruno aufschlagen.

Luigi riet ihr, unbedingt mit dem Schnellboot nach Como zu fahren. Der Anleger befand sich direkt vor dem Hotel. Sie war etwas enttäuscht, dass sie auf dem Boot nicht draußen sitzen konnte, weil es lediglich Innenplätze besaß, was ihr aber in dem Moment einleuchtete, als der Kapitän Speed gegeben hatte. Das Ding flog beinahe übers Wasser. Lilly hatte einen Platz, von dem aus sie all die prächtigen Anwesen an der Westseite des Sees vorbeirauschen sah. Sie hatte sich extra das Foto mitgenommen, das Bella vor der Villa zeigte. Sie hielt es in der Hand und versuchte konzentriert, dieses Gebäude irgendwo am Ufer zu entdecken. Schließlich gab sie es auf, weil ihr das Schlafdefizit regelrecht die Augen zufallen ließ. Sie kuschelte sich in den bequemen Sitz und war sofort weg.

Eine erboste Männerstimme holte sie aus dem Schlaf. »Ist das Ihr Köter, der hier unbeaufsichtigt durch das Schiff rennt?«, fragte er auf Englisch.

Lilly fuhr hoch. Vor ihr stand ein alter Mann, fuchtelte mit seinem Krückstock vor ihrem Gesicht herum und musterte sie strafend. Sie fühlte nach der Leine. Da war nichts. Hatte sie Emma etwa nicht richtig festgebunden?

»Wo, ich meine, wo ist der Hund?«

Der Mann deutete kopfschüttelnd in den hinteren Teil des Schiffes. Lilly sprang erschrocken auf, rannte in die Richtung und entdeckte ihren Hund, wie er vor einer Frau saß und sich hingebungsvoll von ihr streicheln ließ. Sie eilte auf die Frau zu, die sich bei näherem Hinsehen als bildhübsche Person mit wunderschönen dicken schwarzen Locken entpuppte.

»Emma! Was soll das? Du kannst doch nicht die Leute belästigen«, schimpfte sie auf Deutsch ihren Hund aus.

»Ach, lassen Sie nur«, sagte die Schönheit in gebrochenem Deutsch. »Ich liebe Hunde.«

»Trotzdem darf sie das nicht«, entgegnete Lilly entschuldigend und zog Emma energisch an der Leine zurück zu ihrem Platz. Während sie sich setzte, traf sich ihr Blick mit dem eines hochgewachsenen attraktiven und sehr vornehm angezogenen Mannes, den sie etwas älter als sich schätzte.

»Ach, Ihnen gehört die charmante Hunde-Signorina?«, fragte er lächelnd auf Italienisch und mit einer rauen und derart erotisch klingenden Stimme, dass es Lilly beinahe die Sprache verschlug. Atemlos sagte sie: »Ja, nein, also doch, ich habe nicht aufgepasst.«

»Sie sind Deutsche?«, fragte er interessiert auf Englisch.

Lilly fasste sich an den Kopf. Sie hatte in ihrer Aufregung aus Versehen Deutsch gesprochen. »Ja, ich komme aus Hamburg«, entgegnete sie auf Italienisch. Wieder begegneten sich ihre Blicke, und sie war fasziniert von seinen warmen braunen Augen. Und nicht nur das. Er strahlte ein derart intensives Interesse an ihr aus, dass ihr ganz schwummrig wurde. Wenn sie an die Liebe auf den ersten Blick glauben würde – so und nicht anders musste sie sich anfühlen. Aber das ist ja ein Märchen, das Autoren und Filmemacher konstruieren, ergänzte sie kritisch in Gedanken.

»Vielleicht sieht man sich ja mal wieder«, sagte er immer noch lächelnd, bevor er weiterging. Lilly war wie vom Donner gerührt. Auch wenn das wahrscheinlich nur eine Höflichkeitsfloskel seinerseits gewesen war, spürte sie das unbändige Verlangen, diesen Mann näher kennenzulernen. Das ist doch Unsinn, ermahnte sie sich, ich habe keine drei Sätze mit ihm gewechselt. Lilly setzte sich und wagte nicht, sich umzudrehen und nach ihm den Hals zu verrenken. Und doch spukte ihr dieser Mann die restliche Fahrt im Kopf herum. Dagegen halfen die heftigen inneren Widerstände, die so eine Schockverliebtheit für unmöglich hielten, gar nichts. Der Mann hatte sie mit ein paar Worten und einem Blick eingefangen.

Beim Aussteigen in Como drehte sie sich dann doch einmal um. Er war sehr groß und überragte die meisten anderen Passagiere in der Schlange. Erneut trafen sich ihre Blicke. Als er ihr zulächelte, wurden ihre Knie weich, doch da war sie schon dabei, das Boot zu verlassen. Sie fragte sich, wie sie es anstellen konnte, unauffällig so lange zu warten, bis er von Bord ging. Also fing sie an, geschäftig in ihrer Handtasche zu kramen.

»Ich wünsche Ihnen einen schönen Tag in unserem Como«, hörte sie ihn in dem Augenblick sagen, und sie sah freudig erregt von ihrer Tasche auf. Doch was sie dann erblickte, ernüchterte sie binnen Sekunden: Er war nicht allein, sondern hielt die attraktive Dunkelhaarige, bei der sich Emma ihre Streicheleinheiten geholt hatte, im Arm. Lilly wollte am liebsten im Boden versinken, aber da erkannte Emma ihre Freundin wieder und schmiegte sich an sie. Entzückt tätschelte die schöne Italienerin ihren Hund. Lilly lächelte krampfhaft, bis sich ihr Blick und der des Mannes noch einmal trafen. Hektisch wandte sie den Kopf ab.

»Komm, Emma, wir müssen!«, murmelte sie, eilte grußlos zum Ausgang und auf einen Platz auf der gegenüberliegenden Straßenseite zu, um im Menschengewühl unterzutauchen.

Plötzlich fiel ihr ein, dass sie die Adresse des Notariats in ihrem Handy gespeichert hatte und nun nicht wusste, wohin sie sollte. Sie blieb abrupt stehen und entdeckte einen Polizisten. Er war wie alle italienischen Männer, die ihr mittlerweile begegnet waren, bis auf den alten Mann auf dem Schiff, äußerst hilfsbereit und suchte ihr die Adresse vom Notariat Bruno heraus.

»Ist das weit von hier?«, erkundigte sie sich.

»Das ist mitten im historischen Zentrum. Mit dem Bus sind es zwei Stationen.«

»Und kann man mit einem Hund Bus fahren?«

Der Polizist runzelte bei Emmas Anblick die Stirn.

»Keine Ahnung, aber ich würde es nicht raten, weil der Bus eigentlich immer überfüllt ist. Gehen Sie lieber zu Fuß«, empfahl er und zog aus seiner Jacke einen Stadtplan vom Como, den er ihr reichte.

Sie bedankte sich und stürzte sich mit Emma in das Gewühl der Stadt. Die historischen Bauten und den Dom nahm sie nur flüchtig wahr, denn der Fremde mit der erotischen Stimme spukte ihr immer noch im Kopf herum, sodass sie sogar Schwierigkeiten hatte, sich auf den bevorstehenden Überraschungsbesuch im Notariat zu konzentrieren. Ob man ihr tatsächlich mehr verriet, wenn sie dort persönlich aufkreuzte?

Das Notariat Bruno befand sich in einem mehrstöckigen Geschäftshaus. Im Eingangsbereich war alles in schwarzem Marmor gehalten, was dem Inneren des Hauses etwas sehr Vornehmes gab. Auch der Fahrstuhl ähnelte eher einem Museumsstück als einem Beförderungsmittel. Sie hatte ihre Mühe, Emma zum Einsteigen zu bewegen. Der waren die Gitter offenbar suspekt, also wurde der Hund mehr gezogen, als dass er diesen Käfig freiwillig betrat. Auch die Geräusche beim Hinauffahren in den fünften Stock wirkten auf Emma alles andere als vertrauenerweckend.

Das Notariat strahlte eine altmodische Grandezza aus. Hinter einem Tresen aus dunklem Holz thronte eine streng dreinblickende Dame mittleren Alters mit einer übergroßen Brille auf der Nase. Trotzdem war sie eine aparte Erscheinung. Lilly erinnerte sie ein wenig an die ältere Sophia Loren, für sie das personifizierte Bild einer italienischen Signora, wenngleich der Empfangsdame im Gegensatz zu der Schauspielerin jegliche sinnliche Ausstrahlung fehlte.

»Sie wünschen?«

»Ich, äh, ich möchte ...« Lilly stockte, wie sollte sie der gestrengen Dame auf Italienisch ihr Anliegen vorbringen?

Bevor sie annähernd eine Lösung auf ihr Verständigungsproblem gefunden hatte, deutete die Dame angewidert auf Emma. »Hunde sind hier verboten.«

Lilly zog es vor, diese Ermahnung zu ignorieren, denn das hätte zur Folge, dass sie das Büro unverrichteter Dinge wieder verlassen müsste, und das kam gar nicht infrage.

Stattdessen fragte sie die Signora, ob sie wohl Englisch sprechen könne. Nachdem sie das schmallippig bejaht hatte, versuchte Lilly, ihr Anliegen vorzubringen, dass sie nämlich gern die Identität des Mannes erfahren würde, der ihrer Mutter seit dreiunddreißig Jahren monatlich Geld überwies.

»Tut mir leid«, sagte die Signora. »Wir geben keine Namen von Klienten preis.«

Lilly atmete ein paar Mal tief durch, um ihre Nerven zu beruhigen, denn sie wollte sich der Signora gegenüber nicht im Ton vergreifen.

»Signora, ich möchte auf jeden Fall mit dem Notar sprechen, der die Fälle des verstorbenen Signore Bruno übernommen hat.«

»Signorina Bruno ist nicht da. Und bitte verlassen Sie jetzt das Büro mit dem Hund.«

Lilly dachte nicht daran. Demonstrativ setzte sie sich auf einen der Ledersessel, die offenbar für Mandanten bereitstanden, die auf einen Termin warten mussten.

»Sie sollen mit dem Hund verschwinden!«, wiederholte die Signora erbost, erhob sich und drohte Lilly mit dem Zeigefinger. Lilly zog es vor, auch diese aggressive Geste zu ignorieren, doch die Signora war fest entschlossen, sie aus ihrem feinen Büro zu entfernen. Dazu verließ sie ihren geschützten Tresen und trat auf Lilly zu, allerdings mit gebührendem Abstand. Dennoch meinte Emma, dass ihr Frauchen angegriffen wurde und reagierte mit einem gefährlichen Knurren. Das konnte Emma wirklich überzeugend, war sie doch sonst ein harmloser und grundguter Hund, der überdies auch selten bellte.

Die Signora stieß einen so spitzen Schrei aus, dass von allen Seiten Herren in gediegenen Anzügen erschienen. Lilly wollte sich gerade rechtfertigen, als eine attraktive blonde Frau in einem perfekt sitzenden Kostüm mit einem Aktenkoffer in der Hand und einem feinen Mantel über dem Arm das Büro betrat.

»Was ist denn hier los?«, fragte sie und blickte irritiert in die Runde.

Die aufgebrachte Signora deutete auf Emma.

»Hunde sind hier nicht gestattet. Das habe ich der Dame gesagt, aber sie stellt sich stur. Sie ist keine Klientin unserer Kanzlei, will es auch nicht werden, sondern versucht, die Identität eines unserer Klienten herauszubekommen.«

Die elegante Dame machte eine beschwichtigende Geste.

»Signora Binelli, beruhigen Sie sich bitte«, sagte sie und wandte sich Lilly zu.

»Mein Name ist Elena Bruno, am besten Sie kommen mit in mein Büro und tragen mir Ihr Anliegen persönlich vor«, sagte sie freundlich.

»Aber, aber ...«, stammelte Signora Binelli, doch Elena Bruno warf ihr einen besänftigenden Blick zu und machte Lilly ein Zeichen, ihr zu folgen. Lilly zögerte, doch die Frau lächelte sie aufmunternd an.

»Aber ich müsste den Hund mitnehmen. Ich glaube kaum, dass ich Emma in Gewahrsam der Signora lassen sollte.«

»Keine Sorge, ich mag Hunde«, entgegnete sie. Aus den Augenwinkeln nahm Lilly die Blicke der Herren wahr, während sie Elena Bruno zu ihrem Büro folgte. Dort ließ sie Lilly auf einem bequemen Besucherstuhl Platz nehmen, legte ihre Sachen ab und kraulte Emma zur Bekräftigung, dass sie keine Hundehasserin war, den Kopf. Dann setzte sie sich hinter ihren Schreibtisch und musterte Lilly mit unverhohlener Neugier.

»Was führt Sie zu uns?«

»Können wir Englisch reden?«, bat Lilly.

»Aber sicher.«

Lilly trug ihr Anliegen vor.

»Das ist schwierig«, sagte Elena Bruno. »Ich bin zwar die Tochter von Dottore Bruno und für seine Klienten zuständig, aber es ist in der Tat unmöglich, Ihnen Auskunft zu geben.«

Lilly stieß einen tiefen Seufzer aus. »Aber können Sie denn nicht verstehen, dass ich wissen möchte, wer mein Vater ist? Jetzt, nachdem meine Mutter tot ist und sie mich ein Leben lang darüber belogen hat, dass sie seine Identität kennt und dass er viel Geld für mich gezahlt hat?«

Elenas Blick wurde weich. »Keine Frage, dass ich Sie nur allzu gut verstehen kann. Nur sind mir die Hände gebunden, zumal Ihr Vater diese Form der Anonymität gewählt hat, damit Sie ihn, ich sage es einmal ganz profan, nicht aufspüren können.«

»Aber das ist doch nicht fair. Der kann sich doch nicht vor

mir verstecken. Ich habe ein Recht darauf zu erfahren, wer mein leiblicher Vater ist!«

»Ich teile Ihre Empörung völlig, aber ich darf Ihrem Wunsch nicht entsprechen. Ich bin allein meinem Mandanten verpflichtet, aber warten Sie mal. Wie ist der Name Ihrer Mutter? «

Lilly nannte ihn.

Elena Bruno griff zum Hörer und gab die Anweisung, ihr die entsprechende Akte zu bringen.

»Und Sie sind extra aus Deutschland angereist, um Licht ins Dunkel zu bringen. Warum haben Sie denn nicht angerufen?«

»Das habe ich doch, aber eine nette Signora am Telefon – also Signora Binelli war es mit Sicherheit nicht – teilte mir mit, dass sie mir keine Auskunft geben dürfe. Und das konnte ich nicht glauben. Es muss doch irgendeine Möglichkeit für mich geben, die Identität meines Vaters zu erfahren.«

»Sie glauben gar nicht, wie gern ich Ihnen helfen würde, aber wir haben auch unsere Vorschriften.«

Lilly musste daran denken, was Merle mal gesagt hatte. Dass jeder Italiener bestechlich wäre, aber sie war sich sicher, auf Elena Bruno traf das nicht zu.

»Sie lächeln?«, fragte die Notarin.

»Ja, weil ich gerade daran gedacht habe, dass mir mal eine Freundin gesteckt hat, jeder Italiener wäre mit Geld umzustimmen.«

Elena lachte aus voller Kehle. »Ich weiß ja nicht, in welchen Kreisen die Dame so verkehrt. Aber ich bin unbestechlich. Das hat bei uns Tradition. Mein Vater erzählte gern die Geschichte, wie ein reicher Mailänder eines der Seegrundstücke haben wollte und meinem Vater damals Unmengen geboten hat, damit er den Eigentümer, der es an die Stadt verkaufen wollte, umstimmt. Mein Vater sagte später immer, wenn wir an dem Anwesen vorbeifuhren, dass ihn das Millionen gekostet hätte. Die Gemeinde richtete dort übrigens ein Kinderheim ein.«

Lilly fiel in das Lachen der Notarin ein. »Mal abgesehen davon, dass ich mich das bei Ihnen gar nicht getraut hätte, ist bei mir auch nichts zu holen.«

Es klopfte, und die Vorzimmerdame trat mit einer Akte in der Hand ein.

»Sie erlauben«, sagte die Notarin höflich und vertiefte sich in den Inhalt. Plötzlich huschte ein breites Lächeln über ihr Gesicht. »Also, es würde sich für mich durchaus lohnen, mit Ihnen ins Geschäft zu kommen.«

Lilly blickte sie irritiert an.

»Haben Sie denn noch gar nicht unseren Brief bekommen? Wir haben gerade am Freitag Post an Sie geschickt.«

»Nein, ich bin ja am Sonntag schon geflogen. Der Brief wird wohl erst heute angekommen sein. Was steht denn drin?«

»Wir haben von der Bank Ihrer Mutter Nachricht bekommen, dass sie verstorben ist und dass ihr Konto aufgelöst werden soll. Ihre Mutter hatte ihre Bank angewiesen, dass man uns in einem derartigen Fall sofort benachrichtigt.«

Lilly schüttelte den Kopf. »Was ist das bloß für eine verdammte Geheimniskrämerei!«

»Es kommt aber noch besser. Nach dem Tod Ihrer Mutter wird von der Stiftung der Rest in einer Summe auf Ihr Konto überwiesen.«

»Welcher Rest?«

»Die Stiftung verwaltet Ihr Vermögen in Höhe von einer Million Euro. Es wurde festgelegt, dass das Geld bis zu Ihrem 35. Geburtstag auf das Konto Ihrer Mutter geht. Sollte sie vor diesem Stichtag sterben, soll der Rest in einer Summe an Sie direkt gehen.«

»Wie bitte?« Lilly war eigentlich nicht begriffsstutzig, wenn es um Bankangelegenheiten ging, aber das überforderte sie jetzt massiv.

»Der Rest, das sind, wenn ich das mal kurz überschlage, an die vierhunderttausend Euro. Dazu brauchen wir Ihre Kontonummer. Darum haben wir in unserem Schreiben gebeten.«

Lilly hatte zwar gehört, was die Notarin ihr da gerade offenbart hatte, aber sie weigerte sich, es zu glauben.

»Vierhunderttausend?«, fragte sie ungläubig.

»Ja, wenn Sie mir Ihre Kontonummer geben, dann wird das Geld in ein paar Tagen auf Ihrem Konto sein. Pro forma müsste ich dann noch Ihren Personalausweis sehen, aber wenn Sie Lilly Haas, wohnhaft in Hamburg, sind, dann geht die Sache ihren Gang.«

»Das wird ja immer verrückter. Wissen Sie, wie ich mich fühle?«, stöhnte Lilly. »Vater gegen Geld, das ist doch widerlich!«

Elena Bruno runzelte die Stirn. »Natürlich verstehe ich das, aber offenbar sind Sie Ihrem Vater eine ganze Stange Geld wert.«

Lilly verschränkte trotzig die Arme vor der Brust.

»Ich will weder sein Geld noch ihn kennenlernen. Es war dumm, herzukommen, um einen Mann zu suchen, der eine Million Euro dafür zahlt, dass sein Kind ihn in Ruhe lässt.«

»Signora Haas, ich verstehe Ihre Aufregung, aber nun seien Sie vernünftig. Natürlich nehmen Sie sein Geld! Ob Sie weiterhin Ihren Vater suchen möchten, ist Ihre Angelegenheit.«

»Sie wissen doch genau, wer der Feigling ist!«

»Sagen wir mal so, ich werde mich persönlich darum kümmern, ob ich etwas für Sie tun kann. Wo kann ich Sie erreichen?«, erwiderte die Notarin ausweichend. »Ich verspreche Ihnen, mich für Sie zu verwenden, wenn Sie mir jetzt Ihre Daten geben.«

Lilly stieß einen tiefen Seufzer aus. »Gut, dann gebe ich Ihnen meine Kontonummer, und Sie können mir eine Nachricht über das Hotel Lenno zukommen lassen, denn mein Handy wurde mir hier geklaut.«

»Ich verspreche Ihnen, ich tue, was in meiner Macht steht«, versicherte die Notarin.

Nachdem Lilly ihr die Kontonummer aufgeschrieben und

ihren Ausweis vorgelegt hatte, stand sie seufzend auf. »Sie melden sich dann, falls Sie mit Ihren Bemühungen etwas erreicht haben. Und ich überlege mir derweil, ob ich die Suche nicht einfach aufgebe, obwohl ich ihn liebend gern finden würde, nur um ihm ins Gesicht zu sagen, was ich von ihm halte!«

Elena Bruno reichte Lilly zum Abschied die Hand. »Es tut mir leid, dass ich Ihnen nicht wirklich helfen konnte«, sagte sie bedauernd.

»Im Prinzip verstehe ich Sie ja. Ich habe lange bei einer Bank gearbeitet, und da musste ich mich auch an Vorschriften halten.«

Mit gemischten Gefühlen verließ Lilly das Notariat. Natürlich freute sie sich darüber, dass sie sich ganz unerwartet einige Wünsche erfüllen konnte und vor allem nicht mehr unter dem Druck stand, schnellstens einen neuen Job zu finden. Dennoch fühlte sich dieser unverhoffte Geldsegen seltsam schal an.

Als sie an einem edlen Restaurant vorbeikam, setzte sie sich unter einen der Sonnenschirme, bestellte sich den teuersten Fisch und versuchte zu genießen, dass sie nicht länger auf jeden Cent achten musste. Sosehr sie sich auch bemühte, das Gefühl wollte sich zumindest jetzt nicht einstellen.

Wie sie aus den Augenwinkeln feststellte, wurde sie von einem Herrn, der allein an seinem Tisch saß, unentwegt beobachtet. Er schien drauf und dran zu sein, zu ihr herüberzukommen, doch sie setzte eine derart abweisende Miene auf, dass sich kein noch so mutiger Mann an ihren Tisch getraut hätte.

Sie wollte gerade zahlen, da sah sie das Paar vom Schiff, das in ein angeregtes Gespräch vertieft war, die Terrasse des Restaurants betreten und an einem benachbarten Tisch Platz nehmen. Lilly stockte der Atem. Sie wünschte sich, sie könnte sich in Luft auflösen, bevor die beiden sie womöglich wahrnahmen, aber da war es bereits geschehen. Der attraktive Kerl mit der Wahnsinnsstimme und den feurigen Augen drehte sich plötzlich um.

Lilly konnte nichts dagegen tun, dass ihr Herz heftig zu schlagen begann, und als er nun seine Frau anstieß und auf sie aufmerksam machte, wurde ihr schwindlig. Die aparte Italienerin sprang von ihrem Stuhl hoch und kam hocherfreut zu ihrem Tisch.

»Schön, Sie wiederzusehen, wollen Sie sich nicht zu uns setzen?«, fragte sie strahlend und arglos. »Darf ich?« Ohne eine Antwort abzuwarten, hatte sie sich bereits zu Emma hinuntergebeugt und sie gestreichelt. Emma genoss diese Aufmerksamkeit in vollen Zügen und leckte der Dame sogar die Hand, etwas, was wirklich nur denen vorbehalten war, die Emma in ihr Hundeherz geschlossen hatte.

»Ach, setzen Sie sich doch zu uns rüber. Mein Mann würde sich bestimmt über Ihre Gesellschaft freuen«, wiederholte die Italienerin ihre Einladung.

Lilly aber bekam kein Wort heraus, drückte dem Kellner, der gerade die Rechnung brachte, einen Schein in die Hand und sprang auf.

»Ich ... ich muss mich beeilen, um mein Boot nach Lenno zu bekommen«, behauptete sie.

»Aber wir können Sie doch in meinem Wagen mitnehmen. Luca hat ohnehin einen beruflichen Termin in Lenno, und ich würde mich über Ihre Begleitung sehr freuen.«

»Nein, das geht, also, das geht wirklich, nein, ich habe ja schon eine Fahrkarte«, stammelte Lilly, entknotete eilig die Leine, die sie am Stuhl festgemacht hatte, und flüchtete mit ihrem Hund in Richtung Hafen. Sie fühlte förmlich die Blicke der Signora und die ihres Gatten in ihrem Rücken brennen. Natürlich ärgerte sie sich maßlos darüber, wie unsouverän sie sich verhalten hatte, aber warum musste der Mann, der sie auf den ersten Blick mehr faszinierte als je ein Fremder zuvor, auch eine Frau haben? Und dann noch so eine beinahe provozierend nette? Es war auch nicht korrekt von ihm, sie in Gegenwart seiner Frau derart intensiv anzusehen. Das gehört sich nicht für einen verheirateten Mann, dachte Lilly verdrossen. Sie hoffte inständig, den beiden nicht noch einmal zu begegnen.

7.

Zurück im Hotel riss Lilly sich die Klamotten vom Leib und schlüpfte in ihren Badeanzug. Sie brauchte dringend ein kühles Bad, um wieder einen klaren Kopf zu bekommen. Sie pflügte regelrecht durch das Becken. In der Schulzeit war sie einmal Jugendmeisterin im Freiwasserschwimmen gewesen. Sie achtete weder auf den Zuschauer, der ihr kopfschüttelnd zusah, noch auf die Kälte des Wassers.

Wie kalt es wirklich war, wurde ihr erst bewusst, als sie wieder aus dem Pool stieg.

Aber was war das? Jemand hielt ihr das Handtuch entgegen.

»Kommen Sie, ich beiße nicht. Nehmen Sie das. Ich möchte verhindern, dass Sie sich auf dem Weg ins Zimmer erkälten«, sagte ein Mann in geschliffenem Englisch.

Lilly hatte gar keine andere Wahl, als sich von ihm das Handtuch reichen zu lassen und sich erst einmal gründlich abzurubbeln. Erst dann musterte sie ihren Handtuchhalter. Er war mittelgroß und, wie offenbar alle Männer hier, attraktiv.

Er streckte ihr die Hand entgegen. »Georgio Pavone aus Milano. Ich bin auch Gast im Hotel und habe Sie eben entdeckt und bewundert.« Er hatte eine tiefe und angenehme Stimme, aber nicht annähernd so berührend wie dieser Luca – so hat ihn jedenfalls seine Frau genannt, dachte sie beinahe bedauernd. Doch so forsch, wie Signore Pavone sie angesprochen hatte, war kaum zu erwarten, dass gleich eine Ehefrau um die Ecke biegen würde. Aber konnte man das wissen? Dieser Luca hatte sie auch feurig gemustert, obwohl seine Ehefrau in der Nähe gewesen war.

»Ich bin Lilly Haas aus Hamburg und springe in jeden Pool, der sich mir bietet«, gab Lilly lachend zurück, bevor sie hastig ihre Hand fortzog und auf eine Liege zusteuerte. Da fiel ihr ein, dass sie gar nichts zum Wechseln mitgenommen hatte. Es blieb ihr nichts anderes übrig, als das Kleid über den nassen Badeanzug zu ziehen. Als sie sich umdrehte, stellte sie fest, dass Georgio sie nicht aus den Augen gelassen hatte. »So holen Sie sich den Tod«, bemerkte er.

»Stimmt. Ich muss rasch nach oben gehen und mir etwas Trockenes anziehen.« Lilly wollte sich schnellen Schrittes an Georgio vorbeidrücken, aber er hielt sie sanft an den Schultern fest.

»So kommen Sie mir nicht davon. Ich habe Ihnen eben das Leben gerettet. Dafür würde ich Sie gern auf einen Cappuccino einladen«, sagte er.

»Aber ich bin in Begleitung und weiß nicht, ob Ihnen das recht ist.«

Hastig nahm Georgio die Hände von ihren Schultern. »Oh, verzeihen Sie bitte. Es liegt mir fern, Damen in Begleitung anzusprechen. Ich dachte nur, Sie wären allein. Welcher Mann lässt seine Frau schon ins Eiswasser springen, ohne zumindest mit dem Handtuch parat zu stehen.«

Lilly schmunzelte. Georgio war sympathisch und die leichte Verlegenheit stand ihm hervorragend. Und vielleicht wäre es besser, schnell mit einem anderen Mann zu flirten, um sich diesen Luca aus dem Kopf zu schlagen. Amüsiert musste sie an Merles Worte denken. Ja, als blonde Frau blieb man hier wirklich keine Sekunde allein.

»Meine Begleitung heißt Emma, ist blond und vierbeinig«, sagte Lilly.

»Ach, Sie haben einen Hund. Ich auch. Zu Hause in Mailand. Hunde sind auf der Terrasse erlaubt. Was meinen Sie, in zehn Minuten dort?«

»Ja, gern.« Auf dem Rückweg zu ihrem Zimmer nahm sie sich fest vor, ihren Charme spielen zu lassen, denn dieser Georgio war sympathisch. Er war nicht viel größer als sie, aber das sagte nicht viel, denn Lilly war nicht gerade klein. Mit ihren ein Meter siebenundsiebzig galt sie eher als große Frau. Georgio besaß dichtes dunkles Haar und war an den Schläfen bereits leicht ergraut. Lilly schätzte ihn auf Anfang vierzig. In seinem perfekt sitzenden Anzug war er mit Sicherheit ein seriöser Geschäftsmann. Lilly stutzte. Ja, er hatte was von Alexander.

Emma freute sich, als Lilly ins Zimmer trat, und gebärdete sich so, als hätte sie ihr Frauchen jahrelang nicht mehr gesehen. Lilly holte eine lange schwarze Sommerhose, eine weiße Bluse und eine schwarze Blouson-Jacke in Lederoptik aus dem Koffer. Sie fror noch leicht, sodass sie Strümpfe und Stiefel dazu anzog. Dann schnappte sie sich Emma und fuhr zurück in die Lobby. Zögernd betrat sie die zum See gelegene Terrasse und erblickte Georgio, der sie freudig zu sich heranwinkte. Emma mochte ihn sofort. Den Menschen, die sie gut leiden konnte, legte sie sich gleich auf die Füße. Lilly hatte schon häufig vergeblich versucht, Emma diese Vertraulichkeit abzugewöhnen, zumindest wenn sie es bei fremden Männern tat. Georgio aber schien das zu kennen. »Das macht mein Hund auch immer, vorzugsweise bei Damen«, lachte er. Nachdem sich Emma wieder beruhigt und unter den Tisch gelegt hatte, fing Georgio ganz unbefangen zu plaudern an. Er erzählte ihr, dass er Einkäufer einer großen Kaufhauskette in Mailand sei und in Como Seidenkrawatten und Tücher geordert hatte und nun nach getaner Arbeit noch ein paar Tage in seinem Lieblingshotel Urlaub machte.

Lilly hörte ihm gern zu, denn er redete sehr lebendig mit Händen und Füßen. Schließlich wollte er etwas über sie erfahren, jedenfalls, was sie beruflich machte und was sie in dieses Hotel geführt hatte.

Erneut stand sie vor der Frage, ob sie die Geschichte mit

ihrem Vater erzählen sollte oder nicht. Sie entschied sich dagegen und offenbarte ihm lediglich, dass sie nach dem Tod ihrer Mutter den Job bei einer Bank gekündigt hatte, weil von den Sachbearbeitern zunehmend verlangt wurde, Kunden falsch zu beraten. Und nun wollte sie in Ruhe über Alternativen nachdenken. Außerdem hätte sie ihr Talent zur Malerei völlig vernachlässigt.

Georgio griff überraschend nach ihrer Hand und drückte sie sanft. »Sie sind eine wunderbare Frau, Lilly aus Hamburg«, raunte er. Lilly war diese Berührung nicht unangenehm und wieder dachte sie an Merles Ermunterungen, sich auch endlich mal auf eine Affäre einzulassen. So richtig Lust dazu verspürte sie zwar nicht, vor allem, weil sich schon wieder Luca in ihre Gedanken schlich, aber zumindest ein kleiner Flirt könnte sicher nichts schaden.

»Ich treffe mich jetzt gleich noch mit dem Juniorchef der Seidenmanufaktur, bei der ich eingekauft habe, um mit ihm eine Bootstour zu unternehmen. Haben Sie nicht Lust, mitzukommen?«

Lilly deutete lächelnd unter den Tisch. »Ich glaube kaum, dass Ihr Geschäftsfreund gern einen Hund an Bord hätte.«

»Da könnten Sie recht haben. Soviel ich weiß, besitzt er ein altes Rivaboot, und da könnte ich mir schon gut vorstellen, dass er auf seinem Teakdeck keine Vierbeiner duldet. Er ist ohnehin sehr penibel und ...« Er unterbrach sich hastig. »Da kommt er schon. Wir waren hier verabredet, aber eins müssen Sie mir versprechen. Sie kommen mit mir heute Abend zum Dinner. Ins Al Veluu. Passt Ihnen 18 Uhr 30?«

Lilly zögerte noch, doch dann erkannte sie den Geschäftspartner, der an ihren Tisch trat und sie maß Luca mit einem verächtlichen Blick.

»Ja, gern, Signore Pavone«, flötete sie und schenkte dem Einkäufer ein bezauberndes Lächeln.

Georgio stand nun formvollendet auf. »Darf ich Ihnen Signore Luca Danesi vorstellen?«

Und schon streckte sich Lilly eine schlanke schöne Männerhand entgegen.

»Und das ist Misses Lilly aus Amburgo.«

»Wir kennen uns bereits«, bemerkte der Seidenfabrikant mit einem Lächeln auf den Lippen. Im nächsten Moment hatte sich Emma auf seine Füße gelegt.

»Du sollst dich nicht immer so anschleimen!«, schimpfte Lilly den Hund aus.

»Was heißt *anschleimen*?«, erkundigte sich Luca Danesi.

»Das heißt, sich bei jemandem einschmeicheln«, erwiderte sie ziemlich unwirsch.

Luca lächelte immer noch, aber Lilly verzog keine Miene. Georgio beobachtete das Geplänkel interessiert.

»Ich muss Ihnen Ihren Bekannten jetzt leider entführen«, sagte Luca Danesi nun, und das klang nicht gerade bedauernd.

Georgio erhob sich und gab Lilly unverblümt einen Kuss auf jede Wange »Ciao, Bella!«, sagte er zum Abschied. Vor jedem anderen hätte sie umgehend richtiggestellt, dass sie den Einkäufer nicht näher kannte, aber der Seidenfabrikant sollte ruhig glauben, dass sie sehr vertraut miteinander waren. Täuschte sie sich oder hatte sich die Miene von Signore Danesi sichtlich verdüstert? Jedenfalls verschwand er ohne einen Abschiedsgruß mit Georgio.

Na, der ist lustig, dachte Lilly verärgert. Mich macht er an, obwohl er verheiratet ist. Und kaum denkt er, Georgio wäre mein Verehrer, zieht er ein langes Gesicht.

Da fiel ihr siedend heiß ein, dass sie sich heute Abend gleich mit zwei Männern verabredet hatte. Gestern hatte sie Alfredo zugesagt und gerade Georgio Pavone. Wie sollte sie sich da bloß aus der Affäre ziehen? Beiden absagen? Oder beide treffen? Sosehr sie auch hin und her überlegte, Letzteres schien ihr die geeignetere Lösung. Sie würde einfach mit beiden Herren in das Al Veluu gehen. Schließlich war sie keinem der beiden zu irgendetwas verpflichtet. Und vielleicht war es unter diesen Umständen tatsächlich heilsam, wenn sie sich kopfüber ins Dolce Vita stürzte, dachte Lilly trotzig.

8.

Lilly drehte sich noch einmal vor dem Spiegel im Kreis und betrachtete das Kleid ihrer Mutter wie einen Fremdkörper. Sie hatte es auf Merles Drängen schließlich für die Reise eingepackt und musste zugeben, dass es ihr hervorragend stand. Es war auf eine gewisse Art zeitlos. Klassisch und ein bisschen im 50er-Jahre-Retrostil.

Obwohl ihre Schultern in dem Neckholder besonders reizvoll aussahen, zog sie sich ihre schwarze Jacke über das Kleid, weil es noch kein Sommer war und weil sie die zwei Herren nicht unnötig aufheizen wollte. Bei dem Gedanken, wie sie wohl Alfredo und Georgio klarmachen sollte, dass sie heute zu dritt ausgingen, war ihr gar nicht wohl. Ihre Lust auf das draufgängerische Dolce Vita war den Zweifeln, ob das für sie tatsächlich das Richtige wäre, gewichen.

Doch jetzt war es zu spät, einen Rückzieher zu machen. Sie entschied sich schweren Herzens, Emma bei dieser Mission im Zimmer zu lassen. Es war schon kompliziert genug, die zwei Männer unter einen Hut zu bringen. Als Entschädigung hatte sie Emma einen besonderen Kauknochen zugedacht.

Etwas stimmte noch nicht an dem Bild, das ihr der Spiegel bot, und Lilly wusste auch, was. Seit sie den Job und dem Mann fristlos gekündigt hatte, ließ sie ihr Haar grundsätzlich offen, aber zu dem Neckholder passte das nicht. Also steckte sie es hoch und fand, dass es besser aussah, auch wenn die Frisur sie an eine Zeit erinnerte, die nach den Erlebnissen der letzten Wochen in weiter Ferne lag.

»Na, wie sehe ich aus?«, fragte sie Emma, die erwartungsvoll vor ihr hockte, doch die schien nur noch einen Tunnelblick auf den Kauknochen zu haben, der auf dem Tisch auf sie wartete.

Nun fehlten nur noch die Schuhe. Merle hatte sie zu dem Kauf von hohen spitzen Pumps überredet. In Italien kannst du nicht mit Turnschuhen und Jeans zum Dinner gehen, hatte sie ihr eingeschärft. Der Einwand, sie hätte doch noch die Schuhe, die sie immer zum Kostüm in der Bank getragen hätte, war bei der Freundin nicht durchgedrungen. So war sie zu diesen Lackpumps gekommen, die ihr allerdings etwas zu hoch erschienen. Trotzdem schlüpfte sie in die neuen Schuhe und musste zugeben, dass sie perfekt zu dem Kleid passten, auch auf die Gefahr hin, dass sie die beiden Männer überragen würde.

Lillys Blick fiel auf das Telefon und sie verspürte unbändige Lust, Merle anzurufen. Sie hatte den Gedanken kaum zu Ende gedacht, als sie bereits den Hörer in der Hand hielt und die Nummer der Freundin gewählt hatte.

Merle war sofort dran und ließ Lilly gar nicht zu Wort kommen. »Ich habe dir mindestens zehn Nachrichten geschickt, platze fast vor Neugier und habe mir schon große Sorgen gemacht. Warum hast du denn nicht geantwortet? Hast du schon was über deinen Vater rausgefunden?«

Lilly stieß einen tiefen Seufzer aus, den Merle nutzte, um ihrer Empörung weiter freien Lauf zu lassen, bis Lilly ihren Redefluss mit einem »Ruhe!« stoppte.

»Sie haben mir in Como den Wagen aufgebrochen und das Handy geklaut«, sagte sie zerknirscht.

»Was? Du hast doch nicht etwa dein Handy im Wagen liegen lassen?«

»Ja, auf dem Beifahrersitz, weil ich nur ein paar Schritte mit Emma gehen wollte.«

»Hab ich dich nicht gewarnt?! Bist du wahnsinnig? Und nun? Das zahlt doch keine Versicherung.«

»Das ist alles geregelt. Der Juniorchef der Autovermietung hat protokolliert, dass es im Handschuhfach ...«

»Sieht er gut aus?«

»Blendend!«

»Wow, ich habe dir doch prophezeit, dass du in Italien einen Mann an jedem Finger haben kannst«, lachte Merle.

»Du übertreibst. Es sind erst drei.«

»Was? Schon? Bist du denn gerade im Hotel?«

»Noch.«

»Und? Lass dir doch nicht alles aus der Nase ziehen! Also, der Autovermieter und wer sind die anderen beiden?«

»Ein Einkäufer aus Mailand und ...« Lilly stockte. Sollte sie den Ehemann überhaupt erwähnen?

»Also, konkret sind es zwei. Alfredo von der Autovermietung, der so nett war, Emma und mich zum Hotel zu bringen und den ich zum Dank heute Abend zum Essen eingeladen habe ...«

»Und weiter?«, hakte Merle ungeduldig nach.

»Und der Mann aus Mailand, der mir am Pool ein Handtuch gereicht hat, hat sich auch heute Abend mit mir zum Essen in dasselbe Restaurant verabredet.«

»Du triffst dich mit beiden gleichzeitig?«

»Hast du eine andere Idee?«

»Ja, ich setze mich in den Flieger und nehme dir einen ab«, lachte Merle.

»Ich würde dir freiwillig Alfredo abtreten«, kicherte Lilly, wurde aber gleich wieder ernst. »Das ist eine blöde Situation, in die ich mich da gebracht habe.«

»Schade, ich hätte gern Fotos.«

»Sie sehen beide gut aus.«

»Aber der Mailänder offensichtlich besser.«

Lilly stöhnte. »Er ist mehr mein Typ, aber ich muss jetzt Schluss machen, sonst stehen beide schon in der Lobby. Ich hoffe, ich kann es erst dem einen erklären, dann dem anderen. Vielleicht wollen sie ja auch nur ein nettes Gespräch …«

»Lilly!«

»Ist ja schon gut. Ach, Luigi hat sich übrigens sehr gefreut über die Grüße.«

»Du hast ihn gesehen?«

»Er ist der Portier, Alfredo kennt ihn und nannte ihn bei seinem Namen. Da habe ich es einfach gewagt, obwohl Luigi wahrscheinlich kein seltener Name ist. Ach, und übrigens, mein Vater hat alles unternommen, um anonym zu bleiben. Ich war heute im Notariat in Como.« Von dem Geld wollte Lilly ihrer Freundin noch nichts erzählen, aber das Thema Vatersuche schien für Merle im Moment ohnehin zweitrangig zu sein.

»Ach, ich beneide dich so. Und ich muss morgen in die neue Filiale. Aber du musst mich unbedingt weiter auf dem Laufenden halten.«

Lilly versprach es ihrer Freundin und warf, nachdem sie aufgelegt hatte, noch einen prüfenden Blick in den Spiegel. Dann gab sie Emma ihren Knochen und verließ das Zimmer mit gemischten Gefühlen.

Als sie aus dem Fahrstuhl stieg, stieß sie fast mit Alfredo zusammen, der schon ungeduldig auf sie wartete.

»Wow, du siehst umwerfend aus«, erklärte er voller Bewunderung.

»Du auch«, entgegnete sie, während sie fieberhaft überlegte, wie sie ihm schonend beibringen sollte, dass sie zu dritt ausgehen würden. Nervös sah sie sich in der Lobby um, aber Georgio schien noch nicht da zu sein.

Alfredo reichte ihr seinen Arm. Zögernd hakte sich Lilly bei ihm unter, doch nach drei Schritten blieb sie abrupt stehen. »Alfredo, es kommt noch jemand mit zum Essen. Ich hoffe, es ist dir recht?«

Alfredo musterte sie irritiert. »Ja, weiß ich doch, wo ist denn dein Hund?«

»Ich meine keinen Hund, sondern ...«

In diesem Augenblick kam Georgio strahlend auf sie zu. Dann stutzte er.

»Ach, Sie sind bereits anders vergeben? Ciao, Alfredo.« Das klang alles andere als begeistert. Er sprach sie auf Englisch an. Die beiden Männer reichten einander höchst widerwillig die Hand.

»Ciao, Signore Pavone.«

»Sie beide kennen sich?« Lilly sah erstaunt zwischen den beiden Männern hin und her.

»Kennen ist zu viel gesagt«, widersprach Georgio hastig. »Ich miete meine Wagen immer bei ihm.«

»Das passt ja prima«, sagte Lilly rasch. »Alfredo hat mir nämlich gestern aus einer furchtbaren Klemme geholfen.« Und schon berichtete sie über ihr Malheur und betonte, dass sie Alfredo als Dank zum Essen eingeladen hatte. Sie sprach so schnell, dass keiner der beiden Männer sie unterbrechen konnte. »Ja, und Signore Georgio hat mich heute am Pool vor dem Erfrieren gerettet. Da dachte ich, es wäre doch nett, wenn ich Sie beide gemeinsam einlade, oder? Und wo Sie einander sogar kennen ...«

»Wie Signore Pavone schon sagte. Er ist nur ein Kunde unserer Autovermietung«, brummte Alfredo auf Deutsch und blickte Georgio, der das offenbar nicht verstand, triumphierend an.

»Tja, dann wäre es doch nett, wenn wir jetzt zu dritt essen gehen?«, sagte Lilly auf Englisch, was wiederum Alfredo nicht behagte.

»Kannst du nicht Deutsch mit mir reden?«, fauchte er.

»Wenn die Herren nichts dagegen haben, schlage ich vor, dass wir unser Gespräch auf Italienisch fortsetzen. Ich habe zwar nur einen Grundkurs gemacht, aber wenn Sie die Geduld aufbringen, dass ich nach Worten ringen und Sie bitten muss, langsam zu reden, sollte das schon klappen.«

»Sie sprechen ein hervorragendes Italienisch«, erwiderte Georgio lächelnd. Er ist eindeutig der Souveränere von beiden, ging es Lilly durch den Kopf, obwohl sie sehr wohl spürte, dass seine demonstrativ zur Schau gestellte Gelassenheit aufgesetzt war, aber er war überzeugend in der Rolle. So überzeugend, dass sich Alfredos Miene noch mehr verfinsterte.

Mit einem Seitenblick zu Luigi stellte Lilly fest, dass sich der Portier offenbar sehr über diesen Dreier amüsierte.

»Wünschen die Herrschaften ein Taxi?«, fragte er höflich, während aus seinen Augen der Schalk blitzte.

»Nein, nicht nötig, ich bin ja mit dem Wagen gekommen, weil ich Lilly mit ihrem Hund zum Lokal chauffieren wollte«, bemerkte Alfredo mit unterdrückter Wut, doch dann zuckte ein Grinsen um seinen Mund. »Aber mein Spider ist leider ein Zweisitzer. Und den Notsitz möchte ich Ihnen nicht zumuten, Signore Pavone. Vielleicht nehmen Sie sich ein Taxi zum Al Veluu. Und ich hoffe natürlich, dass Sie noch einen Stuhl ranschieben können, denn ich habe nur für zwei Personen reserviert.«

Lilly hielt den Atem an. Das roch nach Ärger, aber Georgio schienen Alfredos Worte nicht im Geringsten zu beeindrucken. Sie befürchtete schon, er würde einen Rückzieher machen, aber er erklärte lächelnd, der Notsitz mache ihm gar nichts aus und er habe auch einen Tisch für zwei Personen bestellt. Zur Not könne man die beiden ja zusammenschieben, schlug er vor.

Lilly konnte sich ein Grinsen kaum verkneifen, zumal Georgio ihr unverfroren zuzwinkerte. Sie hatte immer noch ein leicht schlechtes Gewissen Alfredo gegenüber, der ihr ja wirklich aus der Patsche geholfen hatte. Deshalb wollte sie auf keinen Fall zeigen, dass ihr Georgios Art, mit der Situation umzugehen, wesentlich mehr zusagte. Bei Alfredo hatte sie die Sorge, dass er kurz vorm Platzen stand. Nein, das wollte sie nicht riskieren. Deshalb wandte sie sich lächelnd an ihren Helfer.

»Tja, Alfredo, wenn du nichts dagegen hast, dann überlass doch Signore Pavone den Notsitz.«

Alfredos Miene erhellte sich. »Gut, dann machen wir das so.« Durch Lillys persönliche Ansprache, die er offenbar als Bekenntnis zu ihm verstand, ermutigt, reichte er ihr erneut seinen Arm. Lilly hakte sich bei ihm unter, nicht ohne Georgio ein Lächeln zu schenken, das er erwiderte.

»Sie sehen übrigens bezaubernd aus. Die Farben passen zu Ihrem Teint und ich mag Frauen, die mich um ein paar Zentimeter überragen«, raunte Georgio, der neben ihr lief. »Aber das hören Sie heute Abend bestimmt nicht zum ersten Mal.«

Lilly hoffte noch, dass Alfredo auf diese Provokation nicht anspringen und einfach schweigen würde, aber da sagte er bereits in süffisantem Ton: »Na ja, also mich überragt sie jedenfalls nicht.«

9.

Die Stimmung auf dem kurzen Weg zum Parkplatz war angespannt. Alfredo schien ziemlich unter Strom zu stehen. Lilly konnte förmlich den Ärger riechen, den ihr gewagtes Unternehmen hervorgerufen hatte. Aber nun war es zu spät. Sie konnte Georgio schlecht bitten, im Hotel zu bleiben. Wenn er ihr egal wäre, hätte sie es vielleicht getan, aber dazu fand sie ihn doch zu spannend.

Hoffentlich geht das gut, dachte sie, während sie auf dem Beifahrersitz Platz nahm, nachdem sich Georgio problemlos auf den Notsitz gequetscht hatte. Was mache ich hier bloß für Sachen, fragte sie sich. Soweit sie sich erinnern konnte, war sie noch nie in eine solche Lage geraten, dass zwei Männer sie gleichzeitig für sich zu gewinnen versuchten. Sie kam sich ein bisschen verrucht vor und wünschte sich, Merle könnte sie so sehen. Merkwürdigerweise musste sie in diesem Augenblick an die Tochter des Vorstandsvorsitzenden und die Weihnachtsfeiern denken. Christine war jedes Mal von mehreren Verehrern umringt gewesen und hatte sich bestimmt keinen Kopf darüber gemacht, wie es den armen Männern bei diesem Konkurrenzkampf ging. Ich sollte mir ein Beispiel daran nehmen und mich in der Bewunderung sonnen, sagte sich Lilly und beschloss, den Abend zu genießen und sich auf die Fahrt zu konzentrieren. Obwohl ihnen ein recht kühler Wind um die Nase pfiff, war es ein herrlich freies Gefühl, im Cabrio die malerische Bergstraße hinaufzufahren. Durch die kräftige Sonne, die sich am Tag schließlich gegen die Regenschauer durchgesetzt hatte und immer noch schien, war die Luft angenehm. Zwar nicht warm, aber auch nicht wirklich kalt.

Auf der Fahrt sprach keiner ein Wort, was Lilly ganz lieb war. So konnte sie ihren Gedanken nachhängen. Sie erschrak, als sich eine Hand auf ihre legte. Am liebsten hätte sie ihre weggezogen, aber sie wollte Alfredo nicht unnötig kompromittieren.

»Sieh da unten, der See. Ist das nicht traumhaft?«

Lilly nickte eifrig.

Als sie den Garten des Al Veluu betraten, hatte Lilly das Gefühl, sie müsste sich kneifen. So großartig war der Ausblick, den man von hier oben über den See hatte. Aber auch das Ambiente des Lokals war romantisch. Kleine Holztische standen über den Rasen verteilt. Der Kellner eilte sofort herbei und begrüßte Alfredo herzlich. Die beiden Männer schienen sich gut zu kennen.

»Ich habe dir einen besonders schönen Tisch ausgesucht für die Signorina und …« Er stutzte, als er Georgio wahrnahm. »Drei Personen?«, fragte er irritiert.

Alfredo nickte grimmig. Der Kellner führte sie zu dem vorletzten freien Tisch.

»Den Tisch auf den Namen Pavone können Sie weggeben«, klärte Georgio den Kellner auf. »Den hatte ich für die Signorina und mich vorhin telefonisch reserviert.«

Die beiden Männer sprangen nun gleichzeitig zu dem Stuhl, von dem aus man den schönsten Blick hatte, und wollten ihn Lilly zurechtrücken. Georgio ließ Alfredo den Vortritt und setzte sich stattdessen blitzschnell auf den zweiten Stuhl.

Hastig eilte der Kellner los und kam mit einem Stuhl für Alfredo zurück, dem Lilly förmlich ansah, wie ihn Georgios Verhalten schon wieder bis aufs Blut gereizt hatte.

»Möchtet ihr einen Aperitif?«, fragte der Kellner, nachdem auch Alfredo sich gesetzt hatte.

»Ja, ich denke, wir beide nehmen Martini«, sagte Alfredo und sah Lilly dabei auffordernd an.

»Ich würde Ihnen eher einen Campari empfehlen«, mischte sich Georgio ein.

Damit hatte er ins Schwarze getroffen, denn Lilly liebte Campari-Orange. »Ja, das würde ich gern nehmen, einen Campari mit Orangensaft.«

»Ich mit Wasser«, sagte Georgio.

»Ich nehme dasselbe wie die Dame«, knurrte Alfredo.

Lilly fragte sich in diesem Augenblick, was sie tun konnte, um diese angespannte Situation zu entschärfen. Die Aussicht, dass sich die beiden Männer den ganzen Abend lang einen Hahnenkampf lieferten, war nicht gerade prickelnd. Sie befürchtete, dass sie mit diplomatischen Andeutungen nicht viel bei den beiden Kerlen ausrichten würde, sondern das Problem wohl ganz offen angehen musste.

Sie räusperte sich und ließ, um Mut zu schöpfen, ihren Blick noch einmal über den See schweifen. Dabei wurde ihr ganz warm ums Herz. So wunderschön hatte sie sich Italien nicht einmal in ihren kühnsten Träumen vorgestellt. Plötzlich dachte sie an ihre Mission und stellte sich vor, ihr Vater würde wirklich dort unten in einem dieser prächtigen Bauten … Nein, schoss es ihr durch den Kopf, er könnte genauso gut in einem der Bauernhäuser oben in den Bergen wohnen, wenn er überhaupt in der Nähe lebte. Plötzlich durchzuckte sie ein ganz anderer Gedanke. Was, wenn er gar nicht mehr lebte und die Stiftung nur sein Erbe verwaltete? In dem Fall hätte mir die Notarin doch sicherlich einen Hinweis gegeben und nicht so ein Gewese um die Identität meines Vaters gemacht, überlegte sie.

»Ist Ihnen nicht gut, Lilly?«, erkundigte sich Georgio. Um seine Sorge zu unterstreichen, griff er behutsam nach ihrer Hand.

»Ja, du bist so blass geworden«, sagte Alfredo in vertraulichem Ton, während er seine Hand auf ihre andere Hand legte.

Es war so absurd, dass jeder der beiden eine ihrer Hände hielt, dass Lilly beinahe angefangen hätte zu lachen, doch sie konnte sich gerade noch beherrschen, weil Alfredo es mit Sicherheit auf sich bezogen hätte. Höchste Zeit für ein offenes Wort. »Ich weiß, es war blöd von mir, den Abend doppelt zu belegen, aber es muss doch möglich sein, ein nettes Dinner miteinander zu verbringen.«

Georgio grinste vielsagend. »Aber das ist doch das Problem, liebste Lilly. Wir wollen Sie offensichtlich beide näher kennenlernen, nicht wahr, Signore Alfredo?«

Bevor der Angesprochene reagieren konnte, erhob sich Georgio. »Ich möchte kurz jemanden begrüßen. Sie entschuldigen, Lilly aus Amburgo.«

Lilly konnte gar nicht anders, als ihm ein Lächeln zu schenken. Wenn Charme einen Namen hatte, so hieß er mit Sicherheit Georgio. Dabei war sie kein Typ, der jeder Schmeichelei erlag, aber Georgio machte das mit einer gewissen Prise Köpfchen, was bei Alfredo gänzlich fehlte.

»Was für ein aufgeblasener Arsch«, fluchte der nun auf Deutsch, doch Lilly hörte ihm gar nicht mehr zu, weil sie gesehen hatte, wie Georgio zu einem Tisch gegangen war, an dem kein Geringerer als Luca Danesi saß! Und neben ihm seine Frau, wieder strahlend und elegant.

»Musst du ihm so hinterhergucken?« Alfredo schien schon wieder aufgebracht.

»Ich möchte mich noch einmal ganz herzlich bei dir bedanken, dass du mich gestern nach Tremezzo gebracht hast«, sagte Lilly, um ihn und vor allem sich zu beruhigen. »Mir kommt es vor, als wäre das vor einer halben Ewigkeit gewesen. Der See hat mich bereits so intensiv in seinen Bann gezogen, dass ich … Raum und Zeit vergesse.«

»Das hast du sehr schön gesagt. Und ich hoffe, es ist nicht nur der See, der dich verzaubert hat«, gurrte Alfredo versöhnlich.

Lilly stieß einen Seufzer aus. Was auch immer sie sagte, Alfredo schien es misszuverstehen. Er bezog den Zauber ganz offensichtlich auf seine Person. Obwohl Lillys Adrenalin verrücktspielte, wollte sie Alfredo auf keinen Fall verletzen, aber sie hatte wohl keine Wahl mehr. Ich sollte ihm sagen, dass er keine Chance bei mir hat, dachte sie, doch in dem Augenblick kamen zeitgleich Georgio und der Kellner zurück an den Tisch. Der Kellner reichte ihnen die Speisekarte und zählte noch ein paar Gerichte auf, die an diesem Abend zusätzlich angeboten wurden, woraufhin sich das verbale Gerangel der beiden Männer nahtlos bei der Auswahl der Speisen fortsetzte. Lilly ignorierte das Gefecht darüber, ob sie nun die Fritto di misto oder einen Lavarellofisch nehmen sollte. Einig waren sich die beiden Männer nur in dem Punkt, dass sie unbedingt die frittierten Zucchini probieren sollte. Sie entschied sich für den Lavarello nach Art des Hauses und die Zucchini, während ihre Gedanken beim Tisch der Danesis waren. Warum musste ihr dieser Luca bloß schon wieder über den Weg laufen? Das war wie verhext, dass er überall, wo sie war, ebenfalls auftauchte!

Die beiden Männer waren immer noch in ein heftiges Wortgefecht verwickelt, von dem Lilly nur noch Fetzen verstehen konnte, weil sie beide so schnell redeten. Als der Kellner vorbeikam, hörten sie abrupt auf zu streiten und dabei wild zu gestikulieren, um kurz ihre Bestellungen aufzugeben. Lilly bestellte ihren Fisch und das Gemüse. Beide Männer versicherten ihr daraufhin, dass sie eine ganz hervorragende Wahl getroffen hätte, bevor ihr Streit erneut entbrannte, aber nun über den Wein. Während sie eifrig diskutierten, orderte Lilly einen halben Liter Hauswein für sich und ihr Blick schweifte ab zu dem Tisch, an dem Luca Danesi mit seiner schönen Frau saß. Lilly spürte einen leichten Stich, als sie beobachtete, wie sie über seine Hand strich. Das geht dich gar nichts an, Lilly Haas, dachte sie ärgerlich, glaubst du, dass dir jetzt, weil dich einmal in deinem Leben zwei Männer zugleich zu erobern versuchen, die gesamte italienische

Männerwelt zu Füßen liegt? In diesem Moment sah Luca Danesi in ihre Richtung. Sie wollte weggucken, aber es gelang ihr nicht. Ihre Blicke trafen sich und Lillys Herzschlag beschleunigte sich noch mehr. Sie erhob sich unvermittelt und ohne sich zu erklären, lief sie in Richtung des Restaurants. Dabei vergaß sie, dass sie es nicht gewohnt war, auf so hohen Absätzen über den Rasen zu stöckeln und knickte prompt um. Der Schmerz war heftig, aber sie versuchte, sich nichts anmerken zu lassen.

»Sie haben sich hoffentlich nicht wehgetan«, sagte eine männliche Stimme. Sie fuhr herum. Hinter ihr stand Luca Danesi mit besorgter Miene.

»Ich habe zufällig gesehen, wie Sie umgeknickt sind. Wenn Sie Hilfe brauchen …« Er reichte ihr seinen Arm.

»Nein, es geht schon«, erwiderte Lilly verkrampft, während ihr Blick zu seinem Tisch ging. Seine Frau sah in ihre Richtung und winkte ihnen zu. Lilly winkte kurz zurück, bevor sie Luca Danesi stehen ließ, obwohl ihr Knöchel bei jedem Schritt schmerzte. Warum kann ich in seiner Gegenwart einfach nicht cool bleiben, fragte sie sich verärgert.

Im Waschraum ließ sie sich kaltes Wasser über die Gelenke laufen, in der Hoffnung, das würde sie abkühlen. Vor ihrem inneren Auge sah sie das Gesicht von Luca Danesi, besonders seinen Mund, seine sinnlichen Lippen, die im völligen Kontrast standen zu dem markanten Gesicht und dem energischen Kinn. Lilly schloss die Augen und versuchte, sich in dieser Deutlichkeit Georgios Gesichtszüge vorzustellen, aber es klappte nicht. Es war immer nur Luca Danesi, der wie aus dem Nichts auftauchte und ihr Herz rasant zum Pochen brachte.

Gott, wenn ich das Merle erzähle, dachte Lilly, nachdem sie ihre Augen wieder geöffnet hatte und ihr Spiegelbild erblickte. Aber was war das? Sie meinte, einen Glanz in ihren Pupillen zu sehen, der ihr zuvor niemals aufgefallen war. Es konnte doch nicht sein, dass sie von zwei attraktiven Männern zugleich umschwärmt wurde und sich rettungslos in einen dritten verguckt hatte, der mit dieser unschlagbar attraktiven und überaus liebreizenden Italienerin zusammen war. Nein, sagte sich Lilly entschlossen, so kann das nicht weitergehen! Sie fasste den Plan, sich in einen wilden Flirt mit Georgio zu stürzen. Er war charmant, ihr zugetan und sah fantastisch aus. Alles in seinem Gesicht passte zusammen: seine Augen, seine Nase, sein Mund … Lilly hielt inne. Sie versuchte, sich an Georgios Mund zu erinnern, aber da schlichen sich wieder Luca Danesis volle sinnliche Lippen in ihre Fantasie und dann seine große Nase, die ihm keine makellose Schönheit verlieh, sondern ihn wahnsinnig interessant machte. Resigniert sah sie dem Wasserstrahl zu, der immer noch über die Innenseite ihrer Unterarme rann. Das Wasser war in der Tat eiskalt, aber auf ihr Gemüt wirkte es leider nicht abkühlend.

10.

Als Lilly an ihren Tisch zurückkehrte, stand bereits ein Glas Wein für sie bereit. Die beiden Männer sahen sie fragend an. Lilly nahm einen kräftigen Schluck und lächelte in die Runde. »Na, ist die Weinfrage geklärt?«

»Wir nehmen auch den Hauswein«, erklärte Alfredo.

Lilly blickte Georgio prüfend an. Keine Frage, er war ein außergewöhnlich gut aussehender Mann. Ihre Blicke trafen sich. Begierde sprach aus seinen Augen. Lilly wartete förmlich darauf, dass sich ihr Herz bemerkbar machte, aber das Wunder, das sie gerade eben bei Luca Danesi empfunden hatte, blieb aus. Sie hoffte darauf, dass es sich ändern würde, wenn er sie erst geküsst hätte. Er hätte es sicher gern sofort getan, wenn Alfredo nicht mit am Tisch säße. Der schien zu bemerken, dass sich da zwischen Lilly und Georgio vor seinen Augen mehr anbahnte, als ihm recht war.

»Da kommt der Wein!«, sagte er in giftigem Ton und nahm die Karaffe in Empfang. Lilly wandte den Blick von Georgio ab und konzentrierte sich auf den Fisch, den man ihr servierte. Dass Alfredo mittlerweile innerlich kochte, war dennoch schwerlich zu überhören, denn er schnaufte wie ein wütender Stier, sagte aber nichts, sondern machte sich über seinen Fisch her.

»Ich glaube, nach dem Glas sollen Sie sich ein Taxi zurück zum Hotel nehmen. Ich würde lieber mit Lilly den Rest des Abends allein verbringen.«

Erschrocken sah sie Alfredo an. Er hatte einen hochroten Kopf und strahlte eine derartige Anspannung aus, dass Lilly jeden Augenblick einen unkontrollierten Ausbruch befürchtete. Sie hatte den Gedanken kaum zu Ende geführt, da entgegnete Georgio mit ruhiger Stimme: »Den Vorschlag wollte ich Ihnen auch gerade machen, Alfredo.«

Dann ging alles ganz schnell. Alfredo sprang auf, beugte sich über den Tisch und versetzte seinem Nebenbuhler einen gezielten Hieb auf die Nase. Georgio kippte von der Wucht des Schlags mit dem Holzstuhl hintenüber. Spitze Frauenschreie ertönten, und alle Blicke waren jetzt auf ihren Tisch gerichtet. Lilly konnte nicht fassen, was da vor ihren Augen passierte. Ihr wich sämtliches Blut aus dem Kopf. Es war ihr, als würde ein Film ablaufen, doch dann kam sie wieder zu sich, sprang auf und hockte sich neben Georgio, der sich stöhnend die Hand auf die Nase presste.

In dem Augenblick flatterte ein kleines Kärtchen neben ihr zu Boden. »Das ist meine Karte, falls du es dir doch anders überlegst. Außerdem musst du deinen Käfig noch bei uns in der Autovermietung abholen. Den haben wir vergessen auszuladen.« Mit diesen Worten entfernte sich Alfredo.

»Hey!«, rief Lilly ihm hinterher. »Willst du dich nicht entschuldigen?«

Alfredo aber drehte sich nicht um, sondern zeigte im Davonlaufen den Stinkefinger. In diesem Augenblick kam der Kellner in Begleitung eines anderen Gastes hinzu, der sich fachkundig um Georgio kümmerte. Wie in Trance setzte sie sich zurück auf ihren Platz und trank das Glas Wein in einem Zug aus. Das war kein Spaß mehr, dachte sie und gab sich selbst die Schuld an dem blutigen Finale dieses Dinners zu dritt. Sie war sich sicher, dass sie das hätte verhindern können, wenn sie nicht den Plan gefasst hätte, Georgio als Trostpflaster zu nehmen.

»Das tut mir leid, aber Alfredo ist und bleibt ein Hitzkopf«, sagte der Kellner auf Deutsch zu ihr.

»Wieso? Macht er das öfter?«

Der Kellner wand sich ein wenig. Offenbar kämpfte er mit sich, ob er der Deutschen weitere Auskunft über seinen Freund geben sollte.

»Sagen wir mal so. Es ist nicht das erste Mal, dass er sich mit Rivalen prügelt«, seufzte er. »Aber das macht er erst, seit ihm ein guter Freund seine Viola ausgespannt hat. Er war immer schon temperamentvoll, aber dass er rot sieht, wenn er Konkurrenz bei einer so hübschen Dame wie Ihnen wittert, das sind wohl die Spätfolgen der Geschichte mit seiner Verlobten. Ich kenne ihn wirklich lange, wir waren in einer Klasse. Als Entschädigung bringe ich Ihnen ein Tiramisu aufs Haus.«

Lilly belustigte die Tatsache, dass offenbar das gesamte Dienstleistungsgewerbe mit Alfredo die Schulbank gedrückt hatte, doch nun galt ihre Aufmerksamkeit dem armen Georgio, den der Gast zu seinem Stuhl begleitete.

»Das tut mir so leid«, sagte sie bedauernd. »Ich hätte nicht mit zwei Männern ausgehen dürfen.«

»Das ist doch nicht Ihre Schuld«, entgegnete Georgio, dessen Nase zwar nicht mehr blutete, aber doch lädiert aussah.

»Wenn Sie mich noch brauchen, ich sitze dort hinten«, sagte der Gast – offenbar ein Arzt – und kehrte zu seinem Tisch zurück.

»Die tun ja alle so, als wäre ich dem Tode geweiht«, versuchte Georgio zu scherzen. Lilly ließ ihren Blick zu den Nachbartischen schweifen. Aller Augen waren auf Georgio und sie gerichtet. Auch Luca Danesi sah in ihre Richtung, doch Lilly wandte sich hastig ab. Ihr war der Auftritt der beiden besonders vor ihm peinlich. Was wird er wohl über mich denken?, fragte sie sich.

Georgio war trotz seiner lädierten Nase wieder charmant und zuvorkommend wie zuvor. Er schenkte ihr und sich selbst Wein nach und prostete ihr zu. »Auf einen wunderschönen Abend«, raunte er.

Mit dem Eklat war ihr eigentlich jegliche Lust auf einen wunderschönen Abend vergangen. Dennoch rang sie sich zu einem Lächeln durch, während sie ihm zuprostete. Mit einem verstohlenen Seitenblick stellte sie fest, dass die übrigen Gäste wieder in Gespräche vertieft waren. Bis auf Luca Danesi. Er blickte immer noch unverwandt zu ihrem Tisch herüber.

»Wie kommt eine so hübsche junge Frau eigentlich dazu, am Lago Como Urlaub zu machen? In Ihrem Alter fährt man doch nach Ligurien oder in die Toskana ans Meer?«, wollte Georgio wissen.

Wieder stand sie vor der Frage, ob sie ihm die Wahrheit sagen sollte oder nicht, doch der Wein hatte ein wenig ihre Zunge gelockert. Schließlich war es keine Schande, den leiblichen Vater zu suchen. Außerdem war sie ihm sehr dankbar, dass er jetzt nicht versuchte, Stimmung gegen Alfredo zu machen.

Also erzählte sie Georgio ganz offen, wie sie auf den Comer See gekommen war. Sie ließ weder die Fotos noch die monatlichen Zahlungen aus. Auch nicht ihren erfolglosen Besuch im Notariat.

»Ich finde, das Notariat müsste Ihnen Auskunft über den edlen Spender geben, denn es ist ja ziemlich offensichtlich, dass der Ihr Vater ist. Und arm wird er auch nicht sein. Das heißt, bei seinem Ableben steht Ihnen ein Pflichtteil zu«, erläuterte ihr Georgio.

»Mir geht es nicht darum, meinen Vater zu beerben, ich möchte von ihm hören, warum er meine Mutter sitzen gelassen hat und sich hinter so einer Stiftung verschanzt. Ach, eigentlich möchte ich vor allem wissen: Was ist er für ein Mensch? Haben wir Ähnlichkeiten? Denn meine Mutter und ich sind gänzlich unterschiedliche Charaktere gewesen.«

Er musterte sie mit einnehmendem Blick. »So ein Dummkopf. Wie kann man eine so schöne Tochter verleugnen? Sie wären der ganze Stolz eines jeden italienischen Papas.«

Lilly nahm sein Kompliment mit gemischten Gefühlen auf.

Natürlich meinte er das nur nett, aber es tat auch weh, denn die Emotionen darüber, dass ihr leiblicher Vater offenbar von ihrer Existenz gewusst hatte und kein Interesse an ihr besaß, hatte sie noch gar nicht richtig an sich herangelassen. Erst in diesem Augenblick setzten seine Worte diese Gefühle frei. So frei, dass ihr Tränen in die Augen stiegen.

»Oh, Lilly, das habe ich nicht gewollt«, sagte er erschrocken, nahm ihre Hand und bedeckte sie mit Küssen.

»Ist schon gut. Dafür können Sie doch nichts.« Hastig zog sie ihre Hand weg. In diesem Moment hatte sie nur noch einen Wunsch: Sie wollte ins Hotel zurück, allein, und am liebsten sogar nach Hause in ihr vertrautes Bett. Da half auch der Blick auf den nächtlichen See wenig, obwohl die Lichter von unten herauf wie Sterne funkelten, während oben am Himmelszelt die echten Sterne leuchteten. Die Dunkelheit schmälerte den Zauber dieses Ausblicks nicht, sondern verlieh ihm eine andere, nicht minder traumhafte Atmosphäre. Eine Stimmung, bei der jede Frau schwach werden könnte. Lilly atmete ein paar Mal tief durch. Es wäre doch absurd, würde ihr der fremde Vater die Stimmung dieser romantischen Nacht zusätzlich verderben, ein Mann, den sie nicht einmal kannte und der sich wahrscheinlich überhaupt nicht darüber freuen würde, wenn sie ihn aufspürte. Hastig wischte sie sich mit dem Ärmel ihrer Jacke die Tränen fort. »Entschuldigen Sie, ich habe mir nur gerade vorgestellt, dass er mich gar nicht sehen will. Dass es alles Unsinn ist, was ich hier treibe. Ich sollte schnellstens nach Hamburg zurückfliegen und die Sache vergessen.« Das klang trotzig.

»Ach, Lilly, du machst das schon genau richtig. Du hast ein Recht, diesen Mann zu treffen«, ermutigte er sie mit einfühlsamer Stimme. »Ich hoffe, du hast nichts dagegen, wenn ich dich duze.«

»Nein, Georgio. Du glaubst gar nicht, wie gut mir deine Worte tun.«

»Aber ich habe dich zum Weinen gebracht«, sagte er entschuldigend.

»Das waren nicht nur deine Worte, sondern diese zauberhafte Stimmung. Sie hat mich wohl meinen wahren Gefühlen nähergebracht, die sicher schon vorher da waren. Ich hatte sie nur verdrängt oder bin noch gar nicht dazu gekommen, zu empfinden, was das für mich bedeutet, plötzlich zu ahnen, dass es hier irgendwo einen Vater geben könnte. Einen Vater, der sich durch eine Stiftung schützt, damit ich ja nicht hinter seine Identität komme.«

»Du wirst seine Identität schon herausfinden. Ich schwöre es dir. Wir fahren morgen zusammen nach Como und dann trittst du den Mitarbeitern des Notariats noch einmal gehörig auf die Füße. Und wenn das nichts hilft, dann musst du eben ein bisschen Geld springen lassen.«

»Nein, die ehrenwerten Herrschaften des Notariats lassen sich nicht bestechen, das weiß ich schon.«

Er lachte aus voller Kehle. »Soso. Zeig mir den Italiener, der das nicht täte.«

Lilly fiel in sein Lachen ein. Sie war ihm unendlich dankbar. Auf geschickte Weise hatte er es geschafft, dass die Schwere, die eben noch auf ihr gelastet hatte, verschwunden war. Gerade als sie dachte, es könnte doch noch ein netter Abend werden, näherte sich sein Mund dem ihren und er gab ihr einen zärtlichen Kuss. Bevor sie reagieren konnte, hatte er sich bereits von ihren Lippen gelöst und blickte ihr in die Augen. »Ich würde dich gern richtig küssen«, raunte er, »aber unser Tisch hat heute Abend schon genügend Aufmerksamkeit genossen. Und außerdem werden wir beobachtet von meinem Geschäftspartner, dem guten Signore Danesi.«

Die Erwähnung dieses Namens ließ Lillys Herz erneut höher schlagen. Das ärgerte sie so sehr, dass sie ihm jetzt ihrerseits einen Kuss auf die Wange hauchte.

»Ich finde auch, wir sollten uns in der Öffentlichkeit gesittet benehmen«, wisperte sie, während sie sich ziemlich albern vorkam. Da versuchte sie, auf Krampf mit einem Mann zu flirten, um einen anderen zu vergessen, aber es klappte einfach nicht.

»Wenn alles an dir so gut schmeckt wie dieses Küsschen, dann wäre ich fast versucht, auf das Tiramisu zu verzichten«, flüsterte er zurück. Ihr Techtelmechtel wurde gestört, als der Kellner mit der Nachspeise kam. Während Lilly jeden Bissen des köstlichen Tiramisus genoss, schwankte sie, ob sie dem gespielten Flirt nicht doch lieber ein Ende bereiten sollte, denn ihr war sehr wohl klar, dass es schon jetzt schwer genug sein würde, noch auf die Bremse zu treten. Wenn, dann sollte ich es ihm jedenfalls sofort sagen, dachte sie und blickte ihn an.

»Ist das nicht köstlich?«, fragte er und verdrehte vor Begeisterung die Augen.

Sie nickte schwach und räusperte sich ein paar Mal. Während sie noch darüber nachgrübelte, wie sie sich geschickt aus der Affäre ziehen sollte, strich er ihr zärtlich über die Wange und gestand ihr, er hätte bereits, als er sie im kalten Wasser hatte schwimmen sehen, entschieden: *Diese Frau muss ich kennenlernen.*

»Nun hast du mich kennengelernt. Ich glaube, wir sollten jetzt ins Hotel zurückfahren«, erwiderte Lilly. An seiner verzückten Miene war unschwer zu erkennen, dass er sie gründlich missverstanden hatte. Überdies merkte sie, dass der Wein seine Wirkung tat. Obwohl sie wusste, dass sie auf keinen Fall mehr trinken sollte, nahm sie noch einen kräftigen Schluck.

»Das sehe ich genauso, bella Bionda, wir haben genug geschlemmt. Wir nehmen uns ein Taxi, das uns auf schnellstem Weg zum Hotel bringt, und lassen den Abend gemeinsam ausklingen, aber vorher muss ich mich kurz entschuldigen. Ich bin gleich wieder bei dir.«

Sie sah ihm ratlos nach. Offenbar hatte sie den Bogen bereits überspannt und jeder Rückzug würde unerfreulich werden. Und was, wenn sie einfach doch mit ihm ins Bett ging, obwohl sie nichts für ihn fühlte? Merle würde ihr unbedingt dazu raten. Lilly sah immer noch dem zweifelsfrei gut gebauten Georgio hinterher, doch da zog Signora Danesi, die ebenfalls auf die Waschräume zustrebte, ihre Aufmerksamkeit auf sich.

»Na, das war ja ein toller Auftritt«, hörte Lilly eine Stimme hinter sich. Sie fuhr herum und blickte in Luca Danesis spöttische dunkelbraune Augen.

»Was soll das?«, fauchte sie. »Das finde ich überhaupt nicht toll.«

»Das glaube ich Ihnen nicht. Sonst wären Sie niemals mit zwei Galanen gemeinsam zum Dinner gegangen. Oder wollen Sie mir erzählen, Sie haben geglaubt, einer von den beiden wäre rein platonisch an Ihnen interessiert?«

»Und wenn, ich wüsste nicht, was Sie das angeht. Kümmern Sie sich lieber um Ihre Frau und Ihre Angelegenheiten«, zischte Lilly.

Luca aber setzte sich demonstrativ auf Georgios Platz. »Sind Sie verliebt in Signore Pavone?«

»Jetzt reicht es aber wirklich. Ihre Fragen werden langsam unverschämt.«

»Da haben Sie sicher recht. Offenbar spielen Sie selber gern mit den Gefühlen der Männer, sodass keine Gefahr besteht, der gute Georgio könnte Ihnen das Herz brechen.«

Lilly schnappte nach Luft. Was dachte sich dieser Luca eigentlich? Er kannte sie doch gar nicht. Sie wollte ihm gerade an den Kopf werfen, dass sie die Letzte wäre, die mit den Männern spielen würde, aber dann besann sie sich. Soll er doch von mir halten, was er will, dachte sie trotzig.

»Verstehe ich das richtig? Sie wollen mich vor Georgio beschützen? Das ist aber ganz reizend von Ihnen, aber wirklich nicht nötig. Ich kann schon auf mich selber aufpassen«, gab sie zurück.

»Das sehe ich«, entgegnete er in scharfem Ton. »Ich bin zuversichtlich, dass Sie sich sicher nicht in den Club der gebrochenen Herzen einreihen werden, nachdem Ihnen Georgio die große Liebe vorgegaukelt und mit Ihnen unvergessliche Urlaubstage verbracht hat, bevor er wieder zu Frau und Kindern nach Mailand zurückkehrt. Nicht zu vergessen, zu seinem Hund.«

Lilly sah ihn fassungslos an. Was redete er denn da?

»Entschuldigen Sie, das ist wirklich dumm von mir, Sie mit den Fakten zu langweilen, aber da bereits zwei meiner Mitarbeiterinnen nach seinen galanten Abgängen für Wochen arbeitsunfähig waren, führe ich mich zugegebenermaßen als Beschützer der Frauen auf. In meiner Firma versucht er sein Glück in Sachen Comer-See-Affäre jedenfalls nicht mehr. Das Briefing meiner hübschen Mitarbeiterinnen nehme ich höchstpersönlich vor.«

»Ich bin aber keine Ihrer Mitarbeiterinnen!«

»Nein, aber besonders hübsch.«

Luca sah Lilly dabei in die Augen, und das, was sie wahrnahm, war wahrlich keine reine Besserwisserei, sondern ehrliche Sorge, zumal sie sein Kompliment keineswegs überhört hatte. Erneut beschleunigte sich ihr Herzschlag.

»Verzeihen Sie mir meine Einmischung. Ich, ich, also, bitte, vergessen Sie, was ich da eben gesagt habe. Es steht mir gar nicht zu, Sie ...« Er verstummte.

Lilly hatte seine Worte nur von ferne gehört, weil sie sich von seinen braunen, warmherzigen Augen dermaßen angezogen fühlte, dass sie es nicht fertigbrachte, den Blick abzuwenden.

»Schon gut, ich nehme Ihnen gar nichts übel. Das könnte ich gar nicht. Sie, Sie ... mir ist so was noch nie passiert. Ich ...«, murmelte sie wie verzaubert.

»Mir auch nicht«, erwiderte er, ohne den Blick von ihr zu lassen.

Dieser magische Augenblick wurde abrupt unterbrochen.

»Guten Abend, Signorina, schön, Sie wiederzusehen. Ich glaube, wir haben uns noch nicht vorgestellt, ich bin Rebecca Danesi. Luca hatte den ganzen Abend nur Augen für Sie.«

Eine gepflegte Frauenhand mit rot lackierten Fingernägeln streckte sich ihr entgegen. Vor dem Tisch stand Luca Danesis Ehefrau in ihrer ganzen Schönheit. Lilly stockte der Atem. Sie sah noch aufregender aus als bei den ersten Begegnungen. Ein elegantes Kleid aus einem leichten Stoff umspielte ihren schlanken Körper.

Sie nahm die Hand der Signora. »Lilly Haas. Wollen Sie sich setzen?«, fragte sie mit belegter Stimme.

Rebecca Danesi schüttelte ihre Lockenmähne. »Nein, es wird Zeit, mein Mann muss mich morgen zum Flieger bringen. Leider schon sehr früh«, sagte sie bedauernd.

»Ja, dann wollen wir mal«, entgegnete Luca sichtlich verlegen. »Ich wünsche Ihnen noch einen schönen Abend.« Das klang in Lillys Augen wie Hohn.

»Das wünsche ich Ihnen auch«, sagte Lilly mit einem derart dicken Kloß im Hals, dass sie Sorge hatte, in Tränen auszubrechen.

In diesem Augenblick kehrte Georgio an den Tisch zurück und verabschiedete sich überschwänglich von Signora und Signor Danesi.

»Vielleicht sieht man sich noch mal. Ich habe ja noch ein paar Tage. Wie wär's mit einer Bootstour zu viert?«, schlug er vor.

»Das wird wohl nichts«, entgegnete Rebecca Danesi hastig und musterte Lilly dabei mit einer Intensität, die ihr einen Schauer über den Rücken jagte.

»Nein, das wird ganz sicher nichts. Schon allein, weil Emma auf Ihrem Boot sicherlich nicht erwünscht ist«, pflichtete Lilly ihr bei.

»Das sollte kein Problem sein. Unser Hund ist immer mit uns gefahren, aber nun ist er leider über die Regenbogenbrücke gegangen«, entgegnete Rebecca Danesi betrübt.

»Ach, das tut mir leid.« Lilly war betroffen, nicht nur weil die Signora ihren verstorbenen Hund erwähnte, sondern weil diese Frau sie intensiv berührte. Nein, Rebecca Danesi hatte es nicht verdient, dass sie deren Ehemann anschmachtete. Das musste sofort aufhören!

»O weh, Sie schauen so betrübt, Signorina Haas. Ich wollte Ihnen damit auf keinen Fall den Abend verderben. Ich bin immer noch nicht darüber weg. Entschuldigen Sie.« Das klang so aufrichtig, dass Lilly sich noch mieser fühlte als zuvor. Wie hatte sie sich nur so Hals über Kopf in einen schwer verheirateten Mann verknallen können? Lilly hatte nur noch einen Wunsch: Sie wollte zu Emma ins Hotel. Allein!

»Georgio, ich würde jetzt gern zahlen«, sagte sie.

Er legte vertraulich seine Hand auf ihre. »Das ist längst erledigt und ich lass jetzt ein Taxi rufen.«

»Nicht nötig, wir können Sie beide doch beim Grandhotel absetzen, oder?« Rebecca Danesi sah ihren Mann bittend an.

»Meinetwegen«, knurrte er. »Wir können dann gehen. Ich habe bereits gezahlt.«

»Aber das solltest du doch nicht. Wir hatten abgemacht, diese besondere Rechnung teilen wir uns«, protestierte Signora Danesi.

Lilly erhob sich zögernd. Es behagte ihr ganz und gar nicht, dass die Danesis sie mitnehmen wollten. Am liebsten wäre sie jetzt allein in ein Taxi gestiegen. Sie spürte, wie Georgio den Arm um sie legte. Ihr fehlte in diesem Moment die Kraft, sich seinem Griff zu entziehen. So gingen sie gemeinsam zu Lucas Wagen.

Die Rückfahrt nach Tremezzo war für Lilly eine einzige Qual. Kaum hatten sie und Georgio auf den Rücksitzen Platz genommen, versuchte er, seine Hand unter ihr Kleid zu schieben. Lilly hätte am liebsten aufgeschrien, aber sie wollte jeden weiteren Skandal vermeiden. Also hielt sie seine Hand fest, sodass er nicht mehr an ihr herumfummeln konnte. Als er versuchte, sie zu küssen, wandte sie den Kopf zur Seite.

Lilly war heilfroh, als sie endlich vor dem Hotel hielten. Mit einem kurzen »Danke und auf Wiedersehen«, sprang sie aus dem Auto und eilte ins Foyer. Vor dem Fahrstuhl hatte Georgio sie eingeholt.

»Lilly aus Amburgo, nun renn doch nicht weg«, keuchte er und umarmte sie. »Der Abend fängt doch erst an.«

Lilly befreite sich aus der Umarmung. »Danke für den schönen Abend«, sagte sie hölzern, »aber ich möchte nur noch ins Bett.«

»Ich doch auch«, lachte er. Offenbar reizte ihn ihre plötzliche Abwehr mehr, als dass sie ihn abschreckte.

»Allein!«

Selbst von dieser schroffen Ansage ließ sich Georgio die Laune nicht verderben.

»Dann sehen wir uns morgen zum Frühstück. Um neun Uhr.«

Es wird kein Morgen geben, dachte sie entschieden und stieg in den Fahrstuhl. Er warf ihr einen Luftkuss zu, während sich die Tür schloss.

Emma begrüßte sie so stürmisch wie stets, wenn sie länger allein gewesen war.

»Ach, Emma, wäre ich bloß zu Hause geblieben. Ich hab's doch geahnt, dass es im Chaos endet«, stöhnte Lilly, als sie ihren Hund streichelte. Schließlich ließ sie sich angezogen auf das Bett fallen. Nur die Pumps streifte sie ab, weil ihre Füße wie Feuer brannten. Wie im Schnelldurchlauf eines Films rauschte dieser Tag noch einmal an ihr vorüber. Bella hatte recht: Ich hätte um Italien einen Riesenbogen machen sollen, war ihr letzter Gedanke, bevor sie erschöpft einschlief.

11.

Wie gerädert wachte Lilly auf. Ihr Kopf dröhnte. Kein Wunder, sie hatte einige Gläser Wein zu viel getrunken. Ich komme wohl doch mehr nach Bella, als mir lieb ist, ging es ihr durch den Kopf, bevor sie ein mächtiger Seelenkater überfiel. Was hatte sie sich nur dabei gedacht, die Femme fatale zu spielen mit der Möglichkeit, dass sie fast mit einem Fremden, in den sie nicht mal verknallt war, im Bett gelandet wäre? Doch das war nichts im Vergleich zu dem Schmerz, den sie bei dem Gedanken fühlte, dass sie zum ersten Mal die Magie des Verliebtseins in jeder Pore gespürt hatte, um dann festzustellen, dass ausgerechnet dieser Mann mit einer wunderschönen und zugleich warmherzigen Frau verheiratet war. Es klang ihr noch immer in den Ohren, wie berührend sie von dem Tod ihres ... Lilly schreckte hoch. Wo war Emma? Normalerweise lauerte sie doch bereits vor Lillys Bett darauf, dass sie sich endlich regte.

Da entdeckte sie ihren selig schnarchenden Hund auf dem feinen alten Sofa. Sie ließ sich zurück in die Kissen fallen. Das hatte sie bei ihrer Rückkehr von dem missglückten Dinner nicht mehr bedacht: Sie hätte ihren Koffer auf das Sofa stellen müssen, damit Emma es nicht als Einladung zur komfortablen Übernachtung verstand.

Lilly blickte an sich hinunter und stellte fest, dass sie in dem schönen Kleid ihrer Mutter geschlafen hatte. Hastig sprang sie aus dem Bett und versuchte, das gute Stück, das recht lädiert aussah, glatt zu ziehen. Erst da bemerkte Lilly, dass die Sonne bereits ins Zimmer schien. Sie öffnete die Balkontür, trat ins

Freie und nahm ein paar Atemzüge der herrlich frischen Morgenluft. Fasziniert ließ sie ihren Blick über den See schweifen. Er lag ganz still und dunkel da. Bellagio auf der gegenüberliegenden Seite schien noch im Dornröschenschlaf zu liegen, denn es wirkte alles still. Sie hatte bisher nicht wirklich bemerkt, dass auf den Gipfeln einiger Berge noch Schnee lag. In diesem Augenblick läutete die Glocke einer Kirche und versetzte Lilly in einen geradezu unheimlichen Zustand der Ruhe. Es war, als wäre die Zeit hier stehen geblieben. Lilly hatte die Vorstellung, dass dieses Bild, das sich ihr an diesem Morgen offenbarte, schon Generationen vor ihr genau so wahrgenommen hatten. Sie spürte förmlich, dass ihr dieses Szenario vertraut war, als ob es in ihren Genen verankert wäre. Sie war so überwältigt von der Gewissheit, dass sie mit diesem See verwurzelt war, dass er ein Stück Heimat für sie war, dass sie das tiefe Bedürfnis verspürte, diesen Eindruck festzuhalten. Normalerweise hätte sie ihr Handy gezückt und ein Foto gemacht. Sie überlegte kurz. Dann holte sie ihr Notizbuch und einen Stift und setzte sich an den kleinen Tisch. Die Striche flogen nur so über das Papier. Binnen Minuten hatten sie den Ausblick in ihrem Notizbuch verewigt. Gerade als sie fertig war, kam Emma schlaftrunken angetrottet. Offenbar hatte sie die First-Class-Übernachtung gründlich ausgekostet.

»Du freches Tier, du«, begrüßte Lilly ihren Hund, bevor sie Emma die morgendlichen Streicheleinheiten gab. Wie sollte sie dem gewitzten Hund übel nehmen, dass er sich das Sofa geschnappt hatte? Emmas Erwachen brachte Lilly in die Realität zurück und warf die drängende Frage auf, wie sie sich galant aus der Affäre ziehen könnte. Sie verspürte nicht die geringste Lust, Georgio überhaupt zu begegnen.

Da gibt es nur eines, dachte sie, ich muss das Hotel verlassen haben, bevor er in der Lobby auftaucht. Ein Blick auf ihre Armbanduhr zeigte ihr, dass es kurz nach sieben war. Wenn sie sich beeilte, konnte sie auschecken, bevor Signore Pavone auf der

Bildfläche erschien. Sie stellte Emma rasch ein wenig Fressen und Wasser hin, während sie sich eilig auszog, duschte und in ein Sommerkleid schlüpfte. Hektisch packte sie ihre Sachen zusammen. Obenauf das leicht zerknitterte Kleid ihrer Mutter. Dann steckte sie die leeren Näpfe, die Emma sauber ausgeschleckt hatte, in eine Plastiktüte, zog ein Paar Turnschuhe an, nahm Emma an die Leine und schnappte sich ihr Gepäck. Sie hoffte, dass nicht gerade Luigi Dienst an der Rezeption hatte, weil er sich bestimmt fragen würde, vor wem oder was sie in aller Herrgottsfrühe flüchtete. Doch er verzog keine Miene, als er Lilly auf die Rezeption zustolpern sah.

»Sie wollen uns schon verlassen?«, fragte er förmlich.

»Ja, machen Sie mir bitte die Rechnung fertig«, erwiderte sie und sah sich nervös um.

»Signore Pavone hat einen Weckruf für 8 Uhr 15 in Auftrag gegeben. Sie können sich also entspannen«, raunte er ihr verschwörerisch zu.

»Gut, dann können Sie mir vielleicht ein Haus in der Nähe empfehlen. Aber auch nicht in Sichtweite. Sie verstehen?«

Luigi nickte und überlegte. »Ich würde Ihnen raten, gehen Sie in die Albergho Lenno. Die ist fünf Minuten von hier in Richtung Como. Das Hotel liegt in einer Bucht und damit direkt am See. Sie haben dort nicht die störende Straße zwischen Hotel und Ufer.«

»Das hört sich prächtig an, aber meinen Sie, die haben was für mich und … den Hund?«

»Wenn Sie nichts dagegen haben, kläre ich das für Sie.« Und schon hatte er zum Hörer gegriffen. Lilly versuchte, dem Gespräch zu folgen, aber Luigi sprach in einem Tempo, dem sie nicht folgen konnte. Seiner zufriedenen Miene nach zu urteilen, hatte seine Anfrage Erfolg.

»Sie können gleich vorbeikommen. Es gibt ein einziges freies Zimmer, das auch schon gereinigt worden ist und in das Sie sofort einziehen können. Es hat allerdings keinen Balkon und befindet sich im Dachgeschoss. Dafür ist es auch preiswerter als die mit Balkon.«

»Super. Danke! Vielleicht können Sie mir ein Taxi rufen?«

»Nein, ich werde Sie eben rumfahren.«

»Das ist doch nicht nötig.« Lilly fühlte sich unangenehm an die spontane Hilfsbereitschaft Alfredos erinnert. Sie wollte denselben Fehler nicht noch einmal machen.

»Doch, das ist überhaupt kein Problem. Wir machen die Rechnung fertig und dann übernimmt meine Kollegin, die ist im Büro.« Sein Ton duldete keine Widerrede und Lilly käme sich ziemlich blöd vor, würde sie weiterhin auf ein Taxi bestehen.

Sie bezahlte ihre Rechnung, ohne eine Miene zu verziehen, obwohl die Summe ihr bitter aufstieß.

Luigi holte seine Kollegin und teilte ihr mit, dass er einen Gast fahren müsste und gleich zurück wäre.

Lilly folgte ihm zu dem hoteleigenen Wagen und stieg mit Emma, die sie in den Fußraum verbannte, ein. Kaum waren sie losgefahren, merkte sie, dass Luigi offenbar etwas loswerden wollte.

»Sie sollen sich bitte bei Ihrer Freundin melden. Die macht sich Sorgen«, sagte er schließlich.

»Merle? Wieso? Woher wissen Sie das?«

»Sie hat eben gerade im Hotel angerufen.«

»Heute Morgen? So früh?«

Er nickte. »Ich sollte sie zu Ihrem Zimmer durchstellen, aber ich wollte Sie nicht stören. Ich kann schlecht einen Gast um sieben Uhr morgens wecken, wenn er nicht darum gebeten hat, oder? Ich meine, wenn ich gewusst hätte, dass Sie schon auf sind.«

Lilly konnte sich ein Lachen nicht verkneifen. »Wahrscheinlich wollte sie nur Ihre Stimme hören.«

Luigi räusperte sich verlegen. »Ja, da ist noch was. Sie deutete an, sie würde sich an ihrem nächsten freien Wochenende in den Flieger setzen und Sie besuchen. Und ja, also, vielleicht könnten Sie ihr sagen, dass ich, äh, dass ich seit einem Jahr verheiratet bin ... das konnte ich ihr so schnell am Telefon nicht erzählen.«

»Na klar. Ich werde ihr sagen: Komm nicht zum Comer See. Hier sind alle interessanten Männer schwer verheiratet.« Das sollte ein Scherz sein, aber Luigi fand das gar nicht komisch.

»Ich war damals wirklich in sie verknallt, aber ich war doch nur ein Urlaubsflirt für sie. Und meine Frau, die kann ganz schön eifersüchtig ...«

»Luigi, Sie müssen sich nicht entschuldigen. Ich werde meine Freundin davon abbringen, hier aufzukreuzen. Das mit den verheirateten Männern, das habe ich gar nicht auf Sie bezogen, sondern auf ...«

»Signore Pavone, oder? Ich darf ja nichts sagen. Er ist ein Stammgast, aber ...«

»Sie müssen auch nichts sagen. Ich weiß Bescheid. Und deshalb wäre es auch sehr schön, wenn er nicht erführe, wo Sie mich jetzt hinbringen.«

»Aber Signorina Haas! Ich rede nie über Gäste. Aber Alfredo, der ist nicht verheiratet und er ist ein wirklich netter Kerl.«

»Aber nichts für mich«, entgegnete Lilly.

»Schade.«

»Sagen Sie, Luigi, wenn Sie alle Menschen kennen, die hier in der Gegend leben, kennen Sie doch sicher auch Signore Danesi, oder?« Schon im selben Moment bereute Lilly diese Frage, denn sie war derart aus dem Zusammenhang gegriffen, dass Luigi kein Hellseher sein musste, um zu begreifen, weshalb sie sich nach Danesi erkundigte.

»Wer kennt die Familie Danesi nicht? Meinen Sie den Vater oder den Sohn?«

Lilly war das entsetzlich unangenehm, aber jetzt konnte sie nicht mehr zurück.

»Ich meinte Luca Danesi. Der war gestern mit seiner Frau auch im Al Veluu und kam kurz an unseren Tisch. Signore Pavone und er sind wohl Geschäftspartner.«

»Mit seiner Frau? Sind Sie sicher? Die beiden sollen doch in Scheidung leben, aber es wird viel getratscht. Vielleicht haben sie sich wieder versöhnt. Dann wird ja die Damenwelt von Bellagio bis Como Trauer tragen.«

Lilly wollte sich noch auf die Zunge beißen, aber ihre Neugier siegte.

»Wie meinen Sie das? Mit den Damen?«

»Er wäre dann der begehrteste Junggeselle der Lombardei, zusammen mit Matteo di Rossi.«

Luigi bog nun von der Straße ab und fuhr einen kurzen Weg hinunter, bis er vor einem Hotel direkt am Ufer hielt. Es besaß natürlich nicht die Pracht des Grandhotels, aber Lilly mochte es auf den ersten Blick. Das war ein Haus zum Wohlfühlen. Sie war überdies froh, dass sie Luigi nicht weiter mit indiskreten Fragen löchern konnte, denn natürlich interessierte sie brennend, warum die Danesis angeblich in Scheidung lebten. Danach hatte es jedenfalls bei ihren bisherigen Begegnungen so gar nicht ausgesehen.

Sie bedankte sich herzlich bei ihrem Chauffeur und versicherte ihm noch einmal, sie würde zumindest versuchen, Merle einen Spontanbesuch am Comer See auszureden. Dann fiel ihr ein, dass sich die Notarin vielleicht melden könnte, und sie bat ihn, Signora Bruno die Telefonnummer ihrer neuen Unterkunft zu geben.

Als Luigi weggefahren war, sah sich Lilly erst einmal um und war begeistert von der Lage des Hotels. Direkt davor befand sich ein Fähranleger und eine einladende Promenade führte am See entlang. Hier würde sich in den Morgenstunden sicher eine geeignete Stelle finden, wo Emma ihrer Lieblingsbeschäftigung frönen konnte, dem Schwimmen. Gut gelaunt betrat sie das Hotel. Sie wurde an der Rezeption freundlich begrüßt und bekam ihre Zimmerkarte. Das Ambiente war wesentlich einfacher als im Grandhotel, aber es behagte Lilly sehr.

Zunächst war sie etwas enttäuscht, dass sie von ihrem Dachzimmer keinen Blick auf den See hatte, weil das Zimmer nur schräge Fenster besaß. Ihre erste Handlung bestand darin, die Verdunklung zu lichten und die Fenster aufzureißen, um die frische Luft hereinzulassen. Das Zimmer war sehr geräumig, was offenbar auch Emma gefiel. Sie fegte umher und erschnupperte sich ihr neues Reich. Lilly stellte ihr Gepäck auf dem zweiten Bett ab, um zu verhindern, dass Emma es heute Nacht als ihre Schlafstätte in Beschlag nehmen würde.

Dann packte sie ihre Sachen aus und begann, sich häuslich einzurichten. Auf dem Nachttisch entdeckte sie das Telefon und entschied, gleich einmal Merle anzurufen. Sie wählte vorsichtshalber ihre Handynummer, weil die Freundin an diesem Morgen sicherlich schon an ihrem neuen Arbeitsplatz war. Lilly ging davon aus, dass man nur ein paar wenige Worte wechseln konnte, wenn Merle überhaupt ans Telefon ging. Merle aber meldete sich bereits nach dem ersten Klingeln.

Lilly wollte ihr eigentlich nur die Telefonnummer ihres neuen Hotels durchgeben, damit sie gegebenenfalls am Abend noch einmal in Ruhe sprechen konnten, aber Merle berichtete ihr stolz, sie hätte ein eigenes Büro und würde sie sofort auf dem Festnetz zurückrufen.

Lilly legte auf und wartete auf ihren Rückruf, der prompt kam.

»Ich platze vor Neugier. Wie war der Abend zu dritt?«

Lilly stöhnte laut auf, weil ihr überhaupt nicht der Sinn danach stand, die ganze dumme Geschichte noch einmal durchzukauen, aber da sie Merles Hartnäckigkeit in solchen Angelegenheiten kannte, berichtete sie ihr in knappen Worten von Alfredos Eifersuchtsattacke.

»Ist doch prima gelaufen«, kicherte sie. »Dann konntest du dich doch rührend um das arme Opfer kümmern. Wie war er?«

»Merle! Ich habe nicht mit Georgio geschlafen, wenn du das meinst«, entgegnete Lilly unwirsch.

»Das hätte ich mir ja denken können, dass du dir diese wunderbare Chance vermasselt hast. Wie hast du das denn angestellt?«

Lilly spürte sofort, dass sie an diesem Tag gar nicht so gelassen war wie sonst, wenn Merle ihre dummen Sprüche brachte.

»Kapier endlich, dass wir unterschiedlich sind, was Männergeschichten angeht. Ich steige eben nicht mit jedem Hans und Franz ins Bett!«

»Süße, entschuldige, ich wollte dich nicht verletzen. Du kennst mich doch. Wenn Taktlosigkeit einen Namen hätte ...«

Die humorvolle Offenheit der Freundin versöhnte Lilly auf der Stelle.

»Ach, ich habe ein ziemliches Chaos angerichtet, weil ich mit beiden Männern losgezogen bin. Und was deine Begeisterung für den tollen Georgio angeht, man hat mir gesteckt, dass er Frau, Kinder und nicht zu vergessen einen Hund zu Hause in Mailand hat und bei jeder Geschäftsreise zum Comer See ein Heer von gebrochenen Frauenherzen zurücklässt.«

»Arschloch! Bei so einem wäre mir auch der Spaß vergangen.«

»Na ja, das war nicht der einzige Grund«, gab Lilly zögernd zu. »Da gab es am Nachbartisch noch einen Herrn.«

»Sag bloß, du bist mit dem dritten Mann abgezwitschert?«, lachte Merle.

»Nein, bin ich nicht. Der dritte Mann war mit seiner Gattin im Lokal. Und gegen diese Traumfrau habe ich mich selbst in dem hübschen Kleid meiner Mutter gefühlt wie Aschenputtel beim Linsensortieren.«

Lilly kämpfte mit sich, ob sie ihrer Freundin verraten sollte, was für ungewohnte Wallungen Luca Danesi in ihr ausgelöst hatte. Sie entschied sich dagegen und wechselte rasch das Thema. »Ist das übrigens dein Ernst, dass du ein Wochenende herkommen willst?«

»Natürlich, ich habe schon gebucht. Aber das sollte eigentlich eine Überraschung sein. Luigi ist vielleicht eine Plaudertasche.«

»Aber für ein Wochenende lohnt es sich nicht. Das ist viel zu kurz. Ich meine, das ist noch eine ganze Strecke von Mailand nach Lenno.«

»Nächste Woche Donnerstag ist Himmelfahrt. Freitag haben wir einen Brückentag. Juchhu.«

»Ich weiß doch gar nicht, ob ich überhaupt bis Ende nächster Woche bleibe.«

»Also Freude hört sich anders an. Ich dachte, das wäre lustig, wenn wir beide den Comer See mal ein bisschen aufmischen.«

»Mal abgesehen davon, dass mir die Lust auf Abenteuer gründlich vergangen ist, soll ich dir schonend beibringen, dass Luigi inzwischen verheiratet und seine Frau megaeifersüchtig ist.«

»Warum hat mir der Blödmann das nicht selber gesagt? Und wenn schon, ich komme ja nicht in erster Linie wegen eines spätpubertären Urlaubsflirts, sondern deinetwegen.«

Lilly war hin- und hergerissen. Natürlich wäre es auch schön, ein bisschen Gesellschaft zu haben, aber die Vorstellung, mit Merle um die Häuser zu ziehen und womöglich noch mehr solcher verunglückten Flirtversuche zu erleben, war nicht gerade verlockend.

»Natürlich freue ich mich, aber ich kann dir wirklich nicht versprechen, dass ich nicht zurückfahre, sobald ich meinen Vater aufgespürt habe oder die Gewissheit habe, dass das Unternehmen zum Scheitern verurteilt ist.«

»Gefällt es dir denn nicht in Italien?« Das klang enttäuscht.

»Oh doch, und wie! Heute Morgen hatte ich sogar Anwandlungen, dass ich mich hier heimisch fühle. Es ist unbeschreiblich schön. Ich liebe den See, ich mag das Essen, es gibt so viele attraktive Menschen, aber ...«

»Was aber?«

Aber ich möchte Luca Danesi nicht noch einmal begegnen, dachte Lilly und sagte stattdessen laut: »Ich muss mir einen Job suchen.«

»Aber doch nicht sofort, Lilly!«

»Okay, okay, ich werde hierbleiben, bis du kommst, und im Zimmer gibt es ein zweites Bett. Ich vermisse dich doch auch«, stöhnte Lilly.

»Süße, wird gemacht, aber ich muss jetzt auflegen, ich werde gebraucht.« Und schon hatte Merle das Gespräch beendet und ließ Lilly ratlos zurück, doch dann beschloss sie, sich einfach auf ein paar gemeinsame Tage mit der Freundin zu freuen und keinen weiteren Gedanken mehr an Signore Danesi zu verschwenden.

12.

Nach dem Telefonat räumte Lilly ihre restlichen Sachen in den Schrank. Sie ärgerte sich ein wenig über ihr Versprechen, auf Merle zu warten. Wäre es nicht doch besser, schnellstens vom Comer See zu flüchten? Vielleicht sollte sie sich einen anderen Ort suchen, dort mit Merle ein paar Tage Urlaub machen und dann mit ihr zusammen zurückfliegen. Ihre Hoffnung, dass Signora Bruno bei ihrem Klienten ein gutes Wort für sie einlegen würde, war auf den Nullpunkt geschrumpft. Wozu sollte sie dann an diesem Ort bleiben, wenn sie ihren Vater doch nicht finden würde und Gefahr lief, Luca Danesi oder seiner bezaubernden Ehefrau, schlimmstenfalls beiden zusammen, zu begegnen?

Das Klingeln des Telefons riss sie aus ihren Gedanken. Lilly vermutete, dass es noch einmal Merle war, aber es meldete sich tatsächlich Elena Bruno. Schon am kühlen Klang ihrer Stimme erkannte Lilly sofort, dass sie keine guten Nachrichten für sie hatte. Sie ließ sich auf das Bett plumpsen.

»Er besteht darauf, dass Sie seine Identität geheim halten, nicht wahr?«, fragte sie, bevor die Notarin überhaupt zu Wort kam.

»Ja, Signorina Haas, ich konnte leider nichts für Sie tun.«

»Haben Sie ihm verraten, dass ich ihn suche?«, fragte Lilly.

»Ich kann Ihnen nicht mehr sagen, als dass ich Ihnen nicht weiterhelfen kann«, stöhnte die Notarin.

»Gestatten Sie mir noch eine Frage?«

»Ungern.«

»Mein Vater lebt noch, oder?«

»Signorina Haas, ich kann Ihnen nichts sagen.«

»Sagen Sie nur: ja oder nein!«

»Ja!«

»Okay, dann möchte ich nur noch wissen. Lebt er am Comer See?«

»Sie haben gesagt, Sie hätten eine Frage.«

»Ja oder nein?«

»Ja, aber jetzt hören Sie bitte auf, mich zu löchern. Sie bringen mich in große Nöte. Ich bleibe Ihnen ungern eine Antwort schuldig. Aber als Notarin muss ich das Gespräch jetzt beenden, nicht ohne Ihnen einen gut gemeinten Rat zu geben: Geben Sie Ihre Suche auf!«

»Ist das ein wohlgemeinter Rat meines sogenannten Vaters?«, fragte Lilly zornig.

»Ciao, Signorina Haas!« Und schon hatte Elena Bruno aufgelegt.

Lilly ballte die Fäuste. Was muss das nur für ein widerlicher Kerl sein, der alles daransetzt, seine Identität vor seinem Kind zu verbergen, dachte sie. Ihr zweiter Gedanke galt der Frage, was sie nun damit anfangen sollte. Diese niederschmetternde Nachricht sprach doch wohl eindeutig dafür, dass sie sich von ihrer aberwitzigen Idee, ihren leiblichen Vater aufzuspüren, verabschieden musste. Aber was wäre, wenn sie wirklich aufgab? Würde sie nicht ständig daran denken, dass irgendwo am Comer See ihr Erzeuger lebte? Obwohl sie sich wie eine Vollwaise fühlte, es gab diesen Mann nun einmal. Sollte sie wirklich ihr Recht, den eigenen Vater kennenzulernen, dreingeben, weil er sie nicht sehen wollte?

Auf einmal wurde Lilly innerlich wieder ruhig und sie erinnerte sich daran, wie sie vor diesem ganzen Desaster an die Dinge des Lebens herangegangen war. Sie hatte sich stets das Pro und Contra bewusst gemacht und dann ihre Entscheidungen je nach der Seite, die überwogen hatte, getroffen.

Sie begann mit dem, was dafür sprach, die Suche nach ihrem Vater nicht aufzugeben. Klarheit war das, was ihr als Erstes einfiel, ja, sie brauchte die Klarheit, um dieses Kapitel abzuschließen. Das Recht darauf, zu erfahren, was für ein Mensch er wohl war, abgesehen davon, dass er sie nicht kennenlernen wollte, kam ihr als weiteres Argument in den Sinn. Das waren durchaus zwei gute Gründe, die Suche fortzusetzen. Sosehr sie auch grübelte, ihr fielen partout keine vernünftigen Gründe ein, warum sie auf ihre Rechte verzichten sollte, höchstens der, dass sie sich wahrscheinlich mit Grausen von diesem Menschen abwenden würde, sobald sie ihm einmal leibhaftig gegenübergestanden hatte.

Ein Ruck ging durch Lillys Körper und sie setzte sich abrupt auf. Ihre Entscheidung war gefallen: Sie würde sich nicht länger wie ein Fähnchen im Wind verhalten und alle paar Minuten ihre Meinung ändern. Selbst auf die Gefahr hin, dass sie Luca Danesi noch einmal über den Weg laufen sollte. Dann würde sie eben vermeiden, ihren Blick in seinen zu versenken. Nun war sie über so viele Schatten gesprungen, hatte eine Reise ins Ungewisse angetreten, nein, unverrichteter Dinge umkehren würde sie nicht! Ich kann doch nie wieder ruhig schlafen, wenn ich dieses Vorhaben nicht zu Ende bringe, dachte sie entschieden. Lieber mit der Gewissheit leben, dass mein Vater ein Arschloch ist, dem ich einmal in meinem Leben in die Augen gesehen habe, als zu wissen, es gibt ihn, aber ich werde niemals erfahren, wie er aussieht! Immerhin hatte er ihr schließlich die finanziellen Mittel verschafft, dass sie ohne Druck nach ihm forschen konnte. Ja, jeden Winkel würde sie durchkämmen, bis sie die Villa von dem Bild aufgespürt hatte! Und sie würde hier im Ort anfangen, und wenn sie jeden Bewohner fragen müsste, ob er das Prachtgebäude im Hintergrund kenne.

Lilly betrachtete das Foto noch einmal intensiver. Sie hatte bislang immer nur die schlossähnliche Villa im Fokus gehabt, aber nun entdeckte sie links zwei Kirchtürme. Vielleicht befand sich das Anwesen auch gar nicht direkt im See, vielleicht war es kein Wohnhaus, sondern ein Kloster in den Bergen.

Mit dem Bild in der einen Hand und Emmas Leine in der anderen steuerte Lilly wenig später zielstrebig auf die Rezeption zu. Sie hatte zwar keine allzu große Hoffnung, dass nun ausgerechnet der junge Mann an der Rezeption ihr weiterhelfen könnte, aber sie versuchte ihr Glück.

Ein erkennendes Lächeln umspielte seinen Mund. »Klar, das ist doch – natürlich, das ist die alte Villa Valiogne, aber wir nennen sie nur Villa di Rossi.«

Ihr Herzschlag beschleunigte sich. Di Rossi? Ihr war so, als hätte sie diesen Namen vor Kurzem gehört, aber ihr fiel partout nicht ein, wo und wann.

»Wo kann ich die finden und wer lebt da?«, fragte sie aufgeregt.

»Das ist in erster Linie eine private Rehaklinik für Neurologie und auf dem Gelände wohnt der Klinikleiter Dottore di Rossi mit seiner Familie. Die Alten kennen es nur als Villa Valiogne, weil es über Generationen im Besitz der Familie Valiogne gewesen ist. Aber seit der Dottore dort die Klinik einrichten ließ, ist das Anwesen bei den Jüngeren nur noch als Villa di Rossi bekannt.«

»Und wo finde ich diese Klinik?«

»Es führen mehrere Wege nach Rom«, sagte er. »Also der schönste Weg ist der vom Wasser her. Sie schlendern die Promenade entlang, bis Sie einen kleinen Steg erreichen. Dort fahren die Wassertaxis ab.«

Lilly warf einen kritischen Blick auf Emma. Einmal davon abgesehen, dass es schwierig war, ihren Wasserhund davon abzuhalten, über Bord zu springen, zweifelte sie daran, dass man Hunde in so einem Wassertaxi mit an Bord nehmen durfte.

»Und der zweite Weg?«

»Da gehen Sie am Steg vorbei und folgen dem Schild in Richtung Casa di cura. Ich denke, das ist mit Ihrem Hund besser.«

»Das glaube ich auch«, seufzte Lilly und bedankte sich für die Auskunft. Sie konnte kaum fassen, dass sie nun zumindest wusste, wo sich das Haus befand, und wollte keine Zeit verlieren. Dies sah sie als sicheres Zeichen, dass ihre Entscheidung weiterzumachen, die richtige war.

Der See lag träge in der Sonne, auf dem Wasser spiegelten sich die Sonnenstrahlen wie tausend Sterne. Der kleine Ort zog sich malerisch an der Promenade entlang. Lenno lag in einer geschützten Bucht vor einer Halbinsel, Lavedo, auf deren Rückseite sich nach der Beschreibung des Mannes die Klinik befinden musste. Die Luft war angenehm warm und ein Duftgemisch aus Seewasser und Kiefernwald umwehte sie bei jedem Schritt.

Als sie in den Waldweg einbog, wurde es auf einmal ganz still. Zwar lärmte es auch in Lenno nicht gerade, aber hier oben störte kein Laut die himmlische Ruhe. Bis auf das Zwitschern der Vögel in den Bäumen, aber das gehörte zur unberührten Natur. Lilly sah sich um und da sie glaubte, mutterseelenallein zu sein, ließ sie Emma von der Leine. Überglücklich zischte sie los und schnüffelte links und rechts am Wegesrand. In diese Idylle hinein ertönte plötzlich lauter Motorenlärm. Ein Auto, hier?, dachte Lilly noch und rief nach Emma. Dann ging alles ganz schnell. Emma wollte zu ihr laufen, doch da rauschte ihnen bereits ein Motorrad entgegen. Der Fahrer, komplett in schwarzer Lederkluft, versuchte dem Hund auszuweichen, kam ins Schleudern und schlitterte auf Lilly zu. Sie schrie auf, spürte noch einen höllischen Schmerz am Kopf und verlor im selben Augenblick das Bewusstsein.

13.

»Sehen Sie mich? Wie viele Finger sind das?«, hörte Lilly wie von ferne eine männliche Stimme auf Italienisch fragen. Lilly blinzelte und blickte schließlich in ein Paar brauner Augen. Sie gehörten zu einem grauhaarigen Mann im weißen Kittel.

»Wo bin ich?«, wisperte Lilly mit Mühe, denn ihr Mund war so trocken, dass ihre Zunge förmlich am Gaumen klebte.

»Sie sind in besten Händen. Ich bin Dottore di Rossi. Mögen Sie mir nun vielleicht sagen, wie viele Finger das sind?«

»Drei«, erwiderte sie. »Was ist passiert? Wo bin ich? Was ist mit meinem Hund?«

»Es ist alles in Ordnung. Bitte regen Sie sich nicht auf, Sie sind hier in Sicherheit. Und Ihren Hund habe ich meiner Tochter anvertraut. Chiara ist ganz verrückt nach Hunden.«

»Aber was ist geschehen?« Das Letzte, woran sich Lilly erinnern konnte, war, dass sie aus dem Hotel getreten und die Promenade entlanggegangen war.

»Es gab einen Unfall. Sie wurden von einem Motorrad angefahren.«

Lilly fiel alles wieder ein. Dass der Mann auf dem rutschigen Sandboden nur ins Schleudern gekommen war, weil er Emma hatte ausweichen wollen.

»Und was ist mit dem Fahrer des Motorrads?«

»Der hat nur eine Gehirnerschütterung, ein paar Prellungen, Abschürfungen und einen gebrochenen Fuß.«

»Um Himmels willen! Das ist alles meine Schuld!«, jammerte Lilly.

»Nein, der junge Mann ist ein rasanter Fahrer und keine Sorge: Es wird sich in der Klinik bestens um ihn gekümmert.«

»Und was habe ich?« Lilly versuchte, sich aufzusetzen, doch in dem Augenblick spürte sie einen stechenden Schmerz in der linken Hand und ihr war schwindlig.

Der Arzt erklärte ihr nun einiges, aber Lilly verstand nur die Hälfte von dem, was er sagte, denn für medizinische Fachbegriffe reichten ihre Italienischkenntnisse bei Weitem nicht aus.

»Ich habe leider nicht alles verstanden. Können Sie das auf Englisch wiederholen?«

»Sind Sie Engländerin?«

»Nein, ich bin Deutsche.«

»Gut, dann will ich mal sehen, ob meine Deutschkenntnisse ausreichen. Also, Sie waren nicht lange ohne Bewusstsein, können sich ohne Probleme artikulieren, haben, wenn wir Glück haben, offenbar nur eine leichte Gehirnerschütterung erlitten, aber das testen wir gleich, mehrere Schnittwunden am Arm und, wie ich vermute, die linke Hand verstaucht, aber um das abschließend festzustellen, müssen wir sie noch einmal näher untersuchen.«

»Oje, das hört sich ja gar nicht gut an«, seufzte sie. »Ich meinte nicht Ihr Deutsch, sondern der Befund!«

Dr. di Rossi schenkte ihr ein aufmunterndes Lächeln. »Sie haben Glück gehabt, das hätte alles viel schlimmer kommen können. Um bei Ihrer Hand sicherzugehen, werden wir röntgen und ein Kollege wird sie sich dann ganz genau anschauen. Der ist Chirurg und bereits unterwegs hierher. So lange wäre es sinnvoll, wenn Sie die Hand damit kühlen würden.«

Er reichte ihr ein Kühlpack, das den heftigen Schmerz in der Hand sofort ein wenig linderte.

»Danke, dass Sie mich so schnell behandeln, aber ich habe den internationalen Krankenschein leider im Hotel«, stöhnte sie.

»Die Kosten sollen nicht das Problem sein. Vor allem sollten

Sie daran zunächst gar nicht denken. Das kriegen wir schon hin. Mir ist in erster Linie wichtig, dass Sie richtig versorgt werden, denn ich fühle mich ein wenig mitschuldig an dem Unfall.«

»Sie? Aber Sie haben mich doch nicht umgefahren, oder? Ich meine, ich konnte den Fahrer ja nicht erkennen wegen des Helms und ...«

Er winkte ab. »Mich bekommen Sie seit mehr als dreißig Jahren auf kein Motorrad mehr. Dazu bin ich zu alt. Ich fahre ja nicht mal mehr Vespa. Der Übeltäter war mein Sohn Matteo. Der fährt, wenn ich das mal unfein ausdrücken darf, wie ein gesengtes Ferkel«, lachte er.

Obwohl Lilly gar nicht zum Lachen zumute war, musste sie über das »gesengte Ferkel« doch schmunzeln.

»Es war wirklich nicht seine Schuld. Ich habe doch gesehen, wie er meinem Hund ausweichen wollte, und den hatte ich im falschen Augenblick zu mir gerufen.«

»Zerbrechen Sie sich nicht weiter Ihr hübsches Köpfchen über die Schuldfrage. Ich überprüfe jetzt noch einmal Ihre Reflexe und mache ein paar Tests. Aurora, bitte notieren Sie!«

Erst jetzt nahm Lilly seine junge Helferin wahr, die sich im Hintergrund hielt und nun näher kam. »Ciao, ich bin Schwester Aurora«, sagte sie freundlich.

»Ich kann Ihnen leider nicht die Hand geben. Die ist wohl kaputt«, versuchte Lilly zu scherzen, bevor sie die Untersuchungen des Dottore über sich ergehen ließ. Er probierte allerhand aus und gab Anweisungen an die Krankenschwester, die eifrig Notizen machte.

»Ihre Reflexe sind völlig in Ordnung. Ist Ihnen übel?«

»Ein bisschen schwummrig, aber das kann auch der Schreck sein, mich in einem Behandlungszimmer wiederzufinden, und der Kopf dröhnt ein wenig.«

»Meinen Sie, dass Sie mit unserer Hilfe aufstehen können? Ich würde gern den Gleichgewichtssinn prüfen.«

Lilly nickte und ließ sich von der Schwester beim Aufstehen helfen. Ihr wurde noch etwas schwummriger, aber als der Dottore sie festhielt, fühlte sie sich besser. Dr. di Rossi hatte einen angenehmen Griff. Überhaupt war er ein äußerst attraktiver Mann für sein Alter, wie Lilly feststellte. Er war groß und schlank, hatte graue Locken und ein äußerst markantes Gesicht. Sie schätzte ihn auf Mitte fünfzig bis sechzig.

»Meinen Sie, Sie schaffen ein paar Schritte ohne Hilfe?«, fragte er.

»Ich werde es versuchen.«

»Gut, dann versuchen Sie einfach mal in gerader Linie bis zur Tür zu gehen«, sagte er und ließ sie vorsichtig los.

Lilly schaffte es zur Tür und zurück ohne ein größeres Problem. Schwester Aurora schüttelte ihr die Kissen auf und half ihr, sich ins Bett zurückzulegen.

»Tja, auf der Skala haben Sie 15 Punkte, was für eine leichte Gehirnerschütterung spricht, sodass ich Ihnen das CT gern ersparen möchte, dennoch sollten Sie noch ein paar Tage unter meiner Beobachtung in der Klinik bleiben.«

»Muss das sein?«, fragte Lilly. »Ich habe doch gerade erst heute Morgen im Hotel Lenno eingecheckt. Kann ich mich nicht im Hotelzimmer schonen? Ich möchte auch meinen Hund wieder bei mir haben.«

»Nein, das wäre mir zu riskant. Trotz der optimalen Punktzahl beim GCS benötigen Sie die nächsten Tage Ruhe und Betreuung. Bei einer Gehirnerschütterung ist absolute Bettruhe erforderlich. Und selbst wenn die Hand nur verstaucht ist, braucht sie Schonung, sogar mehr als bei einem Bruch, der ja eingegipst ist. Und Sie müssen von einem Arzt beobachtet werden. Das ist in einem Hotel, sosehr ich das Team der Albergho Lenno schätze, nicht garantiert. Sie bekommen ein wunderschönes Zimmer mit Blick zum See. Das ist besser als jede Fünfsterne-Suite«, sagte Dr. di Rossi.

»Aber das deckt der Krankenschein niemals«, protestierte Lilly, der der Gedanke, ein paar Tage in dieser Klinik zu verbringen, ganz und gar nicht behagte. Sie hatte ja jetzt schon Sehnsucht nach Emma, und dass Hunde keinen Zutritt in Kliniken hatten, würde mit Sicherheit auch für Italien gelten.

»Wie ich schon sagte, fühlen Sie sich als mein Gast. Es war schließlich mein Sohn, der Sie umgefahren hat. Und ich spreche ja bislang auch nur über Ihren Schädel. Sie vergessen, dass Sie mit der Hand so oder so gehandicapt sind. Gibt es eventuell noch einen Begleiter außer Ihrem Vierbeiner, den ich benachrichtigen müsste?«

»Nein, ich bin allein mit Hund unterwegs«, seufzte Lilly.

»Dann haben Sie sicher nichts dagegen, dass wir jemanden zum Hotel schicken, der Ihre Sachen holt, denn es wäre ja recht unnötig, wenn Sie in Ihrem Zustand doppelt Betten belegen ...«

Es klopfte und ein ebenfalls älterer Herr trat ein. Obwohl er keinen Kittel trug, war Lilly sicher, es handelte sich um den Chirurgen. Er begrüßte erst Dr. di Rossi und Schwester Aurora, bevor er sich Lilly zuwandte.

»Ich bin Dottore Visconti, Chefarzt im St. Anna. Normalerweise kommen die Patienten zu mir, aber da Sie nach dem Unfall hierhergebracht wurden, kümmere ich mich hier um Ihre Hand. Dann zeigen Sie mal her.«

Lilly streckte sie ihm unter Schmerzen entgegen.

»Tja, spricht eigentlich für eine Verstauchung, wie mein neurologischer Kollege schon diagnostiziert hat, aber ich würde das dann gern gleich röntgen«, erklärte der Arzt.

Lilly hatte im Großen und Ganzen verstanden, was er wollte. Sie erhob sich langsam und ließ sich dabei von Schwester Aurora helfen.

Dr. di Rossi warf ihr einen prüfenden Blick zu. »Ich darf also davon ausgehen, dass Sie mein Angebot annehmen und sich, sobald mein Kollege Ihre Hand versorgt hat, von Schwester Aurora in Ihr Zimmer bringen lassen?«

Obwohl Lilly die Aussicht, die nächsten Tage ohne Emma in einer Klinik zu verbringen, immer noch missfiel, fügte sie sich in ihr Schicksal. Der Arzt hatte ja recht. Schon allein um Emmas willen, sie wäre ja nicht einmal in der Lage, mit ihr Gassi zu gehen, weil der Dottore ihr unbedingte Bettruhe verordnet hatte.

»Aber mehr als ein, zwei Tage werde ich doch wohl nicht in der Klinik bleiben müssen, oder?«

Dr. di Rossi lächelte. »Nageln Sie mich bitte nicht auf eine genaue Zeit fest. Ich würde sagen, Sie bleiben so lange, bis ich Ihre Entlassung verantworten kann. Einverstanden?«

»Gut«, seufzte Lilly.

»Dann werde ich später noch einmal nach Ihnen schauen. Aber nun überlasse ich Sie meinem Kollegen.«

Schnellen Schrittes eilte er davon. In der Tür drehte er sich noch einmal um. »Ich werde den Hausmeister bitten, Ihre Sachen aus dem Hotel zu holen. Dazu bräuchte ich allerdings Ihren Namen. Sonst steht zu befürchten, dass man sie uns nicht aushändigt.«

»Ich heiße Lilly Haas«, erwiderte sie.

Täuschte sie sich oder verfinsterte sich seine ansonsten so offene und zugewandte Miene bei der Nennung ihres Namens? Ich habe mich getäuscht, schloss sie, denn der Klinikchef murmelte nun in unverändert freundlichem Ton: »Dann bis nachher, Signorina Haas«, bevor er die Tür zum Behandlungszimmer hinter sich zuzog.

14.

Dr. di Rossi hatte nicht zu viel versprochen. Das Zimmer, auf das Schwester Aurora sie begleitete, nachdem der Chirurg ihre Hand untersucht und eine Verstauchung diagnostiziert hatte, war ein geräumiges Einzelzimmer, das jeder Hotelsuite alle Ehre gemacht hätte. Statt unpersönlicher Krankenhausmöbel zierten ein paar stilvolle Antiquitäten den Raum und der Blick aus dem großen Fenster war atemberaubend. Sie konnte direkt nach unten auf den See schauen, bis hinüber auf die andere Seite. Sogar ihre persönlichen Sachen waren bereits angekommen und Schwester Aurora packte ihren Koffer aus. Nur das Krankenhausbett, in das sie sich erschöpft legte, deutete darauf hin, dass sie sich in keinem Fünfsternehotel befand.

»Sind in Italien alle Kliniken so komfortabel?«, fragte sie die Schwester.

Aurora lachte. »Nein, ganz und gar nicht. Dies ist eine Privatklinik für betuchte Mailänder, die bei uns nach schweren Schädel-Hirn-Traumata wieder lernen, ins Leben zurückzukehren. Wir sind eine Rehabilitations-Klinik«, sagte sie in perfektem Englisch. »Dr. di Rossi ist einer der bekanntesten Neurologen in Norditalien. Es kommen sogar manchmal Patienten aus der Schweiz und sogar Scheichs aus den Emiraten hatten wir schon.«

»Das hat ja wirklich Fünfsterne-Qualitäten«, sagte Lilly bewundernd. »Gehört ihm das Anwesen denn?«

Schwester Aurora senkte die Stimme. »Über die genauen Eigentumsverhältnisse bin ich nicht aufgeklärt, aber es ist wohl das Elternhaus von Signora di Rossi. Früher diente es der Familie lediglich zum Wohnen. Wenn Sie wieder gesund sind, müssen Sie es unbedingt einmal besichtigen. Es besteht aus mehreren Gebäuden. Wir sind hier in dem Teil, der direkt zum See geht. Das ist typisch für unseren Chef. Für die Patienten nur das Beste, wobei man auch von den Wohn- und Gartenhäusern noch einen Traumblick genießt. Entschuldigen Sie, ich schwatze zu viel.«

»Nein, gar nicht, ich bin doch quasi Gast des Hauses und möchte schon wissen, wo ich gelandet bin.«

Es klopfte zaghaft an die Tür.

»Herein«, sagte Lilly auf Englisch. Eine schlanke junge Frau, die Lilly etwas jünger als sich selbst schätzte, mit einem schwarzen Lockenkopf und braunen Augen trat ins Zimmer. Und sie war nicht allein gekommen.

»Emma!« Lillys Stimme überschlug sich fast. Der Hund schoss an ihr Bett, nachdem die junge Frau die Leine losgelassen hatte. Wenn das Bett nicht so hoch gewesen wäre, wäre Emma sicher vor lauter Wiedersehensfreude zu Lilly ins Bett gesprungen.

Aurora hielt sich die Hände vors Gesicht. »Ich habe nichts gesehen«, sagte sie amüsiert und verließ das Zimmer.

»Du musst Chiara sein«, begrüßte Lilly die junge Frau.

»Genau. Ich bin dein Hundesitter. Aber das mache ich nicht ganz uneigennützig. Ich hätte schon als Kind so gern einen Hund gehabt, aber meine Mutter findet, Hunde stinken und sind devot. Und in meiner bescheidenen Bude in Rom sind Hunde nicht erlaubt, aber ich schwöre dir, sobald ich mein erstes eigenes Haus habe, möchte ich genau so einen Golden Retriever.«

Chiara war zu Lilly ans Bett getreten und reichte ihr die Hand. »Du bist also das arme Opfer, das mein Bruder umgemangelt hat.«

»Ich bin Lilly, aber er konnte wirklich nichts dafür. Er ist Emma ausgewichen und hat leider mich erwischt. Weißt du, wie es ihm geht?«

Chiara fuhr sich durch ihre schwarzen Locken. »Ja, er ist noch ein bisschen benommen, aber es ist auch bei ihm relativ glimpflich abgelaufen. Er macht schon wieder dumme Scherze, der alte Macho. Ich soll dich grüßen und dir ausrichten, er wäre untröstlich, so eine hübsche Blonde umgekachelt zu haben. Jedenfalls behauptet er, er hätte vor dem Sturz noch gedacht: Die müsste ich mal kennenlernen!«

Chiara sprach einwandfreies Englisch und war Lilly auf Anhieb sympathisch. Ihre braunen Augen waren so entwaffnend offen und freudestrahlend. In ihrer Art kam sie sicherlich mehr nach ihrem Vater als nach Signora di Rossi – Menschen mit solchen Vorurteilen gegen Hunde waren Lilly immer etwas suspekt, obwohl sie selbst vor Emma auch jede Menge Bedenken gegen das Halten eines Hundes vorzubringen gehabt hatte.

»Wenn mein Vater das sieht, kriegt er die Krise«, lachte Chiara. Das Lachen verging ihr im selben Augenblick, als Dr. di Rossi, ohne vorher anzuklopfen, das Zimmer betrat.

»Chiara!« Er zeigte auf Emma, die immer noch an Lillys Bett hochsprang und sich gar nicht mehr beruhigen wollte. »So geht das nicht!«

»Ach, Babbo, guck nicht so streng, das gibt Falten«, entgegnete Chiara. Offenbar hatte sie ein sehr gutes Verhältnis zu ihrem Vater, der sich jetzt ein Schmunzeln kaum verkneifen konnte. Lilly gab diese kleine Vater-Tochter-Szene einen Stich und erinnerte sie schmerzhaft daran, dass sie so etwas niemals erlebt hatte und wohl auch in Zukunft nicht erleben würde.

Dr. di Rossi wurde wieder ernst und deutete zur Tür. »Raus mit dem Hund! Das ist ein Krankenhaus und kein Tierheim.« Kaum hatte er »Tierheim« ausgesprochen, lief Emma auf ihn zu und legte sich auf seine Füße.

»Sie merkt, dass du sie eigentlich magst«, kommentierte Chiara diese Geste.

Dr. di Rossi wirkte sichtlich verlegen, doch dann siegte Emmas Charme. Er streichelte sie kurz und verschwand gleich darauf im Bad. Die beiden Frauen hörten, dass er sich die Hände wusch.

»Hunde, die bellen, beißen nicht«, kicherte Chiara und deutete in Richtung Bad. »Aber ich will ihn nicht weiter reizen. Ich wollte dir nur zeigen, dass es deiner Emma bei mir gut geht. Mutter tobt zwar, aber dein Hund schläft bei mir im Zimmer. Komm.« Chiara nahm Emma an die Leine und zu Lillys großem Erstaunen folgte der Hund ihr, ohne sich noch einmal nach seinem Frauchen umzudrehen.

»Untreue Tomate!«, murmelte Lilly und ließ sich zurück in ihre Kissen fallen. In dem Moment kam Dr. di Rossi aus dem Bad und trat an ihr Bett. »Ich kann hier leider aus hygienischen Gründen keine Hunde dulden. Wie geht es Ihnen? Haben Sie den Schrecken überwunden? Die Hand ist tatsächlich nur verstaucht, wie ich vermutet habe.«

Er musterte erst ihren Kompressionsverband, den der Chirurg ihr angelegt hatte, um die Schwellung einzudämmen, und dann sie, und zwar derart intensiv, dass sie ihren Blick verlegen abwandte. Ob er einer von diesen Göttern in Weiß war, der glaubte, unwiderstehlich für Frauen jeden Alters zu sein, ging es Lilly durch den Kopf. War er deshalb so freundlich, weil er sich von ihr eine Gegenleistung erhoffte? Nein, dachte sie entschieden, schließlich hat er zwei erwachsene Kinder und wäre sicher zu fein, um eine Patientin anzumachen. Dr. di Rossi betrachtete sie immer noch prüfend. In seinem Blick lag unverhohlene Neugier, aber kein Begehren. Das konnte sie sehr gut unterscheiden. Wahrscheinlich fragte er sich wie alle anderen Leute vor Ort, was eine junge Frau wie sie allein mit Hund nach Lenno trieb.

Sie wollte ihm gerade zuvorkommen und ihm den Grund ihres Aufenthalts am Comer See verraten, doch da sagte er: »Es gibt leider ein Problem. Dieses Zimmer wird akut für einen

Patienten aus Bergamo benötigt. Sie müssten also morgen umziehen.«

»Morgen kann ich vielleicht schon ins Hotel zurück«, entgegnete Lilly hoffnungsfroh.

»Nein, ganz sicher nicht. Ich möchte keine Prognose abgeben, aber in Ihrem Zustand möchte ich Sie mindestens noch drei Tage unter meiner Beobachtung wissen. Da die Klinik ab morgen bis auf das letzte Bett belegt ist, lade ich Sie ein, Gast in unserem Haus zu sein. Wir haben in unserem Privathaus mehrere Gästezimmer.«

»Nein, das kann ich nicht annehmen«, protestierte Lilly.

»Doch, als Ihr behandelnder Arzt verordne ich Ihnen das sogar.«

Lilly schämte sich ein wenig, weil sie ihn kurz verdächtigt hatte, ein alternder Don Juan zu sein. Offenbar war er einfach ein netter Mensch und ein verantwortungsvoller Mediziner. Und sicher spielte bei seiner Fürsorge die Tatsache eine Rolle, dass sein Sohn sie umgefahren hatte.

»Mit Ihrem Einverständnis lasse ich Sie dann morgen in die Villa bringen«, sagte er, während er sie immer noch musterte.

»Okay. Jetzt wollen Sie bestimmt noch wissen, was ich hier allein mit Hund am Comer See mache, oder?«

»Sie machen hier sicherlich Urlaub. Aber das geht mich, ehrlich gesagt, auch gar nichts an«, erklärte er hastig.

Lilly zuckte zusammen. Seine Worte passten gar nicht mit seinem sezierenden Blick zusammen, in dem sie ein heftiges Interesse an ihrer Person erkennen konnte. Und zwar nicht für sie als attraktive Blondine, wie sie anfangs gedacht hatte.

»Nein, ich bin nicht im Urlaub, sondern auf der Suche nach meinem leiblichen Vater«, erwiderte sie und musterte ihn nun ihrerseits aufmerksam. Schließlich hatte sie sich vorgenommen, jeden auszufragen. Und besonders Herren, die im Alter ihres Vaters waren. Es konnte rein theoretisch jeder sein. Auch dieser reizende Dottore. Aufmerksam nahm sie wahr, dass seine Lider leicht zuckten. Das war schon mal sehr verdächtig. Schließlich war zumindest ein Foto ganz offenbar vor seiner Klinik gemacht worden.

Lilly wunderte sich überdies, dass er den Grund ihrer Reise einfach so hingenommen hatte, doch dann räusperte er sich. »Haben Sie denn irgendwelche Anhaltspunkte, wer und wo er sein könnte?«

»Leider gar keine. Ich weiß nur, dass er monatlich Geld an meine Mutter überwiesen hat und ich jetzt eine beachtliche Restsumme ausgezahlt bekomme. Im Gegenzug hofft er offenbar, dass ich mich mit dem Geld begnüge und ihn nicht behellige.«

»Und was versprechen Sie sich davon, unter diesen Bedingungen weiter nach ihm zu forschen?«

Ihr lag eine freche Antwort auf der Zunge, etwa dass sie ihm gern mal die Meinung sagen würde, doch sie zügelte sich. Das wäre unklug.

»Ich möchte wissen, ob ich ihm ähnlich bin und, na ja, wie er so ist eben«, sagte sie stattdessen.

Dr. di Rossi runzelte die Stirn. »Tja, dann wünsche ich Ihnen viel Erfolg.«

Er sagte das in einem derart sachlichen Ton, dass Lilly jegliche Hoffnung, er könnte ihr womöglich weiterhelfen, aufgab. Wenn er auch nur annähernd etwas wüsste, hätte er bestimmt nicht so abgeklärt sprechen können.

»Und Sie haben gar keinen einzigen Hinweis?«, hakte er plötzlich nach.

»Doch, Fotos. Wenn Sie mir mal meine Handtasche geben, kann ich sie Ihnen zeigen.«

Dr. di Rossi reichte ihr wortlos die Tasche, aus der Lilly das vor der Klinik gemachte Foto hervorholte und es dem Dottore reichte. Sie beobachtete ihn mit Argusaugen, als er das Bild betrachtete, aber er verzog keine Miene. Außer dem Zucken seiner Augenlider, das aber auch schon vorher da gewesen war, zeigte er keine Regung.

»Ihre Mutter?«, fragte er scheinbar belanglos.

»Genau, das ist Bella, meine Mutter. Ich habe ja erst nach ihrem Tod anhand der Kontoauszüge erfahren, dass mein Erzeuger sich nicht einfach aus dem Staub gemacht, sondern gezahlt hat. Und diese Fotos hatte sie vor mir versteckt.«

»Gibt es mehrere?«

»Ja, es sind mehrere Bilder, die offenbar von der Italienreise meiner Mutter stammen, auf der ich gezeugt wurde.«

»Darf ich die anderen auch sehen?«

»Natürlich, sie sind im Seitenfach des Koffers. Aber da ist auch nichts anderes drauf als meine Mutter mit einer Freundin oder diesem Mann, der wahrscheinlich mein Vater in jungen Jahren ist.«

»Sie haben ein Foto von Ihrem Vater?«

»Möglicherweise, aber das bringt mich eigentlich auch nicht weiter. Bella hat damals auch völlig anders ausgesehen als später.«

»Vielleicht erkenne ich den Mann. Ich habe bis auf das Studium mein ganzes Leben in dieser Gegend verbracht.«

Lilly wunderte sich über das plötzlich aufkeimende Interesse des Dottore an ihrer Geschichte, hatte er doch zunächst so getan, als ginge ihn das gar nichts an.

Dr. di Rossi holte die restlichen Fotos und setzte sich neben ihr Bett auf den Besucherstuhl.

»Sie sehen Ihrer Mutter wirklich ähnlich«, murmelte er, nachdem er sich eine ganze Weile in die Bilder vertieft hatte.

»Auf welchem Bild meinen Sie?«

Der Dottore reichte ihr das verwackelte Foto, auf dem Bella mit ihrer Freundin gemeinsam auf einem Boot abgebildet war, und deutete auf die ihr fremde Frau. Lilly stutzte. »Die mit dem langen blonden Haar ist nicht meine Mutter. Bella, der Lockenkopf da, das ist sie. Die andere kenne ich nicht und meine Mutter hat sie mir gegenüber auch niemals erwähnt. Aber vielleicht haben sich die beiden ja auch nur unterwegs getroffen und sind eine Weile gemeinsam gereist.«

»Und diesen Mann halten Sie also für Ihren Vater?« Er deutete auf den attraktiven Mann mit der auffallend großen Nase, der Bella auf dem Foto im Arm hielt und den sie verliebt ansah.

»Kennen Sie ihn?«

Dr. di Rossi schüttelte den Kopf. »Nein, noch nie gesehen.«

Lilly ließ sich das Foto von ihm geben und betrachtete es noch einmal prüfend, bevor sie Dr. di Rossi eindringlich musterte. Auch wenn Menschen sich in über dreißig Jahren stark veränderten, dachte Lilly, er kann es nicht sein, es sei denn, er hat sich die Nase operieren lassen.

»Überprüfen Sie gerade, ob ich infrage komme?«, versuchte Dr. di Rossi zu scherzen, aber Lilly fiel auf, dass seine Augen nicht lachten. Obwohl er auf keinen Fall der Mann auf dem Foto war, vielleicht kannte er ihn. Ob er ihn schützen wollte? Er verhielt sich jedenfalls äußerst merkwürdig.

»Sie sind sich ganz sicher, Sie kennen den Herrn nicht? Und wie erklären Sie sich, dass ein Foto offenbar vor Ihrer Klinik gemacht wurde? Sind Sie vielleicht der Fotograf gewesen?«

Dr. di Rossi schüttelte ungehalten den Kopf. »Unsinn! Keine Ahnung, wer das Foto geschossen hat, aber wenn es Sie beruhigt, dann geben Sie mir die Fotos und ich zeige sie ein paar Freunden. Vielleicht erkennen sie den Mann wieder. Vielleicht waren es aber nur Touristen. Außerdem müssen Sie wissen, dass sowohl Touristen als auch Einheimische den tropischen Garten unserer Klinik in kleinen Gruppen besichtigen dürfen.«

»Das wäre natürlich möglich, aber es gibt ein triftiges Argument, weshalb mein Vater in der Gegend lebt. Warum sollte sonst ein Notar aus Como das Geld an meine Mutter überwiesen haben?«

Dr. di Rossi erhob sich abrupt. »Nun machen Sie erst mal Pause vom Detektivspielen und werden wieder gesund. Wenn es Ihnen recht ist, nehme ich die Fotos mit.«

»Das wäre sehr nett von Ihnen«, seufzte Lilly. »Ich bin doch auf jede Hilfe angewiesen.«

»Gut, dann sehen wir uns spätestens morgen. Ich denke, meine Tochter wird es sich nicht nehmen lassen, Sie abzuholen und ins Haus zu bringen.«

»Danke, und grüßen Sie Ihren Sohn. Wie ich hörte, geht es ihm auch schon besser.«

»Wie man's nimmt. Sein Schädel hat mehr abbekommen als Ihrer. Er wird noch ein paar Tage in der Klinik bleiben.«

»Vielleicht könnte ich ihn morgen besuchen und mich entschuldigen«, schlug Lilly vor.

»Auf keinen Fall!« Das klang so streng, dass Lilly leicht zusammenzuckte. Dr. di Rossi hatte wohl gemerkt, dass er sich im Ton vergriffen hatte, denn er fügte nun freundlich hinzu: »Nein, Sie begeben sich auf direktem Weg zu unserem Haus und dort ins Gästezimmer. Sie sind noch nicht wieder fit. Sie gehören ins Bett!«

Mit diesen Worten eilte er, ohne sich von ihr zu verabschieden, zur Tür. Er hatte bereits die Klinke in der Hand, als er sich noch einmal umdrehte. »Ich habe die Fotos vergessen.« Er kehrte zu ihrem Bett zurück und nahm sich die Bilder vom Nachttisch, dabei warf er ihr einen fast mitleidigen Blick zu.

Sie sah ihm zweifelnd hinterher, und der Verdacht, dass er den Mann auf dem Foto doch erkannt hatte, überkam sie erneut mit aller Macht. Wenn sie es sich richtig überlegte, benahm sich Dr. di Rossi wirklich höchst seltsam. Erst wollte er gar nichts von ihrer privaten Geschichte wissen und dann bot er ihr sogar an, für sie zu recherchieren. Nein, da stimmt etwas nicht, sagte sich Lilly energisch. Aber wenn er versuchte, jemanden zu schützen, warum bot er ihr dann sogar ein Zimmer in seinem Haus an?

Der normale Impuls im Fall, dass er etwas zu verbergen hatte, wäre doch eher, sie schnellstens wieder loszuwerden. Der sympathische Dottore war mit Sicherheit nicht so unwissend, wie er tat.

15.

Als Lilly am nächsten Tag, gestützt auf Schwester Auroras Arm, das Klinikgebäude verließ, wurde sie von der gleißenden Sonne geblendet. Sie kniff die Augen zusammen, setzte ihre Sonnenbrille auf und riskierte dann einen Blick. Was sich ihr nun offenbarte, war berauschend. Der See lag da unten friedlich im Sonnenschein und das Wasser schimmerte in einem irisierenden Grün-Blau. Am anderen Ufer leuchteten die Bergwälder in einem satten Grün und wurden überragt von schneebedeckten Gipfeln. Die Häuser entlang des Ufers brachten eine dezente Vielfarbigkeit in das Bild, das Lilly gern mit einer Kamera festgehalten hätte. Aber das kannte sie schon von anderen magischen Orten. Solche Magie ließ sich schwerlich einfangen. Hinzu kamen die überirdischen Düfte, die von allen Seiten auf sie einströmten. Es roch, soweit Lilly das richtig einordnen konnte, nach Zedern, Orchideen, Kiefer, Kampfer, Magnolien und Zypressen sowie Azaleen und Rhododendron – und alles mischte sich mit dem Geruch des Sees und gab der betörenden Schwere eine frische Note.

»Das ist ja ein Paradies«, rief Lilly begeistert aus und sah zurück zum Eingang. Keine Frage, dort war das Foto mit ihrer Mutter aufgenommen worden, was nicht zuletzt die zwei Türme bewiesen, die neben dem Eingang hoch aufragten. Aber auch der Blick den Garten hinauf war malerisch. Terrassenartig waren mindestens drei wunderschöne Gebäude zu sehen, zu denen man über einen Kiesweg, der mit Palmen gesäumt war, gelangte. Je höher sie stiegen, desto mehr veränderte sich der Blick über den See, der sich nun gleichermaßen zu allen Seiten öffnete. Lilly versuchte, sich zu orientieren.

»Wissen Sie, wo der Unfall sich ereignet hat?«, erkundigte sich Lilly.

»Ja, wenn wir zum oberen Gebäude gehen. Sehen Sie das Gartenhaus, das in eine Pförtnerloge umgewandelt wurde, dorthin gelangen Sie, wenn Sie den Waldweg von Lenno zum Anwesen nehmen. Man hätte Sie wohl kaum so schnell gefunden, wenn Ihr Hund nicht zum Empfang vorgelaufen und so lange gebellt hätte, bis man ihm gefolgt war. Sie können nur von Glück sprechen, dass es keine Asphaltstraße ist, die zum Anwesen führt. Da hätten Sie sich wesentlich mehr verletzen können.«

Aurora und Lilly waren am Eingang eines prachtvollen Hauses mit riesigen alten Fenstern, die bis zum Boden gingen, angekommen. Kaum hatten sie die altmodische Glocke betätigt, als die Tür aufflog und Emma herausstürzte. Sie sprang an Lilly hoch und schleckte sie ab. Dem Hund folgte die Tochter des Hauses auf den Fuß. Sie trug ein helles, bodenlanges Sommerkleid und strahlte über das ganze Gesicht.

»Schön, dass du da bist. Aber leider muss ich dich gleich ins Bettchen bringen. Strenge Order von meinem Vater. Ich würde dir viel lieber unser Paradies zeigen«, begrüßte sie Chiara. »Sie können zur Klinik zurückgehen, Aurora, ich kümmere mich um unsere Patientin. Deine Sachen sind auch schon da. Ein Pfleger hat sie gebracht.«

Lilly verabschiedete sich von Aurora und dankte ihr für die gute Betreuung. Mit ihrer verstauchten Hand fühlte sie sich tatsächlich gehandicapt und verspürte auch immer noch einen leisen Kopfschmerz, wovon sie Dr. di Rossi bei der Morgenvisite jedoch nichts verraten hatte. Nicht, dass er sie noch länger als Patientin unter seinen Fittichen behielt. So traumhaft es hier oben auch war, Lilly würde lieber mit ihrer Suche nach ihrem Vater fortfahren, als in dem Paradies tatenlos herumzuliegen.

Aber Chiara schien die Befehle ihres Vaters ernst zu nehmen, denn sie führte sie schnurstracks ins Haus.

Es war zweistöckig und besaß eine geräumige Treppe mit Eisengittern. Alles machte einen äußerst stilvollen Eindruck. In diesem Prunk hatten mit Sicherheit schon etliche Generationen zuvor gelebt. Lilly und Chiara wollten gerade die erste Treppenstufe nehmen, als hinter ihnen die schrille Stimme einer Frau ertönte. »Das Vieh soll nicht ohne Leine im Haus rumlaufen! Das habe ich dir doch eindringlich gesagt! Schaff mir das schmutzige Ding aus den Augen.«

Erschrocken fuhr Lilly herum und blickte in ein Paar zusammengekniffener grau-grüner Augen. Auch die übrige Frau wirkte nicht gerade freundlicher. Im Gegenteil, die ganze Person machte einen abweisenden Eindruck. Das lag nicht nur an ihrem Äußeren – graues, streng gescheiteltes Haar, ein schmallippiger Mund und eng zusammenstehende Augen. Lilly schätzte sie auf Mitte fünfzig. Nein, das lag an ihrer ganzen Ausstrahlung. Sie war das komplette Gegenteil zu ihrer Tochter. Die hatte Lillys Herz mit ihrer Wärme und Fröhlichkeit auf Anhieb erobert. Ihre Mutter hingegen war unnahbar und steif.

Ohne Lilly zu begrüßen, fuhr der Eisschrank, wie Lilly sie insgeheim taufte, an Chiara gewandt fort. »Wir haben vereinbart, dass der Hund in deinem Zimmer bleibt. Hörst du?«

Die Dame des Hauses schien Emma partout nicht zu mögen. So viel war klar, und Lilly hätte ihren Hund gern auf der Stelle glühend verteidigt, aber sie wollte sich nicht gleich unbeliebt machen. Die Stimmung war eh schon zum Zerreißen gespannt.

»Es tut mir leid. Ihr Mann und Ihre Tochter waren so freundlich, mir den Hund abzunehmen, weil ich doch in der Klinik bleiben musste.« Höflich streckte Lilly ihr die Hand entgegen. »Guten Tag, ich bin Lilly«, stellte sie sich vor.

Die Hausherrin musterte sie grimmig von Kopf bis Fuß. »Sie

sind also die Dame, die meinen Sohn fast zum Krüppel gemacht hat«, zischte sie.

»Mama, hör auf. Es ist doch nicht Lillys Schuld. Matteo ist mal wieder gerast. Du kennst ihn doch. Außerdem ist das gar nicht gut für die Patientin, wenn du sie so angehst. Babbo hat gesagt, sie braucht noch viel Ruhe.«

Signora di Rossi stieß einen Unmutslaut aus. »Ja, ja, eine seiner blonden Patientinnen.«

Lilly verschlug es die Sprache. Wenn sie das richtig deutete, unterstellte ihr die Signora gerade, dass sie ein Techtelmechtel mit ihrem Gatten hatte. Trotz ihrer zur Schau gestellten Strenge hatte sie etwas Vornehmes an sich. Und das machte Lilly nicht an dem teuren Schmuck fest, mit dem die Signora behängt war, sondern an ihrem Auftreten. Lilly konnte sich Signora di Rossi gut als Adelige vorstellen, die ihre Dienerschaft scheuchte.

»Schon gut, aber achten Sie darauf, dass der Hund nicht unbeaufsichtigt hier herumrennt«, murmelte Signora di Rossi, aber da zog Chiara Lilly bereits die Treppe nach oben.

»Du musst entschuldigen. Meine Mutter glaubt, dass jede blonde Frau meinem Vater den Kopf verdreht«, sagte Chiara grinsend.

»Aber er ist weit über zwanzig Jahre älter als ich«, protestierte Lilly.

»Na ja, das stört die Kerle doch nicht und die jungen Damen auch nicht, wenn der alte Herr etwas darstellt. Das denkt Mutter jedenfalls«, lachte Chiara.

»Aber wie kommt sie denn darauf?«

»Ganz einfach. Wenn Matteo Blondinen mit nach Hause bringt, dreht unser Vater auf und lässt seinen geballten Charme spielen, aber ob da wirklich jemals was gelaufen ist, interessiert mich nicht. Ich muss die Streitereien meiner Eltern gottlob nur noch in den Ferien ertragen.«

Diese entwaffnende Offenheit machte Lilly die junge Italienerin noch sympathischer als sie ihr ohnehin schon gewesen war, aber sie konnte nicht behaupten, dass sie sich besonders wohl unter diesem hochherrschaftlichen Dach fühlte, seit sie Bekanntschaft mit der Dame des Hauses gemacht hatte. Die Frau hat es wirklich in sich, dachte Lilly und schüttelte sich.

Das Zimmer, in das Chiara sie nun führte, ließ sie allerdings alles andere vergessen. Es war ein Traum. Der Raum war nicht groß, besaß aber Fenster, die bis zum Boden gingen. Das Schönste war ein Himmelbett.

»So, und du legst dich jetzt hin«, befahl Chiara, während sie sich an Lillys Koffer zu schaffen machte und die Kleidung in den Schrank hängte.

»Dieses Zimmer nennen wir das Konkubinengemach«, sagte sie mit einem frivolen Unterton.

»Jetzt fängst du auch noch an«, erwiderte Lilly, während sie sich auszog.

Chiara kicherte. »Das Ganze hat im 18. Jahrhundert ein hoher Kirchenmann gebaut, und als die Familie meiner Mutter das Anwesen hundert Jahre später gekauft hat, haben sie festgestellt, dass es einen geheimen Gang gibt, der von diesem Zimmer ins Hauptgebäude führt, und zwar dorthin, wo der Kirchenfürst wohl seine Schlafgemächer hatte. Meine Mutter hat uns früher weismachen wollen, das wäre ein Fluchtweg gewesen, falls Feinde im Anmarsch gewesen wären. Das fanden Matteo und ich wahnsinnig spannend. Wir haben als Kinder oft in den Gängen gespielt, doch seit ich meinen Bruder mal hier mit dem Kindermädchen im Bett erwischt habe, als ich mit Freundinnen aus dem Schrank kam, bin ich sicher, dass der Kirchenmann hier seine Geliebten getroffen hat.«

Lilly fand das unter dem Aspekt, dass Signora di Rossi offenbar notorisch eifersüchtig war, nur minder amüsant, im Konkubinenzimmer zu wohnen, obwohl Chiaras Art, Geschichten zu erzählen, schon fesselnd war.

»Aber dein Vater macht nicht den Eindruck, dass er deine Mutter offen kompromittieren würde.«

»Ich glaube ja auch nicht, dass er jemals eine Geliebte hatte, auch wenn meine Mutter manchmal so komische Andeutungen macht, so nach dem Motto: Du kennst deinen Vater doch gar nicht. Kurz, ich bin ein Papa-Kind, aber für meine Mutter ist eh Matteo ihr Ein und Alles.«

Lilly hatte überhaupt keine Lust, sich ins Bett zu legen, aber sie sah ein, dass sie keine Wahl hatte, also folgte sie Chiaras Anweisungen.

»Ich mache mal einen Gang mit Emma und lass dich in Ruhe. Ich sag Antonia Bescheid. Sie bringt dir was zu trinken und ein paar Leckereien«, sagte Chiara und verließ mit Emma das Zimmer.

Lilly versuchte, ein wenig zu schlafen, denn in der vergangenen Nacht hatte sie sich ziemlich unruhig von einer Seite auf die andere gewälzt. Die Frage, ob der nette Dr. di Rossi tatsächlich wusste, wer ihr Vater war, hatte sie nicht zur Ruhe kommen lassen.

Ein Streit auf dem Flur riss sie aus ihrem Schlummer. Die weibliche Stimme gehörte zweifelsohne der Dame des Hauses. »Riccardo, was denkst du dir bloß dabei, diese Fremde und das Hundevieh ins Haus zu holen?«, keifte sie.

»Ich kann es nicht verantworten, die Signorina mit ihrer Gehirnerschütterung auf die Straße zu setzen«, erwiderte er verärgert.

»Du hättest sie nach Como ins Krankenhaus bringen lassen können«, schnaubte Signora di Rossi.

»Und den Hund?«

»Was geht der uns an? Den hättest du so lange ins Tierheim schaffen lassen können!«

»Carlotta, ich bitte dich, was ist denn daran so schlimm, wenn sie ein paar Tage unter unserem Dach wohnt? Chiara ist doch glücklich, dass sie sich um den Hund kümmern kann. Und ich glaube, sie mag die deutsche Signorina.«

»Ach, deine Tochter mag doch alles, wenn es ihr nur Abwechslung bringt! Aber denkt denn keiner an Matteo und mich? Schließlich hat deine Patientin unseren Sohn fast zum Krüppel gemacht!«

»Quatsch! Du kennst doch seinen Fahrstil. Das war eine Verkettung unglücklicher Umstände. Die Frau trifft keine Schuld. Du solltest es mir überlassen, wenn ich sie aus medizinischer Sicht noch unter meiner Obhut behalten möchte.«

»Dass ich nicht lache! Medizinische Sicht! Ich kenne dich, mein Lieber. Sie ist genau dein Typ ...«

»Carlotta, hör endlich auf damit! Ich habe kein Interesse an jungen Frauen!«, unterbrach di Rossi seine Frau in scharfem Ton. »Außerdem möchte ich hier nicht darüber streiten«, fügte er zischelnd hinzu. »Reiß dich bitte zusammen und behandele sie wie einen willkommenen Gast und nicht wie eine Feindin!«

»Vergiss nicht, dass es mein Haus ist!«, fauchte Carlotta di Rossi. Dann herrschte Ruhe. Lilly setzte sich mit klopfendem Herzen auf. Am liebsten wäre sie aufgestanden und hätte sich grußlos aus dem Haus geschlichen. Carlotta di Rossi schien allen Ernstes zu glauben, zwischen ihrem Mann und ihr würde etwas laufen. Das erklärte zumindest, warum sie sich ihr gegenüber so ausgesprochen abweisend verhielt.

In dem Moment klopfte es an ihrer Tür. Lilly war nicht überrascht, als di Rossi zögernd ihr Zimmer betrat.

»Wie geht es Ihnen?«, fragte er.

»Gut«, entgegnete Lilly knapp, doch dann sprudelte es ungefiltert aus ihr heraus: »Ich habe Ihr Gespräch mit angehört und mich entschieden, Ihre Gastfreundschaft nicht länger in Anspruch zu nehmen. Es ist mir peinlich, was Ihre Frau mir da ... und auch Ihnen wohl unterstellt. Es ist besser, wenn ich verschwinde. Und meinen Hund hat sie auch nicht gerade ins Herz geschlossen.«

Dr. di Rossi holte tief Luft und Lilly konnte ihm förmlich ansehen, wie ihn ihre Worte trafen.

»Bitte, tun Sie mir den Gefallen. Bleiben Sie bitte. Nur noch ein paar Tage, bis Sie wieder ganz auf den Beinen sind. Ich kann mich nur für die unhaltbaren Vorwürfe meiner Frau entschuldigen. Sie hört da manchmal die Flöhe husten.«

Lilly musterte ihn eindringlich. Da war es wieder, das nervöse Zucken seiner Augenlider. Sie konnte sich nicht helfen, er wusste mehr als er zugeben wollte. Dessen war sich Lilly ganz sicher. Und nur um das herauszubekommen, würde sie seinem ärztlichen Rat folgen und noch ein paar Tage … Sie stutzte. Was, wenn er sie nur unter seiner Obhut behielt, um sie von der weiteren Suche nach ihrem leiblichen Vater abzuhalten?

»Haben Sie eigentlich schon jemandem die Fotos zeigen können?«, hörte sie sich da bereits lauernd fragen.

»Nein, Sie haben sie mir doch erst gestern ausgehändigt. Es ist ja nicht so, dass ich nichts anderes zu tun hätte, als Ihnen behilflich zu sein«, erwiderte er brüsk. Lilly zuckte zusammen. So hatte der Dottore noch nicht mit ihr gesprochen. Das machte ihr klar, dass sie sich in ihren Mutmaßungen besser zügeln sollte. Schließlich hatte sie überhaupt keinen Beweis dafür, dass Dr. di Rossi ihren Vater kannte, geschweige denn schützen wollte. Im Gegenteil, bislang hatte sie ihn eigentlich nur als umsichtigen und zugewandten Arzt kennengelernt, der sich um ihre Gesundheit sorgte und sich überdies noch gegenüber seiner zickigen Gattin schützend vor sie stellte.

»Entschuldigen Sie, Dr. di Rossi«, erklärte sie zerknirscht. »Ich weiß auch nicht, was in mich gefahren ist. Wenn man so im Trüben fischt wie ich, da kommt man schnell …«

»Alles gut«, unterbrach er sie und sah sie beinahe zärtlich an. Das wiederum behagte Lilly ganz und gar nicht. Nicht dass seine Frau doch recht hatte und er schlichtweg auf blonde junge Frauen stand.

»Ich weiß, was Sie jetzt denken«, murmelte er. »Sie fragen sich, ob Sie mir wirklich trauen können.«

Lilly lief rot an, so ertappt fühlte sie sich.

»Versuchen Sie es einfach. Und glauben Sie dem nichtmedizinischen Rat eines lebenserfahrenen Mannes: Lassen Sie Ihr Ziel los, wenn Sie merken, dass es Sie unglücklich macht.«

»Sie meinen, ich sollte die Suche nach meinem Vater aufgeben?«, fragte Lilly irritiert nach.

»Das habe ich so nicht gesagt. Ich empfehle Ihnen nur, sich nicht verbissen hineinzusteigern in die Vorstellung, dass es irgendetwas bringen würde, wenn Sie ihm tatsächlich begegnen sollten. Wie Sie die Angelegenheit geschildert haben, tut er alles, damit Sie seine Identität nicht herausbekommen. Haben Sie sich vielleicht einmal überlegt, dass er seine Gründe haben könnte?«

Lilly stieß einen Unmutslaut aus. »Was kann ein Mann für Gründe haben, mit allen Mitteln zu verhindern, dass sein leibliches Kind ihn je zu Gesicht bekommt?«

Di Rossi zuckte mit den Achseln. »Vielleicht hat er Familie, auf die er Rücksicht nehmen muss.«

»Das hätte er sich überlegen müssen, bevor er meine Mutter geschwängert hat«, zischte Lilly verächtlich. »Nein, mir fällt kein Grund ein, außer dass mein Vater ein ausgemachter Feigling ist!«

»Und wenn es so wäre, könnten Sie nicht einen Funken Verständnis für diesen feigen Kerl aufbringen?«, hakte der Arzt nach.

»Nein, könnte ich nicht, denn ich habe mir das nicht ausgesucht, dass man mich unter solch widrigen Umständen in die Welt gesetzt hat, sondern das haben zwei Erwachsene beschlossen oder besser noch, das ist ihnen wahrscheinlich eher als Malheur passiert. Aber ich kann nichts dafür und habe ein Recht darauf zu erfahren, woher ich diese Augen habe!«

Lilly sah dem Dottore direkt in seine bernsteinfarbenen Augen, die den ihren sehr ähnlich waren. Und wieder bemerkte sie das leichte Zucken seiner Lider.

»Ich gebe mich geschlagen«, seufzte di Rossi. »Ihr Vater kann nicht das geringste Verständnis Ihrerseits erwarten. Er muss damit leben, dass Sie ihn für seinen Rückzug hassen.«

»Hassen trifft es nicht. Ich bin neugierig darauf, ihn kennenzulernen, weil es mir vielleicht erklären könnte, warum ich so komplett anders als meine Mutter bin«, erwiderte Lilly mit Nachdruck.

Di Rossis Blick wurde ganz weich. »Sie sind so eine tolle junge Frau. Sie haben es in der Tat nicht verdient, dass man Sie ablehnt. Jeder Vater könnte stolz darauf sein, eine solche Tochter zu haben«, seufzte er.

»Sie werden also versuchen, mir zu helfen?«, hakte Lilly nach.

»Ja, aber ich will Ihnen wirklich keine falschen Hoffnungen machen«, entgegnete er schwach. »Und kann ich mich darauf verlassen, dass Sie bei uns bleiben, bis Sie wieder richtig auf den Beinen sind?«

Lilly nickte.

»Gut, dann nutzen Sie diese Tage der Genesung, um zur Ruhe zu kommen. So ein Unfall, wenngleich mit gutem Ausgang, geht nicht spurlos an einem vorüber. Stellen Sie Ihre Pläne, Ihren Vater aufzuspüren, vorerst ein wenig in den Hintergrund und konzentrieren Sie sich allein darauf, dass Sie wieder ganz gesund werden. Sie sind noch so jung und haben das Leben vor sich. Sie werden doch irgendwann sicher eine eigene Familie haben und dann ist Ihr Erzeuger vielleicht nur noch eine Fußnote Ihrer Geschichte. Ich glaube, Sie sind stark genug, Ihr Glück auch dann zu finden, wenn Sie letztendlich keinen Erfolg bei der Vatersuche haben sollten. «

Lilly rang sich zu einem Lächeln durch. »Ihr Wort in Gottes Ohr. Ich hatte zwar nie einen Vater, aber ich kann mir vorstellen, dies könnten die weisen Ratschläge eines Vaters an seine Tochter sein.«

Dr. di Rossi erwiderte ihr Lächeln. »Na ja, ich habe zwar eine gewisse Übung darin, als Vater einer Tochter auch mal Ratschläge zu geben, nur dass Chiara selten auf mich hört. Es wäre mir eine große Freude, wenn Ihnen meine Worte nicht wie bei ihr in das eine Ohr hinein- und zum anderen wieder hinausgehen würden.«

In diesem Augenblick trat eine ältere Frau, die eine weiße gestärkte Schürze trug, mit einem Tablett ins Zimmer.

»Oh, ich wollte nicht stören, ich dachte nur, die junge Dame müsste mal was essen«, sagte sie entschuldigend, während ihr wacher Blick prüfend zwischen dem Dottore und Lilly hin- und herging.

»Antonia, Sie stören doch nie«, erwiderte der Dottore schmunzelnd, verabschiedete sich von Lilly und versprach, am Abend noch einmal nach ihr zu sehen.

»Signore Professore, Sie sind und bleiben ein alter Schmeichler«, murmelte die alte Dame wohlwollend.

»Sie sollen mich nicht Professore nennen.«

»Ich merke es mir, Professore!«, erwiderte sie neckisch.

Lilly spürte sofort, dass zwischen dem Arzt und seiner Hausangestellten ein sehr entspanntes Verhältnis herrschte, denn er schenkte der alten Dame im Hinausgehen ein warmherziges Lächeln. Im Übrigen war sie stolz auf sich selbst, weil sie schon nach diesen paar Tagen Italienaufenthalt fast alles verstand, was auf Italienisch gesprochen wurde. Selbst wenn ihr eine Vokabel fehlte, konnte sie problemlos kombinieren, was damit gemeint war. Und die alte Dame hatte beileibe nicht langsam geredet.

»Guten Tag, ich bin Antonia, das Hausfaktotum. Ich habe

bereits für die Eltern von Signora di Rossi gearbeitet. Signorina Chiara hat mich gebeten, Ihnen eine Stärkung zu reichen.«

Ein köstlicher Duft zog Lilly in die Nase.

»Ich hoffe, Sie mögen Fisch. Filet vom Seebarsch mit Butter und Salbei, dazu Spargel«, erklärte Antonia.

»Ich liebe Fisch. Ich komme aus Hamburg ...« Lilly streckte der Haushälterin ihre gesunde Hand entgegen. »Ich bin Lilly.«

»Ich weiß, Chiara hat es mir gesagt. Am besten setzen Sie sich auf.«

Lilly tat, was die Haushälterin verlangte, die nun zwei Füße aus dem Tablett klappte und das Tischchen geschickt auf Lillys Decke stellte.

»Das sieht ja köstlich aus«, jubelte Lilly, der erst in diesem Augenblick bewusst wurde, dass ihr letztes warmes Essen das verunglückte Dinner gewesen war. Sie überlegte. War das wirklich erst vorgestern Abend gewesen? Sie hatte das Gefühl, als läge es bereits Wochen zurück. Und sofort wanderten ihre Gedanken zu Luca Danesi. Sie sah sein kantiges Gesicht vor sich, seine vollen Lippen. Energisch verscheuchte sie diese Bilder und konzentrierte sich auf den lecker zubereiteten Fisch. Schon der erste Bissen war eine kulinarische Offenbarung. Hingebungsvoll genoss Lilly das Essen, sodass sie nur flüchtig wahrnahm, wie gebannt Antonia sie dabei beobachtete. Und sie nahm auch nicht wahr, dass aus ihren Augen große Verwunderung sprach.

16.

Obwohl Lilly von Antonia nach Strich und Faden verwöhnt, von Chiara bestens unterhalten, von ihrem glücklichen Hund kaum mehr beachtet und vom Dottore medizinisch versorgt wurde, wollte sie endlich zurück in ihr Hotel. Doch der Dottore hatte ihr beteuert, eine Woche müsste sie schon aushalten, um wieder rundherum fit zu sein. Und die war nun fast um. Ihr größter Wunsch war, endlich aufzustehen und nach draußen in die Sonne zu gehen. So schön das Zimmer auch war, sie fühlte sich ein bisschen eingesperrt, so wie als Kind, wenn sie in den Sommerferien an einer Halsentzündung gelitten hatte und das Bett hüten musste.

Sie nahm sich fest vor, Dr. di Rossi bei seiner morgendlichen Visite darauf anzusprechen. Der Dottore hatte sie bestens betreut, aber es war zwischen ihnen nie mehr ein derart vertrautes Gespräch zustande gekommen wie am ersten Morgen im Hause di Rossi. Und diese höfliche Distanz ging keineswegs von ihr aus. Im Gegenteil, sie hätte zu gern erfahren, ob er inzwischen jemandem ihre Fotos gezeigt hatte, doch Dr. di Rossi machte den Eindruck, als wollte er auf das Thema am liebsten gar nicht mehr angesprochen werden. Er beschränkte sich bei seinen Visiten allein auf ihren Gesundheitszustand. Lilly war immer noch hin- und hergerissen, ob er womöglich doch mehr wusste, als er zugeben wollte, oder ob er einfach keine Zeit hatte, sich ihres Problems anzunehmen. Schließlich fragte sie Chiara, ob ihr Vater im Moment besonders viel Arbeit hätte, was Chiara stöhnend bestätigte und anklagend hinzufügte, er wäre zurzeit nur noch in seiner Klinik, ja, er würde sogar dort übernachten. Für ihn gebe es allein die Patienten und keine Familie mehr, aber das kenne sie schon von ihm, dass er völlig abtauchte.

»Guten Morgen, wie geht es Ihnen?«, riss Dr. di Rossis stets freundliche und wohlklingende Stimme Lilly aus ihren Gedanken. Sie hatte ihn gar nicht ins Zimmer kommen hören. Er stand bereits neben ihrem Bett und sie hatte den Eindruck, als ob er sie schon länger beobachtet hätte.

Lilly schenkte ihm ein Lächeln. »Dr. di Rossi, mir geht es ausgezeichnet. Und ich halte es im Bett nicht mehr aus. Nicht dass Sie mich missverstehen. Ich fühle mich wohl in diesem Konkubi… äh, Prinzessinnengemach, aber sehen Sie doch draußen nur die Sonne. Ich möchte endlich wieder mit meinem Hund Gassi gehen …«

»Oh, da wird Chiara aber traurig sein. Ich befürchte, sie gibt Ihre Emma nur ungern wieder her. Aber es bleibt ihr gar nichts anderes übrig, als sich von dem Hund zu verabschieden. Sie fährt übermorgen zurück nach Rom. Sie hat gerade ihren ersten Job als Architektin …«

»Ach, wie schade«, sagte Lilly enttäuscht. Sie hatte sich so darauf gefreut, mit Chiara wenigstens noch ein paar Tage zu verbringen.

»Aber dann müssen Sie mich doch aufstehen lassen. Wer soll denn sonst mit dem Hund gehen? Ihre Frau?« Lilly schlug sich die Hand vor den Mund. Das hätte sie sich verkneifen sollen.

Zu ihrer Überraschung lachte der Dottore. »Nein, das sollten wir Ihrer Emma auf keinen Fall zumuten. Aber Antonia hat sich bereit erklärt, den Hund auszuführen, solange Sie nicht ganz fit sind. Sie kommt von einem Bauernhof und kann mit Tieren umgehen.«

»Aber ich kann das doch jetzt selber machen. Ich habe weder Kopfweh noch Schwindel. Und Sie haben mir versprochen, dass ich nach einer Woche wieder rauskomme!«, insistierte Lilly.

»Ich wollte Ihnen eigentlich vorschlagen, dass wir heute einen kleinen Anfang machen, Sie wieder auf die Menschen und Hundewelt loszulassen, aber wenn Sie derart vor Ungeduld platzen und den zweiten vor dem ersten Schritt machen wollen, dann muss ich Ihnen wohl noch weitere Bettruhe verordnen«, verkündete er schmunzelnd.

»O nein, bitte nicht«, bettelte sie. »Ich halte mich auch an Ihre Anweisungen. Ich tue alles, was Sie sagen, wenn ich nur endlich wieder aufstehen darf. Versprochen!«

»Dann wollen wir mal sehen. Ihr Kopf scheint wirklich wieder in Ordnung zu sein. Und Ihre Hand ...« Er griff nach ihr und tastete sie ab. »Da Sie offenbar keine Schmerzen mehr haben, befreie ich Sie auch von dem Verband. Nicht dass Ihre Hand noch abstirbt. Ich halte bei Verstauchungen nicht allzu viel von diesen Verbänden, aber ich wollte meinem Kollegen nicht ins Handwerk pfuschen.«

Lilly empfand es als Wohltat, als der Druck auf ihre Hand nachließ. Sie versuchte nun, sie nach allen Seiten zu bewegen. Das funktionierte problemlos und ohne Schmerzen.

»Nun kann ich aber wirklich aufstehen«, stellte sie fest.

»Okay, dann will ich mal nicht so sein. Ich erlaube Ihnen, dass Sie heute aufstehen und ein wenig im Garten flanieren. Aber keine langen Gassi-Gänge. Das macht Chiara und ab übermorgen dann Antonia.«

»Wie langweilig«, murrte Lilly.

Dr. di Rossi musterte sie mit einem gespielt strengen Blick über den Rand seiner Brille. »Haben Sie mir nicht gerade geschworen, meinen Anweisungen brav zu folgen?«

»Ja, natürlich, aber ich wüsste gern, wann ich wieder zurück nach Lenno kann.«

»Sie sind der erste Patient, der seinen Aufenthalt in diesem Paradies nicht verlängern möchte«, seufzte er.

»Es ist wirklich wunderschön, aber ich kann doch hier nicht

untätig rumsitzen und mich von Antonia nudeln lassen. Mir passen bestimmt meine Sachen nicht mehr.«

»Okay, also sagen wir, Sie bleiben noch fünf Tage.«

»Fünf Tage?«, entfuhr es Lilly.

»Bin ich der Arzt oder Sie?«

»Okay, okay, Dottore«, seufzte Lilly, doch da fiel ihr Merle ein. »Nein, nicht gut, denn in drei Tagen kommt mich eine Freundin besuchen. Da muss ich zurück im Hotel sein.«

»Wie war das mit meinen Anordnungen? Die Dame kriegen wir auch schon irgendwie untergebracht«, erwiderte er mit einem Augenzwinkern.

»Okay, okay, ich mache alles, was Sie sagen«, stöhnte Lilly. »Sie sind wirklich toll. Ich frage mich nur, warum Sie sich so intensiv um mich kümmern. Machen Sie das bei allen Patienten?«

»Ich würde immer alles dafür tun, damit meine Patienten wieder gesund werden«, sagte er. Lilly fragte sich in diesem Augenblick, wie sie wohl damit umgehen würde, wenn sie eines Tages feststellen müsste, dass ihr Vater womöglich ein so netter Kerl wäre wie der Dottore. Würde sie ihn dann immer noch dafür verurteilen, wie er sich seines ungeliebten Kindes entledigt hatte? Ja, dachte sie, da könnte er der freundlichste Mann der Welt sein. Wie sollte sie ihm je verzeihen, dass er sie partout nicht kennenlernen wollte? Allein bei diesem Gedanken verfinsterte sich ihre Miene.

»Sie schauen aber grimmig drein. Ich dachte, Sie würden sich freuen über die Aussicht auf einen kleinen Spaziergang.«

»Sicher, aber ich musste gerade daran denken, was ich tun würde, wenn mein Vater so ein netter Mann wäre wie Sie. Ob ich ihn dann immer noch so vehement dafür ablehnen würde, dass er es vorgezogen hat, anonym für mich zu zahlen, statt mich kennenzulernen«, seufzte sie.

»Vielleicht könnten Sie sogar Verständnis für sein Handeln

aufbringen, wenn Sie seine Beweggründe erfahren würden«, erwiderte der Dottore.

Lilly machte eine abwehrende Handbewegung. »Eben nicht! Und selbst wenn er einen Heiligenschein hätte. Dass Väter ihre außerehelichen Kinder nicht sehen wollen, das kennt man ja. Leider! Aber dass ein Vater alles unternimmt, um seine Identität vor seiner Tochter zu verbergen, das ist unverzeihlich. Und deshalb werde ich auch nicht von meinem Vorhaben ablassen und weiterhin versuchen, ihn zu finden«, erklärte Lilly kämpferisch. Sie hatte sich so in Rage geredet, dass sie di Rossi unverblümt fragte, ob er bereits ein Feedback auf ihre Fotos bekommen hätte.

»Ach, ich bin noch gar nicht dazu gekommen, sie jemandem zu zeigen«, murmelte er.

»Dann geben Sie mir die Fotos einfach zurück. Ich würde sie dann gern selbst den Leuten vor Ort zeigen und …«

»Hören Sie endlich auf mit dem Unsinn!«, herrschte er sie an. »Denken Sie lieber einmal darüber nach, was Sie möglicherweise mit Ihrer Miss-Marple-Nummer anrichten könnten.«

Wieder dieser barsche Ton. Lilly war sich in diesem Augenblick ganz sicher, dass er jemanden zu decken versuchte. Sie schäumte innerlich.

»Dr. di Rossi, Sie wissen doch mehr als Sie zugeben! Sagen Sie mir einfach, wer mein Vater ist und überlassen mir die Entscheidung, ob und wie ich ihn mit meiner Existenz konfrontiere!«

»Signorina Haas, ich habe keine Ahnung, wer Ihr Vater ist. Aber selbst wenn ich es wüsste, könnte ich Ihnen nicht garantieren, dass ich Ihnen seine Identität preisgeben würde.«

»Ein Grund mehr, mir die Fotos zurückzugeben!«

»Das kann ich nicht.«

»Wie bitte?«

»Mir ist das Jackett, in das ich die Fotos gesteckt hatte, auf der Bootsfahrt nach Lenno von Bord geweht.«

Lilly war sprachlos.

»Ich verspreche Ihnen, ich erkundige mich noch heute, ob vielleicht jemand die Jacke aus dem Wasser gefischt hat. Ich habe es leider erst drüben in Lenno gemerkt.«

»Das ist aber ganz reizend von Ihnen«, bemerkte Lilly spöttisch. »Entschuldigen Sie, dass ich überhaupt noch mal auf das Thema zu sprechen gekommen bin. Ich werde Ihnen gegenüber kein Wort mehr darüber verlieren, weil ich davon überzeugt bin, dass Sie den Kerl decken.« Sie weidete sich an seinem gequälten Blick. »Und jetzt sind auch noch die einzigen Hinweise auf meinen möglichen Vater futsch. So ein Mist! Haben Sie sich die Fotos von mir nur geben lassen, um sie zu vernichten? Damit ich auf keinen Fall herausbekomme, wen Sie da beschützen? Vielleicht halten Sie mich nur hier fest, damit ich nicht weiter recherchieren kann«, fügte sie giftig hinzu.

»Nein, ganz sicher nicht. Das sind rein medizinische Gründe, und ja, Sie sind mir auch überaus sympathisch«, stieß er hervor.

Lilly sackte in sich zusammen. »Ich weiß doch auch nicht mehr, was ich denken soll«, stöhnte sie, woraufhin ihr Dr. di Rossi gedankenverloren über die Wange strich, dann die Hand zurückzog, als hätte er sich verbrannt.

»Entschuldigen Sie, das wollte ich nicht«, murmelte er und sprang von der Bettkante hoch, auf die er sich während des Gesprächs gesetzt hatte.

Lilly erschrak. Was, wenn seine Frau doch recht hatte? Dass sich der Dottore womöglich in sie verliebt haben könnte und dass er sich deshalb so rührend um sie kümmerte? Vielleicht hatte er überhaupt nichts mit ihrem Vater zu schaffen und wollte nur ihre Aufmerksamkeit als Mann für sich gewinnen?

Lilly wandte hastig den Blick ab. Nein, das mochte sie sich lieber gar nicht erst vorstellen.

»Also gut, dann stehen Sie jetzt auf und in drei Tagen dürfen

Sie meinetwegen in Ihr Hotel zurückkehren«, verkündete der Dottore nun in förmlichem Ton.

In diesem Augenblick beschloss Lilly, das Haus der di Rossis gemeinsam mit Chiara zu verlassen. Ohne Emma und ihre neue Freundin würde sie keine einzige Nacht mehr unter diesem Dach verbringen. An dem Verhalten des Arztes stimmte etwas nicht. Ob er nun ihren Vater kannte und ihn vor ihren Nachforschungen schützte oder in sie verliebt war, beides wären keine guten Voraussetzungen, noch länger in der Villa zu bleiben.

Lilly überlegte noch, ob sie dem Dottore nicht offen sagen sollte, dass sie übermorgen zusammen mit Chiara das Haus der di Rossis verlassen würde, aber der Arzt verließ mit einem flüchtigen Gruß so eilig das Zimmer, dass sie gar nicht mehr dazu kam. Nein, sein Verhalten war nicht normal.

»Wenn du sie nicht rauswirfst, dann werde ich das tun. Ich lasse mich in meinem eigenen Haus doch nicht derart kompromittieren. Das hast du nur einmal mit mir gemacht!«, hörte Lilly die Dame des Hauses wenig später auf dem Flur keifen. Sie erwartete eine heftige Widerrede des Dottore, aber der schien diese neuerliche Aggression seiner Frau offensichtlich zu ignorieren, jedenfalls verbal, denn wieder wurde nur ihre Stimme laut.

»Du brauchst gar nicht wegzulaufen. Wenn du mir diese Person nicht vom Hals schaffst, dann nehme ich das höchstpersönlich in die Hand. Und du weißt doch, dass ich bei Rausschmissen deiner Betthasen nicht gerade zimperlich bin.«

Nun wurde auch seine Stimme laut. »Mit dem Unterschied, dass ich heute den Mumm hätte einzugreifen!«

»Wag es nur. Du weißt, was dann geschieht!«, schrie sie noch, dann war alles still. Lilly fröstelte und setzte sich im Bett auf. Sie atmete ein paar Mal tief durch und bereitete sich seelisch darauf vor, dass die Furie gleich in ihrem Zimmer auftauchen und sie zum Verlassen des Hauses auffordern würde. Sie war jetzt beinahe neugierig zu erfahren, zu welchen drastischen Mitteln sie greifen würde. Ob die Signora auch vor Handgreiflichkeiten nicht zurückschreckte? Lilly starrte zur Tür, fest entschlossen, ihr mitzuteilen, dass sie am übernächsten Morgen zusammen mit Chiara fort sein würde! Doch es regte sich nichts. Offenbar traute sich Carlotta di Rossi nicht, die Patientin ihres Mannes auf eigene Faust an die Luft zu setzen. Seufzend stand Lilly auf. Was für eine entsetzliche Person, diese Signora, dachte Lilly, obwohl sie bei dem, was sie da eben gerade belauscht hatte, davon ausgehen musste, dass der Dottore seine Frau tatsächlich schon einmal betrogen hatte.

Lilly trat ans Fenster und beobachtete, wie der Dottore sich am Steg in sein Rivaboot schwang. Sie konnte nicht umhin, festzustellen, dass er wirklich eine äußerst elegante Erscheinung war, auch wenn seine Miene gerade wie versteinert war.

Kein Wunder, dass er sich abkapselt bei einer solchen Frau wie Carlotta, sinnierte Lilly und fragte sich, ob sie ihm, wäre sie seine Tochter, unter diesen Umständen verzeihen würde, wenn er sie verleugnet hätte. Aber er war ganz eindeutig nicht der Mann mit der großen Nase, der Bella auf dem Foto so liebevoll im Arm gehalten hatte.

In diesem Moment überfiel sie eine geradezu lähmende Angst bei der Vorstellung, am Ende des Tunnels könnte das Grauen lauern. Was, wenn die Wahrheit so schrecklich, so schmutzig, so trivial war, dass sie ohne sie besser dran gewesen wäre? Was, wenn der Dottore nicht ihren Vater vor ihr schützte, sondern sie vor einer abscheulichen Wahrheit? Trotz dieser Angstattacke kam es für sie nicht infrage, so kurz vor dem Ziel aufzugeben. Und dass die Wahrheit zum Greifen nahe war, das fühlte sie.

Plötzlich kam ihr eine Idee, wie sie die Identität des Mannes eventuell herausbekommen konnte, ohne den Dottore jemals wieder auf diese Sache anzusprechen und ihn damit in der Sicherheit zu wiegen, dass sie aufgegeben hatte. Warum sollte sie eigentlich nicht in die Trickkiste greifen? Der Dottore hatte ihr die Fotos doch auch unter Vorspiegelung falscher Tatsachen abgenommen. Und zudem wäre es so einfach. Sie musste Chiara doch nur ganz unauffällig nach guten Freunden ihres Vaters fragen, denn ob der Dottore nun jemanden schützte oder sie vor einer großen Enttäuschung bewahren wollte, in jedem Fall würde dieser Jemand ihm wohl sehr nahestehen!

17.

Lilly hatte die ganze Nacht über ihren Plan gegrübelt, dem Dottore auf den Zahn zu fühlen. Sie würde ihm das Gefühl geben, dass sie die Vatersuche aufgegeben hatte und nur noch ein paar Urlaubstage im Hotel verbringen wollte. In der gesundheitlichen Verfassung war sie allemal, obwohl ihr der morgendliche prüfende Blick in den Spiegel verriet, dass sie eindeutig zu blass war. Höchste Zeit, dass ich wieder Sonne und Luft bekomme, dachte sie, bevor sie in die altmodische Badewanne stieg, um sich abzubrausen. Als sie zurück in ihr Zimmer kehrte, war Antonia gerade dabei, sauber zu machen.

»Der Professore hat mich gebeten, das zu erledigen, weil Sie heute aufstehen dürfen!«, sagte sie entschuldigend. »Ich komme nachher wieder.«

»Meinetwegen müssen Sie nicht gehen«, erklärte Lilly, aber Antonia verließ eilig das Zimmer. Lilly sah ihr kopfschüttelnd hinterher. Was ist denn in Antonia gefahren, fragte sie sich, denn bisher war die Haushälterin die Ruhe selbst. Und vor allem hatte sie stets ein freundliches Wort für sie übrig. Manchmal, wenn sie sich unbeobachtet fühlte, musterte sie Lilly derart intensiv, dass sie schon ein paar Mal versucht war, die alte Dame zu fragen, ob sie sie wohl an jemanden erinnerte. Wenn sie noch im Besitz der Fotos gewesen wäre, hätte sie Antonia mit Sicherheit gefragt, ob sie die beiden jungen Frauen gekannt hatte.

Lilly hatte sich gerade ein Sommerkleid und Sandalen angezogen, als Chiara atemlos ins Zimmer stürzte.

»Du hast mir vielleicht einen Schrecken eingejagt. Ich hatte schon Angst, sie wäre weggelaufen.« Suchend blickte sie sich im Zimmer um.

»Was suchst du?«, fragte Lilly mit schwacher Stimme, obwohl sie bereits ahnte, wen Chiara irrtümlich hier vermutete. Lillys Magen krampfte sich zusammen. »Wo ist Emma?« Ihre Stimme bebte vor Aufregung.

Chiara starrte sie verstört an. »Ich dachte, du hättest sie zu dir geholt.«

»Ich habe sie seit gestern Abend nicht mehr gesehen. Sie hat doch bei dir geschlafen, oder?«

Chiara nickte. »Ja, natürlich, ich habe noch einen Nachtgang mit ihr gemacht und sie hat sich dann auf ihre Decke gelegt, aber da war sie heute Morgen nicht mehr. Kann sie vielleicht Türen öffnen? Manche Hunde können das ja.«

»Emma nicht!«, erwiderte Lilly unwirsch. »Wir müssen sie suchen!«

Und schon rannten die beiden aus dem Zimmer. Auf der Treppe begegneten sie Carlotta, die sich ihnen in den Weg stellte und Lilly von Kopf bis Fuß musterte.

»Ach, Sie scheinen wieder genesen zu sein. Dann werden Sie uns ja sicher bald verlassen.«

»Ja, morgen sind Sie mich los, aber bitte lassen Sie mich durch. Mein Hund ist weg.«

»Oh, wie traurig. Hoffentlich ist er nicht fortgelaufen. Der Lieferant hat nämlich das Haupttor heute Morgen versehentlich aufgelassen.«

»Mama, bitte, sag doch nicht so was. Emma wird irgendwo im Garten sein.«

»Hauptsache, der Hund ist nicht in den Wald gelaufen. Du weißt ja, was unsere Jäger mit streunenden Hunden tun.«

»Mama, es reicht!«, zischte Chiara und forderte Carlotta auf, sie durchzulassen, was sie zögernd tat.

»Sorry, meine Mutter kann manchmal ein echtes Ekel sein«,

stöhnte Chiara, kaum dass sie aus der Haustür waren. Lilly nickte zustimmend, aber Carlottas Worte hatten sie nicht wirklich treffen können, denn sie war sich sicher, dass Emma ganz in der Nähe geblieben war. Emma war nämlich alles andere als eine abenteuerlustige Streunerin. Selbst auf Spaziergängen vergewisserte sie sich ständig, ob das Frauchen noch zu sehen war. Lilly kniff die Augen zusammen. Sie hatte in der Hektik nicht an ihre Sonnenbrille gedacht. Dann schlug sie vor, das Gelände systematisch abzusuchen. Sie fingen bei der Klinik an, aber der Pförtner schwor, dass kein Hund unbemerkt in das Innere des Krankenhauses gelangen könnte. In diesem Augenblick betrat Dr. di Rossi das Klinikgebäude. Er war so in Gedanken versunken, dass er die beiden jungen Frauen erst bemerkte, als sich Chiara förmlich auf ihn stürzte und mit der Frage überfiel, ob er Emma gesehen hätte.

Er schüttelte den Kopf und seine grüblerische Miene verdüsterte sich. »Habt ihr denn schon überall gesucht?«

»Nein, aber ich denke, sie kann nicht weit sein«, antwortete Lilly.

Nun war Besorgnis in seinem Blick zu lesen. »Sie sollen sich aber nicht so verausgaben. Vielleicht überlassen Sie meiner Tochter die Suche.«

»Ich verspreche Ihnen, sobald wir Emma gefunden haben, lege ich mich wieder hin.« Und schon setzten die beiden jungen Frauen ihre Suche fort. Erst schauten sie im Innenhof des prachtvollen Klinikgebäudes nach, dann durchforsteten sie den Park, während sie die ganze Zeit nach Emma riefen. Sie gingen sogar bis runter an den Bootssteg, weil Lilly die Hoffnung hatte, Emma wäre schwimmen gegangen. Einen Gedanken, den sie am Steg wieder verwarf, denn Emma traute sich nirgends ins Wasser, wo sie nicht aus eigener Kraft wieder an Land kommen konnte.

Nachdem sie das Gelände um die Klinik abgesucht hatten,

kehrten sie zur Villa der Familie zurück, aber auch dort gab es keine Spur von dem Hund. Lilly wurde immer mulmiger zumute, zumal sie sich fragte, wie Emma aus dem geschlossenen Zimmer nach draußen gelangt war. Es musste sie jemand rausgelassen haben, aber wer? Wenn sie es recht überlegte, kam eigentlich nur die Hausherrin infrage, aber diesen ketzerischen Gedanken wollte sie erst einmal für sich behalten.

Zu guter Letzt suchten sie das obere Anwesen ab. Vergeblich. Chiara schlug vor, die Suche bis nach Lenno auszuweiten. Dort fragten sie überall nach Emma, doch kein Mensch hatte einen Golden Retriever gesehen. Sogar im Hotel erkundigten sie sich. Der Mann an der Rezeption erkannte Lilly sofort wieder. »Sie haben aber Glück gehabt, dass nicht mehr passiert ist«, sagte er, bevor er die Frage, ob er Emma gesehen hätte, verneinte. Er schlug vor, dass sie eine Suchanzeige machen, kopieren und überall in Lenno aufhängen sollten. Dazu überließ er Chiara kurz seinen Rechner und die beiden verließen wenig später mit dem kopierten Hundesteckbrief das Hotel. Lilly hatte bei dieser Gelegenheit gleich ein Zimmer für Merle und sich reserviert.

»Du verlässt unser Haus?«, erkundigte sich Chiara. »Ist es wegen Mutter?«

Lilly kämpfte mit sich, ob sie Chiara die Wahrheit sagen sollte, aber da sie das Gefühl hatte, dass ihre neue Freundin ihrer Mutter kritisch gegenüberstand, traute sie sich, ihr von dem Streit ihrer Eltern zu berichten, den sie unfreiwillig mitgehört hatte.

Chiara rollte genervt die Augen. »In dem Punkt spinnt meine Mutter total.«

»Aber warum ist deine Mutter bloß so eifersüchtig?«

Chiara zuckte die Achseln. »Wenn ich das wüsste! Ich habe sie auch schon über dieses Thema streiten hören. Ich vermute, dass mein Dad vor Urzeiten mal eine blonde Freundin hatte, denn sie spielt immer wieder auf eine Frau an, die bei ihr nur ›die Schlampe‹ heißt.«

In diesem Augenblick fiel es Lilly wie Schuppen von den Augen. Bellas Freundin vom Foto – die war ja eine schlanke Blondine gewesen. Wenn di Rossi mit der Frau was gehabt hatte, während ihr leiblicher Vater eine Affäre mit Bella gehabt hätte ... Was, wenn sie zu dem Zeitpunkt beide bereits verheiratet gewesen wären und Carlotta ihnen auf die Schliche gekommen wäre? Dann hätte di Rossi jedenfalls einen triftigen Grund, ihr die Identität ihres leiblichen Vaters zu verheimlichen, weil sie ein gemeinsames Geheimnis hüteten.

Lilly räusperte sich, bevor sie ihre Frage stellte, die Chiara mit Sicherheit sonderbar finden würde. »Meinst du nicht, dass dein Vater und seine Freunde mal über die Stränge geschlagen haben könnten? Ich meine, was Frauen und die Treue betrifft.«

»Na ja, Onkel Marcello, dem traue ich ohne Weiteres zu, dass er fremdgegangen ist, obwohl er eine so nette Frau hat. Während ich meinen Vater ja sogar verstehen könnte. Meine Mutter war schon immer ein Eisklotz. Ich kann mich nicht erinnern, dass sie mich jemals in den Arm genommen hat.«

Lilly musste unwillkürlich an Bella und ihre Warmherzigkeit denken und daran, dass sie Liebe im Überfluss bekommen hatte, aber das würde sie Chiara in diesem Moment nicht verraten.

»Und wer ist dieser Onkel Marcello?«, fragte sie stattdessen und spürte, wie ihr zugleich heiß und kalt wurde, denn ihr Bauch signalisierte ihr, dass sie auf der richtigen Spur mit ihrer Vermutung war, dass ihr leiblicher Vater ein guter Freund von di Rossi sein musste. Die Geschichte mit der ins Wasser gewehten Jacke war einfach zu dämlich, um wahr sein zu können.

»Onkel Marcello ist mein Patenonkel. Die beiden kennen sich noch aus der Schule. Der reiche Sohn aus der Seidendynastie Danesi und der arme, aber kluge Bauernjunge Riccardo ...«

Lilly hörte Chiara nur noch mit halbem Ohr zu. Sie war wie elektrisiert. Danesi? Seidendynastie?

»Der Vater von Luca Danesi?«, fragte sie ungläubig.

»Genau. Sag bloß, du hast den Mann meiner Träume schon kennengelernt?«, lachte Chiara.

»Der Mann deiner Träume?«

Chiara lachte immer noch. »Wie habe ich Luca angeschwärmt, wenn er meinen Bruder besucht hat. Ich habe immer gesagt: Wenn ich mal heirate, dann nur den Luca! Doch dann ging er zum Studium, obwohl er das gar nicht gemusst hätte, weil er ja eh die Firma erben sollte, aber er wollte unbedingt zum Istituto Marangoni in Mailand, um Textildesign zu studieren, weil er die meisten Muster selbst entwirft. Wäre er nicht in die Seidendynastie hineingeboren, wäre er wahrscheinlich Maler geworden.«

Mit gemischten Gefühlen beobachtete Lilly, wie Chiaras Wangen vor lauter Aufregung zu glühen begannen, während sie von Luca schwärmte.

»Jedenfalls kam er mit einem Eins-a-Abschluss zurück, und zwar nicht allein! Er hatte seine Verlobte mitgebracht. Ich hätte die wunderschöne Rebecca auf der Stelle umbringen können, aber leider war sie so schrecklich nett, dass ich von meinem Plan, sie zu vergiften, Abstand genommen habe. Kurz, der Schock war heftig, aber Rebecca ist eine wunderbare Frau. Deshalb betrachte ich das Scheitern ihrer Ehe auch mit gemischten Gefühlen. Dabei hatte ich mir einst geschworen: Sollte Luca jemals wieder frei sein, dann würde ich ihn mir greifen, aber nun bin ich ja gerade frisch in Francesco verliebt.«

Lillys Gedanken und Gefühle fuhren Achterbahn. Wenn das stimmte, was Chiara da behauptete, dann wäre Luca ja doch frei, aber was, wenn sein Vater der Mann vom Foto wäre? Lilly schauderte bei der Vorstellung, Luca Danesi könnte sich womöglich als ihr Bruder entpuppen. Bislang hatte sie immer geglaubt, ihr nicht gelebtes künstlerisches Talent hätte sie Bellas Erbanlagen zu verdanken, aber nun lag es durchaus im Bereich des Möglichen, dass es die Danesi-Gene waren.

»Lilly, du siehst aus, als wäre dir der leibhaftige Teufel erschienen. War deine Begegnung mit Luca denn so furchtbar?«, fragte Chiara unbekümmert.

»Nein, nein, nur, also, es machte nicht den Eindruck, als würden die beiden in Scheidung leben«, entgegnete Lilly hektisch und schob ihren Verdacht mit Macht beiseite.

»Die beiden verstehen sich ja auch immer noch super, aber es hat nicht wirklich gepasst. Rebecca stammt aus Palermo und ist vor Heimweh nach dem Süden regelrecht gemütskrank geworden. Und nun hat man ihr eine Dozentenstelle an der Uni in Palermo angeboten. Sie ist eine sehr renommierte Psychotherapeutin und hat über die Forschungsarbeit dort auch jemand anderen kennengelernt. Egal, Luca hat, glaube ich, auch schon eine andere Freundin gehabt. Wann hast du sie denn getroffen?«

Lilly berichtete Chiara in knappen Worten von ihren Begegnungen mit Luca Danesi und seiner Frau, aber sie vermied alles, was darauf hindeuten konnte, dass dieser Mann ihr Herz im Sturm erobert hatte.

»Wahrscheinlich waren sie nach dem Scheidungstermin noch mal zusammen essen. Ich weiß von meinem Bruder, dass Rebecca bereits nach Palermo gereist ist«, erzählte Chiara, die zu Lillys großer Erleichterung offenbar nichts von ihren wahren Gefühlen gemerkt hatte.

»Komm, wir werden jetzt überall unsere Zettel hinterlassen«, schlug Lilly eifrig vor. In erster Linie, um in Lenno bekannt zu machen, dass Emma fortgelaufen war, aber auch, um das heikle Thema zu wechseln, bevor sie noch durch eine unachtsame Bemerkung verriet, wie sehr diese Neuigkeit sie innerlich aufwühlte.

In diesem Augenblick sahen Chiara und Lilly in der Ferne Antonia hektisch in einen Lieferwagen einsteigen.

»Das ist das Auto ihres Bruders. Der hat einen Hof in der Nähe von Bugiallo. Das ist ein Bergdorf ganz am Ende des Sees. Ich habe das einfache Leben dort oben in den Ferien geliebt. Sie haben Pferde, Ziegen. Komm, ich will Pietro begrüßen. Ich habe ihn Jahre nicht gesehen.«

Mit diesen Worten rannte Chiara los. Lilly konnte ihr nur mühsam folgen. Als sie den Wagen fast erreicht hatten, steckte Pietro seinen Kopf aus dem Fenster und ein Strahlen ging über sein mit tiefen Falten durchzogenes, sonnengebräuntes Gesicht. Doch statt zu warten, bis Chiara ihn begrüßen konnte, verschwand sein Schädel im Inneren des Wagens und er fuhr los.

»Was war das denn?«, fragte Lilly erstaunt.

Chiara zuckte nur mit den Achseln. »Keine Ahnung. Vielleicht ist was auf dem Hof passiert, denn soweit ich weiß, ist heute nicht Antonias freier Tag.«

In dem Moment hatte Lilly das merkwürdige Gefühl, dass Emma ganz in der Nähe war, aber so intensiv sie sich auch nach allen Seiten umblickte, ihr Hund war nirgends zu sehen.

18.

Chiara und Lilly hatten den ganzen Tag mit der vergeblichen Suche nach Emma verbracht. Nun war Chiara dabei, ihre Sachen für die Abreise zu packen, während Lilly einsam auf einer Bank mit einem malerischen Ausblick, den sie aber gar nicht genießen konnte, saß und gegen die Tränen ankämpfte. Mittlerweile hatte sie große Sorge um Emma, obwohl ihr das Bauchgefühl, das sich bei ihr immer deutlicher bemerkbar machte, seit sie am Comer See war, signalisierte, dass ihr Hund nicht unter die Räder gekommen war. Im Gegenteil, sie spürte, dass es Emma gut ging und dass sie nicht freiwillig fortgelaufen war. Doch was hatte das alles zu bedeuten? Immer wieder meldete sich der Verdacht, dass Signora di Rossi ihre Hände bei Emmas Verschwinden im Spiel hatte.

Lillys Gedanken schweiften nun zu Luca Danesi und dann zu dessen Vater. Ihr wurde ganz übel bei der Vorstellung, dass er womöglich der Mann sein könnte, den sie so fieberhaft suchte. Das gibt es in schlechten Filmen, dass Frauen sich in ihren Bruder verlieben, aber nicht im wahren Leben, dachte sie grimmig und ermahnte sich, nicht hysterisch zu werden. Das Einzige, was sie wusste, war, dass Chiara Marcello Danesi zutraute, seine Frau zu betrügen. Nicht mehr und nicht weniger!

Lilly erhob sich von der Bank, um ihre Sachen ebenfalls zusammenzupacken. Sie würden am folgenden Morgen bereits um sieben Uhr in der Frühe die Villa verlassen.

Auf dem Rückweg zum Haus kam ihr ein humpelnder junger Mann entgegen. Er hatte dunkle Locken und ein markantes Gesicht. Vom Typ ähnelte er ein wenig Luca Danesi, aber seine ganze Aufmachung war eine völlig andere. Strahlte Luca etwas Vornehmes aus, wirkte dieser Mann fast wie ein Gigolo. Lilly rätselte noch, ob es an dem Gel in seinem Haar lag, an den grünlich schimmernden Gläsern seiner goldenen Sonnenbrille oder an seinem kurzen ockergelben Lederjäckchen, als er bereits auf sie zusteuerte und die Brille abnahm. Er hat schöne hellbraune Augen, schoss es Lilly durch den Kopf und sie ahnte bereits, wer er war, denn er sah seinem Vater nicht unähnlich. Außerdem verriet ihn sein Humpeln.

»Wie schön, Sie endlich auf normalem Weg zu treffen. Sorry, dass ich Sie bei unserer ersten Begegnung mit meiner Ducati touchiert habe.«

Lilly musste unwillkürlich lächeln, weil er sie offenbar wiedererkannt hatte. Sie hätte ihn im Leben nicht beschreiben können. Kein Wunder in einer Motorradkluft.

»Ich bin froh, dass Ihnen nicht mehr passiert ist«, seufzte Lilly. »Und danke, dass Sie meinem Hund ausgewichen sind. Wenn nicht ...« Lilly brach ab und schluckte.

Er blickte suchend um sich. »Wo ist denn Ihr schöner Hund eigentlich?«

Es hätte nicht viel gefehlt und Lilly hätte losgeheult, aber sie schaffte es, die Tränen zurückzuhalten.

»Sie ist heute Morgen verschwunden.«

»Verschwunden? Aber unser Anwesen ist besser gesichert als Fort Knox. Da kann kein Hund einfach verschwinden. Es sei denn, er ist auf die andere Seite geschwommen. Haben Sie denn schon alles durchsucht?«

Lilly nickte schwach. »Ich bin mit Chiara sogar bis nach Lenno gegangen, wo wir überall Zettel ausgehängt haben.«

»Machen Sie sich keine Sorgen. Er kommt bestimmt zurück. Ich bin sicher, er amüsiert sich in unseren Gärten prächtig. Ich heiße übrigens Matteo.« Er reichte ihr die Hand. Sein Lächeln war umwerfend, wie Lilly feststellen musste. Obwohl auch er eine sehr angenehme Stimme besaß, löste sie bei Lilly nicht im Entferntesten ein solches Erdbeben aus wie die von Luca Danesi. Seit er seine Sonnenbrille abgesetzt hatte, war er ihr zumindest sehr sympathisch. Sie nahm seine Hand.

»Ich bin Lilly Haas aus Hamburg.«

Matteo hielt ihre Hand länger fest als nötig. Da fiel ihr ein, was Luigi über ihn gesagt hatte. Dass er einer der begehrtesten Junggesellen der Lombardei wäre …

»Tja, dann muss ich Sie wohl heute Abend zur Ablenkung ins Al Veluu einladen. Das ist ein magischer Ort mit einer hervorragenden Küche.« Matteo sah ihr tief in die Augen.

»Ich kenne das Al Veluu«, entgegnete Lilly kühler als beabsichtigt, denn in diesem Augenblick ahnte sie, was ihn komplett von Luca unterschied. Bei ihm wirkte der Charme routiniert und eingespielt, so als ob er sich bewusst darüber war, wie er auf Frauen wirkte und diese Karte auch voll ausreizte.

Enttäuschung machte sich in Matteos Miene breit. »Sie waren schon da oben? Mit wem? Wer ist mir zuvorgekommen?«

Lilly war nicht gewillt, ihm die Namen der Herren zu nennen, zumal ihr die ganze Geschichte auf dem Berg immer noch äußerst peinlich war.

»Es war lecker und ich würde es glatt wiederholen. Aber können Sie denn mit Ihrem Fuß überhaupt fahren?«, wich sie aus.

»Und ob. Das ist mein Gasfuß!«, lachte er. »Nur lassen Sie es meinen Vater nicht wissen. Der behauptet, ich gehöre noch ins Bett.«

»Allein, meint er sicherlich«, entgegnete sie in gespielt strengem Ton. »Und ich finde, Sie sollten auf ihn hören. Lassen Sie es uns verschieben. Ab morgen bin ich in der Albergho Lenno.«

Er blickte sie erstaunt an. »Soweit ich informiert bin, hat mein gestrenger Vater Ihnen mindestens noch drei Tage in seinem Privatsanatorium verordnet.«

»Das hat er wohl, aber er hat das offenbar nicht mit Ihrer Mutter abgesprochen. Die möchte mich lieber gestern als morgen loswerden.«

Er grinste breit. »In dem Punkt hat meine Mutter eine Schraube locker ...« Dass er Letzteres gemeint hatte, reimte sich Lilly nur zusammen, denn Matteo sprach ziemlich schnell italienisch, aber er hatte sich demonstrativ gegen die Stirn getippt.

»Wollen wir lieber englisch sprechen? Sie haben ein Tempo, dem ich nicht folgen kann«, bat Lilly ihn.

»Sie sprechen aber toll italienisch, als wenn das Ihre Muttersprache wäre«, widersprach er ihr in gutem Englisch. »Jedenfalls hat meine liebe Mama ein Problem mit blonden jungen Frauen. Ich hatte ja schon gelegentlich das Vergnügen, dass mich eine blonde Lady in meiner Wohnung besucht hat. Wenn die Damen unterwegs meiner Frau Mama begegneten, musste ich wirklich allen Charme aufbringen, damit sie nicht auf der Stelle das Weite suchten. Also ignorieren Sie das einfach und hören Sie auf Ihren Arzt und bleiben Sie noch ein paar Tage. Und wenn Sie nicht auf den alten Doc hören, dann tun Sie es dem jungen Dottore zuliebe.«

Matteo strahlte sie an.

»Sie meinen jetzt aber nicht sich, oder?« Lilly konnte sich beim besten Willen nicht vorstellen, dass dieser zugegebenermaßen reizende Playboy-Verschnitt ein Studium abgeschlossen hatte.

»Jetzt beleidigen Sie mich aber. Sie gucken so skeptisch aus der Wäsche, als würden Sie daran zweifeln, dass ich überhaupt einer Arbeit nachgehe.«

»Seien Sie nicht böse. Sie machen eher den Eindruck eines Lebenskünstlers«, versuchte Lilly sich herauszureden.

»Das schließt sich doch nicht aus. Sie werden es nicht glauben, ich habe es immerhin zum Assistenzarzt gebracht. Und natürlich bin ich in die Fußstapfen meines Vaters getreten, was die

Neurologie betrifft. Schließlich soll ich den Laden ja später mal übernehmen.«

Lilly stieß einen anerkennenden Pfiff aus. »Es befand sich aber nicht immer eine Privatklinik an diesem wunderschönen Ort, oder? Ich erinnere mich, etwas in der Art aufgeschnappt zu haben.«

»Nein, die Klinik ist das Lebenswerk meines Vaters. Er fand, dass das Anwesen zu groß wäre, um es privat zu nutzen. Das war nach dem Tod von Mutters Eltern. Ihre Familie hat hier seit Generationen gelebt und hauptsächlich Kunst gesammelt. Was meinen Sie, was die alles unternommen haben, um die Hochzeit meiner Eltern zu verhindern, weil mein Vater nicht standesgemäß war.«

»Was ist denn das für ein Dünkel? Ihr Vater ist doch ein erfolgreicher Arzt.«

»Tja, aber er kommt von dort!« Matteo deutete gen Norden. »Er war das Kind ganz armer Bauern und hat sich aus eigener Kraft die höhere Schule verdient und das Studium. Meinem Großvater hingegen gehörten jede Menge Häuser und Villen in der Gegend. Die wurden auf Wunsch meines Vaters später verkauft, um die Klinik einrichten zu lassen. Aber erst nachdem meine Großeltern mit ihrem neuen Wagen tödlich verunglückt waren. Die hätten das nie geduldet. Die hätten auch noch andere Geschütze gegen meinen Vater als Schwiegersohn aufgefahren, wenn meine Eltern nicht bereits im Wald der hundert Kinder aktiv gewesen wären.«

»Was ist das denn?«

Er lachte aus voller Kehle. »Das ist der Wald, der auf der oberen Seite unseres Anwesens beginnt und sich am See lang erstreckt und bis Lenno führt. Dort, wo wir zusammengerasselt sind. Böse Zungen behaupten, dort wurden alle Kinder von Lenno bis Tremezzo gezeugt. Ich gehöre dazu. Schlimmer als die Hochzeit mit einem armen angehenden Mediziner, der nachts in den Bars kellnert, wäre für meine Großeltern ein uneheliches Kind eines armen angehenden Mediziners gewesen. Meine Großmutter wurde in späteren Lebensjahren krankhaft katholisch. Deshalb war es ja praktisch, dass wir eine eigene Kapelle auf dem Anwesen haben. In dem Punkt kommt meine Mutter leider ein wenig nach ihrer Mutter und wird meinem Vater wohl nie verzeihen, dass er die Kapelle seinen Patienten zugänglich gemacht hat.«

Je länger sich Lilly mit Matteo unterhielt, desto sympathischer wurde er ihr. Vielleicht war er gar nicht so ein oberflächlicher Schönling, wie sie anfangs vermutet hatte.

»Ich habe eine geniale Idee«, bemerkte er plötzlich. »Sie ziehen noch heute um, und zwar in mein Domizil. Dort kann mein Vater Sie auch betreuen. Und meine Mutter meidet das Terrain aus lauter Angst, ich könnte mich dort von hemmungslosen Blondinen verführen lassen.«

»Sie sind unmöglich«, seufzte Lilly. Natürlich war es sehr reizvoll, in diesem Paradies zu bleiben, ohne der Dame des Hauses zu begegnen, aber ihr stand nicht der Sinn danach, sich vom jungen Doc flachlegen zu lassen, weil ihr Herz für Luca schlug, und das fern jeglicher schwesterlichen Gefühle. Sie wollte sein Angebot gerade ablehnen, da erklärte er ihr ausgesprochen charmant, dass sie gar keine andere Wahl hätte, weil Emma sie sonst nicht finden würde, wenn sie zurückkehre.

Er hatte recht. Wenn Emma sich in den Weiten des Waldes verirrt hatte, würde sie natürlich versuchen, zurückzufinden.

»Okay, ich ziehe um, aber halt, da gibt es noch ein Problem. Donnerstag kommt meine Freundin aus Deutschland. Jemand muss sie abholen, da ich Ihrem Vater versprochen habe, mich noch zu schonen. Ich habe ihr ja noch nicht mal mitgeteilt, dass sie auf eigene Faust herkommen muss, weil mir auf der Hinfahrt mein Handy geklaut worden ist.«

»Ich habe auch zwei Gästezimmer, wenn ich auf die Couch

in meinem Wohnraum ziehe. Und ich kümmere mich darum, dass Ihre Freundin abgeholt und zur richtigen Adresse gebracht wird.«

»Das würden Sie tun?«

»Das ist doch das Mindeste, was ich zur Wiedergutmachung für den Unfall beitragen kann«, lachte er. »Kommen Sie, ich begleite Sie in die Höhle der Löwin.«

Lilly konnte nicht leugnen, dass ihr seine Gesellschaft gute Laune machte.

Gemeinsam schlenderten sie nach oben über die wunderschön angelegten Terrassen, während Matteo sich als Fremdenführer betätigte. Er erklärte ihr, dass die Villa auf der Halbinsel Lavedo läge und der Laubengang, den sie jetzt kreuzten, auf der einen Seite einen traumhaften Blick über die Bai von Venere besäße und auf der anderen Seite eine magische Sicht über die Bai von Diana. Er demonstrierte ihr euphorisch beide Aussichten und hatte nicht übertrieben, wie Lilly begeistert zugeben musste.

Kaum hatten sie wenig später die Eingangshalle zum Haus betreten, in der es angenehm kühl war, begegneten sie Carlotta, die sich ihrem Sohn zuwandte und Lilly komplett ignorierte.

»Es gibt heute kein Dinner. Antonia musste überraschend nach Hause reisen. Wenn du also Lebensmittel benötigst, sag bitte in der Klinik Bescheid.«

»Aber Mutter, du weißt doch, dass ich die wichtigsten Dinge wie Champagner und Hummer immer parat habe, falls ich blonden Damenbesuch bekommen sollte«, lachte er und nahm sie in den Arm. Carlottas Verhältnis zu ihrem Sohn schien wesentlich herzlicher zu sein als das zu ihrer Tochter. Ihre Miene hellte sich jedenfalls bei der zärtlichen Zuwendung ihres Sohnes auf. Ihr Gesichtsausdruck war allerdings noch weit entfernt von einem Lächeln, aber für ihre Verhältnisse lag so etwas wie Wärme in ihrem Blick.

»Was machst du überhaupt hier? Dein Vater hat mir zwar gesagt, er hätte dich aus der Klinik entlassen, aber du sollst dich noch ausruhen. Dieser dumme Hund hat dich beinahe zum Krüppel gemacht.«

Matteo zuckte zurück. »Mutter, das ist nicht nett. Mach Lilly das Herz nicht unnötig schwer!«

»Ich pack dann mal«, sagte Lilly steif und floh förmlich in das obere Stockwerk. Sie war heilfroh, dass sie diese Frau nicht mehr sehen musste. Sie konnte nur darauf hoffen, dass sie sich wirklich nicht in Matteos Revier wagte.

Auf dem Weg in ihr Zimmer traf sie Chiara. Lilly berichtete ihr, dass sie bei Matteo wohnen würde, bis Emma wieder da war.

Chiara versprach, später bei Matteo vorbeizukommen und für alle drei zu kochen. Dann klatschte sie übermütig in die Hände.

»Ich habe eine Superidee. Ich frage Luca, ob er dazukommen mag.«

Lilly war so überrascht von dem Vorschlag, dass ihr so schnell kein Argument einfiel, mit dem sie diese Einladung hätte verhindern können. Chiara hatte bereits zu ihrem Smartphone gegriffen und seine Nummer gewählt. Lilly wusste gar nicht richtig, was sie nun wünschen sollte. Natürlich brannte sie darauf, ihn wiederzusehen, jetzt, da sie wusste, dass er nicht mehr verheiratet war, aber das bedeutete ja noch lange nicht, dass er ihre Gefühle wirklich erwiderte.

Offenbar war er spontan bereit, die Einladung anzunehmen. Das konnte Lilly jedenfalls aus Chiaras überschwänglicher Reaktion schließen. »Super, dann kommst du auf dem Rückweg aus Como vorbei und nimmst später unser Boot oder du übernachtest bei uns. Du weißt doch, meine Mutter ist ganz verliebt in dich und wird es uns nie verzeihen, dass wir nicht in unserer Kapelle geheiratet haben.« Sie kicherte laut. Das war wie ein

Stich in Lillys Herz. Sie beneidete Chiara glühend um den unbeschwerten Umgang, den sie mit Luca Danesi pflegte.

Chiara war nach dem Telefonat komplett überdreht. Sie machte keinen Hehl daraus, dass sie sich riesig freute, Luca vor ihrer Abfahrt nach Rom noch einmal zu sehen. »Das sollte ich auf keinen Fall Francesco beichten«, lachte sie. »Der Name Luca Danesi ist für ihn ein rotes Tuch.«

Lilly bemühte sich nach Kräften, sich nicht anmerken zu lassen, wie schmallippig sie auf Chiaras fast kindliche Freude über den Gast reagierte. Als Lilly eine Viertelstunde später mit ihren gepackten Sachen in die Lobby zurückkehrte, waren Mutter und Sohn gerade in einen heftigen Streit verwickelt und Lilly musste nicht lange rätseln, um wen und was es dabei ging. Signora di Rossi spuckte Gift und Galle, weil Matteo ihr sein Gästezimmer angeboten hatte.

»Ach ja, Mutter, bevor ich es vergesse, am Donnerstag reist noch eine Blondine an. Lillys Freundin«, sagte Matteo provozierend, woraufhin Carlotta wutschnaubend und ohne einen Gruß verschwand.

»Ich dachte, das hört mit dem Alter mal auf«, sagte Matteo kopfschüttelnd. »Ich weiß gar nicht, wie mein Vater das aushält mit dieser krankhaften Eifersucht. Wahrscheinlich inspiziert sie täglich die Krankenbetten, um die Blondinen aus der Klinik zu entfernen.«

»Und Ihr Vater lässt sich das einfach so gefallen?«, fragte Lilly.

»Ich würde sagen, es prallt an ihm ab. Er macht sein Ding. Das sehen Sie ja daran, dass er Sie im Haus hat wohnen lassen. Meine Mutter hat mir jeden Tag in den Ohren gelegen, dass er bestimmt was mit Ihnen hat.«

Lilly verdrehte genervt die Augen und ließ sich von Matteo den Koffer abnehmen. Sie hatte das dritte Haus auf dem Anwesen bereits im Vorbeigehen flüchtig gesehen, als sie heute Morgen mit Chiara durch das Haupttor nach Lenno gegangen war.

Erst beim Näherkommen erkannte sie, dass es wie ein Gewächshaus aussah. Mit Glastüren, die bis zum Boden reichten, und zwar rundherum. Im Inneren war alles aus weißem Marmor und die Inneneinrichtung bestand aus hellen Korbmöbeln. In den großen Wohnraum war eine Küche eingebaut. Der Blick war zu allen Seiten einfach atemberaubend schön.

»Das habe ich innen alles umbauen lassen«, sagte Matteo nicht ohne Stolz. »Ich stand vor der Wahl, mir was in Como zu suchen oder in der Nähe der Klinik zu bleiben. Da meine Mutter mich unbedingt in ihrer Nähe behalten wollte, hat sie schließlich zugestimmt, dass ich dieses Haus bewohnen darf, denn im Haus meiner Eltern hätte ich mich nicht wirklich wohlgefühlt.« In seinen Worten klang ein wenig Bitterkeit durch.

Ohne dass sie ihn nach dem Grund gefragt hätte, sprach er über die Atmosphäre in seinem Elternhaus. »Mein Vater lebt für die Arbeit. Der könnte auch in der Klinik wohnen. Und wenn wir mal etwas zu besprechen haben, kommt er lieber auf meine Terrasse, denn meine Eltern haben keinen rechten Draht zueinander. Nicht mehr auf jeden Fall. In einem Punkt hat meine Mutter auch recht. Mein Vater wird von seinen Patientinnen regelrecht angeschwärmt. Aber ich kann mir nicht vorstellen, dass er sie wirklich betrügt. Wissen kann man das natürlich nicht. Und meine Mutter wird immer rigoroser und verbitterter. Ich meine, sie hat nie viel gelacht, aber heutzutage würde ich behaupten, sie gehört zu den Frauen, die zum Lachen in den Keller gehen. Obwohl sie doch überhaupt keinen Grund zur Klage hätte. Ihr gehört alles, was du hier siehst. Mein Großvater hat meine Mutter damals gezwungen, einen Ehevertrag zu unterzeichnen. Nicht mal die Klinik gehört meinem Vater. Aber wenn Großvater wüsste, dass man das Valiogne-Anwesen schon lange nur noch Villa di Rossi nennt, würde er sich im Grabe umdrehen. Ach, egal, hier oben bekommt man von dem Totentanz nicht viel mit.« Er machte eine wegwerfende Handbewegung.

Lilly merkte ihm an, dass es ihm unangenehm war, derart ungeniert aus der Schule geplaudert zu haben. Das wurde ganz deutlich, als er nun übergangslos fragte: »Was meinen Sie? Trinken wir einen Campari auf der Terrasse?«

»Ich weiß nicht, ob wir noch Zeit haben. Ihre Schwester hat Ihren Freund Luca zum Essen eingeladen.«

Er lachte herzlich. »Die kleine Kröte. Mit vierzehn war sie so verknallt in ihn, dass sie ständig in neuen Klamotten in mein Zimmer gestürmt ist, um ihn zu beeindrucken. Aber da waren wir bereits sechzehn und nicht interessiert an kleinen Schulmädchen.« In diesem Augenblick klingelte sein Telefon und Lilly konnte aus den Gesprächsfetzen folgern, dass die Anruferin Chiara war, die mit ihrem Bruder die Einkaufsliste für das Dinner besprechen wollte. Im Ergebnis musste sie nur ein paar Kleinigkeiten besorgen, weil Matteo offenbar eine reiche Vorratshaltung betrieb.

»Sie kommt in einer Stunde nach oben. Es wäre also noch Zeit für einen Drink, aber ich zeige Ihnen …« Er musterte sie grinsend. »Ich würde vorschlagen, wir duzen uns. Meine Schwester duzt Sie ja auch.« Lilly nickte. »Also, ich zeige dir erst mal das Zimmer.«

Über eine eiserne Wendeltreppe erreichten sie die obere Etage, die man offenbar erst später eingezogen hatte. Oben war alles sehr modern. Viel Glas, Chrom und Licht, weil die Fenster ebenfalls bis zum Boden reichten.

»Das ist mein Schlafzimmer«, erklärte er, während er ein paar Socken aufhob und sie unauffällig im angrenzenden Bad verschwinden ließ. »Und jetzt ist es deins«, fügte er hinzu. »Deine Freundin bekommt dann das Gästezimmer. Ich für meinen Teil schlafe gern unten im Salon.«

Lilly stellte ihren Koffer ab und atmete durch. Matteo hatte wirklich recht. Hier oben in seinem gläsernen Palast herrschte eine völlig andere Energie als im Haus ihrer Eltern.

»Ich lass dich jetzt allein, falls du dich frisch machen willst.«

Und ob sie das wollte, obwohl sie sich natürlich gleich auf die Schliche kam, für wen sie sich jetzt ihr schönes Sommerkleid anzog. Auch wenn Luca sie bereits in Bellas Kleid gesehen hatte, sie würde es noch einmal tragen. Und nun extra für ihn.

»Wow, Bella«, rief Matteo begeistert aus, als sie im Kleid ihrer Mutter auf die Veranda trat.

Sie setzte sich neben ihn auf das Korbsofa. Der Blick von hier oben war genauso magisch wie die anderen Aussichten über den See. Sie konnten über die ganze Bai von Venere gucken. Die Boote dort unten erschienen wie kleine weiße Farbkleckse auf leuchtendem Grün.

»Salute«, sagte Matteo und reichte Lilly einen Campari mit Orangensaft, der, von der Farbe her zu urteilen, mehr von dem roten Alkohol enthielt als Saft. Lilly prostete ihm zu und ließ erneut ihren Blick schweifen. Sie überließ sich dem Zauber dieses einzigartigen Ausblicks. Ein sanfter Wind strich über ihre Wangen. Paradiesisch, ging es Lilly durch den Kopf und sie vergaß ihre Sorgen, während ihr Blick hinauf zu den Bergen schweifte und sie dort oben auf der Spitze immer noch einen Hauch von Schnee entdeckte. Die verschiedenen Grüntöne, die auf der anderen Seeseite leuchteten, versetzten sie in eine Art Glücksrausch. Unten der See mit seinem Meeresgrün, dann das Grün einiger Villen zwischen den dunkelgrünen und fast gelblichen Zypressen, darüber dann das Schwarzgrün der Wälder. Das Bellen eines Hundes holte sie unsanft aus ihrem Tagtraum. Nein, es war heller als das von Emma, aber dieses Geräusch brachte sie auf den Boden der Tatsachen zurück. Sie konnte gar nichts dagegen tun. Ihre Augen wurden feucht bei dem Gedanken, dass Emma womöglich hilflos draußen herumstreunte auf der verzweifelten Suche nach ihr.

Plötzlich schob sich eine Hand in ihre.

»Habt ihr eigentlich schon die Polizei benachrichtigt?«, fragte Matteo mit einfühlsamer Stimme.

Lilly schüttelte den Kopf.

»Dann werde ich das mal nachholen.« Er zog sanft seine Hand zurück und ging ins Haus.

Wenn mir Luca Danesi nicht mein Herz gestohlen hätte, könnte ich mich glatt in Matteo di Rossi verlieben, hinter dessen Machofassade ja doch ein echtes Herzchen steckt, dachte Lilly.

19.

Lillys Wangen glühten, während sie mit Chiara das Essen vorbereitete. Nicht nur wegen der Hitze in der Küche. Es gab Pasta, einen Fisch mit Gemüse und ein selbst gemachtes Tiramisu, das Chiara sich aus Antonias Vorräten gemopst hatte.

Lilly nahm schon wieder einen kräftigen Schluck von dem »Kochwein«, wie die beiden Frauen ihn getauft hatten. Es war ein leichter Veltliner, den Chiara Lilly unter dem Vorwand, sie müsste unbedingt kosten, ob man ihn zum Essen servieren könnte, angeboten hatte. Die Flasche war nun fast leer. Lilly kannte den Grund, warum sie mehr trank, als sie auf nüchternen Magen vertrug. Es war ja nicht nur Lucas anstehender Besuch, der sie unter Spannung setzte, sondern auch die Frage, ob sie es wohl schaffen würde, ihre Emotionen geschickt zu verbergen. Wenn ich noch mehr trinke, bestimmt nicht, ermahnte sich Lilly.

»Noch einen kleinen Schluck?«, fragte Chiara fröhlich und goss ihr nach, ohne dass sie protestieren konnte. Während Lilly an dem Wein nippte, blickte sie nach draußen über die festlich gedeckte Tafel auf der Terrasse. Das ist ein bisschen wie in einem dieser alten italienischen Filme, dachte Lilly, nur dass die Tischdecke blütenweiß und nicht rot-weiß kariert war. Sogar ein paar Lampions hatte Matteo in das Dach aus Weinlaub gehängt. Er selbst saß verträumt in einem Korbsessel, rauchte eine Zigarette und blickte über den See.

Im Hintergrund liefen auf Chiaras Wunsch alte italienische Schlager, die sie ziemlich abgefahren fand und nach deren Melodien sie sich rhythmisch wiegte, während sie den Fisch in den Backofen schob.

Im nächsten Moment sah Lilly Luca, wie er leichtfüßig über die Terrassenstufen nach oben stieg. Er hatte einen leicht melancholischen Gesichtsausdruck, der Lilly wie alles an diesem Mann mitten ins Herz traf. Sie wandte sich hastig ab und eilte in die Küche zurück.

»Du kannst dich eigentlich schon setzen«, schlug Chiara vor. »Ich serviere die Pasta, sobald Luca ...« Sie sah zur Tür, ließ die Spaghettizange fallen, die sie gerade in der Hand hielt, und stürzte sich auf den Besucher. »Der Mann meiner Träume«, jauchzte sie und war Luca bereits um den Hals gefallen.

Er wirbelte die zierliche Chiara ein paar Mal in der Luft herum. »Du bist ja noch hübscher geworden. Wie konnte ich es nur je übersehen, aber dein Bruder hat mich schon gewarnt, du hast einen Freund. Wir zwei Königskinder.« Er hatte sie wieder auf dem Boden gestellt und küsste sie nun auf beide Wangen.

Dann sah er Lilly und seine Miene wurde sofort ernster. Wenn er mich sieht, vergeht ihm das Lachen, das ist doch mal ein Kompliment, durchzuckte es Lilly. Luca löste die Umarmung mit Chiara und trat auf sie zu.

»Signorina Haas, was für eine Überraschung, Sie hier zu sehen. Ich vermutete, Sie seien längst abgereist.«

»Genau das hatte ich auch vor. Signore Georgio wollte mich schon seiner Familie in Mailand vorstellen, aber leider hatte ich dann einen kleinen Unfall«, entgegnete sie spitz. Sie hätte sich ohrfeigen können für ihren verunglückten Scherz, aber er musterte sie schon wieder so provozierend wie bei ihrer Begegnung im Al Veluu.

»Tut mir leid, ich hatte kein Recht, Ihnen den Abend zu verderben«, erklärte er mit ehrlichem Bedauern.

»Können wir das Thema wechseln?«, zischte sie und sah aus

dem Augenwinkel, wie Chiara und Matteo in der Verandatür standen und ihrem Geplänkel amüsiert folgten.

»Also, was hat Sie am Comer See gehalten?«, hakte Luca nach.

In diesem Moment trat Matteo auf Lilly zu und legte vertrauensvoll den Arm um sie. »Das hat die Signorina mir zu verdanken. Ich habe sie mit meiner Ducati touchiert.«

»Aber nur, weil er meinem Hund ausweichen wollte«, erwiderte Lilly, während sie hoffte, Matteo würde seinen Arm wegnehmen. Sonst würde Luca Danesi womöglich noch vermuten, sie hätte schon wieder einen neuen Kerl aufgerissen.

Luca Danesi blickte lächelnd von Matteo zu ihr. »Das nenne ich mal ein originelles Kennenlernen.«

»Na ja, kennengelernt haben wir uns eigentlich erst vorhin«, korrigierte Lilly und berichtete hastig, wie sie im Krankenhaus von Dr. di Rossi aufgewacht war und er sie noch für ein paar Tage zur Beobachtung in sein Haus eingeladen hatte.

»Zu Tisch, ihr Lieben«, zwitscherte Chiara und stellte jedem einen Teller mit leckerer Pasta hin, bevor sie noch einmal in die Küche ging und mit einem Tablett mit vier vollen Proseccogläsern zurückkehrte. »Ich erhebe das Glas auf meine alte Liebe, meinen großen Bruder und meine neue Freundin«, rief sie aus und prostete in die Runde.

Lilly spürte beim ersten Schluck, dass sie eigentlich schon genug Alkohol getrunken hatte, und nahm sich fest vor, danach nur noch zwei Gläser zu trinken. Es war schon berauschend genug, an einem lauen Spätfrühlingsabend an diesem paradiesischen Platz zu stehen. Und das in Gesellschaft von unterhaltsamen und interessanten Menschen. Normalerweise hätte sie sicher ein Foto gemacht, um es Merle zu schicken.

»Träumen Sie?«, hörte Lilly wie von ferne Lucas unvergleichliche Stimme.

Erschrocken sah sie auf. Er hielt ihr lächelnd sein Glas hin.

»Ich hatte Ihnen gerade das Du angeboten, weil wir beide, wie ich gerade höre, die Einzigen hier sind, die einander siezen.«

Lilly wurde rot. »Gern, ich bin Lilly«, sagte sie hastig.

»Und ich bin Luca«, erwiderte er und sah ihr tief in die Augen, was bei ihr einen leichten Schwindel auslöste.

Doch dann stockte ihr der Atem, denn er trat einen Schritt auf sie zu. »Ich darf doch?«, fragte er. Ohne eine Antwort abzuwarten, gab er ihr einen Kuss auf die linke und einen auf die rechte Wange. Sie blieb stocksteif stehen, sodass er erschrocken zurückwich. »Entschuldige, aber das gehört bei uns dazu.«

Bei uns auch, dachte Lilly, aber sie war sich nicht einmal sicher, ob sie überhaupt noch ein Wort herausbringen würde. Da zog Matteo sie in seine Arme. »Das haben wir vorhin versäumt.« Auch er küsste sie auf beide Wangen.

»Setzen, sonst wird das Essen kalt«, befahl Chiara und wies Luca den Sessel neben sich zu.

Lilly spürte erneut einen leichten Stich angesichts dieses unbeschwerten Umgangs der beiden miteinander. Dabei war es ganz offensichtlich, dass Chiara und Luca sich wie gute Freunde verhielten, fast wie Bruder und Schwester.

Aufmerksam beobachtete Lilly Luca aus dem Augenwinkel und versuchte, Ähnlichkeiten zwischen sich und ihm zu entdecken, aber sie fand auch nicht annähernd etwas in seinem Gesicht, das sich in ihrem widerspiegelte. Wieder ermahnte sie sich, an diesen Blödsinn keinen weiteren Gedanken zu verschwenden.

Am liebsten hätte sie nur noch Wein getrunken und gar nichts gegessen, um ihr grübelndes Hirn endlich ruhigzustellen, aber sie war so vernünftig, die Pasta zu kosten, die ganz vorzüglich war. Mit einem Ohr hörte sie Chiaras sprudelnden Worten zu.

»Weißt du noch, wie ihr bei euch im Haus die Poolparty gegeben habt?«, fragte Chiara auch schon leicht betrunken.

»Wir haben früher oft Poolpartys gegeben«, erwiderte Luca grinsend.

»Aber bei dieser hast du mir gesagt, dass du meinen Badeanzug hübsch findest. Das habe ich als Liebeserklärung aufgefasst und bin dir den ganzen Abend nicht von deiner Seite gewichen, doch dann hast du mir zum ersten Mal das Herz gebrochen ...«

»Ach, meine Kleine, ich bin untröstlich, wenn ich gewusst hätte, dass du für mich schwärmst, dann hätte ich jeglicher Versuchung widerstanden und auf dich gewartet, bis du erwachsen bist«, lachte er.

Lilly gefiel sein heiseres herzliches Lachen mindestens genauso gut wie sein bisweilen ernster und prüfender Blick.

Nun mischte sich Matteo in das nostalgische Geplänkel der beiden ein. »Bevor ihr jetzt eure gesamte Geschichte der verpassten Chancen durchhechelt, muss ich Luca fragen, ob er zufällig etwas von einem herrenlosen Hund gehört hat.«

Luca schüttelte irritiert den Kopf, dann klärte Matteo ihn auf und berichtete ihm von Emmas Verschwinden.

»Ich werde auf jeden Fall Augen und Ohren offen halten«, versprach er. »Habt ihr denn schon die Tierheime abgecheckt? Wir haben ja ein recht strenges Streunergesetz in Italien. Das heißt, die Hunde werden sofort einkassiert und in die Heime gebracht, die meistens zu wünschen übrig lassen.«

Luca sah Lilly mit ernster Miene an.

»Nein, das haben wir noch nicht versucht. Ich habe die ganze Zeit gehofft, Emma käme einfach zurück«, stöhnte sie. »Aber vielleicht rufen wir wirklich besser gleich mal an.« Sie blickte in die Runde, doch da hatte Matteo bereits eine Nummer gewählt und sprach mit der Person am anderen Ende über Emma. Seine enttäuschte Miene, als er das Gespräch beendet hatte, sprach Bände.

»Sie ist nicht dort, oder?«

»Nein, aber Giovanni, Antonias Neffe, unser Obertierschützer, informiert uns sofort, wenn Emma dort oder in einem anderen Heim auftaucht. Er ruft sämtliche Leute an, damit alle Canili am See Bescheid wissen.«

Chiara legte Lilly tröstend die Hand auf den Arm. »Du bekommst deinen Hund zurück. Das fühle ich«, erklärte sie mit Nachdruck.

Lilly nickte schwach. »Ich glaube auch fest daran, nur der Gedanke, sie könnte jetzt irgendwo draußen herumirren auf der Suche nach mir und wäre in der dunklen Nacht womöglich allein im Wald …« Weiter kam Lilly nicht, denn ihre Tränen ließen sich beim besten Willen nicht mehr zurückhalten, vor allem, weil sich ihr immer wieder Carlottas Worte, Jäger könnten Emma einfach erschießen, aufdrängten. »Entschuldigung, ich will euch auf keinen Fall die Stimmung verderben«, schluchzte sie.

»Das tust du nicht. Das verstehen wir doch, nur am Abend können wir nichts mehr tun«, seufzte Matteo. »Aber morgen werden wir bestimmt Nachricht bekommen, denn irgendwo muss der Hund ja auftauchen.«

Chiara tätschelte ihr noch einmal aufmunternd die Wange, bevor sie aufstand und die Pastaschüssel abräumte. Luca eilte ihr zu Hilfe. Die gegenseitigen Neckereien der beiden drangen bis nach draußen. Lilly wollte sich über ihre Unbeschwertheit freuen, aber die Angst um ihren geliebten Hund lastete auf ihr. Sie spürte, wie sich eine Hand auf ihre legte. Matteo sah sie mit einem Blick an, der Lilly beinahe unangenehm berührte. Keine Frage, der junge Dottore di Rossi hatte Feuer gefangen, während sich ihre Gedanken allein um Emma und um Luca drehten. Vorsichtig wollte sie Matteo ihre Hand entziehen, um zu vermeiden, dass Luca diese Zärtlichkeit wahrnahm und missverstand, aber da war es bereits zu spät. In diesem Augenblick trat er mit der Fischplatte ins Freie und sein Blick blieb regelrecht an ihren Händen hängen.

Jetzt denkt er bestimmt, ich würde mit dem nächsten Italiener anbändeln, schoss es Lilly durch den Kopf, und als Matteo auch noch ihre Hand zu seinem Mund führte und einen innigen Kuss darauf drückte, stand genau das in Lucas Blick geschrieben.

Ach, soll er mich doch für einen männermordenden Vamp halten, dachte sie trotzig und schenkte Matteo ein Lächeln, während sie Luca im Auge behielt. Dessen Miene verdüsterte sich merklich, aber Lilly wollte nicht länger zulassen, dass ihr Denken von der Frage dominiert wurde, was für eine Meinung Luca wohl von ihr hatte.

Lilly bat Matteo erst nach einer Weile in charmantem Ton, ihre Hand kurz loszulassen, damit sie noch einen Schluck von dem köstlichen Wein trinken könnte. Matteo ließ sie los und Lilly setzte das Glas an, um es fast in einem Zug zu leeren. Dein Pensum ist erreicht, sagte sie sich, und als Matteo ihr nachschenkte, ich muss es ja nicht trinken. Aber sie ahnte in demselben Augenblick, dass es nicht der Abend war, an dem sie konsequent und vernünftig bleiben würde. Die Abwesenheit Emmas und zugleich die Anwesenheit Lucas brachten sie völlig aus ihrem inneren Gleichgewicht. Wenn ich doch wenigstens etwas entdecken würde, was mir nicht an Luca Danesi gefällt, dachte sie fast trotzig und musterte ihn prüfend. Er hatte sich jetzt ganz Chiara zugewandt. Die beiden waren in ein angeregtes Gespräch vertieft. Aber so verbissen Lilly auch nach dem Haar in der Suppe suchte, es gab nichts an ihm, das geeignet wäre, ihre Gefühle für ihn zu zerstören. Im Gegenteil, sein Profil mit der ausgeprägten Nase, seine vereinzelten grauen Strähnen an den Schläfen und seine tiefe Stimme ließen Lilly alles andere als kalt. Die ausgeprägte Nase, durchfuhr es sie wie ein Blitz. Dass sie da nicht sofort darauf gekommen war! Die Nase entsprach der des Mannes vom Foto. Lucas Nase war zwar nicht ganz so riesig wie die seines Vaters, aber die Form stimmte exakt. Der Schock durchzuckte ihren ganzen Körper. Was, wenn Signore Danesi tatsächlich der Mann vom Foto war? Aber das hieß ja noch lange nicht, dass er auch mein Vater sein muss, versuchte Lilly, sich gut zuzureden.

Von ferne hörte sie Lucas Stimme: »Vielleicht habt ihr ja Lust, am Samstag zu einem Gartenfest nach Bellagio zu kommen. Unser Unternehmen feiert sein einhundertjähriges Bestehen, aber dieses Event ist auch für Freunde der Familie.«

»Natürlich kommen wir!«, erwiderte Matteo überschwänglich.

Lilly zuckte zusammen. Es störte sie, mit welcher Selbstverständlichkeit Matteo von »wir« sprach, sodass sie am liebsten lautstark verkündet hätte, dass es dieses »Wir« gar nicht gab. Andererseits war seine Zusage richtig, denn es gab für Lilly kaum eine unverfänglichere Gelegenheit, Marcello Danesi persönlich kennenzulernen und ihn unter die Lupe zu nehmen.

»Ach, wie schade, dass ich morgen schon fahre. Es wäre mir ein Vergnügen und eine schöne Gelegenheit, deine Mutter wiederzusehen. Sie ist so eine wunderbare Frau und immer so positiv …« Chiara unterbrach sich hastig, als ihr Bruder ihr einen mahnenden Blick zuwarf. Sie hob verteidigend die Hände. »Nein, nein, ich habe damit nichts gegen unsere Frau Mama vorbringen wollen, Bruderherz«, lachte sie.

Matteo drohte ihr scherzhaft mit dem Finger. »Das will ich auch nicht hoffen. Ich werde nie vergessen, wie du mal als Fünfjährige bei Tisch gefragt hast, warum man sich die Eltern eigentlich nicht aussuchen könnte, und du auf Mamas Nachfrage frei heraus verkündet hast, du würdest gern Signora Danesi als Mutter haben.«

»Habe ich das?«, fragte Chiara mit Unschuldsmiene.

»O ja, Mutter ist bis heute beleidigt«, erwiderte Matteo grinsend.

»Wenn ich die Wahl gehabt hätte, meine Mutter hätte ich

wohl behalten, aber euren Vater hätte ich gern genommen«, bemerkte Luca seufzend.

Lilly lief es eiskalt den Rücken hinunter. Was, wenn er gerade über ihren gemeinsamen Erzeuger redete?

»So, jetzt greift aber zu. Sonst wird der Lavarello kalt.« Chiara hob ihr Weinglas und prostete den anderen zu. »Auf den schönen Abend und darauf, dass Emma morgen unversehrt zurück ist!«

Lilly nahm ihr Glas und schenkte Chiara ein dankbares Lächeln. Auch dieses Glas leerte sie ziemlich zügig und spürte den Glimmer jetzt deutlich in jeder Pore, aber es fühlte sich gut an, ein bisschen die Kontrolle zu verlieren. Solange ich nicht anfange zu lallen, dachte sie und spürte regelrecht, wie ihre Gedanken leichter wurden und der Schatten sich verflüchtigte. Sie konzentrierte sich auf die kulinarische Köstlichkeit, die Chiara ganz ohne Rezept und Anleitung zubereitet hatte, und die göttlich schmeckte.

»Und du kannst deine Rückreise nach Rom nicht verschieben?«, erkundigte sich Luca bedauernd.

Chiara stieß einen tiefen Seufzer aus. »Nicht, ohne Gefahr zu laufen, schneller wieder Single zu werden, als ich denken kann. Francesco feiert seinen neuen Job als Redakteur, und ich habe ihm versprechen müssen, rechtzeitig zurück zu sein.«

Ein verschmitztes Grinsen umspielte Lucas Lippen. »Ja, das wäre doch eine hervorragende Gelegenheit, meinen Nebenbuhler loszuwerden. Sonst schaffen wir es nie, in diesem Leben noch zusammenzukommen«, scherzte er. »Und das wäre schade, denn du hast dich zur hervorragenden Köchin gemausert. Wenn ich da an die verkochten Pasta denke, zu denen du Rebecca und mich eingeladen hast.«

»Das war der Tag, an dem ich sie vergiften wollte, aber leider war sie zu nett«, lachte Chiara.

Ein Schatten legte sich über Lucas Miene. »Tja, nun ist sie wieder in Palermo und wird dort hoffentlich glücklich.«

»So wie ich dich kenne, hast du längst eine neue Flamme. Komm, gib es zu«, neckte Chiara ihn.

»Ich habe unter anderem eine alte Schulfreundin gedatet, aber ich glaube, sie war nur an dem Juniorchef interessiert. Sie ist gerade frisch geschieden und möchte rasch wieder als Ehefrau von … in die feine Gesellschaft aufsteigen.«

»Aha, und du möchtest nach der Scheidung eine kleine unverbindliche Affäre. Verstehe«, entgegnete Chiara verschmitzt.

»Das will ich so nicht sagen. Aber ich habe kein Interesse an Frauen, die nicht mich meinen, sondern mein Geld und die Firma meines Vaters. Ich mag eigenständige Frauen.«

»Aber Sofia ist eine Granate im Bett!«, mischte sich Matteo ein.

»Sofia Alensio?«, kreischte Chiara. »Die hat doch in der Schule ihre guten Noten nur bekommen, weil sie …« Sie machte eine Bewegung, als würde sie mit ihren Brüsten wackeln, doch bei der schmalen Chiara wirkte das ganz und gar nicht anzüglich. Sie blickte fassungslos zwischen ihrem Bruder und Luca hin und her. »Auf so was steht ihr Kerle also? Nicht zu glauben! Die ist doch schon als Schülerin jedes Jahr mit ihren Eltern in die Schweiz gefahren, um sich runderneuern zu lassen. Einmal kam sie nach den Ferien mit einer neuen Nase zurück und behauptete, sie hätte einen Unfall gehabt«, lästerte Chiara.

»Ich finde, wir lassen das Thema, Schwesterlein. Ich habe nicht von ihrer Nase geschwärmt, sondern …«, protestierte Matteo.

Chiara hielt sich übertrieben die Ohren zu. »O Gott, das will ich gar nicht wissen, welche Kunststücke sie im Bett vollbringt.« Dann wandte sie sich erneut Luca zu. »Und sonst? Keine unverbindliche Liebschaft?«

Luca schüttelte den Kopf. »Nein, ich lebe wie ein Mönch.«

»Auch keine in Sicht? Keine, die dich interessiert? Da muss ich mich ja wohl doch noch erbarmen. Es kann doch nicht sein, dass ein so toller Mann wie du keine Frau mehr findet.«

»Das habe ich nicht behauptet, meine Süße, obwohl ich sehr

gerührt wäre, wenn du dich zu meinem Wohl opfern würdest«, lachte er, dann wurde er ernst. »Also, damit du kleine Nervensäge Ruhe gibst: Es gibt eine Frau, in die ich mich quasi schockverliebt habe.«

Lillys Herz klopfte bis zum Hals. Sie ahnte, wen er meinte, aber sie konnte es kaum glauben, dass er ihre Gefühle erwiderte, obwohl der Blick, den er ihr zuwarf, ihre Vermutung bestätigte.

»Und wo ist diese Dame? Die musst du mir unbedingt vorstellen«, verlangte Matteo.

Luca lächelte geheimnisvoll. »Du weißt, mein Lieber, das birgt immer Gefahren, wenn wir beide zeitgleich ein schönes Mädchen kennenlernen. Ich werde nie vergessen, wie wir beide uns auf dem Schulhof um Lucia geprügelt haben.«

»Die dann mit Antonio abgezogen ist«, bestätigte Matteo. »Aber bei deiner Rebecca hatte ich keinen Stich.«

»Ich hoffe, du hast es gar nicht erst versucht«, erwiderte Luca mit gespielter Strenge.

Matteo rollte mit den Augen. »Nein, natürlich nicht, aber eigentlich kommen sie von selbst zu mir. Ich muss nur meinen Charme spielen lassen«, lachte er.

»Tja, damit komme ich nicht zum Ziel. Ich befürchte, die Frauen halten mich eher für abweisend. Aber ich bin ja auch ein Waisenknabe gegen dich. Außer bei Rebecca hat es mich noch nie so richtig erwischt.«

»Mach es nicht so spannend, wer ist die Glückliche?«, fragte Chiara neugierig.

»Mit meinem Outing warte ich lieber, bis ich es ihr persönlich gesagt habe. Sonst mache ich sie womöglich lächerlich oder sie erliegt dem Charme deines Bruders, bevor ich die Zähne auseinander bekomme.«

Lillys Herz klopfte so heftig, dass sie befürchtete, alle am Tisch könnten das Pochen hören. Sie hegte nicht mehr den geringsten Zweifel, dass er sie meinte, zumal sich in diesem Augenblick wie zufällig ihre Füße unter dem Tisch berührten und er seine nicht zurückzog. Ihr wurde heiß und kalt zugleich. Wie gern würde sie ihm ein Signal geben, aber sie beschloss zu warten, bis sie seinem Vater Auge in Auge gegenübergestanden hatte und ihn sicher als Bellas Lover von dem Foto identifiziert hatte.

»Dann bringe sie wenigstens zum Fest mit«, insistierte Matteo.

»Das wird sich eventuell machen lassen«, entgegnete Luca ausweichend.

Lilly war innerlich so aufgewühlt über sein Liebesgeständnis durch die Blume, dass sie erneut ein Glas Wein ansetzte und es auf Ex leerte.

»Was führt dich eigentlich an unseren schönen Comer See? Es ist ungewöhnlich, dass so hübsche junge Damen hier Urlaub machen?«, hörte sie in diesem Augenblick Luca fragen.

Diese Frage kam so unerwartet, dass ihr auf die Schnelle keine Erklärung einfiel. Statt zu antworten, blickte sie ihr Gegenüber aus glasigen Augen an.

»Ich wollte nicht indiskret sein«, erklärte er entschuldigend. »Vielleicht hast du ein Geheimnis, das uns gar nichts angeht.«

»Nicht ich habe ein Geheimnis, sondern bin einem Geheimnis auf der Spur«, entgegnete sie plötzlich mit fester Stimme.

»Das hört sich spannend an. Du bist aber nicht bei der Polizei, oder?«, versuchte Chiara zu scherzen.

»Nein, ich habe nach dem Tod meiner Mutter beim Ausräumen ihrer Wohnung erfahren, dass mein Vater nicht spur- und namenlos verschwunden ist, sondern über ein Notariat in Como an meine Mutter monatlich eine stattliche Summe über eine Stiftung gezahlt hat, damit ich seine Identität nicht herausbekomme.«

»So ein Mistkerl!«, stieß Chiara empört hervor.

»Tja, um das herauszubekommen, bin ich hier«, seufzte Lilly.

»Immerhin hat er gezahlt«, warf Matteo ein.

»Das ist ja das Perfide!«, empörte sich Luca. »Ich denke, einen erklärenden Brief hätte jedes Kind von seinem Vater erwarten dürfen. Das klingt nicht nach einem armen Schlucker, der sich nicht zu helfen wusste, sondern nach einem überlegten Unternehmen nach dem Motto: Wie stelle ich mein Gewissen ruhig und verhindere, dass ich mich dieser Verantwortung jemals stellen muss.«

Lilly nickte eifrig. »Und es ist ja nicht nur seine Rolle in diesem Spiel, sondern auch die meiner Mutter. Sie war ja offensichtlich damit einverstanden, dass er sich seine Diskretion erkauft. Sie hat von dem Geld gelebt. Mich erschüttert, dass da ein Geschäft über meinen Kopf hinweg abgeschlossen wurde, und da ich meiner Mutter nicht mehr sagen kann, wie verletzend das für mich ist, möchte ich zumindest ihn aufspüren!«

»Du darfst nicht vergessen, das hier ist eine erzkatholische Ecke. So ein Ehebruch an sich wird noch keinem zum Verhängnis, wenn er im Verborgenen bleibt, aber wenn er ans Tageslicht kommt, dann gnade ihm Gott«, gab Matteo zu bedenken.

»Lillys Vater muss doch nicht unbedingt verheiratet gewesen sein«, sagte Luca.

Matteo zuckte die Achseln. »Na ja, welcher Junggeselle macht denn so einen Aufstand um ein uneheliches Kind?«

»Vielleicht hat er ja auch erst danach geheiratet und versucht, die Sache vor seiner Familie zu verbergen«, widersprach ihm Luca.

»Wie dem auch immer sei, glaubst du wirklich, es macht dich glücklicher, wenn du diesen Mann findest?«, fragte Chiara skeptisch.

»Ich befürchte, ich habe keine andere Wahl«, seufzte Lilly und hätte, als sie in die skeptischen Mienen ihrer neuen Freunde blickte, am liebsten hinzugefügt: Zumindest, bis ich ausgeschlossen habe, dass er der Vater jenes Mannes ist, in den ich mich rasend verliebt habe! Lilly wandte den Blick erschrocken von Luca ab, als sie das Mitgefühl in seinen Augen wahrnahm. Und nicht nur das: die reine Liebe. Am liebsten wäre sie von ihrem Platz aufgesprungen, hätte sich in Lucas Arme geflüchtet und ihm verraten, was ihr gerade die allergrößte Angst bereitete.

Nun bot Chiara den Gästen an, das Tiramisu zu holen, doch alle winkten ab. Keiner hatte mehr den geringsten Appetit.

»Dann würde ich mich gern zurückziehen, nachdem ich deine Küche wieder in Ordnung gebracht habe, Bruderherz«, sagte Chiara, während sie aufstand. »Mein Flieger geht schon um zehn.«

»Die Küche überlässt du uns!«, sagte Luca energisch, stand zur Bekräftigung seiner Worte auf, küsste sie und verschwand in der Küche. Auch Matteo verabschiedete sich herzlich von seiner Schwester. Zum Schluss umarmte Lilly ihre neue Freundin.

»Wir bleiben in Kontakt«, versprach Chiara. »Und ich wünsche dir, dass deine Suche für dich gut ausgeht und du keine allzu großen Enttäuschungen erleben musst, aber ganz besonders wünsche ich, dass Emma wohlbehalten zurückkommt. Ich fühle mich so schuldig, obwohl ich schwöre, dass die Zimmertür geschlossen war«, fügte sie leise hinzu.

Lilly drückte sie für ihre mitfühlenden Worte ganz fest an sich und versicherte ihr, dass sie nichts für Emmas Verschwinden könne. Sie wollte Chiara auf keinen Fall mit ihrem unguten Gefühl konfrontieren, ihre Mutter könnte heimlich die Tür geöffnet und dafür gesorgt haben, dass Emma ungehindert ins Freie gelaufen war.

Lilly und Matteo winkten Chiara hinterher, bis sie in der Dunkelheit der Nacht verschwunden war. Lilly ließ ihren Blick verträumt über den nächtlichen See schweifen und war wie immer schier verzaubert. Die Lichter der Fischerboote leuchteten wie kleine Sterne im Wasser.

»Willst du eine Jacke?«, hörte sie Matteos Stimme hinter sich. Und schon hatte er ihr sein Jackett umgelegt. Sie drehte sich hastig um. Er stand so dicht vor ihr, dass sich ihre Körper berührten.

»Ich mache jetzt die Küche. Ihr könnt gern noch ein bisschen draußen sitzen und reden«, sagte sie. In Matteos Gesichtsausdruck war die Enttäuschung zu lesen, dass sie diesen Moment so profan zerstört hatte.

Lilly ging ohne ein weiteres Wort an ihm vorbei und wollte das restliche Geschirr abräumen, aber das hatte inzwischen Luca erledigt. Er stand mit hochgekrempelten Ärmeln vor Matteos Geschirrspülmaschine und räumte eifrig Teller und Gläser ein. Er sagte kein Wort, als sie in die Küche kam. Im Gegenteil, es schien ihr, als würde er sich krampfhaft auf das Geschirr konzentrieren.

Lilly griff sich scheinbar unbeteiligt einen Lappen, um draußen den Tisch abzuwischen.

Sie fand Matteo mit einer Zigarette in der Hand vor. Er blickte sie prüfend an. »Du musst dich rechtzeitig entscheiden. Wir sind keine kleinen Jungen mehr, die sich auf dem Schulhof prügeln. Wir sind zwei erwachsene Männer, die sich nicht gegenseitig die Frauen ausspannen«, sagte er nachdenklich.

»Aber, aber wie meinst du das? Ich habe doch gar nichts getan, um euch gegeneinander aufzustacheln«, murmelte Lilly und hatte trotzdem ein schlechtes Gewissen, weil vor ihrem inneren Auge sofort wieder das Bild der Prügelei im Al Veluu auftauchte.

»Lilly, wir kennen uns erst seit heute, aber du bist mir seltsam vertraut. Darum mach mir nichts vor. Bitte! Du bist total in Luca verknallt, oder?«

»Ich? Nein, wieso? Ich kenne ihn doch gar nicht näher«, stammelte Lilly.

»Trotzdem bist du die Unbekannte, von der er vorhin erzählt hat. Geh zu ihm, zeig ihm, dass du seine Gefühle erwiderst. Mein Freund ist tatsächlich manchmal erstaunlich schüchtern dafür, dass ihm die Frauen zu Füßen liegen«, stöhnte Matteo.

»Was ist das für ein Unsinn«, zischte Lilly und warf wütend den Lappen auf den Tisch. Auf keinen Fall würde sie zu ihren Gefühlen stehen, solange die konkrete Gefahr bestand, dass sie diese ihrem Halbbruder gegenüber hegte. Eigentlich wollte sie nur noch weg von den beiden Traummännern, aber wohin? Zu Emma, dachte sie in ihrem Rausch, ich will zu Emma! Ohne nachzudenken stolperte sie in den dunklen Garten hinaus.

20.

Lilly irrte ziellos durch die Laubengänge, über die Terrassen, schlich an der Villa der di Rossis vorbei und hörte den Kies unter ihren Füßen knirschen. Sie ärgerte sich maßlos über ihr albernes Verhalten. Wegzurennen wie ein trotziges Kind war wirklich keine Lösung. Vor allem war das so untypisch für sie. Lilly kannte sich selbst nicht wieder. Wie sollte sie das nur Matteo erklären? Er würde das doch mit Sicherheit als ein Geständnis werten, dass sie sich in seinen Freund verknallt hatte. Aber das würde sie nicht mal unter der Folter zugeben. Jedenfalls nicht, bevor geklärt war, in welchem Verhältnis Bella zu Marcello Danesi gestanden hatte.

Sie wusste, dass sie früher oder später in Matteos Haus zurückkehren musste, denn sie konnte sich weder in die Klinik einschleichen noch in ihr Gästezimmer bei Signora Carlotta flüchten oder auf einer Bank übernachten. Sie war jetzt fast unten beim Steg angekommen, als jemand ihren Namen rief: »Signorina Haas?«

Lilly fuhr erschrocken herum. Es war der Dottore, der da im Lichtkegel einer der Laternen, die den Weg zum Klinikeingang säumten, stand und winkte. Sie drehte sich um und näherte sich ihm zögernd.

»Ich habe gehört, Sie sind zu meinem Sohn gezogen?«, fragte er lauernd.

»Ja, er hat mich heute eingeladen und bevor Emma wieder aufgetaucht ist, würde ich ungern nach Lenno ziehen.«

Dr. di Rossi musterte sie prüfend. »Sie sollten aber schon wissen, dass mein Sohn, der Obercharmeur, einer hübschen jungen Dame so etwas nie ohne Hintergedanken anbietet!«

Lilly stutzte. Schon wieder versuchte jemand, sie wohlmeinend davor zu warnen, einem Gigolo in die Hände zu fallen, der ihr das Herz brach.

»Dottore di Rossi, das ist wirklich rührend von Ihnen, dass Sie mich über Ihren Sohn aufklären, aber ich bin erwachsen und bin es ziemlich leid, dass hier jeder zu denken scheint, ich wäre entweder eine Versuchung für ältere Herren oder müsste vor attraktiven jungen Männern beschützt werden.«

Der Dottore warf ihr einen gequälten Blick zu. »Ach, Signorina Haas, ich will doch nur Ihr Bestes.«

Lilly musterte ihn abschätzend. »Ach ja? Und warum haben Sie mir verschwiegen, dass der Mann, der mit meiner Mutter auf dem Foto so inbrünstig knutscht, Ihr Freund Marcello Danesi ist?«

»Aber wie, wie kommen Sie denn darauf? Wenn, wenn ich ihn erkannt hätte, ich hätte es Ihnen doch gesagt«, stammelte der Dottore.

»Sie sind ein schlechter Lügner, Dottore di Rossi. Wer weiß, vielleicht war das Ganze ja eine Orgie, bei der auch Sie mit meiner Mutter gevögelt haben und Ihr sauberer Freund und Sie gar nicht wissen können, wer mein Vater ist!«, zischte Lilly.

Dr. di Rossi wurde kalkweiß, was im Schein der Laterne gespenstisch wirkte. »Signorina Haas, ich verstehe ja, dass Sie aufgebracht sind, aber ich schwöre bei allem, was mir heilig ist, ich habe nie im Leben eine Orgie mitgemacht. Was nicht bedeutet, dass ich dieses moralisch ablehne. Nur bin ich anders gestrickt. Wenn ich meine Frau betrogen hätte, dann nur mit einer Frau, in die ich mich ernsthaft verliebt hätte!«

»Und? Waren Sie in Bella unsterblich verliebt?«

»Nein, war ich nicht!«

»Oh, da kommen wir der Sache ja schon näher. Dann geben

Sie also zu, dass Sie meine Mutter sehr wohl kennen und dass Sie verheiratet waren, als Sie sich dann höchstwahrscheinlich mit der Freundin meiner Mutter amüsiert haben! Aber Sie hatten immerhin das Glück, die Dame nicht zu schwängern!«

Der Dottore war jetzt ganz grau im Gesicht geworden. Wenn Lilly nicht so wütend auf ihn wäre, hätte er ihr fast leidtun können, zumal sie ihm seine Worte ja sogar abnahm. Er machte auf sie den Eindruck eines Mannes, der leidenschaftlich lieben konnte und nicht für flüchtige Abenteuer zu haben war.

»Bitte denken Sie nicht falsch von mir. Signorina Haas. Lilly, ich ...«

»Riccardo, wo bleibst du denn?«, unterbrach ihn eine herrische Stimme und wie aus dem Nichts tauchte Carlotta auf, kam herbeigerauscht und hakte sich besitzergreifend bei ihrem Mann unter.

»Störe ich?«, fragte sie provozierend.

»Nein, gar nicht. Ich habe Signorina Haas nur gefragt, ob ihr Hund wieder aufgetaucht ist!«

»Nein, ist er nicht!«, zischte Lilly und drehte sich grußlos auf dem Absatz um, obwohl sie bei seinen Worten ziemlich weiche Knie bekommen hatte. Dass der Dottore sie vor einer Beziehung mit Matteo warnte, weil er selbst etwas von ihr wollte, hielt sie mittlerweile für ausgeschlossen. Und was hatte er ihr eben noch sagen wollen, als er sie sogar mit ihrem Vornamen angeredet hatte, bevor die Signora dazwischengegangen war? Das hatte sich für sie tatsächlich wie ein versuchtes Geständnis angefühlt. Und wie kam sie dazu, ihm eine Orgie zu unterstellen? Sie konnte sich nicht helfen, das passte nicht zu dem feinsinnigen Dottore. Wahrscheinlich wollte er ihr nur die schnöde Wahrheit ersparen, dass Bella sich ganz profan von einem italienischen Gigolo hatte schwängern lassen. Vielleicht kämpfte er mit seinem schlechten Gewissen, weil er ihre Beweisfotos hatte verschwinden lassen, aus lauter Angst, Carlotta könnte dahinterkommen, dass Marcello und er sich mit den zwei deutschen Frauen auf der Durchreise amüsiert hatten.

Ich sollte endlich mit diesen Spekulationen aufhören und Fakten schaffen!, ermahnte sich Lilly streng, während sie an eine der steinernen Balustraden trat und ihren Blick über den nächtlichen See schweifen ließ. Sie fühlte sich mit einem Mal wieder völlig nüchtern. Am liebsten wäre sie geflüchtet, aber ohne Emma würde sie sich nicht vom Fleck rühren. Doch wenn sie schon gezwungen war zu bleiben, dann wollte sie die ganze Wahrheit erfahren, auch auf die Gefahr hin, dass sie den Herren echte Scherereien machte. Sie hatte keinen Grund, Rücksicht zu nehmen. Außer dass sie Dr. di Rossi zu Dank verpflichtet war, dass er sie so gut und kostenlos behandelt hatte.

Mit gemischten Gefühlen kehrte sie zur Terrasse zurück. Die beiden Freunde saßen am Tisch und waren in ein angeregtes Gespräch vertieft. Am liebsten hätte sie sich unbemerkt an ihnen vorbeigeschlichen, aber sie sprangen beide gleichzeitig von ihren Stühlen auf, als Lilly leise die Terrasse betrat.

»Wo bist du denn gewesen?«, fragte Matteo vorwurfsvoll.

»Ein bisschen spazieren«, erwiderte sie schwach.

»Dann setz dich doch noch einen Augenblick zu uns. Ich bin auch gleich weg«, sagte Luca.

»Nein, ich muss dringend ins Bett. Ich habe zu viel getrunken. Dann komm gut nach Hause«, verabschiedete sie sich steif von Luca und ignorierte seinen Versuch, sie in den Arm zu nehmen.

»Ich freue mich, dass du mit zu unserem Fest kommst.« Luca sah ihr tief in die Augen, aber Lilly kämpfte gegen ihre Gefühle an und wandte sich hastig ab.

»Gute Nacht!«, sagte sie und ging eilig ins Haus.

Sie lag in dieser Nacht noch lange wach, hörte das Zirpen der Grillen und die murmelnden Männerstimmen und nahm sich fest vor, das ganze Unternehmen sachlich anzugehen und sich nicht von hanebüchenen Vermutungen und störenden Emotionen leiten zu lassen. Erst einmal würde sie Marcello Danesi unter die Lupe nehmen. Die Reaktion di Rossis hatte sie leider in ihrem Verdacht bestätigt, dass Signore Danesi sehr wohl der Mann vom Foto war. Lilly fasste den Entschluss, bei dem Fest eine Gelegenheit zu finden, Signore Danesi mit seiner Bekanntschaft zu Isabell vor über dreißig Jahren zu konfrontieren. Und so lange würde sie keinen romantischen Gedanken mehr an Luca Danesi verschwenden!

Als ihr kurz vor dem Einschlafen trotz aller Vorsätze sein Gesicht vor ihrem inneren Auge erschien, wollte sie es verscheuchen, aber es half alles nichts. Sie schlief mit dem Bild seiner braunen Augen und dem Klang seiner Stimme ein.

Zweiter Teil

21.

Carlotta di Rossi warf sich stöhnend in ihrem Bett hin und her. Immer wieder kam ihr das Bild in den Sinn, wie sie Riccardo vorhin mit der jungen Deutschen erwischt hatte. Natürlich ärgerte sie sich darüber, dass sie ihn wie einen Hund zu sich gerufen hatte, aber sie konnte nicht anders. Ihr Mann war der Letzte, der ihr das vorwerfen durfte. Und genau das hatte er getan. Er hatte wortwörtlich gesagt: »Ich bin nicht dein Schoßhund. Apropos Hund, hast du was mit dem Verschwinden des Hundes von Signorina Haas zu tun? Ist doch merkwürdig, dass er unserer Tochter aus dem geschlossenen Zimmer fortgelaufen ist, oder?«

Carlotta hatte vehement geleugnet, dass sie etwas damit zu schaffen hatte. Im Gegenteil, sie hatte den Spieß umgedreht und ihm Verfolgungswahn unterstellt. Sie war im Nachhinein auch nicht besonders stolz darauf, dass sie den Köter spontan hatte fortbringen lassen, zumal sie damit ihr Ziel, dass diese Deutsche endlich verschwand, nicht erreicht hatte. Nun hatte sich diese Signorina häuslich bei Matteo eingerichtet und würde früher oder später eine seiner zahllosen Geliebten werden. Und Riccardo würde sie dann aus der Ferne anschmachten. Carlotta konnte zwar überhaupt nicht verstehen, wie Menschen ihr Herz an solche schmutzigen und unterwürfigen Kreaturen hängten, aber es verschaffte ihr trotzdem eine gewisse Genugtuung, dass die Deutsche offenbar sehr unter dem Verlust ihres Hundes litt. Und es lag allein in der Verantwortung der jungen Frau, ob sie ihren Köter wiederbekam oder nicht. Solange sie in der Villa di

Rossi für Unfrieden sorgte, würde sie ihn jedenfalls nicht wiederbekommen. Vielleicht, wenn sie im Begriff stand, Lenno auf Nimmerwiedersehen zu verlassen.

Natürlich wusste sie, dass die Frau ihr persönlich gar nichts getan hatte, ja, sie unterstellte ihr nicht einmal ernsthaft, dass sie es auf ihren Mann abgesehen hatte, aber es genügte Carlotta die Gewissheit, dass sich Riccardo insgeheim nach ihr verzehrte, um diese junge Deutsche abgrundtief zu hassen. Sie war genauso eine billige Schlampe wie … und sie erinnerte sie wie keine andere der Blondinen zuvor so schmerzhaft an dieses Weib …

Carlotta setzte sich mit einem Ruck auf. Der Gedanke an die alte Geschichte war so widerlich, dass sie ihn nicht ertragen konnte, ohne in ihren Nachttisch zu greifen und eine Flasche mit Campari hervorzuholen. Sie trank ihn vorzugsweise pur, weil sie gerade den bitteren Geschmack mochte, und gern aus der Flasche. Letzteres jedenfalls nachts, wenn sie allein war. Schon seit vielen Jahren besaßen sie und Riccardo getrennte Schlafzimmer.

Sie verzog ein wenig das Gesicht, als sie den ersten Schluck nahm, doch dann entspannte sie sich. Seufzend ließ sie sich zurück in ihre Kissen gleiten. In diesem Zimmer hatte sie schon als Teenager geschlafen, während ihre Eltern im Haupthaus gewohnt hatten, das Riccardo zur Klinik umfunktioniert hatte. Einem Unterfangen, dem sie auch noch nach so vielen Jahren äußerst skeptisch gegenüberstand. Sie hätte viel lieber gesehen, wenn er in Como eine Klinik geleitet hätte und das schöne Haus noch bewohnbar wäre. Andererseits hatte sie ihren Mann auf diese Weise stets unter Kontrolle, auch wenn es sie zutiefst verletzte, wenn sie ihn dabei ertappte, wie er sich nach diesen Schlampen verzehrte und sie mit seinem geilen Blick auszog. Natürlich war er klug genug, keine Affären mit diesen jungen Dingern einzugehen, wusste er doch nur zu genau, was ihm drohte, würde er es noch einmal wagen, sie derart gemein zu hintergehen.

Carlotta nahm einen kräftigen Schluck aus der Flasche, um ihre angeschlagenen Nerven zu beruhigen und vielleicht noch ein wenig Schlaf zu bekommen. Doch es half nichts gegen die grausame Erinnerung an jenen Tag vor nunmehr über dreißig Jahren. Jedes noch so kleine Detail tauchte nun vor ihrem inneren Auge auf, als wäre es gestern gewesen: die überall im Haus verstreuten Kleidungsstücke, die Flaschen, die überquellenden Aschenbecher und die nackte Frau, die sich draußen in ihrem Swimmingpool mit Marcello amüsierte. Carlotta schüttelte sich vor Ekel bei dem Gedanken, wie die beiden es hemmungslos im Wasser getrieben hatten.

Beinahe hätte sie vor Schreck das schlafende Kind aus ihrem Arm fallen gelassen, aber dann hatte sie erst Matteo in sein Bettchen gebracht, um sich auf die Suche nach ihrem Mann zu machen. In dem Augenblick hatte sie sich noch an die Hoffnung geklammert, dass Riccardo seinem Freund nur das Haus für seine Schweinerei zur Verfügung gestellt hatte ...

Carlotta ballte die Fäuste, während alles wie in einem schlechten Film vor ihrem inneren Auge ablief: Mit bebenden Knien verlässt sie das Kinderzimmer und schleicht die Treppen hinunter. Im Salon sieht sie sich fassungslos um, am liebsten würde sie laut schreien, aber sie bleibt stumm, hebt einen Minifummel auf, der den Namen Kleid gar nicht verdient hat, betrachtet ihn angewidert und dann noch so ein Teil. Sie will es nicht glauben, aber es müssen zwei Frauen in ihrem Haus sein. Zwei nackte Frauen, denn sie stolpert über Slips, die so knapp sind, dass sie nur von Nutten getragen werden können. Und auch die hochhackigen Schuhe bestätigen ihren Verdacht. Marcello und Riccardo haben sich Prostituierte ins Haus geholt. Sie fühlen sich sicher, denn sie glauben, dass ihre Frauen mit ihren Kleinkindern erst in einem Monat aus der Sommerfrische in San Remo zurückkehren. So war es geplant, doch dann ist Carlotta auf die Idee gekommen, Riccardo diesen Sonntag an seinem Geburtstag zu überraschen. Sie hat ihm in San Remo eine sündhaft teure Uhr gekauft. Wie betäubt sammelt sie die Kleidungsstücke der Schlampen zusammen und tritt wie eine Rachegöttin auf die Terrasse hinaus. Sie wird die schreckensweiten Augen der Blondgelockten nie vergessen. Marcello bemerkt sie erst, als seine Schlampe einen spitzen Schrei ausstößt. Da dreht er sich um und schubst die Frau von sich. Sie geht im Wasser unter und taucht erst Sekunden später wieder auf. Jetzt sieht sie aus wie ein nasser Pudel. Carlotta nähert sich dem Pool und wirft den ganzen Plunder hinein. Die Frau schwimmt panisch zur Treppe und steigt aus dem Pool. Wie eine Venus, denkt Carlotta, spielt mit dem Gedanken, die Schlampe zu verprügeln, aber sie hat mit Marcello gevögelt, nicht mit ihrem Mann.

»Es ist anders, es ist ganz anders als du, du denkst«, stammelt Marcello, der sich wie ein nasser Sack an den Beckenrand klammert und eine jämmerliche Figur abgibt. Sie nähert sich ihm drohend und tritt ihm mit voller Wucht auf die Hand. Marcello schreit laut auf, aber Carlotta geht ungerührt zurück ins Haus, von der Frage getrieben: Wo ist Riccardo? Noch immer ist da ein kleiner Hoffnungsschimmer, dass er nicht zu Hause ist und die Nuttenklamotten nur der Blondgelockten gehören. Im Flur kommt ihr Antonia entgegen. Sie ist mindestens genauso erschrocken wie Carlotta. »Wo ist mein Mann?«, fragt Carlotta drohend. Antonia zuckt die Achseln. Das ist der Augenblick, in dem Carlotta zum ersten Mal an diesem verdammten Tag ihre Fassung verliert. »Wo ist er?« Sie schüttelt die Haushälterin, die sich nicht wehrt. »Warum haben Sie mich nicht angerufen? Warum haben Sie mir nicht gesagt, dass unser Haus ein Puff geworden ist?«, schreit sie wie von Sinnen. »Gehen Sie mir aus den Augen. Sie sind gekündigt!«

»Aber Signora di Rossi«, presst Antonia voller Panik hervor.

»Und kommen Sie mir nicht damit, dass Sie schon für meine Eltern gearbeitet haben. Die würden sich im Grabe umdrehen, wenn sie Sie als Puffmutter erleben müssten.« Carlottas Stimme wird so schrill, dass sie sich überschlägt. Sie packt Antonia grob am Arm. »Du sagst mir jetzt sofort, wo mein Mann ist«, zischt sie drohend, doch Antonia schweigt, während sie vor Angst zittert. »Du kannst ihn nicht vor meinem Zorn schützen!«, schreit Carlotta, lässt Antonia los und rennt gehetzt zur Treppe. Im Obergeschoss reißt sie eine Tür nach der anderen auf, fest entschlossen, ihn umzubringen, sollte sie ihn mit der anderen Nutte in ihrem Schlafzimmer finden, doch das ist leer. Die Betten sind ordentlich gemacht. Carlotta atmet erleichtert auf. Wieder ein kleiner Hoffnungsschimmer, dass Riccardo mit der Sauerei nichts zu tun hat, sondern nur mal wieder die Eskapaden seines Freundes deckt. Warum treibt das Schwein es nicht in seinem eigenen Haus, denkt sie erbost. Muss er diesen Platz derart beschmutzen! Carlotta bekommt keine Luft mehr, sie hat Panik, dass das Asthma zurück ist. Der letzte Anfall liegt Jahre zurück. Sie hat schon lange kein Spray mehr. Sie wankt zum Fenster und reißt es weit auf. Die reine Luft füllt ihre Lungen und sie kann wieder atmen. Sie nimmt ein paar tiefe Züge und versucht, sich zu beruhigen. Das Sodom und Gomorrha, das unter ihrem Dach tobt, ist ekelhaft genug, aber sie wird gleich in die Kapelle gehen, eine Kerze anzünden und so den Dreck abwaschen. Aber erst mal wird sie Marcello achtkantig aus dem Haus werfen und Riccardo den Umgang mit seinem Freund verbieten. O Gott, die arme Maria, schießt es ihr durch den Kopf. Sie darf das nicht erfahren, sie ist doch gerade wieder schwanger. Dann werden wir wohl nach außen die Fassade wahren müssen, aber ich werde Marcello jetzt auf der Stelle sagen, wie abgrundtief ich ihn verachte.

Sie will noch einen tiefen Atemzug nehmen, bevor sie das Fenster schließt und sich Marcello vornimmt. In dem Augenblick erstarrt sie …

Carlotta di Rossi rammte sich bei dieser Erinnerung mit voller Wucht ihre wohlgefeilten Fingernägel in den Oberarm und hörte erst auf, als Blut aus den Wunden trat. Sie spürte nur noch das Brennen der verletzten Haut und stieß einen Seufzer der Befriedigung aus, weil diese Selbstverletzung ihr wie immer dabei half, nicht weiterzudenken. In diesem Augenblick war es nur der Schmerz, den sie fühlte. Gebannt beobachtete sie, wie das Blut an ihrem nackten Arm entlangrann. Ein paar Tropfen waren auf der weißen Bettdecke gelandet, aber das störte die sonst penible Carlotta nicht. Sie kannte das schon und würde das Bettzeug morgen früh abziehen, bevor Antonia ihr Schlafzimmer säuberte, und es selbst in die Wäsche geben. Carlotta sprang nun mit einem Satz aus dem Bett, ging zum Spiegel und sah in ihre hassverzerrte Fratze. Wann habe ich das letzte Mal gelacht, fragte sie sich bitter. Sie konnte sich nicht daran entsinnen. Stattdessen stieg die Erinnerung an ihre erste Begegnung mit Riccardo di Rossi in ihr auf. Es war auf dem Markt gewesen, der einmal in der Woche entlang der Promenade von Lenno stattfand. Sie war dreizehn und hatte Antonia begleitet, die Gemüse kaufen wollte. Antonia war damals noch eine blutjunge Frau gewesen und suchte gern einen bestimmten Gemüsestand auf, weil der Händler ein junger Bursche war, der sie jedes Mal mit Komplimenten überhäufte, die Antonia stets erröten ließen. Carlotta wusste bis heute nicht, ob es zwischen den beiden jemals ein ernsthaftes Techtelmechtel gegeben hatte. Geheiratet hatte der schöne Lorenzo jedenfalls später eine andere, während Antonia unverheiratet geblieben war. An jenem Tag aber hatte nicht er das Gemüse verkauft, sondern ein halbwüchsiger Junge, den Carlotta auf höchstens sechzehn geschätzt hatte. Es war wie ein Blitz vom Kopf bis in die Zehen durch Carlottas Körper gefahren, als er sich Antonia zugewandt und nach deren Wünschen gefragt hatte. Sie wusste in dem Moment, dass sie diesen Burschen einmal heiraten wollte. Ihn und keinen anderen! Antonia kannte den Jungen ganz offensichtlich und auf dem Rückweg hatte sie die Haushälterin ihrer Eltern mit neugierigen Fragen nach ihm gelöchert. So hatte sie in Erfahrung gebracht, dass Riccardo di Rossi aus demselben Dorf wie Antonia stammte und eine sehr traurige Kindheit hatte. Sein Vater hatte regelmäßig das bisschen Geld, das er auf den Märkten verdient hatte, versoffen, und der Junge kümmerte sich nicht nur um seine Geschwister, weil die Mutter überfordert war, sondern verdiente sich mit allen möglichen Aushilfsjobs das Geld, um in die höhere Schule gehen zu können. Erst hatte Antonia Carlottas Fragen noch beantwortet, aber dann war ihr das Interesse des Mädchens verdächtig vorgekommen. Carlotta würde nie vergessen, wie Antonia sie ermahnt hatte, keinen weiteren Gedanken an den Jungen zu verschwenden und das bloß nicht ihren Vater hören zu lassen. Carlotta hatte es ihr versprochen, aber aus dem Kopf gegangen war er ihr nie. Fortan hatte sie Antonia jedes Mal zum Gemüsestand begleitet und sie hatte sich, nachdem ihr Riccardo einmal die Hand zur Begrüßung über den Verkaufstisch gereicht hatte, tagelang nicht mehr die Hände gewaschen. Auf einem Straßenfest hatte sie ihn dann fünf Jahre später wiedergesehen und alles drangesetzt, dass er auf sie aufmerksam wurde. Carlotta war damals eine große, schlaksige junge Frau gewesen, die sich alles andere als schön gefunden hatte, weil sie keinerlei weibliche Formen besaß. Und weil sie entsetzlich strenge Kleidung tragen musste, die ihre Mutter extra für sie schneidern ließ, seit sie nach dem Tod ihres Schwiegervaters, der sie tief getroffen hatte, nur noch für ihren Glauben lebte.

Carlotta fröstelte bei diesem Gedanken. Immer wenn sie an die Trauer der Mutter über den Tod ihres Schwiegervaters dachte, wurde ihr eiskalt und sie ahnte auch, dass es einen Grund für ihre starke körperliche Reaktion geben musste, aber er war ihr nicht klar. Sie verschränkte die Arme vor der Brust, damit es ihr wärmer wurde. Ihre Gesichtszüge waren viel weicher geworden als eben noch. Kein Wunder, wenn ich an den jungen Riccardo denke, ging es ihr durch den Kopf. Ihre Gedanken schweiften zurück zu dem Fest in Lenno.

Riccardo hatte mit ihr und nicht mit den Dorfschönheiten getanzt, obwohl er einer der umschwärmtesten jungen Burschen war. Es hatte sich längst am See herumgesprochen, dass der fleißige und kluge Bauernjunge in Mailand erfolgreich Medizin studierte. Nebenbei jobbte er unermüdlich, um sich finanzieren zu können und der Familie noch etwas zuzustecken. Es war also nicht nur seine attraktive äußere Erscheinung, die sie fasziniert hatte, sondern auch sein legendärer Ehrgeiz und sein unerschütterlicher Wille, dem Elend seiner Jugend zu entkommen. An diesem Abend war es zu einem flüchtigen Kuss gekommen, für die gläubige Carlotta einem Heiratsversprechen gleich.

So hatte sie damals allen Mut zusammengenommen und ihrem Vater erklärt, dass sie Riccardo di Rossi heiraten würde. Ihr Vater war so wütend geworden, dass er eine alte Vase, ein wertvolles Familienerbstück, auf dem Boden des großen Salons, der sich damals noch im heutigen Klinikgebäude befunden hatte, zerschmettert hatte. Und er hatte ihr verboten, den Burschen noch einmal zu treffen, und damit gedroht, er würde ihn verprügeln lassen, wenn er sich ihr in Zukunft nähern würde.

Carlotta war damals gerade achtzehn geworden und hatte die höhere Schule beendet. Sie sah nur eine einzige Möglichkeit, ihren Vater zu einer Zustimmung zu zwingen. Dazu musste sie aber Riccardo erst einmal näherkommen. Zu ihrer großen Enttäuschung erfuhr sie, dass er ein echter Frauenheld war und schon andere sich die Zähne daran ausgebissen hatten, ihn an sich zu binden. Carlotta schaffte es schließlich mit einigen Tricks, ihn zu einem Spaziergang in den Wald zu überreden, wobei jeder in Lenno wusste, was es zu bedeuten hatte, wenn ein junges Paar vertraut im dunklen Wald verschwand. So musste auch Riccardo davon ausgehen, dass sie es darauf anlegte, mit ihm Sex auf dem Waldboden zu haben, und dem war er nicht abgeneigt. Es kostete sie einige Überwindung, gegen ihre Glaubenssätze zu verstoßen, wonach Sex vor der Ehe eine Sünde war. Doch dann beging sie eine viel größere Sünde, denn sie genoss seine kundigen Hände auf ihrem Körper und ließ es zu, dass ihr brennender Unterleib nahezu explodierte. Als es vorüber und sie wieder bei Sinnen war, bekämpfte sie ihr schlechtes Gewissen mit der Hoffnung, dass ihre Sünde Folgen haben würde. Jedenfalls hatte sie sich zuvor exakt ausgerechnet, dass sie an dem Tag mit nahezu hundertprozentiger Gewissheit schwanger werden müsste. Ihr Plan ging auf, wobei sie im Nachhinein nicht mehr sagen konnte, wer geschockter war: ihre Eltern oder Riccardo. Für ihn, den mittellosen Mediziner, grenzte das an eine Katastrophe, weil er sich eine eigene Familie nicht leisten konnte, aber dann ging alles ganz schnell. Signore Valiogne, Carlottas Vater, regelte das Ganze auf seine Weise, damit es sich auf keinen Fall zu einem Skandal ausweiten konnte. Er gab grünes Licht für eine sofortige Heirat, bestand auf einem Ehevertrag, erklärte sich bereit, Geld an Riccardos Familie zu zahlen, und besorgte ihm eine Stelle an einer Klinik in Como. So wurden Carlotta und Riccardo kurz darauf getraut und acht Monate später kam Matteo auf die Welt. Diese acht Monate waren, wenn Carlotta jetzt daran dachte, die schönsten ihres Lebens, denn aus dem Don Juan von einst wurde ein zärtlicher und fürsorglicher Ehemann, der sich wie ein Verrückter auf sein Kind freute. Während der Schwangerschaft verunglückten ihre Eltern tödlich und Riccardo begann damit, seine Klinikidee zu entwickeln. Obwohl Carlotta nichts davon hielt, hatte sie zugestimmt, ja, sie hätte ihm alles gegeben … bis zu jenem Tag, den sie am liebsten aus ihrem Gedächtnis streichen würde, aber die Narben an ihren Armen zeugten davon, dass sie es niemals schaffen würde. Sie hatte ihm geschworen, dass sie in der Lage wäre, zu verzeihen, aber das war eine Lüge. Sie konnte weder verzeihen, geschweige denn vergessen. Das Einzige, was ihr gelang, war, die schlimmste aller Erinnerungen in Schach zu halten, zu verhindern, dass sie Abend für Abend mit ihr einschlafen musste, aber das funktionierte nur, wenn sie den seelischen Schmerz mit dem körperlichen Schmerz betäubte, wenn der Campari allein nicht mehr half. Carlotta wankte zurück ins Bett, aber nicht ohne sich vorher ein Nachthemd mit langen Ärmeln anzuziehen, denn manchmal kam Riccardo morgens in ihr Zimmer, um ihr eine Besorgung aufzutragen. Dabei ging es stets nur um Dinge des Alltags. Tiefsinnige Gespräche hatte es schon lange nicht mehr zwischen ihnen gegeben. Sie waren ein funktionierendes Team. Mehr nicht. Manchmal überfiel sie Panik bei dem Gedanken, Riccardo könnte eines Tages doch noch aus dem goldenen Käfig ausbrechen, aber dann tröstete sie sich mit der Klinik. Niemals würde er sein Lebenswerk für eine bloße Gefühlsduselei aufgeben. Und wenn sie ihm damals eines geschworen hatte: Sollte er sie jemals verlassen, dann würde sie ihn auf der Stelle davonjagen, nur mit dem Koffer, mit dem er einst in das Paradies eingezogen war. Und er würde Matteo niemals wiedersehen! Damit würde sie ihn heutzutage allerdings nicht mehr erpressen können. Aber diese Sorge ist sicher inzwischen unbegründet, tröstete sie sich. Die Gefahr war längst vorüber. Ohne sie wäre er ein Nichts und Niemand, der in seinem Alter wohl nirgendwo anders unterkommen würde. Gut, er hatte von seinem üppigen Gehalt auch immer wieder etwas sparen können, aber bei seinen Ansprüchen würde auch das nicht lange reichen. Bei Riccardos Anzügen mussten es schon die besten Designer sein, bei seinen Schuhen die teuersten Marken, bei seinen Autos die schnellsten und beim Boot kam unter der Marke Riva gar nichts infrage. Nein, Riccardo hatte sich erstaunlich schnell auf das Level eingestellt, mit dem sie groß geworden war. Und da er eine natürlich vornehme Ausstrahlung besaß, dachten die meisten seiner wohlhabenden Patienten, er stamme aus einer der alteingesessenen, bessergestellten Familien. Den armen Bauernburschen merkte man ihm ganz und gar nicht an. Die Tatsache, dass das Anwesen ihrer Eltern nun schon seit Jahrzehnten Villa di Rossi genannt wurde, unterstützte diese Annahme nur noch, weil der Name einen vornehmen Klang besaß. Nein, ihre diffuse Angst, er könne sie eines Tages doch noch verlassen, war unnötig, redete sie sich energisch ein. Sie konnte sich partout nicht vorstellen, dass er jemals wieder in Versuchung kommen würde, das Luxusleben gegen die Armut einzutauschen.

Carlotta legte sich hastig ins Bett und zog sich die Decke bis zum Hals, denn sie fröstelte. Der Gedanke, dass Riccardo ihr auf Gedeih und Verderb ausgeliefert war, konnte sie nicht wirklich erwärmen, aber immerhin beruhigte er ihr aufgebrachtes Gemüt so weit, dass sie endlich Schlaf fand.

22.

Lilly war froh darüber, als Matteo am nächsten Tag überraschend in der Klinik gebraucht wurde. Ein Kollege war erkrankt und sein Vater hatte ihn gebeten, trotz seiner Verletzung einzuspringen. Matteo hatte auch beim Frühstück gute Laune ausgestrahlt. Nicht mit einem Wort hatte er ihr Gespräch vom gestrigen Abend erwähnt. Nein, er war zugewandt gewesen, aber er flirtete nicht mehr mit ihr. Offenbar hatte er akzeptiert, dass ihr Herz nicht ihm gehörte.

Lilly saß nun bereits seit Stunden allein auf der Terrasse, telefonierte und zermarterte sich das Hirn. Was hätte das für ein wunderbarer Tag werden können auf dem malerischsten Platz, auf dem sie jemals gesessen hatte. Sie aber war in tiefer Sorge und hatte bereits sämtliche Tierheime bis nach Bergamo angerufen. Auch im Hotel in Lenno hatte sie sich nach ihrem Hund erkundigt und gleichzeitig das Zimmer storniert. Auch dort war er nicht aufgetaucht. Ja, sie hatte sogar die Telefonnummer der Forstverwaltung herausbekommen und gefragt, ob man im Wald ein streunendes Tier gefunden hätte. Zu ihrer Erleichterung war das nicht der Fall gewesen und Carlottas böse Prognose war damit hinfällig. Aber was könnte dann geschehen sein, fragte sich Lilly wieder und wieder. Hatte jemand den Hund so schön gefunden, dass er ihn mit nach Hause genommen hatte, um ihn zu behalten? Lilly kannte die Schwächen ihrer Hündin. Wenn Menschen ihr Wärme und vor allem das nötige Fressen gaben, würde sie durchaus auch bei Fremden bleiben.

Und wenn Lilly nicht an Emma dachte, schweiften ihre Gedanken sofort zu Luca ab und damit leider auch zu seinem Vater.

Ein Freudenschrei riss Lilly aus ihren Gedanken und da entdeckte sie auch schon Merle, die ihr eifrig zuwinkte. Sie war in Begleitung eines jungen Mannes, der ihren Koffer hinter sich herzog.

Lilly sprang auf. Mit ausgebreiteten Armen liefen die Freundinnen einander entgegen. Nachdem sie sich aus der Umarmung gelöst hatte, stellte Merle ihr den Pfleger Carlos vor und betonte, sie hätte sich wie eine Prinzessin behandelt gefühlt. Carlos, ein blasser junger Mann, lächelte. »Der Junior hat gesagt, ich solle die Freundin von Signorina Haas wohlbehalten zum Gartenhaus der Villa di Rossi bringen.« Er sah zwischen den beiden Frauen hin und her. »Darf ich Ihnen den Koffer noch aufs Zimmer bringen?«, erkundigte er sich höflich.

»Nein, das machen wir selbst«, entgegnete Lilly rasch und flüsterte Merle auf Deutsch zu, sie sollte ihm fünfzig Euro geben, was die Freundin sofort in die Tat umsetzte und den Krankenpfleger wiederum sichtlich freute, wenngleich er zunächst vehement beteuerte, er würde kein Geld nehmen wollen.

Kaum war der Mann gegangen, drehte sich Merle mit ausgebreiteten Armen im Kreis. »Ich weiß gar nicht, wohin ich gucken soll. Das kann doch nur ein Traum sein«, juchzte sie. »Und dieses Wahnsinnshaus.«

»Du musst erst mal das Wohnhaus der Familie und das Klinikgebäude sehen. Alles hier ist traumhaft«, lachte Lilly. Die Anwesenheit der Freundin ließ sie in dem Augenblick all ihre Sorgen vergessen. Sie sah die unglaubliche Schönheit mit Merles Augen. Ja, es war wie im Märchen, wie in einem Film, wie …

»Wo ist Emma?«, fragte Merle.

Lillys Blick verdüsterte sich. »Komm, ich zeige dir erst mal dein Zimmer«, wehrte sie ab.

Merle aber musterte sie erschrocken. »Es ist doch nichts passiert mit meinem Lieblingshund, oder? Emma ist doch wohlauf, nicht wahr?«

Lilly nickte. Sie hatte keine Lust, Merle von Emmas Verschwinden zwischen Tür und Angel zu berichten. Stattdessen nahm sie den Koffer der Freundin und ging voraus ins Haus. Merle folgte ihr und stieß in einem fort Entzückensschreie aus. Auch als Lilly sie in das kleine Gästezimmer führte. »Das ist dein Reich.«

»Das ist ja süß, aber wer wohnt hier? Du hast mir ja nichts mehr berichtet. Gehört diese Pracht vielleicht deiner neuen Verwandtschaft?«

»Nein, nein, ich erzähle dir alles in Ruhe. Richte dich erst einmal häuslich ein. Das Bad ist gegenüber. Und dann treffen wir uns auf der Terrasse. Ich mache uns schon mal einen Cappuccino.« Mit diesen Worten verließ Lilly das Gästezimmer und bereitete in der Küche den Kaffee und eine Schale mit Gebäck vor.

Als Merle wenig später frisch geduscht, mit nassem Haar und in einem leichten Sommerkleid auf die Terrasse trat, strahlte sie über das ganze Gesicht. »Das ist Italien, so wie ich es mag. Ist es nicht großartig? Das war doch eine tolle Idee, dass du die Reise gewagt hast ... aber nun erzähl erst mal, was los ist.«

Lilly räusperte sich ein paar Mal, bevor sie der Freundin berichtete, was ihr inzwischen widerfahren war, wobei sie ihre Begegnung mit Luca und ihre Gefühle für ihn verschwieg. Auch die Tatsache, dass Dr. di Rossi ihrer Meinung nach die Identität ihres Vaters kannte, den Kerl schützen wollte und deshalb sogar ihre Fotos hatte verschwinden lassen, ließ sie unerwähnt. Sie wollte keinen Menschen in ihre weiteren Pläne einweihen. Bevor sie den Vater von Luca nicht persönlich gesehen hatte, würde sie ihre Mission im Alleingang durchziehen.

Außerdem hatte sie Merle mit der Schilderung des Unfalls und der Tatsache, dass Emma seit gestern spurlos verschwunden war, bereits genügend geschockt. Die Freundin konnte nicht fassen, dass der Hund einfach fortgelaufen war.

»Emma folgt dir doch sonst auf Schritt und Tritt. Und wenn sie sich aus dem Zimmer dieser Chiara geschlichen hat, dann doch nur, um dich zu suchen«, bemerkte sie grübelnd.

»Genau das denke ich auch, aber wir haben jeden Winkel des Anwesens durchsucht und überall in Lenno Zettel aufgehängt«, stöhnte sie.

»Und du kannst dir nicht vorstellen, dass diese Chiara sich dermaßen in Emma verguckt hat, dass sie den Hund vielleicht mit nach Rom genommen hat?«

»Niemals, Chiara hat zwar einen Narren an Emma gefressen, aber sie ist eine offene und ehrliche Person. Sie ist eine Art Freundin geworden, die mir so etwas Gemeines im Leben nicht antun würde. Sie hat das im Spaß gesagt, dass sie Emma mitnimmt, aber ich lege die Hand für sie ins Feuer, dass sie mir nicht meinen Hund klauen würde. Nein, das ist absurd.«

»Aber wie soll Emma denn sonst ein geschlossenes Zimmer verlassen haben können? Wir wissen doch, dass sie nicht in der Lage ist, Türen zu öffnen. Das haben wir ihr doch mal vergeblich beibringen wollen. Kannst du dich noch daran erinnern?«

»Natürlich, deshalb gehe ich auch davon aus, dass die Tür vielleicht doch nur angelehnt war und Emma auf die Weise abhauen konnte. Wenn die Tür wirklich geschlossen gewesen wäre, hätte ja jemand den Hund absichtlich nach draußen lassen müssen ...« Lilly unterbrach sich und kämpfte mit sich. Nein, auch ihren Verdacht gegen Signora di Rossi würde sie vorerst für sich behalten.

»Was wiederum ein Indiz wäre, dass Chiara ...«

»Merle, nein, Chiara hat damit nichts zu tun!«

»Aber wir können doch hier nicht rumsitzen und warten. Wir müssen doch was unternehmen«, protestierte Merle energisch.

Lilly rollte die Augen. »Wir haben alles in die Wege geleitet, was man tun kann. Die Tierheime wissen Bescheid, die Polizei, ja, ich habe sogar mit der Forstverwaltung telefoniert. Man hat mir glaubwürdig versichert, im Wald von Lenno wäre kein wildernder Hund erschossen worden.«

Merle schlug entsetzt die Hände vors Gesicht. »Erschossen? Wie kommst du denn auf so einen gruseligen Gedanken?«

Zögernd schilderte Lilly ihr, dass ihr Signora di Rossi diese Möglichkeit ziemlich schonungslos vor Augen geführt hatte.

»Was ist denn das für eine blöde Kuh?«, entfuhr es Merle.

Lilly musste grinsen. »Sagen wir mal so, sie ist eine frustrierte und unsympathische Person, die blonde Frauen hasst.« Und sie offenbarte Merle, was diese Frau ihr alles unterstellen wollte und dass die Dame des Hauses alles unternommen hatte, um sie zum Verlassen des Anwesens zu bewegen. Nur ihr Bauchgrummeln beim Gedanken, dass die Dame womöglich etwas mit Emmas Verschwinden zu tun hatte, verschwieg sie Merle.

Merle tippte sich an die Stirn. »Die hat sie doch wohl nicht alle. Das wüsste ich aber, dass du neuerdings auf Silverager stehst. Und wo ist die Frau jetzt? Nicht dass die gleich vorbeikommt und uns verflucht.«

Lilly deutete nach unten auf die Villa der di Rossis. »Sie lebt in dem Haus dort. Hier wohnt ihr Sohn Matteo, der mich freundlicherweise bei sich aufgenommen hat, weil er meint, ich sollte nicht von hier verschwinden, solange Emma nicht zurück ist.«

»Sehr vernünftig, der Bursche. Aber hast du nicht gesagt, dass der Sohn von Dr. di Rossi dich mit der Ducati umgenietet hat? Das ist jetzt aber nicht derselbe, oder?«

»Doch, genau der. Im Gegensatz zu seiner Mutter gibt er mir nicht die Schuld an dem Unfall, sondern seinem eigenen rasanten Fahrstil.«

»Und? Wie sieht er aus? Wie alt ist er?«, hakte Merle aufgeregt nach.

»Frag ihn doch selbst, da kommt er gerade«, bemerkte Lilly schmunzelnd und deutete auf Matteo, der sich trotz seines Humpelfußes schnellen Schrittes der Terrasse näherte.

Merle stieß einen begeisterten Pfiff aus. »Wow, was für eine Sahneschnitte! Und dann noch im weißen Kittel. Ich werd nicht mehr. Sag schnell: Hast du Feuer gefangen? Gehört er dir?«

»Du bist unmöglich, aber wenn es dich beruhigt, du kannst deinen geballten Charme spielen lassen. So wie ich ihn kenne, wird er voll darauf abfahren.«

Merle setzte ihr schönstes Lächeln auf. »Das lass ich mir doch nicht zweimal sagen«, flötete sie.

Matteo war nun auf der Terrasse angekommen und steuerte geradewegs auf Merle zu. »Sie sind also die Freundin meines Unfallopfers.« Er streckte ihr seine Hand entgegen. »Ich bin Matteo.«

»Merle, sehr erfreut.« Sie nahm seine Hand und musterte ihn wohlwollend.

»Ich dachte, ich verbringe die Mittagspause mal mit meinen Gästen. Und hatten Sie einen guten Flug?«

Merle nickte eifrig. »Ja, und wenn ich gewusst hätte, dass ich in so ein Paradies komme, hätte ich ihn noch mehr genossen. Und ich dachte, ich kenne schon jeden Flecken in Tremezzo und Umgebung.«

»Waren Sie denn öfter in unserer Ecke?«

»Ja, jede Ferien mit meinen Eltern. Sie waren Stammgäste im Grandhotel Tremezzo.«

»Ach, und wir beide sind uns nie begegnet? Ich bin oft mit meiner Familie drüben zum Dinner gewesen.«

»Vielleicht haben wir uns ja sogar gesehen, nur nicht wiedererkannt«, entgegnete Merle schmunzelnd.

Lilly lauschte dem Geplänkel der beiden mit gemischten Gefühlen. Einerseits war sie ganz froh, dass Matteo nun versuchte, mit seinem Charme bei Merle zu landen, aber natürlich kränkte es sie ein wenig, wie austauschbar die Objekte seiner Zuneigung waren. Vielleicht ist es wirklich besser, dass ich aus dem Spiel bin, Merle ist viel weniger zimperlich als ich, wenn es darum geht, sich auf ein Abenteuer einzulassen, dachte sie und ließ ihre Gedanken zu Luca wandern. Ab und zu hörte sie Merle kichern und Matteo lachen. Offenbar hatten sich die zwei Richtigen auf Anhieb gefunden.

Erst als Matteo sich verabschiedete, um in die Klinik zurückzukehren, wandte sie sich wieder bewusst ihrer Freundin zu, die dem attraktiven Mann entzückt hinterhersah.

»Und du willst wirklich nichts von ihm?«, fragte sie ungläubig.

»Wie oft soll ich dir das noch sagen?«, entgegnete Lilly unwirsch, aber ihr Unmut galt weniger dem Umstand, dass Matteo versuchte, übergangslos mit ihrer Freundin anzubändeln, als vielmehr der Tatsache, dass sie Merle diese Leichtigkeit neidete, mit der sie sich der Männerwelt zuwandte.

Merle hob abwehrend die Hand. »Ist ja schon gut, aber dein gereizter Ton sagt mir, dass du vielleicht doch was von ihm willst. Und wenn dem so sein sollte, werde ich mich auf keinen Fall von seinem Charme einwickeln lassen, obwohl er ein echter Traumtyp ist.«

»Für eine Nacht bestimmt«, bemerkte Lilly und bedauerte im selben Augenblick, dass sie so zickig war. »Sorry, das habe ich nicht so gemeint. Ich bin einfach ein bisschen durcheinander wegen Emma ...« In Gedanken fügte sie hinzu: Und weil ich mich endlich einmal Hals über Kopf in einen Mann verliebt habe, der im schlimmsten Fall mein Bruder ist. Es fiel ihr schwer, Merle die Sache mit Luca zu verheimlichen, besonders, weil die Freundin sie gerade ein wenig mitleidig ansah.

»Ich hatte gehofft, dass du es hier mal richtig krachen lässt, aber offenbar tut sich da gar nichts oder hat sich da was mit einem der beiden Herren von dem Dinner entwickelt, dass nicht mal so ein Goldstück wie Matteo dein Interesse wecken kann? Und ja, wenn es nur eine Nacht wäre, ich würde nicht zögern. Ich muss ihn nicht gleich heiraten. Schließlich bin ich zum Spaß hier.«

»Tja, da passt ihr beiden ja bestens zusammen. Merle, es ist mein voller Ernst, wenn du mit ihm anbändeln willst, mir ist das egal.«

In Merles Blick konnte Lilly immer noch das pure Mitgefühl lesen. Und das regte sie auf, denn sie litt nicht an einer Krankheit, sondern war lediglich in den wahrscheinlich falschen Mann verliebt. Sobald sie Gewissheit in Sachen Marcello Danesi hatte, würde sie ihre Freundin einweihen.

»Soll ich dich mal rumführen?«, fragte sie Merle, um von dem leidigen Thema abzulenken.

»Gern!« Merle sprang auf. Arm in Arm schlenderten die Freundinnen durch den Park. Merle fiel von einem Begeisterungstaumel in den nächsten. Die Pracht der Pflanzen, der magische Ausblick auf den Comer See, die weiche Luft ...

Ihre Freude bekam einen Dämpfer, als sie vor dem Wohnhaus der Familie stehen blieben. Merle schwärmte gerade von der harmonisch wirkenden Außenfassade und sinnierte darüber, welchem Baustil man das zuordnen könnte, als Signora di Rossi aus der Tür trat und an den beiden Frauen vorbeiging, als wären sie Luft, obwohl Lilly »Guten Tag« gesagt hatte.

»Um Himmels willen, wer ist denn die knochige Mumie?«, fragte Merle kopfschüttelnd.

»Deine zukünftige Schwiegermutter«, entgegnete Lilly trocken, woraufhin Merle in einen solchen Lachkrampf ausbrach, dass sie kaum mehr Luft holen konnte. Lilly fiel in ihr Lachen ein. Es tut so gut, sich endlich einmal wieder vor Lachen auszuschütten, dachte sie und hoffte, dass Signora di Rossi, die stocksteif und ohne sich umzudrehen in Richtung Steg marschierte, ihr Gegacker nicht hören konnte.

»Das ist aber ein echter Drachen«, stöhnte Merle, nachdem sie sich wieder gefangen hatte. »Also, wenn du mich fragst, dann hat sie was mit Emmas Verschwinden zu tun. Das ist eine böse Frau.«

Lilly stieß einen tiefen Seufzer aus. »Das habe ich auch erst vermutet, aber die Sache hat einen Haken. Ich kann mir nämlich schwerlich vorstellen, dass sie einen Hund überhaupt anfassen würde. Nein, ich glaube, die Tür war nicht zu und Emma hat mich gesucht. Dann hat sie sich verirrt und nun hat sie irgendjemand zu sich ins Haus geholt. Ich bin sicher, sie wird wohlbehalten zu mir zurückkehren.« Ihre Worte entsprachen zwar ihrem Bauchgefühl, dennoch machten sich auch bei ihr langsam Zweifel breit, ob sie ihren Hund jemals wiedersehen würde. Daran durfte sie gar nicht denken! Hastig zog sie die Freundin weiter.

Merle war hin und weg von den vielen steinernen Balustraden. »Ich glaube, ich muss den jungen Dottore heute Abend mal fragen, wie es die Erbauer dieses Anwesens geschafft haben, so eine Pracht in die Felsen zu hauen. Das ist doch der nackte Wahnsinn!«

»Ein guter Plan, und ich denke, das wird Matteo imponieren, wenn du so viel Interesse an seinem Elternhaus heuchelst«, lachte Lilly.

Diese Bemerkung brachte ihr einen Stoß in die Rippen ein. »Das interessiert mich wirklich, du Blödi!«

Sie waren gerade bei einer der Balustraden stehen geblieben. »Schau, da drüben, das ist Bellagio«, erklärte Lilly verträumt und war mit den Gedanken schon wieder bei Luca.

»Es ist ein Traum, und da drüben auf der Westseite, das ist das Grandhotel«, ergänzte Merle und nahm ergriffen von so viel Schönheit Lillys Hand. Sie blieben eine Zeit lang schweigend an der Balustrade stehen und hingen ihren Gedanken nach. Wenn Emma unversehrt zurückkäme und Luca nicht mein Bruder wäre, dann wäre alles perfekt, ging es Lilly durch den Kopf, aber das waren zurzeit zu viele Konjunktive, um sich unbeschwert dem Dolce Vita hinzugeben, fügte sie für sich hinzu.

Schließlich lösten sich die Freundinnen von ihrem Aussichtspunkt und schlenderten den Kiesweg hinunter, bis sie die Klinik erreichten. In dem Moment trat Dr. di Rossi ins Freie. Er winkte den beiden Frauen zu.

»Und wer ist das? Lass mich raten. Mein zukünftiger Schwiegervater?«, flüsterte Merle Lilly zu, doch da hatte er Merle bereits die Hand zur Begrüßung entgegengestreckt. »Ich bin Dr. di Rossi und Sie müssen die Freundin meiner Patientin sein.«

»Merle. Guten Tag. Sie wissen schon, dass Sie im Paradies leben, oder?«, fragte sie strahlend.

Täuschte sich Lilly oder verfinsterte sich die Miene des Dottore? Doch dann rang er sich zu einem Lächeln durch. »Doch, doch, das ist mir schon bewusst«, entgegnete er.

»Auf jeden Fall herzlichen Dank, dass ich ein paar Tage zu Besuch sein darf«, erklärte Merle nun artig.

»Das haben Sie mehr meinem Sohn zu verdanken, der Ihnen seine Zimmer zur Verfügung stellt«, erwiderte di Rossi hastig. »Aber vielleicht kommen Sie mal zum Essen zu uns«, fügte er hinzu.

Ganz sicher nicht, dachte Lilly. In diesem Augenblick tat ihr der Dottore irgendwie leid, obwohl sie allen Grund hatte, böse auf ihn zu sein. Er war so gastfreundlich und offen. Das passte alles gar nicht zu der verbissenen Signora di Rossi.

»Ich denke, wir werden Ihre Gastfreundschaft und die Ihres Sohnes nicht überstrapazieren. Sobald ich meinen Hund zurückhabe, ziehen wir ins Hotel.«

»Gibt es denn Neuigkeiten?«, erkundigte er sich interessiert.

Lilly schüttelte den Kopf. »Leider nein, außer dass ich die Gewissheit habe, dass man sie im Wald nicht als wildernden Hund erschossen hat.«

»Sie sollten mal auf andere Gedanken kommen.« Di Rossis Miene erhellte sich. »Ich habe gerade eine Stunde frei, weil mein Sohn mir einen schwierigen Patienten abgenommen hat. Was halten die Damen davon, wenn ich mit Ihnen eine Spritztour unternehme?«

»Au ja!«, rief Merle begeistert aus und musterte ihre Freundin irritiert, nachdem die ihr einen leichten Stoß in die Seite gegeben hatte. So wohlgesonnen war Lilly dem Dottore nicht, dass sie mit ihm eine Vergnügungstour unternehmen wollte. Doch er hatte Merles Jubel als ungeteilte Zustimmung aufgefasst.

»Na, dann kommen Sie mal mit!« Der Dottore ging voran zum Bootssteg. Die Freundinnen folgten ihm. »Warum willst du die Einladung nicht annehmen?«, raunte Merle Lilly zu.

»Alles gut«, seufzte Lilly, denn das war definitiv der falsche Augenblick, der Freundin zu offenbaren, was für ein Problem sie mit dem Dottore hatte. Oje, ein Problem mit diesem Ausflug hat aber auch noch jemand anders, dachte Lilly, als sie am Steg ankamen, denn dort stieg Signora di Rossi gerade in ein anderes Boot und warf ihnen einen giftigen Blick zu.

»Ich zeige den jungen Damen mal unseren See«, rief Dr. di Rossi seiner Frau beinahe entschuldigend zu.

»Ich bin nicht blind«, gab die Signora zurück. Lilly wünschte sich, sie hätte die Einladung abgelehnt. Der unverhohlene Hass in den Augen der Frau ließ ihr eiskalte Schauer über den Rücken rieseln.

»Warten Sie, meine Damen, wir müssen erst die Abfahrt unseres Einkaufsboots abwarten«, sagte der Dottore, der unter den verächtlichen Blicken seiner Frau ein wenig von seinem Charme einbüßte. Auch seine Körperhaltung veränderte sich. Lilly konnte förmlich dabei zusehen, wie seine Schultern sich verkrampften. Das war selbst durch sein blütenweißes Hemd zu erkennen, denn das Jackett hatte er inzwischen ausgezogen.

Als der Kapitän des Bootes keine Anstalten machte, die Leinen loszumachen, erkundigte sich Dr. di Rossi höflich, warum sie nicht ablegten.

»Wir warten noch auf Antonia, wenn es dir nichts ausmacht«, entgegnete die Signora schnippisch. Da kam die Haushälterin auch schon mit leeren Einkaufstaschen bepackt angekeucht.

»Antonia, schön, dich zu sehen, ich dachte, du bist noch bei deiner Familie. Geht es deinem Bruder wieder besser?«, erkundigte sich Dr. di Rossi freundlich.

Antonia sah ihn kurz an und murmelte: »Ja, alles wieder gut«, bevor sie mit der Hilfe des Kapitäns auf das Boot stolperte. Lilly konnte sich nicht helfen. Antonia benahm sich irgendwie merkwürdig, abgesehen davon, dass ihr Bruder Pietro sie doch putzmunter in Lenno mit dem Wagen aufgabelt hatte, wie sie bei ihrer Zettelaktion mit Chiara beobachtet hatte.

»Riccardo, du solltest nicht vergessen, deinen Gästen zu erklären, was es mit dem Wald auf sich hat, wenn du dran vorbeifährst«, zischte Signora di Rossi ihrem Mann zum Abschied spöttisch zu.

Lilly zuckte zusammen, denn sie wusste sofort, worauf die Signora anspielte, hatte Matteo ihr doch das Geheimnis des Waldes der hundert Kinder verraten.

»Ja, Dr. di Rossi, erzählen Sie mal. Was hat es mit dem dunklen Wald dort auf sich?«, fragte Merle unbekümmert.

»Nein, Dr. di Rossi, das müssen Sie uns nicht erklären. Ich werde meine Freundin später in die Geschichte des Waldes einweihen. Wir wollen doch nicht über Kinder sprechen.« Erst an Merles fassungslosem Blick erkannte Lilly, dass der Freundin ihre Worte höchst befremdlich erscheinen mussten. Der Dottore verstand hingegen sofort, worauf sie anspielte, was sich am nervösen Flattern seiner Lider zeigte.

»Steigen Sie bitte ein. Ich habe wirklich nur diese kurze Pause«, sagte er in schroffem Ton. Lilly kämpfte mit sich, ob sie sich bei ihm entschuldigen sollte, aber da brauste Dr. di Rossi bereits mit großer Geschwindigkeit auf den See hinaus.

23.

Matteo und Merle waren bester Stimmung, als sie in das Rivaboot stiegen, um zur Jubiläumsfeier der Seidenmanufaktur der Danesis nach Bellagio zu fahren. Lilly hatte befürchtet, dass seine Eltern ebenfalls mitkommen würden, aber Dr. di Rossi hatte einen beruflichen Termin in Como, wie Matteo ihnen beiläufig beim Ablegen erzählte, und seine Mutter eine schlimme Migräne. Zwischen Merle und Matteo knisterte es gewaltig.

Lilly versuchte, ihre Aufregung zu überspielen. Natürlich wühlte sie der Gedanke, zu diesem Fest zu gehen, ungeheuer auf. Und das aus mehreren Gründen. Allein bei der Vorstellung, Luca wiederzusehen, wurden ihre Hände feucht und ihre Knie weich. Dazu kam ihr fester Vorsatz, seinen Vater in einem unbeobachteten Augenblick zur Rede zu stellen. Sie hatte noch keinen Plan, wie sie es anstellen sollte, den Gastgeber des Abends unter vier Augen zu sprechen.

Deshalb hüllte sie sich bei der rasanten Fahrt über den See in Schweigen, was die beiden Turteltauben nicht einmal bemerkten. Lilly hockte allein auf der hinteren Bank des Bootes, während sich Merle dicht neben Matteo gesetzt hatte. Trotzdem konnte sie jedes Wort hören. Ihre Freundin kam gar nicht aus dem Schwärmen über das wunderbare Boot hinaus. Voller Stolz klärte Matteo sie darüber auf, dass es sich um eine originale Riva Super Florida aus den frühen 50er-Jahren handelte, die sich einst sein Großvater auf der Werft von Carlos Riva in Sarnico am Lago d'Iseo hatte bauen lassen.

Wenn Lilly nicht so angespannt gewesen wäre, hätte sie einen

Lachkrampf bekommen angesichts des brennenden Interesses ihrer Freundin an Matteos Boot. Vor allem rutschte sie immer näher an den Kapitän der Riva heran, der, und das musste Lilly neidlos zugeben, an diesem Abend sehr stilvoll angezogen war. Er hatte gar nichts mehr von einem Gigolo an sich. Sogar seine Sonnenbrille strahlte Gediegenheit aus. Er stand in Sachen Geschmackssicherheit seinem Freund Luca in nichts mehr nach. Doch es war müßig, darüber nachzudenken, ob sie ihn zu leichtfertig der Freundin überlassen hatte, signalisierte ihr das in der Brust immer heftiger schlagende Herz, je dichter sie sich Bellagio näherten. Aber auch Merle hatte sich mächtig in Schale geworfen und trug ein bodenlanges Sommerkleid. Sie hatte mit Engelszungen auf Lilly eingeredet, dass sie auch in lang gehen sollte, weil Matteo ihr gesteckt hatte, das wäre einem solchen Sommerfest angemessen. Sie hätte der Freundin sogar einen Traum von Kleid geliehen, denn sie hatte gleich zwei solcher Teile eingepackt. Doch in diesem Punkt war Lilly standhaft geblieben. Sie hatte auf Bellas Kleid bestanden, was Merle mit einem Kopfschütteln quittiert hatte. Natürlich war sie von Lillys Sturheit etwas überrascht, aber sie kannte ja auch nicht den wahren Grund, warum Lilly nur Bellas Kleid anziehen wollte.

Matteo ließ nun das eigentliche Ortszentrum an der Backbordseite liegen und bretterte auf eine Villa im neoklassizistischen Stil zu, die direkt am Strand lag. Rechtzeitig vor einem kleinen Steg drosselte er die Geschwindigkeit und legte ein elegantes Anlegemanöver hin. Auch wenn sich die Pracht des vor ihnen liegenden Anwesens völlig von der in den Felsen gebauten Villa di Rossi unterschied, war auch dieses eine wahre Augenweide. Inmitten eines Parks stand majestätisch das weiße Haus mit seinen Säulen. Lilly war beeindruckt, aber so richtig konnte sie den Anblick der erhabenen Schönheit nicht genießen, weil sie jetzt so aufgeregt war, dass sie vermutete, das Pochen ihres Herzens würde alle Geräusche um sie herum übertönen – sei es das leise Plätschern der Wellen an das Seeufer, das permanente Geplapper von Merle und Matteo oder das Geschrei der Möwen. Vorsichtig setzte sie einen Fuß auf den Steg. Jetzt nur keine hektischen Bewegungen machen, nicht dass mir die Knie den Dienst verweigern, dachte sie, doch nach außen funktionierte sie blendend.

Während sie ein paar Schritte hinter ihrer Freundin und Matteo auf die Villa zuging, atmete sie ein paar Mal tief durch, was sie enorm entspannte.

Die Eingangstür, oder besser gesagt, das Portal zur Villa stand weit offen und dienstbare Geister eilten herbei, um ihnen die überflüssige Garderobe abzunehmen. Lilly behielt ihre Jacke für den Fall, sie wäre später womöglich gezwungen, das Fest fluchtartig zu verlassen. Ein livrierter Diener führte sie in den Park, wo sich bereits illustre Gäste tummelten. Das jedenfalls behauptete Matteo, als er den Frauen zuraunte, dass sich das Who is Who der lombardischen Gesellschaft zu diesem Ereignis traf. Er erklärte ihnen kurz, dass die Seidenmanufaktur Danesi der Lieblingslieferant der Einheimischen wäre und dass sie heute Abend wohl kaum eine Krawatte und ein Tuch sehen würden, das woanders gefertigt worden wäre.

Dann steuerte Matteo direkt auf einen hochgewachsenen grauhaarigen Herren zu, der gemeinsam mit einer grau gelockten, sehr eleganten Dame jeden Gast persönlich begrüßte. Lilly stockte der Atem, als sie in sein Gesicht blickte. Auch wenn er mit den Jahren gealtert war, dass dies der Mann war, der ihre Mutter Bella auf dem Foto angehimmelt hatte oder umgekehrt, das stand außer Frage. Marcello Danesi hatte Bella auf jeden Fall näher gekannt. Ob er deshalb auch ihr Vater war, musste sie erst herausfinden.

»Matteo, mein Junge, gut siehst du aus.« Marcello Danesi besaß eine dröhnende Stimme. Wenngleich sie ein ähnliches Volumen wie die Stimme seines Sohnes hatte, es fehlte Lilly das erotische Timbre, das ihr bei Luca sofort aufgefallen war. »Hast du dich von deinem kleinen Unfall erholt?« Er deutete auf Matteos Fuß.

»Als Bleifuß für die Riva wieder bestens geeignet und für meinen Vater habe ich heute auch schon schuften müssen.«

»Apropos Vater, wo bleibt er und wo ist Carlotta?«

»Mein Vater lässt sich vielmals entschuldigen. Er hat noch einen wichtigen Termin in unserem Notariat in Como, aber er bemüht sich, nachzukommen. Und meine Mutter hat wieder ihre Migräne.«

»Die Arme«, seufzte die vornehme Dame an Marcello Danesis Seite.

Matteo umarmte sie stürmisch. »Ich hätte dich zuerst begrüßen müssen, Tante Maria, aber du weißt ja, dein Mann will immer der Erste sein«, lachte er.

»Und willst du mir nicht deine reizenden Begleiterinnen vorstel…?«, begann Marcello, doch er verstummte abrupt und sein Blick blieb an Lillys Kleid hängen.

Volltreffer, schoss es ihr durch den Kopf.

»Das ist Lilly Haas, mein armes Unfallopfer. Vater musste sie erst einmal in der Klinik wieder aufpäppeln…«

Lilly aber hörte ihm nur noch mit halbem Ohr zu, denn der Gastgeber war hinter seiner sonnengebräunten Fassade sichtbar erblasst. Den Namen Haas hatte er jedenfalls auch nicht zum ersten Mal gehört. Sie nahm seine Hand zur Begrüßung, die er aber so schnell wieder wegzog, als hätte er sich verbrannt.

»Herzlich willkommen«, sagte er steif.

»Und das ist ihre Freundin Merle«, sagte Matteo, aber da hatte sich der Herr des Hauses bereits hektisch einem weiteren Neuankömmling zugewandt. »Herr Bürgermeister, wie schön, dass Sie es einrichten konnten.« Dafür begrüßte Maria Danesi die beiden Frauen herzlich. »Amüsieren Sie sich gut!«, gab sie ihnen mit auf den Weg.

Lilly aber kam das Verhalten Marcello Danesis wie ein stummes Geständnis vor. So irritiert, wie er ihr Kleid angestarrt hatte und so nervös, wie er bei ihrem Namen geworden war, hatte sie wenig Hoffnung, dass er nicht ihr Vater war.

Merle und Matteo hatten von alledem nichts mitbekommen. Sie sieht zum Niederknien aus in diesem edlen Hippiekleid mit hochgestecktem Haar und dem passenden Lippenstift, dachte Lilly. Sie verspürte in diesem Augenblick den sehnlichen Wunsch, sich in dem riesigen Park einen einsamen Platz zu suchen, um erst einmal zu verarbeiten, was sie da soeben erlebt hatte.

»Ich schaue mir mal die traumhaften Rhododendren dort hinten an. In diesem Rot habe ich sie ja noch niemals gesehen«, teilte Lilly den beiden mit.

»Seit wann interessierst du dich ...« Weiter kam Merle nicht, weil ihr Lilly einen warnenden Blick zuwarf.

»Gut, dann treffen wir uns am besten an der Champagnerbar«, erwiderte Matteo in bester Laune und legte besitzergreifend den Arm um ihre Freundin. Lilly hatte jetzt ganz andere Dinge im Kopf als die Frage, wie sie diese rasante Entwicklung zwischen Merle und Matteo eigentlich fand. Sie eilte auf die Büsche zu und war froh, dass sie sich mit jedem Schritt mehr von dem Geräuschpegel der Party entfernte. Hier in der Tiefe des Parks konnte man die Vögel zwitschern hören und den betörenden Duft der exotischen Pflanzen erst richtig wahrnehmen.

Wie überall im Park gab es auch im Schatten eines knorrigen alten Baums eine Bank, auf die sich Lilly seufzend fallen ließ. Hier kamen ihre aufgewühlten Gedanken ein wenig zur Ruhe und sie fasste den schlichten Vorsatz, Signore Danesi später einfach über eine der Servicekräfte zu einem Vieraugengespräch zu locken. So, wie sie den Mann einschätzte, würde er springen, wenn ihm ein Kellner steckte, dass eine wichtige Person im Garten auf ihn wartete, um kurz einen wichtigen Auftrag mit ihm zu besprechen.

Die Tatsache, dass alle Indizien auf ihn als Erzeuger hinausliefen, missfiel ihr außerordentlich. Einmal davon abgesehen, dass er eine Person war, die sie nicht unbedingt in ihr Herz schließen würde, war der größte Fehler an ihm, dass er der Vater von Luca war!

»Ach, hier bist du, ich habe dich schon überall gesucht«, hörte sie von ferne seine unvergleichliche Stimme. Das war keine Einbildung, das war real. Lilly wandte sich um und blickte auf ein Glas Champagner, das ihr seine leicht gebräunte schlanke Hand entgegenstreckte. Sie nahm es irritiert an.

»Darf ich?« Schon hatte Luca sich neben sie gesetzt und prostete ihr zu. Offenbar hatte er sie tatsächlich gesucht, um mit ihr anzustoßen.

Lilly durchfuhr ein heißer Schauer, als seine Hand ihre beim Hinsetzen flüchtig berührte. »Das ist übrigens mein Lieblingsplatz«, sagte er.

»Er ist in der Tat zauberhaft«, pflichtete sie ihm knapp bei.

»Warst du überhaupt schon einmal in Bellagio, seit du am Comer See bist?«, hakte er neugierig nach.

»Nein, ich bin ja ziemlich bald nach meiner Ankunft mit Matteo zusammengerasselt«, seufzte sie.

»Ich habe ihn eben getroffen und nach dir gefragt. Er scheint sich ja mit deiner Freundin getröstet zu haben.«

Lilly funkelte ihn an. »Was soll das denn schon wieder heißen? Offenbar siehst du in mir einen männermordenden Vamp, der alles mitnimmt, was nicht bei drei auf den Bäumen ist!«

Statt auf ihren Vorwurf beleidigt zu reagieren, wie sie es eigentlich von ihm erwartet hatte, lachte er laut und herzlich. »Ganz und gar nicht!«, sagte er dann.

»Ach ja, und was war das da oben im Al Veluu?«

»Habe ich mich nicht bereits dafür entschuldigt, dass ich dir zu nahegetreten bin?«, erkundigte er sich. »Aber ich habe dich nicht gesucht, um mich mit dir zu streiten. Sag mir lieber, ob du was Neues von deinem Hund gehört hast und ... ob du in Sachen Vatersuche weitergekommen bist.«

»Weder noch«, erwiderte sie schroff, was sie sofort bereute. »Tut mir leid, ich bin einfach nicht gut drauf wegen Emma«, fügte sie entschuldigend hinzu.

»Das ist doch verständlich. Nicht verständlich ist mir allerdings, dass du bei unserem letzten Abschied so kühl warst.«

»Was hast du denn erwartet? Dass die lockere Blondine sich von jedem Italiener küssen lässt?« Lilly konnte gar nichts dagegen tun, dass sie ihn derart angiftete. Dabei stand ihr Herz in Flammen und sie hätte nichts lieber getan, als ihm ihren Mund zum Kuss anzubieten. Doch solange sie die Fakten ihrer Herkunft nicht geklärt hatte, würde sie alles unternehmen, Luca auf Distanz zu halten.

»Ganz bestimmt nicht. Aber ich habe Augen im Kopf. Es war ja wohl mehr als deutlich, dass Matteo was von dir wollte. Wir haben übrigens noch bis zum Morgengrauen zusammengesessen. Er hat mir gestanden, dass er dich sehr mag, und er hat mich ausgefragt, wie ich dich finde.«

»Und? Was hast du gesagt?«

»Das verrate ich dir nicht«, erklärte er schmunzelnd. »Wenn du nicht selber darauf kommst«, ergänzte er. Ihre Blicke trafen sich und versanken in den Augen des anderen. Lilly spürte die Spannung zwischen ihnen in jeder Pore. Matteo hatte das richtige Gespür gehabt. Luca hatte sie gemeint. Wie gern würde sie sich ihren Emotionen hingeben, aber das ...

Ehe sie den Gedanken zu Ende geführt hatte, berührten sich ihre Lippen. Aufhören, schrie eine mahnende Stimme in ihr, aber sie erwiderte seinen Kuss. Sie gab sich dieser Zärtlichkeit einfach nur hin, dachte gar nicht mehr, sondern fühlte nur noch, wie ihr Körper Feuer fing. Es prickelte in ihrem Bauch, ihr Herz jubilierte, ja, sie wünschte sich, dass dieser Kuss niemals enden würde, doch dann flammte die warnende Stimme, diese Nähe sofort abzubrechen, so heftig auf, dass Lilly diesen Kuss erschrocken beendete.

Luca war irritiert über die Schroffheit, mit der sie sich zurückzog. Lilly wollte es schier das Herz brechen, weil sie ihn derart zurückgestoßen hatte. Doch sie wusste, dass sie verloren wäre, wenn sie weitergemacht hätte.

»Ich hoffe, ich bin dir nicht zu nahegetreten«, sagte Luca entschuldigend.

»Nein, nein, das bist du nicht. Ich, ich, äh ...« Ihr fiel beim besten Willen nicht ein, wie sie ihm den Widerspruch zwischen ihrer leidenschaftlichen Bereitschaft zum Küssen und ihren abrupten Rückzug erklären sollte. Doch sie hatte den Eindruck, dass er eine klare Antwort von ihr erwartete.

»Ich dachte, du erwiderst meine Gefühle«, bemerkte er zögernd. »Sag mir bitte, wenn ich mich geirrt habe.« Luca sah Lilly dabei in einer Weise an, dass sie den drängenden Impuls verspürte, ihm den Mund mit einem Kuss zu versiegeln. Wenn er nur wüsste, dass sie sich mit all ihren Sinnen mehr Nähe zu ihm wünschte. Nur wenn ich ihm das anvertrauen würde, dann würde er sich doch mit Recht fragen, warum ich ihn zurückstoße. Für den Bruchteil einer Sekunde überlegte sie, ob sie ihm nicht einfach die Wahrheit sagen sollte, aber das verwarf sie sofort wieder. Einmal abgesehen davon, dass dieses Fest nicht der richtige Anlass war, wollte sie ihn einfach nicht damit belasten. Es war schon schwer genug für sie, mit diesem Verdacht zu leben. Nein, ich werde ihm erst davon erzählen, wenn ich Gewissheit habe, beschloss sie entschieden. Sollte er wirklich nur ihr Bruder sein können, dann würde sie ihm das mit Sicherheit nicht verheimlichen. Dazu hatte sie ihn einfach zu gern.

Luca sah sie immer noch fragend an. Sie musste ihm eine befriedigende Antwort bieten, sonst würde er keine Ruhe geben.

»Ich, doch, ich, ich meine, nein, du irrst dich nicht, aber es ist so: Ich habe einen Freund in Hamburg und ich, ich habe ein schlechtes Gewissen.«

»Wie darf ich das verstehen? Du liebst ihn und willst ihn nicht betrügen?«

»Nein, ich, doch, ich, gib mir einfach ein wenig Zeit.«

Luca nahm ihr Gesicht in beide Hände. »Ich bin nicht an einer Affäre mit dir interessiert. Werde dir erst einmal klar über deine Gefühle.« Er gab ihr einen flüchtigen Kuss auf die Wange und ließ seine Hände sinken. Die Enttäuschung, die aus seinen Augen sprach, brach Lilly fast das Herz. Offenbar hatte er aus ihrem Gestammel gefolgert, dass sie ihren Freund in Hamburg behalten wollte. Obwohl das in dieser Zwickmühle, in der sie sich befand, für ihn ein triftiger Grund sein würde, warum sie zögerte, sich auf ihn einzulassen, wollte sie das nicht so stehen lassen.

»Ich bin mir sehr klar über meine Gefühle«, sagte sie mit bebender Stimme. »Aber ich würde es gern abschließen, bevor ich etwas Neues beginne.«

Luca schenkte ihr einen warmherzigen, verständnisvollen Blick. »Das verstehe ich doch.« Er nahm ihre Hand, führte sie zum Mund und küsste sie zärtlich. »Ich habe dich gesehen und es war um mich geschehen. Verrückt, was? Und dass ich dich vor dem guten Georgio gewarnt habe, war die reine Eifersucht.«

Lilly lachte. Sie war sehr erleichtert, dass sie nicht länger gezwungen war, ihn gegen ihr Gefühl auf Abstand zu halten. »Und ich habe gedacht, du seist schwer verheiratet. Und dann konnte ich deine Frau nicht mal blöd finden, weil sie so nett ist.«

»Weißt du, was Rebecca an dem Abend zu mir gesagt hat?« Luca strich ihr zärtlich eine Strähne, die sich aus ihrem hochgesteckten Haar gelöst hatte, aus dem Gesicht und blickte sie aus seinen braunen Augen verträumt an.

»Sag es mir! Sie fand mich peinlich wegen der Prügelei der Männer, oder?«

Luca schüttelte energisch den Kopf. »Nein, diesen ausgesprochen peinlichen Zwischenfall hat sie mit keinem Wort erwähnt«, erwiderte er grinsend.

»Das nimmst du sofort zurück. Wenn ich sage, dass es ein peinlicher Auftritt war, ist das was anderes, aber du sollst das nicht sagen.« Sie verzog ihre Lippen zu einem Schmollmund.

»Dann nehme ich das doch mal gleich mit dem Ausdruck des Bedauerns zurück und nenne es eine verständnisvolle Keilerei um die bezaubernde Lilly«, lachte er.

»Dabei hatte ich da schon nur Augen für dich«, seufzte sie. »Sonst wäre ich vielleicht tatsächlich mit Georgio ins Bett gegangen, allein, um Merle zu beweisen, dass ich es auch mal krachen lassen kann, was die Männer angeht.«

Luca hatte eine ansteckende Art zu lachen, jedenfalls fiel Lilly ein.

»Dann muss ich sie also nicht vor meinem Freund, dem Brecher der Frauenherzen, warnen. Sie hat demnach nicht vor, Matteo vor den Traualtar zu zerren.«

»Merle doch nicht! Sie sagt immer, Kinder will sie erst, wenn die biologische Uhr im Sekundentakt schlägt, und bis dahin hat sie noch viel Zeit. Aber nun verrate mir, was deine Frau gesagt hat. Du weißt schon, dass sie eine außerordentlich aparte Schönheit ist, oder?«

»Tja, das ist mein Schicksal. Ausgerechnet ich, der ich gestraft bin mit meinem Zinken, habe stets ein Faible für die schönsten aller Frauen.«

»Nun erzähl schon, was hat deine Frau ...«

»Meine Exfrau. So viel Zeit muss sein.«

»Gut, was hat Rebecca gesagt?«

»Sie hat wörtlich gesagt, kaum dass du am Anleger in Como auf mich gewartet hast ...«

»Habe ich nicht!«, widersprach Lilly heftig und konnte sich ein Lachen kaum verkneifen. So unauffällig, wie sie beabsichtigt hatte, war ihr Kramen in der Handtasche also doch nicht gewesen.

»Das habe ich ihr auch gleich gesagt: Auf keinen Fall wartet sie auf mich«, grinste er frech.

»Was hat sie denn nun gesagt?«

»Dass sie mit mir um hundert Euro wettet, dass du ihre Nachfolgerin wirst.«

»Das hat sie bestimmt nicht gesagt. Du verschaukelst mich!«

»Ich schwöre es dir, sie hat gesagt, dass die Luft bis zu ihrem Platz auf dem Schiff gebrannt hat. Und dass sie ganz eifersüchtig wird, wenn sie daran denkt.«

»Warum habt ihr beiden euch eigentlich scheiden lassen? Ihr wart ein echtes Traumpaar«, bemerkte Lilly nun ganz ernst.

Luca überlegte eine Weile, bevor er zögernd antwortete: »Ich weiß. Sie ist eine wunderbare Frau, aber wie soll ich es dir erklären, ohne in mögliche Fettnäpfe zu treten«, seufzte er.

»Sag ruhig, dass sie die Liebe deines Lebens ist«, murmelte Lilly und fixierte ihre Schuhspitzen. Luca sollte nicht sehen, dass es sie sehr wohl treffen würde, wenn er das jetzt ihr gegenüber zugeben würde.

»Wie soll ich sagen? Ich habe Rebecca auf einem Campusfest kennengelernt. Wir haben den ganzen Abend geredet und dann, ja dann war bald klar, dass wir ein Paar sind. Sie war so anders als die Mädchen von hier. Ich war es gewohnt, dass ich angeschwärmt wurde und nie ganz sicher war, ob die jungen Damen sich in die Seidenmanufaktur verguckt haben oder in meine Person. Rebecca aber meinte mich, weil sie gar nicht ahnte, was für eine sogenannte begehrte Partie ich in Bellagio gewesen bin. Wir haben uns von Anfang an blind verstanden. Aber ich hatte nicht diese verwirrenden Anflüge wie bei dir.« Er deutete auf sein Herz. »Das fing ja schon an zu rasen, als ich dich da so schuldbewusst mit deinem ausgebüxten Hund auf der Fähre gesehen habe.«

»Und seit wann seid ihr schon geschieden?«

»Willst du das wirklich wissen?«

Lilly nickte eifrig. »An dem Tag, an dem wir uns auf dem Boot getroffen haben, waren wir gerade auf dem Weg zum Gericht. Später, als ich dich in dem Restaurant in Como wiedergetroffen habe, war ich schon ein freier Mann. Und im Al Veluu haben wir unsere Scheidung gefeiert.«

Lilly gab ihm einen Kuss auf die Wange.

»Meinst du, wir könnten uns noch einmal richtig küssen, bevor du mit dem Herrn in Hamburg gesprochen hast?«, fragte er schmunzelnd.

Lilly tat so, als müsste sie lange überlegen. »Gut, einen noch.« Dabei klopfte ihr Herz bis zum Hals, auch bei dem Gedanken, dass es womöglich der letzte Kuss dieser Art sein könnte. Seine sinnlichen Lippen waren weich, aber das Spiel seiner Zunge war fest und fordernd. Lilly vergaß Zeit und Raum und spürte nur noch die reine Lust und das Vibrieren ihres ganzen Körpers. Ich liebe ihn, hämmerte eine Melodie in ihrem Herzen, ich liebe Luca Danesi.

24.

Das Geräusch von herannahenden Schritten ließ Lilly und Luca auseinanderfahren und sie blickten erschrocken in Richtung des Mannes, der jetzt mit schwerem Schritt auf sie zutrat. Seine Miene verhieß nichts Gutes, als er erkannte, wen sein Sohn da gerade eben so leidenschaftlich geküsst hatte. Trotzdem entschuldigte er sich für die Störung. Sein Ton war dabei alles andere als freundlich.

»Ich konnte ja nicht ahnen, dass ihr euch hierher verkrochen habt«, fügte er brummend hinzu und zündete sich eine Zigarette an.

»Vater, du sollst doch nicht rauchen«, ermahnte Luca ihn.

»Jetzt fang du nicht auch noch an. Was meinst du, wie deine Mutter mich damit nervt. Ich hatte gehofft, hier meine Ruhe zu haben«, sagte er in schroffem Ton, bevor er einen hektischen Zug nahm.

»Du hast es uns im Krankenhaus versprochen und nur weil es ein leichter Infarkt war, musst du nicht gleich wieder übertreiben«, schimpfte Luca.

»Mein Bester, kümmere dich lieber um deine Angelegenheiten. Es ist nämlich äußerst unprofessionell, sich anlässlich eines solchen Anlasses wie ein pubertierender Bursche zum Knutschen in den Garten zu verziehen. Ich bin mehrfach darauf angesprochen worden, wo du steckst. Ich würde dir raten, diese Privatvorstellung vorerst zu vertagen!«

»Gut, dann mischen wir uns mal wieder unter das Volk«, erwiderte Luca mit einem leicht süffisanten Unterton und erhob sich von der Bank. Lilly machte hingegen keine Anstalten aufzustehen. »Kommst du?«, hakte er nach.

»Gleich, ich komme gleich nach. Ich, ich habe auch ein schlimmes Laster. Auf Partys, ja, da schnorre ich manchmal Zigaretten. Und ich würde diese günstige Gelegenheit gern nutzen und bei deinem Vater …«, stammelte Lilly, der auf die Schnelle nichts Besseres eingefallen war, um plausibel zu machen, warum sie mit Signore Danesi senior allein zurückbleiben wollte.

»Gut, dann schaue ich dir mal beim Sündigen zu. Ich habe mir das zum Glück vor einem Jahr abgewöhnt.«

Lilly winkte ab. »Nein, du hast doch gehört, was dein Vater gesagt hat. Dein Typ wird verlangt. Im Übrigen wäre mir das äußerst peinlich, wenn du mir beim Rauchen zuschauen würdest.«

Er grinste. »Bene, dann lasse ich dich mit meinem Vater allein. Du kommst dann gleich nach, oder?«

Lilly nickte eifrig. Kaum war Luca hinter einer Hecke verschwunden, hielt Marcello Danesi Lilly wortlos die Zigarettenpackung hin. Lilly machte eine abwehrende Bewegung. »Nein danke, ich rauche nicht.« Sie entschied sich, Italienisch mit ihm zu sprechen.

Marcello Danesi starrte sie fassungslos an. »Und was sollte die Vorstellung vor meinem Sohn?«

»Das war die günstige Gelegenheit, mit Ihnen unter vier Augen zu reden. Nur deshalb bin ich zu Ihrem Fest gekommen.«

»Dass ich nicht lache! Das sah eben aber ganz anders aus!«, entgegnete er. »Und es tut mir leid, dass ich überhaupt keine Zeit für ein Privatgespräch habe. Wie Ihnen nicht entgangen sein dürfte, bin ich der Gastgeber.«

Lilly blickte auf seine Zigarette. »Ich denke, wir sind fertig, sobald Sie aufgeraucht haben. Deshalb komme ich mal schnell auf den Punkt: Sagt Ihnen der Name Isabell Haas etwas? Und sagen Sie jetzt nicht ›Nein‹, denn ich glaube Ihnen kein Wort. Sie kennen sowohl den Namen als auch dieses Kleid. Das hatte sie wohl damals schon – während Ihrer Affäre ...«

Seine Miene versteinerte förmlich. »Ich muss doch sehr bitten. Hüten Sie Ihre Zunge!«

Lilly ließ sich von seinem abweisenden Ton nicht einschüchtern. Dass dieser Mann sich ertappt fühlte, konnte sie allein daran erkennen, wie hektisch er jetzt rauchte.

»Sie kennen also keine Isabell Haas aus Hamburg?«

»Und wenn, was geht Sie das an?«, fauchte er zurück.

»Eine ganze Menge, denn wenn, dann wäre es sehr wahrscheinlich, dass Sie meine Mutter geschwängert haben und ihr seit damals monatlich Schweigegeld zahlen, damit ich nicht herausbekommen kann, wer mein leiblicher Vater ist! Und das habe ich erst nach dem Tod meiner Mutter erfahren. Sie hat mir zeitlebens vorgeschwindelt, ich wäre das Resultat eines One-Night-Stands. Dabei lebt mein Vater, und das anscheinend nicht schlecht! Und in ihrem Nachlass waren überdies einige Fotos, die Sie mit ihr zeigen. Unverkennbar, würde ich sagen. Sie sind zwar älter geworden, aber haben sich nicht eklatant verändert seit damals!« Lillys Herz klopfte ihr bis zum Hals, denn in dem Punkt hatte sie eben hoch gepokert. Bislang gab es nur das eine auffällige Indiz: die Nase! An seine sonstigen Gesichtszüge konnte sie sich nicht mehr so genau erinnern.

»Unsinn, das glaube ich nicht. Wo haben Sie die denn? Zeigen Sie die doch mal!«

Lilly musterte ihn abschätzig. »Sie wissen doch, dass sie nicht mehr in meinem Besitz sind. Da hat Ihr Freund Riccardo gründliche Arbeit geleistet! Er hat sie vernichtet, um Ihren Arsch zu retten!«

Marcello tippte sich jetzt gegen die Stirn. »Sie haben ja nicht alle Tassen im Schrank! Ich bin nicht Ihr Vater!« Er schwitzte jetzt aus allen Poren und seine Gesichtshaut war ungesund rot. Lilly musste daran denken, was Luca eben über seinen Infarkt gesagt hatte, und beschloss, einen Gang zurückzuschalten. Schließlich wollte sie nicht schuld daran sein, wenn er noch einen weiteren Infarkt erlitt. Sie war sich dennoch ziemlich sicher, dass sie bei ihm in ein Wespennest gestochen hatte. Alles sprach dafür, dass er die Unwahrheit sagte und versuchte, seine Haut zu retten.

»Gut, dann verabschiede ich mich von Ihnen. Wenn Ihnen doch noch was einfällt, dann können Sie mich noch ein paar Tage unter der Nummer von Matteo di Rossi erreichen«, teilte sie ihm in höflichem Ton mit.

Er funkelte sie wütend an. »Jetzt passen Sie mal gut auf, meine Liebe, Sie werden mein Fest auf der Stelle verlassen und ich möchte nicht, dass Sie sich meinem Sohn noch einmal nähern. Er ist tabu für Sie. Verstanden?«

Lilly baute sich kämpferisch vor ihm auf. »Ach ja? Dann sagen Sie doch gleich, dass Sie verhindern wollen, dass ich mit meinem Bruder ins Bett gehe!«

Ohne Vorwarnung holte Marcello Danesi aus und wollte ihr eine Ohrfeige verpassen, aber er bremste sich gerade noch rechtzeitig. Allerdings war er über diesen Impuls mindestens genauso erschrocken wie sie. »Entschuldigen Sie, das wollte ich wirklich nicht. Nein, ich würde niemals eine Frau schlagen. Ich möchte doch nur, dass Sie endlich gehen und nicht mehr wiederkommen. Bitte, Sie haben hier nichts verloren. Verlassen Sie Lenno, gehen Sie zurück nach Hamburg. Sie werden Ihren Vater nicht finden. Ich schwöre es Ihnen. Keiner am ganzen Comer See wird sich dazu bekennen. Reisen Sie ab. In Ihrem eigenen Interesse!«

Lilly ließ diesen Wortschwall über sich ergehen. Noch nie hatte ein Erwachsener die Hand gegen sie erhoben. Auch nicht als Kind. Sie konnte kaum fassen, was ihr da gerade widerfahren war. Sie wollte ihm an den Kopf werfen, was für ein Arschloch er wäre, doch da fiel ihr etwas viel Besseres ein.

»Wer nicht mehr weiterweiß, der greift zur Gewalt, aber die Wahrheit lässt sich auch durch Ihr Verhalten nicht leugnen. Lassen Sie es gut sein, wir beenden das Gespräch. Ihr Benehmen hat Bände gesprochen. Und wer hat Ihnen erzählt, dass ich aus Hamburg komme? Der Dottore?« Mit diesen Worten trat sie auf ihn zu und suchte sein Jackett nach ausgefallenen Haaren ab.

»Ich werde einen Test machen lassen und beten, dass ich mich irre, denn auf so einen Vater kann ich verzichten«, sagte sie kühl, doch als sie ein Haar entdeckte und es entfernen wollte, hielt er ihre Hand fest. »Unterstehen Sie sich!«, zischte er. »Und jetzt raus!«

In diesem Augenblick kam Luca um die Ecke und blieb erschrocken stehen, als er sah, dass sich Lilly und sein Vater wie zwei Kampfhähne gegenüberstanden.

»Was ist denn hier los?«, fragte er.

»Gar nichts«, log sein Vater. »Die junge Dame hat nur gerade mitgeteilt, dass sie sich nicht wohlfühlt und gehen möchte. Bist du bitte so freundlich und begleitest sie zum Ausgang?« Mit fahrigen Bewegungen steckte er sich eine weitere Zigarette an.

»Wenn, dann bringe ich sie mit unserem Boot zurück zur Villa di Rossi, aber das möchte ich erst mal aus ihrem Mund hören.«

»Du wirst gebraucht! Du wirst jetzt zu den Gästen zurückgehen. Basta!«

Luca aber überhörte die autoritären Worte seines Vaters und wandte sich an Lilly, die sich auf die Bank hatte fallen lassen, weil ihr schwummrig geworden war.

»Möchtest du wirklich schon gehen?«, fragte er mitfühlend. »In der Tat, du bist sehr blass geworden. Hoffentlich ist das kein Rückfall!«

»Nein, nein, ich habe mir nur zu viel zugemutet. Dr. di Rossi hatte mir eigentlich noch Ruhe verordnet. Mach nur, was dein Vater sagt, ich schaffe schon die paar Schritte zur Fähre.« Sie fühlte sich auf einmal schwach und mutlos. Wie war sie bloß auf den Gedanken gekommen, sich mit so einem Machtmenschen wie Marcello Danesi ungestraft anlegen zu können. Die Vorstellung, er könnte tatsächlich ihr Vater sein, verursachte ihr Brechreiz. Und doch brauchte sie Gewissheit, aber nur noch, um den letzten kleinen Hoffnungsschimmer auszuschöpfen, es könnte ein anderer sein, damit sie Luca endlich hemmungslos in die Arme sinken durfte.

»Ich lass dich auf keinen Fall allein zur Fähre gehen. Nachher kippst du auf dem Weg um.« Seine Hilfsbereitschaft wurde von Marcello mit einem abfälligen Zischeln kommentiert, doch Luca schenkte dem Missfallen seines Vaters keine Beachtung, sondern reichte Lilly seinen Arm. Sie nahm seine Hilfe an, denn sie fühlte sich wirklich schlecht. Trotzdem ließ sie es sich nicht nehmen, Marcello Danesi mit einem abschätzigen Blick zu mustern, als sie Arm in Arm an ihm vorbeigingen.

»Luca, mach keinen Unsinn. Du bist in spätestens einer halben Stunde zurück!«

»Jawohl, Papi, und dann trink ich auch mein Fläschchen und mache artig Heia«, erwiderte Luca spöttisch. Die Reaktion seines Vaters, ein wütendes Schnaufen, verfolgte sie noch eine Weile.

»Du kannst dich natürlich auch in meiner Wohnung ein wenig ausruhen. Ich habe mich wie Matteo dazu bestechen lassen, auf dem elterlichen Anwesen zu leben. Will sagen, mein Vater betritt die Wohnung nicht. Und nun erzähl mir mal, warum ihr euch so gestritten habt. Mein Vater benimmt sich der Damenwelt gegenüber ansonsten doch immer äußerst wohlwollend. Besonders bei so hübschen Frauen wie dir lässt er doch gewöhnlich seinen geballten Charme spielen.«

»Wie kommst du denn darauf, dass wir gestritten haben?«, fragte Lilly erschrocken.

»Du hättest euch mal erleben sollen. Ich hatte Sorge, du würdest dich augenblicklich auf ihn stürzen.«

Lilly schüttelte heftig den Kopf. »Nein, das hat nur so ausgesehen. Worüber sollte ich denn mit deinem Vater streiten? Ich kenne ihn doch gar nicht.«

»Tja, dann irre ich mich wohl, aber so unritterlich kenne ich meinen Vater gar nicht. Wenn irgendwo in seinem Blickfeld eine Dame ein leichtes Unwohlsein äußert, dann holt mein Vater gewöhnlich sofort den Notarzt. Also, wenn er sich jetzt dir gegenüber eher brüsk verhalten hat, nimm es bitte nicht persönlich. Er liebt Rebecca über alles und gibt allein mir die Schuld, dass ich sie nicht halten konnte. Im Moment würde er wohl jede fremde Frau verbellen.«

Ach, wenn es das nur wäre, dachte Lilly wehmütig und drückte sich noch enger an ihn, denn ihr war immer noch ein wenig schwindlig.

Sie waren jetzt wieder im Partygetümmel angelangt. Als Merle und Matteo sie entdeckten, eilten sie winkend auf die beiden zu. »Wo seid ihr denn bloß gewesen?«, fragte Matteo seinen Freund. »Deine Mutter ist schon ganz nervös, weil nicht nur du verschwunden bist, sondern auch dein Vater. Er soll doch noch seine Rede halten.«

»Da ist er doch«, erwiderte Luca, als sich sein Vater in dem Moment dem Haus näherte. »Aber mich müsst ihr entschuldigen. Ich bringe Lilly rüber zur Villa di Rossi. Ihr ist nicht wohl.«

»Das sieht man allerdings. Süße, du bist ja weiß wie eine Wand«, sagte Merle besorgt.

»Nur ein bisschen der Kreislauf«, erwiderte Lilly. »Mir ist jetzt nach Bett.«

»Soll ich mitkommen?«, bot sich die Freundin an.

Lilly winkte ab. »Nein, nein, so schlimm ist es wirklich nicht. Und wenn Luca mich rüberfährt, lege ich mich gleich hin und dann ist gut.«

»Und ich soll wirklich nicht mitkommen?«, wiederholte

Merle ihre Frage, während sie Luca mit unverhohlener Neugier musterte.

»Amüsiert euch gut und seht nur, jetzt hält der Gastgeber seine Rede.« Lilly deutete auf die kleine Bühne, die im Garten für die Musikkapelle errichtet worden war. Dort hatte Marcello Danesi Stellung hinter dem Mikrofon bezogen. Was würde ich darum geben, wenn der Typ nicht mein Vater wäre, ging es ihr qualvoll durch den Kopf. Sie konnte immer noch nicht ganz begreifen, dass dieser Mistkerl die Hand gegen sie erhoben hatte! Nur konnte sie auch diesen Vorfall mit niemandem teilen. Schon gar nicht mit Luca, der völlig ahnungslos war, was für Abgründe sich für Lilly da eben im Garten aufgetan hatten.

»Mir geht es schon wieder besser. Vielleicht ist es sogar ganz gut, wenn ich allein ein paar Schritte zum Fähranleger gehe«, raunte sie ihm zu.

»Das kommt gar nicht infrage!«, widersprach er energisch, während er ganz nebenbei in Windeseile einen Riesenteller mit Leckereien vom Buffet füllte, sich von der Servicekraft Folie geben ließ und ihn wie selbstverständlich mitnahm.

»Du bist ja verrückt«, sagte sie.

»Ich sehe doch, dass du was essen musst«, gab er schmunzelnd zurück. »Und unser Buffet ist vom besten Caterer der Lombardei. Warte, wir brauchen noch etwas zu trinken.« Er drückte ihr den Teller in die Hand und ließ sich an der Champagnerbar eine Flasche und zwei Gläser geben.

»Komm mit ins Haus. Ich brauche einen Korb«, forderte er sie gut gelaunt auf. Lilly folgte ihm und war sichtlich angetan von dem prächtigen Eingangsbereich der Villa, in dem einige Gemälde alter Meister hingen. »Mein Großvater hat den di Rossis damals die Sammlung abgekauft, als Matteos Vater eine Klinik aus dem Haus gemacht hat«, erklärte er ihr, bevor er zur Küche eilte. Lilly sah sich mit gemischten Gefühlen um. Im Inneren der Villa di Rossi strotzte alles auf charmante Weise vor verblichener Pracht, während in diesem Haus der Reichtum sehr kühl zur Schau gestellt wurde.

Da kam Luca bereits grinsend mit einem Korb im Arm zurück. »Alles bereit für ein Picknick am Gestade des Lario.«

Lilly lachte, doch dann wurde sie ernst. »Du hast gehört, was dein Vater gesagt hat. Du wirst auf dem Fest gebraucht.«

»Ich finde, er hat eine Strafe verdient für sein unfreundliches Benehmen dir gegenüber. Einer muss doch die Familienehre retten. Das ist nur eine Art Wiedergutmachung.«

»Und was ist überhaupt Lario?«, hakte Lilly nach.

»Das ist der vom Lateinischen abgeleitete zweite Name für den Comer See.«

Als sie das Haus gerade verlassen wollten, begegnete ihnen Signora Danesi. »Wo seid ihr nur alle? Ich habe euch überall gesucht«, sagte sie aufgeregt.

»Vater hält jetzt seine Rede und ich bringe Signorina Haas zur Villa di Rossi. Sie hat einen kleinen Schwächeanfall erlitten, wahrscheinlich die Spätfolge einer Gehirnerschütterung.«

»Das ist nett, mein Junge«, erwiderte Lucas Mutter, warf einen flüchtigen Blick auf den Korb, aus dem neckisch der Hals der Champagnerflasche hervorlugte, und tätschelte zur Bekräftigung seine Hand. Was für eine wunderbare Frau, dachte Lilly. Natürlich ahnte sie, dass sich etwas zwischen Luca und Lilly anbahnte. Und für sie schien es völlig in Ordnung zu sein, dass sich Luca wie ein Gentleman benahm und die Frau seines Herzens nach Hause brachte, obwohl er der Sohn des Gastgebers war. Ganz im Gegensatz zu seinem Vater.

»Wenn es dir wieder besser geht, dann mache ich mal eine Führung mit dir durch Bellagio und halte meinen geliebten Vortrag über die wechselvolle Geschichte dieses Fleckens Erde«, versprach Luca Lilly, während sie auf den Privatsteg der Familie Danesi zusteuerten. Luca reichte ihr die Hand, damit sie leichter in das Boot steigen konnte. Ebenfalls ein Rivaboot, wie Lilly auf einen Blick erkannte. Körperlich fühlte sie sich wieder fitter, seit sie das Fest verlassen hatten und sie nicht länger Gefahr lief, dem Hausherrn noch einmal zu begegnen.

25.

Als Luca mit dem Boot ablegte, konnte Lilly kaum den Blick von der traumhaften Kulisse lösen, die das sich immer weiter entfernende Bellagio hinter ihnen bot.

»Magst du Seide?«, fragte Luca plötzlich unvermittelt.

»Und wie! Das ist einer der schönsten Stoffe, die ich kenne«, entgegnete sie begeistert.

»Möchtest du einmal sehen, was wir in unserer Firma alles aus Seide machen?«

»Das wäre schön«, erwiderte sie spontan, ohne daran zu denken, dass es auch Marcellos Firma war und er sicher gar nicht begeistert wäre, wenn Luca sie dort herumführte.

»Gut, dann hol ich dich morgen ab. Am Samstag wird zwar nur mit halber Belegschaft gearbeitet, aber dann stören wir auch weniger.«

»Wenn ich morgen wieder auf den Beinen bin«, gab sie zu bedenken, weil sie erst einmal in Ruhe über seinen Vorschlag nachdenken wollte. Natürlich war sein Angebot, die Seidenmanufaktur zu besichtigen, sehr reizvoll, aber eigentlich wollte sie seine Gegenwart lieber meiden, bis sie die Gewissheit hatte, ob Marcello wirklich ihr Vater war.

Vor allem musste sie jetzt genau überlegen, wie sie diese Gewissheit erlangen konnte. Ob sie noch einmal im Notariat aufschlagen und der eigentlich netten Notarin die Pistole auf die Brust setzen sollte?

Sie waren mittlerweile auf der anderen Seite des Sees angekommen. Vor ihnen thronte das Anwesen der di Rossis malerisch auf seinem Felsen. Unterhalb gab es einen winzigen Strand, auf den Luca nun vorsichtig zuhielt. »Wir können nicht ganz heranfahren, denn dort ist es ganz flach«, sagte er, während er sich ohne Scheu seiner Schuhe, seiner Strümpfe und seiner eleganten Anzughose entledigte, nachdem er die Vorleine zielgenau über einen aus dem Wasser ragenden Pfahl geworfen hatte. Offenbar macht er das öfter, durchfuhr es Lilly, jedenfalls legte er hier nicht zum ersten Mal an.

»Gib mir mal den Korb. Den trage ich als Erstes rüber und dann die Prinzessin.«

»Luca, du sollst jetzt kein Picknick mit mir machen. Dein Vater dreht dir den Hals um.«

»Kannst du mir einen Gefallen tun?«, stöhnte er. »Hörst du auf, von meinem Vater zu reden?«

Lilly nickte und beobachtete schweigend, wie Luca sich vom Bootsrand ins Wasser gleiten ließ und den Korb durch das klare Wasser bis zum Strand balancierte. Sie wollte nicht warten, bis er zurückkam, um sie zu holen. Einmal abgesehen davon, dass sie sich wieder hervorragend fühlte, war sie nicht aus Zucker. Hastig streifte sie die hohen Pumps ab, raffte ihr Kleid zusammen und ließ sich ebenfalls ins Wasser gleiten.

»Geht es dir wieder besser?«, fragte Luca besorgt, als sie den Strand betrat.

»Klar, mir geht es wieder prächtig. Und du hast recht. Ich habe jetzt tatsächlich einen Mordshunger.«

Luca hatte bereits eine Decke am Strand ausgebreitet. Lilly setzte sich und er holte nun die Köstlichkeiten aus dem Korb. Olivenbrot, Bresaola, den luftgetrockneten Schinken aus Rindfleisch, und diverse Käsesorten.

»Was ist das für ein toller Käse?«

Luca deutete fachmännisch auf die jeweiligen Stücke, während er Lilly umfassend aufklärte. »Casoretta, Fiorone, Rabiola, Semuda, Taleggio Dop.«

Sie lachte. »Das kann ich mir nicht merken, aber sie sind wunderbar. Aber solltest du nicht ...«

Luca versiegelte ihr den Mund mit einem Kuss. Lilly versuchte erst gar nicht, sich dagegen zu wehren, doch als sich ihre Lippen voneinander lösten, durchfuhr sie ein gleichzeitig verwerflicher als auch einleuchtender Gedanke, wie sie sich Gewissheit verschaffen konnte. Sie brauchte nur ein paar verwertbare Proben mit Genmaterial von Luca, die sie dann in einem Labor abgeben und testen lassen konnte. Sie kam sich wie eine Verräterin vor, aber hatte sie eine andere Wahl? Als Luca nach dem wunderbaren Picknick damit beschäftigt war, die Decke zusammenzulegen, raffte sie das Champagnerglas, seine Serviette, seine Gabel, und sogar ein Taschentuch zusammen und ließ alles unauffällig in ihrer Tasche verschwinden.

Luca wollte Lilly noch bis zu Matteos Wohnung bringen, aber am Steg sprang sie überstürzt von Bord, um einen Abschiedskuss zu vermeiden. Sie konnte ihn jetzt nicht mehr küssen, nachdem sie ihn derart hintergangen hatte. Außerdem wollte sie das mit dem Test schnellstens hinter sich bringen. Sie hatte in Lenno eine Apotheke entdeckt, in der sie gleich morgen nachfragen würde.

Da erinnerte Luca sie an ihre Verabredung am nächsten Tag, während er sie befremdet musterte. Natürlich muss ihm mein Verhalten höchst merkwürdig erscheinen, dachte Lilly und schlug ihm vor, sich gegen Mittag in Lenno zu treffen.

Mit einem kurzen Gruß drehte sie sich auf dem Absatz um und ging mit weichen Knien die Terrassen hinauf bis zum Gartenhaus. Nein, gut fühlte sie sich nicht in ihrer Haut, aber was sollte sie tun? Wäre Marcello nicht der Vater jenes Mannes, in den sie sich so rasend verliebt hatte, sie würde nach der Beinahe-Ohrfeige auf die Klärung der Vaterschaft verzichten. Aber wenn es nur eine winzige Chance gab, dass sie sich irrte, musste sie es wissen. Die Alternative wäre, sang- und klanglos zu verschwinden, aber was würde dann aus Emma, wenn sie wieder auftauchte? Nein, Lilly sah keinen anderen Ausweg, als den Test hinter seinem Rücken durchzuziehen. Aber ganz gleich, wie das Ergebnis ausfallen würde, sie würde sich Luca dann anvertrauen. Selbst wenn sie seine Schwester wäre. Das war sie ihm schuldig und sie sah nicht den geringsten Grund, warum sie seinen Vater im Ernstfall schützen sollte. Das hatte der Kerl wahrlich nicht verdient. Außerdem schien auch Lucas Verhältnis zu seinem Erzeuger nicht gerade harmonisch zu sein. Jedenfalls hatte es vorhin nicht den Eindruck gemacht, als wären die beiden einander herzlich verbunden. Und hatte Luca nicht bei dem Dinner mit Chiara und Matteo offen zugegeben, dass er lieber Riccardo zum Vater hätte …

Lilly zuckte zusammen, als sich ihr plötzlich Signora di Rossi in den Weg stellte. Es war zwar noch hell draußen, aber es war kein Mensch außer ihnen im Park unterwegs. Lilly konnte sich nicht helfen. Diese Frau machte ihr Angst, zumal der Hass unvermindert aus ihren Augen loderte.

»Was sollte das da gestern?«, fragte sie drohend.

»Ich weiß nicht, wovon Sie reden«, gab Lilly zurück und versuchte, sich an der Frau vorbeizudrücken, doch Carlotta hielt sie am Arm fest.

»Solange Sie sich auf meinem Grund und Boden befinden, antworten Sie mir, wenn ich Sie frage. Warum haben Sie mit meinem Mann einen Bootsausflug gemacht?«

»Weil er es meiner Freundin angeboten hat. Mir war das auch nicht recht«, giftete Lilly zurück. Der Zusammenstoß mit dem widerlichen Marcello hatte ihr für heute an Begegnungen mit unfreundlichen Zeitgenossen gereicht.

»Mein Mann ist nicht da. Falls Sie ihn suchen. Eigentlich sollten Sie doch auf dem Fest der Danesis sein.«

»Mir ist nicht gut und der Letzte, dem ich jetzt begegnen möchte, ist Ihr Ehemann, Signora! Aber bestellen Sie ihm einen schönen Gruß und dass Signore Danesi zu beneiden ist um so einen guten Freund wie Ihren Mann!«

»Bitte? Was reden Sie denn da?«

Sie machte eine wegwerfende Handbewegung. »Ihr Mann wird das schon verstehen. Er steckt ja mit dem Herrn unter einer Decke!«, fauchte sie, was ihr schon im selben Augenblick leidtat, denn diese Signora war wirklich die Letzte, die sie in ihre privaten Angelegenheiten einweihen wollte.

»Was wollen Sie damit sagen?« Carlotta war noch blasser geworden, als sie es ohnehin schon war.

»Nichts!«, zischte Lilly und machte einen großen Bogen um die Signora, um sie endlich loszuwerden. Obwohl Carlotta in scharfem Ton forderte, sie solle zurückkommen, setzte Lilly ihren Weg unbeirrt fort.

26.

Carlotta bebte vor Zorn, als sie die Deutsche mit aufrechtem Gang davonstöckeln sah. Sie spielte kurz mit dem Gedanken, sie zu verfolgen und erneut zur Rede zu stellen, nur schien die junge Frau ihrerseits auf Krawall gebürstet und ließ sich offenbar nicht mehr von ihr einschüchtern. Mit wem steckte ihr Mann angeblich unter einer Decke? War ihr etwa Marcello zu nahegetreten? Lief da doch was zwischen Riccardo und der Blonden? Carlotta konnte sich keinen Reim darauf machen. Und Riccardo konnte sie nicht fragen. Er hatte sie vorhin aus einem Hotel in Como angerufen und ihr mitgeteilt, dass die Sache mit seinem Notar doch länger dauern und sie morgen mit der Besprechung fortfahren würden. Er hatte ihr nicht genau gesagt, um was für einen Vertrag es sich da eigentlich handelte, aber worum sollte es schon gehen? Wahrscheinlich hatte er endlich ein Testament gemacht, in dem er sein Vermögen im Erbfall den beiden Kindern zu gleichen Teilen hinterließ. Wenn er nämlich eines Tages ohne Testament starb, wäre auch sie Nutznießerin seines Geldes, und das wollte sie partout nicht, denn sie besaß mehr, als sie ihr restliches Lebens überhaupt ausgeben konnte. Riccardo hatte doch nur das, was er als Klinikleiter verdiente, aber er verdiente nicht schlecht und hatte wohl auch durch das eine oder andere erfolgreiche Finanzgeschäft sein Geld vermehrt. Jedenfalls konnte sich Carlotta nicht vorstellen, was er sonst beim Notar wollte. Er machte daraus jedenfalls stets ein Riesengeheimnis, hatte sich schon früh ein eigenes Notariat gesucht und sich geweigert, dort Mandant zu werden, wo Carlottas Familie schon seit Generationen ihre Angelegenheiten regeln ließ. Nicht mal den Namen des Notariats hatte er ihr verraten. Als sie sich über Riccardos Geheimniskrämerei einmal vor einer halben Ewigkeit bei Maria Danesi beschwert hatte, hatte ihr die Freundin ins Gewissen geredet und behauptet, wenn sie Riccardo nicht wenigstens ein paar Dinge in Eigenregie überlassen würde, dann würde sie ihn in seiner Männlichkeit verletzen. Carlotta erinnerte sich merkwürdigerweise noch genau an dieses Gespräch. Sie hatten damals gemeinsam mit den beiden Kleinkindern Urlaub in Carlottas Ferienhaus am Meer zwischen San Remo und Arma di Taggia gemacht. Sehr luxuriös mit Kindermädchen und Köchin. Die beiden jungen Mütter hatten jeden Abend fürstlich auf der Traumterrasse gespeist und ihren Weißwein genossen. An einem dieser Abende hatte Carlotta Maria ihr Herz ausgeschüttet und sie war regelrecht beschämt über die Toleranz ihrer Freundin gewesen, die ihr versichert hatte, dass ihr Marcello ganz andere Geheimnisse hätte als ein Notariat, dessen Namen er nicht verriet.

Dieses vertrauliche Gespräch hatte natürlich im Nachhinein eine völlig andere Bedeutung bekommen, denn ein paar Tage darauf war Carlotta auf die verhängnisvolle Idee gekommen, die dreihundertfünfzig Kilometer in Kauf zu nehmen, um Riccardo an seinem Geburtstag zu überraschen. Sie hatte der Freundin versprochen, am folgenden Tag zurückzukommen. Carlotta war nie wieder in das Ferienhaus gereist, denn sie wäre nie wieder ohne ihren Mann in den Urlaub gefahren und Riccardo hielt nichts von dem Müßiggang am Strand. Carlotta hatte es später verkaufen wollen, aber dann hatten es die beiden Kinder übernommen. Chiara und Matteo liebten diesen Ort. Sie hatte damals eine Ausrede erfunden, warum sie nicht zurückkehren konnte. Eine Kinderkrankheit Matteos, die Maria natürlich nicht hinterfragt hatte. Danach hatte Carlotta nur noch den Kontakt zu den Danesis gepflegt, der nötig war, um auf dem gesellschaftlichen Parkett als Freunde zu gelten. Aber so persönlich wie auf der Terrasse war sie Maria gegenüber nie wieder geworden. Die Gefahr, sonst eines Tages das Ungeheure auszuplaudern, wäre zu groß gewesen. Obwohl Carlotta eine Person war, die vor Selbstbeherrschung nur so strotzte, ein Glas Wein zu viel hätte diese Fassade aus Contenance zum Einsturz bringen können. Natürlich wollte Carlotta in erster Linie um ihrer selbst willen, dass nichts durchsickerte, aber Maria war einer der wenigen Menschen, die ihr Herz berühren konnten. Niemals hätte sie ihr das zumuten wollen, zumal sie damals zum zweiten Mal schwanger gewesen war. Selbst nachdem sie dieses Baby schon im vierten Monat verloren hatte, hätte Carlotta sie niemals eingeweiht.

Carlotta ertappte sich in diesem Moment dabei, dass sie immer noch wie angewurzelt auf dem Kiesweg stand und der Deutschen hinterherstarrte, die längst aus ihrem Blickfeld verschwunden war.

Entschlossen machte sie auf dem Absatz kehrt und eilte in das Haus. Nicht dass jemand noch mitbekam, wie verloren sie in der Gegend herumstand. Carlotta war es wichtig, was die Leute dachten. Schließlich hatte sie einen Ruf zu verlieren. Die Valiognes waren eine der ältesten Familien in der Gegend, aber leider war der Name mit ihrer Hochzeit ausgestorben, denn Carlotta war Einzelkind gewesen. Ihr Vater hätte es gern gesehen, wenn Riccardo, nachdem er gegen ihn als Schwiegersohn wegen der Schwangerschaft seiner Tochter nichts mehr hatte unternehmen können, den Namen Valiogne angenommen hätte, aber Riccardo war viel zu stolz, seinen Namen aufzugeben. »Unsere Familie lebt hier mindestens genauso lange«, hatte er argumentiert. Carlotta hatte ihn davon überzeugen wollen, dass es in ihren Augen aber ein mächtiger Unterschied wäre, ob die Familie seit Generationen mehr schlecht als recht einen Bauernhof bewirtschaftete oder auf einem Anwesen lebte und ihr halb Lenno gehörte. Das aber hatte Riccardo nicht gelten lassen, und zu Carlottas Verdruss hatte sich bei den jüngeren Leuten ganz klar der Name di Rossi für ihr Familienanwesen durchgesetzt. Also war Carlotta die Letzte ihrer aussterbenden Sippe und als solche hatte sie dafür zu sorgen, dass keiner dem Namen ihrer Familie Schande machte, denn bei den Alteingesessenen hatte der Name Valiogne immer noch einen Ruf wie Donnerhall. Wie konnten die Alten auch vergessen, wie Carlottas Großvater noch auf dem Pferd über seine Ländereien geritten war und die Landarbeiter zur Arbeit angetrieben hatte? Hinter vorgehaltener Hand kursierte die Geschichte, dass Alessandro Valiogne zu den letzten Anhängern Mussolinis gehört hatte. Carlotta zweifelte nicht daran, dass ihr Großvater bis zuletzt ein Anhänger des Duce gewesen war, denn jedes Jahr bis zu seinem Herztod hatte er in der Kapelle eine Kerze für den, wie er stets behauptete, grausam ermordeten Führer angezündet und um Vergebung gebeten für die Schande, dass er ausgerechnet am Comer See hatte sterben müssen. Ja, ihr Großvater war eine Autorität gewesen, der mit einer gewissen Härte regiert hatte. Sie hatte ihn gleichzeitig gefürchtet und geliebt, weil sie ihm im Wesen sehr ähnlich war, was Disziplin, Härte gegen sich selbst und andere anging. Und auch in Bezug auf ihren unerschütterlichen Glauben in den Segen der katholischen Kirche und deren Wertesystem hatten Großvater und Enkelin einander stets nahegestanden. Jedenfalls stellte sich dieses Verhältnis heute in Carlottas verklärter Fantasie so dar. Das Problem war nur, Carlotta durfte nicht versuchen, allzu intensiv an ihre Jugend zu denken, weil sich dann ein Schatten über ihre Seele legte und sie überhaupt keine Bilder davon hatte. Bis auf ein diffuses Unwohlsein. Ganz anders war es mit der Erinnerung an jenen Überraschungsbesuch zum Geburtstag ihres Mannes.

Carlotta spürte sofort, wie sie von dieser inneren Unruhe erfasst wurde, wie es immer geschah, wenn sich die Bilder in ihr

Gedächtnis zwängten. Das geschah mit Gewalt und gegen ihren Willen. Sie ballte die Fäuste. »Nein«, schrie sie. »Nein, ich will nicht!« Doch die Erinnerung überflutete ihre Gegenwehr wie ein Tsunami und riss alles mit sich, was sich dagegenstemmte. Sie sah sich selbst als junge Mutter mit pechschwarzem Haar und in einem Sommerkostüm am Fenster stehen und die Hände vors Gesicht schlagen, weil sich in dem Augenblick ihre Hoffnung zerschlagen hatte, dass ihr Mann mit Marcellos Schweinerei nichts zu tun hatte.

Carlotta griff zu dem letzten Mittel, um ihre übermächtigen Gedanken an jene Stunden zu stoppen. Hektisch krempelte sie den Ärmel ihrer Bluse auf und hieb sich die Fingernägel in die noch nicht verheilten Wunden der letzten Runde. Es brannte wie Feuer und sie sah für den Bruchteil eines Augenblicks fasziniert einem Blutstropfen zu, wie er erst aus der Wunde quoll und dann an ihrem Arm hinunterrann und eine hellrote Spur hinterließ. Doch während sie diese verfolgte, tauchten vor ihrem inneren Auge trotz des befreienden Schmerzes flackernde Bilder auf, als würden sie von einem Stroboskop zerhackt. Zwischen grellen künstlichen Blitzen zusammenhanglose Erinnerungsfetzen: das Paar, das sich dem Haus nähert, die blonde lange Mähne, die unverschämt langen Beine, der zärtliche Blick, mit dem er sie noch nie ... sie spürt den Impuls, sich aus dem Fenster stürzen zu wollen. Wenn sie dann zerschmettert vor ihm am Boden liegt, wird er nie wieder eine Frau so ansehen können ... Der Gedanke nach Rache will sie schier zerreißen. Sie sieht ihre hassverzerrte Fratze im Spiegel, zwei Rucksäcke im Flur liegen, Marcello, der hektisch versucht, sich eine Hose über den nackten Hintern zu ziehen, sie sieht die Panik in seinem Blick, hört seine Worte: »Natürlich schaffen wir sie dir aus den Augen«, und auch Riccardo, wie er sie anfleht: »Carlotta, lass uns nach oben gehen und reden.« Marcellos nackte Gespielin bebt vor Kälte und Angst, sie hört sich brüllen: »Schafft mir diese Nutten vom

Hals. Ich bin in einer halben Stunde zurück und dann ist das Haus sauber, verstanden!« Sie flüchtet in die kühle Kapelle und lässt sich auf eine Bank fallen, stiert auf Christus am Kreuz. Sie hat keine Ahnung, wie es weitergehen soll, aber sie wünscht sich, dass sie gleich aufwacht und dass alles nur ein schrecklicher Traum gewesen ist. Dann sieht sie sich zurück zum Haus laufen, sie stößt in der Tür mit der Frau zusammen. Dieser Blick, dieser Blick eines waidwunden Rehs. Sie schlägt zu. Blut fließt über die Lippe der Schlampe, ihre Hände werden festgehalten, die Frau guckt sie immer noch an. Dieser Blick, dieser verdammte Blick! Und dann diese langen Beine …

In dem Augenblick wurde Carlotta bewusst, warum sie diese blonde Deutsche in ihrem Haus so abgrundtief verabscheute. Und sie stieß einen gellenden, nicht enden wollenden Schrei aus.

Sie merkte überhaupt nicht, dass jemand in ihr Zimmer gekommen war. Erst als zwei starke Hände sie von hinten wie in einem Schraubstock festhielten, hörte sie zu schreien auf.

»Mutter, um Himmels willen, was ist geschehen?«, fragte Matteo fassungslos, während er sie losließ und sich mit geweiteten Augen über ihren Arm beugte. »Wer hat dir das angetan?«

Carlotta blieb stumm. Matteo blickte sie fordernd an, dann strich er über ihre offenen Wunden und nahm die alten Narben wahr. »Mutter, ich kann dir helfen. Ich habe einen Freund, der arbeitet in Mailand in einer Klinik und der ist auf Selbstverletzungen spezialisiert.«

Carlotta aber entzog ihrem Sohn den Arm und krempelte hastig die Ärmel der Bluse hinunter. »Wage es ja nicht, darüber auch nur mit irgendeinem Menschen zu sprechen. Solltest du das thematisieren, ich schwöre dir, ich bringe mich eher um, als darüber mit einem Fremden zu reden. Überleg dir also gut, was du tust«, sagte sie mit bebender Stimme.

Matteo schluckte. »Keine Sorge, das bleibt unter uns, aber nur, wenn du mir versprichst, dir nie wieder selbst Schmerz zu-

zufügen.« Schon während er diese Worte sagte, wusste er, dass sie es, selbst wenn sie es beschwor, nicht lassen würde. Obwohl er als Neurologe einiges gewohnt war, schockierte ihn die Tatsache, dass seine Mutter unter eigenverletzendem Verhalten litt, zumal ihm nur Fälle bekannt waren, in denen sich traumatisierte junge Frauen so etwas Schreckliches antaten. Aber genauso wie ihn die Tatsache selbst schockte, gruselte es ihn, mit welcher unfassbaren Härte und Kälte sie darauf reagierte, dass er ihr auf die Schliche gekommen war.

»Mutter, du musst gar nicht mit Fremden sprechen, aber vielleicht erzählst du mir, was passiert ist«, bat er sie inständig.

»Du willst mir also helfen?«

Matteo nickte.

»Gut, dann sorge dafür, dass die beiden jungen Frauen noch heute unser Anwesen verlassen.«

»Aber was haben denn Merle und Lilly damit zu tun? Also, die beiden kannst du doch nicht für das ...« Er deutete auf den Arm seiner Mutter. »... verantwortlich machen. Hör endlich auf damit, die Schuld bei anderen zu suchen und blonden Frauen gegenüber einen regelrechten Verfolgungswahn zu entwickeln. Ich verstehe das sowieso nicht. Schau doch nur das Foto deiner Eltern an.«

Carlotta fuhr herum und betrachtete das Bild, das ihre Eltern voller Stolz vor dem nagelneuen Wagen zeigte, mit dem sie wenig später auf der Mailänder Autobahn auf dem Weg ins Ferienhaus in den Tod rasen sollten. Es war ein paar Monate nach ihrer Hochzeit mit Riccardo gewesen. Matteo war noch nicht auf der Welt gewesen.

»Ja und?«, fragte sie unwirsch.

»Deine Mutter hatte blondes Haar!«

»Unsinn, sie hatte es sich doch nur gefärbt!« Carlotta schrie diese Worte fast heraus.

»Gut, hör zu, ich helfe dir wirklich gern, aber ich werfe die beiden nicht raus. Und Lilly wird bleiben wollen, bis ihr Hund wieder da ist.«

»Er wird nie wiederkommen«, raunte Carlotta jetzt in einem derart fremden Ton, dass Matteo zusammenzuckte.

»Woher willst du das denn wissen?«

»Ich weiß es nicht, aber ich denke mir das«, erklärte Carlotta ausweichend.

Er musterte sie entsetzt. »Mutter, steckst du dahinter? Wenn, dann gib es jetzt zu.«

»Wie kannst du es wagen, mir so etwas zu unterstellen?«, fauchte sie. »Und du meinst, sie verschwindet, sobald sie den Köter zurückhat?«, fügte sie in einem völlig anderen Ton, eher kühl und sachlich, hinzu.

»Mutter, das kann ich dir nicht versprechen. Es kommt darauf an, wie sich das mit Luca und ihr entwickelt.«

»Sie hat sich doch nicht etwa an Luca Danesi rangeschmissen, oder?«, spie Carlotta förmlich aus.

»Mutter, das geht dich gar nichts an. Solange Lilly mein Gast ist, lass sie in Ruhe. Und kümmere dich um deine Probleme. Ich habe ein Auge auf dich. Und wenn ich herausbekomme, dass du damit …« Er deutete erneut auf ihren Arm. »… weitermachst, dann werde ich Vater ins Vertrauen ziehen müssen.«

»Du weißt, was dann passiert«, entgegnete Carlotta eiskalt.

»Bitte droh mir nicht mit Selbstmord. Ich bin psychologisch geschult und lass mich nicht erpressen.« Matteo hatte längst den Entschluss gefasst, auf jeden Fall seinen Freund in diese Problematik seiner Mutter einzuweihen. Er musste ihm ja nicht verraten, um wen es bei dieser Patientin ging.

»Aber jetzt legst du dich erst einmal ins Bett und ich schaue später noch einmal nach dir«, befahl Matteo seiner Mutter.

»Was machst du überhaupt hier? Ich denke, du bist auf dem Fest?«

»Merle wollte nach Lilly schauen, der etwas schwummrig geworden war und die sich von Luca hat rüberfahren lassen. Und ich versuche, den beiden Damen etwas Essbares zu zaubern. Ich wusste, dass Antonia für morgen mein Lieblingsrisotto vorbereitet hat, das ich jetzt meinen Gästen servieren möchte. Und da habe ich deinen Schrei gehört.«

Carlotta legte sich auf die Überdecke und stieß einen tiefen Seufzer aus. »Und du meinst wirklich, sie könnte tatsächlich wegen Luca hierbleiben? Gott bin ich froh, dass du wenigstens nichts mit dieser Schlampe angefangen …«

»Mutter, hör auf damit! Das ist krank, was du da von dir gibst! Lilly hat dir nichts getan und deine Eifersucht auf blonde junge Frauen wird langsam lächerlich. Und wenn du es genau wissen willst, ja, ich hatte ein Auge auf sie geworfen und hätte gern etwas mit ihr angefangen, aber das zwischen Luca und ihr, das ist was Besonderes. Ich kenne meinen Freund. Doch das geht dich alles nichts an. Selbst wenn das was Ernstes mit den beiden wird und sie hierbleiben sollte, ist das nicht dein Problem. Hörst du? Und damit das ein für alle Mal klar ist: Sie will nichts von Vater und Vater will nichts von ihr …«

»Dafür würde ich meine Hand nicht ins Feuer legen«, murmelte Carlotta.

»Du solltest dir unbedingt Hilfe holen, Mutter. Das sage ich dir jetzt mal als Arzt!«

Carlotta sah ihn prüfend an und legte den Kopf schief. »Meinst du, sie würde an einem Ort bleiben, an dem ihr Hund zu Tode gekommen ist?«

»Mutter! Emma ist nicht tot! Lilly hat sich längst überall vergewissert, dass kein Hund verunglückt ist und auch nicht von Wildhütern erschossen wurde.«

»Tja, was nicht ist …«

»Mutter! Hör endlich auf! Sonst werde ich heute noch Vater einweihen, dass ich ernsthaft Sorge um deinen Verstand habe.«

Er musterte sie mit einem strengen Blick. »Und wenn du mir noch so sehr mit Selbstmord drohst.«

»Ach, Matteo, ich kann es gar nicht aushalten, wenn wir beide uns streiten. Du bist doch mein Ein und Alles. Gib deiner Mutter einen Versöhnungskuss«, säuselte sie nun im Ton eines kleinen Mädchens.

Widerwillig beugte sich Matteo zu ihr hinunter und gab ihr einen flüchtigen Kuss auf die Wange. »Versprichst du mir, endlich Ruhe zu geben, was Merle und Lilly betrifft?«

Carlotta nickte eifrig.

»Und du musst mir versichern, dass du nicht mehr an deinen Armen herumkratzt.«

»Versprochen«, seufzte Carlotta.

»Und du versprichst, dass du heute keinen Blödsinn mehr machst, sondern schläfst.«

»Jawohl, Dottore.« Zur Bekräftigung ihres Versprechens gähnte Carlotta laut.

Erleichtert gab Matteo seiner Mutter auch noch ein Küsschen auf die andere Wange und verließ einigermaßen beruhigt ihr Zimmer.

Carlotta blieb noch eine Zeit lang regungslos liegen. Nicht dass er noch einmal zurückkehrte und sie bei der Umsetzung jenes Plans ertappte, den sie sich gerade genüsslich in allen Einzelheiten ausmalte. Der Weg dahin war ihr noch nicht ganz klar, sicher schien ihr nur der Erfolg, wenn sie das Ganze logistisch bewerkstelligen konnte. Sie müsste sich sehr täuschen, sollte diese Frau den Comer See nicht auf Nimmerwiedersehen verlassen, wenn ihr Hund ausgerechnet unter den Rädern des Wagens ihres Geliebten verenden würde ... Berauscht von diesem, wie sie fand, genialen Gedanken griff sie erst zu ihrer Campariflasche und dann zum Hörer und wählte eine Nummer auf dem Haustelefon. Antonia meldete sich sofort. In knappen Worten teilte Carlotta ihrer Haushälterin mit, was sie mit dem Hund vorhatte.

Zunächst war Schweigen in der Leitung, dann empörtes Schnaufen zu hören. »Signora di Rossi, ich tue alles für Sie, aber dabei mache ich nicht mit!«

»Antonia, nun werden Sie mal nicht übermütig, Sie waren es, die mich damals auf Knien angefleht hat, dass ich Sie weiterbeschäftige. Und ich habe mich erweichen lassen, aber nur unter der Bedingung, dass Sie in Zukunft unbedingt loyal mir gegenüber sind.«

»Signora di Rossi, ich hätte nie wieder zugelassen, dass so etwas wie damals unter Ihrem Dach geschieht, aber diese Schuld ist längst abgegolten. Was hat denn dieses arme Mädchen damit zu tun?«

»Sind Sie wirklich so blind, wie Sie tun?«, hakte Carlotta unbarmherzig nach.

»Ich, ich weiß gar nicht, was Sie meinen«, versuchte Antonia sich herauszureden.

»O doch, Sie wollen doch nicht leugnen, dass diese Frau Sie an jemanden erinnert, oder?«

Antonia blieb Signora di Rossi eine Antwort schuldig.

»Sie wollen doch wohl auch, dass dieses blonde Ding aus Italien verschwunden ist, bevor mein Mann auf denselben Gedanken kommen könnte, oder?« Obwohl Antonia weiter beharrlich schwieg, fuhr Carlotta eifrig fort: »Sie wird den Unglücksort fluchtartig verlassen und der Spuk hat ein Ende!« Dann raunte Carlotta verschwörerisch ihren Plan in den Hörer.

»Signora di Rossi, ich bitte Sie, das bringe ich nicht übers Herz! Und niemals wird mein Bruder ein Tier vor einen fahrenden Wagen jagen! Und was, wenn Signore Danesi ihn erwischt...«

»Nun stellen Sie sich mal nicht so an. Der Köter ist schuld daran, dass mein Sohn schwer verunglückt ist. Diese Deutsche hatte auch keine Skrupel, ihm den Hund vor das Motorrad zu hetzen.«

»Aber sie hat es doch nicht absichtlich getan. Und was, wenn alles klappt, aber die Signorina das Signore Luca verzeiht, weil sie es für einen Unfall hält?«

»Vertrauen Sie meiner Menschenkenntnis, sie wird den Comer See nach so einem Unglück fluchtartig verlassen, bevor sie oder mein Mann stutzig werden. Und bislang hat er nicht gemerkt, dass sie die Tochter der Schlampe sein könnte. Sonst hätte er uns die Frau doch nicht ins Haus geholt. Also treiben wir sie in die Flucht, und zwar schnell!«

»Signora, bitte finden Sie etwas anderes, womit Sie die Signorina loswerden, aber nicht so!«, flehte Antonia.

»Noch braucht Ihr Bruder doch Ihr Gehalt, um seinen Hof zu halten, oder?«, erkundigte sich Carlotta scheinheilig.

»Bitte erpressen Sie uns nicht. Ich bin zu alt für so etwas. Wenn mein Bruder sich nicht verschuldet hätte, wäre ich längst auf dem Altenteil.«

»Aber Antonia, so etwas dürfen Sie nicht einmal denken. Natürlich kann ich Sie nicht dazu zwingen. Es ist Ihre Entscheidung, aber bitte schnell. Es eilt. Oder wäre es Ihnen lieber, wenn die Signorina bei einem Spaziergang von den Felsen stürzt? Es ist doch nur ein Hund!«

»Signora di Rossi, bitte, ich, ich …«

»Schlafen Sie ruhig eine Nacht drüber«, säuselte Carlotta und legte auf. Befriedigt stellte sie fest, dass die quälenden Erinnerungen offenbar eine Pause eingelegt hatten und sie sich in aller Ruhe auf ihren Plan konzentrieren konnte.

Als sie zu später Stunde leise die Tür zu ihrem Zimmer aufgehen hörte, stellte sie sich schlafend und ließ zu, dass Matteo ihr den Ärmel der Bluse hochschob und einen prüfenden Blick auf ihren Arm warf.

Es rührte sie zutiefst, wie er ihr die Schuhe auszog, den Reißverschluss ihres Rockes öffnete, damit sie besser atmen konnte, und sie dann vorsichtig zudeckte.

Nein, dachte sie entschieden, ich lasse es nicht zu, dass unser Familienfrieden noch einmal so empfindlich gestört wird. Sie nahm sich fest vor, am nächsten Morgen eine Kerze in der Kapelle anzuzünden, um Gott mit ihrem Plan zu versöhnen. Er würde verstehen, dass es um die Rettung der heiligen Familie ging und der feige Ehebruch nicht die geringste Berechtigung hatte, ihr Leben noch einmal durcheinanderzubringen. Und dass das Geschöpf der Sünde aus ihrem Leben verschwinden musste!

27.

Die Besitzerin der kleinen Ortsapotheke hörte Lillys Anliegen aufmerksam zu und runzelte zwischendurch ein paar Mal die Stirn. Lilly hatte sich redlich bemüht, mithilfe eines Wörterbuchs vorzubringen, was sie von ihr wollte, denn das Fachvokabular sprengte selbst ihre fortschreitenden Sprachkenntnisse seit ihrer Ankunft am Comer See.

»Eigentlich machen wir so etwas nicht«, sagte sie, nachdem Lilly ihren Vortrag beendet hatte.

Sie sah die kleine drahtige Frau, die sie auf Mitte fünfzig schätzte, flehentlich an. »Ich weiß doch nicht, an wen ich mich sonst wenden kann«, seufzte Lilly.

Die Apothekerin überlegte. »Natürlich könnte ich das weitergeben. Ich kenne Labors, die das machen, aber haben Sie denn überhaupt genügend Proben dabei?« Lilly zog aus einer Plastiktüte das Glas, das Taschentuch, die Serviette und die Gabel hervor. Und sie fasste die Sachen nicht mit der Hand an, sondern benutzte ein Papiertuch. Das hatte sie auch schon am Strand so gemacht, weil sie wusste, dass man Genproben nicht beliebig betatschen sollte. Komisch, dass Luca es nicht bemerkt hat, ging es ihr durch den Kopf, während sie die Apothekerin dabei beobachtete, wie sie den Blick über die Gegenstände schweifen ließ.

»Sie wissen schon, dass Sie diesen Test niemals vor Gericht verwenden dürfen und dass das nicht gerade billig ist, oder?«, fragte die Apothekerin.

»Das ist mir völlig egal. Ich muss wissen, ob dieser Mann mein Vater ist!«, erklärte Lilly mit Nachdruck.

»Gut, dann will ich es versuchen. Wenn all diese Proben von dem Mann, den Sie für Ihren Vater halten, stammen, dann bekommen wir das recht schnell hin.« Die Apothekerin lächelte Lilly aufmunternd zu.

Lilly zuckte kurz. »Nein, von meinem potenziellen Vater sind die Proben nicht …« Sie stockte. Es war ihr sehr peinlich.

Die Apothekerin musterte sie durchdringend. »Von wem sind sie dann?«

»Von dem Mann, der möglicherweise mein Bruder ist«, murmelte Lilly und blickte die Frau erwartungsvoll an.

»Es tut mir wirklich leid, aber ich könnte nur den simplen Test bieten. Dazu bräuchte ich Genmaterial von Ihrem Vater. Natürlich kann man auch, ohne das Genmaterial des Vaters zu besitzen, einen Geschwistertest durchführen, wobei der gleichgeschlechtliche ungleich einfacher ist, weil die männlichen Nachfahren alle dasselbe Y-Chromosom tragen. Aber bei der Bruder-Schwester-Bestimmung wird das alles viel komplizierter, und das Labor, das ich kenne, macht solche schwierigen Tests nicht …«

»Das heißt, Sie brauchen die Zahnbürste meines Vaters?«, unterbrach Lilly ihre professionellen Ausführungen.

Die Apothekerin musterte sie mitleidig. »Ja, besser wäre es, wenn Sie Genmaterial Ihres Vaters beibringen würden.«

Lilly raffte die von Luca gestohlenen Sachen hastig zusammen und stopfte die Beweismittel in die Plastiktüte. Eigentlich war sie ganz froh, dass sie mit Lucas Genproben gescheitert war. Nun brauchte sie kein schlechtes Gewissen mehr zu haben, weil sie ihn hintergangen hatte. Doch aufgeben konnte sie auf keinen Fall, wenngleich ihr vorrangiges Ziel längst nicht mehr darin bestand, die Identität ihres Vaters herauszubekommen, sondern darin, auszuschließen, dass es Marcello Danesi war. Was würde sie für ein negatives Testergebnis geben!

»Ich bringe Ihnen die Zahnbürste«, erklärte sie kämpferisch.

»Besser wären mehrere Proben. Auch eine Haarbürste wäre nicht verkehrt«, sagte die Apothekerin.

»Und wie lange dauert so etwas, nachdem ich Ihnen die Proben gebracht habe? Ich meine, wann kann ich mit einem Ergebnis rechnen?«

Die Apothekerin zuckte die Schultern. »Die meiste Zeit geht mit dem Versenden drauf. Eine Woche?«

»Und wenn ich den Test direkt ins Labor bringe?«

»Das können Sie natürlich machen. Es ist aber in Como und erst am Montag wieder auf.«

»Gar kein Problem, wenn Sie mir die Adresse geben, bringe ich die Proben gleich am Montag direkt dorthin.«

»Gut, ich gebe Ihnen die Adresse, aber vergessen Sie nicht, auch eigene Proben abzugeben.« Die Frau musterte Lilly neugierig. »Sie sollten im Übrigen dafür sorgen, dass Ihnen der Mann, den Sie für Ihren Vater halten, die Proben freiwillig gibt, falls Sie das später mal verwerten wollen.«

Lilly winkte ab. »Nein, das brauche ich wirklich nicht, da ich kein Geld von dem Mann möchte und bevor mir Marcello Dane...« Lilly schlug sich erschrocken die Hand vor den Mund.

Ein Schmunzeln umspielte den Mund der Apothekerin. »Ich habe nichts gehört, aber verzeihen Sie, dass ich grinsen muss, mir liegt da was auf der Zunge.«

»Das wollen Sie mir doch nicht vorenthalten, oder?«

»Ich möchte Ihnen nicht zu nahetreten. Das ist nur Klatsch und Tratsch«, entgegnete die Apothekerin ausweichend.

»Den Sie mir jetzt bitte auf der Stelle verraten«, sagte Lilly. »Mir steht der Herr, dessen Namen Sie nicht gehört haben, nicht besonders nahe.«

»Trotzdem wäre es unverschämt ...«

»Ich höre!«

»Na ja, ich wollte nur sagen, Sie wären in guter Gesellschaft. Böse Zungen behaupten, der Herr, der mir dazu einfallen würde, hätte mehr uneheliche Kinder als der Lario Fischsorten. Man nennt ihn auch den Don Giovanni von Bellagio.«

»Danke, dass Sie mir das verraten haben. Jetzt hoffe ich noch weniger auf ein positives Ergebnis«, seufzte Lilly und verabschiedete sich hastig von der Apothekerin, denn im Grunde genommen war ihr das unangenehm, was sie da eben erfahren hatte. Nicht, weil sie gut und gerne auf so einen Vater verzichten konnte, sondern Lucas wegen. Für ihn war es sicher nicht schön, dass man hinter vorgehaltener Hand derart über seinen Vater lästerte.

Lilly war bereits aus der Tür und auf dem Weg zum Platz vor der Santo-Stefano-Kirche, wo sie sich mit Luca verabredet hatte, um mit ihm nach Como zu fahren, da hörte sie jemanden hinter sich keuchen. Sie blieb stehen und drehte sich um. Mit wehendem Kittel kam ihr die Apothekerin hinterhergerannt.

»Halt, die Adresse!« Sie reichte Lilly einen Zettel. »Wann werden Sie ungefähr dort sein? Ich würde Sie dann nämlich anmelden. Damit es alles seine Ordnung hat, denn Sie als Privatperson können da nicht einfach im Labor auftauchen.«

»Ich denke, ich nehme die Schnellfähre gegen neun Uhr.« Lilly hatte zwar noch keine Idee, wie sie an Marcello Danesis Zahnbürste kommen sollte, aber zur Not würde sie sich von Luca nach Bellagio einladen lassen und sich heimlich in das Badezimmer seines Vaters schleichen.

»Gut, dann viel Erfolg.«

In diesem Augenblick hielt ein in die Jahre gekommener, aber sehr gepflegter Alfa Romeo neben ihnen. Statt sich diskret zurückzuziehen, beobachtete die Apothekerin mit offenem Mund, wie Luca Danesi ausstieg und unbefangen auf Lilly zutrat, sie umarmte und ihr einen Kuss auf den Mund gab, bevor er die Apothekerin begrüßte.

»Guten Tag, Signora Maggio, wie gefällt Ihnen das neue Kleid?«

»Es ist ein Traum«, entgegnete sie begeistert. »Aber ich muss leider. Die Signorina hatte ihre Geldbörse in der Apotheke liegen gelassen.« Signora Maggio zwinkerte Lilly verschwörerisch zu. Offenbar konnte sie nun eins und eins zusammenzählen und wusste, warum Lilly Gewissheit haben wollte, ob der alte Danesi ihr Erzeuger war oder nicht.

Luca legte den Arm um ihre Schulter und führte sie zum Wagen. Dort öffnete er ihr die Beifahrertür. So etwas hatte noch nie zuvor ein Mann für Lilly getan und sie hätte es in Hamburg auch albern gefunden, aber in Lenno genoss sie diese höflichen Gesten. Sie fand, das passte irgendwie nach Italien und zu den italienischen Männern. Und besonders zu einem solchen Gentleman wie Luca Danesi.

»Was hast du denn in der Apotheke gemacht? Ich hoffe, dir geht es wieder besser?«

»Ja, ja, ich habe mir nur vorsichtshalber ein Kopfschmerzmittel besorgt. Und woher kennst du die Signora?«

»Signora Maggio ist eine treue Kundin. Du wirst das ja gleich sehen. Unser Hauptgeschäft liegt mittlerweile im Verarbeiten unserer ganz speziell gemusterten Seidenstoffe. Hauptsächlich fertigen wir Tücher und Krawatten, aber seit einiger Zeit eben auch Kleidung«, erwiderte Luca nicht ohne Stolz in der Stimme.

Lilly betrachtete intensiv sein Profil, denn er war jetzt auf das Fahren konzentriert. Ich mag ihn wirklich aus allen Perspektiven, dachte sie versonnen.

»Wie war das Fest denn noch?«, fragte sie ihn schließlich, um zu vermeiden, dass sich in demselben Atemzug, in dem sie ihre Gefühle für ihn wahrnahm, gleich wieder der Zensor in ihrem Kopf meldete.

»Wie soll es schon ohne dich gewesen sein? Eine Pflichtveranstaltung. Ich hätte so gern mit dir getanzt. Und mein Vater hat die ganze Zeit über versucht, mich mit Elena Bruno zu verkuppeln.«

»Wer ist diese Dame? Und vor allem, wie sieht sie aus?«, fragte Lilly übermütig, doch bevor Luca antworten konnte, lief es ihr eiskalt den Rücken hinunter, weil ihr einfiel, dass sie bereits selbst die Bekanntschaft mit ihr gemacht hatte. Es kostete sie einige Mühe, sich ihre Verwirrung nicht anmerken zu lassen. Weniger darüber, dass Marcello versuchte, seinen Sohn mit einer anderen Frau zu verkuppeln, sondern vielmehr, weil sie es als weiteres Indiz dafür wertete, dass er auch ihr Vater war.

»Sie ist unsere Notarin. Mein Vater und ihr Vater sind zusammen zur Schule gegangen und waren bis zu seinem Tod gute Freunde«, fügte Luca beinahe entschuldigend hinzu. »Notario Bruno hat alle unsere Verträge gemacht, aber die schöne Elena ist eine würdige Nachfolgerin.«

»Und warum seid ihr noch kein Paar?«

Luca lachte. Er hielt das für einen Scherz. Dabei war Lilly das in ihrer Konfusion nur so rausgerutscht.

»Du wirst lachen, ich hatte eine kurze Affäre mit ihr, nachdem Rebecca und ich unsere Trennung beschlossen hatten. Aber das hat gar nicht funktioniert. Sie will wirklich in allem der Boss sein und sucht eigentlich einen Mann, mit dem sie ordentlich streiten kann. Das bin ich nicht!«

»Und dein Vater weiß, dass ihr was miteinander hattet, und möchte dich jetzt lieber mit ihr zusammen sehen als mit mir, oder?«

Luca hob die Augenbrauen. »Nein, mein Vater ahnt das nicht einmal. Weißt du, unser Verhältnis ist nicht so besonders gut, seit ich weiß, wie oft mein Vater meine Mutter schon betrogen hat. Natürlich weiß ich das nicht von meiner Mutter. Die schweigt darüber. Nein, ich habe ihn selbst mit einer unserer Mitarbeiterinnen aus einem Hotel kommen sehen.« Das klang bitter, aber Lilly konnte das sehr gut nachvollziehen und es deckte sich vor allem mit dem, was die Apothekerin ihr gerade über Marcello Danesis Ruf verraten hatte.

»Er sucht eben etwas Standesgemäßes für dich«, bemerkte Lilly kühl.

»Du kannst dir sicher denken, dass ich mir von dem Mann nichts dergleichen suchen lasse, zumal die Würfel längst gefallen sind.« Luca griff nach ihrer Hand und drückte sie zärtlich. Ach, wenn das doch bloß so wäre, dachte Lilly traurig, zumal sie mit dem Wissen, dass Elena Bruno Marcello Danesis Notarin war, einen erfreulichen Ausgang in Sachen Luca für noch unwahrscheinlicher hielt. Im Nachhinein konnte sie nur neidlos zugeben, dass die Dame ein echtes Schauspieltalent besaß. Wenn sie die Danesis so gut kannte, dann hatte sie doch sicherlich auf Anhieb gewusst, wer hinter der Stiftung steckte. Wahrscheinlich hatte sie ihr Mitgefühl nur geheuchelt, ihn dann prompt angerufen und gewarnt, dass seine Tochter anreisen würde, um ihn zu suchen.

Lilly nahm sich vor, der Dame am Montag, wenn sie sowieso in Como war, einen Besuch abzustatten und sie mit ihrem Wissen zu konfrontieren.

»Du sagst ja gar nichts mehr. Du bist doch nicht etwa eifersüchtig? Komm, du hast doch eine Vergangenheit in Hamburg. Hast du eigentlich inzwischen mit ihm gesprochen?«

»Mit wem?«, fragte Lilly.

»Ich kenne seinen Namen nicht«, bemerkte Luca ein wenig spöttisch.

»Ach so, du meinst meinen Freund«, sagte Lilly eilig, weil ihr nun wieder eingefallen war, dass sie sich einen Freund ausgedacht hatte, um Luca vorerst auf Distanz zu halten. »Ich mach das am Wochenende.«

»Ich würde gern mit dir in Como leben«, murmelte Luca verzückt.

Wenn Lilly nicht dieses massive Problem mit seinem Vater hätte, sie hätte wahrscheinlich einen Luftsprung gemacht. Luca meinte es wirklich ernst mit ihr und sie wäre sofort bereit, seinetwegen in Italien zu bleiben, es war schon längst wie eine zweite Heimat für sie geworden.

»Ja, das wäre schön«, seufzte sie.

»Heißt das, du könntest dir vorstellen, in Italien zu bleiben?«, fragte er ungläubig.

»Ja, schon, aber erst einmal muss Emma zurückkehren. Vorher möchte ich überhaupt nicht über meine Zukunft nachdenken«, fügte sie hastig hinzu.

»Aber zeigen kann ich dir die Wohnung ja mal, oder?«

»Du hast schon eine Wohnung in Como?«

»Na ja, Rebecca fand das nicht so prickelnd, mit meinen Eltern in einem Haus zu wohnen. Außerdem hatte sie ihre Patienten hier in Como. Nach unserer Trennung hat sie da allein gelebt, aber jetzt steht die Wohnung leer und ich spiele ohnehin mit dem Gedanken, nicht länger mit meinem Vater unter einem Dach zu bleiben. Er mischt sich einfach zu sehr in mein Leben ein«, stöhnte Luca. »Sie ist wunderschön, mit Blick auf den See ...«

»Vielleicht ein anderes Mal. Sonst wird das zu viel, wenn du mir heute schon die Firma zeigst«, unterbrach ihn Lilly, denn sie wollte auf keinen Fall allein mit ihm in eine Wohnung gehen. Die Gefahr, dass sie übereinander herfallen würden, war zu groß. Aber wenn ich den Beweis habe, dass er nicht mein Bruder ist, dann möchte ich sie mir sofort angucken, dachte Lilly, doch ihre Vorfreude wurde sofort gedämpft, weil sie im Inneren ihres Herzens keinen Zweifel mehr daran hegte, dass sie mit Luca einen Erzeuger teilte.

»Hast du etwas dagegen, wenn wir die Schnellstraße nehmen, oder möchtest du jeden dieser wunderbaren Orte ansehen? Ich dachte, das könnten wir sonst auf dem Rückweg machen. Ich kenne da ein wunderschönes Restaurant direkt am See.«

»Alfredo hat auf der Herfahrt diesen Weg genommen und mir alles gezeigt.«

»Alfredo?«

»Na, der eine der beiden Männer, mit denen ich im Al Veluu war. Und nein, ich hatte nichts mit ihm ...«

»Das kann ich mir nicht vorstellen. Kein Italiener wird nichts von dir wollen!«, lachte er.

»Ich habe ja auch nicht gesagt, dass er sich nichts davon versprochen hat, als er mir angeboten hat, mich nach Tremezzo ins Hotel zu bringen.« Und dann erzählte ihm Lilly die ganze Geschichte.

»Das heißt, ich habe nur das furiose Finale im Restaurant mitbekommen? Ich mache heute noch drei Kreuze, dass ich dir möglicherweise eine Nacht mit Georgio vermiest habe.«

»Das ist dir gelungen, aber nicht durch deine pastoralen Sprüche von wegen Gigolo, sondern weil ich in dem Augenblick, in dem ich dich zum ersten Mal gesehen habe, wusste, dass ich die Nacht mit dem dritten Mann verbringen möchte.«

»Lilly, das ist unfair, wenn du so etwas Aufregendes während der Autofahrt sagst. Ich befürchte, dann muss ich doch erst zur Wohnung fahren und mit dir eine Besichtigung machen. Sie ist übrigens voll eingerichtet.«

Lilly rieselten heiße Schauer durch ihren Körper bei der Vorstellung, mit ihm in die Wohnung zu fahren und dort mit ihm ins Bett zu steigen. Ja, ich will, schrie es in ihr tausendfach, doch sie öffnete weit das Fenster, um sich abzukühlen.

»Das sollte ich auch tun«, lachte Luca und machte Durchzug. Nachdem Lilly ein paar erfrischende Atemzüge genommen hatte, beobachtete sie, wie der Wind durch seine dichten Locken fuhr, und sie träumte davon, dass es ihre Hände wären, die sich durch sie wühlten.

28.

Der Weg, den Luca genommen hatte, führte durch diverse Tunnel und sie erreichten zügig Como. Die Firma lag an der Via Milano. Um dorthin zu gelangen, mussten sie durch die ganze Stadt fahren. An diesem Samstag war ganz Como unterwegs, um einzukaufen, aber Lilly hatte gar keine Muße, die Umgebung zu genießen, war sie in Gedanken doch immer noch mit Luca allein in seiner Wohnung und malte sich aus, was sie gern alles mit ihm erleben würde.

Als auf der rechten Seite eine imposante Stadtvilla auftauchte, bog Luca von der Straße ab und fuhr in einen Hof. Hinten gab es einen Anbau, der eher fabrikmäßig aussah und auf dessen Fassade der Name »Danesi«, prangte.

»Wir sind da. Komm, ich zeige dir erst einmal die Villa.« Wieder umrundete Luca den Wagen und hielt ihr die Beifahrertür auf. Dann steuerte er auf den Hintereingang der Villa zu und schloss die Tür auf. »Hier arbeitet am Samstag keiner. Da sind nur die Büros, die Vorführräume, die Ateliers. Die Herstellung ist in der Halle. Dort wird auch heute gearbeitet, weil wir gerade eine Serie Tücher für eine große Modefirma bedrucken lassen. Die Halle hat erst mein Vater bauen lassen. Früher wurde alles in der Villa gemacht. Sogar gewebt, denn wir haben früher alles in Eigenproduktion hergestellt. Heute lassen wir uns die fertige Seide liefern.« Er zog sie in das Innere des Gebäudes. Alles war holzvertäfelt und wirkte deshalb eher düster, doch als er sie über eine breite Treppe in die erste Etage führte, erschien alles gleich viel heller, was nicht zuletzt an dem gläsernen Kuppeldach lag.

Hier oben regierte der Jugendstil. Lilly verharrte und blickte begeistert um sich, aber Luca zog sie ungeduldig weiter. Er konnte es wohl kaum erwarten, ihr die wahren Schätze zu zeigen. Mit Elan öffnete er eine Tür und strahlte über das ganze Gesicht, wenngleich Lilly zunächst gar nicht wusste, um was es sich bei diesen Monstren aus Holz handelte, die dort ausgestellt waren. Doch beim Näherkommen erkannte sie diverse Webstühle und ließ sich von Luca erklären, welcher Arbeitsschritt noch vor fünfzig Jahren an welchem Gerät mit der Hand erledigt worden war. Am meisten faszinierte Lilly eine Maschine, die mit Lochkarten ausgestattet war. Luca erläuterte ihr mit glühenden Wangen, dass die Muster früher mithilfe dieser Lochkarten in die Seide eingearbeitet worden waren. Jedes Muster hatte seine Karte besessen. Luca konnte so spannend erzählen, dass Lilly ganz schnell in den Bann der Seide gezogen wurde. An der Wand waren Schautafeln befestigt, die jeden einzelnen Schritt der Produktion darstellten.

»Das ist ja ein Museum«, rief sie entzückt aus.

»Ja, wir besitzen die größte Privatsammlung der historischen Arbeitsgeräte, aber da unsere örtlichen Museen genügend Material für ihre Ausstellungen besitzen, haben wir für unsere Kunden ein eigenes kleines Museum geschaffen.« Wieder schwang ein gewisser Stolz in Lucas Stimme mit. Sie fand es berührend, wie er regelrecht für die Firma brannte.

Sie vertiefte sich in die Bildunterschriften der ausgestellten Fotos, die die Seidenherstellung dokumentierten. Von den Raupen hatte sie schon einmal gehört, aber sie wusste nicht, dass die Puppen, nachdem sie sich in den Kokon eingesponnen hatten, getötet werden mussten, damit die Menschen den Faden abwickeln und zu Seide verarbeiten konnten. Sie kräuselte angewidert die Lippen, als auf der Tafel erklärt wurde, das geschähe ungefähr am zehnten Tag durch heißes Wasser oder heißen Dampf. Sie liebte das glänzende weiche Material und hatte sich keine Gedanken darüber gemacht, dass die Raupen eine Entwicklungsstufe auf dem Weg zum Schmetterling waren.

»Wir beziehen inzwischen vorwiegend Wildseide aus Japan. Die wird aus dem Kokon bereits geschlüpfter Schmetterlinge gefertigt. Das ist natürlich die Edelvariante der Seide und entsprechend teurer. Charakteristisch für den Stoff ist der seidige Glanz – hier sind sich die Seide von gezüchteten Raupen und den wilden ähnlich. Allerdings weist die Wildseide im Unterschied zur gezüchteten typischerweise unregelmäßige Verdickungen auf, denn die Raupen beißen sich durch den Kokon. Deshalb ist der Faden der Wildseide nicht unendlich und muss zusammengesponnen werden, sodass Verdickungen und strukturelle Ungleichmäßigkeiten zustande kommen. Außerdem ist der Faden der Wildseide auch breiter als der Zuchtfaden.«

Lilly hörte Luca gebannt zu. Mit welcher Begeisterung sprach er über diesen Stoff!

»Noch zu Zeiten meines Urgroßvaters wurden hier in der Villa auch die Stoffe hergestellt und mein Ururgroßvater hat noch selbst Raupen gezüchtet. Das lohnt sich heute alles nicht mehr. Im Grunde genommen sind wir nur noch eine seidenverarbeitende Manufaktur und berühmt durch unsere Muster. Wir arbeiten weltweit für Designer und das ist eigentlich meine Spezialität. Ich entwerfe viele der Muster. Natürlich bedienen wir uns auch an unseren Klassikern, aber die Mode ändert sich. Natürlich wird heute das meiste an den Maschinen in der Halle hergestellt. Dort werden Krawatten und Tücher gefertigt, aber wir haben auch noch eine Abteilung für Handarbeit, in der unsere Seidenweberin Auftragsarbeiten fertigt. Jetzt will so ein Scheich unbedingt Halstücher und Krawatten mit Motiven des Comer Sees. Sie sollen wie mit Pastellfarben gemalt sein, aber nicht zu kitschig. Das haben wir natürlich nicht vorrätig, weil das kein gefragtes Muster ist. Dazu muss ich extra einen Zeichner beauftragen, der mir die Vorlagen liefert. Wir hatten lange einen fähigen Künstler beschäftigt, der unsere besonderen Vorlagen geliefert hat, aber nun hat er plötzlich als Maler Erfolg und braucht den Job nicht mehr. Und jemanden zu suchen, der sein Talent dafür einsetzt, Muster für Seidenstoffe zu erfinden, ist nicht so einfach.« Luca stieß einen tiefen Seufzer aus bei dem Gedanken.

»Da kann ich ein Motiv beisteuern.« Sie langte in ihre Tasche und holte ihr Notizbuch hervor. »Schau, Blick auf Bellagio vom Grandhotel Tremezzo, gezeichnet von der Malerin Lilly Haas.« Sie lachte, als er ihre Zeichnung interessiert betrachtete. Sie wollte ihm das Heft wegnehmen, weil sie das natürlich nicht ernst gemeint hatte, aber Luca schien ehrlich angetan.

»Genauso etwas brauchen wir. Und davon mindestens fünfzig verschiedene Motive, denn der Scheich will jedem der Sippe ein anderes schenken.«

»Da findet ihr bestimmt jemanden«, sagte Lilly immer noch lachend und wollte ihm erneut das Büchlein fortreißen, denn sie sah sich beileibe nicht als die geeignete Person, Motive für einen anspruchsvollen Kunden zu entwerfen. Luca aber hielt das Notizbuch fest. »Lilly, ich meine das ernst. Ich beliebe nicht zu scherzen, wenn es um meine Arbeit geht.«

»Jetzt hast du diesen Blick aus Schwärmerei und heiligem Ernst«, kicherte sie.

»Du hast das genau getroffen. Mit ein paar Strichen und bist dabei nicht in den Kitsch abgedriftet, was leicht passiert, wenn sich Künstler am Comer See versuchen.«

»Du meinst das tatsächlich ernst? Aber ich bin Bankerin und kann gar nicht malen«, wehrte Lilly ab.

»Ich sehe doch, dass du eine künstlerische Ader hast. Sag bloß, das hast du noch nie gemerkt?«

Lilly dachte ungern an ihre überstürzte Berufswahl und den Tag, an dem sie ihr Talent beerdigt hatte.

»Doch schon, ich wollte sogar Kunst studieren, um Lehrerin

zu werden, aber zu der Zeit war meine Mutter mal wieder dermaßen klamm, dass kein Geld übrig war, mir ein Studium zu finanzieren. Und Bafög hätte ich nicht bekommen, hat meine Mutter immer behauptet. Ich hielt das damals für falschen Stolz, bis ich nach ihrem Tod diese Kontoauszüge gefunden habe und damit den Beweis, dass mein Vater monatlich eine stolze Summe für mich gelöhnt hat, von der ich super hätte studieren können. Egal, mit meinem guten Abi konnte ich gleich bei der Bank einsteigen und mein eigenes Geld verdienen. Denn ich wollte nie wie meine Mutter leben, so von der Hand in den Mund«, stöhnte Lilly.

»Bist du denn in Sachen Erzeugersuche überhaupt schon weitergekommen? Ich meine, das ist ja ein bisschen wie die Stecknadel im Heuhaufen zu suchen, ganz ohne einen Namen zu kennen.«

»Nein, aber ich schaue Montag noch mal bei dem Notariat vorbei. Ich denke, ich konfrontiere …« Lilly hielt erschrocken inne. Beinahe hätte sie den Namen Elena Bruno ausgeplaudert und hätte damit in Luca mit Sicherheit große Skepsis erweckt. Er würde sich doch als Erstes fragen, warum sie vorhin so getan hatte, als würde sie Elena nicht kennen.

»Ja, versuch es noch einmal«, bestärkte sie Luca, der nicht bemerkt hatte, dass sie eben fast einen saudummen Fauxpas begangen hätte. »Und wenn du im Notariat nicht weiterkommst, kann ich ja mal Elena bitten, den Kollegen ein wenig ins Gewissen zu reden. Sie kennt doch alle Notare Comos und es gibt wohl kaum jemanden, der ihr nicht gern einen Gefallen tun würde.«

»Luca, bitte, lass das sein. Deine Elena kann auch nichts dagegen tun, wenn ein Mandant seine Identität absichtlich verschleiert. Den Gefallen, ihre eigenen Klienten zu verraten, wird auch kein Kollege deiner Notarin tun. Zeigst du mir jetzt mal dein Büro?«, fragte Lilly, um das Thema zu wechseln. Sie nahm ihm das Notizbuch aus der Hand.

»Darf ich das wohl als Vorlage für ein Muster benutzen?«

»Na klar, aber ich glaube kaum, dass das den strengen Anforderungen des Scheichs genügt«, erklärte sie schmunzelnd.

»Bitte!« Er streckte die Hand aus.

Lilly riss die Seite aus dem Heft und reichte sie ihm. »Schenk ich dir, aber ich glaube kaum, dass du viel damit anfangen kannst.«

»Das werden wir ja sehen. Ich werde es gleich in Auftrag geben.« Er fotografierte ihre Zeichnung mit seinem Handy ab und schrieb konzentriert eine Mail.

»So, nun steht deiner Karriere als Zeichnerin bei Danesi nichts mehr im Weg.«

»Du bist verrückt«, lachte sie. »Das wird sicher keinen vom Hocker reißen.«

»Und wenn doch? Würdest du dann die ganze Kollektion zeichnen?«

»Ich weiß doch gar nicht, wie lange ich noch bleibe. Wenn Emma zurück ist, dann …«

Luca warf ihr einen irritierten Blick zu. »Manchmal bist du mir wirklich ein Rätsel. Auf der Fahrt hast du noch beteuert, dass du dir vorstellen könntest, meinetwegen in Italien zu bleiben, und jetzt denkst du an deine Rückreise. Komisch, so was Flatterhaftes passt gar nicht zu dir. Ich bin an dem Punkt etwas allergisch, muss ich gestehen. Das war nämlich Rebeccas Schwäche. Sie war ständig hin- und hergerissen zwischen einer Familienplanung mit mir und einer potenziellen Rückkehr nach Palermo. Das hat mich ganz kirre gemacht. Wenn ich mich einmal entschieden habe, bleibe ich bei meiner Entscheidung.«

»Das solltest du mal Merle erzählen. Dass du mich flatterhaft findest. Und wundere dich nicht, wenn sie in schallendes Gelächter ausbricht. Aber kannst du nicht verstehen, dass das alles gerade ein bisschen viel für mich ist? Ich suche meinen Vater, verknalle mich aber als Erstes in einen Mann im fernen Italien, mein Hund ist weggelaufen und wird womöglich von Fremden gegen seinen Willen festgehalten und fett gefüttert, und der Vater des wunderbaren Mannes will seinen Sohn mit einer Notarin verkuppeln. Findest du nicht, dass da so ein wenig Schwanken meinerseits angebracht wäre?«

Luca nahm sie in den Arm. »Ach, tut mir leid, ich habe nur an mich gedacht. Natürlich ist das nicht ohne. Aber ich verspreche dir, dass ich mich nicht verkuppeln lasse und dass ich alles tun werde, um deinen Hund zu finden.«

Lilly kuschelte sich an seine Brust und war in diesem Augenblick ganz nahe dran, ihm die Wahrheit zu beichten. Wie hieß es immer so schön? Geteiltes Leid ist halbes Leid. Wenn er endlich erführe, mit welchem belastenden Verdacht sie sich herumquälen musste, er wäre doch der Letzte, der sie deshalb von sich stoßen würde. Im Gegenteil, wahrscheinlich bliebe er ihr auch als potenzieller Halbbruder mehr als gewogen. Nur ein Wort, dachte sie, dann kann es keine Missverständnisse mehr zwischen uns geben. Nur ein Wort und wir beide ziehen an einem Strang. Er wird mich in keine Wohnung mehr locken wollen, mich nicht mehr leidenschaftlich küssen und nicht von mir erwarten, dass ich ihm das Versprechen gebe, bei ihm zu bleiben. Und er wird mich bestimmt nicht mehr für flatterhaft halten.

»Es tut mir leid, dass ich dich so überfalle«, raunte er. »Aber ich kann mir nicht helfen. Ich sehe unsere Zukunft quasi vor mir. Und ich bin kein Spinner, das weißt du, aber es ist alles so klar. Es ist wirklich so, als hätte ich mein Pendant gefunden. Das kommt dir jetzt sicherlich komisch vor, wo ich doch gerade erst geschieden bin. Rebecca ist eine wunderbare Frau und wir haben uns auch blind verstanden, aber eigentlich mehr wie beste Freunde oder noch besser wie Bruder und Schwester. Bei dir ist das was anderes. Du bist die Frau, nach der ich mich immer gesehnt habe.«

Lillys Herz klopfte bis zum Hals bei dem Gedanken, was er wohl nach seinem berührenden Geständnis sagen würde, wenn er erführe, dass das Schicksal ihnen diese Chance, Mann und Frau zu werden, wahrscheinlich verwehrte. Sie zuckte zurück. Nein, sie brachte es nicht übers Herz, es ihm zu sagen. Dann musste sie eben vorerst damit leben, dass er so ganz und gar nicht schlau aus ihr wurde.

»Komm, ich zeig dir erst mal das Chefbüro. Da thront noch mein Vater. Er will es eines Tages an mich übergeben, aber ich werde das im Leben nicht beziehen.« Luca öffnete eine der riesigen Holztüren und Lilly verstand auf einen Blick, warum Luca hier niemals einziehen würde. Es wirkte alles sehr edel, gefertigt aus dunklem Holz, und über allem lag der Geruch von kaltem Rauch. Luca durchquerte das riesige Büro und riss das Fenster weit auf. Lilly blickte sich ungläubig um, an einer der Wände hingen Köpfe von Wildtieren.

»Ich verstehe gut, warum das nicht dein Büro werden kann«, bemerkte Lilly, während sie auf einen riesigen ausgestopften Dammwildkopf deutete.

Er machte eine abschätzige Geste. »Ach so, das? Na ja, das könnte man samt der Möbel alles entsorgen, aber es gibt in diesem Refugium Geheimnisse, die man nicht mit Farbe wegbekommt.« Luca öffnete eine Tür, die von dem Büro abging. »Komm, schau dir das an«, forderte er Lilly auf. Zögernd warf sie einen Blick in ein vollständiges Schlafzimmer. »Hier feiert mein Vater seine Überstunden ab«, sagte er zynisch.

In diesem Hinterzimmer also betrog Marcello Danesi seine Frau. Ob er auch mit Bella hier gewesen ist, schoss es Lilly durch den Kopf.

»Das könnte ich nur abreißen lassen, aber ich glaube, es bliebe trotzdem was kleben von der Promiskuität meines Vaters. Was meinst du, wie oft ich als Kind gesagt bekam, dass der Papa über Nacht nicht nach Hause käme, weil er noch arbeiten müsse.

Meine Mutter hat mir das stets mit einem traurigen Blick mitgeteilt. Damals habe ich noch gedacht, es macht sie traurig, dass der Papa so viel arbeiten muss.«

»Aber wenn deine Mutter davon wusste, warum ist sie bei ihm geblieben?«, fragte Lilly empört.

»Weil ihre Mutter die Familie verlassen hatte, weil sie es nicht mehr ertragen konnte, so schonungslos betrogen zu werden. Doch ihr Vater hatte Macht und Geld. Die Kinder blieben bei ihm und meine Mutter hat ihre Mutter niemals wiedergesehen. Ich glaube, sie hatte panische Angst, mich zu verlieren. Dabei leben wir in einer anderen Zeit, in der Scheidung immerhin möglich ist.«

Lilly sah ihn entgeistert an. »Wieso möglich? War das denn in Italien mal nicht möglich?«

»Ja, Scheidungen gibt es in Italien erst seit 1970. Und glaub ja nicht, dass sich die Frauen das dann auch getraut haben. Das war immer noch Sünde. Gut, meine Mutter könnte es tun, wenn sie es wollte, aber sie will es nicht. Ich habe einmal versucht, mit ihr darüber zu sprechen und habe ihr versichert, dass ich erwachsen bin und immer zu ihr stehen würde, da hat sie gesagt: ›Mein Junge, es gibt Schlimmeres, als dass ein Mann Sex mit anderen Frauen hat. Hauptsache ist doch, dass er mich ansonsten mit Respekt behandelt.‹ Und ja, man kann meinem Vater nachsagen, was man will, er behandelt meine Mutter wirklich wie eine Königin.«

Lilly rollte mit den Augen. »Das könnte ich nicht aushalten. Allein der Gedanke, bei wem und mit wem könnte mein Mann gerade zusammen sein. Gruselig!«

Und schon spürte Lilly Lucas Lippen auf ihren. Er gab ihr aber nur einen zärtlichen Kuss. »Du sprichst mir aus der Seele«, seufzte er. »Dann verstehst du sicher, dass ich auf keinen Fall in dieses Büro ziehen werde, wenn mein Vater sich zurückzieht. Er hat es schon ein paar Mal versprochen, gerade nach seinem letzten Infarkt, aber ich glaube, er fürchtet, dass sein Leben dann vorbei ist.«

Luca öffnete nun eine weitere Tür, die vom Schlafzimmer abging. Lilly staunte nicht schlecht, als sie in ein edles Badezimmer blickte, das sogar einen Whirlpool besaß.

»Noch Fragen?« Luca wollte die Tür wieder schließen, aber da kam Lilly der Gedanke, dass sie in der Nasszelle mit Sicherheit verwertbare Proben für den Vaterschaftstest finden könnte.

»Ich glaube, ich nutze die günstige Gelegenheit«, sagte sie. Luca schloss verständnisvoll die Tür von außen. Lilly ließ den Wasserhahn laufen, während sie sich am Waschbecken umsah. Dort fand sie auf Anhieb alles, was sie zu ihrem Zweck gebrauchen konnte: eine Zahnbürste, einen Zahnputzbecher, eine Bürste. Sie konnte nur hoffen, dass sich auch Spuren von Marcello darauf befanden und nicht nur Genmaterial seiner Gespielinnen.

Hastig stopfte sie die Sachen in ihre Handtasche. Sogar einen Waschlappen nahm sie mit, in der Hoffnung, dass es nun ein Kinderspiel sein würde, ihre Proben mit denen Marcello Danesis zu vergleichen.

Natürlich verspürte sie wieder ein schlechtes Gewissen, aber was sollte sie tun? Freiwillig würde Lucas Vater ihr keine Zahnbürste zur Verfügung stellen. Und sie war sicher, dass Luca sie, wenn er ahnen würde, was sie durchmachte, dabei unterstützen würde, einen Beweis zu beschaffen.

Als Lilly aus dem Badezimmer kam, saß Luca kreidebleich auf der Bettkante des Lotterlagers und hielt sein Mobiltelefon in der Hand. An seiner versteinerten Miene war unschwer zu erkennen, dass etwas Schlimmes passiert war.

»Luca, was ist geschehen?«

Er wandte sich ihr zu und wirkte wie betäubt. »Mein Vater ... das war seine Sekretärin. Er ist in ihrer Wohnung in Menaggio und er ... er ist tot«, stammelte er.

Lilly ließ sich neben ihn auf das Bett sinken. »Das ist ja furchtbar. Aber was macht er bei seiner Sekretärin und woher weiß sie, dass er …« Lilly stockte, denn sie konnte sich ihre Fragen natürlich selber beantworten.

»Dass er sie vögelt, das war mir seit Langem klar und gestern auf dem Fest, da habe ich mitbekommen, wie sie die Köpfe zusammengesteckt haben. Sie will jetzt, dass ich ihn unauffällig aus ihrer Wohnung hole.«

»Oje, machst du das?«, fragte Lilly entsetzt. Das ist ja wie in einem schlechten Film, in dem der König bei der Kurtisane im Bett stirbt und seine Leiche bei Nacht und Nebel in sein Gemach gebracht wird, ging es Lilly durch den Kopf. Emotionen hatte sie überhaupt keine. Es berührte sie nicht, dass dieser Mann tot war. Wenn überhaupt, dann tat es ihr für Luca leid, dass er seinen Vater auf diese Weise verlieren musste.

»Nein, das werde ich nicht tun. Ich habe Signorina Varese versprochen, dass ich sofort komme und wir alles Weitere klären. Sie hat auch noch nicht die Polizei geholt oder einen Krankenwagen.«

»Aber wenn sie sich täuscht? Und er ist gar nicht tot?«

»Signorina Varese war früher Krankenschwester, bevor sie aus gesundheitlichen Gründen aufhören musste und bei meinem Vater im Büro anfing. Sie hat in der Notaufnahme gearbeitet. Sie weiß, wann jemand tot ist«, seufzte Luca, stand auf und reichte ihr die Hand. »Komm, ich bringe dich zur Villa di Rossi und dann fahre ich nach Menaggio.«

»Nein, wenn ich darf, begleite ich dich«, widersprach Lilly ihm energisch.

»Nichts lieber als das! Aber willst du dir das wirklich zumuten? Ich meine, freiwillig einen Toten anzusehen?«

»Luca, ich habe kürzlich meine Mutter verloren und in ihren letzten Lebenswochen Dinge gesehen und geregelt, die ich dir ersparen möchte. Glaub mir, ein von einem Herzinfarkt aus dem Leben gerissener Mensch bietet einen weniger furchterregenden Anblick als ein Krebspatient im letzten Stadium.«

Luca riss sie stürmisch in seine Arme. »Ach, Lilly. Ich bin dir so dankbar, dass ich da nicht allein hinfahren muss. Vielleicht schaffst du es sogar, die völlig hysterische Frau zu beruhigen, die hat nur geheult und geschrien. Vor allem, wenn ich ihr gleich sagen muss, dass ich meinen Vater nicht heimlich in sein Bett legen werde, um vorzutäuschen, dass er im heimischen Schlafzimmer gestorben ist und nicht nach dem Sex mit einer seiner Geliebten.«

Lilly umklammerte fest Lucas Hand. So verließen sie die Firmenvilla und fuhren auf schnellstem Weg nach Menaggio. Unterwegs fragte sie sich, ob sie das nur Luca zuliebe tat oder ob sie noch einen letzten Blick auf den Mann werfen wollte, der aller Wahrscheinlichkeit nach ihr Vater war.

Sie wusste es nicht, aber es war ihr auch herzlich gleichgültig, was sie dazu bewog, Luca zu begleiten, denn sie spürte, dass sie in diesem Augenblick an seine Seite gehörte. So oder so!

29.

Die Wohnung von Signorina Varese lag in einem Haus in unmittelbarer Nähe der Piazza Garibaldi, die sich im Herzen des Ortes zwischen der Uferpromenade und der Kirche Santo Stefano befand. Auf der Promenade herrschte reges Treiben und Lilly gewann den Eindruck, dass im Gegensatz zum ruhigen Lenno hier das touristische Leben boomte. Restaurants und Cafés gab es im Überfluss, aber das nahm sie nur nebenbei wahr. Luca und sie liefen Hand in Hand zu dem Haus, in dem Marcellos Geliebte wohnte, nachdem er einen Parkplatz in der Nähe gefunden hatte.

»Woher weißt du, wo sie wohnt?«, fragte sie auf dem Weg dorthin.

»Sie ist Vaters Sekretärin seit über zwanzig Jahren. Ich habe ihn schon mehrfach aus der Firma hierhergebracht, wobei er natürlich behauptet hat, sie hätten noch zu arbeiten. Natürlich weiß ich, dass sie seine Dauerfreundin war, nicht erst, seit ich die beiden zusammen gesehen hatte, aber ich habe es ihm gegenüber nie thematisiert.«

»Das könnte ich nicht. Wenn ich gewusst hätte, dass mein Vater fremdgeht …«, sinnierte Lilly, doch dann sagte sie hastig: »Ach, ich habe gut reden. Ich hatte nie einen Vater, sondern eine Mutter, die es mit der Treue auch nicht so wichtig genommen hat.«

Luca musterte sie ernst. »Ich weiß genau, was du meinst. Du hättest ihm die Meinung gesagt. Das hätte ich auch gern, aber ich habe einmal als nicht mal Zwanzigjähriger meiner Mutter gegenüber geäußert, ich würde meinem Vater die Fresse polieren, wenn er sie noch einmal so schamlos betrügt. Und weißt du, was sie gesagt hat? ›Junge, nichts dergleichen wirst du tun. Wenn jemand gegen die Untreue deines Vaters aufbegehren sollte, dann ich. Und solange ich das nicht tue, ignoriere es einfach.‹«

»Deine Mutter ist ja eine Heilige.«

»Nein, das nicht, aber sie ist in dem Trauma ihres Vaters gefangen gewesen und das hieß: Eine Frau verlässt ihren Mann nicht.«

Lilly schüttelte sich. »Was für ein Leben!«

Lucas lächelte versonnen. »Ich glaube, sie hat immer ein gutes Leben gehabt. Mein Vater hat ja niemals ein böses Wort gegen sie geführt. Und er hat ihre Leidenschaft für die Oper akzeptiert. Meine Mutter ist zu jeder großen Premiere in die Mailänder Scala gefahren und mein Vater hat sie begleitet. Wenn es sein musste, bis nach London. Das war auch für mich schwer zu begreifen, aber meine Mutter hat es mir einmal direkt gestanden. Dass sie ihr Leben liebt und dass sie manchmal ganz froh ist, dass mein Vater mit anderen Damen schläft ...«

»Das hat sie dir so offen gestanden?«

»Nein, natürlich hat sie das verklausuliert, aber ich habe schon verstanden, was sie mir damit sagen wollte. Dass sie ganz froh war, nicht mehr mit ihm schlafen zu müssen.« Sie waren vor dem zweistöckigen von außen hübsch anzusehenden Mehrfamilienhaus angekommen und Luca klingelte.

Lilly dachte an Bella. Es passte irgendwie zu ihr, sich mit so einem windigen Kerl wie Marcello Danesi auf eine unverbindliche Affäre eingelassen zu haben, aber hatten die beiden deshalb ein Recht, ihr seine Identität zu verheimlichen? Und jetzt war ihr Vater vielleicht tot. Sie dachte an die Beweisstücke in ihrer Handtasche und fröstelte. Wollte sie wirklich einen Toten auf seine Vaterschaft testen lassen? Es bleibt mir nichts anderes übrig, als es zu Ende zu führen, dachte sie resigniert. Wegen des winzigen Hoffnungsschimmers, dass Marcello Danesi gar nicht der Mann ist, der mich gezeugt hat.

Der Summton des Türöffners riss Lilly aus ihren Gedanken.

Luca warf Lilly einen prüfenden Blick zu. »Und du willst wirklich mit nach oben kommen? Ich würde es dir nicht übel nehmen, wenn du in einer der Bars auf mich wartest.«

»Nein, ich komme mit!« Zur Bekräftigung ihrer Entschlossenheit drückte sie seine Hand. Er erwiderte den Druck, und so stiegen sie die einfache Treppe hinauf, die bei jedem Schritt knarrte.

Im zweiten Stock stand bereits Signorina Varese in der Tür. Das blond gefärbte Haar hing ihr strähnig ins Gesicht und gab einen dunklen Ansatz preis. Sie trug einen seidenen Morgenmantel. Natürlich trägt die Geliebte des Seidenkönigs Seide, dachte Lilly und ließ sich nicht anmerken, dass der Gedanke sie amüsierte. Das Gesicht der Signorina war vom vielen Weinen verquollen, unter den Augen hatte sie dunkle Ringe und die Wimperntusche hatte auffällige Schlieren hinterlassen. Nein, schön ist Signorina Varese wahrlich nicht, ging es Lilly durch den Kopf, denn selbst Bella hat in ihren viel zu engen Morgenmänteln, die ihre üppigen Brüste meist nur unzureichend bedeckt hatten, eine bessere Figur gemacht. Vielleicht liegt es an dem Schock, fügte Lilly in Gedanken hinzu, denn eigentlich war es unpassend, in dieser fatalen Situation Marcellos Geliebte mit ihrer Mutter zu vergleichen.

Lilly zuckte zusammen, als die Signorina in hysterisches Geheul ausbrach, während sie sich an den armen Luca klammerte, dem das Ganze offenbar sehr peinlich war. Sie jammerte so laut und hemmungslos, wie Lilly es manchmal in alten italienischen Filmen gesehen hatte, wenn feurige Italienerinnen ihren Gefühlen freien Lauf ließen. Sie verstand nicht jedes Wort, aber es war klar, dass die Signorina völlig außer sich war.

Luca konnte sich ihrer Umklammerung kaum erwehren, und

Lilly spürte, wie sich alles in ihm sträubte, dass die Geliebte seines Vaters derart auf Tuchfühlung mit ihm ging. Erst seine Frage, ob er seinen Vater sehen könnte, ließ die Signorina innehalten. Sie ließ Luca los und bat die beiden in die Wohnung, während sie Lilly intensiv musterte. So als ob sie Lucas Begleitung jetzt erst wahrnehmen würde.

»Das ist Signorina Haas, eine Freundin aus Deutschland«, sagte Luca.

Signorina Varese reichte ihr die Hand. »Schön, dass Sie ihm beistehen in dieser schweren Stunde, aber Sie wollen doch nicht mit ins Schlafzimmer, oder?«

»Doch, das geht schon. Erst kürzlich ist meine Mutter gestorben«, entgegnete Lilly nüchtern.

Erneut stieß Signorina Varese ein Mordsgeheul aus. Kaum dass sie sich ein wenig beruhigt hatte, verlangte sie, dass Luca seinen Vater unauffällig fortbringen sollte.

»Darf ich ihn erst einmal sehen?«, fragte er.

Sie führte Lilly und Luca in ein spartanisch eingerichtetes Schlafzimmer. Ein Doppelbett, ein Kleiderschrank, Fliesenboden …

Lilly schauderte. Wenn sie jemals wild und gefährlich hätte leben wollen, dann auf einem anderen Niveau. Dieser Raum war wirklich auf der ganzen Linie ernüchternd, was das Bild, das sie von Marcello Danesi hatte, auf ein Normalmaß zurechtstutzte.

Dann erst wagte sie einen Blick zum Bett. Dort lag er. Zum Glück unter einer Decke, ging es Lilly erleichtert durch den Kopf. Den splitternackten Mann in allen Einzelheiten hätte sie ungern betrachtet, aber so war nur sein Kopf zu sehen und man konnte denken, dass er schlief. Er wirkte erstaunlich entspannt und friedlich. Wesentlich friedlicher, als sie ihn auf dem Fest erlebt hatte. Lilly war sichtlich erleichtert. Sie war auf das Schlimmste gefasst gewesen, aber dieser Anblick versöhnte sie mit Marcello Danesi. Ob er ihr Vater war oder nicht, der Mann war zufrieden im Schlaf gestorben.

Die friedliche Stimmung wurde von Signorina Vareses Gezeter unterbrochen. »Bring ihn weg. Bring ihn nach Hause!«

Luca aber hatte sich über die Leiche seines Vaters gebeugt und schien stumm auf ihn einzureden. Schließlich wandte er sich Signorina Varese zu. »Nein, ich werde jetzt die Offiziellen rufen und dann sollen sie alles von hier aus regeln«, sagte er mit ruhiger Stimme.

»Das können Sie nicht machen, Signore Danesi, Ihr Vater wollte, dass alles seine Ordnung hat. Er hat einmal zu mir gesagt: Sollte ich in deinem Bett sterben, dann lass mich nach Bellagio bringen, damit jeder denkt, ich wäre im Ehebett gestorben.«

»Er ist in Ihrem Bett gestorben, Signorina Varese, und das werden wir nicht vertuschen. Ich rufe jetzt das Beerdigungsinstitut an.« Luca nahm sein Telefon zur Hand.

»Sie wollen ihn von hier abtransportieren lassen?«, kreischte die Signorina, während sie ihm das Telefon aus der Hand riss.

»Jetzt beruhigen Sie sich mal. Sie glauben doch nicht, dass ich meinen Vater jetzt in einen Teppich wickle und ihn zu Hause meiner Mutter ins Ehebett lege?«, bemerkte er spöttisch.

»Bitte nein, riskieren Sie keinen Skandal. Bitte! Nicht dass Ihre Mutter ... dass sie sein Testament anficht!«, schrie die Dame.

»Signorina Varese, warum sollte meine Mutter das Testament anfechten?«, hakte Luca nach.

»Weil sie, weil sie ... erfüllen Sie doch Ihrem Vater diesen letzten Wunsch«, stammelte die Signorina.

Luca ließ sich nicht aus der Ruhe bringen. Er verlangte auch keine Erklärung, warum die Signorina derart ausrastete, sondern bestand auf seiner Entscheidung, das Beerdigungsunternehmen zu ihrer Wohnung zu beordern. Und er bat sie nun, ihm das Telefon zurückzugeben, doch als die Signorina sich weigerte, nahm er es ihr in aller Seelenruhe aus der Hand.

»Bitte, bitte, Signore Luca, tun Sie es nicht. Hören Sie mich erst an! Signorina, bitte, helfen Sie mir. Es ist nicht richtig, was Ihr Freund da vorhat.«

Lilly kämpfte mit sich, ob sie sich einmischen sollte. Sie stand ganz auf seiner Seite. Ja, sie fühlte sich als seine Partnerin. Alle Zweifel, ob sie das tatsächlich jemals sein könnte, verloren sich gerade im Wirrwarr der Ereignisse.

»Signorina Varese, ich verstehe, dass Sie durcheinander sind, aber wenn hier jemand an Vertuschung interessiert sein müsste, wäre es Luca. Wenn es ihm nichts ausmacht, dass das Beerdigungsunternehmen seinen Vater aus Ihrer Wohnung holt, dann sollten Sie ihm die Entscheidung überlassen.«

»Aber was wird Signora Danesi sagen, wenn ihr Mann aus meinem Bett abtransportiert wird?«

»Das hätten Sie sich überlegen sollen, bevor Sie meinen Vater in Ihr Bett gelassen haben«, entgegnete Luca trocken. »Und jetzt bitte lassen Sie mich das tun, was in so einem Fall zu tun ist!«

Signorina Varese brach erneut in lautes Geheul aus. »Ich kann mit dem Skandal leben, aber was, wenn mein Sohn davon erfährt?«

»Soviel ich weiß, ist er in einem Internat in der Schweiz. Ich glaube kaum, dass der Arm der hiesigen Gerüchteküche bis nach Lugano reicht.«

»Aber wenn es in der Zeitung steht? Verdammt, er darf es nicht erfahren. Das war Marcellos Bedingung dafür, dass er ihn finanziell so großzügig unterstützt hat und außerdem, wenn Ihre Mutter das erfährt, dass mein Junge ... Nein, das kann ich nicht riskieren. Nachher ficht sie das Testament an und unser Kind geht leer aus!«

»Unser Kind?«, wiederholte Luca. »Wenn ich Sie richtig verstehe, wollen Sie mir damit sagen, dass Ihr Sohn das Kind meines Vaters ist, oder?«

Signorina Varese nickte.

Lilly war fassungslos: Es gab also noch ein uneheliches Kind Marcellos! Die Apothekerin hatte nicht übertrieben.

Signorina Vareses Tränen verebbten. »Ja, Marcello und ich haben einen Sohn. Er ist in seinem Testament erwähnt, Marcello zahlt ihm überdies das Schweizer Internat«, schniefte sie. »Und wenn es jetzt einen Skandal gibt, wird Ihre Mutter das womöglich anfechten und mein Junge geht leer aus oder er erfährt, wer sein Vater ist. Und das wollte Marcello um jeden Preis vermeiden.«

Luca musterte die Geliebte seines Vaters abschätzig. »Keine Sorge, ein Skandal würde nichts ändern. Das Testament wird natürlich auf seine Echtheit überprüft. Und wenn alles formal richtig ist, dann wird es so gehandhabt, wie es im Testament steht. Meiner Mutter dürfte es völlig gleichgültig sein, in welchem Bett mein Vater gestorben ist. Und von uns erfährt Ihr Sohn mit Sicherheit nichts über die Identität seines Erzeugers«, sagte er mit eiskalter Stimme.

Lilly fröstelte. Was, wenn Luca nun erfahren musste, dass es nicht nur ein uneheliches Kind seines Vaters gab, für das Marcello viel Geld gezahlt hatte, unter derselben Bedingung, dass es nicht erfuhr, wer sein Vater war? Wenn Lilly immer noch einen Funken Hoffnung besessen hatte, dass Marcello Danesi nicht der Mann war, den sie so fieberhaft suchte, dann verließ er sie in diesem Augenblick. Wie er mit seinem unehelichen Sohn verfahren war, entsprach so verblüffend seiner Vertuschungstaktik in ihrem Fall, dass das kein Zufall mehr sein konnte. Dessen war sich Lilly sicher: Der Tote in dem Bett seiner Geliebten war ihr Vater und der Mann, der neben ihr stand und um seine Fassung rang, war tatsächlich ihr Bruder. Lilly nahm sich vor, ihm nachher im Wagen die Wahrheit zu sagen. Worauf sollte sie noch warten? Bis das Labor ihr in der nächsten Woche bestätigte, was sie eh schon wusste? Nein, sie musste es ihm jetzt eröffnen!

»Sie wollen also gar nichts vertuschen?«, fragte Signorina Varese ungläubig.

Luca schüttelte energisch den Kopf. »Nein, das will ich nicht.« Entschieden tippte er eine Nummer in sein Telefon und rief erst den Hausarzt der Familie an, mit der Bitte, vorbeizukommen, um einen Totenschein auszustellen, und dann das Beerdigungsunternehmen.

»Sie haben es so gewollt«, murmelte die Signorina. »Wer weiß, was noch auf Ihre arme Mutter zukommt.«

»Was wollen Sie denn damit sagen?«

Signorina Varese stieß einen tiefen Seufzer aus. »Na ja, also, ich befürchte, Flavio ist nicht das einzige uneheliche Kind Ihres Vaters.«

Lilly erstarrte bei diesen Worten. Was wusste die Frau? Und was würde sie Luca jetzt verraten? Nicht auszudenken, sie würde die Wahrheit ans Tageslicht bringen, bevor sie sich Luca anvertrauen konnte.

»Glauben Sie nicht, es ist jetzt genug? Wenn dem tatsächlich so sein sollte, dann findet es die Familie sicherlich von allein raus. Es reicht«, mischte sich Lilly ein.

Luca warf Lilly einen irritierten Blick zu. Er verstand nicht, warum sie die Signorina zum Schweigen bringen wollte. »Reden Sie nur. Es kann ja nicht schlimmer werden«, widersprach er Lilly.

»Es muss gestern Abend auf dem Fest etwas vorgefallen sein. Marcello hat zwar seine Rede einigermaßen über die Bühne gebracht, aber dann hat er ziemlich hastig dem harten Alkohol zugesprochen. Ich konnte gerade noch verhindern, dass er sich völlig betrunken hat. Er war so merkwürdig und hat immer wieder gemurmelt, dass Maria davon nichts erfahren dürfte. Ich habe erst gedacht, er meinte uns, und habe ihm geschworen, dass ich selbst unter Folter leugnen würde, dass wir eine Affäre hatten. Die war ohnehin längst zu Ende. Sehen Sie mich an, ich bin Mitte vierzig. Das ist kein Alter mehr, um eine Geliebte zu sein.«

Luca musterte Signorina Varese skeptisch. »Entschuldigen Sie, aber das da ist doch Ihr Bett, oder?«

Sie nickte schwach.

»Und der Mann, der dort verstorben ist, mein Vater. Also frage ich mich, wie er da hineingeraten ist, wenn nicht als Ihr Liebhaber. Sie müssen sich keine Märchen einfallen lassen, um ihn zu schützen. Schon als Jugendlicher wusste ich, dass mein Vater ein notorischer Fremdgänger ist.«

»Das war doch das Seltsame. Seine neueste Flamme war doch auch auf dem Fest, aber er hat mich gebeten, ob er mich heute besuchen darf. Ja, wir haben auch kurz miteinander ... na ja, aber ich hatte mehr den Eindruck, er wollte etwas loswerden, ohne zu viel zu verraten. Er sprach von einer jungen Frau, die am Comer See auf der Suche nach ihrem Vater rumschnüffeln würde und die ihn darauf angesprochen hatte. Jetzt würde sie ihm große Schwierigkeiten machen. Mehr war nicht aus ihm herauszubekommen.«

Lilly bebte vor Anspannung. Sie betete, dass Luca nicht so schnell schaltete, dass sie jene Frau war. Doch in dem Moment holte die Signorina eine Zigarettenschachtel aus der Tasche ihres Morgenmantels. »Entschuldigen Sie, aber ich brauch jetzt eine.«

Luca fixierte die Packung, bevor er Lilly mit einem durchdringenden Blick musterte. Ihr wurde gleichzeitig heiß und kalt.

»Sie könnten meiner Bekannten auch eine anbieten«, sagte Luca nun mit versteinerter Miene.

Signorina Varese hielt Lilly die Packung hin.

»Nein danke«, erwiderte Lilly hektisch. »Ich rauche nicht.«

Ihr war in diesem Augenblick nicht bewusst, in welche Falle sie geraten war. Erst als Luca sie in einem völlig veränderten, sehr harten Ton bat, mit ihm gemeinsam unten vor der Haustür auf den Arzt zu warten, dämmerte ihr etwas. Sie folgte ihm stumm aus der Wohnung in den Hausflur. Erst als die Tür hinter ihnen ins Schloss fiel, sprach sie ihn an. »Luca, ich muss dir was sagen.«

»Zu spät«, entgegnete er. »Ich möchte dir nur zeigen, wo du ein Taxi oder den Bootsanleger findest.« Dann eilte er voran die Treppen hinunter und schließlich ins Freie, ohne sich nach ihr umzusehen.

Sie konnte ihm kaum folgen. Unten vor der Tür wartete er auf sie. »Der Taxistand ist dort vorne, zum Schiff gehst du ein paar Meter links.«

»Luca, bitte, lass es dir erklären!«

»Was gibt es da noch zu erklären? Herzlichen Glückwunsch, du hast das Arschloch gefunden und gestern auf unserem Fest zur Rede gestellt! Du hast dich nur aus einem einzigen Grund an mich rangeschmissen, damit ich dich mit unserem Vater bekannt mache. Das hat doch hervorragend funktioniert. Nahezu perfekt würde ich sagen. Schon ist er tot und du erbst. Besser hätte es doch gar nicht laufen können!«

Lilly war so entsetzt über seine Worte, dass sie ihm eine Ohrfeige versetzte, worüber sie selbst am meisten erschrocken war. Wie hatte sie sich darüber empört, dass Marcello Danesi ihr beinahe eine runtergehauen hatte. Und nun schlug sie den Mann, den sie liebte.

»Entschuldige, das wollte ich nicht. Ich, ich habe das auch erst kürzlich herausbekommen, dass du, ich meine, dass wir ...«

Luca lachte gequält. »Und ich romantischer Trottel dachte, du hast das Glas und das andere Zeug vom Strand in der Handtasche verschwinden lassen, um eine Erinnerung an unser Picknick zu haben. Aber wahrscheinlich brauchtest du das für den Gentest.«

»Ja, aber ich hätte dir doch alles erzählt, wenn das Ergebnis klar gewesen wäre«, stieß sie unter Tränen hervor.

»Lilly, gib dir keine Mühe. Ich glaube dir kein Wort! Und ich dachte, das mit uns ist etwas Besonderes. Nun verstehe ich auch, warum du mich auf Abstand gehalten hast. Schlafen wolltest du wohl doch nicht mit deinem Bruder.« Er warf einen Blick über ihre Schulter. »Da kommt unser Hausarzt. Du erfährst von den di Rossis, wann die Beerdigung stattfindet. Von mir aus kannst du kommen. Und du wirst auch das erhalten, was er in seinem Testament verfügt hat. Das ist aber auch alles. An so einer verlogenen … Schwester … bin ich nicht interessiert.«

Luca wandte sich ohne ein weiteres Wort von ihr ab, begrüßte den Hausarzt und verschwand mit ihm im Haus.

Lilly blieb wie erstarrt stehen. Das Schlimme war, sie konnte ihn sogar verstehen. Es war wie verhext, dass er es auf diese Weise hatte erfahren müssen. Am Totenbett seines Vaters! Mit einem Schlag hatte er nicht nur einen Halbbruder, sondern die Frau, die er liebte, entpuppte sich auch noch als seine Halbschwester. Warum war ich bloß so feige, meinen Verdacht nicht gleich mit ihm zu teilen? Natürlich muss er jetzt glauben, ich hätte ihm meine Gefühle nur vorgegaukelt, dachte Lilly verzweifelt. Wenn sie ihm jetzt die Wahrheit beichten würde, dass sie bis zuletzt gehofft hatte, Marcello wäre gar nicht ihr Vater, er würde ihr kein Wort mehr glauben.

»Ist Ihnen nicht gut? Brauchen Sie Hilfe, Signora?«, hörte sie von ferne eine männliche Stimme fragen. Sie fuhr herum und erblickte Alfredo, der ebenso überrascht war wie sie.

»Oh, Signorina Haas, Sie sind immer noch an unserem schönen See«, begrüßte er sie steif.

»Ja, er bietet doch manche Überraschungen«, sagte sie bedrückt.

»Und? Wohnen Sie hier im Hotel?«

»Nein, ich, ich bin zurzeit in der Villa di Rossi, weil ich einen Unfall hatte und dort behandelt wurde. Aber ich bin wieder auf dem Damm.«

»Und haben Sie woanders einen Wagen gemietet?«

»Nein, ich, ich bin mit der Fähre von Lenno gekommen«, log sie.

»Na, dann komm schon mit. Ich muss gerade einen Wagen von hier abholen. Der Mieter konnte ihn nicht zurückbringen. Ich fahre dich eben in der Klinik vorbei, denn du machst mir den Eindruck, als würdest du gleich umfallen.«

Lilly haderte mit sich. Natürlich wäre das wunderbar, wenn er sie im Wagen chauffierte und sie sich gleich in ihrem Bett verkriechen konnte, aber ihr schlechtes Gewissen ihm gegenüber sprach eindeutig dagegen, dieses Angebot anzunehmen.

»Nein, das kann ich doch nicht annehmen nach allem, was ich mir da oben im Restaurant geleistet habe«, widersprach sie.

Alfredo brach in schallendes Gelächter aus. »Wieso? Ich fand, das Großmaul hat es mal verdient, dass ihn eine Frau so hat abblitzen lassen.«

»Wenn ich mich recht entsinne, hast du Georgio dort oben einen kräftigen Hieb verpasst. Und ich bin schuld!«

»Ach das!« Er machte eine abwehrende Handbewegung. »Schon vergessen, aber trotzdem war es mir ein Vergnügen zu erfahren, dass du seinem Charme widerstanden hast. Du hättest ihn mal schimpfen hören sollen, als er seinen Mietwagen zurückgegeben hat. Dass du eine falsche Schlange und eine verklemmte Kuh wärst. Und das alles, weil du ihn nicht rangelassen hast. Damit hast du alles wiedergutgemacht und jetzt zier dich nicht. Ich habe schon begriffen, dass ich nicht dein Typ bin. Trotzdem mag ich dich.«

Lilly entschied sich seufzend, sein Angebot anzunehmen, allein, weil es so guttat, dass Alfredo ihr so gar nichts nachtrug, sondern sie ganz ohne Hintergedanken mitnahm. Als sie vor der Villa di Rossi hielten, bot sie ihm zum Dank ein weiteres Essen im Al Veluu an.

Er lehnte dankend ab. »Also vorerst traue ich mich da nicht

mehr hin, aber ich habe eine viel bessere Idee. Demnächst findet die Sagra di San Giovanni statt. Sie zählt zu den ältesten historisch überlieferten Festen am Comer See zu Ehren des Schutzpatrons San Giovanni Battista und findet rund um die Isola Comacina statt – die einzige Insel im Comer See, gegenüber von Bellagio. Gefeiert wird auf dem Wasser und an den Seeufern zwischen Sala di Comacino und Bellagio.« Jetzt ist der Fremdenführer wieder in ihm erwacht, dachte Lilly, sie verkniff sich aber, ihn zu stoppen. »Im Mittelpunkt steht die Boots-Prozession zur Insel Comacina. Der Legende nach haben im Mittelalter die Bauern aus der Umgebung den Heiligen San Giovanni Battista um seinen Schutz vor Unwettern gebeten. Angeblich wurden ihre Bitten erhört, sodass sie seitdem die Boots-Prozession Jahr für Jahr wiederholen. Und …«

»Das hört sich bezaubernd an«, unterbrach ihn Lilly nun doch. »Aber ich weiß gar nicht, ob ich dann überhaupt noch in Italien bin. Ich wäre vielleicht schon längst fort, wenn Emma nicht spurlos verschwunden wäre. Natürlich hoffe ich, dass sie wiederkommt. Ich kann doch nicht ohne sie nach Hamburg zurückfliegen.«

»Dann hoffe ich mal, dass du dann noch da bist und der Hund zurückgekommen ist. Ruf mich einfach an.« Er reichte ihr erneut seine Karte.

»Versprochen.« Lilly gab ihm zum Abschied die Hand. »Du bist wirklich ein netter Kerl.«

Alfredo rollte mit den Augen. »Wow, das aus dem Munde einer schönen Signorina, bei der ich keinen Stich habe. Ich wollte immer schon mal ›nett‹ sein.«

»Du weißt, wie ich das meine, oder?«

»Natürlich, aber ich würde sagen, ab ins Bett. Du siehst aus wie ausgekotzt.«

»Nettes Kompliment von einem Mann, der mir vor Kurzem noch den Hof gemacht hat«, lächelte sie und ging eilig auf das

Tor zu. Als sie das Innere des Anwesens erreicht hatte, lächelte sie nicht mehr, denn nun überkam sie mit aller Macht der Schmerz, dass sie unwiederbringlich den Menschen verloren hatte, der den Schlüssel zu ihrem Herzen besaß. Nicht mal als Schwester wollte er etwas von ihr wissen!

Lilly spürte, wie ihre Augen feucht wurden, und da rannen ihr die Tränen auch schon in Sturzbächen die Wangen hinunter.

30.

Am Montagmorgen wusste Lilly nicht mehr genau, wie sie dieses restliche Wochenende ohne permanente Heulkrämpfe hatte überstehen können. Dabei ließ sie das plötzliche Ableben ihres vermeintlichen Vaters kalt, aber der Verlust Lucas tat ihr entsetzlich weh. Wenn ich Merle nicht gehabt hätte, wäre es mir wahrscheinlich noch schlechter gegangen, dachte sie, während sie das Frühstück für ihre Freundin und sich vorbereitete. Matteo war schon früh hinüber in die Klinik gegangen. Lilly hatte ein leicht schlechtes Gewissen, dass sie Merle nicht verraten hatte, warum sie insgeheim so furchtbar litt. Im Gegenteil, sie hatte sich kaum anmerken lassen, dass sie untröstlich war, sondern war Merle, die selbst in Liebeskummer versank, eine Stütze gewesen. Wahrscheinlich wäre Merle geschockt gewesen, wenn ihr jemand erzählt hätte, dass Lilly nur unter größten Mühen die Contenance wahren konnte.

Der Grund für Merles Liebeskummer war einfach: Matteo hatte sich völlig von ihr zurückgezogen. Er war überhaupt nicht mehr in Flirtstimmung und machte nicht mehr die geringsten Anstalten, Merle zu verführen. Lilly hatte ihre Freundin am Sonntag nur knapp davon abhalten können, nicht doch noch Luigi anzurufen.

Matteo schien seit Freitagabend, nachdem er zum Haus seiner Mutter geeilt war, um das Risotto zu holen, wie ausgewechselt, und er benahm sich Merle gegenüber höflich, aber völlig distanziert. Was Merle besonders verletzte, war die Tatsache, dass Matteo ihren bereits geplanten Ausflug in das Ferienhaus bei San Remo mit dem Argument abgesagt hatte, er wäre in der Klinik in den kommenden Wochen unabkömmlich. Lilly fand den Grund allerdings nicht ganz so abwegig wie ihre Freundin. Vor allem versuchte sie Merle klarzumachen, dass es in der Bank mit Sicherheit nicht besonders gut angekommen wäre, wenn Merle sich in ihrem Kurzurlaub in Italien hätte krankschreiben lassen. Natürlich war Lilly auch aufgefallen, dass Matteo verstört gewirkt hatte, als er am Freitag mit dem Risotto aus seinem Elternhaus zurückgekehrt war. Und es war auch nicht normal, dass er, wie Merle Lilly unter Tränen berichtet hatte, am Samstag das Haus fluchtartig verlassen hatte, obwohl er vorher regelrecht danach gegiert hatte, endlich mal allein mit Merle im Haus zu sein. Und nachdem er am Samstagabend einen Anruf von Luca bekommen hatte, war Merle nur noch Luft für ihn gewesen. Offenbar hatte Luca ihm vom Tod seines Vaters berichtet und wohl auch durchblicken lassen, dass er an Lilly kein Interesse mehr besaß. Das jedenfalls vermutete Lilly, denn von da an hatte Matteo seine ganze Aufmerksamkeit ihr gewidmet. Das war ihr natürlich sehr unangenehm, weil sie sehr wohl wahrnahm, wie Merle darunter litt, während Matteo das offenbar völlig entging. Dabei wäre Lilly überhaupt nicht in der Lage, mit Matteo anzubändeln. Sie konnte doch ihre Gefühle für Luca nicht einfach abstellen, nur weil er für sie nicht mehr erreichbar war. Selbst wenn dem nicht so wäre, würde sie die Finger von Matteo lassen, um Merle nicht zu verletzen. Lilly hatte die Freundin selten so verzweifelt erlebt.

»Wenn du was von Matteo willst, dann bitte sag es offen. Hast du ihm Hoffnungen gemacht? Bist du etwa doch nicht in Luca verliebt?«, hatte Merle Lilly gefragt, nachdem Matteo am gestrigen Abend ziemlich rasch nach dem Essen einen Spaziergang gemacht hatte. Jedenfalls hatte er das ihnen gegenüber behauptet. »Bitte sag mir die Wahrheit. Wir haben uns doch noch niemals um einen Mann gestritten.«

»Nein, ich habe kein Interesse an Matteo di Rossi. Und bitte interpretiere nicht jeden Blick, den er mir zuwirft, als heimliche Liebeserklärung. Ich habe den Eindruck, ihn belastet etwas. Und selbst wenn es anders wäre, ich will ihn nicht. Das schwöre ich dir!«

Merle war ihr unter Tränen um den Hals gefallen. »Okay, aber ich werde ihm nicht hinterherlaufen. Hast du das nicht gemerkt? Er ist schon am Freitag so merkwürdig aus der Villa zurückgekommen.«

»Genau das ist mir auch aufgefallen. Glaub mir, irgendetwas ist passiert, was mit dir nichts zu tun hat. Aber schau, du fliegst eh am Dienstag zurück. Vielleicht ist es besser, dass nicht mehr zwischen euch war.«

»Also soll ich mich darüber freuen, dass wir nicht mal miteinander geschlafen haben?«

Lilly nickte. »Du hast doch insgeheim gehofft, dass mehr daraus wird als ein Urlaubsflirt, oder?«

Merle hatte auf die Frage verlegen herumgedruckst und schließlich zugegeben, dass sie sich ziemlich heftig in Matteo verknallt hatte und sie sich bei ihm hätte vorstellen können, ihr bisheriges Leben hinter sich zu lassen und sich ernsthaft zu binden.

Jedenfalls hatten diese Frauengespräche, die sich ausschließlich um Matteo und Merle gedreht hatten, Lilly immer wieder von ihrem eigenen Kummer abgelenkt und die schweren Schatten, die sich über ihre Seele hatten legen wollen, vorerst vertrieben.

»Guten Morgen!« Merles verschlafene Stimme riss Lilly aus ihren Gedanken.

Lilly umarmte die Freundin und bat sie an den Frühstückstisch. Die Kulisse war wie aus einem Bilderbuch. Die Morgensonne schien bereits kräftig, die Düfte der exotischen Pflanzen wehten betörend über die Terrasse und der Blick war wie gemalt.

Merle setzte sich seufzend und griff gierig nach dem frischen Weißbrot, das Matteo am frühen Morgen bereits in Lenno besorgt hatte. Im Gegensatz zu Lilly konnte Merle bei Liebeskummer unendlich viel essen.

Dementsprechend belegte sie ihr Brot doppelt und dreifach mit Mortadella und Käse, bevor sie sich von Lilly einen Cappuccino servieren ließ.

»Wie hast du geschlafen?«, erkundigte sich Lilly, die nicht den geringsten Appetit verspürte.

Merle schnitt eine Fratze. »Super dafür, dass der Mann unten auf seinem Sofa so laut geschnarcht hat, dass ich oben fast aus meinem Bett gefallen wäre, er mich gestern Abend nicht mehr mit dem Arsch angeguckt und sich stattdessen nach meiner besten Freundin verzehrt hat«, entgegnete sie spöttisch.

»Komm, das hatten wir doch geklärt. Vielleicht hat er wirklich nur eigene Probleme.«

Dass es noch einen völlig anderen Grund geben könnte, als dass Matteo in sie verliebt wäre, und er lediglich versucht hatte, Lilly mit seiner Aufmerksamkeit aufzumuntern, konnte sie Merle schlecht verraten, ohne ihr die ganze Geschichte anzuvertrauen. Womöglich wusste Matteo von seinem Freund, dass Lilly ihren Vater gefunden und gleich wieder verloren hatte. Und dass Luca ihr Bruder war.

Merle lachte bitter. »Ja, er ist in dich verliebt. Das ist sein Problem …«

»Verdammt«, schimpfte Lilly. »Du kannst dich auf mich verlassen!«

»Haha, das glaube ich dir, aber er will doch offenbar was von dir. Warum sollte er dir sonst wie blöd hinterherrennen? Und er macht dir ständig Komplimente. Zum Kotzen. Und was ist überhaupt mit Luca und dir? Ihr habt auf dem Fest ultraverliebt gewirkt. Jedenfalls er!«, bemerkte sie frustriert.

»Ich habe nichts mit Luca, ich will nichts von Matteo! Und

damit du mich nicht weiter nervst, hast du Lust, nachher mit mir nach Como zu fahren? Ich würde gern ein bisschen shoppen gehen. Dann kommst du vielleicht auf andere Gedanken.«

»Das hört sich gut an. Ich ziehe mich gleich um. Aber sag mal, Schatzi, wie steht's eigentlich mit deiner Vatersuche? Bist du da überhaupt weitergekommen?«

Lilly kämpfte mit sich. Sollte sie weiterhin alle Menschen, die ihr nahestanden, belügen? Sie hatte doch mit Lucas Reaktion den Beweis, dass das auf Dauer eher nach hinten losging. Was hatte sie Merle gegenüber zu verlieren? Außerdem wurde es höchste Zeit, dass sie auch mal ihr Herz ausschütten konnte.

»Willst du die Wahrheit?«, fragte sie.

»Was denn sonst? An Märchen bin ich nicht interessiert!«

»Gut, dann will ich dir verraten, was los ist. Und vielleicht erklärt das sogar Matteos Verhalten. Wahrscheinlich hat er nur Mitleid mit mir.«

»Mitleid?« Merle tippte sich gegen die Stirn.

Lilly ließ sich dadurch nicht beirren, sondern begann, ihrer Freundin die ganze Geschichte zu beichten, angefangen bei ihrer ersten Begegnung mit Luca in Tremezzo. Außer anfangs ein paar euphorischer Zwischenbemerkungen wie »Ist ja irre!«, »Das dir?«, »Du bist ja doch kein Taschenrechner!« und »Oh, wie romantisch!«, und später dann eher Kommentaren wie: »Oh, Mist!«, »Das kann doch wohl nicht wahr sein!« und »Wie gemein ist das denn!«, lauschte Merle stumm den Worten ihrer Freundin. Als Lilly ihre Schilderung mit Lucas knalligen Abschiedsworten beendet hatte, nahm Merle Lillys Hand und streichelte sie.

»Ob Luca das gestern Matteo erzählt hat, dass du wieder frei bist?«, sinnierte sie.

»Scheiße, das hilft mir auch nicht«, fauchte Lilly. »Jetzt habe ich mich endlich mal richtig verliebt, dann ist der Kerl mein Bruder.«

»Und du hast die Sachen aus dem Bad des alten Danesi noch?«, hakte Merle gedankenverloren nach.

»Ja, habe ich, aber den Plunder werfe ich weg! Der Fall ist doch sonnenklar. Da brauche ich keinen Test mehr. Nein, ich möchte alles vergessen!«, seufzte Lilly,

»Das tust du nicht! Wir bringen die Sachen trotzdem ins Labor.«

»Merle, das ist überflüssig. Marcello Danesi ist mein Vater, und ich brauche keine Beweise mehr! Sobald man Emma gefunden hat, setze ich mich in den Flieger und dann Ciao! Ciao, bella Italia.«

Merle sprang unvermittelt auf. »Ich habe so ein Bauchgefühl, dass es alles ganz anders ist als es scheint. Wir bringen die Sachen ins Labor, basta!« Mit diesen Worten verschwand sie im Haus.

Wozu?, dachte Lilly. Damit ich Luca sagen kann: Ja, wir haben nun amtlich ein und denselben Vater? Ich habe seine geklaute Zahnbürste analysieren lassen! Dann hält er mich doch erst recht für eine Erbschleicherin, aber in dem Punkt werde ich ihn beschämen. Jawohl, ich werde bei der Notarin aufschlagen und ihr unterschreiben, dass ich keinen Cent von Marcello Danesis lausigem Geld will!

Lilly ließ ihren Blick über den See schweifen. In diesem Augenblick würde sie alles geben, wenn Emma nur endlich wiederkäme. Ja, sie würde mit ihr schon morgen gemeinsam mit Merle nach Deutschland zurückkehren, aber niemals mehr in ihr altes Leben. Dessen war sich Lilly sicher. Dazu war inzwischen viel zu viel geschehen. Sie würde auch nie wieder in der Bank arbeiten. Vielleicht würde sie doch noch Kunst studieren ... aber so ein Leben wie zuvor, nein, das kam für sie nicht mehr infrage. In diesem Moment kamen ihr ausgerechnet die Erinnerungen an den Kuss mit Luca. Lilly schüttelte sich heftig, um die Gedanken an ihn endgültig loszuwerden.

Zu ihrer großen Erleichterung kehrte Merle gerade in einem luftigen Sommerkleid zurück. »Wollen wir?«, fragte sie unternehmungslustig.

»Gut, aber ich muss noch meine Tasche holen.«

»Vergiss die Beweisstücke nicht!«, rief Merle ihr nach.

Als Lilly kurz darauf fertig angezogen und mit ihrer Tasche im Arm auf die Terrasse zurückkehrte, war sie zwar nicht glücklich, aber zufrieden, weil sie die Gegenwart ihrer Freundin genoss. Merle verbreitete trotz ihres Liebesleids eine positive Atmosphäre, die Lilly für einen Augenblick ihren eigenen Kummer vergessen ließ. Was würde sie bloß ohne sie anfangen?

»Boot oder zu Fuß nach Lenno?«, fragte sie die Freundin.

»Lieber mit dem Schiff, wenn du mich schon so fragst«, entgegnete Merle.

Arm in Arm schlenderten sie die Terrassen hinunter. Gerade als sie die Villa passierten, kam Signora di Rossi in Begleitung Antonias aus dem Haus und die beiden kreuzten ihren Weg.

»Guten Tag, Signora di Rossi«, begrüßte Lilly Matteos Mutter höflich. »Hallo, Signorina Antonia«, fügte sie hinzu.

Den beiden Damen blieb gar nichts anderes übrig, als sie mit einem flüchtigen Nicken zu begrüßen. Dann eilten sie von dannen, als ob es einen Preis zu gewinnen gäbe.

»Ich glaub, sie mag uns nicht. Wahrscheinlich hat sie dafür gesorgt, dass Matteo zurückgerudert ist«, mutmaßte Merle.

»Das halte ich für ein Gerücht. Ich glaube nicht, dass sich Matteo von seiner Mama vorschreiben lässt, mit wem er ins Bett geht«, widersprach Lilly ihr heftig.

»Okay, dann ist er doch rettungslos in dich verknallt und hat jetzt Morgenluft gewittert, weil du deinen angeblichen Bruder nicht lieben darfst.« Diese Bemerkung brachte Merle einen Puff in die Seite ein.

Unten am Steg wartete schon das Boot auf sie. Signora di Rossi, die dort bereits auf einer Bank saß, beobachtete die beiden mit finsterer Miene beim Einsteigen. Lilly war auch alles andere als erfreut, dass nur noch zwei Plätze neben Antonia und der Dame des Hauses frei waren. Kaum machten sie Anstalten, sich hinzusetzen, griff sich Signora di Rossi Antonias leeren Einkaufskorb und stellte ihn neben sich auf die Bank, sodass die beiden Freundinnen eng zusammenrücken mussten, um sich überhaupt hinsetzen zu können. Der Kapitän des kleinen Boots bekam diesen kleinen Zwischenfall zwar mit, aber er traute sich offenbar nicht, die Signora zu bitten, den Korb zurück auf den Boden zu stellen, um den beiden jungen Frauen Platz zu machen. Er warf ihnen stattdessen einen entschuldigenden Blick zu, bevor er ablegte und die Spitze der Halbinsel umrundete. Um bloß nicht in die Richtung der Signora zu sehen, verharrte Lillys Blick an dem Einkaufskorb und seinem Inhalt. Eine Geldbörse lag am Boden des leeren Korbs und daneben schimmerte etwas Giftgrünes hervor. Lilly kam die Farbe bekannt vor, und als ihr in derselben Sekunde bewusst wurde, woher, zuckte sie unmerklich zusammen. Emmas Ball war genauso grün. Ohne weiter zu überlegen, griff Lilly in den Korb und holte einen Ball aus Moosgummi hervor. Sie hätte schwören können, dass es Emmas Ball war, aber was hatte er in dem Einkaufskorb der di Rossi zu suchen?

»Sind Sie wahnsinnig geworden, in fremder Leute Taschen zu wühlen«, herrschte die Signora Lilly an.

»Ich frage mich einfach, wie der Ball meines Hundes in Ihren Korb kommt«, gab Lilly zurück, ohne sich durch den unverschämten Ton der Signora einschüchtern zu lassen. Dabei musterte sie die beiden Frauen, und es entging ihr nicht, wie Antonia sämtliche Farbe aus dem Gesicht wich.

»Antonia, können Sie mir das erklären?«, fragte sie die Haushälterin in scharfem Ton.

»Ich, nein, keine Ahnung«, stammelte die alte Dame und wandte ihren Blick Hilfe suchend an Signora di Rossi.

»Ach, der gehört Ihrem Köter? Den haben wir eben im Gebüsch gefunden.« Signora di Rossi wandte sich kopfschüttelnd der Haushälterin zu. »Warum haben Sie ihn bloß aufgehoben? Sie hätten ihn gleich wegwerfen sollen!«

»Haben Sie was mit dem Verschwinden meines Hundes zu tun?«, fauchte Lilly sie an.

»Sie sind ja verrückt!«, giftete Signora di Rossi zurück.

Lilly wollte gerade zum Gegenschlag ausholen, als Merle sich einmischte. »Lass es gut sein, Lilly«, raunte sie der Freundin zu. Lilly holte einmal tief Luft und schwieg. Doch kaum war das Boot in Lenno angekommen und die beiden Frauen samt des Einkaufskorbes in Richtung der Promenade abgerauscht, machte Lilly ihrem Zorn Luft. »Und ich bin sicher, dass der alte Drachen was mit Emmas Verschwinden zu tun hat. Und die Haushälterin hängt mit drin. Hast du gesehen, wie blass sie geworden ist?«

Merle legte Lilly beschwichtigend die Hand auf die Schulter. »Mit solchen Unterstellungen wäre ich an deiner Stelle sehr vorsichtig. Für mich klingt das recht glaubwürdig, wenn sie behauptet, sie hätten Emmas Ball im Park gefunden.«

»Blödsinn, dann hätte ich ihn bestimmt vor ihr gefunden, so gründlich, wie ich nach Emma gesucht habe. Ich finde es raus! Das schwöre ich dir, und ich weiß auch schon, wie. Ich muss Antonia nur allein erwischen. Und wenn sie ein schlechtes Gewissen hat, dann bekomme ich die Wahrheit aus ihr heraus! Jede Wette!«

»Ich glaube, du verrennst dich da in was«, seufzte Merle.

»Und ich vermute, du willst es dir nicht mit der alten Hexe verscherzen, sollte sie doch noch deine Schwiegermutter werden«, konterte Lilly.

»Das werde ich wohl nicht mehr in vierundzwanzig Stunden schaffen, dass er sich ernsthaft in mich verliebt, mir einen Antrag macht und mich anfleht, bei ihm zu bleiben«, stöhnte

Merle. »Und die potenzielle Schwiegermutter wäre bei dieser Geschichte natürlich das Haar in der Suppe«, fügte sie grinsend hinzu.

Sie beeilten sich, um die Schnellfähre nach Como noch rechtzeitig zu erreichen.

31.

Como zeigte sich an diesem sommerlichen Montagvormittag wieder einmal von der allerbesten Seite. Merle war jedenfalls völlig begeistert von dem kleinen Städtchen und jammerte Lilly die Ohren voll, weil sie morgen nach Hamburg zurückmusste.

»Gehen wir erst shoppen oder bringen wir die Sachen zum Labor?«, fragte sie ihre Freundin schließlich.

Lilly rollte mit den Augen. »Ich habe so gehofft, du würdest es vergessen.«

»Wie könnte ich? Das ist ein wichtiger Beweis.«

Lilly drohte ihrer Freundin scherzhaft mit dem Finger. »Gib es zu, du hast noch einen Hoffnungsschimmer, dass Marcello doch nicht mein Vater ist, ich mich wieder mit Luca vertrage, wir ein Paar werden und Matteo einsehen muss, dass du die Richtige für ihn bist!«

»Du bist nicht nur schön, sondern auch klug, mein Schatz«, gab Merle lachend zurück.

»Schau, da vorne ist die Autovermietung. Komm, wir sehen mal nach, ob Alfredo da ist.«

Alfredo war gerade in einem Kundengespräch, aber er machte ihnen mit einer Geste deutlich, dass er gleich für sie Zeit hätte und sie warten sollten. Als er kurz darauf zu ihnen kam, ließ er seinen ganzen Charme spielen und versuchte, mit Merle zu flirten, die auch gleich munter darauf einging. Er war untröstlich, dass er im Geschäft unabkömmlich war, und versicherte, er hätte ihnen die tollsten Geschäfte zeigen können.

Kaum waren die Freundinnen außer Sichtweite der Autovermietung, schlug Lilly Merle vor, sich heute spontan mit Alfredo zu trösten.

»Den kannst du ja als Trostpflaster übernehmen«, antwortete Merle prompt. »Mir steht der Sinn nicht nach anderen Männern.«

»Aber gestern wolltest du doch noch Luigi reaktivieren.«

»Habe ich nur so dahergesagt. Aus Trotz«, seufzte die Freundin.

»Au Backe, und das aus deinem Mund. Dich hat es tatsächlich ernsthaft erwischt. Komm her, lass dich knutschen.« Lilly legte den Arm um Merle und gab ihr einen Kuss auf die Wange. »Nun gehen wir erst einmal zu diesem Labor. Ich halte das zwar für überflüssig, aber wenn du meinst.«

Lilly holte den Zettel mit der Adresse hervor, den ihr die Apothekerin in Lenno zugesteckt hatte, und fragte einen Passanten, ob er wüsste, wo die Plinia wäre. Er zeigte nach links, und da sah Lilly auch schon das Straßenschild. Das Labor befand sich in einem alten, sehr gepflegten Haus. Die Dame mittleren Alters, die ihnen in einem weißen Kittel die Tür öffnete, wusste sofort Bescheid. Offenbar hatte Signora Maggio Wort gehalten und ihr Kommen bereits angekündigt. Lilly war es etwas unangenehm, ihr die aus dem Firmenbad entwendeten persönlichen Dinge Marcello Danesis zu übergeben, zumal er sich nicht mehr wehren konnte, aber schaden konnte es auch nicht, wenn sie die amtliche Gewissheit besaß, dachte sie. Solange das Luca nicht zu Ohren kam und er sie noch mehr verachtete. Sosehr sie sich auch bemühte, die Tatsachen anzuerkennen und zu akzeptieren, dass sie mit ihrem Schweigen bei Luca verspielt hatte, es traf sie immer noch hart, derart von ihm abgelehnt zu werden.

»Wie lange wird der Test dauern?«, erkundigte sich Lilly.

»Der Test selbst ist in einer Stunde erledigt, aber wir haben gerade alle Hände voll zu tun. Es sei denn, es eilt sehr.«

»Ja, es eilt«, behauptete Merle eifrig.

»Nein, es eilt gar nicht. Eigentlich ist der Fall klar«, stöhnte Lilly, während sie der Dame ihre Beute reichte und einwilligte, eine Speichelprobe von sich abzugeben. Das war schnell erledigt.

»Und wohin soll ich das Ergebnis schicken?«

Lilly überlegte. »Wenn Sie nichts anderes hören, senden Sie es doch bitte an Matteo di Rossi zu Händen von Lilly Haas. Warten Sie, ich schreibe Ihnen die Adresse auf.« Lilly notierte auf einem Zettel, den ihr die Dame reichte, die Kontaktdaten.

»Ich denke mal, gegen Ende der Woche haben Sie Klarheit.«

Lilly bedankte sich bei der Frau und schob Merle in Richtung Tür, denn sie machte gerade erneut Anstalten, die Angelegenheit für dringlich zu erklären. Offenbar hoffte sie wirklich, dass sich alles doch als Irrtum entpuppen und Matteo vor ihrer Abreise erfahren würde, dass Lilly und Luca nicht Brüderchen und Schwesterchen waren, vermutete Lilly.

»Ich verstehe dich nicht«, stöhnte Merle, sobald sie das Haus verlassen hatten. »Vorher warst du doch ganz wild darauf, das Ergebnis zu bekommen, und jetzt tust du fast so, als wäre dir das egal.«

»Aber ich kenne das Ergebnis doch. Vielleicht möchte ich es noch gar nicht schwarz auf weiß haben. So lange kann ich doch einen winzigen Hoffnungsschimmer pflegen, dass es keine genetische Übereinstimmung zwischen Marcello Danesi und mir gibt.«

»Gib es zu. Du hast längst jegliche Hoffnung aufgegeben. Ich kann dich ja sogar verstehen. Die Parallele zu seinem Vorgehen bei dem anderen Kind spricht schon eine deutliche Sprache.«

»Na endlich bringst du mal ein bisschen Verständnis auf. Deshalb hätten wir das hier auch lassen können«, seufzte Lilly.

»Und was machen wir jetzt? Bekämpfen wir unseren Liebeskummer mit ein paar schönen Klamotten? Ich habe ja schließlich beim Wechsel in die Zentrale eine Gehaltserhöhung bekommen und du hast deinen Sponsor.«

»Apropos Sponsor, das erledigen wir gleich als Nächstes. Ich möchte keinen Cent von seinem Erbe haben.«

Merle tippte sich gegen die Stirn. »Bist du irre? Natürlich nimmst du alles mit, was du kriegen kannst. Sieh es als Schmerzensgeld. Und eigentlich ist es doch völlig schnuppe, ob Luca dich dann noch blöder findet.«

»Das mache ich nicht, um vor Luca gut dazustehen. Das mache ich für mich. Ich lasse mich nicht kaufen. Basta!«

»Aber das ist doch dumm. Ich meine, du hast keinen Job und Bella hat dir nur ein paar nackte Kerle vermacht, die sie uns glücklicherweise kostenlos abgenommen haben. Wovon willst du denn leben?«

An ihre Zukunft hatte sie keinen Gedanken mehr verschwendet, seit sie in Italien war. Der Gedanke, bald wieder in Hamburg zu sein, und zwar ohne Job, ohne Perspektive und ohne ihre große Liebe, wollte sie in ein tiefes seelisches Loch ziehen, aber Lilly schaffte es gerade noch rechtzeitig, sich nicht in Selbstmitleid zu ergehen.

»Ich werde schon was finden«, knurrte sie unwirsch. »Mich nimmt jede Bank mit Handkuss.« Hatte sie gerade Bank gesagt? Nein, auch nicht in der tiefsten Verzweiflung. »Ich werde Kunst studieren!«, erklärte sie mit Nachdruck.

»Und wovon willst du das dann bezahlen?«

»Ich werde jobben. Kellnern, putzen ...«

»Nein, das wirst du nicht tun. Du hast endlich mal einen Traum. Mensch, Lilly, behalte die Kohle, finanziere dein Studium und spende den Rest meinetwegen, aber es der ohnehin stinkreichen Familie Danesi in den Rachen zu werfen, ist wirklich selten dämlich.«

Sie waren über diese angeregte Diskussion bereits vor dem Notariat angekommen.

»Noch kannst du es dir überlegen«, versuchte Merle zum letzten Mal, Lilly umzustimmen.

Statt einer Antwort zog Lilly die Freundin am Arm in den Hausflur und weiter zur Bürotür des Notariats. Signora Bellinis Blick sprach Bände, als sie die beiden jungen Frauen sah. Ihre Augen waren regelrecht zu Schlitzen zusammengekniffen. Offenbar erwartete sie auch noch Emma, was ihr angewiderter Blick in Richtung Tür verriet.

»Ich möchte zu Signorina Bruno«, erklärte Lilly selbstsicher.

»Signorina Bruno ist nicht da«, erwiderte der Empfangsdrachen prompt. Es klang wie auswendig gelernt. Lilly konnte sich gut vorstellen, dass die Chefin ihrer Vorzimmerdame eingeimpft hatte, dass sie sie abwimmeln sollte. Doch dann sah Lilly aus dem Augenwinkel in der Garderobe den schicken Mantel der Notarin hängen. Und darunter stand ihr teurer Aktenkoffer, mit dem Lilly sie neulich gesehen hatte.

»Gut, dann müssen wir wohl gehen«, seufzte Lilly und schob Merle aus der Tür in den Flur zurück.

»Du glaubst der Tante doch nicht etwa, oder? Das war doch offensichtlich, dass sie Order hatte, dich wegzuschicken«, bemerkte Merle.

Lillys Antwort war ein breites Grinsen. »Na klar ist die Signorina in ihrem Zimmer.«

»Ach, dann hast du es dir also anders überlegt«, erwiderte Merle sichtlich erleichtert. »Du behältst das Geld! Sehr vernünftig!«

»Ganz und gar nicht!«, lachte Lilly und schon hatte sie sich auf dem Absatz umgedreht, war in das Büro zurückgestürmt und strebte nun geradewegs zum Zimmer der Notarin, ungeachtet der spitzen Schreie und Flüche in ihrem Nacken.

Elena Bruno sprang erschrocken von ihrem Schreibtischstuhl auf, als ihre Bürotür auflog und Lilly energisch das Zimmer betrat.

»Sie haben keinen Termin. Gehen Sie. Ich habe zu tun!«, schimpfte die Notarin.

»Nein, ich setze mich jetzt hin, Sie beruhigen sich und dann tun Sie das, was ich verlange«, befahl Lilly.

In diesem Augenblick kam Signora Bellini keuchend herbei. »Soll ich den Wachmann holen?«

Elena Bruno stieß einen tiefen Seufzer aus und setzte sich zurück an ihren Platz. »Nein, nein, lassen Sie es gut sein und schließen Sie die Tür hinter sich. Ich nehme mir kurz Zeit für die Signorina.«

Kaum war die Tür ins Schloss gefallen, musterte Elena Bruno Lilly fragend.

»Ich weiß jetzt, wer mein Vater ist. In dem Punkt bin ich nicht länger auf Ihre Hilfe angewiesen. Mir geht es darum, dass ich sein verdammtes Geld nicht will und bei Ihnen eine Verzichtserklärung unterschreiben möchte.«

»Gut, aber ich müsste erst einmal in die Akte schauen, um mich zu vergewissern, wie der Stand der Dinge ist.«

»Das können Sie sich sparen. Was soll das scheinheilige Getue? Sie wissen, wer mein Vater ist, ich weiß, wer mein Vater ist. Ich weiß natürlich nicht, ob man Sie schon vom Tod meines Vaters informiert hat ...«

»Aber, aber das kann doch nicht sein ...«, stammelte Elena ungläubig.

»Das wundert mich, dass Ihr Freund Luca es Ihnen noch nicht gesagt hat. Schließlich gibt es noch ein zweites uneheliches Kind außer mir.«

Elena Bruno sah Lilly aus großen Augen reichlich verstört an. Nichts erinnerte mehr an ihre professionelle Gelassenheit.

»Was Marcello Danesi auch immer in seinem Testament verfügt hat, ich möchte keinen Cent. Kann ich das jetzt irgendwo niederschreiben?«

»Moment mal. Lassen Sie mich gerade mal zusammenfassen. Sie glauben, dass der verstorbene Marcello Danesi Ihr leiblicher Vater ist, und Sie wollen hiermit niederlegen, dass Sie nichts von seinem Erbe wollen.« Sie runzelte die Stirn, während sie Lilly ein Stück Papier über den Tisch schob. »Bitte, schreiben Sie auf, was Sie wollen. Ich werde das Schriftstück weitergeben.«

»Und dann kann ich ganz sicher sein, dass ich kein Geld von meinem Vater bekomme?«

»Bis auf die vierhunderttausend, die ich Ihnen bereits angewiesen habe«, bemerkte die Notarin ungerührt.

»Ja, auch die!«, erklärte Lilly mit Nachdruck.

»Gut, das Geld ist zwar bereits auf Ihrem Konto, aber ich leite Ihre Verzichtserklärung weiter. Ich kann aber keine Garantie übernehmen, dass man sich daran hält. Ich bin nicht Ihre Notarin, sondern die meines Mandanten.«

»Ja, ja, das weiß ich wohl, aber Ihr Mandant ist tot, der Fall ist geklärt und deshalb werde ich Ihnen das Geld umgehend zurücküberweisen. Ich will es nicht. Auf welches Konto soll ich es überweisen?«

»Signorina, ich befürchte, Sie sind ein wenig durcheinander. Mir können Sie das gar nicht überweisen! Mein Mandant hat mich beauftragt, es auf Ihr Konto zu überweisen. Ich meine, Sie haben mir doch sogar Ihre Kontonummer gegeben.«

»Da habe ich auch noch nicht geahnt, in was für eine Scheiße ich da gerate«, fluchte Lilly. »Dann überweise ich es eben an diese Stiftung in Monaco!«

Die Notarin warf Lilly einen mitleidigen Blick zu. »Das wird nicht gehen, denn die Stiftung wurde zwischenzeitlich aufgelöst.«

»Dann sorgen Sie dafür, dass man mir seitens der Erben eine Kontonummer zur Verfügung stellt, auf die ich das Geld zurücküberweisen kann. Man kann mich doch nicht zwingen, das Geld zu behalten!«

»Signorina Haas, jetzt hören Sie mir mal gut zu. Ich weiß ja nicht, welches Problem Sie haben, aber ich würde Ihnen raten, sich zu entspannen. Ich werde Ihre Wünsche so weitergeben, aber ich kann nicht garantieren, dass jemand ihnen auch nachkommt. Das ist alles, was ich für Sie tun kann.« Sie erhob sich zum Zeichen, dass das Gespräch damit beendet war.

Lilly verließ grußlos das Zimmer von Elena Bruno. An der Rezeption wartete Merle. Vor ihr hatte sich die Vorzimmerdame aufgebaut, wohl um sie daran zu hindern, sich ebenfalls Einlass in das Innere des Notariats zu verschaffen.

»Komm, bloß raus hier!«, schnaubte Lilly und zog Merle mit sich fort.

»Was ist denn passiert?«, fragte Merle neugierig. »Hat er dich etwa gar nicht im Testament bedacht?«

Lilly zuckte die Schultern. »Keine Ahnung, ich habe jedenfalls unterschrieben, dass ich keinen Cent möchte, aber die Vierhunderttausend werde ich damit nicht los!«

»Vierhunderttausend was?«

»Na, die Überweisung, die die Notarin auf Anordnung meines Vaters bereits nach dem Tod meiner Mutter auf mein Konto transferiert hat.«

Merle musterte Lilly fassungslos.

»Das heißt, die sind jetzt auf deinem Konto?« Sie machte einen Luftsprung. »Champagner für alle!«, jauchzte sie.

»Verstehst du denn nicht? Ich will das Geld nicht, aber sie hat mir keine Nummer gegeben, wohin ich die Kohle zurücküberweisen kann.«

»Du hast wohl nicht alle Latten am Zaun! Du wirst das Geld behalten!«

»Bis ich endlich die Kontonummer der Danesis habe«, erklärte Lilly trotzig.

Sie waren jetzt auf der Straße angelangt. Plötzlich stieß Merle einen spitzen Begeisterungsschrei aus. »Guck mal, ist das nicht ein Traum?«

Irritiert fuhr Lilly herum und blickte in ein Schaufenster, in dem ein bezauberndes Etuikleid hing. Und zwar in einem Muster aus Bordeauxrot und Schwarz.

»Willst du es anprobieren?«, fragte Lilly die Freundin.

»Nein, nicht ich. Du!«

»Ich habe kein Geld für solche Luxusklamotten …« Sie trat an die Scheibe heran, um das Preisschild zu studieren. »Das kostet weit über fünfhundert Euro. Das gebe ich nicht für ein Kleid aus«, rief Lilly entsetzt aus, bevor ihr Blick an dem Traum hängen blieb. »Schön ist es. Und wenn ich schon nicht meinen Traummann bekomme, dann wenigstens mein Traumkleid«, murmelte sie dann.

»So gefällst du mir. Komm!« Merle schob Lilly zur Ladentür.

»Ich habe nicht gesagt, dass ich es kaufen werde. Nur mal anprobieren«, protestierte Lilly.

Eine altmodische Ladenglocke erklang, als sie das Geschäft betraten. Sofort sanken sie förmlich in einen edlen flauschigen Teppich ein und eine gepflegte Signora begrüßte sie formvollendet.

Lilly verspürte den Impuls, den Laden unverrichteter Dinge wieder zu verlassen, weil es doch verrückt war, sich in dieser absurden Situation ein sündhaft teures Kleid zu kaufen, doch da hörte sie ihre Freundin schon in bestem Englisch flöten: »Meine Freundin möchte gern das schöne Kleid aus dem Fenster anprobieren. Und zwar in der deutschen 38. Ich glaube, das ist bei Ihnen 42.«

»Nehmen Sie doch Platz. Möchten Sie einen Prosecco oder ein Wasser? Ich müsste das Kleid nämlich von hinten holen, aber ich weiß, dass wir es noch in allen Größen haben. Das haben wir erst letzte Woche in unsere Sommerkollektion aufgenommen.«

»Und von welchem Designer ist das?«, erkundigte sich Merle.

»Alles, was Sie hier im Geschäft sehen, ist von uns. Wir haben nur zwei Geschäfte. Eines in Mailand und dieses hier. Und was darf ich Ihnen nun servieren?«

»Zwei Prosecchi, bitte.« Kaum hatte die Verkäuferin ihnen zwei Gläser gereicht und war nach hinten verschwunden, stieß Merle Lilly kichernd an.

»So lässt es sich doch leben. Das ist Italien. Und wir können schließlich auch ohne Kerle unseren Spaß haben.«

»Du bist unmöglich«, lachte Lilly.

Als die Frau zurückkehrte, trug sie das Kleid wie einen kostbaren Schatz vor sich her.

Lilly traute sich kaum, es an sich zu nehmen, aber dann ging sie in die Umkleide, in der das Ambiente so edel wirkte wie das ganze Geschäft.

Vorsichtig zog sie es an und blickte verzaubert in ihr Spiegelbild. Das Kleid passte nicht nur wie angegossen, sondern stand ihr hervorragend, als ob es nur für sie gemacht worden wäre. Noch niemals hatte sie so ein prächtiges Kleid besessen. Verträumt strich sie über das weiche glänzende Material. Als sie ein paar Verdickungen im Stoff fühlte, wusste sie auch, was das für ein Material war. Sie hörte förmlich Lucas warme Stimme, wie er ihr den Unterschied zwischen Zucht- und Wildseide erklärt hatte.

Trotzdem ist es verrückt, wenn ich es mir kaufe, dachte sie, während sie im nächsten Augenblick entschied, dass sie nicht darauf verzichten würde. Ja, sie verspürte einen unbändigen Drang, dieses Kleid zu besitzen. Natürlich hoffte sie, dass sie noch so viel eigenes Geld auf ihrem Konto hatte, dass die Vierhunderttausend unangetastet blieben.

»Und? Wie sieht es aus?«, hörte sie Merle ungeduldig von draußen fragen.

Lilly öffnete den Vorhang und zeigte sich. Nicht nur Merle stieß einen Begeisterungsschrei aus, sondern auch die distinguierte Verkäuferin konnte sich bei diesem Anblick nicht mehr vornehm zurückhalten. »Das ist für Sie gemacht!«, rief sie aus.

»Das musst du nehmen«, pflichtete Merle der Verkäuferin

eifrig bei, offenbar in dem Glauben, dass Lilly noch zögern würde.

»Ich habe noch nie so ein teures Kleid besessen«, seufzte Lilly, was ihr einen strafenden Blick der Freundin einbrachte, die wohl fand, dass man das wohl denken konnte, aber nicht in einem derart vornehmen Laden aussprechen sollte.

»Sie können sicher sein, das Kleid ist seinen Preis wert, denn wir verarbeiten ausschließlich Wildseide aus dem Hause Danesi.«

Merle richtete ihren Blick zur Decke, weil sie die Nennung dieses Namens für den Todesstoß dieses Traumkleides hielt.

»Ich nehme es«, sagte Lilly mit fester Stimme. Merle klatschte vor lauter Begeisterung in die Hände und sagte nicht Nein, als die Verkäuferin ihnen einen zweiten Prosecco anbot, während sie das teure Stück in Seidenpapier packte.

»Und ich habe schon gefürchtet, du kaufst es nicht, weil der Stoff von den Danesis stammt«, sagte Merle, kaum dass sie den Laden verlassen hatten.

»Das ist meine Erinnerung an die liebe Familie«, erwiderte Lilly grinsend und behielt den wahren Grund für sich. Das Kleid besaß Zauberkräfte und ließ Lucas Stimme in ihr wieder lebendig werden. Vielleicht geschieht das jedes Mal, wenn ich es trage, hoffte Lilly, während sie einen verliebten Blick in die Tüte warf. Sie würde es insgeheim Luca-Kleid taufen.

Merle war völlig begeistert von Lillys neuer Verrücktheit und konnte sie schließlich zum Kauf von perfekt zu dem Kleid passenden Peeptoes und einem Restaurantbesuch überreden. Lilly bekam zwar kaum einen Bissen hinunter, aber den Weißwein trank sie so zügig, dass sie sich etwas beschwipst fühlte, als sie schließlich auf die Fähre nach Lenno gingen. Auch Merle klagte über einen leichten Rausch, sodass sie beinahe ihre Station verpasst hätten, wenn Lilly nicht gerade noch rechtzeitig hochgeschreckt wäre.

32.

Leicht benommen machten sich Lilly und Merle auf den Rückweg über die Promenade, die malerisch am Ufer des Sees entlang durch Lenno führte und von der aus man einen traumhaften Blick auf Bellagio genoss. Sie entschieden sich, nicht mit einem Boot zu fahren, sondern den Fußweg durch den Wald zu nehmen, um möglichst wieder nüchtern zu werden. Als das Anwesen bereits in der Ferne auftauchte, kam ihnen Antonia entgegen. Sie ging gebückt und schlich sich wortlos an den beiden vorbei.

Lilly wollte diese Chance beim Schopf packen. »Geh schon mal vor. Ich habe hier noch was zu erledigen.«

»Lass es doch. In dem Punkt hast du dich verrannt!«, mahnte Merle, aber da hatte Lilly bereits die Verfolgung der alten Frau aufgenommen. Weit war sie noch nicht gekommen.

»Antonia, warten Sie, ich möchte kurz mit Ihnen reden«, sagte Lilly, als sie auf gleicher Höhe wie die Haushälterin war.

Antonia aber beschleunigte ihren Schritt und blickte stur geradeaus.

»Nun warten Sie doch! Ich tue Ihnen doch nichts!« Lilly berührte die alte Dame sanft am Arm. Sie blieb stehen.

»Antonia, bitte, Sie müssen mit mir reden. Was hatte das mit Emmas Ball auf sich? Wieso war der im Einkaufskorb? Sagen Sie mir bitte die Wahrheit.«

Antonia war genauso bleich geworden wie vorhin auf dem Schiff. Sie zuckte hilflos mit den Schultern, doch Lilly gab nicht auf, obwohl ihr die arme Frau wirklich leidtat.

»Verlassen Sie die Villa di Rossi. Am besten noch heute«, stieß Antonia schließlich hervor.

»Warum? Was hat das mit Emmas Ball zu tun?«

»Bitte glauben Sie mir, wenn Sie verschwinden, dann schwöre ich Ihnen, dann kann ich etwas für Sie tun.«

»Es stimmt also, dass Signora di Rossi was mit Emmas Verschwinden zu schaffen hat. Wissen Sie eigentlich, wie grausam das ist, wenn dein Hund spurlos verschwindet? Wenn Sie etwas wissen, ist es Ihre verdammte Pflicht, mir zu helfen. Oder soll ich Dr. di Rossi von meinem Verdacht berichten? Ich glaube, er ahnt nichts von dem, was seine Frau da treibt. Wo ist Emma? Wie geht es ihr?«

Antonia sah Lilly aus schreckensweiten Augen an. »Bitte, sagen Sie nichts dem Dottore. Das wäre das Schlimmste, denn dann passiert ein großes Unglück. Ja, ja, ja, Ihrem Hund geht es gut. Er ist in besten Händen.«

»In den besten Händen ist Emma nur bei mir. Verraten Sie mir, wo Emma ist, und ich verschwinde auf Nimmerwiedersehen«, flehte Lilly.

»Das ist nicht so einfach, wie Sie denken. Ich kann es mir nicht leisten, dass die Signora mich rauswirft. Ich muss für Schulden aufkommen, und solange die nicht getilgt sind, brauche ich meine Arbeit.«

Lilly dachte an die vierhunderttausend Euro auf ihrem Konto.

»Und wenn ich Ihnen Geld gebe, Sie mir dafür den Hund zurückbringen und ich dann verschwinde?«

»Das ist unmöglich! Ich kann mich nicht offen gegen die Signora stellen. Ich muss mir etwas einfallen lassen, wie ich sie überlisten kann«, murmelte die Haushälterin.

»Haben Sie mir nicht zugehört? Sie müssen nicht länger vor dieser Hexe kuschen. Ich gebe Ihnen so viel Geld, dass Sie in Frieden leben und Ihre Schulden zahlen können. Vierhunderttausend?«

»Und Sie verstehen nicht, dass es nicht nur eine Frage des Geldes ist. Wenn Signora di Rossi erfährt, dass ich sie hintergangen habe, dann bin ich vor ihrer Rache nicht sicher.«

»Dass mit der Signora nicht gut Kirschen essen ist, ist mir nicht entgangen, aber Sie machen ja einen Dämon aus ihr.«

»Signorina Haas, bitte, so glauben Sie mir doch. Ich, ich fürchte mich ja nicht nur vor der Vergeltung meiner Chefin, sondern auch vor der des Herrn. Ach, das können Sie doch gar nicht verstehen. Sie sind jung und glauben doch gar nicht mehr an Gott. Aber ich ...« Die alte Frau schluchzte verzweifelt auf. »... ich habe es einst in der Kapelle auf Knien im Angesicht der heiligen Mutter Maria schwören müssen. Dass ich mich nie wieder gegen Signora di Rossi stellen würde, was auch immer komme. Dass ich ihr auf Ewigkeit Loyalität und Treue schwöre ...«

»Die hat doch nicht alle Tassen im Schrank, die Signora«, unterbrach Lilly sie empört.

»Doch, ich habe sie schon einmal hintergangen ...«

»Aber was soll Ihnen denn geschehen?«

»Ich bin verflucht, wenn ich meinen Schwur breche. Bitte, Signorina, nehmen Sie mein Angebot einfach an. Ich versichere Ihnen, dass Sie Ihren Hund unversehrt zurückbekommen. Sie lassen mir die Zeit, die ich dazu benötige, um das so zu arrangieren, dass mir die Signora nicht auf die Schliche kommt. Und Sie verlassen die Villa di Rossi auf dem schnellsten Weg.«

»Wer garantiert mir, dass Sie die Wahrheit sagen?«

»Ich kann Ihnen keine andere Versicherung geben als mein Wort«, stöhnte die alte Frau.

Lilly glaubte ihr. Antonia besaß ein ehrliches und einfaches Gemüt. Sie traute ihr einfach nicht zu, dass sie ihr etwas vorgaukelte. Und sie war zutiefst entsetzt, welche Abgründe sich da auftaten. Sie schüttelte sich voller Abscheu bei dem Gedanken, dass Signora di Rossi die arme Antonia zu einem derartigen Schwur gezwungen hatte und jetzt mit ihrer Angst spielte. Ihre aufgeklärte Ansicht half allerdings nur wenig gegen Antonias tief verwurzelten Aberglauben, dass sie verflucht wäre.

»Gut, ich habe keine Wahl. Aber nur wenn Sie mir verraten, warum Signora di Rossi mich so abgrundtief hasst.«

»Warum quälen Sie mich so?«, seufzte Antonia.

»Na, hören Sie mal. Wer hier wohl wen quält! Was habe ich der Frau getan? Sie kann doch unmöglich auf mich eifersüchtig sein, weil ihr Mann so freundlich war, mich medizinisch zu versorgen. Schließlich war ihr Sohn nicht ganz unbeteiligt!«

»Versprechen Sie mir, dass Sie mich mit weiteren Fragen verschonen, wenn ich Ihnen einen Hinweis gebe?«

Lilly nickte.

»Gut, es geht um eine alte Geschichte, die ihr der Dottore angetan hat. Matteo war noch ein kleines Kind, da machte die Signora mit ihrer damaligen Freundin Maria Danesi und dem kleinen Luca Urlaub im Ferienhaus der Familie. Ich sollte mich um den Dottore kümmern. Tja, und dann tauchte Marcello Danesi – Gott hab ihn selig! – eines Tages mit zwei Kunststudentinnen im Schlepp auf. Er hatte die blutjungen Dinger beim Trampen aufgegabelt. Sie waren auf dem Weg nach Florenz, um dort ein Auslandssemester zu machen …«

Nun war Lilly jegliche Farbe aus dem Gesicht gewichen. »Zwei Studentinnen, sagen Sie?«

»Ja, und ich hätte ihr sofort Bescheid geben müssen, als sie mit zwei fremden Frauen in ihren Minikleidern und mit ihren Rucksäcken in die Villa eingefallen sind. Aber ich konnte es nicht. Der Dottore hat es mir zwar nicht verboten, aber ich habe es in seinem Blick gelesen, und er hat doch selber Höllenqualen ausgestanden, weil es bei ihm …« Sie stockte kurz, doch dann redete sie hastig weiter, offenbar war es nicht das, was ihr zuvor auf der Zunge gelegen hatte. »Jedenfalls haben die beiden Männer ihre Frauen mit diesen Blondinen nach Strich und Faden betrogen. Ich habe natürlich mit mir gekämpft, ob ich Signora di Rossi anrufen soll, weil ich doch schon für ihre Eltern gearbeitet habe, aber ich war dem Dottore was schuldig. Er hat meinem Bruder mal das Leben gerettet. Deshalb habe ich das ganze Tohuwabohu schweigend geduldet, aber dann kam die Signora überraschend zum Geburtstag ihres Mannes zurück und hat die beiden recht unsanft an die Luft setzen lassen. Signore Danesi hat die Drecksarbeit erledigt, während der Dottore unter Schock gestanden hat.«

»Und was habe ich damit zu tun?«, fragte Lilly, obgleich sie die Antwort insgeheim schon kannte.

»Sie haben so große Ähnlichkeit mit einer der beiden jungen Damen, dass die Signora sich einbildet, Sie könnten womöglich deren Tochter sein.«

»Ich bin ihre Tochter«, seufzte Lilly.

Die alte Frau schlug die Hände vors Gesicht. »O Gott im Himmel, es ist also wahr. Dann bitte, bitte, gehen Sie noch heute! Wenn die Signora Gewissheit bekommt, dann … also ich habe Angst. Sie ist so voller Hass …«

»Meine Mutter ist tot. Und ich habe auch erst nach ihrem Tod erfahren, dass dieser Erzeuger von meiner Existenz wusste, denn er hat monatlich für mich gezahlt.«

»Um Gottes willen, das darf die Signora niemals erfahren!«

»Danke, dass Sie mir die Wahrheit gesagt haben«, sagte Lilly leise. »Jetzt verstehe ich einiges. Ich werde selbstverständlich auf dem allerschnellsten Weg die Villa di Rossi verlassen und mich in Lenno einmieten. Was meinen Sie, wie lange brauchen Sie, um mir Emma wohlbehalten zurückzubringen?«, fügte sie fast geschäftig hinzu. Sie war zu geschockt, als dass sie diese Geschichte emotional wirklich an sich heranlassen konnte. Jetzt war ihr natürlich klar, warum der gute Dottore derart gemauert hatte. Wenn schon Antonia ihre Ähnlichkeit zu Bella aufgefallen war, dann war das di Rossi sicher auch nicht entgangen. Ob ihn wohl sein schlechtes Gewissen dazu getrieben hatte, sie in seiner

Klinik zu behandeln? Weil er hatte feststellen müssen, dass der Ehebruch – jedenfalls der von seinem Freund – nicht ohne Folgen geblieben war? Was ihr allerdings schleierhaft blieb, war die Tatsache, dass er sie in sein Haus geholt hatte. Hatte er da nicht geradezu befürchten müssen, dass sich auch seine Frau an die beiden Studentinnen erinnern würde? Und noch eines wollte ihr nicht richtig einleuchten. Noch nie hatte jemand zuvor eine Ähnlichkeit zwischen Bella und ihr festgestellt. Auch als junge Studentin mit Bikinifigur hatte Bella äußerlich wenig mit ihrer Tochter gemeinsam gehabt. Sie hätte jetzt gern die Fotos von ihrer Mutter und auch deren Freundin, die es offensichtlich mit dem Dottore getrieben hatte, um sie Antonia zu präsentieren.

»Bitte gedulden Sie sich, Signorina. Ich melde mich im Hotel, sobald es losgehen kann. Und dann müssen Sie ein bisschen mitwirken, aber ich werde Sie rechtzeitig in meinen Plan einweihen.«

»Antonia, wie lange noch?«

»Vierzehn Tage mindestens, weil mein Bruder …« Antonia schlug sich erschrocken die Hand vor den Mund.

»Halten Sie mich für blöd? Dass Sie Emma nicht im Geheimgang der Villa versteckt halten, ist mir schon klar. Ihr Bruder hat doch einen Hof in den Bergen, oder?«

»Bitte, bitte, machen Sie sich nicht eigenmächtig auf die Suche. Das hätte für mich fatale Folgen. Ich flehe Sie an! Glauben Sie mir bitte. Emma geht es wirklich gut. Sie hat sich sogar mit dem Hund meines Bruders angefreundet.«

Lilly konnte sich nicht helfen. Die alte Frau tat ihr wirklich leid. Was war diese Carlotta di Rossi nur für eine grausame Person, dass sie Antonia solche Seelenqualen zumutete und zu Dingen zwang, die ihr völlig widerstrebten?

»Vierzehn Tage, Antonia. Ich halte diese vierzehn Tage still. Wenn ich Emma dann nicht wohlbehalten in meine Arme nehmen kann, muss ich sie mir wohl holen.«

»Ich danke Ihnen. Sie sind ein guter Mensch. Das war Ihre Mutter übrigens auch. Ja, das habe ich stets für mich behalten, aber ich hatte Ihre Mutter ins Herz geschlossen. Sie kam damals zu mir in die Küche und hat mir sogar beim Kochen geholfen. Man musste sie einfach gernhaben, und man verspürte sofort den Drang, sie zu beschützen. Sie war wie ein verletzliches Reh«, murmelte Antonia, bevor sie ihren Weg fortsetzte.

Lilly blieb wie betäubt stehen. Was hatte die alte Frau da eben gesagt? Man verspürte den Drang, sie zu beschützen? Verletzliches Reh? Beim Kochen helfen? Das hatte noch nie jemand über Bella gesagt. Und so hatte Lilly Bella auch nie erlebt. War sie als junge Frau so anders gewesen?

Als Lilly das Anwesen betrat, erwachte sie langsam aus ihrem Schock, und die Freude darüber, dass sie ihre Emma bald gesund wiederbekommen würde, ließ sie innerlich jubilieren. Sie verstand selbst nicht genau, warum sie nicht zur Polizei ging und sich ihren Hund auf der Stelle wiederholte. Sie unterließ es einzig und allein aus Rücksicht auf Antonia, deren Los sie tief berührte. Wer lehnte schon das Angebot, dass man ihm vierhunderttausend schenkte, so klar ab? Nein, sie durfte diese Frau nicht unnötig in Schwierigkeiten bringen, auch wenn sie nicht übel Lust hatte, Signora di Rossi auf der Stelle anzuzeigen, aber stand auf die Entführung eines Hundes überhaupt eine Strafe?

Jedenfalls vertraute sie Antonia, was Emma anging. Sie konnte sich bildlich vorstellen, wie sie auf einem Bauernhof mit ihrem neuen Freund herumtollte. Sobald Lilly ihren Hund wiederhatte, würde sie Italien auf Nimmerwiedersehen verlassen. Das Land hat mir weiß Gott kein Glück gebracht, dachte sie traurig und verspürte gleichzeitig einen tiefen Abschiedsschmerz, denn ihr Herz gehörte hierher. Diese Erkenntnis überkam Lilly so eruptiv, dass sie sich auf eine Bank setzen musste, weil ihr schwindlig geworden war.

33.

Matteo di Rossi machte keinerlei Anstalten, Lilly zum Bleiben zu bewegen. Im Gegenteil, er schien beinahe erleichtert, als sie ihm ankündigte, sein Haus am nächsten Morgen gemeinsam mit Merle zu verlassen.

Ihre Freundin war gerade am Packen, sodass die beiden unter vier Augen sprechen konnten. Lilly wusste, dass es nicht in Merles Sinn wäre, wenn sie ihn auf sein Verhältnis zu ihr ansprach, aber sie wollte zumindest sichergehen, dass sie nicht der Grund für seinen Rückzug war. Doch er kam ihr zuvor.

»Wir bleiben doch in Kontakt, wenn du ins Hotel ziehst, oder?«, fragte er.

»Warum nicht?«, entgegnete sie.

Matteo trat ganz dicht an sie heran. So dicht, dass sich fast ihre Gesichter berührten. Sein Blick war ganz weich, während er sie ansah. »Du brauchst doch jetzt einen guten Freund, oder? Das war sicher ein Schock für dich, dass du dich in deinen Bruder verliebt hast ...«

»Hat dir Luca also alles erzählt?«

»Sagen wir mal so, ich habe es ihm aus der Nase ziehen müssen. Er ist ziemlich fertig mit der Welt, wobei der Tod seines Vaters ihn offenbar weniger trifft als die Tatsache, dass du ihm verschwiegen hast, was du wusstest.«

»Aber das habe ich doch nicht getan, um ihn zu verletzen. Ich wusste nicht, wie ich ihm das sagen sollte, und wollte mir erst Gewissheit verschaffen«, erklärte Lilly. »Anfangs war es nur ein Verdacht. Es hätte doch auch ...« Hastig unterbrach sie sich. Sie sollte Matteo besser nicht anvertrauen, dass sein Vater ebenfalls als ihr Erzeuger hätte infrage kommen können. Nein, die Details von der damaligen Liebesorgie im Hause di Rossi wollte sie Matteo lieber ersparen. »Also, das konnte doch keiner ahnen, dass ich meinen Vater überhaupt ausfindig mache, und das musste ich schließlich erst einmal selbst verdauen. Es ist ein beschissenes Gefühl, zu erkennen, dass du dich in deinen eigenen Bruder verknallt hast! Und sollte ich ihm das vielleicht am Totenbett seines Vaters sagen?«

»Zumal sich dieses im Schlafzimmer der Signorina Varese befand«, bemerkte Matteo sarkastisch.

»Jedenfalls habe ich das nicht verschwiegen, um ans Erbe seines Vaters zu kommen. Nichts liegt mir ferner!«

»Das habe ich ihm auch gesagt, aber er ist so enttäuscht, dass du ihm nicht vertraut hast.«

»Ich habe inzwischen bei der Notarin alles in die Wege geleitet, dass ich nichts von dem Erbe möchte. Und sobald ich Emma wiederhabe, sitze ich im Flieger nach Hamburg.«

»Es tut mir leid, dass deine Vatersuche so ein unschönes Ende gefunden hat, aber vielleicht könntet ihr euch beide doch noch mal an einen Tisch setzen. Ich meine, immerhin seid ihr Geschwister.«

»Besser wär's, aber ich befürchte, Luca bleibt stur«, seufzte Lilly und musterte ihn fragend. »Und was ist mit Merle und dir?«

»Was soll sein? Sie fliegt morgen zurück, was gut ist.«

»Das klingt aber ziemlich abgeklärt. Auf mich habt ihr wie Turteltauben gewirkt«, bemerkte Lilly skeptisch.

»Mir ist in den letzten Tagen klar geworden, dass ich genug habe von den flüchtigen Abenteuern. Das langweilt mich. Ich glaube, ich möchte mich jetzt ernsthaft binden. Und das liegt an dir! Seit ich dich kennengelernt habe, ist in mir eine Sehnsucht nach Beständigkeit erwacht.«

Lilly zuckte zusammen. Also doch! Merle hatte recht. Er war in sie verliebt.

»Lilly, lass ein wenig Zeit vergehen und dann gib mir noch eine Chance!«

»Und warum willst du es nicht mit Merle versuchen?«

Matteo stieß einen tiefen Seufzer aus. »Deine Freundin ist eine Abenteurerin. Sie ist ein Spiegel für mich. Sie passte hervorragend in mein Leben, wie ich es bislang habe krachen lassen. Natürlich hätte ich mit Merle ein paar tolle Tage haben können, aber ich möchte nun was anderes als nur unverbindlichen Spaß. Und das könnte ich mir eben nicht mit so einem lockeren Vogel vorstellen, sondern mit einer Frau wie dir, für die das Leben kein Spielchen ...«

»Danke, das hast du wirklich wunderbar gesagt! Dann werde ich jetzt ins Hotel gehen für die letzte Nacht, um dich nicht weiter mit meiner oberflächlichen Art zu beleidigen«, bremste ihn die spöttische Stimme Merles. Sie hatte auf der Treppe stehend Matteos Meinung über sie gehört.

»Merle, das ging doch nicht gegen dich«, versuchte Lilly zu retten, was kaum noch zu retten war, denn die verletzte Miene ihrer Freundin verhieß nichts Gutes. Merle drehte sich auf dem Absatz um und rannte die Treppe hinauf, um ihren Koffer zu holen.

Lilly folgte ihr. »Komm, bleib doch bitte. Lass uns morgen zusammen gehen!«

»Nein, ich verlasse dieses Haus jetzt. Und es ist mir herzlich egal, was die tiefsinnige Lilly macht. Ich würde vorschlagen, keine Spielchen mehr, ihr solltet schnell heiraten, ihr beiden.«

Lilly stellte sich ihr in den Weg und versuchte, sie aufzuhalten. »Bitte, leg seine Worte doch nicht auf die Goldwaage«, flehte sie.

Merle aber zwängte sich an ihr vorbei. »Er ist in dich verknallt. Nimm ihn dir. Er steht nicht auf Schlampen, sondern auf brave Mädchen!«

»Merle, warte! Wenn, dann gehen wir jetzt beide ins Hotel. Ich packe schnell.«

Merle blieb genervt stehen. »Lass doch das Theater! Und greif dir endlich die Sahneschnitte. Das war doch schon fast ein Heiratsantrag.«

»Halt die Klappe und warte auf mich!«, fauchte Lilly zurück. Wenn sie jetzt bei Matteo bliebe, würde sie Merle derart provozieren, dass es ihrer Freundschaft einen ernsthaften Schaden zufügen konnte. Im Übrigen konnte sie Merles Verletzung gut nachvollziehen, obwohl sie sich sicher war, dass Matteo es nicht so vernichtend gemeint hatte, wie es bei Merle angekommen war. Doch im Augenblick stand ihr die Freundin näher als alles andere und sie würde versuchen, Merles Italientrip in einem gemeinsamen Hotelzimmer in Lenno zu einem positiven Abschluss zu bringen.

Merle hatte unten am Treppenabsatz tatsächlich auf sie gewartet. Sie hörte sich gerade schweigend die hilflosen Entschuldigungsversuche Matteos an. »Ich habe das wirklich nicht so gemeint. Ich finde dich echt süß, aber was soll daraus werden, wenn du zurück nach Hamburg gehst? Wieder eine Affäre mehr?«

»Dazu ist es ja zum Glück gar nicht erst gekommen«, fauchte Merle. »Gib dir keine Mühe, ich habe dich schon genau verstanden. Du bist es leid, was mit Schlampen anzufangen, und bevorzugst nun die Heiligen«, fügte sie spöttisch hinzu.

»Nein, ich habe nur für mich entschieden, dass ich mein Leben ändern möchte. Erst der Unfall, dann schneit Lilly in mein Leben, dann …« Er stockte, sah sie entschuldigend an und machte einen gequälten Eindruck.

»Wie gut, dass du mich bereits in eine Schublade gesteckt hast, ohne mich zu kennen«, zischte sie.

»Du willst auch schon gehen?«, fragte Matteo erschrocken, als er Lilly im Hintergrund wahrnahm.

»Ja, ich gehe mit ins Hotel. Könntest du mal anfragen, ob sie ein Doppelzimmer für heute Nacht haben und dann ein Einzelzimmer für die nächsten Tage?«

»Bleibt doch beide hier. Ich habe es doch nicht so gemeint. Ich koche was Schönes zum Abschied.« Er schickte Merle einen flehenden Blick. »Sorry, ich bin echt ein Idiot, aber ich habe mich nun mal in Lilly verliebt und jetzt, wo das mit Luca und ihr ...«

»Du machst es nur noch schlimmer«, stöhnte Lilly. »Es ist besser, wenn wir jetzt gehen. Und zwar beide. Glaubst du, ich kann meine Gefühle für Luca von einem Moment auf den anderen abschalten, nur weil er blöderweise mein Bruder ist? Außerdem finde ich es absolut unfair, dass du Merle durch die Blume sagst, sie wäre nur ein Ersatz gewesen. Das hat sie nämlich nicht verdient.«

Matteo wandte sich verzweifelt Merle zu.

»Das habe ich doch auch gar nicht sagen wollen. Aber du strahlst einfach aus, dass ich nur ein Abenteuer für dich wäre.«

»Mir kommen gleich die Tränen«, zischte Merle. »Aber schön, dass dein Urteil feststeht. Schade, ich hätte ziemlich viel hinter mir gelassen, um mehr über dich zu erfahren«, fügte sie ehrlich berührt hinzu und musste tatsächlich mit den Tränen kämpfen. Ihre ganze kämpferische Fassade war wie ein Kartenhaus zusammengefallen.

»Merle, es tut mir leid, wenn ich dir Unrecht getan habe. Bitte bleib!«, versuchte es Matteo noch einmal. Merle aber hauchte ihm einen Kuss auf die Wange und verließ fluchtartig sein Haus.

Lilly umarmte ihn herzlich. »Matteo, ich mag dich wirklich, aber aus uns beiden wird kein Paar. Ich liebe Luca, obwohl ich ihn mir aus dem Herzen reißen muss«, versicherte sie ihm. »Würdest du jetzt für uns im Hotel anrufen?«

»Okay.« Matteo nahm sein Telefon zur Hand und rief im Hotel an. »Ja, es gibt ein freies Zimmer«, sagte er, nachdem er aufgelegt hatte. »Aber bitte, lass mich euch wenigstens mit dem Wagen hinbringen.«

»Gut, ich warte auf der Terrasse«, erwiderte Lilly und folgte ihrer Freundin nach draußen.

»Matteo bringt uns mit dem Wagen«, murmelte sie, bevor sie Merle umarmte. Ihre Freundin war in Tränen aufgelöst.

Stumm folgten die beiden Matteo zu seinem Wagen, den er vor dem Anwesen geparkt hatte.

Auch während der kurzen Fahrt zum Hotel herrschte Schweigen. Stumm holte Matteo die Koffer der beiden Frauen aus dem Wagen und brachte sie in die Lobby. Dort wurden die neuen Gäste herzlich begrüßt. Sie bekamen ein Zimmer mit Balkon zum See. Matteo verabschiedete beide Frauen mit einer Umarmung, bevor er eilig das Hotel verließ.

Immer noch schweigend stiegen Lilly und Merle in den Fahrstuhl. Erst als sie in ihrem Zimmer angekommen waren, fand Merle als Erste die Sprache wieder.

»Meinst du, dass ich überreagiert habe?«

»Ich weiß es nicht, aber ich glaube, es ist besser so. Die italienischen Männer bringen uns einfach kein Glück«, bemerkte Lilly traurig.

»Wie dem auch immer sei, ich finde, dass ich die beste Freundin der Welt habe.« Merle umarmte Lilly stürmisch.

»Aber ich habe doch nichts dazu getan«, protestierte Lilly schwach.

»Doch, hast du wohl. Du hättest auch bei Matteo bleiben und dich über Luca hinwegtrösten lassen können!«

»Und jetzt? Was machen wir mit unserem Scheißliebeskummer?«

»Wir machen Lenno unsicher«, erwiderte Merle schmunzelnd.

»Aber keine Männer«, lachte Lilly. So schlimm auch alles war, was da gerade ihr Leben erschütterte, sie war glücklich, eine solch treue Freundin zu haben. Manch andere hätte ihr wahrscheinlich die Augen ausgekratzt, weil der Mann, in den sie sich verliebt hatte, ihre Freundin wollte. Aber sie wollte ihn nicht! Und das hatte sie Matteo vielleicht in für ihn verletzender Weise ganz offen verkündet.

»Trotzdem brezeln wir uns jetzt auf und gehen essen!«, sagte Merle entschieden und machte sich daran, ein ziemlich scharfes Kleid aus ihrem Koffer zu ziehen. »Und du ziehst das ...« Sie stockte. »Nimm das von deiner Mutter. Zu dem Danesi-Kleid möchte ich dich heute gar nicht nötigen.«

»Das ist aber sehr rücksichtsvoll«, seufzte Lilly und machte sich daran, Bellas Kleid aus dem Koffer zu holen und sich umzuziehen.

Arm in Arm verließen die beiden schließlich das Hotel und gingen in eines der wenigen Restaurants in dem kleinen Ort. Am Nachbartisch saßen zwei Männer und guckten die ganze Zeit interessiert zu ihnen herüber. Bis einer aufstand und an ihren Tisch kam, um sie zu einem Wein einzuladen.

»Nein danke«, sagte Merle lächelnd. »Wir warten noch auf unsere Männer und die sind sehr eifersüchtig!«

Lilly hob den Daumen zum Zeichen, dass sie ihrer Freundin für diese Absage Respekt zollte, denn die beiden Herren waren nicht uninteressant und normalerweise hätte Merle sie hemmungslos an ihren Tisch gebeten. Dass die Freundin so eine Chance einfach ungenutzt an sich vorüberziehen ließ, passte nicht zu ihr, es sei denn, sie hätte sich genauso ernsthaft in Matteo verliebt wie sie in Luca, dachte Lilly.

»Du bist sehr verknallt in Matteo, oder?«, fragte Lilly direkt.

»Lass es stecken, meine Süße, ich werde es überleben«, entgegnete Merle.

»Es ist doch verrückt, dass wir beide unser Herz hier verloren haben und es uns nichts als Unglück bringt«, sinnierte Lilly.

Die Freundinnen prosteten sich mit dem Weißwein zu und

bestellten sich gleich noch eine Karaffe. Besonders Lilly spürte den Alkohol, weil sie nur wenig von ihrer Pasta gegessen hatte, während Merle auch noch gierig ihren Rest vertilgt hatte.

Etwas benommen schlenderten sie wenig später die Promenade entlang. Auf halber Strecke blieben sie stehen, lehnten sich über das Geländer und blickten über den abendlichen See. Es ist so unendlich friedlich hier, dachte Lilly voller Wehmut, dass sie diesen schönen Flecken Erde bald auf Nimmerwiedersehen verlassen würde.

»Hier könnte man leben«, sprach Merle in diesem Augenblick Lillys Gedanken aus.

»Tja, aber das Leben hat ein anderes Schicksal für uns vorgesehen«, seufzte Lilly.

»Genau, nämlich dass wir noch einen Absacker an der Hotelbar nehmen, um uns von all dem zu verabschieden, was nicht hat sein sollen.«

Im Hotel angekommen setzten sich die Freundinnen mit einem Campari-Orangensaft aus der Bar auf die Terrasse.

»Wenn du einen Wunsch frei hättest, was würdest du dir wünschen?«, fragte Merle.

»Dass Luca nicht mein Bruder wäre und wir gemeinsam an dem kleinen verschwiegenen Strand dort drüben bei einem Picknick Emmas wohlbehaltene Rückkehr feiern würden, wobei ...« Sie kicherte beschwipst. »... wir Emma aber nicht mit dorthin genommen hätten, um endlich einmal allein zu zweit zu sein. Und du?«

»Dass Matteo di Rossi mich bittet, auf Lucas und deiner Hochzeit seine Tischdame zu sein«, sagte Merle entrückt.

Lilly fiel plötzlich ein Spruch ein, den Bella gern zitiert hatte: *Mein Herz im Traume Wunder sieht, was nie erlebt und nie geschieht.* Zum ersten Mal, seit sie schmerzlich hatte erfahren müssen, dass Bella ihr zeitlebens den Vater mutwillig verschwiegen hatte, konnte sie wieder mit einer gewissen Dankbarkeit daran denken, was ihre Mutter ihr für das Leben mitgegeben hatte. Und sie vermisste Bella unendlich. Was hätte sie darum gegeben, mit ihr gemeinsam an diesen Zaubersee zu fahren und aus dem Mund ihrer Mutter zu erfahren, was damals wirklich geschehen war. Was hatten sich die beiden Studentinnen dabei gedacht, sich mit zwei fremden und schwer verheirateten Männern ins Dolce Vita zu stürzen? Und sie hätte Bellas Schweigen vor dem Hintergrund vielleicht sogar verstanden. Vielleicht hatte sie keine Familie zerstören wollen, vielleicht hatte Marcello einfach nur Panik, dass seine Maria ihn verlassen würde, wenn sie davon erfuhr. Ach, wie schön wäre es gewesen, auf alle offenen Fragen auch ehrliche Antworten zu bekommen.

»Träumst du immer noch?«, hörte Lilly Merle wie von ferne fragen.

Sie schüttelte den Kopf, nein, sie träumte nicht mehr, sondern war gerade dabei, aus einer Mischung aus Traum und Albtraum zu erwachen.

34.

Antonia versuchte an diesem Abend, einer Begegnung mit Carlotta auszuweichen und wollte sich nach getaner Arbeit auf Zehenspitzen in ihr Zimmer schleichen. Sie fuhr zusammen, als kurz vor ihrer Tür ihr Name in recht scharfem Ton gerufen wurde. Gestresst drehte sie sich um.

»Antonia, versteckst du dich vor mir?«, fragte Signora di Rossi ihre Haushälterin.

»Nein, ich bin einfach müde.«

»Und? Haben Sie schon mit Ihrem Bruder gesprochen?«

»Ich habe ihn noch nicht erreicht«, erklärte Antonia ausweichend. »Aber wenn Sie mich entbehren können, werde ich ihn morgen auf seinem Berg überraschen.«

»Gut, das ist doch eine sehr gute Idee«, sagte die Signora gönnerhaft, woraufhin Antonia eilig in ihrem Zimmer verschwand.

Carlotta war sich nicht sicher, ob die Haushälterin bisher überhaupt versucht hatte, den Kontakt mit ihrem Bruder herzustellen und ihn in den Plan einzuweihen. Im Flur traf sie auf Matteo. Sie erschrak bei seinem Anblick. Er war sehr blass und Carlotta suchte die Schuld sofort bei seinen weiblichen Gästen.

»Die beiden Damen rauben dir wohl den Schlaf, was?«, bemerkte sie provozierend.

»Du irrst dich, Mutter. Wenn mir jemand den Schlaf raubt, dann ist das dein Zustand.«

»Was willst du denn noch? Ich habe dir doch versprochen, dass ich es lasse, aber bitte nicht so laut. Dein Vater kommt gleich aus der Klinik. Antonia hat wieder mal ein herrliches Risotto gezaubert, bevor sie zu ihrem Bruder fährt, der eine Grippe hat. Ich habe ihr freigegeben, damit sie ihn pflegen kann.«

Seine Mutter legte eine bedeutungsschwangere Pause ein, als ob sie Lob für ihre großzügige Geste erwartete, aber Matteo ignorierte ihre Selbstbeweihräucherung.

»Willst du nicht mitessen, mein Sohn? Oder musst du deine Damen verwöhnen?«

Matteo rollte genervt mit den Augen.

»Mutter, kannst du nicht einfach mal die Luft anhalten? Aber es wird dich freuen zu hören, dass Lilly und Merle bei mir ausgezogen sind.«

»Ach, das ist ja mal eine gute Nachricht. Hoffentlich sind sie bereits auf dem Weg nach Hamburg.«

»Merle fliegt morgen, aber Lilly wird Italien nicht verlassen, bevor sie Gewissheit über das Schicksal ihres Hundes hat. Und jetzt möchte ich nichts mehr über die Frauen hören. Sonst bin ich doch noch gezwungen, Vater in deine seelische Störung einzuweihen.«

»Und? Wirst du mit uns essen?«, erkundigte sich seine Mutter ungerührt.

»Ja, ich wollte eh mit Vater reden.«

»Aber nicht über mich!« Das klang wie ein Befehl.

»Wenn du mich mit deinem Verfolgungswahn verschonst, dann ja! Kommst du eigentlich am Freitag mit zur Beerdigung von Marcello Danesi? Ich hatte immer den Eindruck, dass du ihn nicht besonders mochtest.«

»Wer hat hier Wahnvorstellungen? Natürlich begleite ich deinen Vater. Marcello ist schließlich einer seiner ältesten Freunde«, erwiderte seine Mutter schnippisch.

»Gut, dann können wir ja alle gemeinsam hinfahren. Es kann sein, dass Lilly uns begleitet, aber das muss ich noch mit Luca und ihr klären.«

»Was hat denn diese Person auf Danesis Begräbnis zu suchen? Ich glaube kaum, dass Maria sich sehr darüber freuen würde«, zischte sie.

Matteo verspürte keinerlei Lust, seine Mutter in Lillys Probleme einzuweihen. Wahrscheinlich würde sie Gift und Galle spucken, wenn sie erführe, dass Lilly Marcello Danesis uneheliche Tochter war. Diese Nachricht würde sicher bald in jedes Nest am Lago Como durchsickern, spätestens, wenn es durch das Testament offiziell wurde. Außerdem wollte er gerade gar nicht weiter an Lilly denken, nachdem sie sein Haus gemeinsam mit Merle so fluchtartig verlassen hatte. Sein schlechtes Gewissen meldete sich immer wieder, dass er Lilly so unverblümt seine Gefühle gestanden und ihre Freundin mit diesem Geständnis verletzt hatte. Dabei mochte er Merle wirklich gern und hätte sich durchaus vorstellen können, mit ihr ein paar schöne Tage zu verbringen. Er wusste doch auch nicht, was in ihn gefahren war. Dass er plötzlich keine Lust mehr auf unverbindliche Affären hatte. Und was, wenn er sich in dieser Merle geirrt hatte? Wenn sie auch an einer ernsthaften Beziehung interessiert gewesen wäre? Die Hoffnung, dass aus Lilly und ihm jemals ein Paar werden würde, hatte er jedenfalls heute für immer begraben. Wenn er ganz ehrlich war, war es auch weniger erotische Anziehung, die ihn so für Lilly einnahm, sondern ein Gefühl von Vertrautheit und Geborgenheit, genau das, was er sich bei seiner zukünftigen Frau wünschte, denn was blieb sonst, wenn das andere sich im Laufe der Jahre verflüchtigte? Er wollte seine Frau auch noch von Herzen lieben können, wenn er sich nicht mehr in wilder Leidenschaft nach ihr verzehrte. Auf keinen Fall wollte er jemals in so einer Ehehölle landen wie seine Eltern. Die beiden hatten auf ihn niemals wahre Verbundenheit ausgestrahlt. Niemals so etwas wie Glück und Geborgenheit.

»Du hast mir meine Frage noch nicht beantwortet. Was will die auf dem Begräbnis der Danesis? Die gehört doch nicht zur Familie«, hörte Matteo die Stimme seiner Mutter keifen. In dem

Augenblick kam Riccardo di Rossi nach Hause und Matteo begrüßte ihn herzlich. Er klopfte seinem Sohn anerkennend auf die Schulter. »Und ich habe immer gedacht, die Arbeit in der Klinik wäre für dich nur Nebensache, aber was du letzte Woche geleistet hast trotz deines Fußes, mein lieber Mann, ich bin stolz auf meinen zukünftigen Nachfolger.«

Matteo spürte, wie ihm das Lob seines Vaters guttat. Er hatte stets die Arbeitsmoral seines Sohnes kritisiert und allein seine fachliche Kompetenz geschätzt.

»Tja, Vater, irgendwann wird jeder Junge mal erwachsen!«, lachte Matteo und warf seiner Mutter einen warnenden Blick zu, den sie sehr wohl zu deuten wusste. Sie bohrte nicht weiter, warum Lilly womöglich mit zu Danesis Begräbnis kommen würde, sondern sie bat ihren Mann und ihren Sohn zu Tisch. Im Esszimmer hatte Antonia bereits wie immer fürstlich die Tafel gedeckt. Bei den di Rossis wurde traditionell stets drinnen gespeist. Das kannte Carlotta von ihren Eltern und Großeltern und hielt das Speisen im Freien für unkultiviert. Dagegen hatten sich Vater und Sohn niemals durchsetzen können.

Immerhin standen die großen Fenster sperrangelweit offen und ließen die frische Abendluft vom See hinein. Das hatten sie Carlotta abgetrotzt, hatten ihre Vorfahren doch noch hinter geschlossenen Fensterläden bei künstlichem Licht gegessen, während draußen die Sonne vom Himmel geschienen hatte.

Matteo aß viel lieber auf der Terrasse und brauchte auch nicht dieses teure und altmodische Tafelsilber, um sich bei Tisch wohlzufühlen. Im Gegenteil, dass das Besteck aus massivem Silber war, konnte er ja noch akzeptieren, aber dass seine Mutter zu jeder Mahlzeit auf die Silberschüsseln bestand, war ihm doch etwas zu viel.

Dennoch stürzte er sich mit Heißhunger auf Antonias Risotto mit Meeresfrüchten, das in seinen Augen nicht zu toppen war.

»Fahren wir alle gemeinsam zu Marcellos Begräbnis?«, fragte sein Vater in die Runde.

Erneut machte Carlotta Anstalten, sich darüber zu mokieren, dass Lilly sie eventuell begleiten würde. Dieses Mal ließ sie sich durch den mahnenden Blick ihres Sohnes nicht den Mund verbieten.

»Ja, und stell dir vor, Matteo will deine deutsche Patientin dorthin mitnehmen. Das geht doch wohl zu weit.«

Riccardo di Rossi blieb förmlich der Bissen im Mund stecken. »Da muss ich deiner Mutter ausnahmsweise recht geben. Was hat sie mit der Familie Danesi zu tun?«

Über Carlotta di Rossis Gesicht zog ein Lächeln und das nicht nur, weil Riccardo ihre Bedenken in Sachen der Deutschen ausnahmsweise einmal teilte, sondern weil seine echte Empörung ihr bewies, dass er völlig ahnungslos war, wer sich womöglich in Wirklichkeit hinter dieser Frau verbarg.

»Dann sprich doch mal ein Machtwort. Er soll der Dame sagen, dass wir sie um keinen Preis mitnehmen werden«, bemerkte sie mit Nachdruck.

Riccardo war sehr blass geworden und ihm schien der Appetit vergangen zu sein, denn er legte das Besteck hastig auf seinem fast vollen Teller ab. »Das werde ich übernehmen. Ich muss sowieso noch mal nach ihr sehen.«

»Zu spät, Vater, sie wohnt nicht mehr bei uns«, entgegnete Matteo in spitzem Ton. Er hatte es langsam satt, wie lächerlich sich seine Eltern aufführten, wenn es um Lilly ging.

»Wieso? Wo ist sie?«, fragte sein Vater streng.

»Ich glaube, das geht euch beide gar nichts an.« Nun war es an Matteo, dem die Lust an einem Familiendinner vergangen war. Er stand auf, füllte sich noch einmal nach und nahm den vollen Teller in die Hand. »Seid mir nicht böse, aber ich möchte doch lieber allein essen. Und von mir erfahrt ihr gar nichts. Fragt Luca, wenn ihr so neugierig seid. Wenn sich Lilly entscheidet, mitzukommen, dann werde ich sie begleiten. Ihr habt kein Recht, ihr das zu verbieten. Sie hat genug durchgemacht. Es reicht!«

Mit diesen Worten verließ er die Villa und kehrte in sein Haus zurück. Das Risotto war noch angenehm warm, als er es auf der sonnigen Terrasse endlich genießen konnte. Während des Essens kreisten seine Gedanken um Lilly und ihr Schicksal und er wusste plötzlich, warum er sich gerade so derart echauffierte. Lilly hatte doch jedes Recht, zum Begräbnis ihres Vaters zu erscheinen. Und deshalb musste Luca sie dazu einladen und den dummen Streit zwischen ihnen vergessen. Entschlossen griff Matteo zum Telefon und rief seinen Freund an. Da er nicht gleich mit der Tür ins Haus fallen wollte, fragte er zunächst nach seinem und dem Befinden seiner Mutter.

»Meine Mutter ist völlig gefasst. Sie besteht sogar darauf, dass Signorina Varese zum Begräbnis kommen darf.«

»Und weiß sie schon von den, äh, Kindern?«

»Von dem Jungen, ja, von Lilly, nein, das habe ich noch nicht übers Herz gebracht. Das erledige ich vor der Testamentseröffnung.«

»Und meinst du nicht, ich denke, also, es wäre doch eine großzügige Geste…«, stammelte Matteo.

»Was willst du mir jetzt sagen, mein Freund?«

»Ich finde, du solltest deinen Streit mit Lilly begraben. Sie hat doch nicht gewusst, wie sie es dir schonend beibringen konnte. Du tust gerade so, als hätte sie sich dein Vertrauen erschlichen im Wissen, dass du ihr Bruder bist. Dabei war sie völlig ahnungslos, als es zwischen euch beiden gefunkt hat. Erinnerst du dich noch an das Gespräch auf meiner Terrasse? Da hat sie uns von ihrer Vatersuche erzählt, während sie bei deinem Anblick bereits Sternchen in den Augen hatte.«

»Du hättest Anwalt werden sollen. Das war ein überzeugendes Plädoyer für Signorina Haas!«, stöhnte Luca.

»Und? Freispruch oder zumindest mildernde Umstände?«, hakte Matteo nach.

»Ja, ja, du hast gewonnen. Ich werde euch in den nächsten Tagen einen Besuch abstatten.«

»Tja, da kommst du zu spät. Die Damen haben meine Behausung unter Absingen schmutziger Lieder verlassen.«

»O Gott, was hast du angestellt?«

»Im Klartext: Ich habe Lilly gesagt, dass sie eine Frau zum Heiraten ist und Merle eine kleine Schlampe, auf die ich einfach nur scharf bin. Leider hat Merle alles mitbekommen.«

»Idiot!«

»Das kannst du wohl sagen! Zumal ich wirklich ziemlich scharf auf Lillys Freundin war.«

»Das will ich gar nicht so genau wissen. Und wo sind die beiden jetzt?«

»Im Hotel Lenno. Lilly ist aus Solidarität mitgegangen und hat mir sehr deutlich zu verstehen gegeben, dass sie ihre Gefühle nicht an der Garderobe abgibt, nur weil sie nicht mehr passen.«

»Ich weiß schon, warum ich mich in sie verknallt habe. Vielleicht sollte ich deshalb in Zukunft einen Bogen um sie machen.«

»Feigling! Sie leidet unter deinem Misstrauen. Geh zu ihr und bitte sie, mit zum Begräbnis zu kommen.«

»Ich glaube kaum, dass sie meinen Vater gemocht hat. Ganz im Gegenteil!«

»Aber er ist auch ihr Vater und deshalb musst du es ihr zumindest anbieten. Entscheiden wird sie das dann selbst! Und damit es nicht auffällt, werde ich sie begleiten. Mir traut deine Mutter doch jederzeit eine neue Flamme zu.«

»O ja, sie würde sich wundern, wenn du ohne kämest!«

»Du machst es also?«

»Ich werde mein Glück versuchen, allein, weil ich mir im Kalender rot eintragen muss, dass du dich so heldenhaft für eine Frau einsetzt, die du höchstwahrscheinlich nicht ins Bett bekommen wirst.«

»Dazu schweigt der Held. Ich finde nur, sie kann nicht für etwas bestraft werden, wofür sie gar nichts kann. Das ist doch gemein, dass ihre Mutter von deinem Vater Geld bekommen hat mit der Maßgabe, ihn niemals kennenzulernen.«

»Ja, ja, schon gut.«

»Danke«, sagte Matteo erleichtert und stellte sich nicht ohne eine leichte Schadenfreude den verkniffenen Gesichtsausdruck seiner Mutter vor, wenn er tatsächlich mit Lilly zum Begräbnis auftauchte.

35.

Lilly befand sich seit Merles Abfahrt wie in einem Trancezustand. Sie verließ ihr Hotelzimmer kaum noch, hockte auf dem Balkon und starrte stundenlang über den See. Sie lebte nur noch für den Moment, in dem Antonia ihr endlich Emma wiederbringen würde. Doch immer wenn sie an ihre Rückkehr nach Hamburg dachte, überkam sie eine unendliche Traurigkeit. Ihr momentaner Zustand spiegelte sich sehr anschaulich in einem inneren Bild, das ihr immer wieder in den Sinn kam. Wie sie ihr sicheres abgezirkeltes Leben verlassen hatte, um auf die andere Seite einer Schlucht zu gelangen, die Glück und Freiheit versprach, die sie aber nur über eine Hängebrücke erreichen konnte. Und wie sie sich trotz aller Ängste vor dem Unbekannten getraut hatte, die Brücke zu betreten. Und nun war sie fast am Ziel, doch die Verheißungen, die auf der anderen Seite gelockt hatten, entpuppten sich als undurchdringlicher Dschungel, sodass sie zurückmusste, wogegen sich alles in ihr sträubte.

Ein energisches Klopfen an ihre Zimmertür riss Lilly aus ihren Gedanken. Jedes Mal, wenn jemand an ihre Tür pochte, hoffte sie, dass es Antonia war, die ihr Emma früher als versprochen zurückbrachte. Das Zimmermädchen konnte es nämlich nicht sein, weil Lilly ihr gesagt hatte, dass sie das Zimmer nicht zu machen brauchte.

Es war Matteo.

»Störe ich?«, erkundigte er sich höflich.

»Beim Trübsalblasen lasse ich mich doch gern stören«, erwiderte Lilly und ließ ihn eintreten.

»Hattest du schon Besuch von meinem Freund Luca?«

»Sollte ich?«

»Es wäre doch für alle Beteiligten das Beste, wenn ihr beide euch wieder vertragt.«

Lilly zuckte mit den Schultern, sie hatte im Moment auch dazu keine Meinung.

»Hast du schon was von Merle gehört? Ich meine, ob sie gut angekommen ist?«

»Wie denn? Mein Handy ist doch geklaut und im Hotel hat sie noch nicht angerufen. Vielleicht wäre es eine nette Geste, wenn du ihr eine kleine Nachricht schickst«, schlug Lilly vor.

»Ich glaube kaum, dass sie sich darüber freuen würde. Das wird sie mir wohl nie verzeihen.«

»Das war auch wirklich ziemlich dämlich von dir. Vor allem, weil Merle sich ernsthaft in dich verknallt hatte.«

»Ist das wahr?«

»Warum sollte ich mir das ausdenken? Aber du hast schon recht. Lass sie lieber in Ruhe. Umso schneller kann sie das hinter sich lassen. Tja, war wohl doch nichts mit dem Paradies in puncto italienischer Männer.«

»Ich sag mal nichts dazu. Es ist ja deine Schuld, dass du mich nicht erhörst«, sagte er grinsend.

Lilly stupste ihn scherzhaft mit dem Finger. »Fängst du schon wieder an?«

»Nein, ich bin auch nicht vorbeigekommen, um dir in Erinnerung zu rufen, was du alles bei mir verpassen wirst, sondern ich habe hier einen Brief für dich.« Matteo holte aus der Innentasche seiner Jacke einen Umschlag hervor und reichte ihn ihr. »Das sieht so offiziell aus. Was ist das?«, fragte er neugierig.

»Das ist der Beweis, dass es zwischen dem Genmaterial von Lilly Haas und Marcello Danesi eine 99-prozentige Übereinstimmung gibt.«

»Hat er vor seinem Tod einem Vaterschaftstest zugestimmt?«

»Nein, ich habe mir aus seinem Firmenbad alles geliehen, was ich für einen Test brauche, und es in einem Labor in Como untersuchen lassen.«

»Ja, dann mach ihn auf!«, forderte Matteo ungeduldig.

»Das Ergebnis ist doch klar. Ich brauche den Wisch nicht mehr.« Lilly stopfte ihn in die Schublade zu ihren Dessous.

»Willst du es denn gar nicht schwarz auf weiß wissen?«, fragte er fassungslos.

»Ich weiß es doch«, seufzte Lilly. »Ich habe das nur gemacht, weil Merle mich dazu genötigt hat. Sie hat wohl gehofft, dass noch ein Wunder geschehen und Luca nicht mein Bruder sein würde. Ich schau es mir vielleicht später an.«

»Wie du meinst. Hast du Lust, mit mir zu Mittag zu essen?«

»Das ist eine gute Idee. Die letzten Abende war ich im Restaurant immer die einzige alleinstehende Person. Warte, ich ziehe mir nur noch Schuhe an.« Während Lilly in ihre Sandalen schlüpfte, klopfte es erneut an der Tür.

Als Lilly öffnete, setzte fast ihr Herzschlag aus. Es war Luca. Er war blass um die Nase und sah auch sonst ziemlich mitgenommen aus. Es ärgerte Lilly maßlos, dass sie immer noch wie ein verliebter Teenager auf ihn reagierte.

»Komm rein. Matteo ist auch gerade da«, murmelte sie.

»Dann will ich nicht stören.«

»Tust du nicht, alter Junge, ich wollte zwar gerade mit Lilly was essen gehen, aber dann lass ich euch lieber mal allein.« Bevor Lilly dagegen protestieren konnte, war Matteo bereits aus der Tür.

Lilly war es gar nicht recht, mit Luca allein zu bleiben, denn sosehr ihr Verstand auch dagegen rebellierte, ihre Gefühle ihm gegenüber waren immer noch alles andere als schwesterlich. Sie bot ihm einen Stuhl an und setzte sich auf den anderen. Bloß keinen Körperkontakt, dachte sie.

»Lilly, ich bin gekommen, mich zu entschuldigen. Natürlich verstehe ich, dass du mich nicht eingeweiht hast, nachdem du herausbekommen hast, wer dein Erzeuger ist. Und glaub mir, ich bin peinlich berührt über die Art und Weise, wie mein Vater mit seinen außerehelichen Kindern umgesprungen ist. Deshalb ist es nur rechtens, dass auch der Sohn von Signora Varese zeitnah erfährt, wer sein Vater war. Sie möchte ihn allerdings jetzt nicht mit zum Begräbnis nehmen, aber es wäre schön, wenn du kommen würdest.«

»Ich weiß nicht, ob das richtig ist. Das kompromittiert doch deine Mutter und außerdem kann ich nicht um ihn trauern wie um einen echten Vater«, widersprach Lilly heftig.

»Meiner Mutter werde ich die Wahrheit erst nach dem Begräbnis sagen, wobei ich am liebsten eine Trauerrede halten und es vor der ganzen illustren Gesellschaft öffentlich machen würde, aber das möchte ich ihr nicht antun. Deshalb hat Matteo den Vorschlag gemacht, dass du ihn begleitest.«

»Ich glaube, das ist keine gute Idee.«

»Bitte, tu es für mich. Es wäre sehr tröstlich, dich in meiner Nähe zu wissen, wenngleich ich meine Gefühle für dich nicht einfach so umpolen kann. Ich habe mich nun mal in dich verliebt«, seufzte er.

»Nein, Luca, es ist besser, wenn ich dem Begräbnis fernbleibe. Ich habe auch Dinge getan, die nicht korrekt waren.«

»Du hast beim Picknick Genproben von mir gesammelt. Ich weiß.«

»Nicht nur das! Ich habe in der Firma aus dem Bad deines Vaters einiges mitgenommen und es in einem Labor abgegeben. Das ist keine Heldentat.«

Luca zuckte mit den Schultern. »Ich kann es dir nicht übel nehmen. Aber dann hast du es jetzt wenigstens schwarz auf weiß. Damit stirbt das letzte Fünkchen Hoffnung, dass alles nur ein bedauerlicher Irrtum war«, bemerkte er traurig.

Lilly stand auf und holte den Umschlag. »Ich habe ihn nicht geöffnet. Ich will das nicht! Nimm du ihn und vernichte ihn!«

»Nein, das geht nicht. Es ist doch gut, dass du einen Beweis in der Hand hast, damit du keine Probleme bei der Erbschaft bekommst. Ich meine, ich werde das nicht anfechten, aber sicher ist sicher.« Er weigerte sich, den Brief anzunehmen.

»Bitte, verbrenne oder zerreiße ihn. Ich möchte keinen Cent von deinem Vater. Ich habe bei der Notarin bereits eine Verzichtserklärung unterschrieben. Und gib mir bitte eine Kontonummer, auf die ich die vierhunderttausend Euro zurücküberweisen kann.«

»Welche vierhunderttausend Euro?«

»Die hat dein Vater mir über eine Stiftung zukommen lassen, nachdem er vom Tod meiner Mutter erfahren hat. Bitte sag deiner Mutter nichts davon. Es reicht doch, dass sie ein uneheliches Kind ihres Mannes verkraften muss. Ich brauche das nicht mehr. Und ich bereue zutiefst, dass ich mich auf diese verdammte Suche gemacht habe, denn sie hat nur Unglück gebracht.«

»Ach, Lilly, sei nicht so stur. Du kannst das Geld doch gut gebrauchen. Für meine Mutter wird es dadurch auch nicht schlimmer, wenn sie von deiner Existenz erfährt.«

»Luca, bitte respektiere meinen Wunsch und mach mit dem Ergebnis, was du willst, aber lass mich aus allem raus. Ich mag damit nichts mehr zu tun haben.« Sie streckte ihm den Umschlag entgegen. Zögernd nahm er ihn zur Hand.

»Gut, dann werde ich mir überlegen, was ich damit anstelle.« Zu Lillys großem Entsetzen öffnete er den Umschlag, holte das Schreiben hervor und vertiefte sich in den Inhalt.

Mit zusammengekniffenen Lippen beobachtete Lilly jede seiner Regungen und wunderte sich, dass plötzlich ein Lächeln sein Gesicht erhellte, bevor er ihr den Brief reichte und in lautes Gelächter ausbrach. War er jetzt völlig verrückt geworden?, fragte sie sich, während sie sich das Testergebnis griff und einen

Blick riskierte. Als sie erfasste, was dort geschrieben stand, fiel sie in sein Lachen ein und ließ den Brief zu Boden flattern, um sich an seine Brust zu werfen. Luca weinte vor Freude, hob sie hoch und drehte sich mit ihr im Kreis.

»Lass mich runter!«, flehte sie, denn sie konnte noch nicht glauben, was dort geschrieben stand: *Es ist auszuschließen, dass eine Vaterschaft besteht.*

»Und du hast wirklich Proben von ihm im Labor abgegeben?«

»Seine Haarbürste, seine Zahnbürste, seinen Zahnputzbecher. Glaub mir, ich habe gründliche Arbeit geleistet.«

»Das ist der schönste Tag meines Lebens«, jubelte er, doch dann stutzte er. »Aber dann musst du ja weitersuchen. Ich helfe dir. Wir finden den Kerl!«, fügte er euphorisch hinzu.

Lilly aber ahnte in diesem Augenblick, dass sie ihren Vater längst gefunden hatte.

»Setz dich bitte«, bat sie ihn. »Ich, ich kann dich nicht umarmen, wenn ich dir nicht die ganze Wahrheit erzähle. Und das werde ich tun. Ich will nie, nie mehr solche Geheimnisse vor dir haben.« Lilly ließ sich auf einen Stuhl fallen.

Luca setzte sich auf den anderen und musterte sie angespannt. Lilly holte noch einmal tief Luft und berichtete ihm nun alles, was Antonia ihr anvertraut hatte – vor allem über seinen Vater, Riccardo di Rossi und die beiden deutschen Studentinnen.

Als sie ihre Schilderung beendet hatte, sahen sie sich eine Zeit lang fassungslos an.

»Vermutest du dasselbe wie ich?«, stieß Luca schließlich hervor.

»Wenn du annimmst, dass meine Mutter sowohl mit deinem Vater gevögelt hat, was die Knutschfotos ja wohl eindeutig beweisen, als auch mit dem Dottore, dann ja.«

»Mannomann«, seufzte Luca.

»Das würde auch di Rossis merkwürdiges Verhalten erklären.« Lilly berichtete Luca in aller Kürze, wie ihr Dr. di Rossi die Fotos abgeluchst hatte und dass sie ihn wegen der eindeutigen Fotos als potenziellen Vater ausgeschlossen und nur gemutmaßt hatte, dass er ihren Erzeuger kannte und schützte.

»Und die beiden wollten auf jeden Fall vermeiden, dass meine Mutter und Signora di Rossi erfahren, dass ihr Fehltritt Folgen gehabt hatte. Wahrscheinlich weiß meine Mutter eh von gar nichts, aber Signora di Rossi scheint ja was zu ahnen. Sonst würde sie wohl kaum auf die kranke Idee kommen, deinen Hund zu entführen. Und nun? Du musst ihn zur Rede stellen!«

In Lillys Kopf ging alles durcheinander. Die Freude darüber, dass Luca gar nicht ihr Bruder war, und das Entsetzen darüber, dass wohl Riccardo di Rossi ihr Erzeuger war. Will ich wirklich einen Skandal provozieren?, fragte sie sich.

»Weißt du was? Ich werde das Ganze auf sich beruhen lassen. Ich werde weder mit dem Dottore sprechen, noch werde ich Matteo die Wahrheit sagen.«

Luca lächelte gequält. »Wie soll das gehen? Wenn wir jetzt ein Paar sind, dann denkt er doch, ich würde es mit meiner Schwester treiben. Nicht dass mir mein Ruf wichtiger wäre als mein Seelenfrieden...«

»Natürlich verrate ich ihm, dass der Test deinen Vater als meinen Erzeuger ausschließt, aber ich werde ihm weder von dieser Quervögelei berichten noch dass der Dottore mein Vater ist.«

Nachdenklich blickte Luca sie an. »Wie erklärst du dir, dass di Rossi dich nach dem Unfall in seiner Klinik behandelt hat? Es wäre doch ein Leichtes gewesen, dich mit dem Krankenwagen nach Como bringen zu lassen, und dann wärst du schön weit weg gewesen und für ihn der Fall erledigt. Aber er hat dich sogar in seinem Haus aufgenommen. Warum?«

»Ich denke, das war seinem schlechten Gewissen geschuldet. Natürlich wusste er in dem Augenblick, in dem ich ihm meinen

Namen genannt habe, wer ich bin. Von ihm sind die Vierhunderttausend. Und ich halte ihn auch nicht für ein Arschloch. Wahrscheinlich wollte er mich einfach näher kennenlernen.«

»Aber dann muss er ja gewusst haben, dass er deine Mutter geschwängert hat und nicht mein Vater.«

»Wer weiß, vielleicht hat Bella auch nur mit deinem Vater geknutscht und ist dann mit Riccardo ins Bett gestiegen.«

»Jedenfalls hat mein Vater von deiner Existenz gewusst.«

Lilly nickte zustimmend und verriet ihm jetzt, was auf dem Fest zwischen Marcello und ihr im Garten vorgefallen war.

Luca sprang bei ihren Worten von seinem Stuhl auf und kam zu ihr, um sie fest in den Arm zu nehmen.

»Mein Schatz, das muss alles entsetzlich für dich gewesen sein ...«

»Das Entsetzlichste war die Vorstellung, dass du mein Bruder bist und dass wir niemals ...«, flüsterte sie.

»Aber das ist ja nicht an dem«, raunte er und zog sie vom Stuhl hoch.

»Was hast du vor?«, lachte sie. Ihr ganzer Körper stand in Flammen, denn sie wusste, was nun geschehen würde. Und keine Macht dieser Welt würde das mehr verhindern können.

Luca führte sie an der Hand zum Bett, auf das sie sich gemeinsam fallen ließen.

Er beugte sich über sie, sah ihr tief in die Augen und strich ihr über die Wange. »Wir hätten es gleich erkennen müssen. Du hast die Augen von Riccardo di Rossi geerbt.«

»Dann kannst du mich ja bedenkenlos küssen«, kicherte sie. Er verschloss ihr den Mund mit einem leidenschaftlichen Kuss, der Lilly heiße Schauer durch den Körper jagte. Noch nie zuvor hatte sie einen Mann so gewollt wie Luca.

»Weißt du, wie diese Bucht zwischen Lenno und der Lavedo-Halbinsel bei uns heißt?«, fragte Luca, nachdem sich ihre Lippen nach einer halben Ewigkeit voneinander gelöst hatten.

Sie blickte in seine dunklen Augen und die Begierde, die aus ihnen funkelte, erregte sie noch mehr.

»Die Bucht heißt bei uns Golfo di Venere.«

Lilly lächelte ihn verliebt an. »Dann lass mich mal überlegen, ob mir die deutsche Übersetzung einfällt.« Sie tat so, als müsste sie wirklich darüber nachdenken.

»Das ist der Golf der Venus. Und das passt!«, raunte sie ihm zu.

»Das ist der Golf der Venus. Und das passt!«, wiederholte er fehlerfrei.

»Sag bloß, du kannst Deutsch?«

»Ein kleines bisschen.« Er zwinkerte ihr zu.

»Und warum habe ich mir einen abgebrochen, mit dir Italienisch und Englisch zu sprechen?«

»Was heißt: einen abgebrochen?« Es klang in ihren Ohren wie Musik, wie er die deutschen Wörter mit seinem Akzent aussprach.

»Dass ich kein gutes Italienisch spreche, aber es deinetwegen versucht habe«, lachte sie.

»Du sprichst perfekt. Und es hört sich so schön an aus deinem Mund.« Er nahm ihr Gesicht in beide Hände und bedeckte es mit Küssen. »Ti amo tesoro mio.«

»Anch'io«, seufzte Lilly, bevor sie sich dem sanften Streicheln seiner forschenden Hände hingab.

Dritter Teil

36.

Camogli war einst eine bedeutende Seemacht gewesen, aber dieser Ruhm war längst verblichen. Nun lebte das einstige Fischerdorf vom Tourismus. Die Gemeinde gehörte zur Stadt Genua, lag dreiundzwanzig Kilometer südlich der Metropole und das konnte man besonders an den Wochenenden spüren, wenn die gut betuchten Genueser in die ausgezeichneten Fischrestaurants der Stadt einfielen. Ohne Reservierungen ging diesbezüglich im Sommer gar nichts.

Aber das alles störte die schmale, alterslose Frau mit dem blonden langen Haar nicht. Erst wenn man sie genauer betrachtete, konnte man erahnen, dass sie die Fünfzig überschritten hatte. Sie bewohnte eine kleine Zweizimmerwohnung in den wunderschönen bunten Häusern, die am Strand entlang in allen erdenklichen Farbtönen hoch aufragten. Wenn man mit dem Wagen in den Ort fuhr, konnte man die Höhe dieser Häuser gar nicht erahnen, weil zur Straße hin nur ihre oberen Etagen sichtbar waren.

Wie jeden Morgen frühstückte sie in demselben Café an der Promenade und las ihre Zeitung. Signorina Hanna, so wurde sie von den Bewohnern des Örtchens genannt, denn jeder kannte sie dort. Sie wohnte nämlich seit über dreißig Jahren in Camogli, sprach so perfekt italienisch, dass viele gar nicht wussten, dass sie keine gebürtige Italienerin war. Wer ihre Frühstücksgewohnheiten kannte, der würde allerdings erahnen können, woher sie stammte. Signorina Hanna bekam in ihrem Stammcafé jeden Morgen einen Kaffee, zwei Brötchen, Marmelade und Käse.

Sie stärkte sich für ihr Tagwerk, denn Signorina Hanna stand meistens nach genau einer Stunde wieder auf, schlenderte die lange Promenade entlang, durchquerte das rote Tor, das zum Hafen führte, und holte sich aus dem Hinterzimmer einer kleinen Boutique unter den Arkaden ihre Staffelei. Die Besitzerin Georgia hatte ihr das einst angeboten. Sie fand, dass die zierliche Frau sich nicht jeden Tag mit dem Monstrum abschleppen sollte. Und außerdem hielt sie es für unvernünftig, dass sie auch im Winter draußen malte. Nun war der hintere Raum ein kleines kuscheliges Atelier geworden, in dem Signorina Hanna immer im Winter arbeitete. Inzwischen waren die beiden Frauen längst so etwas wie Freundinnen geworden. Georgia war zwar an die zehn Jahre jünger als Hanna, aber sie verstanden sich trotz des Altersunterschiedes prächtig. Georgia war nach einer hässlichen Scheidung von Genua nach Camogli gezogen und hatte diesen Schmuck- und Souvenirladen von einer alten Dame übernommen, weil sie von ihrem Exmann keinen Cent bekam. Am Wochenende fuhren die beiden Frauen sogar manchmal gemeinsam nach Genua zum Ausgehen. Dazu musste Georgia Hanna allerdings jedes Mal mit Engelszungen überreden. Hanna lebte sehr zurückgezogen und war äußerst schüchtern. Dabei flogen ihr die Männerherzen regelrecht zu, aber sie hielt alle Herren, die ihr zu nahekamen, auf Distanz. Georgia hatte es aufgegeben, etwas mehr über Hannas Vergangenheit zu erfahren, denn bei jeder Frage, die ihr Leben vor der Zeit in Camogli betraf, wurde sie sehr einsilbig. Georgia vermutete, dass Hanna einmal sehr von einem Mann verletzt worden war. Sonst konnte sie sich kaum erklären, warum ihre attraktive Freundin so abweisend war, denn es hatten sich schon einige in Georgias Augen nicht uninteressante Männer einen Korb bei Hanna geholt.

Solange es das Wetter erlaubte, stellte Hanna ihre Staffelei am Hafen auf, und zwar ganz nahe bei dem Steg, von dem die

Ausflugsboote nach San Fruttuoso ablegten. Und dann malte sie immer wieder den Hafen von Camogli. Sie verkaufte die Bilder an begeisterte Touristen, die keine pastellfarbenen Kitschbilder wollten, sondern eine Erinnerung mit künstlerischem Anspruch. Und den boten ihre Aquarelle auf jeden Fall. Lange Zeit hatte sie ihr Geld damit verdient, Bilder der Passanten zu malen. Die hatten stets reißenden Absatz gefunden, aber irgendwann hatte sie die Lust verloren, Bilder von Kindern im Auftrag ihrer Eltern in Serie herzustellen. Ihr war es lästig geworden, die Gesichtsausdrücke ihrer Modelle stets zu schönen und irgendwelchen Idealen anzupassen, die von den Leuten erwartet wurden, aber fern jeder Realität waren. Irgendwann hatte sie bei ihren Modellen besonders deren charakteristische Eigenarten herausgearbeitet, was aber gar nicht gut angekommen war. Da hatte sie mit ihren etwas abstrakten Hafenbildern wesentlich mehr Erfolg. Jedenfalls reichten ihre Einnahmen, um ihren bescheidenen Lebensstil zu finanzieren.

Doch einmal im Monat machte sie sich nach dem Frühstück auf zum Bahnhof und nahm um 8 Uhr 25 den Zug nach Genova Piazza Principe, einem der beiden Hauptbahnhöfe Genuas, um von dort zur Piazza Aquaverde zu gehen und in einem der imposanten Stadthäuser zu verschwinden.

Hanna warf einen Blick auf ihre Armbanduhr, legte die Zeitung beiseite und rief den Kellner herbei. Sie gab ihm wie jeden Morgen das Geld für das Frühstück sowie 1,50 Euro Trinkgeld. Dann ging sie zügig die Treppen bis zum Bahnhof hinauf, denn er lag oben an der Straße.

Sie setzte sich, sofern er frei war, in dem zweiten Wagen immer auf denselben Fensterplatz. Hanna beruhigte es, wenn ihr Tagesablauf nach bestimmten Ritualen verlief. Das gab ihrem Leben im Äußeren eine feste Struktur, die ihr im Inneren manchmal fehlte. Und wenn sie die Gewohnheiten streng einhielt, dann ging es ihr auch besser.

Hanna hatte Glück. Nicht nur der Platz im ersten Abteil des zweiten Wagens war frei, sondern auch die übrigen Plätze waren leer. Manchmal überkamen sie auf ihrer monatlichen Fahrt Zweifel, ob sie diese Besuche bei Dottore Salvatore Poletti überhaupt noch brauchte. Sie hatte die Tabletten schon länger abgesetzt und keinen Rückfall mehr erlitten. An diesem Tag war sie fest entschlossen, Poletti zu sagen, dass sie sich für geheilt hielt. Der Gedanke, dass das ein riesiger Einschnitt in ihrem Leben sein würde, wenn der Dottore nicht mehr auf sie aufpasste, machte ihr natürlich auch ein wenig Angst, aber sie traute sich durchaus zu, es in Zukunft ohne ihn zu schaffen.

Trotzdem beschleunigte sich ihr Herzschlag, als sie wenig später vor seiner Praxistür stand und läutete. Polettis Sprechstundenhilfe, Signora Venti, begrüßte sie herzlich. Sie kannten einander nun auch schon, seit er die Praxis hatte.

»Nehmen Sie Platz, Signorina Peters. Er ist gleich für Sie da«, sagte Signora Venti und Hanna vertiefte sich wie immer in eines der Hochglanzmagazine, die in dem Wartezimmer auslagen. Auch das war eine angenehme Gewohnheit, denn sie wusste, dass sie erst in zwanzig Minuten an der Reihe war, weil sie durch die vorgegebene Zugverbindung jedes Mal zu früh in der Praxis ankam.

Als sie ins Behandlungszimmer trat, erhellte sich die Miene des Psychiaters, der aber in seiner Praxis vorwiegend gesprächstherapeutisch arbeitete. Er war einer der wenigen Therapeuten, die von ihrer Praxis wirklich gut leben konnten, weil er ausschließlich wohlhabende Patienten hatte. Dass er Hanna schon so viele Jahre begleitete, ohne dass sie für die Behandlung zahlen musste, war eine Ausnahme und besaß einen persönlichen Hintergrund. Ganz umsonst tat er es auch nicht. Er hatte vor über dreißig Jahren eine Summe Geld erhalten, um sich um die Signorina zu kümmern, aber das war im Vergleich zu der von ihm geleisteten Arbeit ein lächerlicher Betrag gewesen. Ansonsten war es ein Freundschaftsdienst für einen ehemaligen Studienfreund, der ihm einst die Dissertation geschrieben hatte. Dass der Dottore sie aber in erster Linie behandelte, weil er tiefe Gefühle ihr gegenüber hegte, das war sein Geheimnis.

An diesem Tag war er von der Vergangenheit eingeholt worden, was ihm gar nicht behagte. Der einstige Freund hatte ihm einen Brief geschrieben. Es beunruhigte Poletti zutiefst, dass derjenige, für den er diesen Freundschaftsdienst nunmehr seit so vielen Jahren leistete, darin etwas verlangte, was gegen jede Abmachung war. Salvatore Poletti war so empört über dieses Ansinnen, dass er mit dem Gedanken spielte, seine Nachricht an Hanna einfach zu unterschlagen.

Trotzdem huschte ein Lächeln über sein Gesicht, als sich seine Patientin in ihren Sessel setzte. Er fand, sie wurde von Mal zu Mal schöner und hatte so gar nichts mehr von der kranken, verängstigten jungen Person, die er einst als Patientin übernommen hatte. Nein, sie war eine wunderschöne, reife Frau geworden, die er gern unter anderen Umständen am liebsten noch einmal neu und woanders kennenlernen würde, aber davon ahnte sie nichts. Sie hatte immer nur den Dottore in ihm gesehen und er hatte mitgespielt. Es war ihm in all den Jahren in erster Linie darum gegangen, dass sie wieder gesund wurde. Und das hatte er mittels harter Therapiearbeit schon lange erreicht. Dass sie noch weiterhin in seine Sprechstunde kam, hatte nur den einzigen Grund: Dass er sie nicht verlieren wollte. Er würde einiges darum geben, wenn er nur die geringste Hoffnung haben dürfte, dass sie, wenn er sie als geheilt entließe, ein Interesse an ihm als Mann entwickeln würde. Doch das schien aussichtslos. Trotzdem spielte er in letzter Zeit immer häufiger mit dem Gedanken, es zumindest zu versuchen, aber das konnte er nur wagen, wenn sie nicht mehr seine Patientin war. Ach, wie sehr wünschte er sich, sie einmal zu einem opulenten Mahl in ein feines Restaurant einladen zu können, nur bei Kerzenlicht über dem Meer Pasta mit Pesto Genovese zu genießen, einander mit einem Lupi-Riviera Ligure di Ponente Vermentino 2009 Serre zuzuprosten und vielleicht ihre Hand zu halten. Mehr wollte er doch vorerst gar nicht, aber das war, solange sie seine Patientin blieb, ein absurder Wunsch – als wäre er zu lebenslanger Haft verurteilt und verzehrte sich nach einer Auszeit am Strand. Sein Blick fiel auf den Brief. Er brachte es nicht gleich über sich, ihr davon zu berichten. Vielleicht war sie auch stark genug, dem Mann seine Bitte abzuschlagen, aber allein, dass er sie in diese prekäre Lage brachte, ärgerte Salvatore Poletti maßlos.

»Wie ist es Ihnen ergangen?«, fragte er sie in professionellem Ton und musterte sie über den Rand seiner Brille. Wie immer saßen sich Arzt und Patientin auf zwei bequemen Sesseln gegenüber, zwischen ihnen ein Tisch, auf dem die Packung mit Papiertaschentüchern drapiert war.

»Alles in Ordnung. Ich hatte nicht einmal das Bedürfnis, mich umzubringen«, erwiderte Hanna lächelnd.

Das ist auch neu, dass sie so etwas wie schwarzen Humor entwickelt, dachte er. Jahrelang hatte er nicht einmal die Spur eines Lächelns in ihrem schönen Gesicht entdeckt, sondern lediglich in die starren Gesichtszüge einer schwer depressiven Frau gesehen.

»Und das ohne die Tabletten. Alle Achtung. Da könnten wir fast die Therapie für erfolgreich beendet erklären«, gab er scherzend zurück, obwohl ihm das Quäntchen Wahrheit seiner Äußerung durchaus bewusst war.

Hannas Miene wurde ernst. »Dottore Poletti, genau das wollte ich Ihnen heute vorschlagen: Sie geben mich frei. Und ich verspreche Ihnen, sollte ich merken, dass es wieder losgeht, melde ich mich bei Ihnen.«

Was für eine verlockende Aussicht, ging es ihm versonnen durch den Kopf, wenn er sich nicht mehr professionell um sie kümmern müsste, sondern aus freien Stücken. Damit würde er zwar sein Versprechen brechen, aber waren über dreißig Jahre nicht genug für die Promotion, die der Freund für ihn verfasst hatte? Tja, wenn ich ein bisschen skrupelloser wäre, ich würde die Gelegenheit sofort beim Schopf packen, dachte er und stieß einen tiefen Seufzer aus.

»Sie finden meinen Vorschlag undenkbar, oder?«, fragte Hanna erschrocken.

»Nein, ganz im Gegenteil. Ich habe doch auch schon darüber nachgedacht. Sie haben Ihr Leben so wunderbar im Griff, auch ohne die Tabletten, sodass ich Ihr Anliegen gut verstehen kann und meinerseits nicht abgeneigt bin.«

»Ich finde auch. Ich habe es seit über dreiunddreißig Jahren nicht mehr versucht. Und wenn ich ehrlich bin, hänge ich inzwischen ein wenig am Leben. Sie müssten mal die Häuserfront von Camogli bei Sonnenaufgang erleben. Ich habe eine ganze Serie Bilder gemalt, aber die hüte ich wie kostbare Schätze. Ich mag sie gar nicht anbieten, weil es mir vorkommt, als hätte sich dieses Licht nur mir offenbart und den Fischern, die an diesem Morgen draußen auf dem Meer waren.«

Salvatore Poletti krampfte sich bei ihren Worten der Magen zusammen. Nicht, weil er sie nicht teilte, sondern weil er sie für jedes dieser Worte liebte. Ihre raue tiefe Stimme, die gar nicht zu dieser zarten Erscheinung passte. Die Fee mit der Seebärenstimme hatte er sie insgeheim getauft, wobei sie nicht wie ein besoffener Matrose sprach, sondern ihre Wortwahl eher damenhaft daherkam.

»Wenn Sie damit einverstanden sind und auch nicht das Bedürfnis haben, den vergangenen Monat mit mir durchzugehen, widmen wir die Stunde aktuellen Ereignissen.«

Salvatore Poletti warf einen Blick auf den Brief und wusste in demselben Augenblick, dass er es nicht verantworten konnte, ihr den Brief zu verschweigen. Also nahm er ihn zur Hand, händigte ihn ihr aber noch nicht aus.

»Diesen Brief von ... äh ... von Riccardo di Rossi habe ich vor ein paar Tagen bekommen und es fällt mir nicht leicht, Ihnen den Inhalt weiterzugeben. Er möchte Sie ...«

Hanna wurde leichenblass. Abwehrend hob sie die Hände. »Bitte verschonen Sie mich damit. Wir haben doch abgemacht, dass es keinen Kontakt mehr zwischen uns beiden geben wird.«

»Ich weiß. Mich macht das auch nicht gerade besonders froh, dass er sich nun nach so vielen Jahren an mich gewandt hat. Wir haben unseren Kontakt damals auch abgebrochen, aber er hat wohl herausbekommen, dass ich eine Praxis eröffnet habe und die Adresse.« Salvatore Poletti ließ den Brief, den er immer noch in der Hand hielt, sinken. »Sie haben recht. Es kann Sie keiner zwingen, sich seiner Bitte anzunehmen. Es ist also Ihr Wunsch, dass ich Sie mit dem konkreten Inhalt nicht weiter behellige?«

»Ja, ja. Ich will nicht! Sie haben Ihrer Pflicht Genüge getan und mir mitgeteilt, dass er sich bei Ihnen gemeldet hat. Ich will nicht wissen, warum und weshalb. Vernichten Sie den Brief! Wenn Sie es nicht tun, dann erledige ich das. Geben Sie her!«, forderte Hanna in fast hysterischem Ton.

Der Psychiater reichte ihr den Brief, den Hanna, ohne auch nur einen Blick auf das Dokument zu werfen, in tausend Schnipsel zerriss, die sie einfach zu Boden flattern ließ. Um ihren Stuhl sah es aus, als hätte jemand Konfetti gestreut.

»Ich komme doch lieber noch zu meinem nächsten Termin«, sagte Hanna mit fester Stimme. »Allein die Erinnerung an ihn hat so viel in mir aufgewühlt, dass ich vielleicht noch ein paar Stunden bei Ihnen brauche. Und danke, dass Sie mich nicht gezwungen haben, den Brief zu lesen.«

Hanna sah um Jahre gealtert aus. Ihre Haut war grau und durchscheinend, die Grübelfalte schien zwischen ihre Nasenflügel plötzlich wie eingemeißelt, stellte der Dottore mit Schrecken fest. Hätte er ihr den Brief nicht doch unterschlagen müssen?

Wie gut, dass sie nicht ahnte, was sein einstiger Studienkollege und Freund ihr für eine Botschaft hatte überbringen lassen wollen und welchen verrückten Vorschlag sie enthielt.

Er nahm sich vor, ihm eine Nachricht zukommen zu lassen, in der er ihn aufforderte, sich an die alten Vereinbarungen zu halten und dass auch der Tod von Isabell Haas nichts daran änderte. Und dass ein Treffen zwischen Hanna und ihm undenkbar wäre. Nun hatte Hanna zwar den Briefkopf gleich mit vernichtet, aber es wäre ein Leichtes, die Kontaktdaten herauszufinden, zumal sich ja nichts an seiner Adresse geändert hatte. Er thronte immer noch wie die Made im Speck auf seinem Klinikschloss und gab den Saubermann, ging es Poletti verärgert durch den Kopf.

Hanna war im Begriff aufzustehen, was Dottore Poletti überhaupt nicht behagte. Wollte er sie wirklich in diesem Zustand gehen lassen?

Sie schien aber fest entschlossen, seine Praxis zu verlassen, ohne die Stunde auszuschöpfen. Nun huschte doch ein flüchtiges Lächeln über ihr gequältes Gesicht. »Jetzt sehen Sie aber so aus, als ob Sie Hilfe bräuchten. Ich schwöre Ihnen, dieser Brief ändert nichts. Ich bekomme keinen Rückfall. Ich würde mich jetzt nur gern einfach ablenken.«

»Haben Sie schon einmal eine Hafenrundfahrt gemacht?«

Hanna sah ihn irritiert an. »Nein.«

»Dann wird es höchste Zeit. Ich lasse Sie jetzt nicht allein, aber ich sehe ein, dass Sie nicht reden wollen. Würden Sie gern mal große Schiffe sehen?«

»Jetzt?«

Salvatore Poletti sprang von seinem Stuhl auf. »Ja, jetzt sofort!«

Als er Signora Venti mitteilte, dass er die nächsten drei Stunden nicht in der Praxis sein würde, wollte sie zunächst protestieren, aber er sagte nur aufmunternd: »Das schaffen Sie schon.

Einmal muss jeder Mensch etwas Spontanes tun. Und ich mache jetzt eine Hafenrundfahrt.«

Während Signora Venti noch mit ihrer Fassung rang, hatte der Therapeut seine Patientin bereits aus der Tür in den Flur geschoben.

37.

Am Tag von Marcello Danesis Begräbnis herrschte eine drückende Schwüle in Bellagio und ein Gewitter lag in der Luft. Lucas verstorbener Vater war im Familiengrab auf dem Friedhof del Borgo beigesetzt worden und der Leichenschmaus sollte im Lieblingsrestaurant der Danesis stattfinden, wo die Mitarbeiter der Trattoria bereits alles vorbereitet hatten, als die Trauergesellschaft eintraf. Es waren längst nicht alle mitgekommen. Das hätte den Rahmen des Restaurants bei Weitem gesprengt, denn der Friedhof war schwarz vor Menschen gewesen.

Auf Lucas Bitten hatte Lilly ihn zum Begräbnis begleitet. Um seine Mutter nicht unnötig zu irritieren, waren die beiden am Vorabend mit Maria in der Trattoria essen gewesen und hatten die Speisen, die der Koch für den Leichenschmaus vorgeschlagen hatte, durchprobiert. Lilly hatte zum ersten Mal, seit sie am Comer See war, die ortstypischen Missoltini, getrocknete Finten, gegessen und war begeistert von dem Fischgericht gewesen. Am Tisch hatte alles andere als eine gedrückte Trauerstimmung geherrscht. Offenbar hatte der Tod ihres Mannes Signora Danesi nicht das Herz gebrochen. Die Tatsache, dass Luca und Lilly ein Paar waren, hatte Lucas Mutter überhaupt nicht überrascht. Sie hatte ganz offenherzig gestanden, dass sie sich das seit dem Firmenfest bereits gedacht hätte. Und die beiden Frauen waren einander überaus sympathisch.

»Bin ich froh, dass ich deine Mutter als deine Freundin kennenlernen darf und nicht als deine Halbschwester«, hatte Lilly erleichtert geäußert, nachdem sie vom Essen zurückgekehrt waren. Lilly hatte die Nacht bei ihm verbracht. Wenn es nach Luca gegangen wäre, hätte sie ihr Hotel bereits ganz verlassen und wäre stattdessen in seine Wohnung in Como gezogen, aber das wollte sie nicht. Noch nicht! Sie wollte erst Emma zurückhaben.

Während des Begräbnisses kostete es sie enorme Selbstbeherrschung, Carlotta di Rossi, die aussah, als wäre sie die trauernde Witwe, nicht auf der Stelle mit Emmas Verschwinden zu konfrontieren.

Sich zu beherrschen geriet, nachdem sie zu Tisch gebeten wurden, zu einer echten Herausforderung, denn ihr wurde der Platz neben Matteo und seinen Eltern zugewiesen. Matteo war leicht verschnupft, weil sie nicht mit ihm zum Friedhof gefahren war. Lilly und Luca hatten entschieden, ihn erst nach der Beerdigung darüber aufzuklären, dass Marcello ganz sicher nicht ihr Vater gewesen war. Insofern verstand er nicht, warum Lilly ganz offen an Lucas Seite am Grab seines Vaters erschienen war.

Lilly stand überhaupt nicht der Sinn danach, Matteo zu belügen. Sie ärgerte sich nur darüber, dass er sich so beleidigt zeigte. Der starre Blick von Signora di Rossi, die genau beobachtete, dass die beiden offenbar ein kleines Streitgespräch führten, machte die Situation für Lilly nicht gerade leichter. Auch der Dottore schien sie unentwegt zu mustern. Er tat es aber eher unauffällig und glaubte offenbar, dass ihr seine verstohlenen Blicke verborgen blieben. Dazu kam die mörderische Hitze, die ihr in dem dunklen Jackett ernsthaft zu schaffen machte.

»Ich gehe mich mal frisch machen«, sagte sie schließlich und flüchtete in Richtung der Waschräume. Als sie an Lucas Platz, der neben seiner Mutter und einigen engen Verwandten war, vorbeikam, schenkte er ihr ein aufmunterndes Lächeln. Das erleichterte sie wieder. Was waren das bisschen Gemaule Matteos, die Zickigkeit seiner fiesen Mutter, die heimlichen Blicke ihres Vaters und die mörderische Hitze gegen das Geschenk, Luca zu lieben. Sofort musste sie an die vergangenen Nächte denken und ihr wurde noch heißer, weil sie unwillkürlich seine Hände auf ihrem Körper spürte und den Augenblick wieder erlebte, als sie im Hotel in Lenno regelrecht übereinander hergefallen waren. Aber auch wie sie sich kurz darauf nach langem Vorspiel noch einmal geliebt hatten. Und ihre Leidenschaft wurde mit jedem Mal intensiver. Besonders in der vergangenen Nacht, in der Lilly sich verkniffen hatte, ihre Lust hinauszuschreien aus Sorge, seine trauernde Mutter könnte das mitbekommen und entsetzt sein, dass ihr Sohn sich mit seiner Freundin vergnügte, statt angemessen zu trauern. Da halfen auch seine Beteuerungen, dass die Wände dieses alten Kastens kein Geräusch nach außen gaben, nichts. Sie hatte keinen Laut von sich gegeben, aber dieses stumme Genießen hatte ihrer Lust keinen Abbruch getan, sondern sie sogar noch gesteigert.

Jetzt lief ihr der Schweiß in Strömen über die Wangen, wie sie mit einem Blick in den Badspiegel feststellen musste. Da half nur kaltes Wasser, mit dem sie sich das Gesicht kühlte und es über die Innenseiten ihrer Arme laufen ließ. Das Jackett hatte sie ausgezogen und würde es auch nicht mehr anziehen. Sie trug darunter eine schwarze Bluse, die angemessen genug wirkte, entschied sie gerade, als die Tür hinter ihr aufging und Signora di Rossis wutverzerrtes Gesicht im Spiegel auftauchte. Erschrocken fuhr Lilly herum.

»Verfolgen Sie mich jetzt schon bis aufs Klo?«

»Ersparen Sie sich Ihre Frechheiten. Meine Geduld ist jetzt am Ende. Ich möchte Sie hier nicht mehr sehen. Fahren Sie nach Deutschland zurück und kommen Sie nie wieder.«

»Mal abgesehen davon, dass ich mir von Ihnen meinen Aufenthaltsort nicht vorschreiben lasse, werde ich die Lombardei sicher nicht ohne meinen Hund verlassen«, erwiderte Lilly und hielt dem zornigen Blick der Signora stand.

»Sie glauben doch wohl nicht mehr, dass Sie den lebend wiedersehen!«

»Doch, davon bin ich überzeugt.« Es kostete Lilly unendliche Überwindung, ihr nicht an den Kopf zu werfen, dass sie die Wahrheit kannte, aber sie wollte Antonia nicht verraten. Deshalb drehte sie der Signora den Rücken zu, um sich die Hände zu waschen.

»Gut, dann schwören Sie mir hier und jetzt, dass Sie sofort einen Flug buchen, wenn ich Ihnen Ihren Köter zurückbringe!«, schnaubte Signora di Rossi.

Lilly drehte sich ganz langsam wieder um und fixierte sie. »Was soll das heißen, zurückbringen? Dazu müssten Sie ja wissen, wo Emma ist«, bemerkte sie provokativ.

Der Hass loderte Carlotta di Rossi förmlich aus den Augen. »Richtig, und wenn Sie mir jetzt nicht schwören, dass Sie auf Nimmerwiedersehen verschwinden, dann kann ich für nichts mehr garantieren. Ihr Hund ist mein Pfand.«

Lilly musste an sich halten, um der Frau keine Ohrfeige zu geben, aber immerhin hatte sie jetzt von sich aus gestanden und Lilly konnte ihrem Zorn ungehemmt Ausdruck verleihen.

»Sie haben also meinen Hund entführt? Ist es das, was Sie mir da gerade sagen? Sie wissen schon, dass das kriminell ist, oder?«

»Und das aus Ihrem Mund! Sie schleichen sich hinterrücks in unser Leben, haben den Unfall mit meinem Sohn wahrscheinlich nur provoziert, um sich zu vergewissern, wie reich Ihr Erzeuger wohl ist und was da für Sie zu holen ist. Aber es gehört alles mir! Sie bekommen nichts! Und Sie verschwinden, bevor mein Mann begreift, wer Sie in Wirklichkeit sind!« Die Signora hatte sich derart in Rage geredet, dass ihr sonst so bleich gepudertes Gesicht vor Hitze glühte.

Lilly war so erschrocken, dass sie sich am Waschbeckenrand abstützen musste. »Wie, wie kommen Sie darauf, dass Ihr Mann mein Erzeuger sein könnte? Hat er es Ihnen gesagt?«

»Nein, Riccardo hat keinen Schimmer, wer Sie sind. Er ist nur auf Ihr blondes Engelsgesicht reingefallen. Wie Männer eben so sind! Wie soll er ahnen, dass sein widerlicher Fehltritt, den er mehr bereut als alles andere in seinem Leben, Folgen hatte? Es versteht sich von selbst, dass Sie es ihm nicht offenbaren. Sie sind nicht existent. Nicht für unsere Familie! War es Ihre Mutter, diese Schlampe, die Sie zu ihm geschickt hat, um ihn auszunehmen?«

Lilly atmete ein paar Mal tief durch, um das Zucken in ihrer Hand unter Kontrolle zu halten. Niemals zuvor hatte sie das drängende Bedürfnis verspürt, einen anderen Menschen mittels körperlicher Gewalt zum Schweigen zu bringen. Sie bebte am ganzen Körper vor Zorn, aber ihre Vernunft riet ihr, sich von dieser Verrückten nicht weiter provozieren zu lassen. Im Gegenteil! Sie würde der Signora auch nicht aus Rachegelüsten verraten, dass Riccardo sehr wohl vom ersten Augenblick an gewusst hatte, dass sie seine Tochter war. Dass er aber diese Tatsache wahrscheinlich aus lauter Panik, dass Carlotta dann ausrasten würde, zu vertuschen versucht hatte. Nein, sollten sie doch ihretwegen beide bis in alle Ewigkeit voneinander glauben, der jeweils andere hätte keine Ahnung. Damit waren sie gestraft genug. Gefangen in ihrer Angst, der andere könnte das jemals herausbekommen. Wie armselig, dachte sie.

»Das wäre das Letzte, was ich möchte: Dass Ihr Mann erfährt, dass er mein Vater ist. Ich habe bislang Marcello Danesi für meinen Erzeuger gehalten, den ich genauso wenig zum Vater hätte haben wollen wie Ihren Mann. Es wäre sehr freundlich von Ihnen, wenn Sie Ihren Mund halten würden. Auch Ihren Kindern gegenüber! Ich möchte kein Teil Ihrer Familie sein! Sie müssen also keine Angst mehr vor mir haben. Geben Sie mir meinen Hund zurück und ich werde alles tun, damit wir beide uns nicht mehr über den Weg laufen!«

Signora di Rossi musterte Lilly irritiert. »Das heißt, Sie gehen auf meine Forderung ein und verschwinden?«

»Das kann ich Ihnen nicht versprechen.«

»Das müssen Sie aber, wenn Sie Ihren Köter lebendig zurückhaben wollen! Die Gefahr, dass mein Mann begreift, dass es nicht seine Geilheit ist, weshalb er sich zu Ihnen hingezogen fühlt, sondern diffuse Vatergefühle, ist zu groß, solange Sie ihm über den Weg laufen könnten. Glauben Sie, ich bin blind? Er hat heute jede Gelegenheit genutzt, Sie mit seinen Blicken zu taxieren. Nein, nein, Sie hauen ab. Und am Flughafen in Mailand bekommen Sie Ihren Hund wieder. Ich buche für den Köter und Sie den nächsten Flug. Das Ticket hinterlege ich im Hotel.«

Signora di Rossi zog nun einen Kamm aus der Tasche und frisierte sich.

»Ich werde mich von Ihnen nicht vertreiben lassen!«, sagte Lilly, obwohl sie genau wusste, wie unklug es war, sich von der Frau in die Karten gucken zu lassen. Sie hätte doch so tun können, als ob, aber das brachte sie in diesem Augenblick nicht über sich. Außerdem hatte sie die leise Hoffnung, dass die Signora es bei verbalen Drohungen beließ und nicht so weit ging, ihrem Hund tatsächlich etwas anzutun.

»HERR, Gott, des die Rache ist, Gott, des die Rache ist, erscheine!«, zischelte Signora di Rossi, bevor sie den Waschraum verließ und Lilly, der kalte Schauer über den Rücken liefen, fassungslos zurückblieb.

Sie wusste nicht, was sie jetzt tun sollte. An einem anderen Tag hätte sie sich sofort Luca anvertraut, aber beim Leichenschmaus zu Ehren seines Vaters. Nein! Das konnte sie ihm nicht zumuten, aber in ihrer Verfassung konnte sie unmöglich an ihren Platz zurückkehren, als wäre nichts geschehen. Aber wie sollte sie verschwinden, ohne ihm Bescheid zu sagen? Sie hatte keine Ahnung. In dem Augenblick betrat Lucas Mutter den Waschraum und musterte sie besorgt.

»Ist Ihnen nicht gut? Sie sind ja ganz blass«, sagte sie.

»Ich habe ein kleines Kreislaufproblem und wenn es nicht allzu unhöflich ist, dann würde ich jetzt gern dezent gehen.«

»Natürlich, ich verstehe das, aber wollen Sie sich nicht lieber in Lucas Wohnung ausruhen?«

»Nein, ich möchte gern ins Hotel fahren«, seufzte Lilly. »Ob Sie so lieb wären, das Luca zu sagen?«

»Selbstverständlich. Werden Sie bloß schnell wieder gesund. Und lassen Sie mal checken, ob das nicht noch Spätfolgen Ihrer Gehirnerschütterung sind. Am besten, ich hole Riccardo. Der könnte Sie kurz mal anschauen.«

»Auf keinen Fall!«, stieß Lilly entschieden hervor, was bei Maria Danesi ein Stirnrunzeln verursachte. »Ich möchte keinem Menschen in seiner Trauer zur Last fallen. Das müssen Sie verstehen«, fügte sie hektisch hinzu.

»Dann wünsche ich Ihnen gute Besserung und …« Maria Danesi zögerte. Sie schien etwas auf dem Herzen zu haben. »Ach, ich will Sie jetzt auch nicht mit meinen Problemen behelligen.«

»Nein, das tun Sie doch gar nicht«, protestierte Lilly.

»Luca ist es offenbar sehr ernst mit Ihnen. Er hat beiläufig erwähnt, dass er mit Ihnen in der Wohnung in Como wohnen möchte. Wenn Sie tatsächlich beabsichtigen, Lucas wegen zu bleiben, könnten Sie sich vielleicht vorstellen, erst einmal mit ihm hier im Haus zu leben?«

Lilly rührte die Offenheit seiner Mutter so, dass es ihr die Sprache verschlug. Maria Danesi missverstand ihr Schweigen.

»Ich wollte Ihnen auf keinen Fall zu nahetreten. Es ist nur so, dass ich im Moment ungern allein in dem großen Haus bliebe, denn auch meine treue Haushaltshilfe wird demnächst ausziehen, weil sie heiratet. Vielleicht nur ein paar Wochen …«

Lilly warf ihr einen liebevollen Blick zu. »Aber Signora Danesi, natürlich werden wir Ihnen beistehen und … es gibt nur ein Problem. Ich habe einen Hund. Der ist weggelaufen und wenn er zurück ist, dann gebe ich ihn nicht mehr her.«

Ein Lächeln erhellte das Gesicht von Lucas Mutter. »Das kann doch kein Zufall sein. Ich spiele seit dem Tod meines Mannes mit dem Gedanken, mir einen Hund anzuschaffen. Marcello konnte Hunde nicht leiden und ich finde, zu unserem Palazzo und dem Park gehört einfach ein Hund. Oder sogar zwei.«

Während Lilly den Impuls verspürte, Maria zu umarmen, strich diese ihr liebevoll über die Wangen. »Und Sie wollen wirklich nicht bleiben?«, fragte sie. »Sie sehen nämlich schon viel besser aus.«

»Nein, ich werde jetzt schnell zur Fähre gehen«, widersprach Lilly hastig. Zum Abschied umarmten sich die beiden Frauen. Es könnte so schön sein, dachte Lilly, während sie durch die malerischen Gassen Bellagios zum Anleger eilte. Erst als sie auf dem Schiff saß, kam ihr eine zündende Idee, wie sie Signora di Rossi ein Schnippchen schlagen konnte. Sie musste sich Emma auf dem schnellsten Weg selber holen. Aber nicht, ohne Antonia einzuweihen. Die alte Dame hatte es nicht verdient, womöglich am Ende die Leidtragende dieses Plans zu sein.

38.

Im Hotel zog sich Lilly rasch um. Sie musste dringend die schwarzen Sachen loswerden und schlüpfte in ein leichtes Sommerkleid, denn auch in Lenno stand die Luft wie in einer finnischen Sauna.

Trotz der Hitze fiel es ihr schwer, nicht zur Villa di Rossi zu rennen. Im Wald wurde es endlich ein wenig frischer und sie beschleunigte ihren Schritt, denn sie hatte keine Zeit zu verlieren. Noch konnte sie sicher sein, dass die di Rossis beim Leichenschmaus waren und sie Antonia allein erwischen würde.

Mit gemischten Gefühlen trat sie durch das Tor. Auf der einen Seite war alles schon so vertraut, es war wie ein Nachhausekommen, auf der anderen Seite fühlte sie sich, als würde sie verbotenerweise vermintes Gelände betreten. Außerdem verspürte sie sehr deutlich den Abschiedsschmerz, denn was nun auch immer geschehen würde, und selbst, wenn sie Lucas wegen am Lario bleiben würde, die Villa di Rossi würde Lilly bestimmt nicht mehr betreten.

Und doch zog die magische Schönheit des Anwesens sie in ihren Bann, kaum dass sie ein paar Schritte gegangen war. Am liebsten hätte sie sich erst einmal auf eine der Bänke im Park gesetzt, von denen man einen dieser unvergleichlichen Blicke über den See hatte, doch sie steuerte geradewegs auf das Wohnhaus zu und klingelte. Ein Hausmädchen öffnete ihr und Lilly fragte nach Antonia. Der Blick der jungen Frau verfinsterte sich. »Antonia ist von einem Besuch bei ihrem Bruder nicht in die Villa di Rossi zurückgekehrt. Jetzt habe ich die ganze Arbeit allein. Angeblich ist sie krank, aber ich glaube, sie hat Krach mit der Signora ...«

»Haben Sie vielleicht die Adresse von Antonias Bruder?«, unterbrach Lilly den Redefluss der Angestellten.

»Keine Ahnung«, erwiderte sie und wollte Lilly die Tür vor der Nase zuschlagen, aber sie stellte den Fuß dazwischen.

»Bitte denken Sie nach. Wie heißt der Ort?«

»Ich weiß es nicht. Und jetzt muss ich weitermachen, sonst schimpft die Signora, wenn sie zurückkommt.«

Lilly gab auf. Damit hatte sie natürlich nicht gerechnet, dass Antonia sich krankgemeldet hatte, ja, sie konnte nicht einmal einschätzen, ob das für Emma etwas Gutes oder Schlechtes bedeutete. Jedenfalls bezweifelte sie die Version von der plötzlichen Krankheit der alten Frau. Sie schlenderte zu einer der Balustraden, lehnte sich daran und ließ ihren Blick über den See schweifen. Plötzlich erinnerte sie sich an das Gespräch mit Chiara in Lenno, als sie von Weitem den Wagen von Antonias Bruder Pietro erblickt hatte. Und daran, dass er ein Gehöft bei Bugiallo, einem Ort am Ende des Sees, besaß. Sie beschloss, im Hotel zu fragen, wie man dort hingelangen konnte und ob es mit öffentlichen Verkehrsmitteln überhaupt zu erreichen war. Sonst würde sie bei Alfredo einen Wagen mieten.

Lilly löste sich von dem zauberhaften Ausblick und eilte zurück durch den Wald. Sie kam völlig durchgeschwitzt im Hotel an und erfuhr an der Rezeption, dass es eine Busverbindung bis nach Sorico gab, sie aber auf jeden Fall in Menaggio umsteigen musste. Schon im Fahrstuhl fing sie an zu frösteln, was sie sich gar nicht erklären konnte. Im Zimmer dann spürte sie ein leichtes Gliederreißen und da wusste sie, dass dies eindeutige Vorboten eines Infekts waren. Sie ließ sich erschöpft auf das Bett fallen und als sie, nachdem sie zehn Minuten grübelnd dagelegen hatte, aufstehen wollte, um bei Alfredo anzurufen, kam sie kaum hoch. Offenbar hatte es sie wirklich erwischt. Sie kämpfte mit sich, ob sie darüber hinweggehen und nach Como fahren oder sich erst einmal ausruhen sollte, doch dann siegte ihre Vernunft. Was brachte es, wenn sie in diesem Zustand nach Como fuhr, um sich dann ins Auto zu setzen und die ganze Strecke zurückzufahren? Sie hatte sich von der Rezeption eine Karte mitgebracht, auf der sogar Bugiallo verzeichnet war. Der winzige Ort gehörte zur Gemeinde Sorico und lag an die sechshundert Meter hoch in den Bergen. Es wäre Wahnsinn, wenn sie sich so geschwächt auf die Suche machen würde.

Resigniert ließ sie sich zurück in ihre Kissen gleiten. Sie beschloss, ein kleines Schläfchen zu machen und danach zu entscheiden, ob sie diese Fahrt vielleicht am Nachmittag wagen sollte.

Sie raffte sich noch einmal auf, um sich eine Strickjacke aus dem Schrank zu holen. Dann versuchte sie, sich in die dünne Bettdecke dermaßen einzukuscheln, dass sie nicht mehr fror. In diesem Augenblick hätte sie sich ein richtiges deutsches Federbett gewünscht und nicht nur so eine Art Laken. Aber sie schaffte es, dass ihr ein wenig wärmer wurde. Nach wenigen Minuten fiel sie in einen tiefen Schlaf, aus dem sie mit einem Entsetzensschrei erwachte.

Ihr Traum war so intensiv gewesen, dass sie im ersten Augenblick nicht wusste, ob sie wirklich erschossen worden war oder Emma es im letzten Augenblick verhindert hatte. Marcello Danesi und Riccardo di Rossi hatten sie kreuz und quer durch einen Wald gejagt und auf einer Lichtung, gerade als sie glaubte, ihre Verfolger abgehängt zu haben, hatte Carlotta Danesi mit einem Gewehr im Anschlag vor ihr gestanden. In dem Moment war Emma wie aus dem Nichts aufgetaucht und hatte zum Sprung angesetzt, um sie zu retten.

Lillys Herz pochte bis zum Hals. Sie war so verwirrt, dass sie das Klopfen, das an ihr Ohr drang, für ein Geräusch aus ihrem

Traum hielt, bis sie begriff, dass jemand ziemlich laut an ihre Zimmertür hämmerte.

»Ich komme«, rief sie heiser und sprang mit einem Satz aus dem Bett. Dabei wurde ihr schwindlig, aber sie schaffte es bis zur Tür und öffnete. Dort stand Luca mit besorgter Miene. Sie fiel ihm erleichtert um den Hals, denn nun gab es keinerlei Zweifel mehr, dass das hier real war.

»Ich habe mir solche Sorgen gemacht. Meine Mutter hat zwar behauptet, es wäre nur ein kleiner Schwächeanfall, aber das habe ich ihr nicht so ganz abgenommen.«

»Aber du hättest nicht kommen dürfen. Du kannst sie doch nicht allein lassen.«

»Hätte ich auch nicht getan, wenn sie mich nicht geschickt hätte. Außerdem ist sie nicht allein. Die Trauergesellschaft hat sich zwar aufgelöst, aber ihre engeren Verwandten und ihre besten Freunde sind noch da.«

»Auch die di Rossis?«

»Nein, die sind ziemlich überstürzt aufgebrochen. Onkel Riccardo und Matteo mussten in die Klinik zurück.«

Luca nahm sie bei der Hand und führte sie zu ihrem Bett zurück. »Komm, setz dich und erzähle mir, was passiert ist.«

Lilly stieß einen tiefen Seufzer aus, bevor sie Luca von ihrer »Begegnung der dritten Art«, wie sie ihr Zusammentreffen mit Signora di Rossi im Waschraum nannte, berichtete. Sie unterschlug ihm auch ihre körperlichen Symptome, die sie bei der Rückkehr überfallen hatten, nicht, betonte allerdings, dass es ihr jetzt nach dem Schlaf schon wesentlich besser ging.

Luca lauschte ihren Worten mit angespannter Miene und warf einen Blick auf seine Armbanduhr. »Ich würde sagen, wir haben keine Zeit zu verlieren. Es ist jetzt 17 Uhr. Im schlimmsten Fall hat das Hausmädchen Tante Carlotta von deinem Besuch berichtet. Und da sie nun die Gewissheit hat, dass du nicht die Tochter meines Vaters, sondern die von Onkel Riccardo bist, traue ich ihr alles zu. Sie scheint wirklich nicht mehr Herrin ihrer Sinne zu sein. Nicht dass sie nach Bugiallo fährt und sich die Emma holt. Lass uns gleich starten.«

»Du bist ein Schatz.« Lilly umarmte ihn stürmisch und gab ihm einen Kuss auf die Wange, bevor sie sich aus der Strickjacke befreite und zum Kleiderschrank eilte.

»Wenn du so halb nackt vor mir herumtänzelst, kann ich für nichts garantieren«, lachte Luca und hielt sich scherzend die Hände vors Gesicht.

»Ist gleich vorbei, die Show, aber ich verspreche dir, sobald das alles vorbei ist, serviere ich dir einen Strip, bei dem dir die Augen rausfallen.«

»Wow, das kannst du?«

»Das habe ich nicht behauptet. Ich würde es aber trotzdem für dich tun. Und du kannst jetzt wieder gucken, denn ich bin züchtig gekleidet.« Lilly hatte sich eine Jeans, Bluse und ihre Turnschuhe angezogen, was sie für diese Fahrt angemessen hielt, doch dann sah sie, dass Luca immer noch in seinem schwarzen Anzug steckte.

»Nimmst du mich so mit?«, fragte sie.

»Aber sicher«, erwiderte er, während er sich der Krawatte entledigte und den oberen Knopf seines blütenweißen Hemdes öffnete. Obwohl diese Fahrt sicher keine Vergnügungsreise werden würde, sondern sie in ernster Mission unterwegs waren, empfand Lilly pure Freude, als sie gemeinsam in den Fahrstuhl stiegen. Natürlich spielte dabei der Gedanke, sich endlich Emma zurückzuholen, keine ganz unerhebliche Rolle.

39.

Es war eine schöne Strecke, die direkt am See entlangführte. Über Menaggio, Pianelli di Lario, Dongo, Gravedona, Damaso und Gera Lario, dem scheinbaren Ende des Sees, über dem die riesigen immer noch schneebedeckten Bergkuppen thronten. Dass der See hier aber keineswegs endete, wurde Lilly nun von ihrem ortskundigen Reiseführer Luca erklärt. Zwischen dem kleinen Mezzola-See und dem Comer See gab es durch den Mera-Fluss eine Wasserverbindung. Er versprach ihr, mit ihr zu einem späteren Zeitpunkt noch einmal herzukommen und ihr alle Schönheiten dieses Teils des Sees zu zeigen. Während Lilly geschlafen hatte, musste es ein Gewitter oder zumindest Regen gegeben haben, denn die Luft hatte sich auf angenehme sommerliche Temperaturen abgekühlt und die Straßen waren nass.

Um ihre Aufregung in den Griff zu bekommen, die mit jedem Kilometer, dem sie sich Bugiallo näherten, wuchs, blickte Lilly aus dem Fenster und genoss die malerischen Eindrücke dieser unterschiedlichen Ortschaften. In Gera Lario fiel ihr ein recht großer Jachthafen ins Auge, aber da bog Luca bereits vom See in eine kurvige Bergstraße ab, die direkt zur San Giovanni Battista, einer Kirche aus dem 16. Jahrhundert in Bugiallo, führte. Es war kein Ort mit einem richtigen Zentrum, sondern es handelte sich eher um einen ländlichen Flecken Erde. Als Luca einen Carabinieri sah, stoppte er den Wagen und erkundigte sich bei ihm, ob er wüsste, wo dieser Pietro, von dem sie nicht einmal den Nachnamen kannten, seinen Hof hatte. Sie hatten Glück. Auch hier kannte jeder jeden und so konnte er ihnen den Weg zum Gehöft von Pietro d'Angelo erklären. Lilly war inzwischen so angespannt, dass sie keinen Ton mehr herausbrachte. Luca konzentrierte sich auf die Wegbeschreibung und war froh, als inmitten der malerischen Einöde ein gepflegtes Rustico aus Naturstein auftauchte, umgeben von diversen chaotisch angebauten Ställen und Feldern, auf denen Kühe, Pferde und Schafe weideten.

»Das wird es sein«, sagte Luca und nahm ihre Hand. »Es wird alles gut«, flüsterte er. Sie drückte seine Hand zum stummen Einverständnis, während ihr Herz wild zu klopfen begann.

Er parkte neben Pietros Lieferwagen. Lilly stieg mit zitternden Knien aus. Luca nahm sie fest in den Arm und so vereint liefen sie zum Eingang. Auf ihr Klingeln hin rührte sich gar nichts. Luca drückte vorsichtig die Klinke hinunter und tatsächlich, die Tür öffnete sich knarzend. Im Inneren des Hauses war es so dunkel, dass sich ihre Augen erst einmal daran gewöhnen mussten.

»Emma?«, rief Lilly zaghaft, aber es rührte sich nichts. Nachdem sie sich vergewissert hatten, dass weder Mensch noch Tier im Haus waren, traten sie den Rückzug an. Sie waren kaum wieder im Freien, als eine zornige männliche Stimme erklang: »Was machen Sie hier?« Das konnte nur Pietro sein.

»Ich, äh, wir suchen Ihre Schwester«, erwiderte Lilly erschrocken.

Pietro deutete in Richtung der Ställe. »Sie ist beim Melken. Aber wer sind Sie? Was wollen Sie? Kommen Sie von der Bank? Ich habe Ihnen doch gesagt, dass die Rate kommt!«

»Nein, nein, wir suchen den Hund, den Ihre Schwester in Pflege hat«, erklärte Luca dem aufgebrachten Bauern.

Pietro tippte sich gegen die Stirn. »Was die Signora sich dabei gedacht hat, uns noch einen Esser aufzubürden. Und der feine Hund frisst ja keine Abfälle. Nehmen Sie den bloß wieder mit!«

»Und wo ist er?«

Pietro zuckte die Schultern. »Was weiß ich denn! Die stromern den ganzen Tag in der Gegend herum. Ich schätze mal, hinten beim Teich. Dieses Tier ist ja nicht aus dem Wasser zu kriegen. Das Vieh hat unseren Hund, der den Hof bewachen soll, völlig verdorben. Pezzato will nur noch mit der Hundedame spielen.« Sein Ton war etwas freundlicher geworden. Offenbar nahm er ihnen ab, dass sie nicht in böser Absicht kamen.

Er musterte Luca. »Aber Sie sind doch gar nicht der Sohn vom Dottore. Den kenne ich doch. Sind Sie nicht der junge Danesi? Mein herzliches Beileid!«

Luca nickte. »Danke! Signora di Rossi hat mich geschickt, den Hund abzuholen.«

Pietro runzelte seine sonnenverbrannte faltige Stirn. »Das müssen Sie mit meiner Schwester klären. Die Signora ist nämlich auch schon auf dem Weg hierher. Die hat vorhin gerade angerufen. Einigen Sie sich, wer ihn mitnimmt. Hauptsache, Pezzato kann sich wieder auf seine Aufgaben konzentrieren.«

Der alte Mann schloss nun demonstrativ sein Haus ab, stapfte grußlos in Richtung seines Wagens und fuhr von dannen.

Lilly ergriff Lucas Hand. »Hast du das gehört? Signora di Rossi ist tatsächlich auf dem Weg hierher. Wie gut, dass wir gleich losgefahren sind. Wer weiß, was der Irren noch eingefallen wäre, womit sie mich quälen kann.«

»Lilly, sie kann dir nichts mehr anhaben! Wir schnappen uns Emma und damit basta.«

Sie eilten zu den Ställen und suchten nach Antonia. Sie fanden sie auf einem Schemel sitzend. Sie hatte offenbar gerade eine Kuh gemolken, was sie an dem vollen Blecheimer erkennen konnten, aber sie hielt die Augen geschlossen, die Hände gefaltet und schien zu beten.

»Antonia?«, sagte Lilly leise. Die alte Dame zuckte derart zusammen, dass sie beinahe vom Schemel gefallen wäre. Erschrocken riss sie die Augen auf.

»Sie? O Gott, und ich dachte schon, es ist die Signora. Sie müssen sofort verschwinden! Sie ist außer sich vor Zorn.«

»Keine Sorge, sie wird weder Signorina Haas noch Ihnen etwas antun. Aber wo ist der Hund?«

Antonia zitterte am ganzen Körper. »Weg! Ich habe Emma in Sicherheit gebracht. Sie bekommt sie nicht. Um keinen Preis. Pezzato ist bei ihr. Ich war eben bei der Beichte und der Pfarrer hat gesagt …« Antonia wollte von ihrem Schemel aufstehen, doch dann fasste sie sich an ihr Herz, stöhnte laut auf und sank zu Boden.

Lilly schrie auf und beugte sich über sie. Antonias Atem ging flach, aber immerhin atmete sie. Lilly wusste sofort, was sie zu tun hatte und brachte die alte Dame in die stabile Seitenlage.

Luca versuchte, über sein Handy einen Krankenwagen zu bekommen, aber er hatte hier oben keinen Empfang.

»Lilly, bleib bei ihr, wenn sie aufwacht, dann beruhige sie. Ich hole einen Arzt!«

Lilly wurde auf einmal ganz gefasst. Das kannte sie schon bei sich. Wenn es wirklich brenzlig wurde, behielt sie die Nerven. Als Antonias Augenlider zu flattern begannen, redete sie mit sanfter Stimme auf die alte Dame ein.

»Es wird alles gut. Luca holt einen Arzt.«

Da öffnete Antonia die Augen. Aus ihrem Blick sprach die nackte Panik.

»Ich helfe Ihnen jetzt, sich gegen die Wand dort zu lehnen«, sagte Lilly, befreite Antonia zunächst von den engen Bändern ihrer Schürze und öffnete den Bund ihres Rockes. Suchend sah sie sich nach Decken oder Ähnlichem um, womit sie Antonias Oberkörper höher lagern konnte. Ihr Blick fiel auf den Schemel, sie zog ihn heran und kippte ihn um. Dann schlüpfte sie aus ihrer Bluse, knüllte sie zusammen und drapierte sie auf der Strebe des Hockers. Mit enormer Kraftanstrengung beförderte sie Antonia, die sie mit weit offenen Augen anstarrte, aber keinen Laut von sich gab, mit dem Rücken auf diese Konstruktion, damit sie höher gelagert war, was, wie Lilly noch vom Erste-Hilfe-Kurs erinnerte, bei Herzinfarkten ganz wichtig war.

»Lassen Sie mich sterben. Das ist der Fluch«, stöhnte Antonia plötzlich in die Stille hinein.

»Niemals. Sie werden leben. Mutige Taten werden nicht bestraft«, entgegnete Lilly und redete weiter mit sanfter Stimme auf die alte Dame ein, dass alles gut würde. Dabei hielt sie Antonias runzelige Hand.

Lilly atmete erleichtert auf, als sich Schritte näherten, aber warum hatte sie nicht die typische Sirene eines Rettungswagens gehört? Als sie sich zur Stalltür umwandte, erfasste sie entsetzt den Grund dafür. Es war nicht die rettende Hilfe, die nahte, sondern Signora di Rossi, deren Miene nichts Gutes verhieß.

Sie trat ganz dicht an Antonia heran. »Dein schwaches Herz? Tja, das ist die gerechte Strafe für deine Illoyalität«, sagte sie kalt.

Lilly kämpfte mit sich. Sollte sie aufspringen und die Frau aus dem Stall treiben, damit sie Antonia nicht noch mehr aufregte, oder der alten Frau weiterhin Mut zusprechen und sich von der Hexe nicht einschüchtern lassen?

Auf Antonias Zustand hatte das Auftauchen der Signora bedrohliche Auswirkungen. Sie war im Gesicht blau angelaufen und schnappte nach Luft.

»Raus hier! Aber sofort!«, brüllte Lilly so laut sie konnte.

Signora di Rossi stutzte, doch dann verließ sie unter lauten Flüchen den Stall. In der Tür blieb sie noch einmal stehen und reckte die Arme gen Himmel. »Warum geht es den Gottlosen so gut, und warum haben die Ungläubigen alles in Hülle und Fülle? Wohin sie auch kommen, haben sie Erfolg. Herr, reiße sie weg wie Schafe, damit sie geschlachtet werden; sondere sie aus, damit sie gewürgt werden!«

Lilly war starr vor Schreck, doch Antonias lautes Stöhnen ließ sie aus der Betäubung erwachen und sie wandte ihr wieder ihre ganze Aufmerksamkeit zu. »Alles wird gut. Gleich kommt ein Arzt«, sagte sie eindringlich, aber der alten Frau sprach die nackte Panik aus den Augen.

Ich muss sie beruhigen, sprach sich Lilly gut zu und plötzlich fiel ihr das Kirchenlied aus dem Italienischkurs ein, das ihnen ihre Lehrerin beigebracht hatte, weil es so viele schöne gängige Vokabeln enthielt. Leise begann sie zu singen.

»Laudato si, o-mi Signore, sei gepriesen, du hast die Welt erschaffen, sei gepriesen für Sonne, Mond und Sterne, sei gepriesen für Meer und Kontinente, sei gepriesen, denn du bist wunderbar, Herr.«

Und tatsächlich, Antonia wurde ganz still. Ihre Schnappatmung hörte abrupt auf. Sie blickte Lilly aus großen Augen an und ihre Lippen bewegten sich. Gemeinsam sangen sie: »Laudato si, o-mi Signore, sei gepriesen für Licht und Dunkelheiten, sei gepriesen für Nächte und für Tage, sei gepriesen für Jahre und Gezeiten, sei gepriesen, denn du bist wunderbar, Herr, Laudato si, o-mi Signore, Laudato si, o-mi Signore, sei gepriesen für Wolken, Wind und Regen ...« Erst als der ohrenbetäubende Lärm eines landenden Hubschraubers ertönte, verstummten sie. Antonia atmete jetzt ganz ruhig und griff nach Lillys Hand.

Dann ging alles ganz schnell. Ein Notarzt und ein Rettungssanitäter eilten herbei und versorgten Antonia. Ihr wurden zur besseren Sauerstoffzufuhr eine Nasensonde und ein venöser Zugang zur Verabreichung von Medikamenten gelegt. Offenbar befand sie sich nicht mehr in akuter Lebensgefahr. Ihre Gesichtsfarbe hatte sich inzwischen auch wieder normalisiert.

Schließlich wurde Antonia auf die Trage gelegt und zum Hubschrauber gebracht. Lilly überlegte, ob sie mit ins Krankenhaus fliegen sollte, aber da sprang Pietro aus seinem Wagen und lief zum Hubschrauber, nicht ohne Lilly vorher zu bitten, seinen Sohn Giovanni zu informieren, mit dem er sich gerade hatte im Tierheim treffen wollen, als er den Rettungshubschrauber über Bugiallo hatte kreisen sehen und sofort umgekehrt war. Er drückte ihr eine Visitenkarte in die Hand, auf die Lilly nur einen flüchtigen Blick warf. Es war die Karte des Tierheims in Sorico.

»Ich danke Ihnen für alles«, stöhnte Antonia und hielt ihre Hand fest.

»Wir besuchen Sie ganz bald«, versprach Lilly der alten Frau und ließ sich von dem Notarzt die Adresse des Hospitals in Gravedona geben.

40.

Luca hielt Lilly fest im Arm. Nachdem der Hubschrauber gestartet war, sahen sie ihm eine Weile stumm nach. Als er aus ihrem Blickfeld verschwunden war, herrschte eine geradezu unheimliche Stille auf dem Berg. Dann fiel ihr Signora di Rossi ein und sie fragte sich, ob sie irgendwo lauerte. Sie sah sich suchend um, aber die Signora war nirgendwo zu sehen.

»Hast du zufällig Signora di Rossi wegfahren sehen?«

»Kann sein«, erwiderte er. »Mir kam auf dem Rückweg von der Bar, aus der ich den Notarzt angerufen habe, ein Wagen entgegengerast. Er hat mich fast von der Straße gedrängt. Das ging so schnell, dass ich nicht mal sehen konnte, ob am Steuer eine Frau oder ein Mann gesessen hat. Aber das kann durchaus ihr Auto gewesen sein. Sie besitzt einen roten Flitzer.«

»Luca, ich befürchte, Signora di Rossi ist ernsthaft krank im Kopf. Aber wohin hat Antonia die Hunde gebracht?« Ihr fiel die Visitenkarte ein. Sie zog sie hastig hervor und hielt sie Luca vor die Nase. »Was meinst du? Ob Antonia sie zu ihrem Neffen ins Tierheim nach Sorico gebracht hat, um sie vor der Bekloppten zu verstecken? Sein Vater hatte mich ohnehin gebeten, ihn über Antonias Infarkt zu informieren. Sollen wir gleich mal anrufen?«

»Wir fahren auf der Stelle dorthin«, schlug er vor. Sie fand die Idee sehr gut und so waren sie wenig später auf dem Weg hinunter zum See. Lilly kam nicht umhin, den atemberaubenden Blick von hier oben zu kommentieren. »Wenn Antonia wieder gesund ist, dann besuchen wir sie mal und machen einen wunderbaren Spaziergang.«

»Alles, was du willst!«, entgegnete er. »Das verbinden wir mit einem Ausflug in die Schweiz. Die Grenze liegt etwas oberhalb von Bugiallo.«

»Hoffentlich kann ihr Bruder sein Gehöft behalten. Antonia muss Geld dazuverdienen, solange er Schulden hat, aber sie kann doch unmöglich zu den di Rossis zurückgehen.«

»Auf keinen Fall«, bekräftigte Luca. »Ich frage mal meine Mutter, denn ihre Hilfe hat gekündigt, weil sie heiratet.«

»Das wäre genial«, seufzte Lilly, als sie gerade das Ortsschild von Sorico passierten.

»Weißt du überhaupt, wo das Heim ist?«

»Das Heim kennt hier jeder, denn es ist eine sehr engagierte, privat finanzierte Tierschutzeinrichtung. Und da zur Weihnachtszeit gern gespendet wird, steht das Refugio del cane auf unserer Firmenliste.«

Sie durchquerten den Ort, der ihr außerordentlich gut gefiel, und fuhren dann ein Stück am Ufer des Mera entlang. Das Anwesen, vor dem Luca wenig später hielt, war von einer Mauer umgeben und sah nach außen wenig einladend aus. Das änderte sich, als sich die große Tür mit einem lauten Summen öffnete. Hinter der Mauer gab es weitläufige Wiesen und einen See. Im Wasser tummelten sich vergnügt einige Hunde, doch sosehr sich Lilly auch den Hals verrenkte, von Emma keine Spur.

Als ein etwa vierzigjähriger Mann auf sie zukam, erkannte Lilly sofort eine entfernte Ähnlichkeit mit Antonia. Das war also ihr Neffe. Lilly berichtete ihm in knappen Worten, dass seine Tante einen Infarkt erlitten hatte, aber außer Lebensgefahr war und ins Krankenhaus nach Gravedona gebracht worden war. Und dass sein Vater mit ins Krankenhaus gefahren wäre. Giovanni hörte ihr ruhig und gefasst zu. Als sie schließlich zaghaft anfragte, ob seine Tante ihm ihren Golden Retriever und den Hund seines Vaters gebracht hatte, runzelte er die Stirn. »Nein, wie sollte sie auch? Meine Tante hat keinen Führerschein.

Ich kenne aber den Hund, von dem Sie sprechen. Ich habe ihn gerade vorgestern auf dem Hof meines Vaters gesehen. Ein herrliches Tier. Und Sie sind sicher, dass die beiden nicht irgendwo gemeinsam herumstromern?«

»Ziemlich sicher«, entgegnete Lilly enttäuscht, während sie einer wilden Promenadenmischung, die sich ganz dicht neben sie gesetzt hatte, den Kopf kraulte.

»Ich wusste gar nicht, dass die Tierheime in Italien so luxuriös sind. Da kann man sich in Deutschland aber eine Scheibe abschneiden.«

Statt sich zu freuen, bedachte Giovanni sie mit einem finsteren Blick. »Ach, das täuscht. Die Canile, die Tierheime, bekommen eine Pro-Kopf-Pauschale je Tier. Mit der Folge, dass sie überbelegt sind und die Hunde nur noch dahinvegetieren. Wir haben hier im Norden zwar nicht das Problem der Straßenhunde, die man in Massen in den Canile unterbringt, weil uns das Töten von Streunern verboten ist, aber in den meisten Heimen herrscht Darwins Gesetz. Schwächere und kranke Hunde werden totgebissen oder Schlimmeres. Wenn wir nicht so viele Spenden bekämen, dann sähe das bei uns auch anders aus. Wir sind darauf aus, die Hunde in Pflegefamilien unterzubringen, was in vielen anderen Heimen unerwünscht ist, weil dann das Kopfgeld für den Hund entfällt. Leider wurde uns kürzlich der Mietvertrag gekündigt. Ich weiß nicht, wie es weitergehen soll«, seufzte er. »Land hat mein Vater ja genug, aber daraus ein Paradies für die Tiere zu machen, das bekommen wir nicht mal durch die großzügigsten Spender der Welt hin.«

Seine eindringlichen Worte machten Lilly sehr nachdenklich und sie hatte entfernt das Gefühl, dass sie mit diesem Problem nicht zum letzten Mal in Berührung kommen sollte.

»Ja, dann werden wir mal weitersuchen. Irgendwo müssen sie ja sein.«

»Sollten sie in der Gegend als Streuner aufgegriffen werden, dann werden sie sicher zu mir gebracht. Und dafür, sich ein Nest zu bauen, ist es noch viel zu früh.«

»Wie meinen Sie das? Ein Nest bauen?«

»Na ja, ich bin ziemlich sicher, dass Ihre Hündin schwanger ist. Das habe ich meiner Tante auch schon gesagt. Sie hatte mich nämlich gefragt, ob der Hund krank wäre, weil er Verdauungsprobleme hatte. Und ich habe es dann an den Zitzen gesehen. Die sind sehr rosa. «

Lilly schlug sich die Hand gegen die Stirn. »Aber, aber, ich will doch keine Zucht aufmachen!«

»Das kann ich verstehen. Sie geben die Kleinen einfach nach zehn Wochen bei mir ab. Die werde ich mit Handkuss los. Und wenn Sie wollen, können wir die auch bei uns aufziehen. Ich habe eine Praktikantin, die ganz wild darauf wäre, sich um Welpen zu kümmern. Dann müssten wir das Muttertier aber auch so lange bei uns behalten.«

»Und wie lange dauert so eine Hundeschwangerschaft?«

»An die dreiundsechzig Tage. Ich denke mal, sie ist jetzt in der dritten Woche. Da merkt man normalerweise noch nichts. Ich besitze diesbezüglich ein geschultes Auge, denn ich bin Tierarzt.«

»Oje, dann muss ich die beiden nur noch finden. Aber ich weiß nicht, was ich mit dem Burschen anstelle, der sie geschwängert hat«, versuchte Lilly zu scherzen.

»Ach, Mama, sei doch nicht so streng.« Luca lachte, bis ihm die Tränen kamen. Das war so ansteckend, dass sie schließlich mitlachen musste, aber dann stupste sie ihn ungeduldig an. »Komm, wir suchen sie jetzt. Nicht dass sie einen Ausflug in die Schweiz unternommen haben.«

Sie verabschiedeten sich herzlich von Giovanni, der versprach, gleich morgen seine Tante im Krankenhaus zu besuchen.

Es war mittlerweile früher Abend und Luca wollte Lilly in ein Restaurant in Sorico einladen, aber sie verspürte eine innere

Unruhe. Sie würde keinen Bissen herunterbekommen, bevor sie Emma und ihren Lebensabschnittsbegleiter, wie sie Pezzato inzwischen ironisch nannte, endlich gefunden hatte.

»Lass uns noch einmal zum Gehöft fahren und alles absuchen«, schlug Lilly vor, als ihr ein unangenehmer scheußlicher Gedanke kam. Was, wenn Signora di Rossi die Hunde in dem ganzen Durcheinander aufgespürt und in ihren Wagen gelockt hatte? Das hielt Luca allerdings für höchst unwahrscheinlich.

Es waren die längsten Tage des Jahres und dementsprechend war es noch hell, als sie Bugiallo wieder erreichten. Pietro war gerade aus dem Krankenhaus zurückgekehrt und berichtete, dass es seiner Schwester schon viel besser gehe. Die Ärzte hatten ihm gesagt, es wäre ein kleiner Infarkt gewesen und dann wetterte er über Signora di Rossi, deren Besuch Antonia über die Maßen aufgeregt hätte, und er beschwor, dass die Hunde zu dem Zeitpunkt noch bei ihr gewesen wären.

Plötzlich hatte Lilly eine Idee. »Sie hat gesagt, dass sie vorhin bei der Beichte war. Können Sie mir wohl verraten, wo ich den Pfarrer finde?«

Pietro erklärte ihr den Weg. Lilly war mit einem Mal ganz sicher, endlich auf der richtigen Spur zu sein. Dass sie recht hatte, hörte sie, als sie vor dem Pfarrhaus aus dem Auto stiegen. Im Vorgarten tobten bellend zwei Hunde – ein schwarz-weiß gefleckter Hirtenhund mit einem verfilzten Fell, dessen Zotteln auch seine Augen verdeckten, und Emma, die so ins Spiel vertieft war, dass sie Lilly nicht bemerkt hatte. Aber auch Emmas Fell war keineswegs mehr goldglänzend und gepflegt. Sie hatte sich ganz offensichtlich erst kürzlich im Schlamm gewälzt.

»Wo die Liebe hinfällt«, bemerkte Lilly schmunzelnd. »Ich finde, da habe ich es besser getroffen.«

»Warte es nur ab. Das werden entzückende Welpen«, lachte Luca.

»Bitte nicht. Lass es nur eine Scheinschwangerschaft sein«,

seufzte Lilly, dann brach sie in ein Jubelgeheul aus, als Emma sich von ihrem zotteligen Freund abwandte, auf Lilly zurannte und an ihr hochsprang. Das durfte sie sonst nicht, aber in diesem Augenblick war es Lilly völlig gleichgültig.

»Da kann man eifersüchtig werden«, bemerkte Luca.

»Tja, nun musst du meine Liebe mit dem Stinktier teilen.« Emma sah nicht nur aus wie ein Hund, der sich gerade im Schlamm gewälzt hatte, sondern sie roch auch so. Nun kam auch ihr Freund angerannt und schaffte es mit seinen treuen Hundeaugen, die nur knapp unter seiner Matte hervorlugten, sofort ihr Herz zu erobern.

In dem Augenblick trat der Pfarrer aus seiner Tür ins Freie. »Kommen Sie, um die Hunde zu holen?«

Lilly nickte. »Ja, Antonia hatte meine Emma ein paar Wochen in Pflege und ihren Freund bringen wir nach oben zu Pietro«, sagte sie hastig.

Der Pfarrer schwieg, obgleich ihm anzusehen war, dass er die ganze Wahrheit kannte. Offenbar hatte Antonia eine ausführliche Beichte abgelegt. Lilly hätte natürlich zu gern gewusst, was genau sie ihrem Beichtvater verraten hatte, aber es wäre müßig ihn zu fragen, er würde sich natürlich auf das Beichtgeheimnis berufen.

Dafür berichtete sie ihm, was inzwischen geschehen war. Er wirkte sehr besorgt und versprach, Antonia ganz schnell in der Klinik zu besuchen.

Die beiden Hunde in den Wagen zu bekommen, war gar nicht so einfach, doch Luca schaffte es mit viel Geduld, sie dazu zu bewegen, in den Kofferraum zu springen. Sie schienen wirklich unzertrennlich. Das rührte Lilly sehr, weil Emma eigentlich sonst keine innigen Hundefreundschaften gepflegt hatte. Sie hatte mit den anderen zwar auf der Hundewiese getobt, aber so, wie die beiden sich zusammenkuschelten, musste es wohl Liebe auf vier Pfoten sein.

Pietro war gar nicht gut auf seinen Hund zu sprechen, als sie ihm Pezzato zurückbrachten. Er schimpfte erst einmal über den verdorbenen Schmusehund, mit dem er gar nichts mehr anfangen konnte. Dann drohte er an, ihn demnächst im Tierheim seines Sohnes gegen einen schärferen Wachhund auszutauschen, der den Herren von der Bank Beine machen würde, wenn sie noch mal hier auftauchten.

Aber das Schlimmste war, dass Emma sich nicht von ihrem Freund trennen wollte. Lilly mochte die Wiedersehensfreude jetzt nicht mit einer Gewaltaktion trüben. Da hatte sie eine Idee.

»Könnte ich nicht hier übernachten?«, fragte sie Pietro, der sie skeptisch musterte.

»Sie können das Zimmer meines Sohnes haben, aber das ist hier kein Fünfsternehaus. Das Zimmer ist oben zweite Tür rechts. Frisches Bettzeug ist im Schrank«, brummte er und verschwand grußlos im Haus.

»Dann bleibe ich auch«, stöhnte Luca, aber das wollte Lilly nicht annehmen. Sie machte ihm klar, dass seine Mutter ihn jetzt brauchte. Obwohl ihr dieser Tag so unendlich lange vorgekommen war, hatte sie erst heute Vormittag am Grab seines Vaters gestanden. Luca war nicht so begeistert von ihrem Plan, aber Lilly hatte noch etwas anderes im Hinterkopf. Sie wollte Lucas Mutter nun nicht unbedingt an diesem Tag mit ihrem Hund überfallen. Auch wenn Signora Danesi in diesem Punkt so überaus offen war. Das würde sie gern etwas sensibler angehen. Aber auch ins Hotel wollte sie ungern mit der verdreckten Emma gehen. Nein, sie musste aus ihrem Hund erst mal wieder eine halbwegs feine Stadtlady zaubern. Und das würde ohne ein ausgiebiges Bad kaum funktionieren. Außerdem brachte sie es nicht übers Herz, Emma und ihren Zottelfreund so abrupt zu trennen. Nun hatte sie sich so auf ein Wiedersehen gefreut, dass sie auch das kleine Opfer bringen konnte, sich von Luca für eine Nacht zu verabschieden. Ihm fiel das viel schwerer als ihr, aber der Hinweis, dass seine Mutter ihn mehr brauchte, leuchtete ihm ein. Schweren Herzens verabschiedete er sich von ihr.

Lilly versuchte, Emma dazu zu bewegen, mit ihr ins Haus zu kommen, aber da waren die beiden Unzertrennlichen bereits tollend auf die Wiesen gerannt. Sie blieb einen Augenblick stehen und atmete die frische Landluft ein. Bis auf den Gesang einiger Vögel herrschte eine heilige Stille hier oben auf dem Berg. Als plötzlich vom See her eine Kirchenglocke ertönte, wurde Lilly sehr feierlich zumute und ihr lief grundlos eine Träne über die Wange, die sie hastig wegwischte. Sie schob es auf ihr Glücksgefühl, dass sie endlich die Liebe gefunden hatte. Niemals hätte sie gedacht, dass sie so gar kein Heimweh nach Hamburg haben würde. Im Gegenteil, selbst an diesem abgelegenen Zipfel des Sees fühlte sie sich selten geborgen.

Als Lilly die Zimmertür öffnete, war sie völlig überrascht. In diesem düsteren Rustico hatte sie so einen lichtdurchfluteten Raum nicht erwartet. Er besaß ein Panoramafenster, das man offenbar später dort eingebaut hatte, die Wände waren weiß gestrichen, was dem Raum gleich ein großzügiges und freundliches Ambiente gab. Auch die helle Einrichtung passte dazu. Nun war Lilly rundherum zufrieden mit ihrer Entscheidung, eine Nacht auf dem Berg zu bleiben. Allerdings verspürte sie einen ziemlichen Hunger, aber sie traute sich nicht so recht, den grantligen Pietro nach etwas Essbarem zu fragen. Als könnte er Gedanken lesen, klopfte er in dem Augenblick an ihre Tür. »Essen ist fertig«, brummte er.

Es rührte sie zutiefst, dass er offenbar für sie mit gekocht hatte, schien er doch gar nicht erbaut davon gewesen, dass sie sich bei ihm eingeladen hatte. Dass er einen Tisch im Garten hinter dem Haus gedeckt hatte, überraschte sie noch mehr. Er hatte sogar eine rot-weiß karierte Tischdecke aufgelegt, wie man sie in rustikalen italienischen Restaurants fand. In der Mitte stand eine Pfanne mit einem dampfenden und sehr lecker riechenden

Pastagericht, dazu gab es eine Karaffe mit Wein, Wasser und noch warmes Brot, das er wohl selbst gebacken hatte.

»Das ist ja wunderschön«, lobte sie sein Arrangement.

»Völlig normal«, spielte er sein Werk herunter.

Der erste Bissen war göttlich. So leckeres Ragù alla bolognese hatte Lilly noch nie zuvor gegessen. Auch der Wein schmeckte köstlich, und sie fand, dass der grummelnde Pietro ein fantastischer Gastgeber war. Erst war er sehr schweigsam, aber dann taute er langsam auf, nachdem er drei selbst gebrannte Schnäpse getrunken hatte. Er gehörte offenbar zu der Kategorie von Männern, die im Grunde ein Herz aus Gold besaßen, das sie aber gern hinter einer brummigen Fassade verbargen, was ihnen dann unter genügend Alkohol allerdings nicht mehr gelingen wollte.

»Wir hatten mal einen kleinen touristischen Betrieb«, erklärte er ihr schließlich redselig. »Aber dann starb meine Frau und ich habe viel gesoffen und Schulden gemacht. Sehen Sie das Haus dort drüben?« Lilly folgte seinem Blick und entdeckte ein altes Haus, das schon bessere Zeiten gesehen hatte. »Es ist inzwischen völlig verfallen.«

»Sie wissen schon, dass Ihr Sohn gern ein Paradies für Tiere hier oben errichten würde, oder?«

Er rollte mit den Augen. »Ja, gute Idee, aber wer soll das bezahlen?«

Lilly wusste auch nicht, warum sie ihr Herz so an Giovannis Idee gehängt hatte, aber sie beugte sich verschwörerisch über den Tisch.

»Ich werde das ermöglichen!«, verkündete sie. »Und Antonia muss nie wieder bei dieser Hexe arbeiten.«

Pietro brach in schallendes Gelächter aus. »Das müssten mal die alten Leute hier oben hören. Die kleine di Rossi will das Geld in das Land ihrer armen Ahnen stecken.«

»Wie haben Sie mich da gerade genannt?«

»Ich weiß doch, dass Sie die Tochter vom Dottore sind. Antonia und ich erzählen uns alles. Also, fast alles. Warum sie ihren Lorenzo nicht geheiratet hat, weiß ich bis heute nicht! Was meinen Sie, warum die Frau vom Dottore Sie nicht leiden kann? Die ist doch verrückt seit damals.«

»Wie meinen Sie? Seit damals?«

»Na ja, die beiden jungen Dinger haben sich doch ein paar Tage hier versteckt, weil sie Angst um ihr Leben hatten ...«

»Sie kennen meine Mutter?«

Lilly sah Pietro mit großen Augen an, aber der winkte energisch ab. »Nein, nein, ich bin keine Klatschtante. Wenn Sie was wissen wollen, dann fragen Sie meine Schwester, denn ich schweige wie ein Grab.« Das tat er dann auch wirklich.

»Und wo genau kommt die Familie meines Vaters her?«

»Na von hier!«

»Auf diesem Land haben die di Rossis gelebt?«

Er nickte. »Ja, das hier war ihr Haus, aber sie hatten nur ein paar Ziegen und kaum Land. Der Vater hat sich totgesoffen und die Geschwister sind in alle Welt verstreut. Aber der Riccardo ist was Besseres geworden. Meine Familie wohnte dort drüben in dem verfallenen Haus, das damals noch intakt war, und die Familie des Dottore wohnte hier, aber das war damals alles noch einfacher. Wir haben das später, nachdem der Dottore es uns überlassen hat, komplett umgebaut. Er wollte nichts mehr damit zu tun haben. Dieses Leben hat der Dottore weit hinter sich gelassen. Er hat geschworen, keinen Fuß mehr nach Bugiallo zu setzen, nachdem er das reichste Mädchen der Lombardei geheiratet hatte. Der Preis, den er dafür gezahlt hat, aus dem Elend in die feine Gesellschaft aufzusteigen, war verdammt hoch. Und deshalb ist es ein Witz, dass seine uneheliche Tochter hier oben meinem Sohn seinen Lebenstraum bezahlen möchte. Wovon denn?«

»Das lassen Sie mal meine Sorge sein«, erwiderte Lilly grinsend. Sie war fest entschlossen, das Geld ihres Vaters doch nicht an ihn zurück zu überweisen, sondern auf dem Land seiner – und damit auch ihrer Vorfahren – etwas Gutes zu tun. Mit diesem Vorsatz ging sie schließlich ein bisschen angeheitert in ihr Gästerefugium und schaffte es sogar, Emma mit nach oben zu locken, aber nur mit ihrem Zottelfreund im Schlepp. Doch sie war so glücklich, dass sie ihren Vierbeiner wohlbehalten zurückhatte, dass sie in Kauf nahm, bei weit geöffnetem Fenster zu schlafen, weil ihre sonst stets gepflegte Hundedame müffelte wie ein echter Landhund, ganz zu schweigen von ihrem Lebensabschnittsbegleiter. Mit dem Gedanken, dass es kein Zufall sein konnte, dass sie nun das Geld besaß, auf diesem Flecken Erde ein Tier-Paradies zu finanzieren, schlief Lilly entspannt ein, doch in der Nacht kam es wieder zu einem mörderischen Verfolgungstraum. Dieses Mal flüchtete sie gemeinsam mit zwei jungen Frauen über die Wiesen und dieses Mal war von Anfang an klar, wer ihnen auf den Fersen war: Signora di Rossi, aber sie sah überhaupt nicht zum Fürchten aus, sondern war jung und von herber Schönheit. Und trotzdem war sie so gefährlich, dass die drei Frauen sich nicht einmal trauten, sich umzudrehen. Bis Lilly abrupt stehen blieb, sich umsah und der Verfolgerin direkt in die Augen blickte. Da kehrte sich alles um, denn nun flüchtete die Signora vor ihr!

41.

Lilly wachte auf, als sie etwas Nasses an ihrem Gesicht fühlte. Erst glaubte sie, dass sie noch träumte, doch als sie die Augen öffnete, wurde sie zu ihrem großen Entsetzen von Emmas Freund abgeschlabbert – beide Hunde waren offenbar nachts zu ihr ins Bett gesprungen.

Mit einem Satz fuhr Lilly hoch und jagte die Vierbeiner aus ihrem Bett.

»Was hast du dir nur für schlechte Sachen angewöhnt«, versuchte sie, Emma in möglichst ernst zu nehmendem Erziehungston zurechtzuweisen. Zumindest Emma schien den Grund von Lillys Empörung zu verstehen, denn sie wusste nur zu genau, dass es ein Tabu war, zu Frauchen ins Bett zu springen. Sie machte sich jedenfalls ganz klein, während ihr Zottelfreund heftig mit dem Schwanz wedelte, als hätte sie ihm gerade ein ganz tolles Kompliment gemacht.

Lilly öffnete die Tür einen Spalt und jagte die beiden Übeltäter aus dem Zimmer, bevor sie sich noch einmal auf die Seite legte, um über ihren Traum nachzudenken, der sie nachhaltig beschäftigte.

Vielleicht hatte ihr das Unterbewusstsein einen kleinen Hinweis geben wollen, dass es keinen Sinn machte, weiter vor ihrem Vater fortzulaufen und damit auch vor Signora di Rossi. Lilly dachte über die ganze Situation noch einmal intensiv nach und kam zu dem Entschluss, ihrem Vater einen Besuch abzustatten. Es wäre doch albern, in diesem verlogenen Spiel mitzumachen. Die Signora wusste, dass sie seine Tochter war, und wollte verhindern, dass er es erfuhr. Dabei wusste er es doch schon lange, eigentlich schon von dem Tag an, an dem sie den Unfall mit Matteo gehabt hatte. Und Matteo sollte es auch endlich erfahren. Wenn ihre Beziehung mit Luca wirklich eine Zukunft hatte, dann würde sie den di Rossis am Comer See nicht aus dem Weg gehen können. Und schließlich verband die beiden Familien eine lange Freundschaft. Natürlich würde es immer wieder Anlässe geben, wo man sich zwangsläufig begegnete. Und um das nicht jedes Mal für sie zu einer angespannten Psychosituation werden zu lassen, würde sie sich ein Herz fassen und Riccardo in die Tatsache einweihen, dass sie inzwischen um seine Vaterschaft wusste. Und ihm auch nicht länger verheimlichen, dass seine Frau Bescheid wusste und offenbar befürchtete, Lilly würde nun irgendwelche Ansprüche haben. Ja, sie würde ihm ganz offen mitteilen, dass sie sein Geld annehmen und es Giovanni und seiner Familie für ein Tierheim-Projekt oben in Bugiallo spenden wollte. Natürlich sollte Pietro auch seine Schulden bei der Bank davon ausgleichen können.

Ja, ich werde meinen Vater noch heute aufsuchen, dachte sie entschlossen, während sie aufstand und sich hastig anzog. Alles andere wäre Unsinn und würde nur noch zu mehr bösem Blut führen. Damit wäre für alle Beteiligten klar, dass sie nichts von ihm wollte. Weder Geld noch Zuwendung. Und wenn sie das offenlegte, dann nahm sie auch Signora di Rossi allen Wind aus den Segeln und die Frau hörte vielleicht endlich auf, sie mit ihrem Hass zu verfolgen. Lilly wäre des lieben Friedens willen sogar bereit, ihre Verbindung zu Dr. di Rossi Dritten gegenüber möglichst weiterhin geheim zu halten, um seine Frau zu besänftigen. Nur auf Antonias Dienste würde die Signora wohl in Zukunft verzichten müssen, denn sie würde zukünftig im Familienunternehmen gebraucht werden. Nicht dass die Signora ihren ganzen Frust an ihrer Haushälterin abließ. Es kann nur gut werden, wenn ich jetzt für Klarheit sorge und diese Verlogenheit zwischen dem Dottore und seiner Frau nicht zu meinem Problem mache, dachte Lilly kämpferisch.

Pietro saß bereits mit einem Espresso auf den Treppenstufen des Vordereingangs. Lilly setzte sich neben ihn. Sie machte keine langen Vorreden, sondern bekräftigte ihren Plan, das Geld ihres Vaters in das Projekt seines Sohnes zu stecken und ihren Vater vorher in diesen Plan einzuweihen. Natürlich hatte Lilly im Hinterkopf noch einen weiteren Grund, warum sie ihren Vater sprechen wollte. Nicht Antonia würde sie über das befragen, was Pietro gestern erwähnt hatte, nämlich, dass die beiden jungen Frauen damals bei ihnen Unterschlupf gefunden hätten, sondern ihren Vater. Sie wollte endlich aus seinem Mund hören, was wirklich passiert war und wie er es geschafft hatte, Bella zu überzeugen, Geld anzunehmen und im Gegenzug zu versprechen, seine Identität vor Lilly geheim zu halten. Bella hatte zwar immer einen Hang zum Chaos besessen, aber dass sie derart käuflich war, das passte nicht zu ihr. Lilly fühlte sich gut bei dem Gedanken, sich womöglich auch Abgründen zu stellen, die zutage treten könnten, sobald sie das Schweigen durchbrach und gezielte Fragen stellte. Letztendlich würde diese Klarheit auf der ganzen Linie helfen, dass Luca und sie endlich unbeschwert ihre Liebe leben konnten. Und wenn es ihm ein Bedürfnis war, auch seine Mutter in diese alte Geschichte mit den zwei Studentinnen einzuweihen, würde sie ihm das nicht ausreden. Sie fand, dass Signora Danesi ein Recht hatte, zu erfahren, dass die Freundin ihres Sohnes Riccardo di Rossis Tochter war. Sie schätzte Lucas Mutter so ein, dass sie mit dieser Information dezent umgehen und sie nicht am gesamten Lario verbreiten würde.

Was Lilly besonders an diesem Plan gefiel, war die Tatsache, dass sie endlich wieder klarer denken konnte und dass all diese Geheimnisse und Lügen ihren Verstand doch nicht nachhaltig benebelt hatten. Ja, sie war wieder Herrin der Lage und nicht ein Spielball von zwei Ehebrechern und einer rachsüchtigen

Ehefrau. Nein, sie konnte am wenigsten dafür, was die vier Menschen damals in der Villa hinter dem Rücken von Signora di Rossi getrieben hatten. Aber sie hatte ein Recht, im Land ihrer väterlichen Vorfahren glücklich zu werden! Unbehelligt von der Rache dieser Frau.

»Ich werde übrigens gleich alles in die Wege leiten, worüber wir gestern gesprochen haben. Das Geld ist schon auf meinem Konto. Ich möchte aber meinem Vater mitteilen, wofür ich das verwende. Also, nicht dass Sie denken, ich würde ihn um Erlaubnis fragen. Ich glaube, es ist meine Sache, wofür ich das Schmerzensgeld für den Mist, den meine Eltern damals verzapft haben, verwende. Ich möchte ihm nur versichern, dass ich sonst keinen Cent von ihm will. Auch nicht in Zukunft. Und das fühlt sich ganz richtig an!« Lilly deutete auf ihr Herz.

Pietro musterte sie bewundernd. »Sie sind eine großartige Frau«, murmelte er. »Sie erinnern mich an Ihre Großmutter. Als junger Spund hatte ich einen Heidenrespekt vor ihr. Als sie noch lebte, hat sie die Familie trotz der Armut zusammengehalten und ihren Sohn stets ermutigt, das Beste aus seinem Leben zu machen. Wenn Sie wollen, fahre ich Sie zur Villa. Ich will nachher sowieso gleich ins Krankenhaus zu meiner Schwester.«

»Aber die Villa liegt nun nicht gerade auf dem Weg nach Gravedona. Das wäre doch ein ziemlicher Umweg. Also, wenn Sie mich in Sorico zu einem Zug oder einem Bus bringen könnten, wäre das schon eine große Hilfe. Und wenn Emma noch ein paar Tage auf Ihrem Hof bleiben dürfte. Ich habe doch einiges zu klären, vor allem, wo Emma und ich wohnen werden. Ich glaube, im Hotelzimmer würde sie sich eingesperrt fühlen nach dem ganzen freien Landleben.«

»Vor allem können Sie Pezzato nicht seine Liebste wegnehmen«, lachte er. »Sie kann bleiben, solange Sie wollen.«

»Danke, Sie sind ein Schatz.«

»Erst einmal sollten Sie frühstücken«, sagte er verlegen, bevor er ins Haus schlurfte, um ihr einen Cappuccino zu holen. Lilly ließ ihren Blick verträumt über das Land schweifen und dann über den See. Von hier oben hatte man einen völlig anderen Blick als vom Park der Villa di Rossi. Dort herrschte der Überfluss an Schönheit, das Auge war in ständiger Bewegung, um auch ja alle Eindrücke zu erfassen, nichts zu versäumen. Wenn man von hier hinuntersah, ruhte das Auge auf dem See und dem Berg, der auf der gegenüberliegenden Seite aus dem Wasser ragte, denn dort gab es keine bunten Prachtbauten, sondern nur die reine und klare Natur. Hier oben kam jede verwirrte Seele zur Ruhe, auch Lillys, denn sie hatte lange keine so entspannten Entscheidungen mehr aus ihrer Mitte heraus getroffen wie die, ihrem Vater zu offenbaren, dass sie am Ende ihrer Suche angekommen war, und ihn zu bitten, ihr endlich die ganze Wahrheit zu sagen. Sie war sich ihrer Sache so sicher, dass sie auch nicht mehr mit Ausflüchten seinerseits rechnete. Sobald er erfuhr, dass seine Frau alles wusste und sie mit Gewalt hatte vertreiben wollen, gab es für ihn doch keinen Grund mehr, sie zu belügen. Seine größte Angst war doch sicher gewesen, dass Carlotta je von seinem unehelichen Kind erfahren würde. Doch nun wusste sie es! Was sollte Schlimmeres geschehen? Natürlich würde sie ihren Vater auch mit der Tatsache konfrontieren, dass sie am Comer See bleiben würde, weil sie Luca Danesi liebte. Doch sie würde ihm versichern, dass sie aus dieser Nähe nicht den Wunsch ableitete, dass er sich auch wie ein Vater verhielt. Nein, sie würde ihm schwören, dass sie alles in ihrer Macht Stehende tun würde, sein Eheleben mit seiner Frau nicht zu beeinträchtigen. Sie würde Dritten gegenüber Schweigen bewahren, sodass die di Rossis ihr Leben genauso fortführen konnten wie bisher – nur mit einer Lüge weniger. Zum ersten Mal fragte sich Lilly, was ihr Vater wohl jemals an Carlotta gefunden hatte. Sie vermutete, dass sie als junge Frau völlig anders gewesen war und erst durch die Affäre ihres Mannes mit Bella so verbittert und rachsüchtig geworden war. Dass seine Frau Emma hatte entführen lassen, würde sie ihm allerdings nicht verraten, aber auch nur, weil es in dieser Sache ein Happy End gegeben hatte. Nein, die wahren Abgründe im Charakter seiner Frau musste er schon selbst herausfinden. Wenn sie echte Tochtergefühle für ihn aufbringen würde, dann hätte sie vielleicht in Erwägung gezogen, ihn auf seine Ehehölle anzusprechen, aber so? Sie fühlte sich genauso wenig verantwortlich für sein Seelenheil wie er für das ihre. Und so sollte es auch bleiben.

42.

»Wer kommt denn da?« Pietros Stimme riss Lilly aus ihren Gedanken und sie sah mit gemischten Gefühlen in die Richtung des ankommenden Wagens. Es gab keinen Zweifel, das war Luca. Doch was machte er schon am Morgen hier? Sie wollte ihn ungern in ihre Pläne einweihen, nicht weil sie seine Meinung fürchtete, sondern weil sie ihr Problem einfach eigenständig lösen und ihn dann damit überraschen wollte, dass nun endlich eine gewisse Normalität in ihr Leben treten konnte. Aber wenn er schon mal hier war, konnte sie ihm schlecht verheimlichen, dass sie in der Villa di Rossi reinen Tisch machen wollte.

Als er in seiner ganzen Attraktivität aus dem Wagen stieg und strahlend auf sie zukam, dominierte die Freude über seinen Besuch alle kleinlichen Bedenken.

»Na, wie hast du geschlafen in der himmlischen Ruhe?«, fragte er, bevor er Pietro mit Handschlag begrüßte und Lilly einen Kuss auf die Wange gab.

»Es ist so herrlich ruhig hier oben und ich habe viel über den Flecken Erde erfahren. Hier kommt die Familie meines Vaters her.«

»Ach? Das wusste ich gar nicht. Matteo hat es nicht so mit seinen Vorfahren. Ich weiß zwar, dass die Villa di Rossi das Elternhaus seiner Mutter ist und dass Onkel Riccardo aus den Bergen kommt, aber … Hat er hier gelebt?«

»In diesem Haus«, bekräftigte Pietro. »Gut, damals sah es etwas anders aus.«

»Ja, und deshalb will ich Giovanni das Geld geben, das mein

Vater mir überwiesen hat, damit er hier seinen Zoo einrichten kann.«

Luca pfiff bewundernd durch die Zähne. »Das ist eine Superidee, denn du brauchst in Zukunft keinen Cent mehr davon.«

Lilly blickte ihn irritiert an. »Nein, ich wollte das Geld eh nicht, aber ich bin keine Frau, die sich von einem Mann aushalten lässt.«

»Sehe ich aus wie ein Mann, der eine Frau aushält?«, gab Luca mit ernster Miene zurück und brach, kaum dass er Lillys und Pietros verblüffte Gesichter sah, in schallendes Gelächter aus, während er ein Tuch aus der Tasche zog und es vor ihnen ausbreitete. Es war ein edles Seidentuch, das mit einem Kunstwerk bedruckt worden war, wie Lilly feststellte. Doch dann erkannte sie es …

»Das ist ja meine Zeichnung, ich meine, das Muster auf dem Tuch, das, das sieht ja viel besser aus, als ich es mir hätte vorstellen können«, stammelte sie und nahm das edle Teil zur Hand.

»Genau, das ist auch die Meinung der Chefeinkäuferin von La Rinascente«, lachte Luca.

»Der Kaufhauskette? Aber woher haben die das?«, hakte Lilly erstaunt nach.

»Wir haben es nach deiner Zeichnung herstellen lassen. Du warst doch dabei, als ich den Auftrag an unsere Print-Abteilung gegeben habe. Die haben das ganz schnell umgesetzt. Quasi in Nachtarbeit, weil sie so begeistert waren. Und weil die Einkäuferin neulich in Como war, habe ich die Chance beim Schopf gepackt, sie zum Essen ausgeführt und dann vor dem Dessert dein Kunstwerk aus der Tasche gezaubert. Sie war so begeistert, dass es in allen norditalienischen Kaufhäusern und in Rom übernommen werden soll. Und zwar hätte sie gern zehn unterschiedliche Motive, die alle drei Monate wechseln. Damit das zu einem Sammlerartikel wird.«

»Und du meinst wirklich, dass ich das machen soll?«

»Ja, der Scheich ist auch ganz verrückt nach den Tüchern. Also, wenn wir uns über dein Gehalt einig werden, dann bist du hiermit eingestellt und du müsstest auch schon schnellstens anfangen. Denn auch bei den Krawattenmustern haben wir einige Anfragen.«

Lilly fiel ihm stürmisch um den Hals. Das war die Krönung ihres Glücks. Ein Job als Zeichnerin für Seidenstoffmuster! Doch dann ließ sie ihn los und trat einen Schritt zurück. »Aber ihr habt doch sicherlich einen Zeichner. Das wäre doch peinlich, wenn die Freundin vom Chef ihm den Job wegnimmt.«

Er zog die Stirn in Falten. »Unser bisheriger Künstler fühlte sich zu etwas Höherem berufen, wollte als Freischaffender arbeiten und hat sich dann aber von einer Firma, deren Namen ich nicht nennen möchte, abwerben lassen. Sie ist bekannt für ihre Designtücher aus Seide. Wir brauchen dich!«

»Natürlich mache ich das, aber wenn du merkst, dass ich das doch nicht so bringe, dann bitte sei ehrlich«, bat sie ihn.

»Ehrlich? Du bist ein ziemliches Zeichentalent. Und jetzt hör auf, dein Licht unter den Scheffel zu stellen.«

»Okay, ich nehme den Job«, entgegnete sie hastig.

»Meinen Glückwunsch«, sagte Pietro und reichte ihr seine schwielige Hand.

»Dann sollten wir das feiern. Kleiner Ausflug nach St. Moritz, hatte ich gedacht.«

Wie gern wäre Lilly auf das verlockende Angebot eingegangen, aber die Aussprache mit ihrem Vater duldete keinen Aufschub. Sie wollte dieses Kapitel endlich hinter sich bringen, um das Buch der Liebe aufzuschlagen.

»Das klingt wunderbar, aber ich möchte einen Schlussstrich ziehen unter die Suche nach meinem Erzeuger. Hast du seine Telefonnummer in der Klinik? Wenn er Zeit für ein Gespräch mit mir hat, dann muss St. Moritz warten, und wenn nicht, dann kannst du frei über mich verfügen.«

Luca gab ihr kommentarlos die Nummer und Lilly fragte Pietro, ob sie sein Telefon benutzen dürfte.

Als das erste Klingelzeichen ertönte, wurde ihr plötzlich doch ein wenig mulmig bei dem Gedanken, ihr Glück derart offensiv in die Hand zu nehmen und mit ihrem Vater Tacheles zu reden. Obwohl sie fest daran glauben wollte, dass er sie nicht mehr verletzen konnte, verspürte sie kurz den Impuls aufzulegen. Da meldete sich schon die geschäftsmäßige Stimme seiner Vorzimmerdame.

»Ich würde gern persönlich mit Dr. di Rossi sprechen«, sagte Lilly etwas unsicher.

»Mit wem spreche ich denn? Und worum geht es?«, hakte sie nach.

»Sagen Sie ihm bitte, dass eine gewisse Signorina Lilly Haas ihn in einer persönlichen Angelegenheit zu sprechen wünscht.«

»Ich weiß gar nicht, ob er in seinem Zimmer ist, denn gleich ist Visite …«

»Würden Sie es ihm sofort ausrichten«, forderte Lilly und erschrak selbst über den scharfen Ton, den sie angeschlagen hatte.

»Ja, aber ich kann Ihnen nicht versprechen, dass ich den Dottore erreiche.«

Lilly stieß einen tiefen Seufzer aus. »Es wäre schön, wenn Sie es endlich versuchen würden.«

Erst erklang die Melodie aus einer Verdi-Oper und dazwischen die automatische Ansage, dass man sie umgehend weiterverbinden würde, dann meldete sich ihr Vater.

»Signorina Haas, Sie wollten mich sprechen? Ist was mit Ihrem Kopf? Es geht Ihnen doch gut, oder?«

»Ja, mit meinem Kopf ist alles in bester Ordnung, ich möchte Sie einfach treffen. Am besten gleich heute in Ihrer Mittagspause. Wir können ja in der Klinikkantine einen Cappuccino trinken. Oder uns unten am Steg treffen.«

»Nein, nein, ich habe eine bessere Idee. Sie kommen zu uns ins Haus ...«

»Kommt nicht infrage, ich möchte auf keinen Fall Ihrer Frau begegnen!«

»Meine Frau hat heute Mittag einen Friseurtermin. Deshalb hat sie mich gebeten, in der Kantine zu essen, weil Antonia noch krank ist und nichts vorkochen konnte. Dort haben wir mehr Ruhe«, erwiderte er hektisch.

»Warum brauchen wir Ihrer Meinung nach denn Ruhe?«, insistierte Lilly.

Die Antwort war schweres Atmen, dann sagte er: »Weil auch ich mit Ihnen reden muss. Ich war gestern schon bei Ihnen im Hotel, aber dort wusste keiner, wo Sie abgeblieben sind. Ich habe mir ernsthaft Sorgen um Sie gemacht.«

»Ach, das ist doch nicht nötig. Ich komme schon allein zurecht«, gab Lilly spöttisch zurück und ärgerte sich maßlos darüber, dass ihre ganze Abgeklärtheit wie ein Kartenhaus zusammenbrach, sobald sie mit ihrem Vater sprach, und wenn es nur am Telefon war.

»Bitte. Vertrauen Sie mir. Ich habe nur nach einer geeigneten Gelegenheit gesucht, Sie unter vier Augen anzutreffen. Das Begräbnis meines alten Freundes Marcello war natürlich nicht geeignet. Wo sind Sie denn plötzlich gewesen? Sie waren einfach verschwunden ...«

»Das werde ich Ihnen alles ausführlich berichten, wenn wir uns treffen. Gut, wenn Sie mir garantieren, dass Ihre Gattin nicht wieder mal unverhofft um die Ecke kommt, dann bin ich gegen zwölf Uhr bei Ihnen. Wenn es Ihnen passt. Ich kann auch später.«

»Nein, nein, bitte seien Sie um zwölf am Haus. Ich werde pünktlich mit der Visite fertig sein.«

»Dann bis gleich!«, sagte Lilly mit fester Stimme. Nachdem ihre Emotionen ganz kurz die Oberhand gewonnen hatten, war sie nun wieder entspannt, obgleich ein merkwürdiges Gefühl blieb, wenn sie daran dachte, sich mit ihm im Wohnhaus der di Rossis zu treffen. Die Klinik wäre ihr wesentlich lieber gewesen.

Sie kehrte zu Luca zurück, der sie erwartungsvoll ansah. Sie schüttelte den Kopf. »Ich will das Treffen mit meinem Vater nicht länger aufschieben. Und das wirst du doch sicher verstehen, dass ich das hinter mich bringen möchte, bevor ich nun einen neuen Job anfangen muss.«

Luca lachte und nahm sie in den Arm. »Ach, du Arme. Ich soll dich von Pietro grüßen. Er ist ins Krankenhaus zu Antonia gefahren. Wir sollen die Hunde ins Haus locken, die Tür abschließen und den Schlüssel in die Amphore legen.« Er deutete auf ein Tongefäß, das schon bessere Zeiten gesehen hatte.

Lilly warf einen Blick auf ihre Uhr. Es war jetzt zehn Uhr und der Weg zur Villa würde mit dem Wagen nicht mehr als dreißig Minuten dauern, wenn Luca sie bis zum Tor brachte. Am liebsten würde sie bei Giovanni vorbeifahren und ihn ebenfalls in ihren Plan einweihen. Sie konnte sich zwar nicht vorstellen, dass er irgendwelche Bedenken gegen ihre Spende vorzubringen hätte, aber da es um sein Projekt ging, wollte sie ihm die gute Nachricht gern persönlich überbringen.

»Was würdest du davon halten, wenn wir statt nach St. Moritz zu fahren einen kleinen Umweg über Sorico zu Giovannis Tierasyl machen? Ich würde gern mit ihm über das Projekt reden, bevor ich meinen Vater ins Vertrauen ziehe. Ihn treffe ich erst um zwölf.«

»Das ist vernünftig. Du kannst das kaum über seinen Kopf hinweg in die Wege leiten, wobei ich mir nicht vorstellen könnte, dass er diese Spende ablehnt. Aber erst mal müssen wir das Hundepaar einfangen.«

Es gelang ihnen, Emma und Pezzato dank diverser Leckerlis ins Haus zu locken. Lilly hatte ein schlechtes Gewissen, dass sie ihren Hund derart austrickste, aber diese Mission musste sie hundefrei erledigen.

»Meinst du, wir können auf dem Weg zur Villa noch kurz am Hotel halten?« Lilly sah kritisch an sich herunter. Ihre Bluse war nicht mehr so weiß wie am Tag zuvor und die Jeans hatte einige Flecken. Schließlich hatte sie in dieser Kleidung auf dem Stallboden gekauert und sämtliche Annäherungsversuche der Hunde über sich ergehen lassen.

Luca teilte ihre Ansicht, dass sie sich bei der Aussprache in der Villa di Rossi sicherlich besser in frischen Sachen fühlen würde. Doch erst einmal fuhren sie zum Tierheim.

Mit den Worten: »Na, haben Sie sich von dem Schock erholt, dass Pezzato Ihre hübsche Emma womöglich geschwängert haben könnte?«, kam Giovanni ihnen entgegen.

»Ich habe nichts an ihr bemerkt, außer dass sie stinkt, aussieht wie durch eine Schlammpackung gezogen und die beiden unzertrennlich sind«, erwiderte Lilly schmunzelnd. »Das mit dem Nachwuchs, das glaube ich noch nicht so ganz.«

»Soll ich sie noch mal gründlich untersuchen?«

»Nein, wir lassen sie in Ruhe. Und wenn, dann haben Sie ja die Lösung, aber ich bin aus einem ganz anderen Grund hier. Wann müssen Sie dieses Grundstück verlassen?«

»In sechs Monaten ist endgültig Schluss.«

»Gut, dann fangen Sie am besten jetzt schon an, sich auf dem Grundstück Ihres Vaters Ihren Traum zu verwirklichen«, schlug Lilly vor, was ihr einen verständnislosen Blick des Tierarztes einbrachte. »Wenn Sie mir Ihre Kontonummer geben, werde ich Ihnen vierhunderttausend Euro ...« Sie stockte. Sie war sich nicht ganz sicher, ob nicht doch noch das edle Danesi-Kleid und die teuren Schuhe davon abgingen, und sie korrigierte sich. »... also, fast vierhunderttausend Euro überweisen. Davon sollen Sie sich in Bugiallo den Traum vom Hunde-Paradies verwirklichen und die Schulden Ihres Vaters bezahlen. Ich mochte ihn nicht fragen, wie hoch sie sind. Ich hoffe, es ist nicht so viel, dass für das Tierheim nichts übrig bleibt, denn ich möchte, dass das so schön wird wie Ihr Paradies hier.« Lilly blickte sich verzückt um. »Und Sie sollen genügend Personal haben und die Boxen sollen geräumig sein, Einzelzimmer für jeden Hund …«

»An die Dreißigtausend sind bei der Bank noch offen, glaube ich jedenfalls«, unterbrach sie Giovanni, während er Lilly musterte, als ob sie durchgeknallt wäre.

»Ich weiß, das hört sich verrückt an, aber ich habe dieses Geld kürzlich bekommen und ich möchte es nicht …«, erklärte sie beinahe entschuldigend.

»Signorina Haas, ich mache keine krummen Sachen. Wenn das Geldwäsche werden soll – dafür stehe ich nicht zur Verfügung.«

»Nein, das ist eine private, nennen wir es, Unterhaltszahlung, die ich nicht annehmen möchte. Eigentlich wollte ich das Geld zurücküberweisen, aber nun soll es Ihrem Projekt dienen.«

Giovanni legte den Kopf schief und musterte sie skeptisch. »Also, wenn Sie nicht in Begleitung von Signore Danesi wären, würde ich mir jetzt Sorgen machen, aber anscheinend hat alles seine Ordnung. Wenn das wirklich Ihr Wunsch und Wille ist, machen Sie mich zum glücklichsten Mann des Lario.«

»Das freut mich. Alles Weitere besprechen wir in den nächsten Tagen. Ich muss jetzt weiter, um alles in die richtigen Bahnen zu lenken.« Lilly war so begeistert von ihren Plänen, dass sie gar nicht merkte, wie Luca sie voller Stolz betrachtete.

»Sie können meiner Freundin vertrauen«, bekräftigte er Lillys Worte und klopfte Giovanni auf die Schulter.

»Das ist wirklich unfassbar, was Sie mir da anbieten. Mit dem Geld könnte ich doppelt so viele Tiere aufnehmen wie bisher. Ich könnte alle diese verdammten Caneli-Betreiber der Umgebung locker auszahlen und ihnen die gequälten Kreaturen abnehmen. Und ich werde alles daransetzen, dass die Tiere vermittelt werden. Und zwar gegen Gebühr. Das wird dieses System, dass man Geld damit verdient, Hunde und auch Katzen unter unwürdigen Bedingungen dahinvegetieren zu lassen, endlich aushebeln.«

»Wenn Sie das erreichen, dann machen Sie mich auch glücklich«, seufzte Lilly und hakte sich bei Luca ein. »Aber wir müssen jetzt«, fügte sie hinzu und reichte Giovanni zum Abschied die Hand, die er länger festhielt als nötig.

»Muss ich eifersüchtig werden?«, fragte Luca scherzhaft, als sie wieder im Wagen saßen.

»Wieso?«, fragte Lilly unbekümmert. »Du bist doch nicht etwa eifersüchtig auf die Vierbeiner, oder?«

»Nein, aber hast du Giovanni d'Angelos Muskeln gesehen?«

Lilly stutzte. Nein, das hatte sie nicht. Sie hätte nicht einmal sagen können, ob der Tierarzt attraktiv war oder nicht, weil sie darauf bei anderen Männern überhaupt nicht mehr achtete, seit sie mit Luca zusammen war.

Sie tippte sich theatralisch an die Stirn. »Ich bin blind. So was sehe ich nicht mehr. Das hättest du mir doch sagen müssen«, lachte sie.

»Das ist ja verrückt. Mir geht's genauso. Ich habe überhaupt nicht wahrgenommen, dass die Einkäuferin, mit der ich neulich essen war, eine Superfrau ist. Erst als der Kellner einen glasigen Blick bekam, habe ich mal hingeguckt.«

Lilly gab ihm einen leichten Stoß in die Seite. »Das soll dir einer glauben«, lachte sie, bevor sie sich entspannt in ihren Sitz zurücklehnte. »Weißt du, dass ich selten so glücklich war wie in diesem Augenblick?«

»Schon wieder eine Gemeinsamkeit. Ich würde sagen, wir passen irgendwie ganz gut zusammen.«

»Du bist der Hauptgewinn, ich habe Emma wieder, wenngleich ich noch nicht bereit bin für den Zottelnachwuchs, ich habe den Mut gefunden, mit meinem Vater reinen Tisch zu machen, ohne dass ich irgendetwas von ihm will. Ich bin auch nicht mehr sauer auf ihn. Und jetzt noch das Tierheim an dem

Ort, an dem auch meine Wurzeln sind, nicht zu vergessen, meinen Traumjob«, fasste Lilly ihr Glück zusammen.

Kaum hatte sie diese Worte ausgesprochen, als sich plötzlich aus dem Nichts ein Schatten über ihre Seele legte. Nur für den Bruchteil einer Sekunde, dann war alles wieder gut, sodass sich Lilly erst Tage später an diesen Moment wie an einen eiskalten Hauch erinnern sollte.

43.

Vor der Kirche in Lenno hatte Lilly sich absetzen lassen und steuerte nun auf den Anleger für die Boote zu, die zur Villa di Rossi fuhren. Sie hatte sich für den Weg über das Wasser aus einem ganz pragmatischen Grund entschieden: Sie wollte ungern Matteo begegnen und deshalb nicht an seinem Haus vorbeigehen. Sie hatte ein leicht schlechtes Gewissen, dass sie ihm noch nicht einmal verraten hatte, dass Luca nicht ihr Bruder war, geschweige denn, dass ihr Erzeuger Riccardo di Rossi hieß.

Sie nahm sich fest vor, ihm nach dem Gespräch eine kleine Nachricht in den Briefkasten zu werfen, dass sie ihn dringend sprechen wolle. Aber erst einmal musste sie die Sache mit ihrem Vater hinter sich bringen, und das möglichst ohne vorher mit dem Rest der Familie zusammenzustoßen. Wenn Lilly geahnt hätte, dass jeder ihrer Schritte mit Argusaugen beobachtet wurde, seit sie in Lenno aus Lucas Wagen gestiegen war, hätte sie vielleicht Abstand von ihrem Plan genommen und ihre Aussprache mit ihrem Vater auf einen späteren Zeitpunkt verlegt, aber so war sie völlig arglos. Aber auch ohne dieses Wissen, belauert zu werden, machte sich eine innere Aufregung bemerkbar, nachdem das Wassertaxi die Spitze der Halbinsel Lavedo umrundet hatte und nun auf den Steg zuhielt.

Dass ihr toller Plan, auf diesem Weg zur Villa di Rossi ein zufälliges Zusammentreffen zu vermeiden, nicht aufging, musste sie in dem Moment feststellen, in dem sie das Boot verließ. Denn da tauchte Matteo aus dem Dickicht des Parks auf und blieb verblüfft stehen.

»Du? Willst du zu mir?«

»Nein, also später, also lass uns unbedingt heute Abend einen Wein trinken. Ich, ich habe jetzt einen Termin«, stammelte sie.

»Mit wem? Mein Vater ist zur Mittagspause nach Hause gegangen. Und meine Mutter ist mit dem Wagen weg. Sie wollte zum Friseur.«

»Ich, ja, also, dein Vater, der wollte noch mal eine Abschlussbesprechung machen wegen meines Kopfes. Und da meinte er, wir könnten das in der Mittagspause bei euch im Haus machen.«

Matteo musterte sie skeptisch. »Sag mal, da stimmt doch was nicht. Du bist gestern vom Begräbnis abgehauen und Luca war dann auch verschwunden. Findest du das nicht etwas daneben, dich mit deinem Bruder zu verkrümeln? Die arme Tante Maria, als hätte die nicht genug Kummer.« Der Vorwurf in seiner Stimme war unüberhörbar.

»Matteo, ich verspreche dir, dass ich dir alles erzähle, sobald ich mit deinem Vater geredet habe«, stöhnte Lilly.

»Deine Freundin Merle hat mir auch schon eine Nachricht geschrieben, dass ich wirklich der letzte Mensch wäre, den sie von sich aus kontaktiert hätte, aber sie mache sich Sorgen um dich. Und im Hotel wärst du nicht zu erreichen. Selbst gestern am späten Abend nicht!«

»Ich werde sie anrufen und ich werde dir heute alles berichten, nur jetzt nicht. Ich möchte deinen Vater nicht warten lassen!«

»Soll ich mitkommen? Ich wollte nämlich gerade die Mittagspause in Lenno verbringen, aber wenn es im Haus was zu essen gibt … Ich bin ja befugt, an Patientengesprächen teilzunehmen«, bemerkte er lauernd.

Lilly wand sich. Matteo konnte sie bei dieser Aussprache wirklich nicht gebrauchen. »Nein, das ist nicht nötig. Ich will auch gar nichts essen. Wenn du magst, können wir uns jetzt gleich für heute Abend verabreden. Um 20 Uhr im Hotel?«

»Ja, um 20 Uhr im Hotel«, erwiderte er in einem merkwürdigen Ton, aber Lilly hatte jetzt keine Muße, sich mit Matteos Befindlichkeiten zu befassen. Sie wollte das Gespräch mit ihrem Vater möglichst zügig hinter sich bringen.

»Bis dann«, murmelte sie, gab Matteo ein flüchtiges Küsschen auf die Wange und verließ den Steg. Gehetzt eilte sie an der Klinik vorbei durch den Park zum Haus ihres Vaters.

Sie war verwundert, dass er ihr höchstpersönlich öffnete. Ob er die Haushaltshilfe weggeschickt hatte? Der Tisch war allerdings fachgerecht gedeckt und eine Platte mit lecker aussehenden Antipasti und diversen Bruschette lud zu einem kleinen Imbiss ein. Lilly bedauerte, nicht den geringsten Appetit mehr zu haben, denn gerade schlug ihr das bevorstehende Gespräch mächtig auf den Magen. Trotzdem setzte sie sich auf den Stuhl, den der Dottore ihr höflich zurechtgeschoben hatte.

Er nahm ihr gegenüber Platz. Offenbar war auch er überaus nervös, wie sie an dem Zucken seines Augenlids unschwer erkennen konnte. Er sah noch genauso gestresst aus wie am Tag zuvor.

»Was führt Sie zu mir?«, erkundigte er sich förmlich.

Lilly blickte ihm offen in die Augen. »Ich will nichts von dir und deiner Familie. Das schwöre ich dir!«

Er wurde weiß wie eine Wand.

»Signorina Haas, ich, ich weiß nicht, was Sie von mir, ich meine …«

»Ich habe gesagt, ich will nichts von dir! Ihr könnt euer Leben weiterführen, als wäre nichts geschehen. Das wird auch keiner erfahren …«

»Seit wann weißt du es?«

»Erst ein paar Tage. Als das Ergebnis des Gentests kam und dein Freund Marcello als mein potenzieller Vater nicht infrage kam, da gab es ja nur noch die eine Möglichkeit: Dass Bella es mit euch beiden getrieben hat oder …«

»Bitte, Lilly, tu mir einen Gefallen, ziehe keine voreiligen Schlüsse. Bitte, ich flehe dich an!«

Ihr Vater sah jetzt so elend aus, dass Lilly beinahe Mitleid mit ihm verspürt hätte.

»Du willst also weiterhin leugnen, dass du mein Vater bist?«

»Nein, Lilly, ich wollte es dir doch auch heute sagen. Es ist nur nicht alles so einfach. Ich bin da an ein Versprechen gebunden und …«

»Ach, du meinst deine Gattin? Sie weiß Bescheid. Was meinst du, warum ich den Leichenschmaus gestern so überstürzt verlassen habe? Weil deine Ehefrau mich bedroht hat, ich solle verschwinden, es ja nicht wagen, dir die Wahrheit zu sagen. Dabei kennst du sie doch. Ich sage nur, Stiftung, Lilly, Monaco.« Sie spürte selbst, dass ihr Ton sehr bissig wurde, aber das konnte sie ihm gewiss nicht ersparen.

»Carlotta weiß, dass du meine Tochter bist? Aber woher? Wenn du es ihr nicht verraten hast …«

»Habe ich nicht. Sie meint wohl, dass ich eine gewisse Ähnlichkeit mit meiner Mutter besitze. Verstehe ich zwar nicht, aber Bella war ja damals noch eine junge Frau. Egal, ich will es gar nicht so genau wissen. Jedenfalls nicht, was sich im Hirn deiner Frau abspielt. Ich möchte aus deinem Mund erfahren, was damals geschehen ist. Was war wirklich mit diesen beiden Studentinnen? Woher hast du erfahren, dass Bella schwanger war? Deine Frau hat die beiden doch aus dem Haus geworfen!«

»Du weißt davon?«

Lilly zuckte mit den Schultern. »Nichts Genaues, aber ich finde, ich habe ein Recht darauf zu erfahren, wie du meine Mutter, die alles andere als käuflich war, dazu gebracht hast, dass sie sich gegen Schweigegeld darauf einlässt, mir den Bären vom unbekannten One-Night-Stand aufzubinden!«

»Wenn das so einfach wäre, würde ich es dir gern auf der Stelle beantworten, nur, glaube mir, es ist verdammt kompliziert.«

»Ich höre!«

»Lilly, mir sind die Hände gebunden. Ich habe geschworen, niemals darüber zu sprechen. Doch ich versuche seit Tagen, diesen Schwur in deinem Interesse außer Kraft zu setzen, aber ich habe noch keine Antwort. Kannst du mir nicht wenigstens dieses eine Mal vertrauen?«

Lilly rollte mit den Augen. »So wie in der Klinik, als ich dir meine Fotos gegeben habe?«

Ihr Vater stand auf und holte aus einer Aktentasche Bellas alte Fotos hervor. »Hier, sie gehören dir. Ich habe es nicht nur für mich getan. Glaub mir doch bitte! Ich musste doch auch an dich denken, wollte dir die Wahrheit ersparen und dich schützen.« Seine Verzweiflung wirkte echt. Das konnte Lilly nicht leugnen.

»Also, ich komme nicht vom Mond und lebe nicht im Kloster. Auch wenn das nicht gerade meiner Lebensart entspricht, es ist kein Weltuntergang, wenn es zwei Studentinnen mit zwei verheirateten Säcken treiben. Ich bin schon groß. Das kann ich verkraften.«

»Lilly, es ist doch alles viel schlimmer ...« Er schlug sich die Hände vor das Gesicht und schluchzte laut auf. Nicht, dass Lilly grundsätzlich etwas gegen weinende Männer hatte, aber bei ihrem Vater berührte sie das eher unangenehm. Wenn jemand in dieser Lage das Recht zu heulen hatte, dann wohl sie!

Lilly wartete, bis er sich wieder beruhigt hatte. »Nun rede doch endlich. Ich kann die Wahrheit verkraften. Sonst würde ich hier nicht sitzen. Das bist du mir schuldig. Dafür lasse ich dich danach völlig in Ruhe!«, sprach sie beschwörend auf ihn ein.

Sie erschrak, als er die Hände vom Gesicht nahm. Der attraktive und virile Mann schien plötzlich um Jahre gealtert. Er war nur noch eine Maske seiner selbst.

»Willst du nicht endlich sagen, was damals geschehen ist?«, hakte sie in mitfühlendem Ton nach.

»Ich verspreche dir, alles in meiner Macht Stehende zu unternehmen, damit du die verdammte ganze Wahrheit erfährst.« Er musterte sie mit flehendem Blick. »Darf ich dich um etwas bitten?«

»Meinetwegen«, murmelte Lilly.

»Darf ich dich einmal in den Arm nehmen?«

»Ist das nicht ein bisschen übertrieben? Gestern noch leugnen bis zum Erbrechen und jetzt kuscheln? Du musst keine Zuneigung zu mir heucheln. Wie ich schon eingangs sagte: Ich will nichts von dir!« Lilly war unangenehm berührt von seinem Ansinnen.

Er blickte sie aus seinen bernsteinfarbenen Augen verzweifelt an. Aus ihren Augen, wie sie in diesem Moment voller Entsetzen zugeben musste.

»Es ist kein Tag vergangen, an dem ich mich nicht gefragt habe, was aus dir geworden ist. Du warst mir nicht egal, genauso wenig wie deine Mutter es war. Aber ich bin ein erbärmlicher Feigling. Ich kann verstehen, wenn du mich dafür verachtest, aber ich werde es wiedergutmachen. Ich schwöre es dir.«

Er stand auf und breitete seine Arme weit aus. Lilly zögerte, aber dann gab sie ihrem Impuls nach, ihn in diesem Augenblick nicht abzuweisen. Sie erhob sich und ließ sich von ihm umarmen. Er drückte sie so fest an sich, dass sie kaum mehr Luft bekam, während er in einem fort murmelte: »Ich liebe dich, meine Kleine, ich liebe dich doch!«

Lilly ließ es geschehen. Sie konnte nicht behaupten, dass dabei ihr Herz gleich aufging, aber sie spürte, dass seine Liebe zu ihr aufrichtig war.

»So ist das also!«, brüllte plötzlich eine männliche Stimme, und dann spürte sie, wie Riccardo von ihr weggerissen wurde.

Mit wutverzerrtem Gesicht stand Matteo vor ihnen und hob seine Hand gegen seinen Vater.

»Schlag zu! Ich habe es verdient«, forderte er seinen Sohn auf.

»Nein. Schluss, ihr Idioten!«, schrie Lilly und ging dazwischen, bevor Matteo seinen Vater schlagen konnte.

»Mutter hatte also doch recht. Du hast mit Luca und mir gespielt, um dich mit meinem Vater zu vergnügen. Ich könnte kotzen«, fluchte Matteo.

Da erst begriff Lilly, dass Matteo die Situation gründlich missverstanden hatte. »Matteo, komm zu dir, er ist nicht mein Geliebter, er ist mein Vater!«, brüllte sie ihn an.

Matteo ließ die Faust sinken und wankte zu einem Stuhl, auf den er sich fallen ließ. »Das glaube ich nicht. Das glaube ich nicht …«, murmelte er.

Da baute sich Lilly vor ihm auf. »Verdammt, Matteo, ich hätte dir doch alles nachher in Ruhe erzählt. Dein Vater ist der Mann, den ich gesucht habe. Der Mann, der meine Mutter geschwängert hat.« Sie packte ihn bei den Schultern und schüttelte ihn. »Verdammt, er ist mein Vater!«

»Das kann ich nicht glauben, ich …«

»Es ist wahr, Matteo! Sie ist seine Tochter!«, ertönte es nun mit Grabesstimme von der Tür. Lilly, Matteo und Riccardo drehten sich um, und da sahen sie Carlotta im Türrahmen stehen. Mit hasserfüllter Miene. Wie eine Rachegöttin!

»Du bist der miese Typ?«, sagte Matteo fassungslos.

»Nein, dein Vater kann nichts dafür. Er wurde von diesen Huren verführt und aufs Kreuz gelegt. Und er hätte es nie erfahren dürfen, aber die Schlampe hat ihre Tochter geschickt, um unser Leben zu zerstören. Für einen billigen Fehltritt!« Carlotta näherte sich, während sie diese Worte regelrecht ausspie. Als sie bei Lilly angekommen war, hob sie die Hand, doch ihr Mann hielt sie fest.

»Noch einmal sehe ich nicht zu, wie du dich versündigst«, zischte Riccardo. »Wenn du sie anfasst und ihr noch einmal drohst, dann verlasse ich dieses Haus!«

Carlotta verstummte, doch ihr Mann war noch nicht fertig.

»Ich habe es gewusst, da war dieses Kind noch nicht einmal geboren. Und ich werde mir nie verzeihen, dass ich mich mit Geld aus meiner Verantwortung gestohlen habe.«

»Und jetzt gestattest du ihr, dass sie unsere Familie zerstört?«, fragte Carlotta mit einer Stimme, als würde sie das Jüngste Gericht ankündigen.

Lilly sah fassungslos von einem zum anderen. Nein, mit dieser Familie hatte sie nichts zu tun und das sollte sich auch niemals ändern. Sollte ihr Vater doch an der Wahrheit ersticken. Sie wollte nichts mehr wissen! Sie hatte genug gehört!

»Ich bin nicht hergekommen, um Ihre heilige Familie zu zerstören. Nein, ich wollte nur das Possenspiel beenden, dass mein Vater längst weiß, wer ich bin, und verhindern, dass Sie, Signora di Rossi, mich in Zukunft weiter erpressen und dazu nötigen wollen, Italien zu verlassen. Den Gefallen werde ich Ihnen nicht tun! Ich werde bei dem Mann bleiben, den ich liebe. Davon wird mich keiner von Ihnen abbringen. Und Luca kennt die Wahrheit.«

Ihr Vater schüttelte traurig den Kopf, aber das berührte Lilly nicht weiter. Was auch immer er noch auf dem Herzen hatte, es interessierte sie nicht länger.

»Toller Freund, der gute Luca!«, schnaubte Matteo. »Wann wolltet ihr mich denn einweihen?«

Lilly ignorierte Matteos zornigen Ausbruch.

»Ich werde euch in Ruhe lassen. Ich will nichts von euch. Der Grund, warum ich überhaupt das Gespräch mit meinem Vater gesucht habe, ist die Tatsache, dass ich ihm die vierhunderttausend Euro nicht zurückgeben werde!«

»Vierhunderttausend hat er Ihnen gegeben?«, fragte Carlotta mit hysterisch überkippender Stimme.

»Ja, habe ich, aber man kann sich nicht mit Geld freikaufen«, stöhnte ihr Vater verzweifelt.

»Das ist mein Geld«, zischte Carlotta kalt. »Mein Mann besitzt kein Vermögen in dieser Höhe. Und Sie werden mir jeden Cent zurückzahlen. Worauf Sie sich verlassen können.«

»Nein, das wird sie nicht tun! Es ist mein Geld gewesen und ich habe sie inzwischen auch in meinem Testament gleichwertig bedacht.«

»Vater, du weißt genau, dass das alles hier Mutter gehört, und du verschenkst ihr Geld? Ich nehme mir einen Anwalt. Es sei denn, sie überweist es freiwillig zurück!« Er warf Lilly einen verächtlichen Blick zu. Sie zuckte zusammen. So viel geballten Hass auf einmal hatte sie noch nie zuvor in ihrem Leben zu spüren bekommen.

»Ich, ich wollte das Geld zurücküberweisen, weil ich nichts von meinem Vater möchte, aber nun gebe ich es Giovanni d'Angelo, der davon ein ganz besonderes Tierheim in Bugiallo auf dem Grundstück seines Vaters errichten wird. Ich finde, damit sollten wir alle in Frieden leben können.«

»Du kannst kein Geld ausgeben, das dir gar nicht gehört!«, stieß Matteo abfällig aus.

»Wenn es dir ein Herzensanliegen ist, das Geld, das für deine Zukunft gedacht war, zu spenden, dann stehe ich hinter dir«, verkündete Riccardo di Rossi mit fester Stimme.

»Und wir werden dich verklagen, wenn das Geld nicht umgehend auf dem Konto meiner Mutter eingeht«, herrschte Matteo sie an.

Lilly sah diesem erbärmlichen Schauspiel starr vor Entsetzen zu. Ihr kam das alles so irreal vor, als ob vor ihren Augen ein Film ablief, in den sie sich versehentlich verirrt hatte. Sie verspürte nur noch den einen Impuls: Weg hier! Wortlos drehte sie sich zur Tür und rannte los. Nachdem sie ins Freie gestürzt war, hörte sie ihren Vater verzweifelt rufen: »Warte, Lilly, lauf nicht fort. Bitte!«, aber sie wandte sich nicht um. Stattdessen hetzte sie durch den Park bis zum oberen Tor. Sie war intuitiv rechts gelaufen, weil sie am Steg in der Falle saß, wenn dort nicht sofort ein Wassertaxi ablegen würde. Das Tor öffnete sich gerade, weil ein Lieferwagen das Anwesen verlassen wollte. Wie eine Irre klopfte sie gegen die Scheibe an der Fahrerseite, bis der Mann sie öffnete.

»Bitte nehmen Sie mich mit bis Lenno!«, keuchte sie.

44.

Traurig ließ Lilly ihren Blick zu dem gepackten Koffer schweifen. Sie war entsetzlich müde, weil sie die vergangene Nacht kaum geschlafen, sondern sich das Hirn zermartert hatte, wie sie mit diesem Hass leben sollte. Am frühen Morgen hatte sie endlich eine Entscheidung getroffen, die sie in diesem Augenblick für die vernünftigste hielt, auch wenn sie ihr schier das Herz brechen wollte. Sie würde auf dem schnellsten Weg nach Hamburg reisen! Nun saß sie geknickt auf dem Rand ihres Hotelbetts und wartete auf einen Anruf der Rezeption, dass der Mietwagen eingetroffen war. Sie hatte Alfredo eigentlich nur fragen wollen, an wen sie sich wegen eines Wagens vor Ort wenden sollte, aber er hatte darauf bestanden, ihr höchstpersönlich einen aus Como vorbeizubringen und sie damit nach Bugiallo zu chauffieren, um Emma zu holen und sie dann zum Flughafen Malpensa zu bringen. Lilly hatte keine Ahnung, wann der nächste Flieger nach Hamburg ging, aber das war ihr egal. Hauptsache weg! Im Grunde genommen war sie zutiefst dankbar, dass ihr Alfredo, der edle Retter, wieder beistand und sie nicht noch selber fahren musste. Ihr war so entsetzlich elend zumute bei der Vorstellung, Lenno zu verlassen, ohne Luca noch einmal zu sehen. Sie fragte sich jetzt, wie blauäugig sie eigentlich gewesen sein musste, ernsthaft zu glauben, am Comer See mit Luca ein neues Leben anfangen zu können, ohne dass die di Rossis sie mit ihrem Hass verfolgten. Wobei sie das von Matteo überhaupt nicht erwartet hatte. Sie hätte verstanden, dass er ihr übel nahm, ihn nicht eingeweiht zu haben, aber dass er sich so vehement auf die Seite seiner Mutter stellte und nicht einmal davor zurückschreckte, ihr mit einer Klage zu drohen, war ein Schock für sie gewesen. Sie vermutete, dass es ihm in Wirklichkeit gar nicht ums Geld ging, sondern dass sein Zorn aus der Enttäuschung rührte, dass er sich in seine eigene Schwester verliebt hatte.

Der Gedanke, dass sie zwar ihren Vater gefunden, aber ihre große Liebe deshalb aufgeben musste, schmerzte zutiefst, aber es war nicht lebbar, hatte sie entschieden. Jedenfalls nicht im Dunstkreis der di Rossis. Der See war zu klein, um sich immer aus dem Weg gehen zu können. Selbst wenn sie nach Como ziehen würden. Es war nicht weit genug weg! Und wo sollten sie sonst leben, wenn nicht am Lago Como? Ein Umzug Lucas nach Hamburg war undenkbar. Er besaß die Verantwortung für eine Firma, hatte eine bezaubernde Mutter vor Ort, ja, er war verwurzelt am Lario ... und eine Wochenendbeziehung zwischen Hamburg und Como konnte und wollte sie sich beim besten Willen nicht vorstellen.

Nachdem sie ihre Entscheidung getroffen hatte, hatte sie sich mit der Frage herumgequält, wie sie Luca darüber in Kenntnis setzen sollte, dass ihr Traum, am Comer See zu leben, wie eine Seifenblase zerplatzt war. Schließlich hatte sie die unpersönlichste aller Möglichkeiten gewählt, denn sie bezweifelte arg, ob sie beim Klang seine Stimme nicht doch schwach werden würde. Also hatte sie ihm vom Hotelrechner eine kurze Mailnachricht geschickt. Sie kannte ihre Worte auswendig. So oft hatte sie sie schon in Gedanken wiederholt. Und jedes Mal kamen ihr erneut die Tränen.

Lieber Luca, die Aussprache mit meinem Vater war sehr unerfreulich. Nicht nur Carlotta hasst mich, sondern auch Matteo. Sie wollen mich verklagen, sollte ich das Geld meines Vaters Giovanni spenden. Ich werde es zurücküberweisen, obwohl mein Vater das nicht möchte. Er ist der Einzige, der

offenbar aufrichtig bereut, dass er mich »verkauft« hat.
Aber ich kann nicht bei dir bleiben, nicht in der Nähe der
Menschen, die mich derart hassen. Matteo ist doch dein bester
Freund. Eines Tages wirst du es mir womöglich übel nehmen,
dass ich eure Freundschaft auf dem Gewissen habe. Und du
kannst nicht mit nach Hamburg kommen, weil du am Lario
verwurzelt bist. Liebster, es würde mir das Herz brechen, wenn
wir uns noch einmal sehen würden. Ich hole jetzt meinen
Hund und dann fahre ich direkt zum Flughafen. Versuche
nicht, mich aufzuhalten. Ich werde dich immer lieben! Lilly

Ein forderndes Klopfen an ihrer Zimmertür riss sie aus ihren Gedanken und sie wischte sich mit dem Ärmel ihrer Bluse über das Gesicht.

Alfredo ist sicher nach oben gekommen, um mir beim Tragen zu helfen, vermutete sie, während sie die Tür öffnete. Doch dann erstarrte sie. Der Mann, der dort auf dem Flur stand, war kein Geringerer als ihr Vater.

»Du?«

»Wo willst du hin?«, fragte er und drängte sich an ihr vorbei ins Zimmer.

»Ich wüsste nicht, was es dich angeht, aber ich will es dir verraten: zum Airport und mit dem nächsten Flieger nach Hamburg.«

»Aber, Lilly, hast du nicht gestern noch davon gesprochen, dass du Luca Danesi liebst und deshalb hierbleiben wirst?«

»Ja, das habe ich nicht nur gesagt, sondern auch so gemeint, aber ich kann nicht in eurer Nähe leben. Du hast doch die gemeinen Worte gegen mich gehört. Nein, Lucas und deine Familie sind eng miteinander verbunden. Ich könnte weder deiner Frau noch deinem Sohn für alle Zeiten aus dem Weg gehen, wenn ich hierbliebe. Sie würden mich mit ihrem Hass verfolgen. Ich hätte nicht die geringste Chance, hier ein unbeschwertes

Leben zu führen. Und Luca würde in diesen Konflikt mit einbezogen werden. Matteo ist sein Freund. Ich will nicht alles zerstören«, brach es verzweifelt aus Lilly heraus.

»Ich erlaube dir nicht, dass du den Fehler wiederholst, den ich einst gemacht habe«, schrie ihr Vater so laut, dass Lilly zusammenzuckte. Sie hätte ihm niemals zugetraut, dass er in der Lage war, seine Stimme derart zu erheben.

»Verzeih, ich wollte dich nicht erschrecken«, fügte er entschuldigend hinzu. »Aber ich kann nicht tatenlos zusehen, dass du auf deine große Liebe verzichtest, so wie ich es damals getan habe.«

»Willst du etwa behaupten, dass Bella deine große Liebe gewesen ist?«, fragte Lilly verblüfft. Sie hatte sich schon oft gefragt, was da wohl zwischen ihren Eltern damals vorgefallen war, aber dass Bella die große Liebe Riccardo di Rossis gewesen sein könnte, war ihr noch nie in den Sinn gekommen. Ihre Fantasie war immer eher in die Richtung gegangen, dass es sich bei den beiden um eine unbedeutende und zugleich folgenschwere Affäre gehandelt hatte. Bella war eine leidenschaftliche Frau gewesen, die von einer großen Liebe mit Sicherheit keinen Cent angenommen hätte.

Ihr Vater schien einen entsetzlichen Kampf mit sich auszutragen, wie Lilly an seiner gequälten Miene ablesen konnte. Doch sie ließ ihn in Ruhe, weil sie intuitiv spürte, dass er noch etwas Zeit brauchte, um sein Schweigen zu brechen.

»Isabell und ich hatten nichts miteinander. Ich hatte mich unsterblich in Hanna verliebt.«

Lilly wurde so schwindlig, dass sie sich auf das Bett fallen ließ. »Dann bist du doch nicht mein Vater? Aber warum nimmst du alles auf dich, wenn du …«

Riccardo strich ihr gedankenverloren eine Strähne, die sich aus ihrem Pferdeschwanz gelöst hatte, aus dem Gesicht. »Du bist meine Tochter. Daran gibt es nicht den leisesten Zweifel.«

»Wenn du nicht mit Bella geschlafen hast, aber behauptest, mein Vater zu sein, dann würde das ja bedeuten, dass diese Hanna meine Mutter wäre.«

Riccardo di Rossi nickte schwach.

Lilly spürte, wie ihr sämtliches Blut aus dem Kopf wich, bevor sie am ganzen Körper zu zittern begann.

45.

Es dauerte eine ganze Weile, bis Lilly annähernd begriff, was ihr Vater ihr da soeben eröffnet hatte.

Er hatte sie inzwischen fest in den Arm genommen. Sie ließ es geschehen, weil sie nichts mehr spürte. Fieberhaft suchte sie nach einer halbwegs plausiblen Erklärung für diese ungeheuerliche Wahrheit. Es kann doch nur einen einzigen Grund haben, dachte sie und befreite sich mit einem Ruck aus seiner Umarmung.

»Ist sie tot? Ist sie bei meiner Geburt gestorben?«

»Lilly, ich habe mir geschworen, dich nicht noch einmal zu belügen. Sonst würde ich das jetzt bejahen, um dir Schmerz zu ersparen, aber ich werde nie wieder den einfachen Weg wählen. Ich, ich will nie, nie wieder so ein Feigling sein!«, stammelte er, während ihm Tränen über die Wangen liefen. Dieses Mal störte es Lilly nicht die Spur, dass ihr Vater seine Gefühle so offen zeigte. Im Gegenteil, in dem Augenblick fühlte sie beinahe körperlich den Schmerz, den er durchlitt, obwohl sie doch nicht einmal im Ansatz wusste, was wirklich geschehen war.

Sie war so verstört, dass sie nicht einmal das Klopfen an der Tür hörte. Erst als ihr Vater »Herein!« rief, ging ihr Blick zur Tür. Wie in Trance stand sie auf und nahm ihren Koffer.

Alfredo blieb verunsichert in der Tür stehen. »Ich wusste ja nicht, dass du Besuch hast. Ich warte unten.«

»Nein, nein, wir können.« Sie wandte sich ihrem Vater zu, der sie entgeistert anstarrte. »Ciao!« Sie beugte sich zu ihm hinunter und gab ihm einen Kuss auf die Wange.

Da erst erwachte er aus seiner Erstarrung. »Bitte, Lilly, geh nicht fort. Ich will dir alles offenbaren und dann entscheide du, ob du bleibst oder gehst.«

»Ich möchte es gar nicht mehr wissen, ich möchte nur noch weg.«

»Ich kann wirklich gleich wiederkommen«, erklärte Alfredo sichtlich verwirrt.

»Nein, wir fahren jetzt nach Bugiallo und holen Emma«, stöhnte Lilly.

»Ich fahre dich!«, sagte ihr Vater in einem Ton, der keinen Widerspruch duldete.

»Aber, aber ich habe den Wagen gebucht und ...«, protestierte Alfredo.

Riccardo holte seine Geldbörse hervor und zog vier Hunderter hervor. »Würde das Ihre Kosten decken, wenn ich meine Tochter selber bringe?«

»Ach, Sie sind der Mann, der nicht wollte, dass Lilly ihn findet? Na, mit Ihnen hätte ich ja ein Hühnchen zu rupfen«, spuckte Alfredo verächtlich aus, während er zielstrebig nach dem Geld griff.

»Alfredo, lass gut sein«, sagte Lilly und wandte sich dann an ihren Vater. »Ich nehme dein Angebot an, aber ich will nichts mehr hören.«

Er hob entschuldigend die Arme. »Ich werde dich zu nichts zwingen«, versicherte er.

Alfredo wandte sich kopfschüttelnd zum Gehen.

»Danke«, sagte ihr Vater und nahm den schweren Koffer. Gemeinsam liefen sie zu seinem Wagen, den er am Fähranleger geparkt hatte. Lilly beneidete die Urlauber, die entspannt in der Sonne standen und auf das nächste Boot warteten. Nein, ein Urlaub war diese Reise wahrlich nicht gewesen. Sie war keine unbeschwerte Touristin. Für sie war das hier ein Schicksalsort, an dem sie alles gefunden und alles wieder verloren hatte.

Als sie das Gepäck im Wagen verstaut hatten, klingelte das Mobiltelefon ihres Vaters. Er nahm das Gerät widerwillig zur Hand, doch dann wurde er ganz hektisch. »Warte, ich bin gleich wieder da«, murmelte er und entfernte sich schnellen Schrittes. Lilly sah ihm nach und beobachtete, wie er eifrig gestikulierte. Ob das seine Frau war, die ihm die Hölle heiß machte, ging es ihr durch den Kopf, denn seine Miene verfinsterte sich zunehmend, während er telefonierte. Er war leichenblass, als er zum Wagen zurückkehrte, und sah sie gequält an.

»Sie ist verschwunden. Ich muss dorthin, und zwar sofort«, sagte er mehr zu sich selbst.

»Wer ist verschwunden und wohin musst du?«, hakte Lilly aufgeregt nach. Trotz ihres Vorsatzes, nichts mehr hören zu wollen von der Geschichte ihrer Herkunft, spürte sie, dass seine kryptische Äußerung etwas mit ihrer Mutter zu tun hatte.

»Willst du es wirklich wissen?«

»Ja!«

»Gut, deine Mutter ist spurlos verschwunden.«

»Wie bitte? Du weißt also, wo sie die ganze Zeit gewesen ist? Und sie weiß, wo ich all die Jahre war? Es hat sich also nicht nur mein Vater vor mir versteckt, sondern auch meine Mutter?« Lilly verspürte einen solchen Zorn, dass sie nicht an sich halten konnte, sondern mit den Fäusten gegen seine Brust trommelte. Er wehrte sich nicht einmal, sondern sah sie nur aus traurigen Augen an. Lilly hielt inne.

»Lilly, bitte, wenn du wirklich eine ehrliche Antwort auf all deine Fragen haben möchtest, dann komm mit mir. Jetzt sofort! Vertraue mir nur das eine Mal. Ich flehe dich an. Ich habe Schuld auf mich geladen, denn ich habe euch feige eurem Schicksal überlassen, weil ich mein Leben, das ich mir mühsam erarbeitet habe, nicht aufgeben wollte. Und ich kann es verstehen, wenn du mir das niemals verzeihen könntest. Aber bitte gib mir eine einzige Chance. Und komm mit mir.«

»Wohin?«

»Nach Genua«, stieß er verzweifelt hervor.

In Lillys Kopf wirbelten die Gedanken wild durcheinander. Da war ein Impuls, schnellstens nach Hamburg zu fliegen und den ganzen Albtraum und auch die zerplatzten Träume hinter sich zu lassen, dennoch spürte sie tief im Herzen, dass die Verzweiflung ihres Vaters in diesem Moment aufrichtig war. Aber sie hatte verdammte Angst vor dem, was sie erwartete, wenn sie sein Flehen erhörte.

Sie standen immer noch vor dem Wagen. Lilly kämpfte mit sich, doch schließlich siegte die Vernunft. Was auch immer auf sie zukommen würde, es war der Schlüssel zu ihrer wahren Herkunft. Und wenn sie jetzt fortlief, würde sie nie mehr frei sein von der quälenden Frage, warum es ihre Eltern übers Herz gebracht hatten, sie beiseitezuschieben, und warum Bella dabei mitgespielt hatte.

Statt ihm eine Antwort zu geben, ging sie zum Kofferraum, holte ihr Gepäck hervor, gab es an der Rezeption mit der Bitte ab, es auf ihr Zimmer zu bringen, sofern es noch für eine weitere Nacht buchbar war. Sie hatte Glück, kehrte rasch zum Wagen zurück und setzte sich stumm auf den Beifahrersitz.

»Du kommst mit nach Genua?«, fragte ihr Vater mit belegter Stimme.

Lilly nickte. Sie redete auf der ganzen Strecke kein Wort. Nein, nach Reden stand ihr nicht der Sinn. Natürlich lagen ihr viele Fragen auf der Zunge wie: Was willst du in Genua? Wie hat meine Mutter gelebt? Was heißt, sie ist verschwunden? Wohnt sie da? Hat sie dort eine andere Familie?

Aber sie war so durcheinander, dass sie befürchtete, keine weiteren Überraschungen mehr zu verkraften, bis sie in Genua waren, wo der Vater ihr des Rätsels Lösung versprochen hatte. Sie schloss die Augen und versuchte, ein wenig zu dösen. Darüber schlief sie kurz ein, erwachte aber, als ihr Vater das Tempo drosselte und eine Mautstelle ansteuerte. Es war die Abfahrt nach Genua.

»Möchtest du denn gar nicht wissen, zu wem wir fahren?«, fragte er.

»Sag es mir«, seufzte sie.

»Es ist mein Studienfreund Salvatore Poletti, der mittlerweile in Genua als Psychotherapeut tätig ist.«

»Und das ist der neue Ehemann meiner Mutter, oder was?«, fragte sie in angriffslustigem Ton.

»Nein, ihr Arzt seit vielen Jahren. Wir hatten seit über dreiunddreißig Jahren keinen Kontakt mehr, aber ich habe ihm vor ein paar Tagen einen Brief geschrieben, in dem ich ihn gebeten habe, mit Hanna zu reden. Ich wollte sie treffen.«

»Aha, warum?«

»Ach, Lilly, warum wohl? Weil mein Leben aus den Fugen geraten ist, seit du reingeplatzt bist. Und ich an dem Punkt angekommen war, an dem ich wusste, du hast ein Recht, die ganze Wahrheit zu erfahren.«

»Und warum hast du sie mir nicht einfach gesagt? Warum müssen wir jetzt eine Frau finden, die sich noch perfider vor ihrem eigenen Kind versteckt hat als du?«

»Weil ich ihr mein Wort gegeben habe!«

»Sag mir nur noch eines: Warum hast du mich in dein Haus geholt, nachdem du wusstest, wer ich bin? Das war dir doch in dem Augenblick klar, als ich meinen Namen genannt habe, oder?«

»Natürlich, wobei du mich vom ersten Augenblick an sie erinnert hast, aber das wollte ich nicht wahrhaben, und als du deinen Namen genannt hast ... da gab es keinen Zweifel mehr.«

»Wenn du aus Angst vor deiner Frau alles unternommen hast, damit ich deine Identität nicht herausbekomme, warum hast du dann nicht alles unternommen, um mich schnellstens wieder loszuwerden?«

»Ich war so glücklich, dich in meiner Nähe zu haben«, seufzte er.

»Aber warum hast du mich nicht diskret beiseitegenommen und mir verraten, wer du bist? Dass ich nicht der Mensch bin, der dich bei deiner Familie bloßgestellt hätte, das hättest du eigentlich wissen müssen. Du weißt schon, dass du deine Frau allein durch deine übergroße Sorge um mich erst auf die richtige Spur gebracht hast, oder? Sie hat es doch vorher nicht einmal geahnt. Ich hätte dir meine Meinung gesagt und dann wären wir getrennter Wege gegangen.« Lillys Wangen glühten wie Feuer. So sehr hatte sie sich in Rage geredet.

»Ich weiß. Carlotta hat nichts von deiner Existenz geahnt.«

»Aber dein Freund Marcello, oder?«

»Ja, der wusste davon. Aber ich bereue nicht, dass du mich gefunden hast. Ich hätte es dir auch gesagt, wenn ich es übers Herz gebracht hätte, dich im Glauben zu lassen, dass Isabell deine Mutter ist. Dann wäre es alles ganz einfach gewesen. Weißt du, deine Mutter …«

»Halt! Ich muss erst einmal verstehen, was *dich* umgetrieben hat. Für mich ist meine Mutter immer noch Bella. Vom Kopf her weiß ich, dass sie es nicht sein kann, aber im Herzen fühle ich keine andere Mutter als sie. Und mach dir keine Hoffnungen, dass ich dieser leiblichen Mutter je verzeihe. Mir fällt nämlich nichts, hörst du, gar nichts ein, warum eine Frau ihr Kind weggibt. Bella hatte sogar eine Geburtsurkunde, die sie als Mutter ausweist. Ich will dieser Frau nur einmal in die Augen sehen und sie fragen: Warum?«

»Lilly, es ist alles meine Schuld. Bitte verteufle sie nicht. Sie ist das Opfer! Glaub es mir!«

Lilly hob abwehrend die Hände. »Dann bin ich gespannt, was sie mir dazu zu sagen hat!«

»Ich kann dir nicht versprechen, dass du sie zu Gesicht bekommst, aber ich werde alles in meiner Macht Stehende tun, dass du nicht mit einer Lebenslüge, die sich deine Eltern ausgedacht haben, leben musst«, stieß Riccardo hitzig hervor.

Lilly atmete ein paar Mal tief durch. Diese geheimnisvollen Andeutungen ihres Vaters gingen ihr langsam auf die Nerven.

»Ich bezweifle, dass ich überhaupt euer Kind bin. Du kommst mir vor wie jemand, der mit lauter Nebelkerzen um sich wirft. Ich aber brauche Klarheit. Und nur deshalb bin ich hier. Ich brauche sie, um in mein altes Leben zurückkehren zu können.«

»Das willst du doch gar nicht!«

»Woher willst du das denn wissen? Du kennst mich doch gar nicht!«, zischte Lilly.

»Ach, wir beide sind uns ähnlicher als du denkst. Ich sehe dir an, dass du Luca liebst und ich wünsche mir von Herzen, dass du, sobald du deine Klarheit hast, begreifst, dass man wahre Liebe nicht den äußeren Umständen opfern darf, sondern dass man die äußeren Umstände für die wahre Liebe verändert. Ich habe es nicht geschafft, aber du hast das Zeug dazu. Du bist mutig und ...«

»Mach dir keine Mühe. Ich habe Luca bereits mitgeteilt, dass ich zurück nach Hamburg gehe. Ich werde Luca niemals wiedersehen.«

Allein bei diesen Worten krampfte sich Lillys Brust so zusammen, dass sie das Gefühl hatte zu ersticken. Sie öffnete das Fenster und sog die Luft ein, die auch nach Meer roch. Erst jetzt nahm sie bewusst wahr, dass sie inzwischen mitten im belebten Stadtzentrum angekommen waren. Der Lärm drang unbarmherzig durch das offene Fenster. Es wurde auf der Straße gehupt, geflucht und so dicht aufgefahren, dass keine Briefmarke mehr zwischen die Autos gepasst hätte.

Hastig schloss sie das Fenster wieder und lehnte sich erschöpft zurück. Sie konnte es selbst in Gedanken nicht über sich bringen, diese Fremde als ihre Mutter zu sehen, obwohl sie keinen Zweifel daran hatte, dass die Frau sie geboren hatte. So erklärten sich im Nachhinein auch die merkwürdigen Anspielungen auf die vermeintliche Ähnlichkeit zwischen ihnen.

In diesem Augenblick hielt ihr Vater auf einem Parkplatz vor einem imposanten Altbau. Lillys Herzschlag beschleunigte sich, denn sie ahnte, dass nach ihrem Besuch bei diesem Psychotherapeuten nichts mehr so sein würde wie zuvor.

46.

Lilly und ihr Vater warteten nun bereits seit einer guten halben Stunde in dem Wartezimmer des Psychiaters darauf, zum Dottore vorgelassen zu werden. Mehrfach sprang Riccardo di Rossi von seinem Stuhl hoch und rannte wie ein Tiger im Käfig durch den Raum. Die Dame an der Rezeption hatte ihnen mitgeteilt, dass der Dottore noch einen Patienten hatte.

»Du machst mich ganz nervös. Setz dich doch«, bat Lilly ihren Vater. Der tat zwar, was sie verlangte, fing aber nun an, mit den Fingern auf der Armlehne herumzutrommeln.

Lilly presste die Lippen zusammen. Natürlich war sie ebenfalls entsetzlich angespannt, aber bei ihr ging alles nach innen. Obwohl es in dem Wartezimmer gut temperiert war, fröstelte sie. Deshalb war sie erleichtert, als ein untersetzter Mann mit grauem Haar auftauchte, den sie für den Psychiater hielt. Lilly beobachtete, wie sich die beiden Männer gegenseitig taxierten, ohne ein Wort zu sagen. Dann erst beachtete der Mann sie und ihm entgleisten die Gesichtszüge.

»Das ist doch …, nein …, das kannst du doch nicht machen«, stieß er erregt hervor, doch dann erlangte er seine Fassung so plötzlich zurück, wie er sie zuvor verloren hatte.

»Ich bin Dr. Poletti«, sagte er steif und reichte ihr die Hand.

»Ich bin Lilly Haas«, entgegnete sie.

»Dann kommt mit«, forderte er beide auf. »Ich habe aber nicht lange Zeit«, fügte er hektisch hinzu.

In seinem Sprechzimmer angekommen, bot er Lilly und ihrem Vater Plätze auf einem Sofa an. Er selbst setzte sich auf einen Stuhl und atmete schwer. »Können wir zwei erst einmal unter vier Augen reden, Riccardo?«, fragte er schließlich.

»Nein, ich habe meine Tochter mitgebracht, damit sie alles erfährt, und nicht, damit wir sie rausschicken«, erwiderte ihr Vater ungerührt. Lilly nahm die unangenehme Spannung zwischen den beiden Männern wahr. Wie alte Freunde, die sich über ein Wiedersehen nach so langen Jahren freuten, wirkten sie jedenfalls nicht auf sie.

»Gut, dann rede ich ganz offen.« Poletti funkelte ihren Vater an. »Ich habe dich nicht gebeten, mich aufzusuchen. Ich wollte dich lediglich davon in Kenntnis setzen, dass Hanna verschwunden ist. Kein Grund, unangemeldet in meiner Praxis aufzutauchen!«

»Und ich wollte aus erster Hand wissen, was genau passiert ist!«

Dr. Poletti deutete nun auf Lilly. »Was weiß sie?«

Es missfiel Lilly außerordentlich, dass er über sie in der dritten Person sprach. »Entschuldigen Sie, aber ich spreche so gut Italienisch, dass Sie mich direkt fragen können. Und wenn nicht, dann versuchen Sie es auf Englisch. Gut, Sie wollen wissen, was ich weiß. Ich weiß gar nichts. Nur dass meine Eltern offenbar bei oder vor meiner Geburt beschlossen haben, mich wegzugeben. Und dass meine Mutter, ich spreche jetzt von Bella, mich offensichtlich als ihr eigenes Kind ausgegeben hat. Es sei denn, sie hätte mich entführt, was man ja auch immer mal wieder hört. Aber ich glaube kaum, dass mein Vater ihr dann monatlich Geld für mich gezahlt hätte.« Lilly wunderte sich selbst über den arroganten Ton, den sie dem Psychiater gegenüber angeschlagen hatte, aber seine Art provozierte sie.

»Sie wissen also nichts über die Gründe, warum Sie nicht bei Ihren Eltern aufgewachsen sind?«, hakte er nach.

»Bei meinem Vater kann ich mir den Grund denken. Er hatte nicht den Mumm, seine Familie zu verlassen. Über die

Motive meiner Mutter tappe ich im Dunklen und deshalb bin ich hier. Ich dachte, Sie könnten mich aufklären, denn offenbar wissen Sie Dinge über mein Leben, die ich endlich erfahren sollte.«

»Wie kannst du es wagen, mich derart unvorbereitet mit ihr zu konfrontieren?«, fauchte der Psychiater ihren Vater an. »Du hättest sie nicht mit herbringen dürfen. Das ist gegen alle Abmachungen.«

»Salvatore, das ist mehr als dreißig Jahre her. Aber nun haben sich die Verhältnisse geändert. Meine Tochter hat mich aufgespürt und ich habe meine Meinung geändert. Damals war ich zu jung, nicht bereit, den goldenen Käfig zu verlassen und musste mit der Schuld leben, dass ich Hanna weggeschickt habe. Damals schien es mir so das Beste zu sein. Aber Lilly ist kein Kind mehr, über dessen Kopf hinweg wir an alten und falschen Entscheidungen festhalten dürfen. Sie hat ein Recht, ihre Mutter zu sehen, denn nur Hanna kann ihr sagen, was damals wirklich geschehen ist. Also, was ist mit ihr?«

Salvatore Poletti zuckte demonstrativ mit den Schultern. »Sie ist verschwunden. Das habe ich dir doch bereits am Telefon mitgeteilt. Ich konnte doch nicht ahnen, dass du drei Stunden später vor meiner Tür stehst, du Spinner.«

»Vorsicht, mein Lieber. Es hilft nichts, wenn wir beide uns gegenseitig beleidigen. Ich kann nichts dafür, dass sie deinen Antrag damals abgelehnt und das Kind lieber in Bellas Obhut gegeben hat.«

Lilly lauschte dem Gespräch der beiden Männer voller Anspannung und wunderte sich auch, wie wenig professionell der Psychiater mit dieser Situation umging. Ihr lagen drängende Fragen auf der Zunge, aber sie war zu geschockt über das, was sie inzwischen alles erfahren hatte. Sie wusste nicht mal, ob sie überhaupt einen geraden Satz herausbringen würde.

»Warum hast du auf meinen Brief nicht geantwortet?«, fragte

ihr Vater Dr. Poletti. »Ich habe dir doch mitgeteilt, dass ich sie sehen möchte. Hast du ihr das überhaupt weitergegeben?«

»Leider habe ich ihr von deinem Brief erzählt und weißt du, was sie von mir gefordert hat? Ihn zu vernichten! Sie wollte nicht mal wissen, was drinsteht. Ich konnte sie nicht zwingen. Sie ist immer noch meine Patientin ...«

»Und dann?«

»Es hat sie aufgewühlt. Ich hatte Sorge, dass sie es nicht verkraftet, an die alte Geschichte erinnert zu werden. Da habe ich mit ihr eine Hafenrundfahrt unternommen, um sie abzulenken. Sie hat den Tag so genossen und abends war ich mit ihr essen und habe ihr ganz spontan ... einen Antrag gemacht.«

»Du hast was? Du bist ihr Arzt. Bist du bescheuert?« Riccardo sprang auf, und es sah für einen Augenblick so aus, als ob er sich auf den Mann stürzen würde, aber dann setzte er sich schnaufend zurück an seinen Platz. »Und wie hat sie darauf reagiert?«

»Sie hat ihn abgelehnt und du weißt doch genau, warum.«

»Scheiße, verdammte Scheiße«, fluchte Riccardo.

»Ich habe sie dann nach Hause gefahren und ihr versichert, dass es mir leidtäte und dass ich ihr Arzt bleiben würde, solange sie mich bräuchte. Und wir haben einen neuen Termin ausgemacht. Heute Mittag, aber sie kam nicht. Ich habe versucht, sie anzurufen, aber sie ging weder an ihr Handy noch ans Festnetz. Ich habe dann die Nummer ihrer einzigen Freundin vor Ort rausbekommen, bei der sie im Hinterzimmer ihr Atelier hat. Die hatte sie schon seit zwei Tagen nicht gesehen. Sie ist zu ihrer Wohnung und hat nachgeguckt, denn sie hat einen Schlüssel. Sie war nicht da. Ihr Bett war unbenutzt, aber auf ihrem Schreibtisch lag ein angefangener Brief an mich. Die Frau hat ihn mir vorgelesen. Sie schreibt, dass sie nicht mehr zur Therapie kommen wird, weil sie es nicht mehr braucht.«

»Das darf doch alles nicht wahr sein! Und wenn sie es jetzt ...

o nein. Das würde ich mir nie verzeihen«, murmelte Riccardo. »Sag mir sofort, wo sie wohnt! Ich werde sie suchen«, fügte er entschlossen hinzu.

»Nein, du kannst ihr nicht helfen. Du hast schon mal versagt. Du hast sie doch dazu getrieben!«

Blitzschnell sprang Riccardo wieder von dem Sofa auf und packte Poletti bei seinem Jackett. »Wo lebt sie?«

»Du hast geschworen ...«, jammerte der Psychiater.

»Wo?«, wiederholte Riccardo und schubste ihn auf den Stuhl. »In Camogli!«

»Scheiße!«, schrie Riccardo. »Gib mir ihre Adresse!«

»Nein, das werde ich nicht tun!«, entgegnete Salvatore Poletti. »Du bist doch schuld an allem.«

»Und du bist schuld, wenn ihr jetzt etwas passiert!«, brüllte Riccardo.

Mit hochrotem Kopf griff der Psychiater in eine Schublade und reichte ihm einen Zettel.

»Und wo wohnt die Freundin?«, fragte Riccardo, während er sich den Zettel in die Jackentasche steckte.

»Der kleine Andenkenladen unter den Arkaden. Die Frau heißt Georgia.«

Riccardo wandte sich nun Lilly zu. »Komm schnell!«

Lilly folgte ihm wie in Trance. Salvatore Poletti stieß wilde Beschimpfungen aus, aber Riccardo nahm seine Tochter bei der Hand und zog sie mit sich fort.

47.

Im Wagen fing Riccardo ohne Einleitung an, Lilly von damals zu erzählen. Erst zögerlich und dann brach es förmlich aus ihm heraus. Er schilderte Lilly, wie er sich in die Tramperin verliebt hatte, die sein Freund Marcello unterwegs aufgegabelt hatte. Während sich Bella prächtig amüsiert hätte, wäre es Hanna unangenehm gewesen, mit diesen verheirateten Männern in deren Haus zu sein, vor allem, weil Antonia mitbekam, wie am Pool gefeiert, gevögelt und gesoffen wurde.

»Doch sie blieb aus dem schlichten Grund, weil sie sich in mich genauso verliebt hat wie umgekehrt. Bei uns hat es einige Tage gedauert, bis wir miteinander geschlafen haben. Marcello hat mich einen Idioten genannt, als ich ihm gestanden habe, ich hätte sie bislang nur geküsst. Es war wie in einem Traum, aus dem ich nicht erwachen und mich auch nicht fragen wollte, wohin das führen sollte. Und dann kam Carlotta aus dem Urlaub zurück, um mich an meinem Geburtstag zu überraschen. Ich war mit Hanna im Wald gewesen, weil wir uns wenigstens außerhalb der Villa lieben wollten. Sie hatte ihr Diaphragma vergessen, aber sie war sich sicher, dass nichts passieren konnte ...«

Er unterbrach sich irritiert, als Lilly in ein hysterisches Gelächter ausbrach. »Der Wald der hundert Kinder. Das glaube ich jetzt ja nicht! Offenbar ist das dein Lieblingsplatz, um Kinder zu machen.« Sie hörte abrupt auf zu lachen. »Wie geschmacklos. Da führst du meine Mutter in den Wald, wo du deinen ehelichen Sohn gemacht hast. Vielleicht noch an dieselbe Stelle ...«

Riccardo stieß einen tiefen Seufzer aus. »Lilly, ich wollte dich nicht verletzen. Ich kann mich nicht mal mehr genau daran erinnern, wo und wann ich mit Carlotta dort war. Ich weiß nur noch, dass deine Mutter und ich uns dort geliebt haben.«

Lilly hielt sich demonstrativ die Ohren zu. »Ich weiß gar nicht, ob ich das alles wissen will. Vielleicht lässt du mich einfach aussteigen. Ich nehme mir ein Taxi zum Bahnhof. Ich glaube, ich möchte diese Frau gar nicht kennenlernen.«

Sie waren jetzt dabei, die Innenstadt zu verlassen.

»Warte, Lilly, bitte, gemeinsam können wir die alten Wunden heilen. Du musst mir jetzt zuhören. Ich bin nicht mehr an diese überkommenen Versprechen gebunden, ich werde dir nichts verschweigen. Dann entscheide, ob du sie sehen möchtest oder nicht.«

»Ja, gut, dann rede, aber verschone mich mit Einzelheiten. Also, deine Frau tauchte plötzlich auf, als ihr nach dem Sex aus dem Wald gekommen seid, und weiter?«

»Es war vor dem Haus. Ich hatte deiner Mutter gerade versprochen, dass ich alles hinter mir lassen werde, die Klinik, die Familie, um mit ihr ein neues Leben anzufangen. Wir haben uns geküsst...«

»Keine Details«, fauchte Lilly.

»Das ist aber wichtig, damit du verstehst, was in deiner Mutter vorgegangen sein muss. Jedenfalls habe ich zufällig einen Blick nach oben geworfen und da sah ich Carlotta am Fenster stehen. Ich habe Hanna gebeten, unten am Steg auf mich zu warten. Ich wollte sie nicht Carlottas Wut ausliefern. Am Pool hat es dann eine scheußliche Szene gegeben, Carlotta hat die Rucksäcke der beiden ins Wasser geworfen und Marcello aufgefordert, die Nutten, wie sie damals wörtlich sagte, wegzubringen. Bella war auch geschockt, aber sie war psychisch die Stärkere der beiden. Hanna war hochsensibel und empfindlich. Dann verließ Carlotta das Haus, um in die Kapelle zu gehen. Ich war wie erstarrt, aber froh, dass Hanna nicht von ihr attackiert worden war. Da hörte ich ein lautes Gewimmer. Carlotta kam zurück und schubste Hanna vor sich her. Vor meinen Augen schlug sie Hanna und spuckte sie an. Ich war unter Schock ...«

»Wie jetzt? Du hast Hanna nicht vor deiner Frau geschützt?«

»Ich weiß nicht, ob du das kennst. Das soll keine Entschuldigung sein, aber ich konnte nicht reagieren. Ich habe gezittert, hatte Herzrasen, habe mich in die völlige Erstarrung zurückgezogen und dann ging alles ganz schnell. Marcello hat Bella und Hanna fortgebracht, Bella ist freiwillig gegangen, Hanna stand ähnlich unter Schock wie ich. Als ich aus der Erstarrung erwachte, war ich mit Carlotta allein. In ihren Augen konnte ich das Entsetzen lesen, denn sie spürte, dass ich sie niemals so geliebt habe wie Hanna, aber das konnte sie nicht zulassen. Sie redete auf mich ein, nannte das eine ›dreckige Affäre‹ und Hanna und Bella ›die Schlampen‹. Sie drohte mir, dass sie mir, sollte ich so etwas noch einmal wagen, nicht nur die Klinik und das Haus, sondern auch meinen Sohn nehmen würde. Matteo war mein Ein und Alles. Nur weil Carlotta mit ihm schwanger war, habe ich sie geheiratet. Das hätte ich sonst niemals getan, obwohl ich sie damals mochte. Sie war das Mädchen aus dem goldenen Käfig. Man redete damals hinter vorgehaltener Hand über ihren Großvater und dass er es mit seiner eigenen Schwiegertochter trieb, Carlottas Mutter. Ja, es gibt auch Gerüchte, dass Carlotta in Wirklichkeit seine Tochter ist. Sie tat mir leid. Ich merkte, sie brauchte mich so sehr. Ich war ihre Stütze, denn hinter ihrer stets beherrschten Fassade steckte ein verletzliches Mädchen, das ihren Großvater wie einen Halbgott verehrte, obwohl er ein unangenehmer Kerl war. Ich glaube, sie ahnte, dass es da um ihren heiß geliebten Großvater ein düsteres Geheimnis gab, aber das hätte sie nie im Leben zugegeben. Wenn, dann hatte sie es tief in ihrem Herzen verschlossen. Sie war so hart zu sich und anderen. Nur mich hat sie damals mit Liebe geradezu überschüttet. Das hat mir gutgetan. Aber Hannas wegen hätte ich sie sofort verlassen, nur nicht Matteo. Den konnte ich nicht bei ihr zurücklassen. Ich habe doch bald nach der Eheschließung gemerkt, dass ich sie nicht wirklich lieben kann und dass sie, obwohl sie ihren Sohn mit Zuwendung überschüttet hat, zur wahren Liebe gar nicht fähig war. In dieser Finsternis wollte ich ihn nicht aufwachsen lassen.«

Lilly wischte sich verstohlen eine Träne aus dem Augenwinkel. Ihr Zorn und ihr Unmut waren verraucht und hatten einer gewissen Empathie für ihren Vater Platz gemacht. Sie spürte seine Aufrichtigkeit in einer Intensität, die sie zutiefst berührte.

»Und wie hast du erfahren, dass Hanna schwanger war?«

»Es war kein Tag seitdem vergangen, an dem ich nicht an Hanna dachte, aber ich redete mir ein, sie würde mich schnell vergessen, wenn sie erst in Florenz angekommen wäre und sicherlich gleich einen Verehrer an jeder Hand hätte. Sie war sehr schön. So wie du. Und dann bekam ich den Anruf von Bella. Ich solle sofort nach Camogli kommen. Sie nannte mir die Adresse eines Hotels. Sie wollte mir nicht sagen, warum. Aber sie sagte, es ginge um Leben und Tod. Ich bin sofort losgefahren und fand meine Geliebte in einem völlig desolaten Zustand vor. Sie war schwanger, schon im vierten Monat, zu spät …« Er stockte.

»Du musst mir nichts ersparen. Natürlich hast du daran gedacht, mich abtreiben zu lassen. Das kann mich nun auch nicht mehr schocken«, bemerkte Lilly bitter.

»Jedenfalls erinnerte mich Hanna an mein Versprechen, mit ihr ein neues Leben anzufangen. Und ich feige Sau habe mich gewunden wie ein Aal, obwohl mein Herz geblutet hat. Sie war nicht mehr die junge Frau, die ich vor ein paar Monaten geliebt hatte. Bella verriet mir, dass Hanna schon immer dazu geneigt hatte, sich alles zu Herzen zu nehmen und auch einen Hang zur Schwermut besaß. Und sie hatte sich in den Kopf gesetzt, mit mir ein neues Leben anzufangen. Deshalb hatte sie überstürzt alle Zelte in Florenz abgebrochen. Bella fand ihren Zustand bedenklich und hatte sie schweren Herzens begleitet. Nun hatten sie kein Geld und keine Bleibe. Hanna weigerte sich, nach Hamburg zurückzugehen. Sie wollte partout in Italien bleiben. Ich habe ihr jedenfalls unter diesen Umständen nicht sagen können, dass ich meinen Sohn nicht verlassen werde, aber sie hat es gespürt. Jedenfalls habe ich sie nicht ihrem Schicksal überlassen wollen, denn Bella kam auch nicht mehr wirklich an sie heran. Und da fiel mir ein alter Studienkollege ein, der in einer Klinik in Genua arbeitete. Er war mir noch einen Gefallen schuldig, weil ich ihm seine Doktorarbeit geschrieben habe. Ich wollte, dass er sich um sie kümmert.«

»Dottore Poletti, nehme ich mal an. Und was hattest du für einen Plan? Dass er meine Mutter heiratet und du damit dein schlechtes Gewissen reinwaschen kannst?«

»Ich weiß es nicht. Ich war ein Idiot, ein Aufsteiger. Ein Bauernjunge, der dazugehören wollte, ach, Lilly, ich kann dir nur schwören, dass ich das, was nun geschah, zutiefst bereue.«

Sie waren inzwischen durch mehrere hübsche Vororte von Genua gefahren und offenbar am Zielort angekommen, denn ihr Vater hielt abrupt an. »Das Navi sagt, es ist ihr Haus. Lass mich bitte allein vorgehen. Ich bin gleich wieder da.«

Kaum war Lilly allein, überkamen sie erneut Zweifel, ob sie den Weg jetzt wirklich zu Ende gehen und nicht lieber abhauen und mit dem Zug zurückfahren sollte. Obwohl sie noch keine Idee hatte, wie die Geschichte ausgehen würde, außer der Tatsache, dass Bella sie als ihre Tochter ausgegeben hatte, spürte sie das Unheilvolle, das sie erwartete, in jeder Pore ihres Körpers.

Doch da eilte ihr Vater bereits mit besorgter Miene auf den Wagen zu. Er riss die Beifahrertür auf.

»Sie ist wirklich nicht da. Wir müssen sie suchen«, befahl er und Lilly sah gar keine Chance mehr, dem Finale zu entkommen. Sie stieg aus und konnte kaum mit ihm Schritt halten.

Sie nahmen eine Treppe, die hinunter zu einer Promenade

führte. Flüchtig registrierte Lilly, dass die Häuser am Strand ungewöhnlich und bunt waren. Es blieb ihr keine Zeit, die Schönheit des Ortes zu bewundern. Nachdem sie durch ein rotes Tor in einen Arkadenweg eingebogen waren, stoppte ihr Vater vor einem kleinen Laden.

»Das muss es sein«, murmelte er und schon hatte er das Geschäft betreten. Lilly folgte ihm.

Die Verkäuferin schien sofort zu begreifen, dass sie keine Kunden waren, denn sie musterte Lilly sichtlich irritiert.

»Entschuldigen Sie, dass wir hier so reinplatzen, aber wir suchen Hanna.«

Ihre Miene verfinsterte sich. »Tja, ich würde Ihnen gern weiterhelfen, aber ich vermisse sie auch seit zwei Tagen.«

Lilly aber hörte ihr gar nicht mehr zu, denn ihr Blick war auf eine Zeichnung gefallen, die ein Kleinkind abbildete. Genauso hatte sie mit zwei Jahren ausgesehen. Ihr stockte förmlich der Atem. »Woher haben Sie das?« Sie deutete auf das Bild.

»Das ist aus Hannas unverkäuflicher Serie, wie sie das immer nennt.«

»Serie? Gibt es mehr davon?«, fragte Lilly.

»Ja, die stehen hinten im Atelier.« Sie zeigte auf eine Tür.

Ohne zu fragen, stürmte Lilly in den Raum und sah sich prüfend um. Und da entdeckte sie auch schon, was sie suchte: In einer Ecke standen säuberlich gerahmt noch mehr Bilder, die sie darstellten. Und nicht nur als Kind, sondern auch als Erwachsene. Und da fiel Lilly etwas Seltsames ein: Bella hatte jedes Jahr zu Weihnachten ein Foto von ihr gemacht. Lilly hatte sich nie etwas dabei gedacht, aber jetzt wusste sie, was Hanna als Vorlage für diese Bilder gedient hatte.

Ihr wurde schwindlig. Sie kam ins Wanken, doch da wurde sie von einem kräftigen Arm gehalten. Lilly hatte ihren Vater gar nicht kommen hören.

»Lilly«, raunte er. »Ich weiß, dass das alles Wahnsinn ist, aber wir müssen sofort weiter. Ich habe eine schlimme Ahnung und ...«

Lilly drehte sich zu ihrem Vater um. In diesem Augenblick begriff sie, was er befürchtete. »Du hast Angst, sie tut sich etwas an, oder?«

»Du wirst es verstehen, wenn ich dir gleich alles erzähle«, sagte er. Dann nahm er sie bei der Hand und führte sie aus dem Laden, denn Lilly war wie betäubt.

»Halt, Sie haben mir ja gar nicht gesagt, wer Sie sind«, rief eine Stimme hinter ihnen her. »Ich muss ihr doch sagen, wer nach ihr gefragt hat und wer da einfach in ihr Atelier gestürmt ist. Hanna ist da nämlich sehr eigen.«

»Sagen Sie ihr einfach, ihre Tochter war hier«, antwortete Lilly mit belegter Stimme. Zum ersten Mal hatte sie das ausgesprochen, was sie erst vor wenigen Stunden erfahren hatte und was sie in ihrer tiefsten Seele immer noch nicht wahrhaben wollte.

48.

Auf dem kleinen Ausflugsdampfer, der im Stundentakt vom Hafen von Camogli zur Abtei von San Fruttuoso fuhr, waren nur wenige Ausflügler, sodass Lilly und Riccardo einen Platz bekamen, von dem aus sie einen traumhaften Blick auf die malerische Küstenlinie hatten. Doch ihnen stand nicht der Sinn danach, die Schönheiten der Natur zu genießen. Als sie den Laden verlassen hatten, wollte das Boot gerade ablegen, und sie waren in letzter Sekunde an Bord gekommen.

»Ich will es kurz machen. Wir fahren nur fünfzehn Minuten bis nach Punta Chiappa«, begann Riccardo das Gespräch. »Und bis dahin sollst du alles wissen. Damit du verstehst, was in mir vor sich geht. Also, Salvatore, der gerade ein Haus geerbt hatte, nahm die beiden bei sich auf. Ich kam manchmal am Wochenende zu Besuch und habe Hanna hingehalten. Ich wollte warten, bis du auf der Welt bist, um ihr zu sagen, dass ich mich nicht von Matteo trennen würde. Doch natürlich ahnte sie, dass etwas nicht stimmte. Salvatore hatte sich heftig in sie verliebt und fragte mich, was ich davon halten würde, wenn er sie heiratete. Das war kurz vor der Entbindung. Ich habe gesagt: Versuch dein Glück. Dass ich bei dem Gedanken fast verrückt geworden bin, wusste keiner. Sie hat den Antrag abgelehnt und mich in der Klinik angerufen. Sie wollte wissen, ob ich davon wusste. Sie hatte mich nie zuvor in der Klinik angerufen. Ich war gerade in großer Hektik und habe gesagt, das wäre doch das Beste für alle Beteiligten. Da herrschte langes Schweigen in der Leitung, doch dann sagte sie nur: *Ciao, Riccardo!* Ich habe erst nach ein paar Minuten begriffen, dass es kein normaler Abschied gewesen ist, habe alles stehen und liegen gelassen, mich ins Auto gesetzt und bin nach Genua gefahren. Hanna war verschwunden, aber eine Nachbarin hatte sie in den Bus nach Camogli steigen sehen. Ich bin wie ein Irrer dorthin gefahren, aber wo war sie? Schließlich habe ich im Hotel nachgefragt, in dem die beiden Frauen gewohnt hatten, und tatsächlich, Hanna hatte sich dort erkundigt, wo man allein schwimmen gehen könne. Man hatte ihr Punta Chiappa empfohlen, die einsame Landzunge, wo kein Tourist sich je ins Wasser wagen würde. Ich war der Einzige, der in Punta Chiappa aus dem Boot gestiegen ist. Ein Fischer hat mir den Weg zu den Klippen erklärt. Es war nicht einfach, die Felsen zu finden, von denen gute Schwimmer ins Wasser gehen würden, sie war eine hervorragende Schwimmerin, aber als ich die Packung mit den Tabletten entdeckt habe ...«

Riccardo hatte inzwischen Lillys Hand genommen und merkte gar nicht, dass er sie so sehr drückte, dass es ihr Schmerzen bereitete, doch Lilly ließ es geschehen. Der Schmerz ihrer Hand lenkte sie von dem Schmerz ihrer Seele ab, denn jetzt ahnte sie, was geschehen war.

»Sie hat versucht, sich und mich zu töten ...« Ihre Stimme zitterte.

»Ja, aber ich konnte sie rechtzeitig aus dem Wasser ziehen. Beinahe wären wir beide ertrunken.«

»Wäre vielleicht besser gewesen für uns alle drei!«

Riccardo riss Lilly in seine Arme. »Bitte, bitte, sag so etwas nicht! Es ist alles meine Schuld.«

»Du bist ganz sicherlich das größte Arschloch in diesem Drama gewesen, aber eine Mutter, die das Leben ihres ungeborenen Kindes auslöschen will, ist eine kranke Medea. Diese Geschichte hat mich schon in der Schule angekotzt. Genauso wie diese Familienväter, die ihre Kinder umbringen, weil sie nicht mehr mit ihren Problemen fertigwerden. Sie haben kein Recht, ihre Kinder mit in den Tod zu nehmen!« Lilly hatte gar nicht gemerkt, dass sie laut brüllte. Riccardo ließ sie erschrocken los.

»Verstehst du jetzt, dass ich es dir nicht sagen konnte? Dass ich versucht habe, dir das alles zu ersparen?«

»Ich verstehe etwas ganz anderes nicht. Warum du möchtest, dass ich diese Frau treffe. Wenn ich das vorher gewusst hätte, ich …«

»Lilly, Hanna war krank und ist es vielleicht immer noch. Sie hat das nicht bei Verstand getan. Sie ist danach direkt in die psychiatrische Klinik gekommen, in der Salvatore damals gearbeitet hat. Aber trotz ihrer Depressionen oder ihrer Psychose, ich kenne nicht einmal die Diagnose, hat sie sofort eingesehen, dass es Wahnsinn war. Sie hat verlangt, dass wir dich vor ihr schützen. Wir haben gemeinsam überlegt, was das Beste für dich sein würde. Es war Bellas Idee, dich bei der Geburt als ihr Kind auszugeben, damit sie mit dir nach Deutschland gehen konnte. Ich weiß nicht, wie sie das alles gedeichselt haben. Hanna wollte, dass ich gehe und nie wiederkomme. Salvatore hat mir geschworen, sich um Hanna zu kümmern, und Bella hat versichert, dass sie sich um dich kümmert. Sie war zwar etwas chaotisch, aber hatte ein Herz aus Gold. Ich war damals der Meinung, das wäre die beste Lösung.«

Lilly schluchzte laut auf.

»Siehst du jetzt ein, dass Hanna doch nichts dafür konnte«, sagte ihr Vater leise.

Lilly fuhr herum und funkelte ihn wütend an. »Ich weine nicht um die Frau, sondern um Bella. Um meine Mutter, die mir ein Zuhause gegeben hat. Der einzige Mensch, der mich wollte. Verdammt, ich möchte diese Person, die mich geboren hat, nicht sehen.«

»Lilly, bitte, gib doch auch ihr die Chance, dass sie dich einmal in die Arme nehmen darf, so wie ich. Wenn wir nicht zu spät kommen. Das ist doch kein Zufall! Salvatore hat ihr wieder einen Antrag gemacht, sie wusste, dass ich ihr geschrieben habe. Das hat doch alles wieder aufgewühlt. Sie ist schwer traumatisiert. Und nun wiederholt sich das. Ich spüre, dass sie an der Landzunge ist. Ich habe solche Angst. Ich werde es mir nie verzeihen, wenn ich dieses Mal zu spät komme.«

Da sprang er bereits von der Bank auf, weil das Schiff auf einen Steg zusteuerte. Lilly blieb gar nichts anderes übrig, als ihm zu folgen, denn sie empfand in diesem Augenblick wenig, geschweige denn Sorge um die fremde Frau. Ihr Vater schlug einen schmalen Weg ein, von dem aus man bis zur Provinzhauptstadt Genua blicken konnte und dessen Geländer mit Fischernetzen überzogen war. Es war ein sehr ursprünglicher Ort, an dem Lilly gern noch verweilt hätte, aber ihr Vater rannte wie getrieben eine Treppe hinauf. Es folgte ein kleiner Waldweg, an dessen Ende sich eine Klippe befand. Man konnte die salzige feuchte Luft auf der Zunge schmecken. Die Felsen fielen zu beiden Seiten schroff ins Meer ab. Fast in der Mitte führte ein holperiger Weg zu einer Ruine, von der aus es über schmale Stufen etwa zehn Meter hinab zum Meer ging.

Als sie unten angekommen waren, schrie Riccardo entsetzt auf und deutete auf einen Körper, der weit draußen in den leichten Wellen trieb. Er riss sich Hemd und Hose vom Körper und sprang mit einem Kopfsprung ins Wasser. Dabei brüllte er und machte Zeichen. Die Sonne blendete Lilly so stark, dass sie nur ahnen konnte, dass es Riccardo war, der auf den Körper zukraulte. Als die Sonne kurz hinter einer Wolke verschwand, sah sie, was wirklich dort draußen passierte. Sie sah eine Person mit blondem langem Haar, die vor Riccardo fortschwamm in Richtung Land. Jetzt entdeckte Lilly auch die Kleidung, die offenbar der Frau gehörte. Sie lag zu ihren Füßen auf dem Felsen zusammen mit einer Badetasche. Ohne zu überlegen, nahm Lilly die Korbtasche und warf einen Blick hinein. Mit zitternden Fingern griff sie nach der Geldbörse, ganz gezielt, um ihre Identität festzustellen. Und tatsächlich, sie hatte einen Ausweis und eine aktuelle Aufenthaltsgenehmigung bei sich. Ausgestellt auf Hanna Peters. Die Frau im Wasser war also ihre Mutter, aber sie machte nicht gerade den Eindruck, als ob sie sich umbringen wollte. Dazu bewegte sie sich zu wenig. Hastig stopfte Lilly die Sachen zurück in den Korb. Die beiden näherten sich nun dem Felsen, von dem ein dickes Seil herabhing, das offenbar dazu diente, dass sich die Badenden besser aus dem Wasser ziehen konnten. In diesem Moment hatte ihr Vater die Flüchtende eingeholt. Und was nun geschah, ließ Lilly den Atem stocken. Die beiden umklammerten einander und küssten sich.

Wieder einmal fochten die Stimmen in Lillys Kopf einen heißen Kampf untereinander aus. Was hatte sie mit diesen Menschen, die sich ihre Eltern nannten, eigentlich zu tun? Riccardo war ihr inzwischen emotional zwar nähergekommen, aber die blonde Badenixe dort unten war ihr fremd. Sie wusste nichts von ihr – außer dass sie sie beinahe getötet hätte. Und warum küsste ihr Vater sie denn bloß? Um sie wieder zu enttäuschen, wenn er zu Carlotta zurückkroch? Das war nicht fair.

In diesem Augenblick lösten sich die beiden voneinander und Riccardo deutete in Lillys Richtung. Sie waren dem Land jetzt so nahe, dass Lilly das Gesicht der Frau erkennen konnte, aus deren Augen die nackte Panik sprach. Und Lilly kam nicht umhin, festzustellen, dass sie dieser Frau verblüffend ähnlich sah.

Das war der Augenblick, in dem Lilly sich ganz langsam umdrehte und auf den Rückweg zum Steg machte, denn es war nur eine äußerliche Ähnlichkeit, auf die Lilly, wie sie in diesem Augenblick wütend beschloss, nicht reinfallen würde. Was hatte sie mit diesen beiden Menschen zu tun? Gut, sie waren ihre leiblichen Eltern, aber musste sie ihnen deshalb verzeihen? Alles in ihr sträubte sich dagegen, mit dieser Frau je ein Wort zu wechseln. Ihre Mutter war Bella Haas und sie fühlte den Schmerz, sie verloren zu haben, mit aller Macht. Nein, daran änderten auch die beiden Fremden im Meer nichts. Sollten sie sich doch küssen und einander quälen ...

Als sie den Steg erreichte, legte gerade das Boot dort ab, das aus San Fruttuoso zurück nach Camogli fuhr. Lilly sprang noch an Bord. Dieses Mal richtete sie ihren Blick während der Fahrt auf die Küstenlinie, die sich in wilder Schönheit zeigte. Nun hatte sie auch ein Auge für die ungewöhnlichen bunten Häuser von Camogli, die vom Wasser gigantisch aussahen. Wie bunte Fischerhäuser, nur nicht so klein, sondern im Hochhausformat. Es war ein Anblick, der sie tief im Herzen berührte. Sie spürte, dass Italien ihre Heimat war und dass sie gar nicht mehr woanders leben wollte und konnte.

Und ganz plötzlich wusste sie, dass ihre Reise nach Italien nicht vergeblich gewesen war. Nicht nur, weil sie jetzt wusste, wer sie wirklich war, jedenfalls biologisch, sondern weil sie nicht zulassen würde, dass diese beiden Menschen ihr Leben zerstörten. Im Gegensatz zu ihnen würde sie ihre Liebe leben! Keine Carlotta, kein Matteo, keine Hanna und kein Riccardo würden sie daran hindern, mit Luca glücklich zu werden. Allein der Gedanke versetzte sie in eine euphorische Stimmung. Sie fühlte sich wie auf Wolken und so, als könnte sie die ganze Welt umarmen. Nun wollte sie nur noch zurück an den Lario.

Sie fuhr mit dem Zug bis nach Genua. Dort suchte sie eine Autovermietung auf und mietete sich einen Fiat 500. Ihr Herz klopfte bis zum Hals, als sie Luca von der Autovermietung aus anrief. Sie war wahnsinnig enttäuscht, dass sich nur seine Mailbox meldete. Mit heiserer Stimme teilte sie ihm mit, dass sie in etwa dreieinhalb Stunden im Hotel sein würde, und bat ihn, dorthin zu kommen. Da sie direkt am Counter telefonierte, verzichtete sie schweren Herzens darauf, ihm ihre Liebe zu versichern.

Den Wagen wollte sie in Como wieder abgeben, weil in Lenno keine Station war, und sich zur Weiterfahrt bei Alfredo ein anderes Auto mieten. Erst als sie auf der Autobahn war, warf sie einen Blick auf die Uhr und erschrak. Es war bereits neunzehn Uhr und sie würde erst in drei Stunden in Como sein, doch Lilly hatte Glück: Die Straßen waren leer, sodass sie weniger als drei Stunden brauchte. Alfredo war gerade dabei, das Büro abzuschließen. Er war sehr überrascht, sie zu sehen. Natürlich wollte er alles von ihr wissen. Besonders, was das mit ihrem Vater auf sich hatte. Lilly aber hatte nur noch einen Wunsch: auf dem schnellsten Weg nach Lenno. Sie versprach, ihm alles an einem anderen Tag zu berichten.

»Nein, dann fahre ich dich«, schlug er vor.

»Das kann ich doch nicht annehmen, du bist heute schon einmal meinetwegen umsonst nach Lenno gekommen«, sagte Lilly nicht gerade überzeugend, denn kurz darauf saßen sie bereits in seinem Wagen. Alfredo war sehr neugierig zu erfahren, was es nun mit Lillys Vater wirklich auf sich hatte. Sie beschloss, ihm nur den Teil der Geschichte anzuvertrauen, der Riccardo betraf. Hanna erwähnte sie nicht.

Alfredo war hocherfreut, als sie ihm mitteilte, dass sie am Comer See bleiben würde, woraufhin er sie an seine Einladung zum Sagra de San Giovanni erinnerte. Um ihn nicht gleich wieder zu frustrieren, versprach sie ihm hoch und heilig, ihn zu begleiten, verschwieg aber nicht, dass wahrscheinlich ihr Freund mitkommen würde. Natürlich wollte Alfredo Genaueres wissen, aber Lilly war viel zu aufgeregt, um mit ihm über Luca zu sprechen.

»Du wirst ihn mögen«, sagte sie knapp.

Als Alfredo um kurz nach zehn vor dem Hotel hielt, pochte Lilly das Herz bis zum Hals. Mit prüfendem Blick taxierte sie die parkenden Autos und stellte enttäuscht fest, dass Lucas nicht dabei war. Er wird sicher auf dem Weg sein, dachte sie, nachdem sie sich von Alfredo verabschiedet hatte und das Hotel betrat.

Als sie an der Rezeption vorbeiging, überreichte ihr der Portier einen Umschlag mit den Worten: »Das wurde vorhin von einem Kurier für Sie abgegeben.«

Lilly hatte ein ungutes Gefühl. Der Umschlag lieferte keinerlei Aufschluss über den Absender. Der Brief lag schwer wie Blei in ihrer Hand. Kaum war die Zimmertür hinter ihr ins Schloss gefallen, riss sie hektisch den Umschlag auf. Auf dem Briefkopf prangte das Logo von Lucas Firma. Lilly musste seine handgeschriebene Nachricht mehrfach lesen, bis sie wirklich begriff, dass sich da keiner einen üblen Scherz erlaubt hatte.

Geliebte Lilly, seit deiner Mail frage ich mich, was ich bloß verkehrt gemacht habe, dass du so gar kein Vertrauen in die Kraft unserer Liebe hast. Aber das Leben muss weitergehen. Auch ohne dich. Dieser eiserne Vorsatz hat mich über den Tag gerettet, wenngleich ich mich bei jedem Flugzeug am Himmel gefragt habe, ob du wohl an Bord bist. Und als ich mich gerade so halbwegs mit deiner Entscheidung abgefunden hatte, war deine Nachricht auf meiner Mailbox. Nein, Lilly, ich komme nicht. Dieses Hin und Her macht mich krank. Ich habe das so lange Jahre in der Beziehung mit Rebecca ertragen und mir vorgenommen, dass ich so etwas in meinem Leben nicht mehr möchte. Lebe wohl! Ich werde dich nie vergessen. Luca

49.

Es hatte Antonia und Pietro einige Überredungskünste gekostet, Lilly an der Abreise nach Deutschland zu hindern. Letztlich hatten Emmas Zustand und die Tatsache, dass sich nach Antonias Rückkehr aus der Klinik jemand um sie kümmern musste, den Ausschlag gegeben. Antonia hatte jedenfalls behauptet, sie benötige vorübergehend eine Hilfe, was Lilly allerdings mittlerweile arg bezweifelte, da die alte Frau sich weder im Haushalt noch im Stall irgendetwas aus der Hand nehmen ließ. Lilly vermutete eher, dass Antonia sie am Comer See halten wollte, weil sie fest daran glaubte, dass es zwischen Lilly und Luca doch noch zu einer Versöhnung kommen würde. Seit seiner Nachricht hatte sie jedenfalls nichts mehr von ihm gehört. Sie hatte allerdings auch im Hotel nicht verlauten lassen, dass sie vorerst am Lario bleiben würde. Ihre Entscheidung, auf den Berg zu ziehen, hatte sie nicht bereut. Hier oben in der unvergleichlichen Stille war sie weit genug entfernt von der Welt dort unten am See, obwohl keine Stunde verging, in der sie nicht an Luca dachte. Antonia konnte ihr den Liebeskummer offenbar ansehen, denn jedes Mal, wenn sie Lilly dabei ertappte, wie sie sehnsuchtsvoll in die Ferne blickte, wiederholte sie ihr Credo, das würde sich garantiert wieder einrenken. Ob sie ihm denn hinterherlaufen sollte, hatte Lilly die alte Dame einmal provokant gefragt. »Auf keinen Fall!«, hatte Antonia da empört erwidert. »Ihr bekommt Beistand von dem da oben, denn ihr beide gehört zusammen.«

Lilly glaubte zwar nicht daran, dass Luca seine Meinung ändern würde, und auch nicht, dass sich göttliche Mächte ihres

Glücks annehmen würden, dennoch hatten Antonias Worte etwas Tröstliches.

An diesem Nachmittag saßen die beiden Frauen träge im Schatten eines Sonnenschirms, weil es auf dem Berg sehr schwül war. Lilly suchte schon seit Tagen nach einer Gelegenheit, Antonia zu berichten, dass sie ihre leibliche Mutter – jedenfalls von Weitem – gesehen hatte. Natürlich ging ihr das Erlebnis in Punta Chiappa nicht aus dem Sinn. Und es stürzte sie jedes Mal in gefühlsmäßige Wechselbäder. Mal ermahnte sie sich, ihre Eltern schlichtweg aus ihrem Leben zu streichen, und manchmal – so wie in diesem Augenblick – bereute sie es fast ein bisschen, dass sie nicht wenigstens ein paar Worte mit ihrer Mutter gewechselt hatte, um sich einen Eindruck von ihr machen zu können. Vielleicht war es doch nicht ganz richtig von ihr gewesen, diese Frau nur auf ihren missglückten Selbstmordversuch und die fatalen Folgen zu reduzieren, dachte sie in solchen Momenten. Und sie erinnerte sich daran, wie Antonia einmal von Hannas sanftem Wesen geschwärmt hatte. Zu einem Zeitpunkt, an dem Lilly noch glauben musste, sie würde von Bella reden.

»Signora di Rossi hätte mich nach meinem Infarkt im Stall glatt verrecken lassen, oder?«, bemerkte Antonia völlig unvermittelt.

»Das haben Sie also doch mitbekommen?«, fragte Lilly erstaunt.

»Ich hatte es ja nicht auf den Ohren oder im Kopf. Wenn Sie nicht gewesen wären, dann wäre ich jetzt tot. Die Signora hätte keine Hilfe geholt. Dass sie mit den Jahren immer verbitterter geworden ist, das habe ich wohl gemerkt, aber als sie mich dazu genötigt hat, Ihren Hund bei Nacht und Nebel aus Chiaras Zimmer zu stehlen, da dämmerte es mir, dass sie nicht mehr alle …« Antonia tippte sich an die Stirn. »Ach, ich hätte die Stellung schon früher so manches Mal kündigen mögen, aber der Kinder wegen und wegen des Professore habe ich das nie übers Herz gebracht.

Na ja, und dann konnte ich nicht mehr wegen Pietros Schulden«, fügte sie seufzend hinzu.

Der Gedanke an das Geld berührte Lilly unangenehm. Es hatte sie einige Überwindung gekostet, in der Klinik anzurufen und zu behaupten, sie hätte noch eine offene Rechnung zu begleichen und bräuchte dazu die Kontonummer von Dr. di Rossi. Sie hatte ihm dann umgehend die vierhunderttausend Euro überwiesen. Es tat ihr unendlich leid, dass sie nun doch nichts für die Familie d'Angelo tun konnte. Umso gerührter war sie, dass Pietro sie mittlerweile wie ein Familienmitglied behandelte und Giovanni sie sogar schon einmal zum Essen nach Sorico eingeladen hatte. Er war ein äußerst unterhaltsamer und charmanter Mann. Wenn ihr Herz nicht immer noch Luca gehört hätte, wäre sie einem Flirt mit ihm sicherlich nicht abgeneigt gewesen.

»Ach, Antonia, es tut mir so leid, dass ich nichts für Ihren Neffen und Ihren Bruder tun konnte«, stöhnte Lilly.

»Kindchen, wir schaffen das schon. Sobald ich wieder ganz auf den Beinen bin, fange ich bei Maria Danesi als Hausdame an. Und ich freue mich doch so, weil ich bei ihr mehr verdiene als zuvor und weniger arbeiten muss. Signora Danesi ist ein Engel.«

Wider Willen musste Lilly schmunzeln über so viel Lob, das überdies berechtigt war. Wenn Lilly sich je eine Schwiegermutter hätte aussuchen dürfen, dann diese Frau.

»Ich gönne es Ihnen von Herzen. Eine bessere Chefin könnten Sie gar nicht bekommen, wobei ich lieber gesehen hätte, Sie wären gar nicht mehr arbeiten gegangen, sondern hätten Ihren Neffen in seinem neuen Tierheim ein wenig unterstützen können. Aber was hätte ich denn machen sollen? Signora di Rossi hätte nicht gezögert, mich zu verklagen. Und dann? Dann wäre womöglich Ihr Neffe mit in diese unschöne Angelegenheit hineingezogen worden.«

Antonia legte ihr tröstend die Hand auf den Arm. »Kindchen, Sie müssen sich nicht entschuldigen. Sie sind ein so guter Mensch ...«

Jetzt oder nie, durchfuhr es Lilly.

»Das haben Sie schon einmal zu mir gesagt. Sie sind ein guter Mensch wie Ihre Mutter. Wieso mochten Sie sie? Es muss doch in Ihren Augen eine Sünde gewesen sein, was da in der Villa di Rossi ablief.«

»Sodom und Gomorrha. Sagen Sie es ruhig«, schnaufte Antonia voller Empörung. »Natürlich habe ich das unmoralische Treiben verurteilt, aber einmal, als der Dottore den ganzen Tag in der Klinik und Marcello Danesi mit der anderen Frau zugange war, da hat mir ihre Mutter das Herz ausgeschüttet. Dass sie sich entsetzlich dabei fühlt, die Ehefrau in ihrem eigenen Haus zu betrügen, aber dann geschworen, dass sie den Dottore aufrichtig liebt und nicht anders kann. Ich habe ihr klargemacht, dass die Signora ihn niemals freigeben wird, aber sie hatte rosarote Träume von einem gemeinsamen Glück mit ihm. Sie war sehr romantisch, hatte etwas von einem scheuen Reh und war recht weltfremd. In dem Punkt unterscheiden Sie sich natürlich.«

»Da bin ich aber froh«, entgegnete Lilly, denn daran, dass es zwischen dem Charakter ihrer Mutter und ihrem noch ganz andere Unterschiede gab, hegte sie keinen Zweifel. Sie konnte sich nämlich beim besten Willen nicht vorstellen, sich umzubringen, geschweige denn ihr ungeborenes Kind mit in den Tod zu reißen. Das war wirklich nur mit einer psychischen Labilität zu erklären, so wie ihr Vater das behauptet hatte. »Ich habe sie gesehen!«, fügte Lilly hinzu.

»Wen?«

»Meine Mutter.«

»Um Gottes willen! Wo?«

»In Camogli. Mein Vater wollte, dass ich sie kennenlerne, aber ich bin abgehauen, denn ich habe erst kurz vorher erfahren, dass meine Mutter nicht Bella ist, sondern Hanna und …« Lilly stockte und musterte Antonia fragend. »Woher wussten Sie eigentlich, dass ich Riccardos Tochter bin? Von ihm?«

Antonia schüttelte den Kopf. »Nein, ich wusste es nicht wirklich, ich habe es nur geahnt. Ich habe Ihren Vater damals einmal betrunken im Park gefunden. Ich erinnere es genau, weil das für ihn völlig untypisch war. Ihr Vater hat dem Alkohol nie besonders zugesprochen. Aber an diesem Abend konnte er sich kaum mehr artikulieren. Und da hat er ständig was von seiner Tochter gestammelt. Da war die Signora noch gar nicht mit Chiara schwanger. Ich habe niemals darüber gesprochen, aber dann sah ich Sie. Da wusste ich, Sie müssen Hannas Tochter sein, denn sie hat damals ganz genauso ausgesehen wie Sie. Gut, sie war damals neunzehn, aber die Ähnlichkeit ist wirklich verblüffend.«

»Tja, das hat die Signora dann ja auch irgendwann gemerkt«, murmelte Lilly, während ihr plötzlich Chiara in den Sinn kam. Sie hatte sich überhaupt noch nicht bewusst gemacht, dass sie ihre Schwester war. Was sie wohl sagen würde? Ob sie auch in die Hasstiraden ihrer Mutter und ihres Bruders einstimmen würde? Und warum war Chiara nur ein Jahr jünger als sie? Das hieß doch wohl, dass der Dottore schnell für ein neues Kind gesorgt hatte? Ob sie ein Versöhnungskind oder ein Ersatz für das weggegebene Kind gewesen war? Daran wollte sie lieber gar nicht weiter denken, denn der Gedanke war so oder so schmerzhaft.

»Wollen Sie hören, was damals geschehen ist?«, fragte Lilly leise.

Antonia nickte eifrig. »Ja, und ich wüsste gern, was aus Hanna geworden ist. Mein Bruder hat damals beobachtet, wie Signore Danesi die beiden Frauen in Lenno quasi wie räudige Hunde aus dem Wagen geworfen hat. Dabei hat sich Ihre Mutter den Fuß verletzt. Pietro hat mich angerufen, gefragt, ob er nicht helfen sollte, und ich habe ihn gebeten, die beiden verstörten Mädchen mit nach Bugiallo zu nehmen. Sie haben fast eine Woche bei ihm auf dem Berg gelebt, bis sie in der Lage waren, nach Florenz weiterzufahren. Hanna hat damals beim Abschied so bitterlich geweint. Sie war eine Seele von einem Menschen.«

»Das kann ich nicht unterschreiben. Und vielleicht sehen Sie das auch anders, wenn ich Ihnen nun erzähle, was damals passiert ist«, seufzte Lilly, bevor sie Antonia all das wiedergab, was sie auf der Fahrt mit ihrem Vater nach Genua hatte erfahren müssen.

Während ihrer Schilderung liefen Antonia Tränen über das faltige Gesicht. Als Lilly fertig war, herrschte betretenes Schweigen.

»Ich kann Sie verstehen, mein Kind«, sagte Antonia schließlich. »So etwas erfahren zu müssen, ist sicherlich grausam. Aber meinen Sie nicht, Sie könnten ihr mit ein wenig Abstand doch verzeihen?«

»Jetzt sagen Sie bloß nicht: Die Zeit heilt alle Wunden«, stöhnte Lilly und erhob sich hastig. Nein, dachte sie ärgerlich, ich will ihr weder verzeihen noch irgendetwas über ihren edlen Charakter hören! Wie immer, wenn sie über ihre Eltern nachdachte, fiel sie von einem Extrem ins andere. Sie schwankte ständig zwischen dem Wunsch nach Versöhnung und dem Impuls, ein Band zwischen ihnen nie entstehen zu lassen. Emotional fiel ihr dabei die Vorstellung, ihren Vater niemals wiederzusehen, ungleich schwerer, denn ihn hatte sie schließlich näher kennengelernt.

»Ich muss mich fertig machen für das Fest de San Giovanni«, sagte Lilly.

Die Miene der alten Frau erhellte sich. »Ach, wie schön. Wie oft bin ich als junge Frau dort gewesen und habe mit meinem Schwarm getanzt.«

Lilly musterte Antonia neugierig. »Sie hatten mal einen Schwarm? Warum haben Sie ihn nicht geheiratet?«

»Ach, Kindchen, das ist eine lange traurige Geschichte. Wir

hatten einen dummen Streit. Wir konnten beide nicht nachgeben. Lorenzo hat dann aus lauter Trotz eine andere geheiratet. Was meinen Sie, wie ich gelitten habe! Und deshalb dürfen Sie nicht den gleichen Fehler machen wie ich.«

»Sie sind nicht die Einzige, die mich davor warnt, ihren Fehler nicht zu wiederholen. Mein Vater hat mich auch schon beschworen, das nicht zu tun, aber Luca hält mich für unzuverlässig. Dabei habe ich doch nach dem hässlichen Streit in der Villa geglaubt, das könnte ich ihm nicht antun, wenn die di Rossis mich mit ihrem Hass verfolgen. Ich habe doch eingesehen, dass das verkehrt war. Es ist ungerecht von ihm, dass er mich deshalb für ein Fähnchen im Wind hält! Er kann wirklich nicht erwarten, dass ich mich dafür bei ihm entschuldige!« Lilly hatte sich derart in Rage geredet, dass ihre Wangen glühten.

»Kindchen, nun vertrauen Sie mal darauf, dass alles wieder gut wird. Das wollen Sie doch auch, oder?«

Lilly stieß einen tiefen Seufzer aus. »Ja, schon, aber er hat sich schließlich von mir getrennt … Ich weiß nicht, wie wir wieder zueinanderfinden sollen, wenn ich nicht auf ihn zugehe. Und das will ich nicht!«

»Tja, zwei solche Sturköpfe, da kann wirklich nur die göttliche Fügung helfen«, bemerkte sie lächelnd. »Und wer begleitet Sie?«

»Alfredo.«

»Alfredo?«

Lilly klärte sie kurz auf, bevor sie ins Haus eilte, um sich umzuziehen. Sie hatte eigentlich vor, Bellas Kleid anzuziehen, aber dann blieb ihr Blick an dem Danesi-Modell hängen. Sie nahm das wunderschöne Seidenkleid vom Bügel und legte es sich auf einem Stuhl bereit. Sie würde es nach dem Duschen anziehen.

Alfredo, der sie wenig später abholte, blieb der Mund offen stehen, als Lilly in diesem Kleid aus dem Haus trat.

50.

Das historische Fest fand an mehreren Orten am Ufer des Lago Como gleichzeitig statt. Alfredo schlug vor, in Bellagio mitzufeiern, weil dort später auch der Fackelzug stattfand. Nach Bellagio wollte Lilly aber lieber nicht, denn die Gefahr, dort zufällig Luca zu begegnen, schien ihr zu groß. Nicht, dass sie ihn nicht gern getroffen hätte, aber nicht, wenn sie mit Alfredo unterwegs war, der, seit Lilly ihm mitgeteilt hatte, dass ihr Freund nicht mitkäme, weil er sich von ihr getrennt hatte, in allerbester Laune war. Mit großer Begeisterung gab er den Kavalier an ihrer Seite. Was würde Luca wohl von ihr denken, wenn sie sich auf dem Fest mit einem der beiden gut aussehenden Männer, die sich im Al Veluu um sie geprügelt hatten, herumtrieb? Dieser Gedanke allerdings ärgerte sie zugleich: Was ging es Luca an, mit wem sie sich auf dem Fest amüsierte, und was scherte es sie, was er über sie denken mochte? Diese Frage konnte sie sich natürlich selbst beantworten, was sie noch mehr in Rage versetzte. Trotzdem wollte sie das Schicksal nicht unnötig herausfordern.

»Und was für Alternativen gibt es?«

»Wir fahren nach Ossuccio. Das liegt gegenüber der Insel Comacina, wo sie gegen 22 Uhr auch die Schlacht um die Insel nachspielen und ein Feuerwerk veranstalten.«

»Ist das nicht viel schöner? Also ich wäre dafür, dorthin zu fahren. Das ist doch viel näher am Geschehen.«

»Das Problem ist nur, dass es dort sehr voll sein könnte«, gab Alfredo zu bedenken. »Und dass wir den Wagen in Lenno parken müssen, weil die Via Regina von 20 bis 24 Uhr zwischen Argegno und Lenno gesperrt ist.«

»Das ist doch kein Problem. Wir können das kleine Stück gut zu Fuß gehen.«

Alfredo schien nicht besonders begeistert. »Gut, dann machen wir das so, wie du das wünschst. Einer so schönen Frau kann man doch keinen Wunsch abschlagen.«

Schon weit vor Lenno standen sie in einem Stau und es war großes Glück, dass sie überhaupt einen Parkplatz fanden. Auf dem Weg nach Ossuccio überkam Lilly plötzlich eine große Traurigkeit. Was hätte sie darum gegeben, wenn der Mann an ihrer Seite Luca gewesen wäre. Nicht, dass Alfredo nicht alles versuchte, um ihr ein adäquater Begleiter zu sein, aber oben auf dem Berg hatte sie ihre Sehnsucht nach Luca nicht ganz so schmerzlich gespürt wie inmitten all dieser fröhlichen und festlich gekleideten Menschen, die alle zum Fest strebten.

Schon von Weitem ertönte Musik und die Düfte der lombardischen Küche wehten ihnen verführerisch entgegen. Alfredo nahm sie bei der Hand und zog sie immer tiefer in das pralle Leben. Auf dem Parkplatz waren überall Stände aufgebaut, die unter vielem anderen Polenta anboten und zu Lillys großem Entsetzen: Schnecken. Sie hatte einmal in ihrem Leben probiert, dieses Getier zu essen. Es war weniger der Geschmack, der sie abgestoßen hatte als vielmehr die Konsistenz. Sie hatte diese als zäh und schleimig empfunden. Bella hatte ihr damals mit Engelszungen erklären wollen, dass es eine Kunst wäre, Schnecken richtig zuzubereiten, und diese eben nicht besonders gelungen wären, aber Lilly hatte nie wieder versucht, sie zu essen.

Offenbar spiegelte ihr Gesicht ihren Abscheu wider. »Willst du wirklich nicht? Die Schnecken sind hervorragend«, lobte Alfredo, während er sich eine Portion bestellte, aber Lilly blieb hart.

»Schade«, sagte er, als er sich genüsslich über seinen Schneckenteller hermachte. »Schnecken gehören zu diesem Fest wie die Feuer, die du nachher überall sehen wirst. In die Schalen wird Öl gegossen und dann werden sie mittels eines Dochtes zu kleinen Lämpchen.«

»Das ist wirklich lieb, dass du mich zu meinem vermeintlichen Glück zwingen willst, aber ich mag die Dinger nun einmal nicht im Mund haben«, erklärte Lilly entschieden, während sie ihren Blick über die Massen der gut gelaunten Italiener schweifen ließ. Es ging eine ansteckende Lebensfreude von ihnen aus, die Lilly kurzfristig vergessen ließ, wie sehr sie Luca vermisste. Sie kam sich mit einem Mal schrecklich stur vor. Warum hatte sie ihm nicht geantwortet, dass sie ihre Meinung nicht mehr ändern würde, sondern hier bliebe, ganz gleich, was noch alles über sie hereinbrechen würde?

»Meine Schöne, woran denkst du? Ich befürchte, nicht an mich«, bemerkte Alfredo mit einem leicht beleidigten Unterton.

»Alles gut. Ich finde es bezaubernd hier, bis auf die Schnecken. Wollen wir mal das Tanzbein schwingen?«

»Gern doch.« Alfredo reichte ihr seinen Arm. Er war ein wunderbarer Tänzer, der sie elegant über die Tanzfläche schob. Der Spaß ließ sie ihre Sehnsucht nach Luca kurzfristig vergessen. In den Pausen tranken sie einen süffigen offenen Rotwein. Die Zeit bis zum Feuerwerk verging wie im Flug. Sie sicherten sich einen Platz in der vorderen Reihe. Alle Augen waren jetzt auf die Insel Comacina gerichtet. Dort sollte erst das Feuerwerk gezündet werden und anschließend wurde die Brandlegung zelebriert, wie Alfredo ihr eifrig erklärte.

»Dann werden Feuer auf der Insel und auf diversen Flößen auf dem See entzündet. Sie sollen an das große Feuer auf der Insel Comacina 1169 erinnern. Damals rächten sich die Einwohner der Stadt Como an den Bewohnern der Region, die zusammen mit den Mailändern 1127 an der Zerstörung ihrer Stadt teilgenommen hatten, indem sie über die Insel herfielen und alles restlos zerstörten, auch die neuen Kirchen auf den befestigten Klippen.«

Lilly hörte aufmerksam zu und offenbarte ihm auch nicht, dass er ihr das schon einmal erzählt hatte, nämlich als er sie zu diesem Fest eingeladen hatte. Abgesehen davon, dass sie an ihm mochte, wenn er sich so begeistert ins Zeug legte, wenn es um »seinen« See ging, wäre er sicher beleidigt gewesen. Das war eine weniger angenehme Eigenschaft an ihm. Er konnte gleich so schrecklich mürrisch werden, wenn ihm etwas nicht passte.

Alfredo aber war nun ganz in seinem Element und legte, während sie auf den Beginn des Feuerwerks warteten, wie selbstverständlich den Arm um Lilly, die ihn gewähren ließ in der Hoffnung, dass er daraus nicht gleich die falschen Schlüsse zog. Und dann schossen die »fuochi«, die Feuerwerker, bereits die ersten Raketen gen Himmel. Es war ein gigantisches Spektakel, zu dem die entsprechende Musik über den See schallte. Rot dominierte im Spiel der Farben, sodass es tatsächlich immer an ein Feuer erinnerte. Mal als riesiger Fächer und mal als Fontänen. Lilly hatte schon einige Feuerwerke gesehen, aber dieses war speziell, weil alles, was gen Himmel geschossen wurde, nicht durch ausgefallene Neuigkeiten brillierte, sondern auf eine altmodische Weise geheimnisvoll wirkte. In manchen Augenblicken wurde die Illusion geschürt, dass man sich wirklich mitten im Kampf um die Insel befand. Als das Feuerwerk vorüber war, loderten auf der Insel viele Feuer, sodass man fast glauben musste, dort würde es wirklich brennen.

Alfredo hatte sie während des Schauspiels immer näher zu sich herangezogen, doch das merkte sie erst, nachdem wirklich alles vorüber war. Die Menschen am Ufer waren außer Rand und Band. Es wurde geklatscht, gegrölt und gesungen.

Lilly versuchte, sich sanft aus der Umarmung zu befreien, und gab vor, sich noch einen Wein zu holen. Alfredo versprach, an dem Platz zu verweilen, und bat sie, ihm ein Glas mitzubringen. Da die meisten Zuschauer sich immer noch am Seeufer ballten, war es auf dem Platz wesentlich leerer als zuvor.

Als Lilly auf einen Weinstand zusteuerte, entdeckte sie ein harmonisch wirkendes Paar an einem der Stehtische. Sie hatten die Köpfe zusammengesteckt und unterhielten sich angeregt. Lilly blieb wie betäubt stehen. Sie hatte Luca sofort erkannt. Bei der Frau war sie sich nicht ganz sicher, doch als die sich in diesem Augenblick Luca zuwandte und Lilly sie im Profil sah, wusste sie, dass die Frau, die ihn jetzt stürmisch umarmte, Chiara war.

Lilly wollte weglaufen, denn das, was sich da vor ihren Augen abspielte, war mehr als eindeutig, aber sie blieb wie angewurzelt stehen und beobachtete nun, wie die beiden Hand in Hand ihren Platz verließen und in Richtung Seeufer verschwanden. Lilly kam regelrecht ins Schwanken und schaffte es gerade noch, zu dem Tisch zu gehen, den die beiden eben verlassen hatten. Dort stützte sie sich an der Tischkante ab und atmete ein paar Mal tief durch. Sie traute sich aber nicht zu, zurück zu Alfredo zu gehen, weil sie viel zu aufgewühlt war und weil sie Sorge hatte, Chiara und Luca im Getümmel zu begegnen. So blieb sie einfach an diesem Stehtisch stehen. Als sie sich nach einer Weile halbwegs beruhigt hatte, holte sie sich ein Glas Rotwein und trank es zügig leer. Eine Welle von Selbstmitleid schwappte über sie, gegen die sie völlig machtlos war. Was hatten ihr diese Menschen nur angetan? Wie konnte Luca Lilly nach allem, was sie hatte durchleiden müssen, gegen ihre eigene Schwester austauschen?

Eine Hand, die sich auf ihre Schulter legte, holte Lilly aus ihren Gedanken. Sie fuhr herum. Es war Alfredo, der sie befremdet musterte.

»Du wolltest doch zurückkommen? Was machst du denn hier?«

»Mir war plötzlich so schwindlig«, erwiderte sie hastig.

»Kannst du mich vielleicht zum nächsten Taxistand bringen? Ich möchte jetzt nach Bugiallo.«

»Gott, du bist ja ganz blass. Was hältst du davon, wenn du mit zu mir nach Como kommst und dich dort ein bisschen ausruhst?«

»Nein, bitte, bring mich nur zum Taxi. Ich kann nicht von dir erwarten, dass du meinetwegen das Fest verlässt und den weiten Weg auf dich nimmst«, protestierte sie energisch.

»Du glaubst doch selbst nicht, dass ich dich jetzt deinem Schicksal überlasse. Ich liefere dich natürlich höchstpersönlich bei den d'Angelos ab.«

Lilly wollte gerade widersprechen, weil sie bei all ihrem Kummer fand, dass sie die Hilfsbereitschaft des freundlichen Alfredo langsam überstrapazierte, als sie Chiara und Luca Arm in Arm zielstrebig in ihre Richtung kommen sah. Panisch griff sie nach Alfredos Hand und zog ihn fort. »Bitte bring mich hier raus! Schnell!«

Alfredo tat, was sie verlangte, aber nicht ohne sich einmal umzudrehen, weil es ihn offenbar interessierte, was Lilly zu dieser panischen Flucht bewogen hatte.

»Lilly, ich glaube, wir werden verfolgt. Ich vermute, die beiden wollen was von dir. Sie winken und rufen.«

»Bitte, komm«, flehte Lilly, ließ seine Hand los und rannte in eine der dunklen Gassen, die weg vom See führten. Erst als der Lärm des Festes verklungen war, blieb sie keuchend stehen und blickte sich um. Alfredo war ihr schnaufend gefolgt.

Kopfschüttelnd baute er sich vor ihr auf. »Was sollte das denn? Warum bist du vor den beiden fortgerannt, als wäre der Teufel hinter dir her?«

»Weil das mein Exfreund war. Mit seiner neuen Freundin«, erwiderte sie genervt.

Alfredo kommentierte das nicht, obwohl seine Miene Bände sprach. Sie konnte ihm förmlich ansehen, dass er ihr Verhalten trotzdem für albern hielt. Wenn sie ehrlich war, empfand sie es im Nachhinein ja genauso dämlich. Vielleicht hätte sie auch souveräner reagiert, wenn sie Luca mit einer fremden Frau getroffen hätte, aber ausgerechnet mit Chiara? Wahrscheinlich wusste sie auch längst darüber Bescheid, dass Lilly ihre Halbschwester war, und Lilly hegte keinen Zweifel daran, dass sie es genauso schlimm wie ihr Bruder fand.

Schweigend liefen sie über die immer noch für Autos gesperrte Via Regina in Richtung Lenno. Als sie dort an einer Reihe wartender Taxis vorbeikamen, beschloss sie, ohne Alfredo nach Bugiallo zurückzukehren. Sie wollte jetzt einfach allein sein und ihr Herz ganz bestimmt nicht Alfredo ausschütten.

Sie blieb abrupt vor dem ersten Wagen stehen. »Alfredo, ich verabschiede mich jetzt«, erklärte sie mit belegter Stimme.

»Wie du meinst«, entgegnete er verschnupft. »Aber dann können wir uns ja morgen wieder treffen. Am Abend findet das große Seefeuerwerk statt. Da kommen ganz andere Pyrotechniker zum Zug ...«

Lilly legte Alfredo beschwichtigend die Hand auf den Arm. »Alfredo, du bist echt toll, aber ich werde mich so lange nicht mehr vom Berg rühren, bis ich zum Flughafen fahre. Wir werden uns nicht wiedersehen. Ciao.« Sie gab ihm zum Abschied ein Küsschen auf die Wange.

Er nahm sie fest in den Arm. »Ach, Lilly, ich hätte dir so gewünscht, dass der See dir mehr Glück gebracht hätte und dass du für immer hiergeblieben wärst. Schlimmstenfalls auch mit dem Kerl da unten. Sag mal, den habe ich schon mal irgendwo gesehen.«

»Ja, er war auch im Al Veluu an jenem Abend«, seufzte sie.

»Ach so, wenn zwei sich streiten, freut sich der Dritte.« Dabei huschte ein leises Grinsen über sein Gesicht, worüber Lilly sehr erleichtert war. Ein Abschied im Zorn von ihrem treuen Helfer hätte ihr äußerst missfallen.

»Wenn ich ihm eins aufs Maul geben soll, sag nur Bescheid!«, scherzte er.

»Bloß nicht, vielleicht habe ich das da eben auch falsch gedeutet mit den beiden ...«

Alfredo verdrehte die Augen. »Hätten sie dich dann Arm in Arm verfolgt?«

»Sicher nicht«, sagte Lilly und wusste auch nicht, warum sie schon wieder an ihrer eigenen Wahrnehmung zweifelte und ihr stattdessen der nette Abend zu viert auf Matteos Terrasse in den Sinn kam. Chiara hatte freimütig zugegeben, wie verknallt sie als Teenie in Luca gewesen war, aber hatte sie nicht auch recht euphorisch von ihrer neuen Liebe zu einem jungen Mann in Rom geschwärmt? Und traute sie Luca allen Ernstes zu, dass er ihr die große Liebe schwor und kaum eine Woche später was mit Chiara anfing? Lilly war gar nicht wohl angesichts ihrer Zweifel, denn dann hätte sie eben den allergrößten Mist gebaut.

»Wollen Sie jetzt einsteigen oder nicht?«, fragte der Taxifahrer, der sich an seinen Wagen gelehnt und eine Zigarette geraucht hatte, die er jetzt ausdrückte.

»Ich komme!« Lilly stieg hinten ein und winkte Alfredo noch einmal zu. Ihr war schwer ums Herz, als sie nun den vertrauten Weg am See entlangfuhren. Auf der anderen Seite lag Bellagio noch immer in voller Festbeleuchtung und überall auf dem See dümpelten diese Boote, auf denen Feuer loderten.

Als es immer dunkler wurde auf der anderen Seite und nur noch die üblichen nächtlichen Lichter der Häuser leuchteten, lehnte sich Lilly auf ihrem Sitz zurück und schloss die Augen. Was ist bloß aus mir geworden, dachte sie bekümmert. In Hamburg hatte sie immer alles im Griff gehabt. Und wenn es einmal Probleme gab, hatte sie sich ihre Pro- und Contra-Listen erstellt und war meistens zu einer vernünftigen Lösung gelangt. Und nun war das geschehen, was sie ihr Leben lang gemieden hatte: das emotionale Chaos. Dagegen, wie kindisch ich mich gerade gebärde, ist Bella eine überaus vernünftige Person gewesen. Lilly stieß einen tiefen Seufzer aus. Nun war sie schon wieder weggelaufen. Erst vor ihrer Mutter, dann vor Luca.

Die Gedanken in ihrem Kopf fuhren Achterbahn, bis der Taxifahrer vor Pietros Haus hielt. Als sie ausstieg, kamen die beiden Hunde freudig angerannt und leckten ihr die Hände. Sie streichelte die beiden ausgiebig, bevor sie das dunkle Haus betrat. Inzwischen wusste sie, wo der Lichtschalter war, und eine Funzel beleuchtete den Weg zur Treppe. Lillys Blick blieb an dem altmodischen Telefonapparat hängen, der auf dem Flurschrank stand, und sie verspürte den starken Drang, sich Merle anzuvertrauen. Sofort überfiel sie ein schlechtes Gewissen, denn sie hatte sich bei der Freundin nicht mehr gemeldet. Auch nicht, nachdem Matteo ihr mitgeteilt hatte, dass Merle sich Sorgen um sie machte. Der Blick zur Uhr zeigte ihr, dass es kurz vor Mitternacht war. Außerdem war es Samstagnacht. Ihre Freundin Merle würde niemals ein Wochenende auf ihrem Sofa verbringen. Dazu war sie viel zu unternehmungslustig. Trotzdem nahm Lilly den Hörer zur Hand und wählte die vertraute Hamburger Nummer. Und wenn ich nur aufs Band spreche, dass ich bald zurück sein werde, dachte Lilly, während das Amtszeichen ertönte.

Zu ihrer großen Überraschung erklang Merles Stimme. Doch sie brach nicht in euphorische Freudenschreie aus, als Lilly sich meldete, sondern verstummte erst einmal.

»Merle, bist du mir böse?«, fragte Lilly vorsichtig.

»Blöde Frage, nächste Frage«, fauchte die Freundin.

»Hier ist so viel passiert, so viel Scheiße auch«, sagte Lilly.

»Hier auch!«

»Dann erzähl du mal erst«, seufzte Lilly.

»Da gibt es nicht viel zu erzählen. Sie haben mir gekündigt!«

»Wie bitte?«

»Ja, dein Ex-Alexander und diese Cheftochter-Tusse sind jetzt doch wieder ein Paar. Ich weiß nicht, wie sie es gemacht haben, aber ich habe eine wasserdichte Kündigung auf dem Tisch. War schon beim Anwalt. Muss mir also einen neuen Job suchen.«

»Das tut mir leid, aber mir geht es genauso. Kein Job! Ich werde auf schnellstem Weg meine Zelte in Bugiallo ...«

»Wo ist das denn?«

»Okay, eins nach dem anderen ... Möchtest du es chronologisch hören?«

»Ich bitte darum. Warte, ich hole mir ein Glas Wein. Das könnte länger dauern.«

»Gute Idee«, erwiderte Lilly verschwörerisch. »Bis gleich.« Auf Zehenspitzen schlich sie in die Küche und nahm sich aus dem Kühlschrank eine angebrochene Flasche Weißwein aus den Bergen, die Pietro extra für sie besorgt hatte.

»Ich bin wieder da«, flüsterte Lilly.

»Ich auch. Prost!«

Lilly holte noch einmal tief Luft, bevor sie Merle haarklein berichtete, was sie in den vergangenen Wochen am Comer See erlebt hatte. Sie ließ dabei auch nicht den Ausflug nach Camogli aus. Merle kommentierte Lillys Bericht mit: »Wahnsinn!«, »Nee, oder?«, »Das gibt es doch nicht!«

Zögernd fügte Lilly dann auch noch hinzu, was ihr am heutigen Abend widerfahren war und wie blöd sie sich benommen hatte.

»Mannomann, da ist das Leben meiner Freundin Lilly, die immer alles planen musste, mächtig durcheinandergeraten.«

»Ja und? Was denkst du? Kannst du mein Verhalten verstehen?«

»Ich will ganz ehrlich sein. Dass du in Punta Chiappa das Weite gesucht hast, bevor die beiden Turteltauben, die wohl deine Eltern sind, aus dem Wasser gestiegen sind, kann ich super nachvollziehen. Soll die Frau doch zu dir kommen und dich um Verzeihung bitten, aber du nicht zu ihr! Aber dass du Luca einfach so aufgibst, das hätte ich nicht von dir gedacht. Du glaubst doch selber nicht, dass er sich so schnell getröstet hat. Und nicht mit Matteos und nun auch deiner Schwester. Du hast doch eben selber erwähnt, dass die beiden sich schon von Kindesbeinen an kennen. Also, was deine baldige Rückkehr nach Hamburg angeht, da habe ich doch noch arge Zweifel.«

»Und was soll ich deiner Meinung nach machen?«

»Ganz einfach, du rufst ihn morgen an und sagst ehrlich, dass du ein bisschen kopflos weggerannt bist und dass du mit ihm über seinen blöden Brief gern reden möchtest.«

»Ich werde drüber nachdenken«, stöhnte Lilly.

»Und darüber hinaus wäre es bezaubernd, wenn du mich auf dem Laufenden halten würdest über die rasanten neuen Entwicklungen in deinem Leben. Und wenn ihr heiratet, will ich Trauzeugin sein.«

»Spinnerin!«

»Und was Matteo angeht, ich denke, das wird sich auch einrenken. Ich glaube, der war nur sauer, dass du nun nicht Lucas Schwester bist, sondern seine!«

»Hat er sich denn noch mal bei dir gemeldet?«

»Nein, nur eine kleine Antwort auf meine Nachricht, dass ich mir Sorgen um dich mache.«

»Ich verspreche dir, dass ich dich über alle spannenden Ereignisse umgehend unterrichten werde, aber erwarte nicht zu viel. Ich befürchte nämlich, du siehst mich eher schnell in Hamburg wieder. Und dann reden wir darüber, wie es mit uns weitergeht. Du bekommst bestimmt eine gute neue Stelle bei der Bank und ich werde dann endlich Kunst studieren.«

»Du willst dir doch nicht allen Ernstes den Traumjob in Lucas Firma entgehen lassen«, schnaubte Merle.

»Unter diesen Umständen kann ich wohl schlecht in seiner Firma als neue Zeichnerin antreten.«

»Lilly, er ist ein guter Typ, ich verstehe nicht, dass du nicht die Bohne um ihn kämpfen willst. Ich meine, dass du der Flachpfeife Alexander keine zweite Chance gegeben hast, rechne ich dir sogar hoch an, aber ...«

»Merle, bitte quäl mich nicht. Immerhin hält er mich für ein Fähnchen im Wind, selbst wenn das mit Chiara mein bekloppter Film war.«

»Okay, aber sag nie, ich hätte dich nicht anständig beraten«, stöhnte Merle.

»Versprochen, aber ist es nicht verrückt, was aus mir geworden ist? Wie du eben sagtest: In meinem Leben war alles geordnet, ich war die Vernunft in Person, Chaos gab es bei mir nicht und jetzt steht kein Stein mehr auf dem anderen.«

»Ich hab dich auch lieb«, lachte Merle. »Und jetzt muss ich schlafen.«

»An einem Samstag um Mitternacht? Das ist aber auch nicht die Merle, die ich kenne. Du hängst doch wohl nicht mehr meinem, hihi, Bruder nach, oder?«

»Nicht wirklich, aber ich mache mir seitdem ernsthafte Gedanken über eine richtige Beziehung.«

»Ach Schatz, wenn du das wirklich willst, dann passiert das auch«, erwiderte Lilly.

»Jetzt redest du wieder so obervernünftig wie früher, dann kann ich ja beruhigt schlafen gehen. Gute Nacht!« Sie gähnte laut.

»Schlaf gut.« Lilly fühlte sich nach dem Telefonat mit ihrer Freundin auf jeden Fall besser als zuvor, auch wenn sie die optimistische Sicht Merles in Bezug auf Luca nicht teilte.

Immerhin war sie so müde und erschöpft, dass sie wenig später einschlief, ohne sich noch stundenlang den Kopf darüber zu zerbrechen, ob und was für Fehler sie gemacht hatte, seit sie sich auf die Reise an den Comer See begeben hatte.

51.

Beim Aufwachen galt Lillys erster Gedanke Luca und den eindringlichen Ratschlägen ihrer Freundin. Sollte sie ihn wirklich um ein Gespräch bitten? Um nicht erneut in wilde Grübeleien zu verfallen, sprang sie hastig aus dem Bett, duschte sich kalt und zog sich an.

Antonia und Pietro saßen bereits am Frühstückstisch, der an diesem Sonntag üppig gedeckt war mit selbst gebackenem Ciabatta, Oliven, Tomaten, gegrillten Paprika, Honigmelonen, Weintrauben, geräuchertem Schinken, Salami, Mortadella und Käse. Beim Anblick dieser Köstlichkeiten bekam Lilly ein schlechtes Gewissen, dass sie so lange geschlafen hatte, denn sie war doch eigentlich hier, um Antonia zu unterstützen und nicht um von ihr verwöhnt zu werden.

»Komm, Kindchen, setzen Sie sich und erzählen Sie uns vom Fest«, forderte Antonia sie freundlich auf.

»Das Feuerwerk war einmalig«, erwiderte sie knapp.

»Und sonst? Haben Sie mit diesem jungen Mann getanzt und schön gefeiert?«, hakte Antonia in einem merkwürdigen Ton nach, wie Lilly fand. Die alte Dame war sonst nicht so plump neugierig.

»Ja, ja, war alles nett«, schwindelte sie, denn ihr stand nicht der Sinn danach, Antonia von ihrer panischen Flucht zu berichten. Jetzt erst fiel ihr auf, dass noch vier weitere Teller gedeckt waren.

»Kommt Giovanni zum Frühstück?«, erkundigte sich Lilly.

»Ja, mit ein paar Bekannten«, entgegnete Antonia ausweichend. »Aber nun essen Sie erst mal, Kindchen.«

Lilly aber hatte wenig Appetit und goss sich nur einen Kaffee ein. »Es ist so nett bei Ihnen«, seufzte sie. »Aber ich kann Ihnen doch wirklich nicht länger zur Last fallen. Jetzt, wo ich nichts für Sie tun kann. Ich werde morgen mal versuchen, in Sorico einen Flug zu buchen für Emma und mich.«

»Ja, ja, machen Sie das«, erwiderte Antonia, was Lilly ebenfalls irritierte. Sie hatte in der vergangenen Woche schon mehrfach angedeutet, dass sie sich um einen Flug kümmern wolle, aber dagegen hatte Antonia jedes Mal heftig protestiert. Ich glaube, jetzt wird es wirklich Zeit für einen Abschied, dachte Lilly traurig.

In diesem Augenblick wurden Stimmen laut. Lilly meinte für den Bruchteil einer Sekunde, Lucas Stimme erkannt zu haben. Sie fuhr herum, aber es war niemand da. Die Terrasse war hinter dem Haus, sodass man von hier nicht sehen konnte, ob jemand mit dem Wagen angekommen war.

Lilly wollte sich gerade ein Stück Brot und eine Olive nehmen, als die Stimmen näher kamen, und sie hätte schwören können, dass eine davon Lucas war. Und da bog er auch schon um die Ecke, gefolgt von Chiara, Giovanni und … Matteo.

»Aber, aber … was, haben Sie das gewusst?«, stammelte Lilly und wandte sich fassungslos Antonia zu. Ihr breites Grinsen sagte mehr als tausend Worte. Die Besucher näherten sich ganz ungezwungen dem Tisch und begrüßten einer nach dem anderen erst Antonia und Pietro und dann sie. Luca gab ihr ganz unbeschwert Küsschen auf die linke und rechte Wange und flüsterte ihr zu: »Wir beide reden später«, während Chiara sie herzlich umarmte, Giovanni ihr verschmitzt zuzwinkerte und Matteo etwas verlegen im Hintergrund stehen blieb und sie nur mit einem knappen »Hallo, Lilly!« begrüßte. Dies aber keinesfalls in einem unfreundlichen Ton, sodass Lilly die Welt nicht mehr verstand. Was hatte diese Invasion der di Rossis, Lucas und Giovannis zu bedeuten?

Die vier Besucher setzten sich, als wäre es das Selbstverständlichste überhaupt, an einem Sonntagmorgen in dieser Formation im friedlichen Bugiallo aufzutauchen und einen Lärmpegel auf den Berg zu bringen, der hier oben ungewöhnlich war. Sie redeten mit Händen und Füßen, so wie Lilly es an den Italienern mochte. Einer lobte überschwänglich das leckere Frühstück, einer die herrliche Aussicht, der dritte die romantische Landschaft. Als dann auch noch die Hunde herbeiliefen, um die Besucher neugierig zu beschnuppern, war das Hallo groß. Emma schoss sofort auf Chiara zu und ließ sich von ihr kraulen, als wären die beiden niemals getrennt worden.

Nur Lilly hatte dieses Szenario die Sprache verschlagen. Sie sah dem Ganzen zu, als ob sie im Kino säße. Am liebsten hätte sie sich gekniffen, um sich zu vergewissern, dass das alles kein Traum war. Dann trafen sich Lucas und ihr Blick und sie hatte vollends das Gefühl, in einem unwirklichen Film gefangen zu sein. Seine Augen strahlten und ein zufriedenes Lächeln umspielte seine Lippen.

In dem allgemeinen Geplänkel ergriff Giovanni das Wort:
»Danke, Tante Antonia, dass du uns zu diesem Frühstück eingeladen hast, nachdem ich dir verraten habe, dass ich dir und Vater etwas Wichtiges mitzuteilen habe.«

Das war also alles Antonias Werk, dachte Lilly verblüfft und sie fragte sich, ob sie das bereits gestern eingefädelt hatte.

»Das habe ich doch gern gemacht«, entgegnete Antonia mit einem Grinsen in Lucas Richtung, der das mit einem Schmunzeln quittierte.

»Ich möchte euch auch nicht länger auf die Folter spannen«, fuhr Giovanni fort.

»Ihr kennt ja Chiara und Matteo nun schon, seit sie Kinder sind, nachdem Tante Antonia der Familie di Rossi so lange verbunden ist. Die beiden haben mir ein Angebot gemacht, das ich nicht ablehnen kann, befürchte ich. Und bevor ich ihnen dafür danke, gilt mein Dank zunächst der Person, die die Idee zu diesem Projekt hatte. Lilly, ich weiß gar nicht, wie ich das in Worte fassen soll, was dieser Tag für mich bedeutet. Und nicht nur für mich, sondern für die vielen gequälten Kreaturen, die dank deines Engagements nicht länger ein erbärmliches Leben ohne Futter, Liebe und Auslauf führen müssen ...«

Die Anwesenden spendeten ihr daraufhin Applaus. Lilly konnte nicht fassen, was da gerade geschah, vor allem, als sie wahrnahm, dass Matteo am lautesten klatschte. Aber sie hatte das Geld doch auf seinen und den Druck seiner Mutter an ihren Vater zurücküberwiesen, weil es gar nicht ihm gehört hatte, sondern Carlotta di Rossi.

»Aber das muss alles ein Irrtum sein. Ich habe kein Geld mehr, um es dir zu spenden. Das wisst ihr doch, das verstehe ich ... ich verstehe es nicht«, stammelte Lilly.

»Meine Mutter hat sich geirrt. Die vierhunderttausend Euro gehörten sehr wohl meinem Vater. Er war nicht ganz so arm, wie meine Mutter ihn gern gemacht hätte, weil er sein Geld in Immobilien angelegt hatte, die er erst kürzlich verkauft hat, um dir das Geld zukommen zu lassen«, erklärte Chiara mit glühenden Wangen.

Lilly war völlig durcheinander. »Aber wenn er sich das abgespart hätte, wenn das sein einziges Vermögen wäre, dann würde es ja auch euch gehören.« Sie blickte irritiert in die Runde.

»Da hast du recht, Lilly, deshalb spenden ja alle drei Kinder von Dottore Riccardo di Rossi diese vierhunderttausend Euro Giovanni d'Angelo für sein Tierheim-Projekt«, fügte Chiara eifrig hinzu. »Und wenn du nichts dagegen hast, bekommt es den Namen Tierparadies di Rossi. Einfach, weil Haas für die Italiener etwas zu ungewöhnlich klingt. Ist das okay?«

Langsam begriff Lilly, dass sie nicht in einem Traum gefangen war, sondern dass ein Wunder geschehen war. Noch hatte sie keine Ahnung, wer da wen zum Guten bekehrt hatte, aber das war ihr gerade völlig gleichgültig. Sie sprang so heftig von ihrem Stuhl auf, dass er polternd umfiel, stürzte auf Chiara zu und umarmte sie so stürmisch, dass ihre Schwester theatralisch nach Luft schnappte.

Nachdem sie Chiara wieder losgelassen hatte, warf sie Matteo einen fragenden Blick zu. »Und du willst das wirklich?«

»Nachdem Chiara mir an den Kopf geworfen hat, dass ich ein Riesenarschloch war, unsere Schwester derart zu beleidigen, und mein bester Freund Luca mir angedroht hat, die Freundschaft zu kündigen, wenn ich dich noch einmal schlecht behandle, blieb mir gar nichts anderes übrig«, stöhnte Matteo lächelnd, bevor er aufstand und seinerseits Lilly fest umarmte.

»Jetzt wird es aber Zeit für den Vino«, rief Pietro dazwischen und stellte mehrere Flaschen Rotwein auf den Tisch. »Das ist ein italienisches Frühstück nach meinem Geschmack«, fügte er donnernd hinzu. Dann wandte er sich an Lilly. »Ich bin kein Mann der großen Worte, aber was du hier für uns getan ... äh ... Sie ...«

»Du!«, lachte Lilly.

»Also, was du hier für uns tust, danke. Auch wenn ich gar nicht dafür bin, dass die Viecher verzärtelt werden. Aber quälen darf man sie auch nicht!«

Schnaufend setzte sich Pietro wieder und wischte sich den Schweiß von der Stirn, weil es ihn augenscheinlich angestrengt hatte, so viele feierliche Worte auf einmal zu machen.

»Vater, ich schließe mich deinen Worten an und finde es zum Brüllen komisch, dass du noch mal zum Tierschützer von Bugiallo wirst. Ich erhebe das Glas auf die edlen Spender.«

Sie prosteten einander zu. Wieder trafen sich Lillys und Lucas Blick. Aus seinen Augen sprach so viel Liebe und Stolz, dass sie am liebsten aufgesprungen wäre, um ihn ebenfalls in die Arme zu schließen, aber den Impuls konnte sie gerade noch unterdrücken. Da fiel Lilly auf, dass Antonia nicht mehr an ihrem Platz saß.

»Wo ist deine Tante?«, fragte sie Giovanni.

»Ich glaube, sie bereitet ein Risotto zu.«

»Sie soll sich doch noch schonen. Ich helfe ihr«, sagte Lilly entschieden und war ganz froh, kurz mal der fröhlichen Runde den Rücken zu drehen. Sie wurde nämlich von unfassbaren Wellen des Glücks durchströmt, sodass sie Sorge hatte, womöglich um den Tisch zu tanzen, nachdem der Alkohol am Vormittag seine Wirkung tat.

»Warte, ich komme mit!«, rief Chiara und folgte ihr, doch Antonia scheuchte die beiden prompt aus der Küche, als sie ihre Hilfe anboten. »Ich lasse doch keinen an mein Risotto«, schimpfte sie.

Lilly und Chiara flüchteten kichernd zurück ins Freie.

»Was habt ihr nur mit Matteo gemacht?«, platzte es aus Lilly heraus.

»Ich habe mich schon gewundert, dass du das nicht sofort wissen wolltest«, lachte Chiara. »Luca hat mich angerufen und gesagt, dass er Scheiße gebaut und dir einen blöden Brief geschrieben hat …«

»Das kann ich bestätigen«, unterbrach sie Lilly.

»Und er hat gesagt, er will es wiedergutmachen, indem er Matteo mit dir versöhnt. Und Matteo hatte ihn wohl erst mal rausgeworfen, als Luca ihn aufgesucht hat. Da hat Luca um meine Hilfe gebeten, denn mich hat es gar nicht so geschockt, dass du meine Schwester bist. Im Gegenteil, ich habe mir immer eine Schwester gewünscht und du kannst am allerwenigsten für diese alte Geschichte.«

»Ach, du bist so süß«, entfuhr es Lilly und sie umarmte Chiara. Vor ein paar Wochen hatte sie noch geglaubt, keine Verwandten mehr zu haben, und nun hatte sie so eine wunderbare Schwester gewonnen.

»Jedenfalls habe ich mich gleich in den Flieger gesetzt und bin nach Hause gekommen. Da war der Teufel los. Meine

Mutter hatte einen Nervenzusammenbruch erlitten und war in eine Klinik gebracht worden, nachdem Vater verschwunden war ...«

»Wie verschwunden?«, fragte Lilly aufgeregt.

»Er ist weg. Er hat meiner Mutter mitteilen lassen, dass er nicht wieder zurückkommt. Sie hat wohl gedacht, dass er den goldenen Käfig im Leben nicht verlassen würde. Und er hat Matteo geschrieben, dass er ab sofort sein Nachfolger wird, tja, und da ist meine Mutter durchgedreht. Sie hat alle Bilder von ihrem Großvater von den Wänden gerissen, das ganze alte Porzellan zerschlagen und sich leider mit den Scherben selbst schwer verletzt. Aber nun ist sie in der Klinik in Como erst einmal in Sicherheit. Daran wollte Matteo dir erst auch noch die Schuld geben. Und da haben Luca und ich uns ihn gemeinsam geschnappt und ihm klargemacht, warum er wirklich so ungerecht wird ...« Sie stockte. »Du kennst den Grund?«

Lilly nickte schwach.

»Und er hat eingesehen, in was für einen Irrsinn er sich hineingesteigert hat. Denn dass du die Letzte bist, die es auf das Geld meiner Mutter abgesehen hat, das weiß er sehr gut. Er kann seine Gefühle jetzt wohl in Richtung Schwesterherz umpolen. Aber mit unserem Vater will Matteo nie mehr etwas zu tun haben. Er kann es ihm nicht verzeihen. Es interessiert ihn ja nicht einmal, wo er abgeblieben ist.«

Lilly hingegen hatte eine vage Ahnung, wo sich ihr Vater aufhielt, aber das wollte sie vorerst für sich behalten. Nicht dass sich Matteo noch als Rächer seiner Mutter verstand und dort überraschend aufkreuzte. Sosehr sie ihren Eltern auch insgeheim noch gram war, sie konnte sie unmöglich dem Zorn Matteos aussetzen.

»Tja, manchmal steigert man sich schneller in einen Wahn, als einem lieb ist«, stöhnte Lilly. »Sorry, dass ich mich gestern wie ein trotziges Kleinkind verhalten habe.«

»Das war schon fast komisch. Da wussten wir ja bereits, dass wir heute alle zusammen nach Bugiallo kommen.«

»Und woher?«

»Ich habe gestern mit Antonia telefoniert, um sie zu fragen, ob Matteo und ich sie und ihren Bruder mal zusammen mit Giovanni besuchen dürfen. Und da war ihre Reaktion: *Gleich morgen und bitte bringt unbedingt Luca Danesi mit!* Na ja, eigentlich wollten wir dir das gestern schon erzählen, als wir dich zufälligerweise auf dem Fest gesehen haben.«

Lilly fasste sich an den Kopf. »Wie peinlich! Was denkt Luca denn jetzt von mir?«

»Das werde ich dir nachher unter vier Augen sagen!«, hörte sie Lucas warme und unverkennbare Stimme belustigt sagen. Sie fuhr erschrocken herum, aber er ging fröhlich pfeifend an ihr vorbei, allerdings nicht, ohne ihr zwar flüchtig, aber sehr zärtlich über die Wange zu streichen.

»Komm, wir gehen zu den anderen zurück. Ich könnte jetzt gut noch ein Glas von Pietros Wein vertragen.« Chiara hakte sich bei Lilly unter.

»Und ich sollte erst einmal was essen«, gab Lilly zurück.

Das Fest an der Frühstückstafel der Familie d'Angelo zog sich bis zum späten Nachmittag hin. Es wurde viel gelacht und viel geredet. Von heiliger Stille war an diesem Sonntag in Bugiallo nichts zu spüren. Dafür vibrierte die Luft vor fröhlicher Lebensenergie. Und immer wieder trafen sich Lucas und Lillys Blicke und versicherten einander, dass sie sich nie mehr aus den Augen lassen würden. Lilly hatte sich inzwischen reichlich an dem Risotto bedient, sodass sie Pietros Wein überaus gut vertrug.

»Sag mal, Lilly, wo und wie hast du Emma eigentlich wiedergefunden? Was war mit ihr passiert?«, fragte Chiara plötzlich über den ganzen Tisch.

Als Lilly sah, dass Antonia aschfahl im Gesicht geworden war, war ihr klar, dass sie sich etwas Gutes einfallen lassen musste.

»Sie hat sich tatsächlich im Wald verlaufen, aber ein Förster hat sie schließlich unversehrt gefunden«, entgegnete sie rasch. Mit einem Seitenblick nahm sie wahr, dass Antonias Wangen sofort wieder Farbe angenommen hatten.

Schließlich läutete Matteo den Aufbruch ein, weil er noch in der Klinik gebraucht wurde. Es wurde ein herzlicher Abschied. Lilly hoffte allerdings, dass Luca noch bleiben würde, und war etwas enttäuscht, als er sich ebenfalls zum Gehen bereit machte. Sie nahm sich aber fest vor, ihm das nicht vorzuhalten. Er nahm sie erst zärtlich in den Arm und dann küsste er sie stürmisch auf den Mund, aber nur kurz, denn sie waren ja geradezu von Zuschauern umringt.

»Wann sehen wir uns wieder?«, fragte sie und ärgerte sich im selben Moment, dass sie ihre Ungeduld so offen zeigte.

»Morgen früh um halb acht«, entgegnete er schmunzelnd.

Lilly musterte ihn zweifelnd.

»Na ja, wenn du gegen neun an deinem neuen Zeichentisch sitzen willst, ist das realistisch. Morgens ist die Straße recht befahren, weil viele zur Arbeit nach Como müssen.«

»Du meinst also wirklich, ich sollte …«

»Du musst. Sonst verlieren wir einen wichtigen Kunden und ein Scheich, der zur Konkurrenz wechselt, bedeutet ein finanzielles Desaster. Und denk an die Einkäuferin der Kaufhauskette.«

»Ach so ist das! Du brauchst eine billige Arbeitskraft.«

»Das würde ich so nicht sagen. Ich hätte fast vergessen, dir den Vertrag dazulassen. Bringe ihn einfach morgen mit. Solltest du andere Gehaltsvorstellungen haben, du kannst alles mit dem Chef besprechen.«

Luca zog einen etwas zerknitterten Vertrag aus der Innenseite seines Jacketts und reichte ihn ihr. Dann gab er ihr noch einen Kuss auf die Wange und folgte den anderen.

Lilly stand einfach nur da. Nachdem das Stimmengewirr

verstummt war und auf dem Berg wieder die gewohnte Stille herrschte, warf sie einen Blick auf das Dokument. Als sie ihre Adresse sah, stutzte sie. Bellagio! Er hätte mich wenigstens fragen können, dachte sie, doch in ihrem Inneren jubelte es laut: Ja, Bellagio! Da fiel ihr Blick auf ihr zukünftiges Monatsgehalt und sie konnte es kaum glauben. Es war weit mehr als das Doppelte, das sie bei der Bank verdient hatte.

»Na, Kindchen, glaubst du mir jetzt, dass alles wieder gut wird?« Antonias Stimme riss sie aus ihren Gedanken.

»Sie sind ein Schatz«, stieß sie überschwänglich aus und umarmte die alte Frau.

»Du, Kindchen, du. Es kann ja nicht angehen, dass du meinen Bruder, den alten Zausel, duzt und mich weiterhin siezt.«

»Wie kann ich mich bloß bei dir bedanken für alles, was du für mich getan hast?«, fragte Lilly.

»Also, ich glaube, was du für mich getan hast, obwohl ich deinen Hund entführt habe, ist weitaus mehr: Du hast mir das Leben gerettet, für mich eben gerade geschwindelt und du hast meinem Elternhaus eine Zukunft gegeben. Leider kann ich nun die Stelle bei Signora Danesi doch nicht annehmen, weil Giovanni mich hier oben braucht.«

»Ich würde dir trotzdem gern etwas schenken. Wie wäre es mit einem Danesi-Tuch?«

Antonia verzog den Mund. »Gut, wenn es dein Muster trägt, bitte, aber ich habe mein Leben lang keine Seide getragen. Ich glaube, ich könnte mich nicht mehr daran gewöhnen.« Plötzlich bekam sie glänzende Augen. »Ich weiß etwas. Wenn dir das nicht zu langweilig ist, aber ach, ich würde so gern heute Abend mit dir zum großen Seefeuerwerk gehen.«

»Aber gern, Antonia, das wäre wunderbar«, schwärmte Lilly.

»Du kannst natürlich auch Luca Bescheid sagen, und wenn ich störe ...«

»Aber nein, gar nicht. Und ich glaube, mit Luca werde ich noch viele Feuerwerke am Comer See genießen. Nein, heute Abend gehen wir beide auf die Piste. Allein!«

Antonia strahlte vor Glück, doch dann verdüsterte sich ihr Blick. »Matteo hat mir unter vier Augen gesagt, dass sein Vater fort ist und dass er ihn niemals wiedersehen will. Das ist doch traurig, oder? Der Dottore liebt euch doch«, seufzte sie.

Lilly zuckte die Schultern. »Tja, aber ich verstehe Matteo natürlich, denn mir geht es doch genauso. Ich habe zwar nicht mehr einen solchen Zorn, aber wiedersehen möchte ich meinen Vater auch nicht«, erklärte sie mit fester Stimme. Doch schon während sie diese Worte sprach, spürte sie, dass ihr Herz noch nicht völlig mit ihm abgeschlossen hatte.

52.

Lilly liebte es, nach einem erfolgreichen Arbeitstag mit der Schnellfähre nach Bellagio zurückzufahren. Die Fahrt über den See war für sie immer noch ein wohltuendes Erlebnis für die Augen und die Seele. Sie war noch lange nicht so an diese Magie, die der Comer See ausstrahlte, gewöhnt wie viele andere, die von der Arbeit zurück in ihre Wohnorte fuhren. Viele dösten und lasen Zeitung. Lilly aber blickte wie immer aus dem Fenster und versuchte, die prachtvollen Villen am Ufer zu unterscheiden. Luca hatte sie ein paar Mal auf dem gemeinsamen Rückweg von der Firma mit Informationen über einige der Anwesen gefüttert, aber sie hatte sich nicht alles merken können.

Meistens fuhren sie gemeinsam zurück in die Villa, aber an diesem Tag hatte Luca noch einen wichtigen Abendtermin, zu dem er sie gern mitgenommen hätte, vor dem sie sich aber erfolgreich hatte drücken können. Sie fand die Aussicht netter, mit Signora Danesi und einem Campari-Orangensaft auf der Terrasse zu sitzen und zu plaudern.

Darauf freute sie sich, als sie jetzt in Bellagio das Schiff verließ. Obwohl sie erst ein paar Wochen in der Villa wohnte, war der malerische Ort schon wie ein Zuhause für sie geworden. Im Feinkostladen kannte man sie bereits mit Namen, und obwohl Lilly so oft dort einkaufen ging, war sie jedes Mal wieder von dem Angebot an Käse, Oliven, Antipasti, Pastagerichten und Gemüse schwer beeindruckt.

An diesem Tag entschied sie sich, ein wenig Carpaccio und Salat zum Sundowner mitzubringen. Später am Abend wurde meist noch ein leichtes Dinner serviert. Dank Antonias Einsatz hatte die Signora eine junge Frau aus den Bergdörfern als Haushaltshilfe gewinnen können.

Mittlerweile machte es auch Lilly keine Probleme mehr, unter einem Dach mit der Signora zu wohnen, weil Luca sie inzwischen von der schalldichten Akustik des Hauses hatte überzeugen können. Außerdem lagen ihre Zimmer in der oberen Etage, die sie ganz allein bewohnten.

Lilly betrat den kühlen Eingangsraum des Hauses und steuerte auf das Garderobenschränkchen zu, auf dem die Post deponiert wurde. Meist erhielt sie nur Behördenbriefe. Private Briefe waren eine Seltenheit, weil Lilly inzwischen wieder ein Laptop und ein Handy besaß. Merle und sie schrieben sich mehrfach am Tag Nachrichten. Doch nun stand dort ein Brief, der an sie adressiert war und der nicht offiziell aussah. Ihr war ein wenig mulmig zumute, als sie aus der Schrift folgerte, dass er von einer Frau stammte. Sie ließ ihn ungelesen in ihrer Tasche verschwinden, bevor sie in ihre Wohnung ging, um sich umzuziehen. Inzwischen hatte sie sich ein paar elegante Kleider zugelegt, die sie ausschließlich in der Firma trug. Dort war es nicht üblich, in Jeans und Bluse zu erscheinen, obwohl sie wenig mit Kunden zu tun hatte. Wahrscheinlich hätte Luca nicht einmal etwas dagegen gesagt, aber die Frauen in der Firma zeichneten sich allesamt durch stilvolle Eleganz aus, sodass sie als seine Freundin, was sich inzwischen wie ein Lauffeuer herumgesprochen hatte, nicht aus der Rolle fallen wollte. Luca hatte ihr schon ein großes Kompliment deswegen gemacht. Sie sähe langsam aus wie eine wahre Italienerin, mit einem Unterschied: dass ihr Blond echt wäre. Kein Wunder, dass sie Tag für Tag die prüfenden Blicke der aparten Signorinas aushalten musste. Es war mehr als ersichtlich, dass einige der weiblichen Angestellten in der Firma nicht abgeneigt gewesen wären, sich ihren Chef zu angeln. Da Lilly aber verstand, sehr diplomatisch und nicht überheblich aufzutreten, hatte sie bereits die aufrichtige Sympathie einiger der Frauen gewonnen.

Sie schlüpfte in ein leichtes Sommerkleid, während sie über den Brief nachdachte. Sie wusste auch nicht genau, was es war, aber irgendetwas in ihr hielt sie davon ab, ihn zwischen Tür und Angel zu lesen. Sie nahm sich vor, ihn in der hinteren Ecke des Parks, dort, wo ihre unschöne Begegnung mit Lucas Vater auf dem Firmenfest stattgefunden hatte, nach dem Campari mit Signora Danesi in aller Ruhe zu öffnen.

Als Lilly auf die Terrasse trat, wurde sie stürmisch von den beiden Hunden begrüßt. Pietro hatte Signora Danesi Pezzato geschenkt, der zwar immer noch ein üppiges Fell besaß, das aber nun ganz und gar nicht mehr struppig wirkte. Emma und er waren zwar immer noch ein Herz und eine Seele, aber Emma, die inzwischen füllig geworden war, musste seine Liebe nun mit Signora Danesi teilen, an der er wie eine Klette hing.

Es warteten schon zwei eisgekühlte Getränke auf Lilly und Signora Danesi begrüßte sie herzlich. Wie immer waren die beiden Frauen sofort in ein angeregtes Gespräch vertieft. Lilly hatte den Eindruck, dass die Signora seit dem Tod ihres Mannes regelrecht aufgeblüht war.

Trotz der entspannten Stimmung zwischen ihnen spürte sie die Last des Briefes, den sie auf dem Gartentisch abgelegt hatte. Wenn er wenigstens einen Absender hätte, dachte sie und versuchte sich krampfhaft einzureden, das könnte auch etwas völlig Harmloses sein.

»Lilly, ich habe nichts dagegen, wenn Sie sich jetzt mit Ihrer Post zurückziehen und wir uns zum Dinner wiedersehen.«

Lilly sah Signora Danesi überrascht an. »Wie kommen Sie denn darauf, dass ich mich zurückziehen möchte?«

»Ach Lilly, ich sehe das doch. Sie sind in Gedanken bei diesem Brief. Fragen sich, wer der Absender ist und was dort drinsteht.«

»Ist das so auffällig oder können Sie Gedanken lesen?«

»Sagen wir mal so: Ich kenne Sie zwar noch nicht lange, aber Sie sind mir sehr vertraut. Und es zeichnet Sie aus, dass Sie immer ganz bei der Sache sind, wenn wir unseren Plausch halten. Aber heute gehört Ihre Aufmerksamkeit dem Brief.«

»Oje, so durchschaubar bin ich also.«

»Das ist doch schön. Lilly, was immer dieser Brief bedeutet, Sie können nachher beim Essen mit mir darüber reden, falls Sie jemanden brauchen, denn Luca hat eben angerufen, dass er wahrscheinlich im Büro übernachten wird, weil er morgen einen Frühtermin hat.«

»Danke, vielleicht ist es auch völlig uninteressant, aber ich kenne die Schrift nicht. Deshalb weiß ich nicht, von wem das sein könnte«, erklärte Lilly, wobei das nicht ganz der Wahrheit entsprach. Sie hatte sehr wohl eine dunkle Ahnung, wer die Absenderin sein könnte. »Es ist nur so, dass ich einfach ein merkwürdiges Gefühl habe. Vielleicht kennst du das? Diese Vorahnungen ... oh, scusi, äh ..., das ist mir jetzt nur so rausgerutscht, ich meine, das, das Du«, stammelte Lilly.

»Bitte, belass es dabei. Ich war auch schon ein paar Mal drauf und dran, dich zu duzen.« Sie erhob ihr Glas.

»Auf Lilly, und du, ich bin Maria.«

»Zum Wohl, Maria.«

Sie prosteten sich lächelnd zu.

Zögernd griff Lilly nach dem Umschlag. »Und du hast wirklich nichts dagegen, wenn ich mich damit kurz zurückziehe?«

»Nein, ganz bestimmt nicht. Und ich werde auch keine neugierigen Fragen stellen. Du kannst ihn aber auch hier lesen, ich wollte sowieso mit den Hunden noch zum See.« Sie stand auf und ging zum Haus. Pezzato folgte ihr, ohne dass sie nach ihm rief. Emma blieb zwar brav zu Lillys Füßen sitzen, blickte den beiden aber sehnsüchtig hinterher.

»Hinterher!«, befahl Lilly. Wie der Blitz sprang Emma auf und rannte los.

Lilly zog es trotzdem vor, den Brief erst an ihrem Lieblingsplatz zu öffnen. Sie schlenderte zu der Bank unter dem alten Baum am Ende des Parks und betrachtete den Umschlag noch einmal versonnen von allen Seiten, bevor sie ihn öffnete. Er war in derselben gestochen scharfen Schrift wie die Adresse auf dem Umschlag verfasst. Lillys Herzschlag beschleunigte sich, als sie die ersten Sätze las und ihre Ahnung sich bestätigte.

Liebe Lilly,
diese Zeilen an dich zu schreiben, ist mir nicht leichtgefallen. Ich verstehe völlig, dass du in Punta Chiappa das Weite gesucht hast. Ich könnte mir gut vorstellen, dass ich auch keine Mutter hätte kennenlernen mögen, die sich dieser unverzeihlichen Tat schuldig gemacht hat. Aber glaube mir: Es gab nicht einen Tag in meinem Leben, an dem ich es nicht bitter bereut habe und an dem ich mir nicht gewünscht hätte, dich bei mir zu haben. Ich war damals krank, aber das soll keine Entschuldigung für meinen Irrsinn sein, doch das war damals der Grund, warum ich verlangt habe, dass sie dich vor mir schützen. Ich empfand mich als Monster und hatte Angst, ich würde dir in meinem Wahn womöglich etwas antun können. Ich habe Bella nur um eines gebeten: mir in regelmäßigen Abständen Fotos von dir zu schicken. Ansonsten habe ich mich an unsere Abmachung gehalten. Du bist ihr Kind und du solltest die Wahrheit nie erfahren …

Lilly schluckte trocken. Ihr fiel plötzlich wieder ein, dass Bella ihr kurz vor ihrem Tod noch etwas hatte sagen wollen, es aber nicht mehr gekonnt hatte. Inzwischen wusste Lilly natürlich, womit sie sich in den letzten Minuten ihres Lebens herumgequält hatte. Stöhnend las sie weiter.

Dein Vater hat mir inzwischen gesagt, dass sie tot ist und wie du herausbekommen hast, wo er lebt und wer er ist. Es tut mir so leid, denn sie war eine wirkliche Freundin. Wir kannten uns von Kindesbeinen an und waren schon in der Schulzeit unzertrennlich. Dabei gab es keine unterschiedlicheren Charaktere als die selbstbewusste Bella und mich. Ich stand immer ein wenig in ihrem Schatten, aber auch unter ihrem Schutz. Sie selbst konnte keine Kinder bekommen, obwohl sie sich so sehr Kinder gewünscht hatte. Das hat ihr Frauenarzt schon früh entdeckt: dass ihre Eileiter verwachsen waren und sie kaum je auf natürlichem Weg schwanger werden würde. Ich hätte dich damals auch deinem Vater überlassen, aber wie du weißt, hätte er dann seinen Sohn aufgeben müssen, weil seine Frau ihm alles genommen hätte. Auch sein geliebtes Kind ... Natürlich muss für dich der Gedanke entsetzlich sein, dass dein Vater dich auch nicht haben wollte. Wir haben damals mit dem Gedanken gespielt, dich zur Adoption freizugeben, aber da hat Bella wie eine Löwin für dich gekämpft und durchgesetzt, dass sie dich nimmt ...

Lilly ließ den Brief sinken, denn die Tränen hatten ihren Blick dermaßen verschleiert, dass sie kein einziges Wort mehr lesen konnte. Eine Welle der tiefen Dankbarkeit für Bella durchflutete sie. Lilly wischte sich mit dem Ärmel ihrer Bluse so lange über die Augen, bis sie weiterlesen konnte.

Aber nur, wenn sie ganz offiziell deine Mutter würde. Und das hat Dottore Poletti damals bei deiner Geburt auf dunklen Wegen organisiert. Überhaupt war er die ganzen Jahre meine einzige Stütze. Darum verzeih ihm den Auftritt in seiner Praxis. Dein Vater hat mir davon erzählt. Poletti hat sich doch nur aus Sorge um mich so aufgeführt. Er musste wirklich glauben, ich würde mir etwas antun. Dabei habe ich Punta

Chiappa nur aufgesucht, um mich von der Vergangenheit zu reinigen. Das war eine Art Ritual. Poletti hat sich trotz allem auch jetzt wieder als wahrer Freund erwiesen, denn durch seine Beziehungen hat dein Vater eine Stellung an einer Klinik in Genua bekommen.

Was ich wirklich will, wirst du dich fragen. Ich möchte dich von Herzen bitten, deinem Vater und auch mir zu verzeihen. Wenn du es nicht kannst, würde ich auch das verstehen, denn solche Eltern hat kein Mensch auf der Welt verdient.

Du sollst nur wissen, dass wir jetzt als Paar in einem kleinen Häuschen zusammenleben und sich dein Vater nichts sehnlicher wünscht, als dass seine drei Kinder zu seinem Geburtstag kämen. Er hat seinen anderen beiden Kindern Briefe geschrieben, aber den an dich, den wollte ich gern selbst verfassen. Doch ich soll dich von Herzen grüßen. Und es wäre das schönste Geschenk für ihn, wenn ihm alle seine Kinder verzeihen könnten.

Erneut musste Lilly ihre Lektüre unterbrechen, aber jetzt folgten auch nur noch die Daten der Einladung, die Adresse in Camogli und die Worte »*In ewiger Liebe Hanna*«.

Lilly wusste beim besten Willen nicht, was sie davon halten sollte und ob sie in der Lage war, über ihren Schatten zu springen. In diesem Augenblick tauchte Maria auf und winkte. Wahrscheinlich war das Essen fertig. Lilly stand auf und ging ihr entgegen.

»Oh, keine guten Nachrichten, oder?«, erkundigte sie sich mitfühlend.

Lilly kämpfte mit sich, ob sie Maria in diese leidige Geschichte einweihen sollte oder nicht, aber ihr Bedürfnis, jemanden um Rat zu fragen, war so groß, dass sie gar nicht anders konnte. Natürlich würde sie Marcello und Bella mit keinem Wort erwähnen, um die wunderbare Maria nicht unnötig zu verletzen.

»Das ist eine längere Geschichte«, seufzte sie.

»Ich habe Zeit. Das Essen können wir später aufwärmen. Ich befürchte, so blass, wie du bist, bekommst du vorher eh keinen Bissen runter.«

Maria ließ sich auf einen Terrassenstuhl fallen und Lilly setzte sich seufzend neben sie. Mit schonungsloser Offenheit berichtete Lilly nun, was sie über ihre Eltern herausgefunden hatte und dass ihre Mutter sie um Verzeihung angefleht hatte. Allerdings erwähnte sie Marcello und seinen Part an der Sache mit keinem Wort.

Maria hörte ihr zu, ohne sie zu unterbrechen.

»Sei nicht böse«, sagte sie schließlich. »Aber Luca hat mir bereits davon erzählt. Dass Riccardo dein Vater ist, dass er deine Mutter geliebt hat …« Sie stockte und sah Lilly an. »Ich weiß auch, was damals in der Villa di Rossi geschehen ist und dass mein verstorbener Mann maßgeblich an dieser Geschichte beteiligt war.«

Lilly wusste im ersten Augenblick nicht, was sie davon halten sollte, dass Luca seine Mutter eingeweiht hatte. »Er hat dir wirklich alles erzählt?«

»Nein, ich denke, er wollte mich wohl nicht unnötig belasten. Aber ich habe an dem Abend, an dem Carlotta erfahren hat, dass Riccardo nicht zurückkommt, einen Anruf von ihr bekommen. Und da hat sie mir detailliert geschildert, wie Marcello in ihrer Villa rumgeuht hat. Und geflucht, dass unsere Männer Verbrecher seien. Dass die Rache des Herrn ihnen gewiss sei. Und dass ich froh sein könne, dass meiner schon tot sei …«

Lilly schüttelte sich vor Abscheu.

»Das ist gemein von ihr. Das hätte sie dir wirklich ersparen können. Als hättest du nicht schon genug verkraften müssen mit Signorina Varese …«

Lilly unterbrach sich erschrocken. Sie wollte ganz sicher keine unangenehmen Erinnerungen bei Maria aufwühlen, aber Lucas Mutter blieb erstaunlich gelassen.

»So schrecklich sich Carlotta auch benommen hat, Riccardo war wirklich ihre große Liebe, an der sie schier verzweifelt ist. Ich weiß noch, wie sie mir stolz erzählte, dass sie sich von Riccardo ein zweites Kind machen lassen würde, damit er sie nie verlassen könnte. Ich habe das damals natürlich ganz schrecklich gefunden, wie berechnend sie war, aber wenn ich gewusst hätte, was dem vorausgegangen war ... entsetzlich!«

»Und was würdest du an meiner Stelle tun? Zu seinem Geburtstag gehen? Auf Familie machen, obwohl mich meine Eltern beide nicht haben wollten? Ich bin gut mit meiner Mutter Bella allein durchs Leben gekommen. Und jetzt kommen sie an, nachdem sie mich über dreißig Jahre verleugnet haben.«

»Das verstehe ich alles, aber was sagt dein Herz?«

Lilly verdrehte die Augen. »Ich weiß es nicht. Natürlich habe ich das Bedürfnis, Eltern zu haben. Und verdammt, ja, ich bin meinem Vater auf der Fahrt nach Genua schon ein wenig nähergekommen, aber ...«

»Lilly, setz dich nicht unter Druck. Schlaf eine Nacht darüber. Dann sprich in Ruhe mit Luca und triff deine Entscheidung. Ich würde beides verstehen.«

»Darf ich dich auch was fragen?«

Maria nickte.

»Warum bist du bei deinem Mann geblieben, obwohl du von seinen Eskapaden wusstest?«

»Wegen Luca und weil Marcello mich wirklich geliebt hat. Er konnte nur seinen Hosenstall nicht zulassen. Und weil ich so erzogen wurde. Lies mal Biografien über Jackie Kennedy. Nicht, dass ich mich mit der einstigen First Lady vergleichen will, aber die Problematik ähnelt sich. Dass wir bei Männern bleiben, die notorisch untreu sind, was überdies allgemein bekannt ist, und als betrogene Ehefrauen trotzdem zu ihnen halten.«

Lilly folgte einem spontanen Impuls und umarmte Maria. »Das könnte ich im Leben nicht, aber du bist so eine tolle Frau«, flüsterte sie ergriffen.

»Du auch«, raunte Maria zurück.

Lilly wurde ganz warm ums Herz. Wie auch immer sie sich entscheiden würde, Hanna würde sie niemals diese töchterlichen Gefühle entgegenbringen, die sie in diesem Augenblick für Maria empfand.

53.

Die angegebene Adresse befand sich direkt an der Straße, die von Camogli nach Santa Margherita führte. Nur ein kleiner Vorgarten trennte sie von dem Bungalow mit dem roten Dach. Luca war zunächst an dem Haus vorbeigefahren, dann aber hatte er gewendet und in einer Seitenstraße geparkt. Lillys Aufregung stieg mit jedem Schritt, den sie sich dem Haus näherten. Obwohl sie sich schließlich entschieden hatte, dem Herzenswunsch ihres Vaters nachzukommen, war ihr immer noch nicht ganz wohl, ihre Eltern in deren trautem Heim zu besuchen. Luca spürte das und nahm sie noch fester in den Arm.

»Chiara kommt doch auch«, sagte er aufmunternd. Das war für Lilly in der Tat ein Lichtblick. Chiara hatte Lilly gleich angerufen, nachdem sie den Brief ihres Vaters erhalten hatte. Für sie war es keine Frage gewesen, seinem Wunsch nachzukommen. Lilly bewunderte Chiara für so viel Toleranz. Ganz im Gegensatz zu Matteo, mit dem sie auch über die Einladung gesprochen hatte. Der hatte sich wahnsinnig über die Dreistigkeit seines Vaters aufgeregt, ihn in sein neues Liebesnest einzuladen. Er hatte während des Telefonats wiederholt versichert, dass er Lilly von Herzen zugetan sei und sie als Schwester voll akzeptiere, aber er weigerte sich strikt, die Frau kennenzulernen, die seiner Mutter so viel Kummer zugefügt hatte.

Im Übrigen war er sauer auf Chiara, weil sie ihre Mutter nur einmal ganz kurz in der Klinik besucht hatte und fluchtartig abgehauen war, nachdem ihre Mutter lauter hässliche Flüche ausgestoßen hatte, die, wie sie betont hatte, aus der Bibel stammten.

Matteo hatte seine Schwester deshalb als »kritikloses Vaterkind« bezeichnet. Letzteres wusste Lilly nur von Chiara, weil Matteo sich Lilly gegenüber zurückhielt. Er wusste ganz genau, dass die beiden Halbschwestern nichts aufeinander kommen ließen.

Zögernd öffnete Lilly die Pforte zum Vorgarten und konnte nicht umhin, dieses kleine Häuschen mit der Villa di Rossi zu vergleichen. Das Einzige, was die beiden miteinander gemein hatten, war der außergewöhnliche Blick, denn von hier oben hatte man einen gigantischen Weitblick über das Meer.

Am Eingang suchte Lilly vergeblich nach einem Namensschild oder einer Türglocke. Sie klopfte zaghaft, während ihr Herz laut pochte. Als ihr ein braun gebrannter Mann, der sie nur entfernt an ihren Vater erinnerte, öffnete, wollte sie kaum glauben, dass ein Mensch sich binnen einiger Wochen so verjüngen konnte. Er strahlte über das ganze Gesicht.

»Wie schön, dass ihr meiner Einladung gefolgt seid. Komm, lass dich umarmen.« Er riss Lilly so stürmisch in die Arme, dass sie gar keine andere Wahl hatte, als diese Begrüßung zuzulassen.

Mindestens ebenso herzlich hieß er Luca willkommen und bat die beiden in sein Heim. Lilly staunte nicht schlecht, als sie das Haus betraten. So viel Stil hätte sie kaum erwartet. Es war einfach eingerichtet, aber die Farben und die Gegenstände waren perfekt aufeinander abgestimmt. Lilly vermutete Hannas Handschrift dahinter. In diesem Augenblick ertönte von der Terrasse her Chiaras ansteckendes Lachen und ein Lachen, das dem von Lilly nicht unähnlich war. Riccardo führte sie nicht ohne Stolz durch einen geräumigen Wohnraum, in dem auch alles von ausgesuchtem Geschmack zeugte. Der Fußboden war aus grauem Marmor, die Wände weiß verputzt, aber mit Gemälden geschmückt, die, wie Lilly vermutete, von Hanna stammten.

Luca klopfte Lillys Vater anerkennend auf die Schulter. »Mensch, Onkel Riccardo, da muss aber ein Design-Berater am

Werk gewesen sein. Du hast dich doch nie sonderlich für Innen-einrichtung interessiert. Ich erinnere noch die spitzen Bemerkungen von Tante ...« Er unterbrach sich hastig.

»Hier herrscht keine Zensur und der Name Carlotta steht nicht unter Strafe«, lachte Lillys Vater. Lilly konnte gar nicht den Blick von ihrem attraktiven Erzeuger lassen. Was auch immer sie von der Wiedervereinigung ihrer Eltern hielt, für ihn schien sie Balsam zu sein. Sie hatte ihn noch nie so locker und entspannt erlebt.

Er bat die Gäste auf die Terrasse. Lilly hielt den Atem an. Sie hatte ja bereits von der Straße aus ahnen können, wie traumhaft der Blick von hier oben war, aber von der Terrasse aus war er noch beeindruckender.

»Wow!«, rief Luca begeistert aus.

»Ja, das war uns wichtig, dass wir einen Blick über den ganzen Golfo Paradiso, also die Bucht bis nach Genua, haben und je nach Wetterlage können wir sogar bis zur Riviera di Ponente hinübersehen.«

In diesem Moment verstummte das Gespräch zwischen Chiara und Hanna. Nun müssen wir uns begrüßen, dachte Lilly aufgeregt, denn dies war der Augenblick, den sie am meisten gefürchtet hatte. Hanna aber machte es ihr sehr einfach, indem sie aufsprang und Lilly ebenfalls ungefragt umarmte. Lilly wurde dabei ganz schwindlig, denn in ihr fochten Ablehnung und Anziehung einen heftigen Kampf aus. Was sie aber nicht leugnen konnte, war, dass Hanna verdammt gut roch. Sie war außerdem sehr zierlich, ja, sie kam Lilly beinahe zerbrechlich vor. Nicht, dass sie selbst besonders kräftig war, aber gegen Hanna fühlte sie sich beinahe robust.

Was Lilly Hanna in diesem Moment hoch anrechnete, war die Tatsache, dass sie sich nicht schluchzend an sie klammerte und so etwas Theatralisches wie »Mein Kind, mein Kind« von sich gab. Im Gegenteil, Hanna ließ sie rasch wieder los und wandte sich an Luca, dem sie allerdings nur etwas verschüchtert die Hand reichte. Lilly konnte sich nicht helfen, aber damit spielte sie sich ein bisschen in ihr Herz, weil sie sich in keiner Weise sentimental verhielt, was man ihr in dieser Lage nicht hätte verdenken können. Während Hanna Luca begrüßte, musterte Lilly sie intensiv. Hanna trug ein buntes bodenlanges Flatterkleid, wie es in diesem Sommer gerade wieder Mode war. Das lange blonde Haar wehte offen im leisen Wind und sie wirkte erstaunlich jugendlich auf Lilly. In den Gesichtszügen konnte sie unschwer sich selbst wiedererkennen. Dieselben großen Augen, die vollen Lippen, die kleine runde Nase … Und auch aus Hannas Augen strahlte das Glück des Verliebtseins genauso, wie es Lilly jeden Morgen selbst aus dem Spiegel entgegenleuchtete. Mit dem Unterschied, dass Lilly die dunkle Farbe der Augen ihres Vaters geerbt hatte.

»Schön, dass ihr gekommen seid«, begrüßte Chiara die Neuankömmlinge voller Freude und bat sie, sich an den reichlich gedeckten Tisch zu setzen. In der Mitte stand eine Platte mit köstlich duftenden Focacce.

»Das habe ich nicht selbst gemacht. Wir haben unten an der Promenade den besten Focaccia-Bäcker Liguriens«, erklärte Hanna entschuldigend. »Greift zu!«

Langsam fiel die Anspannung von Lilly ab und sie fühlte sich wie bei netten Bekannten zu Hause. Es wurde so unbeschwert geplaudert und gelacht, dass Lilly gar nicht dazu kam, sich weiteren Grübeleien hinzugeben. Hanna empfand sie als unaufdringlich und sehr herzlich. Dabei begegneten sich immer wieder ihre prüfenden Blicke. Natürlich taxieren wir einander, dachte Lilly. Sie war ihren Eltern unendlich dankbar, dass sie keinerlei Anstalten machten, dieses Zusammensein mit bedeutungsschwangeren Reden zu beschweren. Nein, es war und blieb ein zwangloses Treffen anlässlich des Geburtstages ihres Vaters. Geburtstag – das hatte Lilly in ihrer Aufregung ganz vergessen.

Hastig holte sie aus ihrer Tasche ein kleines Päckchen hervor und reichte es ihm.

Bedächtig öffnete ihr Vater es und zog eine bedruckte Krawatte hervor. »Ich würde normalerweise niemals Schlipse verschenken«, erklärte Lilly entschuldigend. »Aber das Muster ist von mir. Ich arbeite in Lucas Firma als Zeichnerin.«

Lillys Vater betrachtete ihr Geschenk wie ein kostbares Juwel. »So ein schönes Muster«, stieß er gerührt hervor und reichte die Krawatte an Hanna weiter, die Lilly mit großen Augen bewundernd ansah. »Das ist genial«, sagte sie.

Luca nahm Lillys Hand und drückte sie liebevoll. »Tja, das ist eine Kunst, grafische Muster für Krawatten zu entwerfen. Ich wollte ja, dass sie die Zeichnungen, die sie für die Tücher entworfen hat, auf die Krawatten überträgt, aber da hat meine kluge Freundin gesagt, ein Mann, der mit einem Landschaftsbild vom Comer See auf dem Schlips rumlaufen würde, den fände sie ziemlich unsexy«, lachte er. Die anderen fielen in sein Gelächter ein. Das verstummte erst, als es laut an der Haustür pochte.

»Erwarten wir noch jemanden?«, fragte Hanna erstaunt.

»Nein, Matteo hat mir eine Mail geschrieben, dass er auf keinen Fall kommt«, seufzte Lillys Vater, bevor er zur Tür ging.

Dann hörten sie erregte Stimmen laut werden. »Das klingt aber verdammt nach unserem Bruder«, bemerkte Chiara irritiert. Die Stimmen verstummten und Lillys Vater kehrte zurück auf die Terrasse, gefolgt von einem finster dreinblickenden Matteo.

»Tag allerseits«, knurrte er und blickte flüchtig in die Runde, wobei er Hanna mit einem giftigen Blick bedachte.

»Komm, setz dich zu uns. Wir loben gerade Lillys Zeichenkünste«, sagte Chiara betont locker.

»Nein danke, ich wollte das harmonische Familientreffen nicht weiter stören. Ich bin nur gekommen, weil ich gerade auf dem Rückweg aus der Toskana bin und eine Nachricht unserer

Mutter überbringen muss. Und da ich weiß, dass ihr hier alle fröhlich zusammenhockt ...« Er presste die Lippen zusammen.

Lilly hielt den Atem an. Von einer Sekunde zur anderen lag über der entspannten Geburtstagsgesellschaft ein düsterer Schatten. Mit einem Seitenblick auf Hanna stellte Lilly fest, dass sie trotz ihrer sonnengebräunten Haut plötzlich sehr grau wirkte.

»Willst du dich nicht setzen, Matteo?«, fragte Lillys Vater mit belegter Stimme.

»Ich stehe lieber. Also, ich habe Mutter auf ihren erklärten Wunsch hin in ein Kloster in der Toskana gebracht. In der Klinik hat sich eine Ordensschwester um sie gekümmert und die konnte bei ihrer Oberin ein gutes Wort für Mutter einlegen.«

»Was für ein Orden?«, fragte Chiara. Auch sie war blass geworden.

»Mutter wünscht, dass ich das weder Vater noch dir offenbare. Sie will dort ihren Frieden und hat uns beiden ihr ganzes Vermögen überschrieben.«

Matteo zog aus seiner Tasche ein Dokument und legte es mit Todesverachtung vor seinem Vater auf den Tisch. »Sie willigt überdies in die Scheidung ein, damit du die neue Frau heiraten kannst.«

Es herrschte Totenstille auf der Terrasse, bis Hanna als Erste die Sprache wiederfand. Sie wandte sich direkt an Matteo. »Ich verstehe sehr gut, dass Sie mit Ihrem Vater nichts mehr zu tun haben wollen. Das ist Ihr gutes Recht. Aber ich lege keinen Wert darauf, Ihren Vater zu heiraten. Meinetwegen soll er auf dem Papier mit Ihrer Mutter verheiratet bleiben. Und ich bin keine neue Frau, sondern eine Frau, die vor über dreiunddreißig Jahren etwas getan hat, auf das sie nicht stolz ist. Ich habe mich in einen verheirateten Mann verliebt. Eine Liebe, die auf Gegenseitigkeit beruhte und die nie erloschen ist. Er hat damals unser Kind weggegeben, weil Ihre Mutter ihm angedroht hat, Ihr Vater würde Sie niemals wiedersehen, wenn er sie verließe. Das Schicksal hat uns noch einmal eine Chance gegeben und noch einmal kann ich nicht Ihretwegen auf mein Glück verzichten.«

Matteos Gesicht wurde knallrot bei ihren Worten und er machte für den Bruchteil einer Sekunde den Eindruck, als würde er sich auf Hanna stürzen wollen, doch dann brüllte er: »Ich habe hier nichts mehr verloren!«, und drehte sich auf dem Absatz um.

Alle schienen wie betäubt. Lilly zitterte überdies am ganzen Körper, doch dann sprang sie auf und lief Matteo hinterher. Sie holte ihn im Flur ein.

»Bitte bleib! Du musst sie nicht lieben, du musst ihnen nicht verzeihen, aber bitte setz dich nicht in diesem Zustand ans Steuer. Ich will dich nicht verlieren.«

Matteo starrte Lilly fassungslos an.

»Bitte, Matteo! Sonst verrate ich dir jetzt Dinge über deine Mutter, die ich aus Rücksicht bislang für mich behalten habe.«

»Ich höre!«

Lilly wusste sich nicht anders zu helfen, als Matteo über die Gemeinheiten seiner Mutter aufzuklären. Sie tat es im Flüsterton, damit es nicht bis zur Terrasse drang, aber sie ließ nichts aus.

Als sie fertig war, glaubte sie zunächst, dass er nun auch mit ihr nichts mehr zu tun haben wollte, doch dann riss er sie in seine Arme und drückte sie fest an sich.

»Ich tue es nur für dich! Hörst du? Nur weil du noch viel mehr Grund hättest, die beiden da drinnen zu hassen. Nur deinetwegen werde ich mich jetzt mit an den Tisch setzen. Nur weil ich dich ebenfalls nicht mehr verlieren möchte, Schwesterchen«, raunte er ihr ins Ohr. Dann ließ er sie abrupt los und ging zurück. Lilly blieb noch einen winzigen Moment im Flur stehen, um ihren fliegenden Atem zu beruhigen, bis sie ihm auf die Terrasse folgte. Tatsächlich hatte sich Matteo auf den leeren Platz neben seinen Freund Luca gesetzt und nahm sich eine Focaccia, als wäre nichts geschehen.

Es dauerte eine Weile, bis das Gespräch bei Tisch wieder in Schwung kam, allerdings längst nicht mehr so unbeschwert wie vor Matteos Auftauchen, obgleich auch er sich bemühte, an dem unverfänglichen Small Talk teilzunehmen. Als er nach ungefähr einer Stunde sagte, er müsste sich jetzt dringend auf den Weg machen, hielt ihn niemand davon ab.

Lilly war danach nicht mehr in der Lage sich zu entspannen, und sie konnte sich auch nicht verstellen. Matteos Auftritt hatte ihr heftig zugesetzt. Sie machte Luca kurz darauf ein Zeichen, ebenfalls den Rückweg anzutreten.

»Ich bleibe über Nacht. Sonst hätte sich der weite Weg kaum gelohnt«, verkündete Chiara, als Lilly und Luca sich zum Aufbruch bereit machten.

Ihrem Vater hatte der Auftritt seines Sohnes ebenfalls sichtlich zugesetzt, wie Lilly besorgt feststellte, als sie sich von ihm verabschiedete. »Schön, dass ihr gekommen seid«, sagte er mit schwacher Stimme. Sein ganzer Elan war wie weggeblasen. »Und danke, dass du es geschafft hast, ihn an den Tisch zurückzubekommen.« Ihr Vater strich ihr liebevoll über beide Wangen. »Und ich werde dir nie vergessen, dass du dich auf die Suche nach deinem dummen Vater gemacht hast«, raunte er ihr zum Abschied zu.

Lilly überlegte fieberhaft, wie sie sich von Hanna verabschieden sollte, doch ein Blick in ihre traurigen Augen, aus denen aller Glanz verschwunden war, gab ihr Klarheit. Sie folgte der Stimme ihres Herzens und umarmte sie.

»Danke für den schönen Nachmittag«, sagte Lilly mit belegter Stimme.

»Es war der schönste Tag in meinem Leben. Dagegen kann auch Matteo nichts ausrichten, denn ich weiß jetzt, dass du auch ohne uns ein wunderbarer Mensch geworden bist«, flüsterte sie.

Lilly kämpfte mit den Tränen, aber sie schaffte es immerhin, sie zurückzuhalten, bis sie vor der Haustür waren. Dort sank sie weinend in Lucas Arme.

»Das war noch nicht das Ende deiner neuen Familie, mein Liebling. Das war erst der Anfang. Du kennst doch Matteo. Der ist eben ein wenig cholerisch. Aber deine Mutter ist mir sehr sympathisch«, redete Luca tröstend auf sie ein.

»Meine Mutter ist Bella«, erwiderte Lilly trotzig, nachdem ihre Tränen versiegt waren.

»Ich meine ja auch die Frau, die dich geboren hat, also die mit den Wehen«, korrigierte er sich mit einem leichten Schmunzeln.

Lilly gab ihm einen liebevollen Stoß in die Seite. »Wie schaffst du es bloß immer wieder, mich zum Lachen zu bringen?«

»Ich kann dir doch nicht meine Tricks verraten, aber kleiner Tipp: Die Liebe spielt dabei eine nicht unwesentliche Rolle.«

»Mein Vater und meine Mutter, die lieben sich, oder?«

»Ha, jetzt hast du es selbst gesagt. Mutter!«

Lilly verzog theatralisch das Gesicht.

»Ja, die lieben sich«, fügte Luca ganz ernst hinzu und küsste Lilly auf den Mund. Sie erwiderte seinen leidenschaftlichen Kuss und ihr wurde ganz heiß vor lauter Lust.

»Wie sollen wir das bloß so schnell bis nach Hause schaffen?«, fragte er erregt.

»Wieso nach Hause? Heute ist Samstag. Und ich habe mir vorsichtshalber Hotels in der Gegend runtergeladen. Und da wäre eins oben in Ruta. Das sind nur noch ein paar Kilometer. Meinst du, das hältst du noch aus?«, fragte sie kokett.

»Dann aber schnell!«, erwiderte er und küsste sie noch einmal voller Leidenschaft.

54.

»Schau, es kommen immer noch mehr Leute«, rief Antonia entsetzt aus und deutete auf die neuen Gäste, die sich die Eröffnung des Hundeparadieses di Rossi nicht entgehen lassen wollten. Außer der Familie, den Mitarbeitern des neuen Heims, den vielen freiwilligen Helfern, die Tag und Nacht geschuftet hatten, um die Tiergehege zu bauen, den örtlichen Honoratioren, den Vertretern der Presse, den Nachbarn und Alfredo waren auch interessierte Käufer für die Hunde eingeladen worden. Das war Merles Werk gewesen, die nicht nur die Pressearbeit für das Heim machte, sondern auch die gesamten Finanzen. Als Giovanni Lilly sein Leid geklagt hatte, dass er noch eine fähige feste Mitarbeiterin brauchte, hatte Lilly Merle ins Spiel gebracht, die sich sofort nach Italien aufgemacht hatte und in ihrer neuen Tätigkeit förmlich aufging.

»Ach Antonia, das schaffen wir schon«, erwiderte Lilly gut gelaunt. Dank all dieser Unterstützer war das Projekt binnen knapp vier Monaten umgesetzt worden. Es war zwar noch längst nicht alles fertig, so das alte Wohnhaus, das vollständig restauriert werden sollte, aber immerhin waren nun alle Tiere aus dem Heim von Sorico auf dem neuen Areal untergebracht. An diesem warmen Herbsttag waren auf dem Gelände Tische und Bänke sowie mehrere Stände mit Essen und Getränken aufgebaut. Am liebsten hätte Antonia sich auch noch um das kulinarische Wohl der Gäste gekümmert, aber das hatten Lilly und Luca ihr erfolgreich ausreden können.

Die letzten Wochen waren sehr aufregend gewesen. Obwohl

Lilly mit der Organisation der Eröffnungsfeierlichkeiten nichts zu tun hatte, waren Luca und sie fast jeden Abend nach der Arbeit auf den Berg gefahren, um zu helfen. Aber es gab noch einen Grund, warum es Lilly jeden Tag nach Bugiallo gezogen hatte. Emma hatte ihre Welpen unter der Obhut von Giovanni zur Welt gebracht. Das wäre für Lucas Mutter sicher zu viel geworden und Lilly war gerade in der Firma unentbehrlich, denn nun waren Aufträge für Blusen, Röcke und Kleider hinzugekommen. Ihre Muster fanden reißenden Absatz. Eigentlich hatte Emma danach nur die üblichen zehn Wochen bei ihren Welpen bleiben sollen, aber nun hatten sie beschlossen, dass Pezzato und sie erst wieder nach Bellagio zurückkehren sollten, nachdem alle Welpen verkauft waren. Fünf kleine Hunde waren bereits vergeben, aber das schwächste der sechs Welpen hatte noch keinen Abnehmer gefunden, denn es besaß zwei unterschiedlich farbige Augen. Das eine war bernsteinfarben, das andere dunkelbraun. Ansonsten war dieser Hund ganz nach der Mutter geraten und sah aus wie ein Golden Retriever. Die potenziellen Abnehmer hatten bisher stets gezögert, diesen ungewöhnlichen Hund zu kaufen. Das würde sich mit dem heutigen Tag sicher ändern, hoffte Lilly jedenfalls.

Lillys Blick fiel auf Merle, die gemeinsam mit Giovanni am Eingang jeden einzelnen Ankömmling höchstpersönlich begrüßte. Lilly war überglücklich darüber, Merle in ihrer Nähe zu haben. Vor allem, weil ihrer Freundin das italienische Leben wirklich gut bekam. Sie war ein richtiges Landmädchen geworden.

Zum wiederholten Mal stellte sich Lilly die Frage, ob nicht auch der attraktive Tierarzt dabei eine nicht unerhebliche Rolle spielte. Merle und Giovanni standen nämlich überaus dicht beieinander. Lilly war fest entschlossen, der Freundin nach dem Fest einmal auf den Zahn zu fühlen. Dass Merle nicht von sich aus überschwänglich von ihrem Chef schwärmte, wäre für Lilly früher ein Zeichen des völligen Desinteresses gewesen, aber vielleicht hatte sie sich auch in dem Punkt verändert ...

In diesem Augenblick konnte sie beobachten, wie Merle und Giovanni ihren Vater und Hanna begrüßten. Lilly hatte einen sporadischen Kontakt zu den beiden per Telefon gehalten und sie konnte nicht verhehlen, dass sie sich von Herzen freute, dass die beiden gekommen waren, auch wenn Matteo, nachdem sie ihm von der Zusage berichtet hatte, verschnupft abgesagt hatte. Lilly lief ihnen freudig entgegen und umarmte, ohne zu zögern, alle beide. Man sah ihnen ihr Glück förmlich an. Nun kam auch Luca dazu und begrüßte ihre Eltern ebenfalls überaus herzlich.

»Wollt ihr euch erst einmal umschauen? Oder soll ich euch alles zeigen?«

»Dass die Tiere es gut haben, sieht man auf jeden Fall schon mal«, lachte Hanna. Lilly fand, dass sie einen wesentlich selbstbewussteren Eindruck machte als noch bei ihrem Geburtstagsbesuch.

»Wen haben wir denn da?«, fragte Lillys Vater, als Emma auf ihn zugeschossen kam und sich vertraulich vor seine Füße legte. Die kleine Bellissima, das schwächste der sechs Hundekinder, war der Mutter gefolgt.

»Das ist ja unfassbar«, stieß Hanna begeistert aus. »Der Hund hat zwei unterschiedlich farbige Augen. So was Schönes habe ich noch nie gesehen. Darf ich ihn mal streicheln?«

»Aber sicher.« Lilly hob den Welpen hoch und gab ihn Hanna vorsichtig auf den Arm, die Bellissima verzückt streichelte. Ihr Vater sah diesem Schauspiel sichtlich gerührt zu. »Ist der zufällig zu verkaufen? Das stand doch im Prospekt, dass man sich heute auch Hunde aussuchen könnte. Aber dann wird man ja noch auf Herz und Nieren überprüft. Und ich weiß gar nicht, ob man uns beiden überhaupt ein Hundebaby anvertraut.« Er zwinkerte Lilly zu.

»Du wärst damit einverstanden?«, fragte Hanna.

»Wenn ich dir als verarmter Oberarzt schon keine Klunker kaufen kann.«

Das war der Augenblick, in dem Lilly wusste, dass diese beiden Menschen nicht mehr aus ihrem Leben wegzudenken waren.

»Ich schenke ihn euch. Es ist meiner. Emma ist ihre Mutter. Und bislang wollte ihn keiner haben wegen der unterschiedlich farbigen Augen.«

Hanna drückte den kleinen Hund noch enger an sich und Bellissima leckte ihr zum Zeichen, dass sie bei ihr bleiben wollte, die Hand.

»Na, dann sind wir jetzt wirklich eine Familie«, bemerkte Luca trocken. Hanna, Lilly und ihr Vater lächelten einander an.

»Tag allerseits!«, ertönte Matteos Stimme in lockerem Tonfall. Sie hatten ihn nicht kommen sehen. »Steht Ihnen gut!«, fügte er an Hanna gewandt hinzu.

Lilly kniff Luca vor lauter Aufregung in die Hand. Für Matteos Verhältnisse grenzte das bereits an ein Friedensangebot.

»Wir nehmen ihn mit«, erwiderte Hanna ungezwungen.

»Na dann trinken wir doch gleich mal zusammen ein Glas Prosecco auf den Familienzuwachs«, schlug Matteo vor. Lilly war sich noch nicht ganz sicher, ob er sein Angebot wirklich ernst meinte.

»Na, nun kommt schon. Worauf wartet ihr?«, knurrte er.

»Das ist das schönste Geschenk«, seufzte Lilly, als die drei gemeinsam in Richtung Getränkestand verschwanden. »Was sagst du?«

»Aua, aua«, erwiderte Luca und deutete auf die gerötete Stelle auf seinem Handrücken.

»O Gott, das war ich, oder?«

Er grinste breit. »Niemals, meine Freundin ist doch so zahm wie ein Lamm. Ich hol uns mal einen Drink.«

Was für ein wunderschöner Tag, dachte Lilly, als Merle sich ihr eiligen Schrittes näherte. »Gleich hält Giovanni seine Rede und da, da wollte ich dir schnell noch was sagen, denn er lässt sich nicht davon abbringen, es gleich vor allen Leuten …«

»Ja, ja, er wird mich lobend erwähnen. Das hat er mir schon angedroht.«

»Lilly, hör doch zu … er wird unsere baldige Hochzeit bekannt geben.«

»Du Schlange, und so was nennt sich Freundin«, entgegnete Lilly ehrlich überrascht.

»Ich wollte dieses Mal ganz sicher sein, bevor ich es der ganzen Welt verkünde«, sagte Merle entschuldigend.

»Das nimmt dir ja nun dein Verlobter ab.« Lilly umarmte Merle stürmisch.

»Störe ich?«, fragte Luca, der zwei Gläser in der Hand hielt.

»Aber nein, Merle und ich müssen sofort anstoßen, bevor es am ganzen Lario rum ist.« Sie nahm ihm ungefragt die beiden Gläser aus der Hand und reichte eins an Merle. »Stell dir vor, Merle und Giovanni heiraten.«

Luca schnappte nach Luft.

»Schatz, was ist? So ungewöhnlich ist das nun auch wieder nicht.«

»Schon, wenn einem die Gläser aus der Hand genommen werden, die man benötigt, um der Dame seines Herzens einen …«

»Du willst ihr einen Antrag machen?«, kreischte Merle so laut, dass sich alle Umstehenden nach ihnen umdrehten.

Luca hob abwehrend die Hände. »Nein, nein, das war einmal. Nun muss meine Liebste mindestens zwölf Monate warten. Ein derartiges Fest pro Jahr reicht völlig.«

»Ich bleibe gerne noch länger deine Geliebte«, raunte Lilly.

»Okay«, lachte er und küsste sie mit einer Leidenschaft, wie er es sonst in der Öffentlichkeit nicht zu tun pflegte.